MW00513524

Selten sind Züge des persönlichen Schicksals zu einem psycho-
logisch-erotischen Roman von solcher Eindringlichkeit geformt
worden wie in diesem selbsterzählten Bericht der Halbjüdin
Eveline, die als Sechzehnjährige das Kriegsende in Bulgarien
erlebt und, kaum erwachsen, lebenshungrig, von Abenteuer zu
Abenteuer gleitend, in das besetzte Deutschland zurückkehrt.
Die »Herren«, das sind nicht nur die politischen Machthaber,
sondern auch die Männer, die das Leben des jungen Mädchens
geprägt haben: Boris, die erste Liebe, der Engländer Julian, der
amerikanische Offizier, der sie heiratet, der Regisseur Werner
Fischer, an dem ihre Ehe zerbricht und dessen Künstlerpathos sie
doch so rasch leid wird. 1961, als dieser Roman zum erstenmal
erschien, war es noch völlig unüblich, daß eine Frau so relativ
freimütig ihre sexuellen Erfahrungen darstellte, wie es die Erzäh-
lerin tut. Der Roman löste deshalb Proteste und heftigen Widerspruch aus. Die beiden Schlußkapitel konnten sogar erst bei der
Neuauflage 1986 veröffentlicht werden. »Ein Buch, das sich leicht
liest und doch schwerer wiegt als so manche ähnlichen Roman-
beichten von sich im Chaos des Lebens verlierenden Frauen.«
(Osnabrücker Tageblatt)

Angelika Schrobsdorff wurde am 24. Dezember 1927 in Freiburg
im Breisgau geboren, mußte 1939 mit ihrer jüdischen Mutter aus
Berlin nach Sofia emigrieren und kehrte 1947 nach Deutschland
zurück. 1971 heiratete sie in Jerusalem Claude Lanzmann,
wohnte danach in Paris und München und beschloß 1983, nach
Israel zu gehen. Seit 2006 lebt sie wieder in Berlin.

Angelika Schrobsdorff

Die Herren

Roman

Deutscher Taschenbuch Verlag

Unveränderter fotomechanischer Nachdruck
der neu durchgesehenen und erweiterten Auflage 1986
Mai 1988
11. Auflage November 2007
Deutscher Taschenbuch Verlag GmbH & Co. KG,
München
www.dtv.de
Lizenzausgabe mit freundlicher Genehmigung der
F. A. Herbig Verlagsbuchhandlung GmbH, München
© 1961 und 1986 Albert Langen – Georg Müller Verlag GmbH,
München · Wien
Umschlagkonzept: Balk & Brumshagen
Umschlagbild: Ruth Orkin, N. Y.
Gesamtherstellung: Druckerei C. H. Beck, Nördlingen
Gedruckt auf säurefreiem, chlorfrei gebleichtem Papier
Printed in Germany · ISBN 978-3-423-10894-2

Inhalt

Der Korvettenkapitän 7
Die Brüder 20
Die Heiratskandidaten 75
Der Verführer 132
Der Ehemann 190
Der Sieger und der Besiegte 325
Der Künstler 385
Der Vater des Sohnes 452
Der Liebhaber 535
Der Geliebte 656

Der Korvettenkapitän

Als ich vierzehn Jahre alt war, behauptete meine Mutter, ich sei noch erstaunlich unentwickelt für mein Alter. Körperlich und auch sonst.

Diese Behauptung kränkte mich, besonders wenn sie vor Dritten geäußert wurde. Aber meine Mutter schien ausgesprochen froh darüber zu sein. Erst später begriff ich, warum. Sie fürchtete die Dinge, die eintreten könnten, wenn ich erst einmal entwickelt war.

Ich konnte es nicht erwarten, als erwachsen zu gelten. Meine langen, dünnen Arme und Beine, meine flachen Hüften, mein magerer Hals machten mich unglücklich. Ich stand verbittert vor dem Spiegel und verglich mich mit meinen Mitschülerinnen, die alle schon wie junge Mädchen aussahen.

Ich ärgerte mich über meine gerafften Kleidchen, die gerade bis zu den knochigen Knien reichten und das bißchen Busen, das ich immerhin schon hatte, auch noch versteckten. Ich ärgerte mich und wagte andererseits nicht, einen enganliegenden Pullover zu tragen. Ich fürchtete mich vor dem Lächeln der Erwachsenen und dem Getuschel der Gleichaltrigen. Also hütete ich meinen Busen wie einen verborgenen Schatz.

Ich ging in eine streng katholische Mädchenschule. Ich trug eine unkleidsame schwarze Schürze und lange schwarze Strümpfe. Meine Haare, die ich mir jeden Abend mühsam zu Locken aufdrehte, mußte ich für die Schulstunden wieder straff zusammenbinden.

Einmal verirrte sich ein Löckchen in meine Stirn; daraufhin wurde ich über die Gefahren der Eitelkeit belehrt. Ich hörte stumm zu und wünschte, diese Gefahren so bald wie möglich kennenzulernen.

Meine Mitschülerinnen flüsterten manchmal in meiner Gegenwart über die Periode. Ich hatte keine Ahnung, was das sei, und zerbrach mir darüber den Kopf. Vor den anderen Mädchen tat ich natürlich so, als wisse ich genau Bescheid. Ich geriet dabei oft in große Bedrängnis, denn sie stellten mir Fragen, die ich in meiner Unkenntnis nicht beantworten konnte. Schließlich überwand ich mich und fragte meine Mutter, was es mit diesem geheimnisvollen Wort auf sich habe. Sie sah sich gezwungen, mir eine Erklärung zu geben. Es war eine unzulängliche Erklärung, und ich verstand nur so viel, daß ich eben noch keine Frau, sondern ein Kind sei. Das machte mich wiederum sehr traurig, und ich wartete verzweifelt auf das große Ereignis, das mich zu einer vollwertigen Frau machen würde.

Wir lebten damals in Sofia. Meine Mutter war Jüdin und 1939 mit meiner Halbschwester Bettina und mir aus Deutschland nach Bulgarien emigriert. Bettina war mit einem Bulgaren verheiratet. Ich wohnte mit meiner Mutter in einem unfreundlichen, kleinen Appartement, das mir zuwider war. Wir führten ein sehr zurückgezogenes Leben, in dem es wenig Bekannte und gar keine Geselligkeit gab. Seit deutsche Truppen das Land besetzt hatten, mußten wir vorsichtig sein und durften durch nichts auffallen. Meine Mutter schärfte mir das Tag für Tag ein.

Auf diese Weise hatte ich fast keinen Umgang mit Gleichaltrigen.

Ich vermißte ihn nicht sehr. Mit Mädchen verstand ich mich schlecht. Jungen interessierten mich nicht. Sie kamen mir lächerlich vor mit ihren schlaksigen Bewegungen und dem ersten Schatten auf der Oberlippe.

Viel mehr interessierten mich die deutschen Soldaten. Nicht etwa weil sie Männer waren, sondern weil sie aus meinem Land kamen. Ich hatte Heimweh. Mein sehnlichster Wunsch war, einen dieser Deutschen kennenzulernen und mit ihm in meiner Sprache zu sprechen.

Sicher war einer unter ihnen, der aus Berlin kam, so wie ich, der den Grunewald kannte, die Avus, Wannsee, den Zoologischen Garten ...

Aber mein Wunsch schien unerfüllbar. Meine Mutter wollte nichts davon wissen. In unserer Situation, sagte sie, sei das zu gefährlich. Ich liebte meine Mutter, und ich wollte ihren Kummer nicht vergrößern. Ich begrub meinen Wunsch und beobachtete die Deutschen aus der Ferne.

Zu dieser Zeit lernte meine Mutter eine junge Berlinerin kennen, die mit ihrem Mann nach Sofia gezogen war. Renate Schröder wurde für mich sofort das Idealbild einer Frau. Sie war Ende Zwanzig, schlank, langbeinig, blond und blauäugig. Ich himmelte sie an und war glücklich, als ich merkte, daß sie sich mehr und mehr mit meiner Mutter befreundete. Sie lud uns oft zu sich ein. Diese Stunden waren ein Ersatz für meine heimwehkranken Träume.

Die Wohnung, in der sie lebte, war groß und hell. Es standen dort viel schönere Möbel als bei uns, und in allen Räumen lagen leuchtend bunte Teppiche. Nichts war grau und bedrückend. Es gab immer etwas Besonderes zu essen und zu trinken. Außerdem gab es ein Grammophon mit deutschen Schallplatten. Mehr brauchte ich nicht – bis zu dem Tag, an dem Korvettenkapitän Wahl ins Zimmer und in mein Leben trat.

Ich weiß noch, daß ich vor dem Grammophon kauerte und gerade eine neue Platte auflegen wollte. Als Korvettenkapitän Wahl eintrat, hielt ich die Platte in halber Höhe. So hielt ich sie sekundenlang. Der Mann in der eleganten dunkelblauen Uniform erinnerte mich fast schmerzhaft an meinen Vater. Er war imponierend groß, stattlich, männlich. Er hatte ein gutgeschnittenes, liebenswürdiges Gesicht, blaue Augen und graublonde Haare. Er hatte das kleine, abwesende Lächeln von Papa und auch seinen ruhigen, fernen Blick.

Ich hing mit grenzenloser Verehrung an meinem Vater und litt schwer unter der Trennung von ihm. Es war wohl diese äußerliche Ähnlichkeit zwischen ihm und Korvettenkapitän Wahl, die mich auf den ersten Blick so sehr berührte. Ich bewegte mich nicht, gab keinen Laut von mir und hoffte, daß man mich übersehen werde. Man tat es auch, während der Korvettenkapitän Renate begrüßte und meiner Mutter vorgestellt wurde. Aber dann ließ sich der große Moment nicht länger hinausschieben. Ich wurde gerufen.

Ich erhob mich und ging mit unsicheren Schritten auf den

deutschen Offizier zu. Ich fürchtete, er müsse mein Herz hören, weil ich es selber hörte. Ich gab ihm die Hand und machte keinen Knicks. Zum ersten Mal wollte ich mich nicht zum Kind degradieren. Er hielt meine Hand fest, und einen Moment lang war der Ausdruck seines Gesichts betroffen. Dann lächelte er und sagte, er freue sich, eine so reizende kleine Deutsche in Sofia kennenzulernen.

Ich setzte mich neben meine Mutter, und da blieb ich sitzen, bewegungslos und stumm, die Hände im Schoß, die Füße artig nebeneinander gestellt. Ich schaute den Korvettenkapitän unverwandt an, bis meine Mutter mir ein verzweifeltes Zeichen machte. Da blickte ich in eine andere Richtung und lauschte nur noch seiner Stimme.

»Und wie gefällt es dir in Sofia, Eveline?« fragte mich der Offizier plötzlich.

Wenn meine Mutter nicht dagewesen wäre, hätte ich gewagt, die Wahrheit zu sagen. So aber wollte ich sie nicht aufregen.

»Sehr gut«, log ich.

»Du gehst sicher in die deutsche Schule?«

»In die katholische deutsche Schule«, verbesserte ich und merkte zu spät, daß ich auch das nicht hätte sagen dürfen. Jetzt stellt er mir wahrscheinlich die Frage, warum ich nicht auf die richtige deutsche Schule – die nationalsozialistische – gehe, überlegte ich erschrocken. Aber die Frage kam nicht, und ich hörte, wie meine Mutter erleichtert aufatmete.

»Du hast bestimmt viele Freundinnen«, fuhr er fort. Ich kannte und haßte diesen Satz. Jeder Erwachsene glaubt, ihn in einem Gespräch mit einem kleinen Mädchen anbringen zu müssen.

»Nein«, erwiderte ich, »ich habe überhaupt keine Freundinnen.«

Er schaute mich nachdenklich an. Ich fürchtete einen weiteren Klein-Mädchen-Satz. Statt dessen aber folgten Worte, die mich schwindelig machten vor Glück. Er sagte: »Dann werden wir uns befreunden. Einverstanden?«

»O ja . . .«, flüsterte ich. Danach stand ich schnell auf und lief aus dem Zimmer.

Von diesem Tag an lebte ich nur noch in Träumen und Phantasien. Denn da ich Korvettenkapitän Wahl trotz aller Bemühungen nur selten sah, mußte ich mit ihm in einer unwirklichen Welt leben. In dieser unwirklichen Welt passierten die unvorstellbarsten Dinge. Einmal rettete ich ihn vor dem Tod, ein anderes Mal setzte er sein Leben für mich aufs Spiel; ich wohnte in seinem Hause, oder wir reisten zusammen um die ganze Welt. Manchmal, wenn ich sehr niedergeschlagen war, stellte ich mir auch vor, wie er an meinem Sterbebett kniete, um mich schluchzend in die Arme zu nehmen. Der schönste Traum war jedoch die Heimkehr nach Deutschland und die Wiederbegegnung mit meinem Vater. Ich malte mir aus, wie sie sich die Hände reichten, diese beiden großen, starken Männer, und wie ihre Blicke dabei zärtlich und schützend auf mir ruhten.

Es waren kindliche Träume, in denen auch ich ein Kind blieb. Ich trug in meiner Vorstellung zwar schöne Kleider, seidene Strümpfe und kostbaren Schmuck, sah aber sonst aus wie mein wirkliches Spiegelbild. Meine Phantasievorstellungen waren ohne jede Erotik. Dieses Gebiet lag für mich in einem dichten Nebel, den ich nicht durchbrechen konnte. Sicher versuchte ich dem Korvettenkapitän zu gefallen, seine Aufmerksamkeit zu erregen oder mich so hübsch wie möglich vor ihm zu zeigen. Aber all das tat ich unbefangen, ohne Ziel und Anspielungen. Meine Mutter war verzweifelt. Sie nannte mich versponnen und exaltiert. Ich wußte, daß sie recht hatte, aber ich ließ mich treiben. In der Schule war ich endgültig die Schlechteste geworden. Zu Hause lief ich abwesend durch die Zimmer. Ich tat nichts, beschäftigte mich mit nichts, interessierte mich für nichts. Wenn wir bei Renate Schröder eingeladen waren, stand ich angespannt am Fenster, starrte auf die Straße und betete, daß Korvettenkapitän Wahl auftauchen möge. Ein oder zwei Mal geschah es auch. Aber in meinem Zustand völliger Überreizung hatte ich wenig von seinem Besuch.

In den Sommermonaten wurde die Situation erträglicher, denn ich sah Korvettenkapitän Wahl fast jeden Tag. Wir besuchten das gleiche Schwimmbad. Ich glaube, ich habe keinen Ort mehr geliebt als diese verwahrloste, unsaubere Badeanstalt.

Zum ersten Mal war ich auch für die brennende Hitze dankbar, die die Stadt Tag für Tag in eine Hölle verwandelte und uns in das schmutzige Wasser des Bassins trieb.

Korvettenkapitän Wahl erschien in seiner Mittagspause, pünktlich um ein Uhr. Eine halbe Stunde vorher entfernte ich die Lockenwickler aus meinem Haar und verbrachte die übrige Zeit mit Kämmen. Meine Mutter schlug die Augen zum Himmel empor und schüttelte den Kopf. Kurz vor ein Uhr saß ich mit gerecktem Hals, kunstvoll frisiert auf meinem Bademantel und hielt Ausschau. Unter all den Menschen sah ich ihn sofort. Ein Mann, Mitte Vierzig, in einer unvorteilhaften Badehose, mit blasser Haut und leichtem Ansatz von Fett um die Mitte. Doch ein Mann, der für mich ein höheres Wesen war.

Er kannte den Platz, an dem wir gewöhnlich saßen, und sein erster Gang führte ihn immer dorthin. Er hatte es sich angewöhnt, mich zur Begrüßung und zum Abschied leicht auf die Stirn zu küssen. Ich zitterte jedesmal vor Angst, daß er es vergessen könne, und vor Freude, wenn er es nicht vergaß. Er vergaß es nie. Er beschäftigte sich in der kurzen Stunde, die er in der Badeanstalt verbrachte, hauptsächlich mit mir. Manchmal dachte ich dann nicht mehr daran, daß er eigentlich ein höheres Wesen sei, und wurde ein vergnügter ausgelassener Backfisch. Dann tobten wir durch das Schwimmbad, warfen uns gegenseitig in das Wasser und sprangen Hand in Hand vom Turm. In solchen Momenten wurde er für mich der Vater, der ältere Bruder, das männliche Familienmitglied, das ich so sehr entbehrte.

Am ersten September schloß die Badeanstalt trotz anhaltender, glühender Hitze. Für die Bulgaren hatte laut Datum der Herbst begonnen, und wer im Herbst badete, setzte seine Gesundheit aufs Spiel. Für mich war der erste September ein Trauertag. Ich konnte mir nicht vorstellen, wie das Leben ohne die Stunde zwischen ein und zwei Uhr weitergehen sollte. Ich konnte mir nicht vorstellen, wie ich es aushalten sollte, Korvettenkapitän Wahl nicht täglich zu sehen. Ich stellte fest, daß das Leben weiterging und daß ich es aushielt, wenn auch nicht ohne gehörigen Widerstand. Ich weinte und tobte. Ich aß nicht und schlief nicht. Ich spielte abwechselnd die Apathische, die Lebensmüde, die Resignierte. Meine Mutter verlor die Nerven und brüllte mich an, ich sollte mit dem Theater aufhören. Es blieb mir auch nichts anderes übrig. Die verhaßte Schule begann von neuem – das Aufstehen um sieben Uhr, das Zu-Bett-Gehen um neun Uhr. Ich nahm wieder Zuflucht zu meinen Träumen.

Ich weiß noch, daß es ein Sonnabend war.

Am frühen Nachmittag rief Renate Schröder bei meiner Mutter an und erklärte ihr, sie gäbe am Abend eine größere Gesellschaft und werde mit den Vorbereitungen nicht fertig. Meine Mutter sagte, sie würde vorbeikommen, um ihr zu helfen. Sie erlaubte mir, mitzugehen. Ich freute mich so sehr über die unerwartete Abwechslung, daß ich mir nicht die Zeit nahm, ein anderes Kleid anzuziehen. In meiner hochgeschlossenen schwarzen Schulschürze trabte ich mit langen, schwarzen Storchenbeinen neben meiner Mutter her.

Es wurde ein sehr ereignisreicher Nachmittag für mich. Ein kaltes Büffet wurde zubereitet, eine Bowle angesetzt, Cocktails gemixt, Möbel gerückt, Blumen in Vasen verteilt. Ich war tief beeindruckt. Ich erinnerte mich an Jahre, die weit zurücklagen; an Gesellschaften in unserem Haus in Berlin; an meine Mutter in einem tief ausgeschnittenen Abendkleid; an ihre schönen, strahlenden Augen; an flackernde Kerzen, an schlanke Sektgläser; an Fruchtsalat in ausgehöhlter Ananas. Meine Halbschwester und ich hockten im Nachthemd auf der Treppe und verfolgten heimlich die letzten Vorbereitungen.

Jahrelang hatte ich die Aufregung, die jedem Fest vorangeht, vermißt. Jetzt fühlte ich sie wieder – und ich vergaß beinahe, daß es nicht unsere Räume, nicht unsere Gäste waren. Ich lief durch die Zimmer und rückte hier eine Blumenvase, dort einen Aschenbecher zurecht. Ich schaute nach, ob der Sekt kalt genug und das Obst gut gewaschen sei. Dazwischen warf ich immer wieder einen Blick auf die Uhr, und je mehr sich der Zeiger der Acht näherte, desto aufgeregter wurde ich.

Ich war Renate beim Ankleiden behilflich. Ich bewunderte ihre hauchzarte Unterwäsche, ihr enganliegendes, schillerndes Abendkleid, ihre hohen, silbernen Sandaletten. Ich sah ihr andächtig zu, als sie sich die Wimpern tuschte, die Lippen schminkte, die Augenlider färbte. Ich fand sie unwahrscheinlich schön und wünschte brennend, so auszusehen wie sie. Als ich meine dünne, schwarze Gestalt neben ihr im Spiegel erblickte, wurde ich traurig.

„Glaubst du, daß ich jemals ein bißchen hübsch werde?« fragte ich sie.

Sie wandte sich mir zu und lächelte: »Du wirst eine Schönheit, Eveline, du hast die wunderbarsten Augen, die ich je gesehen habe.«

Ich nahm ihre Worte nicht ernst. Sie wollte mich nur trösten. Ich hatte braune Augen. Manchmal schimmerten sie grün. Außerdem waren sie länglich geschnitten. Das war alles. Ich hatte meinen Augen nie besondere Aufmerksamkeit geschenkt.

»Dein Freund kommt heute abend auch«, sagte Renate.

Ich wußte, wen sie meinte. Dennoch fragte ich: »Korvettenkapitän Wahl?« Mein Magen begann zu flattern.

»Ja«, sagte sie und tupfte Parfüm hinter die Ohren.

»Bitte, versuche Mutti zu überreden, daß ich noch so lange bleiben darf, bis er kommt . . . bitte . . .« Ich sprach nicht weiter, weil ich merkte, daß meine Stimme zitterte. Renate schaute mich aufmerksam an: »Na, na, Kleine . . .«, sagte sie. Ich muß wohl sehr blaß geworden sein.

»Tust du mir den Gefallen?« fragte ich eindringlich.

»Natürlich, ich mach das schon . . .«

Sie verließ das Zimmer. Ich stand noch immer vor dem Spiegel, und dabei wurde mir mit Schrecken bewußt, daß ich eine Schürze und schwarze Strümpfe trug und daß meine Haare im Nacken zusammengebunden waren. Wie sollte ich ihm so entgegentreten? Ich ging näher an den Spiegel heran und musterte mich mit Abscheu. Ich sah ganz verloren in der sackartigen Schürze aus: der lange Hals, der aus dem zu weiten Stehkragen emporwuchs; die langen Hände, die aus den zu weiten Manschetten heraushingen; das Gesicht mit der sonnenverbrannten Zigeunerhaut und den hohen Backenknochen – wie sollte aus mir jemals eine Schönheit werden?

Ich sah mich im Zimmer um. Etwas mußte mit meinem Aussehen geschehen. Auf einem Stuhl lag ein breiter, roter Gürtel.

Ich nahm ihn und würgte ihn mir um die Taille. Ich sah aus wie in der Mitte durchgeschnitten, aber besser, fand ich, als vorher. Ich löste das Band in meinem Nacken und schüttelte die Haare. Sie fielen mir auf die Schultern und in die Augen. Meine Mutter nannte es die Löwenfrisur und war wenig begeistert davon. Ich öffnete den obersten Knopf meiner Schürze und schob die Ärmel bis zu den Ellbogen empor. Dann trat ich prüfend ein paar Schritte zurück.

Im selben Moment betrat meine Mutter das Zimmer. »Aha«, sagte sie nur und zog die Augenbrauen in die Höhe.

Ich schaute sie stumm und bittend an.

»Ich gehe jetzt nach Hause«, sagte sie, »und du kommst sofort nach, wenn du Korvettenkapitän Wahl begrüßt hast.«

Ich sprang in die Höhe, drehte mich im Kreise und flog ihr schließlich an den Hals.

»Dumme kleine Nuß«, sagte sie, küßte mich und verließ das Zimmer.

Er kam als einer der letzten Gäste. Ich öffnete die Tür und versuchte ein Lächeln.

»Eveline!« rief er, »das ist aber eine Überraschung!«

Er hielt einen in Papier gewickelten Blumenstrauß in der Hand, den er auf eine Kommode legte. Dann nahm er mich bei den Schultern und küßte mich auf die Stirn. Ich kämpfte dagegen an, die Arme um seinen Nacken zu werfen.

»Laß dich anschaun, ich habe dich so lange nicht gesehen.«

Ich senkte den Kopf, weil ich mir häßlich vorkam.

»Du siehst noch reizender aus, als ich dich in Erinnerung hatte. Die Schürze steht dir ausgezeichnet. Wenn du ganz erwachsen bist, solltest du viel Schwarz tragen.«

Ich schaute schnell auf. Ich glaubte, er machte sich über mein Aussehen lustig. Aber sein Gesicht war ernst.

Er nahm das Papier von den Blumen. Es waren gelbe Rosen. Er zog eine aus dem Strauß und gab sie mir. »Wäre ich nicht ein so höflicher Mensch, würde ich sie dir alle geben.«

Ich hielt die Rose steif in der Hand und fühlte, daß ich rot wurde. Er rückte sich vor dem Spiegel die Krawatte zurecht.

»Bleibst du noch etwas hier?« fragte er.

»Ja«, sagte ich, obgleich ich wußte, daß es Zeit war zu gehen.
»Gut.« Er lächelte. »Dann trinken wir noch ein Glas Sekt zusammen. In zehn Minuten, ja?«
Ich nickte nur, denn die Kehle war mir zugeschnürt.
Er verschwand im Zimmer, und ich setzte mich auf einen Stuhl in der hintersten Ecke der Halle. Dort blieb ich kerzengerade sitzen und küßte ab und zu die Rose. Ich horchte auf die Geräusche, die aus dem Zimmer zu mir herausdrangen: das Gewirr vieler Stimmen, lautes Lachen, ein alberner, spitzer Aufschrei. Dazwischen Musik und Klirren von Gläsern. Ich versuchte, seine Stimme herauszuhören, aber es gelang mir nicht.
Ich sah den Dienstmädchen zu, die mit beladenen Tabletts von der Küche ins Zimmer eilten, und den Damen, die in Wolken von Parfüm vorüberraschelten. Ich beobachtete die Männer, die sich vor dem Spiegel die Haare kämmten und Grimassen schnitten. Die meisten waren in Uniform, und ich versuchte sie mir in Zivilanzügen vorzustellen. Sie hätten wohl alle nicht mehr so gut ausgesehen. Mich bemerkte man nicht in meiner dunklen Ecke.
Zehn Minuten waren längst vorüber. Ich war bereit, die ganze Nacht auf ihn zu warten. Irgendwann würde er sich an sein Versprechen erinnern. Eine halbe Stunde später kam er. Er hielt in jeder Hand ein Glas Sekt. Ich sprang von meinem Stuhl auf und lief ihm entgegen.
»Komm, Eveline«, sagte er, »gehen wir ins Schlafzimmer. Es ist der einzige Platz, wo man in diesem Trubel ungestört bleibt.«
Wir gingen ins Schlafzimmer. Er schloß die Tür hinter sich. Er gab mir ein Glas und stieß mit mir an: »Auf dich, Eveline«, sagte er, »und darauf, daß du sehr, sehr glücklich wirst.«
Er schaute mich an und lächelte nicht. Dann trank er sein Glas in einem Zug leer.
Ich nahm einen kleinen Schluck.
»Schmeckt es dir nicht?« fragte er.
»Oh, doch«, erwiderte ich eifrig, »ich mag Sekt furchtbar gerne. In Deutschland, an meinen Geburtstagen, hat mir Papa immer ein Glas gegeben. Es war wunderschön ... an meinen Geburtstagen ... in Deutsch ...«

»Trink, Eveline ...«, unterbrach er mich mit eigenartig rauher Stimme, »du wirst noch viel schönere Geburtstage erleben als die in Deutschland.«

»Das glaube ich nicht«, entgegnete ich und trank das ganze Glas aus.

»Puh ... «, sagte ich dann und holte tief Luft. »Das war aber gut.« Ich begann zu lachen, weil ich das Kitzeln des Sektes in meinem ganzen Körper spürte.

Er nahm mir das Glas aus der Hand und stellte es auf den Frisiertisch. Dann kam er zurück und blieb dicht vor mir stehen. Er fuhr mit der Hand in mein Haar und bog mir den Kopf nach hinten.

»Mein Gott, hast du schöne Augen«, murmelte er.

Er sah anders aus als sonst. Ich wußte nicht, warum er mich so anschaute. Ich wußte nicht, was geschehen werde. Ich rührte mich nicht.

Er legte die Arme um mich und hob mich hoch. Ich muß leicht für ihn gewesen sein wie eine Feder, denn er tat es ohne Mühe. Er preßte meinen Körper fest an sich und küßte mich. Ich spürte seine geöffneten Lippen und seine Zunge, die feucht und zart über meinen geschlossenen Mund glitt. Es war wie ein elektrischer Schlag, so jäh, so schmerzhaft, so unerwartet. Es war der erste Kuß eines Mannes. Ich hätte ihn erwidert, doch ich wußte nicht wie.

Er stellte mich auf den Boden zurück. Sein Gesicht war um eine Spur blasser, und seine Hand, mit der er sich jetzt durch das Haar strich, zitterte. Ich stand da, erschreckt, verwirrt, verlegen und auf eine völlig hilflose Weise glücklich.

Er zündete sich eine Zigarette an: »Leb wohl, Eveline«, sagte er dann, »es war schön, dich noch einmal gesehen zu haben.«

Kälte kroch meinen Rücken hinauf. »Warum sagen Sie das ...?«

»Ich dachte, du wüßtest es. Ich verlasse Sofia ... morgen oder übermorgen«, antwortete er ernst.

Ich starrte ihn an. Ich war unfähig, irgend etwas anderes zu tun als zu starren.

»Eveline«, sagte er und machte einen Schritt auf mich zu.

Im nächsten Moment fand ich die Kraft meiner Stimme und

Muskeln wieder. Ich warf mich ihm entgegen und schrie leise und jämmerlich auf: »Sie dürfen nicht fortgehen ... Sie dürfen nicht ... Sie dürfen nicht ...«

Er trug mich zum Bett, den einen Arm unter meinen Schultern, den anderen unter meinen Kniekehlen – wie ein kleines, hilfloses Kind. Mein Gesicht lag an seiner Brust, und ich schluchzte. Er ließ sich, mich so in den Armen haltend, auf dem Bett nieder. Er wiegte mich hin und her und murmelte Worte, die mich beruhigen sollten und das Gegenteil bewirkten.

»Bitte bleiben Sie hier ...«, weinte ich in den dunkelblauen Stoff seiner Uniform hinein.

»Eveline, ich wünschte, ich könnte ...« Seine Stimme klang so hoffnungslos.

»Sie können bestimmt, Sie sind doch deutscher Offizier ...«

»Liebes«, seufzte er, »was ist schon ein deutscher Offizier?«

»Viel«, sagte ich, »sehr viel.«

»Du irrst, mein Kind ...«, seine Augen schauten über mich hinweg ins Leere, »du irrst dich, Gott sei Dank und leider ...«

Ich verstand ihn nicht. Ich begann wieder zu weinen.

»Eveline«, sagte er eindringlich, »ich möchte jetzt mit dir wie mit einer Frau sprechen, nicht wie mit einem Kind.«

Dieser Satz wirkte sofort. Ich richtete mich auf und setzte mich neben ihn. Die Tränen waren nicht aufzuhalten, aber das Schluchzen konnte ich unterdrücken.

Er nahm meine Hände und streichelte sie: »Ich weiß, Eveline, du hast es schwerer als viele Mädchen deines Alters. Du hast Kummer, Sorgen, Ängste, wie sie ein so junges Geschöpf wie du nicht haben sollte. Es wird anders werden, Eveline, und dann wirst du merken, daß du dadurch auch viel gewonnen hast – als Mensch und als Frau. Es klingt sonderbar, was ich dir hier sage, denn momentan denkst du nur daran, was du verloren hast. Aber eines Tages wirst du mich verstehen. Sei tapfer, Eveline, verliere nie die Hoffnung, hörst du! Ich wünsche dir Glück, alles Glück, das dieses Leben geben kann.«

Er küßte meine Stirn, meine Augen, meine Wangen, meine Hände. Er stand auf und lächelte. Es war ein sehr trauriges Lächeln.

»Sie wissen«, flüsterte ich, »Sie wissen, daß ich Halb...« – ich

stockte. Ich traute mich nicht, das schreckliche Wort auszusprechen.

»Natürlich weiß ich es ...«, sagte er und strich sich müde über
das Gesicht.

Er ging zur Tür, ohne sich noch einmal umzudrehen, und
schloß sie hinter sich.

Ich warf mich quer über das Bett, und so blieb ich liegen.

Die Brüder

Im Herbst 1943 begannen die Bombenangriffe auf Sofia. Das Chaos, das dadurch entstand, war gefährlicher als die Bomben selber. Die Bulgaren, die in stolzer Verbrüderung mit den Deutschen Amerika und England den Krieg erklärt hatten, verwünschten die Verbrüderung und verloren den Kopf. Schon vor den Bombenangriffen hatte wenig geklappt, jetzt klappte nichts mehr. Es gab keinen einzigen Luftschutzkeller. Es gab keine Verdunkelung. Es gab dafür Sirenen, die ihr Eigenleben hatten – die Warnung kam meist zu spät, die Entwarnung gewöhnlich zu früh. Und es gab eine Flak, die in der Aufregung nicht die Flugzeuge, sondern die eigenen Häuser beschoß.

Ich hatte entsetzliche Angst. Ich aß nichts mehr, ging in Kleidern und Schuhen zu Bett, und bei jedem ungewohnten Geräusch nahm ich mein Köfferchen und stürzte in den Kohlenkeller. Ich beschwor meine Mutter, Sofia zu verlassen. Aber sie zögerte, weil meine Halbschwester gerade ein Kind erwartete. Ich nahm Bettina die Schwangerschaft sehr übel und fand, sie hätte sich wirklich einen günstigeren Zeitpunkt aussuchen können. Meine Mutter sagte, ich sei hochgradig egozentrisch. Schließlich nahm alles ein schnelles Ende, da ein schwerer Tag- und Nachtangriff halb Sofia in Flammen aufgehen ließ. Im Morgengrauen des nächsten Tages floh die Bevölkerung in alle vier Himmelsrichtungen.

Nach einem dreitägigen Marsch kamen wir in Buchowo an. Buchowo ist ein Dorf von etwa vierzig Lehmhütten; einer Kneipe, in der Slibowitz getrunken wurde und bei Typhusepidemien die Impfungen vorgenommen wurden; einer Schule, die vielen Zwecken diente, ganz selten aber dem des Lernens;

einer Kirche, die ständig in Betrieb war, da Kindstaufen und Begräbnisse einander ablösten; und einem Brunnen, der in der Mitte des großen Dorfplatzes stand und den ganzen Ort mit Wasser versorgte.

Wir wurden bei der Familie Gawriloff einquartiert, die aus einer neunzigjährigen Großmutter, einem Vater, einer Tochter und fünf Söhnen bestand. Die Familie besaß ein Lehmhäuschen mit zwei Zimmern, einem winzigen Vorraum mit offener Feuerstelle, und einer noch winzigeren Kammer. Auf dem großen Hof wimmelte alles durcheinander: ein bissiges Ungeheuer von Hund, etwa zwei Dutzend Schafe, ein paar zerrupfte Hühner, ein mageres, altersschwaches Pferd und zahllose große und kleine Katzen. Außerdem befand sich in der hintersten Ecke des Hofes ein wackeliger Bretterverschlag mit einem Loch in der Erde. Das war die Toilette. In einer anderen Ecke stand noch ein Bretterverschlag, das war der Schafstall. Vom Stall wurde allerdings wenig Gebrauch gemacht. Die Lämmer, von denen es im Frühjahr viele gab, wurden im Haus großgezogen.

So lebten wir alle zusammen in idyllischer Eintracht auf wenigen Quadratmetern – die Gawriloffs, die Lämmer, meine Mutter und ich. Neun Monate lang. Ich habe später noch oft Häuser mit Familien teilen müssen – große, komfortable Häuser, mit gebildeten, zivilisierten Familien –, und es war immer unerträglich, nicht so mit diesen bulgarischen Bauern. Ich habe nie wieder so taktvolle, so hilfsbereite, so herzliche Menschen getroffen wie die Gawriloffs. Es gab zwischen uns niemals Streit, nie ein böses Wort, nie ein unfreundliches Gesicht. Meine Mutter und ich erhielten mit größter Selbstverständlichkeit das bessere Zimmer. Gab es eine besonders gute Mahlzeit, mußten wir daran teilhaben. Wurde ein Lamm oder ein Huhn geschlachtet, gab man uns die besten Stücke. Jonka, die Tochter des Hauses, putzte, wusch, kochte, heizte den Ofen und holte das Wasser für uns. Es wurde streng darauf geachtet, daß wir weder von den Kindern noch von den Tieren und nur gelegentlich vom Ungeziefer belästigt wurden. Das Geld, das meine Mutter den Gawriloffs für Zimmer und Dienste anbot, wiesen sie entsetzt zurück. Wir seien ihnen willkommene Gäste, erklärten sie uns mit Würde.

Ich liebte die Bauern und das Dorf und das natürliche Leben. Ich fühlte mich zum ersten Male frei. Ich war sechzehn Jahre gesund, kräftig und endlich reizvoll gerundet. Das Leben konnte beginnen.

Es begann auf dem sogenannten Korso von Buchowo, der allabendlich auf dem Dorfplatz stattfand. Dort versammelte sich die Jugend, um, in männliche und weibliche Gruppen geteilt, auf und ab zu flanieren. Es war für die Burschen und Mädchen die einzige Gelegenheit, ein Wort, einen Blick, eine flüchtige Berührung zu wechseln.

Ich ging mit Jonka Gawriloff auf den Korso. Sie war ein herzensgutes Mädchen, Anfang Zwanzig und in ständiger Sorge, daß sie mit ihrem kleinen Busen keinen Mann finden werde. Da sie seit Jahren daran gewöhnt war, ihre Kompanie von Brüdern in Schach zu halten, hatte sie die Eigenschaften eines weiblichen Feldwebels angenommen. Auch ich wurde vom ersten Augenblick an Jonkas Befehl unterstellt, denn sie hatte es sich zur Aufgabe gemacht, mich sittlich und moralisch zu erziehen. Es war eine schwere Aufgabe, aber Jonka, zu meiner Verzweiflung, ließ nichts unversucht.

»Evelina, es schickt sich nicht, daß du die beiden jungen Männer anstarrst.«

Die beiden jungen Männer waren jetzt zum neunten Mal an mir vorbeigegangen, jedesmal ein Stückchen näher. Der eine trug eine elegante Uniform, der andere eine alte, zerknitterte Hose und eine Schafpelzjacke. Der eine hielt sich sehr aufrecht, der andere nachlässig und krumm. Der eine machte ein ernstes, bedeutsames Gesicht, der andere lächelte amüsiert. So viel hatte ich bis jetzt festgestellt.

»Evelina, wenn du weiter so starrst, werden sie dich noch in aller Öffentlichkeit ansprechen.«

Im nächsten Moment war es soweit. Sie standen vor uns und blockierten den Weg: »Verzeihen Sie bitte«, sagte der junge Mann in der Schafpelzjacke höflich, »wir wollen nicht aufdringlich sein ...«

»Das sind Sie aber«, fuhr Jonka grimmig dazwischen. Der Uniformierte trat verlegen von einem Fuß auf den anderen. Ich kniff Jonka in den Arm.

»Laß das. Ich spreche jetzt.«

Gott sei Dank kam sie nicht mehr dazu, denn aus dem neugieri-
gen Kreis, der sich um uns gebildet hatte, schob sich ein riesiger Bauernbursche hervor und sagte in feierlichem Ton:
»Jonka, so kannst du nicht mit den jungen Herren sprechen ...
sie sind die Söhne eines Generals ...« Jonka klappte ihren
Mund erschrocken zu. Dann verklärte sich ihr Gesicht. »Die
Söhne eines Generals ...« wiederholte sie schließlich beeindruckt, »das konnte ich ja nicht wissen ...«
Und so lernte ich Boris und Bojan kennen.

Bojan interessierte mich sehr. Er trug eine kornblumenblaue
Uniform, einen roten Lackgürtel, einen langen Säbel, der beim
Gehen an seine spiegelblank polierten Stiefel pochte. Er war auf
der Militärakademie – Junker, wie er mir erklärte. Er hielt sich
sehr aufrecht, was seine große, schlanke Figur noch mehr zur
Geltung brachte. Beim Grüßen schlug er die Hacken zusammen und führte die Hand militärisch stramm zur Mütze. Das
alles imponierte mir. Er war für die romantischen Vorstellungen eines jungen Mädchens wie geschaffen. Der starke, gutaus-
sehende Mann, der Beschützer, der Held.
Boris gefiel mir nicht. Er hatte eine gewaltige Stirn und einen
viel zu großen Mund. Er schien auf sein Äußeres keinen Wert
zu legen. Die alte, schäbige Hose und die Schafpelzjacke bewiesen es. Die Hände, die auffallend schmal waren, nahm er nur
selten aus den Taschen.
Wir verbrachten die folgenden Tage zu dritt. Bojan ging ritter-
lich an meiner linken Seite, Boris folgte wie ein Schatten,
meistens einen halben Schritt hinter uns. Ich wußte nicht, ob
ich mich über seine Anwesenheit ärgern oder freuen sollte.
Einerseits verhinderte er gewisse Annäherungen zwischen Bojan und mir, andererseits wußte er viele amüsante Geschichten
und hatte immer neue Einfälle, wie man den Tag verbringen
könne.
»Ich schlage vor, wir machen heute einen Spaziergang zum
Kloster. Man bekommt dort den besten Schafkäse und herrliches, frisches Brot.«
»Eine gute Idee!« rief Bojan. Ihm selber fiel nie etwas ein, und

die Vorschläge seines Bruders begeisterten ihn immer wieder aufs Neue.

»Sie sind es wohl gewohnt, Entscheidungen zu treffen?« fragte ich Boris ein wenig bissig.

Er schaute mich mit einem schiefen Lächeln an und gab keine Antwort.

»Ja, er trifft immer alle Entscheidungen«, bestätigte Bojan neidlos. »Er ist der gescheite Kopf in der Familie. Ich bin nur Soldat, gewohnt, Befehle entgegenzunehmen und auszuführen.« Er lachte und schlug Boris herzlich auf die Schulter.

Ich war enttäuscht. Wenn man aussah wie Bojan, durfte man nicht so sprechen. »Also gehen wir ...«

Bojan trat an meine linke Seite. Der Säbel pochte gegen seine Stiefel. Er hielt die Schultern gestrafft.

Boris blieb diesmal sogar zwei Schritte hinter uns zurück. Als ich mich einmal umdrehte, lächelte er, als wolle er sagen: Ich möchte euch Kindern nicht das harmlose Vergnügen verderben. Er schien uns nicht ernst zu nehmen.

Bojan mußte auf die Militärakademie zurück. Am Tage des Abschieds erschien er allein zum Rendezvous. Ich fühlte einen Stich des Unbehagens, eine Vorahnung, daß das Beisammensein zu zweit etwas beschwerlich werden würde.

»Mein Bruder meint, wir sollten die letzte Stunde allein verbringen«, sagte er und wurde rot. Er wurde sehr leicht rot, und das irritierte mich. Es paßte nicht zu einem Junker.

»Sind Sie nicht gern mit mir allein?« fragte ich, mit einem Versuch, kokett zu sein.

»O doch ...« Er wurde noch röter. »Aber mein Bruder ist ein so kluger, witziger Mensch, und mit mir werden Sie sich vielleicht langweilen.«

»Unsinn! Und außerdem ... so klug und witzig ist Ihr Bruder gar nicht.«

»O doch«, sagte Bojan mit Überzeugung.

Wir gingen ziellos spazieren, denn Bojan fiel nichts Besseres ein. Da es in der Nacht zuvor geregnet hatte, war es eher ein Rutschen und Springen. Sehr anstrengend, fand ich. Bojan sprach zuerst über das Leben in der Militärakademie, das mich wenig interessierte. Aber ich tat, als höre ich aufmerksam zu. Als das Thema erschöpft war, schwieg Bojan längere Zeit beharrlich. Schließlich, als uns das Schweigen beiden peinlich wurde, begann er wieder, von Boris zu erzählen: »In der Schule war er immer der Beste, obgleich er kaum lernte ...«

»So, so ...«

»Ja, und mit siebzehn hat er sein Abitur gemacht und angefangen, Jura zu studieren. Heute ist er schon Referendar in einer Anwaltspraxis. Mit vierundzwanzig Jahren. Wußten Sie das?«

»Nein.«

Bojan schien noch mehr Überraschungen bereit zu haben, denn er holte tief Luft und machte ein bedeutendes Gesicht: »Sie wußten wahrscheinlich auch nicht, daß er vier Sprachen spricht und herrlich Klavier spielt.«

»Nein.« Ich trat in eine Pfütze und bespritzte mich.

»Ich glaube, wir kehren lieber um«, meinte Bojan und ergriff meinen Arm, um mich zu führen.

Das war ein neues, aufregendes Gefühl. Mein Arm in seinem Arm, unsere Hüften, die sich beim Gehen berührten. Jetzt war er wieder der starke Mann, der Beschützer, der Held. Etwas abseits vom Haus der Gawriloffs blieb er stehen.

»Ich weiß noch nicht, wann ich wiederkommen kann«, sagte er, »aber ich werde sehen, daß es so schnell wie möglich geschieht. In der Zwischenzeit werde ich Ihnen schreiben.«

»Bestimmt?«

»Sie können sich darauf verlassen. Aber Sie müssen mir auch schreiben.«

»Natürlich.«

Wir standen uns gegenüber, und es folgte eine verlegene Pause. Ich wartete. Irgend etwas mußte jetzt wohl geschehen. Wahrscheinlich würde er mich küssen. Bojan rückte seinen Säbel zurecht, was ich im Moment für überflüssig hielt. Das Schweigen dehnte und dehnte sich. Ich wurde nervös. Ich hatte das Gefühl, daß man vor einem Kuß nicht so lange zögern dürfe. Entweder geschah es spontan, oder es wurde nichts Richtiges daraus.

Ich schaute zu ihm auf. Sein rundes, glattes Kindergesicht war verzweifelt. Er schien hin und her gerissen zu sein zwischen

Verlangen und Schüchternheit. Schließlich siegte weder das eine noch das andere. Mit einer ungeschickten Bewegung nahm er mich bei den Schultern und drückte einen kurzen, trockenen Bruderkuß auf meine Lippen.

»Auf Wiedersehen, Evelina«, sagte er dann erleichtert, »und vergiß mich nicht.«

Ich war enttäuscht. Ich wäre so gerne einmal richtig geküßt worden. Ich war in Sofia ein paarmal im Kino gewesen und hatte alle guten und weniger guten Bücher meiner Mutter gelesen. Vieles hatte ich nicht begriffen. Aber daß ein Kuß ein größeres Erlebnis war als das eben überstandene, das hatte ich wenigstens daraus gelernt. Ich wollte geküßt werden, nicht etwa, weil es mich reizte, sondern weil es sich in einem gewissen Alter schickte. Genauso wie es sich schickt, daß ein sechzehnjähriges Mädchen längere Röcke trägt.

»Ich halte es für besser, Evelina«, sagte Jonka, »wenn du während Bojans Abwesenheit nicht auf den Korso gehst.«

»Warum?« fragte ich verblüfft.

»Ganz Buchowo weiß, daß ihr so gut wie verlobt seid.«

»Um Gottes willen, Jonka . . . da weiß Buchowo mehr als ich.«

»Evelina, wenn man sich mit einem Mann so häufig in der Öffentlichkeit zeigt, dann bedeutet das etwas.«

»Aber . . . das bedeutet noch lange nicht, daß . . .« Ich schwieg hilflos. Ich wußte, daß Jonka darauf bestehen würde, wir seien verlobt.

»Er ist ein schöner Mann! Diese Uniform und der stolze Gang. Du kannst dich glücklich schätzen.«

Ich nickte nur. Sie trat dicht an mich heran und musterte mich kritisch.

»Du bist kein Kind mehr«, sagte sie schließlich, »und es gibt einige Dinge, die du wissen mußt.«

Ich wartete gespannt. Ich wäre ihr für eine Aufklärung sehr dankbar gewesen.

»Ja«, sagte ich aufmunternd, »ich bin ganz deiner Meinung.«

»Also«, sagte sie, ernst meinen Busen betrachtend, »du mußt vor allen Dingen einen Büstenhalter tragen.«

»Ist das alles?«

Sie ging gar nicht darauf ein. »Hast du noch nicht bemerkt, wie die Männer da hinstarren?«

»Nein.« Es war die Wahrheit.

»Aber ich habe es bemerkt und beschlossen, daß du einen Büstenhalter tragen mußt.«

»Ich habe keinen.«

»Dann werde ich dir einen nähen.«

Ich kannte Jonkas Büstenhalter. Sie waren aus steifem, rauhem Leinen und preßten rote Streifen in die Haut.

»Nein! Bitte nicht! Ich kann solche Dinger nicht tragen. Sie beengen mich.«

»Du wirst dich daran gewöhnen«, entgegnete Jonka mitleidlos, »du wirst dich noch an vieles gewöhnen müssen.« Ich seufzte. Eine Beziehung zu einem jungen Mann schien einige Veränderungen mit sich zu bringen.

Beim Wasserholen traf ich Boris. Er kam, die Hände in den Taschen seiner Schafpelzjacke, die Schultern schlaff nach vorne fallend, auf mich zu. »Endlich sieht man Sie mal wieder. Wollen wir einen Spaziergang machen?«

»Sie sehen doch, daß ich Wasser hole.«

»Das hat Zeit. In einer Stunde sind wir zurück.«

»Ich kann unmöglich allein mit Ihnen spazierengehen«, sagte ich würdevoll.

»Wissen Sie«, erwiderte er kopfschüttelnd, »daß Sie wie ein bulgarisches Bauernmädchen aussehen, ist noch erträglich, aber daß Sie auch so sprechen, geht zu weit.«

»Wie bitte?« Ich schnappte nach Luft.

»Sie haben mich genau verstanden.«

»Ich finde Sie ausgesprochen frech. Ihr Bruder ist, Gott sei Dank, ganz anders als Sie ...«

»Gott sei Dank ...« Boris grinste.

»Also, ich gehe nicht mit Ihnen spazieren.«

»Ihr Pech! Ich kenne eine Zigeunerin, die aus der Hand liest. Sie wohnt ganz in der Nähe.«

»Tatsächlich?« Ich konnte meine Aufregung nicht verbergen.

»Tatsächlich.«

»Sie kann richtig aus der Hand lesen?«

»Und wie. Sie sagt Ihnen die Zukunft genau voraus.«

»Sie wohnt wirklich in der Nähe?«

»Direkt vor dem Dorf.«

»Gehen wir ... «, sagte ich und stellte die Krüge an die Brunnenmauer.

Ein paar Männer und Frauen sahen uns mißbilligend nach, als wir eilig den großen Dorfplatz überquerten und dem Ausgang des Dorfes zusteuerten.

»Mein Gott, wird Jonka schimpfen.«

»Warum denn?«

»Weil ich mich mit Ihnen zeige und dabei mit Bojan verlobt bin.«

»Was?« Er blieb stehen.

»Jonka behauptet, ich sei mit Ihrem Bruder verlobt.«

Boris begann schallend zu lachen.

»Das muß ich Bojan schreiben!«

»Unterstehen Sie sich.«

»Warum ... Er muß doch von seiner Verlobung unterrichtet werden. Außerdem wird er sich sicher freuen. Er ist ja sehr verliebt in Sie.«

»Verliebt ... in mich ...?«

»Natürlich.«

»Hat er Ihnen das gesagt?«

»Ja. Irgend jemand mußte er es ja sagen.«

»Vielleicht mir.«

»Dazu ist er viel zu schüchtern.«

Ich schwieg und versuchte an Bojan zu denken. Aber ich konnte mir kaum noch vorstellen, wie er aussah.

»Bojan ist ein Kind«, sagte Boris. »Ein großes, anständiges, liebenswertes Kind. Er wird wahrscheinlich immer ein Kind bleiben – unselbständig, weil man ihn dazu erzogen hat in dieser Militärakademie.«

»Fühlt er sich dort nicht glücklich?«

»Ich weiß nicht. Ich kann mir nicht vorstellen, daß sich irgendein Mensch dort glücklich fühlt. Ich sollte auch aktiver Offizier werden. Nach einem Monat bin ich durchgebrannt. Ich habe dann mit meinem Vater einen Kompromiß geschlossen und Jura studiert anstatt Musik.«

Mir war, als kenne ich Boris seit Jahren: Er sprach, dachte und fühlte wie ich. Ich zupfte ihn am Ärmel.

»Ja?« fragte er und blieb stehen.

»Bojan hat mir erzählt, daß Sie vier Sprachen sprechen.«
Er nickte.

»Sprechen Sie auch deutsch?« fragte ich hoffnungsvoll.
Er nickte wieder.

»Wollen wir deutsch sprechen?« Es klang wie eine Liebeserklärung.

»Wenn Sie gerne möchten, selbstverständlich.«

»Oh«, sagte ich mit strahlenden Augen, »Sie sprechen es ja fließend.«

»Freut Sie das so sehr?«

»Ja.«

Er legte mir den Arm um die Schulter. »Kommen Sie, dort drüben ist schon die Hütte der Zigeunerin. Jetzt werden wir die ganze Zukunft erfahren.«

»Ja, daß wir reich und berühmt und glücklich werden.«

»Und Sie werden alles glauben.«

»Ein bißchen«, sagte ich leise, »ein ganz kleines bißchen ... besonders das mit dem Glücklichwerden ...«

Anfang März begann der kurze bulgarische Frühling. Er dauert nur einen Monat – und länger würde man ihn auch nicht ertragen. In diesen beunruhigenden dreißig Tagen ist alles intensiv mit der Fortpflanzung beschäftigt. Tagsüber paart sich das Vieh auf der Weide. In der Nacht heulen die Hunde, schreien die Katzen. Von einer Stunde auf die andere zaubern die Bäume dicke Knospen, die Felder zarte Halme hervor. Die Blätter der Blumen öffnen sich, die Leiber der Schafe wölben sich. Die Frauen werden üppiger, die Blicke der Männer gieriger. Die Luft ist schwer, feucht und klebrig.

So unmittelbar hatte ich den Frühling noch nie erlebt. So viel Fruchtbarkeit beängstigte mich. Ich wußte nicht mehr, wo ich hinschauen sollte. Überall geschah etwas, was mich nachdenklich stimmte oder in Verlegenheit brachte. Ich fühlte mich sehr seltsam. Ich nahm ab, und dennoch kam es mir vor, als würden gewisse Stellen meines Körpers voller und schwerer. Ich

29

weinte oft ohne allen Grund. Oder ich sang, so laut ich konnte, und drehte mich dazu im Kreise, bis mir schwindlig wurde.

»Eveline«, sagte meine Mutter nervös, »kannst du dich nicht etwas normaler benehmen?«

»Ich fühle mich so eigenartig.«

»Das tust du immer.« Sie trommelte mit den Fingern auf die Tischplatte.

»Nein, so eigenartig habe ich mich noch nie gefühlt, ich glaube, es ist das Wetter.«

»Ich glaube eher, es ist Boris«, sagte meine Mutter skeptisch. »Du solltest vielleicht wirklich nicht so oft mit ihm zusammensein.«

»Ich verstehe nicht, was Boris damit zu tun hat, immerhin bin ich jetzt schon einen Monat Tag für Tag mit ihm zusammen.«

»Das ist es eben. Und ich halte es für besser, wenn du ihn seltener siehst.«

»Ich denke gar nicht daran.« Ich stampfte mit dem Fuß auf.

»Benimm dich bitte«, sagte meine Mutter mit gefährlich erhobener Stimme.

Ich überlegte, wie ich ihr entkommen könne. Den Anzeichen nach befand sie sich vor einem ihrer Zornausbrüche, die mich seit sechzehn Jahren immer wieder in Angst und Schrecken versetzten. Ich beobachtete wachsam, wie sie vom Stuhl aufstand und an das kleine Fenster trat. Auf Zehenspitzen lief ich zur Tür. Doch ehe ich sie öffnen konnte, drehte sich meine Mutter um und sagte wider Erwarten mit ruhiger Stimme: »Eveline, ich halte Boris für einen sehr anständigen Menschen... Aber er ist ein Mann, und du bist ein erwachsenes Mädchen ... körperlich wenigstens ... und ...«

»Und ...?« fragte ich, denn irgend etwas mußte wohl noch folgen.

»Ja, und da könnte etwas passieren, was unter keinen Umständen passieren darf.«

»Was?« fragte ich neugierig.

Meine Mutter schlug die Augen zum Himmel empor wie immer, wenn sie mich für einen hoffnungslosen Fall hielt.

»Du bist eben doch noch ein Kind«, sagte sie.

»Ja ... willst du mir nun nicht erklären, was passieren kann?«

»Ich sagte soeben, daß du noch ein Kind bist. Und Kinder sollen Kinder bleiben.«

Ich ging kopfschüttelnd aus dem Zimmer. Jonka war im Hof mit Brotbacken beschäftigt. Ich wollte mich an ihr vorbeidrücken. Mit Jonka hatte ich es weitaus schwerer als mit meiner Mutter. Sie hielt mir täglich Predigten, die voll schauerlicher Andeutungen waren und von Mal zu Mal unklarer endeten.

Ich huschte geduckt an ihr vorüber, und obgleich sie mich sofort entdeckt hatte, ließ sie mich doch bis zum Tor entkommen. Ich wollte mich gerade triumphierend hinausstürzen, da hörte ich ihre Stimme: »Ha . . . du kannst mir nicht entwischen, auch wenn du dich noch so flink und klein machst.«

»Daß ich dir nicht entwischen kann, weiß ich . . .« schrie ich wütend.

»Komm her, Evelina!«

»Selbstverständlich, Jonkuschka«, sagte ich mit süßer Stimme und verbittertem Gesicht. Langsam ging ich zu ihr zurück.

»Du willst natürlich wieder zu deinem . . . Freund . . .«

Die Art, wie sie das Wort Freund betonte und dazu den Teig knetete, war vielversprechend.

»Du hast es erraten.«

»Weißt du eigentlich, in was für eine Gefahr du dich täglich begibst?«

»Ja, er wird mich eines Tages auffressen, so daß nichts mehr von mir übrigbleibt.«

»Es wird schon noch etwas übrigbleiben, aber das wird dann kein anderer Mann mehr haben wollen.«

Das war ein typischer Jonka-Satz. Voll düsterer Andeutungen und unverständlich. Ich dachte ein wenig nach. »Jonka, warum hast du immer Angst, daß Boris mir etwas tut. Was kann er mir denn überhaupt tun?«

»Evelina . . . stell dich nicht dümmer als du bist. Du weißt ganz genau, was er dir tun kann oder schon die ganze Zeit tut.«

»Ich habe keine Ahnung . . .!« rief ich ärgerlich.

Jonka zog die Arme aus dem Teig und stemmte sie in die Hüften: »Oh, lelle, malle . . .!« schrie sie – ein bulgarischer Ausruf höchster Verzweiflung – »Evelina, ich glaube dir kein Wort.«

Jetzt wurde auch noch die Großmutter durch das Geschrei

herbeigelockt. Sie sah der Hexe aus »Hänsel und Gretel« täuschend ähnlich. Durch eine Rückgratverkrümmung zusammengeschrumpft, war sie nicht größer als ein fünfjähriges Kind. Das Gesicht mit den zahllosen Runzeln war listig. Bei Begräbnissen war sie unentbehrlich, da sie eine Virtuosin der Klagegesänge war.

»Was ist los, Jonka ...? Was schreist du das Evelintsche so an?« fragte sie mit ihrer hohen, schrillen Stimme.

»Baba, misch dich bitte nicht hinein!«

»Gut, gut, Enkelin ...«, beschwichtigte die Alte und hockte sich neugierig auf den Boden.

»Also, Evelina«, Jonka hob drohend den mit Teig panierten Zeigefinger, »schwöre mir bei Gott, daß du mich jetzt nicht anlügst.«

»Ich schwöre.«

»Du sollst bei Gott schwören.«

»Ich schwöre bei Gott.«

»Gut. Also ... hat dich Boris jemals geküßt?«

Dieselbe Frage unter demselben Schwur mußte ich mindestens dreimal die Woche beantworten.

»Nein, er hat mich nie geküßt.«

»Hat er dich umarmt?«

»Nein, er hat mich nicht umarmt.«

»Hat er dich irgendwo angefaßt?«

»Nein, er hat mich nicht ...« Plötzlich kam ich auf einen Gedanken. Mit diesem Trick konnte ich vielleicht mehr erfahren. »Wo ...« fragte ich.

»Wo was?«

»Wo er mich angefaßt haben soll.«

Jonka schwieg bestürzt. Die Großmutter begann zu kichern. Ich wartete gespannt.

Schließlich sagte Jonka: »Na, wo ein Mann eben ein Mädchen anfaßt ... «

»Ja ... und wo denn?«

»Ich glaube, ich verliere den Verstand«, stöhnte Jonka.

»Man sollte es ihr vielleicht doch sagen, Enkelin ...« meinte die Großmutter nachdenklich. Es war der erste vernünftige Vorschlag.

»Baba, misch dich da bitte nicht hinein.« Und dann, mutlos zu mir gewandt: »Evelina, du bist eben doch noch ein Kind.«
Genau die Worte meiner Mutter. »Ich glaube, *ich* verliere den Verstand. Ich soll Dinge wissen, die ich nicht wissen soll. Und ich soll Dinge tun, die ich gar nicht tue. Und ich soll Kind sein und nicht Kind sein ... Und wenn ihr nicht aufhört, mich verrückt zu machen, dann tue ich noch viel schlimmere Dinge als die, die ich nicht tue ...«
»Evelina ...«, japste Jonka.
Aber ich hatte mich schon umgedreht und ging entschlossen dem Ausgang des Hofes zu. Ich werde es euch schon zeigen, dachte ich mir.

Wir lagen nebeneinander auf einem kleinen, runden Hügel und blinzelten in einen wolkenlos blauen Himmel. Boris kaute an einem Grashalm.
»Schön ist das hier«, sagte ich, »die Erde unter uns, der Himmel über uns und weit und breit kein Laut.«
»Außer deinem Gequassel ...«
»Du bist ekelhaft, Boris ... den ganzen Tag schon. Fehlt dir was?«
»Ja.«
»Was?«
Er gab keine Antwort.
Ich setzte mich auf und schaute ihn besorgt an: »Was ist mit dir los, Boris? Magst du mich nicht mehr? Langweile ich dich?«
»Unsinn, Saitsche«, sagte er sanft.
Daß er mich wie immer Saitsche – Häschen – nannte, beruhigte mich wieder. Ich schlang die Arme um meine Knie und blickte über die weiten, zartgrünen Maisfelder zu unseren Füßen. »Du magst mich doch wirklich gerne, nicht wahr, Boris?«
»Ja, leider ...«
»Wieso leider?«
»Ach, Saitsche, ich bin faul und müde, laß mich bitte in Ruhe.«
»Da ... jetzt wirst du wieder ekelhaft!«
Er seufzte und schloß die Augen.
Ich beugte mich über ihn, um ihn genau zu betrachten. Er hatte ein kleines, schmales Gesicht, in dem die hochgewölbte Stirn

und der große, fleischige Mund fehl am Platz zu sein schienen.
»Du hast ein komisches Gesicht!« Ich begann zu lachen.
Er öffnete verärgert die Augen: »Du machst mich heute noch wahnsinnig.«
Ich ließ mich in meinen Betrachtungen nicht stören. »Auf jeden Fall hast du schöne Augen«, stellte ich fest, »wie Stiefmütterchen ...«
»Wie was?«
»Stiefmütterchen ... aber eine ganz besondere Sorte. Sie haben eine samtene, schwarz-violette Farbe.«
Mein Gesicht war noch immer über das seine gebeugt. Ich merkte, wie er seinen Blick zum Ausschnitt meiner Bluse senkte. Ich hatte den obersten Knopf geöffnet, so daß sie ziemlich weit auseinanderfiel.
»Du hast auch wunderbare Zähne, wenn du lachst, aber heute lachst du ja nicht ...«
»Nein, heute ist mir das Lachen vergangen, und wenn du nicht sofort mit den Dummheiten aufhörst, verprügele ich dich ...«
Ich richtete mich lachend auf, schüttelte mir die Haare aus dem Gesicht und reckte die Arme: »Boris«, fragte ich, »bin ich eigentlich hübsch?«
»Ich weiß nicht.«
»Ach, Boris ... sag mir doch, wie sehe ich aus?«
»Eigenartig.«
»Warum eigenartig?«
»Du bist eine Mischung aus russischem Bauernmädchen und orientalischer Märchenprinzessin.«
»O Gott! Ist das gut?«
»Ganz gut.«
Ich dachte eine Weile nach, dann fragte ich ängstlich: »Boris, aber jüdisch sehe ich nicht aus, oder ...?« Ich hatte ihm alles erzählt.
»Nein, jüdisch siehst du nicht aus. Und außerdem würde ich mir diese Sorge abgewöhnen. Die Deutschen haben den Krieg so gut wie verloren.«
»Noch haben sie ihn nicht verloren.«
»Aber spätestens in einem Vierteljahr.«
»Glaubst du das wirklich?«

»Ja.«

Ich sprang auf, warf den Kopf zurück und jubelte: »Dann sind wir frei ... frei ... frei ...!«

»Hoffentlich ...«

»Natürlich sind wir dann frei ...«

»Natürlich, Saitsche«, sagte er und riß ein Büschel Gras aus der Erde.

Ich legte mich wieder neben ihn, so nah, daß unsere Schultern und Arme sich berührten. Ich zog den Rock hinauf, so daß die Sonne meine Beine bescheinen konnte. Ich seufzte tief vor Befriedigung.

Boris rückte etwas von mir ab. »Nächste Woche fahre ich nach Sofia zurück.«

»Damit drohst du jeden zweiten Tag.«

»Diesmal tue ich es bestimmt.«

»Und warum tust du es diesmal bestimmt?«

»Erstens, weil ich wirklich wieder arbeiten muß. Und zweitens, weil du mich verrückt machst.«

Wir fuhren beide gleichzeitig hoch und starrten uns böse an.

»Wie meinst du das?« fragte ich tief beleidigt.

»Genau so, wie ich es sagte. Du machst mich verrückt mit deinen kindischen Fragen, deiner verdammten Naivität, deinen unschuldigen Mandelaugen, deinen nackten Schenkeln ...«

»Du bist grob und gemein! Und unberechenbar wie alle Erwachsenen!«

Tränen schossen mir in die Augen.

»Bevor wir uns weiter unterhalten, zieh bitte den Rock runter.«

Ich zerrte das Kleid über meine Knie. »Es ist nicht das erste Mal, daß du meine Beine siehst«, argumentierte ich, tapfer ein Schluchzen unterdrückend, »und bestimmt kein Grund, daß du dich so schlecht benimmst.«

Er zündete sich eine Zigarette an, und ich bemerkte, daß seine Hände zitterten. »Sag mal, wie alt bist du eigentlich, Evelina?«

»Sechzehn Jahre, das weißt du doch.«

Er zog ein paarmal nervös an seiner Zigarette und schaute zu Boden.

»Hat dir deine Mutter nie gesagt ... ich meine, hat sie dich nie

über die Beziehungen zwischen Mann und Frau aufgeklärt...?«
»Nein ...«
Er sprang auf. »Warum nicht, um Gottes willen ...?«
»Sie meint, ich sei noch ein Kind.« Ich blickte zu ihm hoch, und eine Träne lief mir über die Wange.
»Ganz unrecht hat sie natürlich nicht.«
»Boris ... hältst du mich auch für ein Kind?«
»Ja und nein. Ja, wenn ich dich sprechen höre und nein, wenn ich dich anschaue. Eine verteufelte Situation.«
Ich nickte nur. Dann sagte ich leise: »Ich weiß nicht, warum mir niemand erklären will, was zwischen Mann und Frau geschieht. Ich weiß nicht, warum man ein so großes Geheimnis daraus macht. Ist es sehr schlimm, Boris? Will man es mir darum nicht sagen?«
Plötzlich kniete er vor mir nieder und nahm mein Gesicht in die Hände: »Es ist gar nicht schlimm. Es ist wunderschön ...«
Ich blickte in seine Augen, die näher und näher kamen, bis sie verschwammen. Jetzt, dachte ich, jetzt ... und ich rührte mich nicht. Im selben Moment hörte ich ein fernes, dumpfes Dröhnen. Mein Körper wurde starr vor Entsetzen.
»Boris ... Flugzeuge ...«
Sein Gesicht wich langsam zurück.
»Ruhig, Saitsche, ganz ruhig ...« Er kannte meine panische Angst vor Flugzeugen.
»Boris, sie werden auf uns schießen.«
»Unsinn, sie haben Wichtigeres zu tun.«
Das Dröhnen kam schnell näher. Ich begann zu zittern, bis mir die Zähne aufeinanderschlugen.
Boris legte sich flach hin und zog mich neben sich. »Siehst du, Saitsche«, er hielt meine Hand fest in der seinen, »das Gras ist so hoch, daß es uns ganz verdeckt.«
»Ich kann nicht vergessen, wie sie damals auf uns schossen. Sie kamen im Tiefflug und schossen auf uns. Wir waren auf der Flucht nach Buchowo. Eine unübersehbare Kette von Menschen – Männer, Frauen, Kinder ... Sie schrien und warfen sich in die Straßengräben. Die Maschinengewehre knatterten wie wahnsinnig, und die Erde spritzte hoch.«

»Ruhig ... Saitsche ...«, murmelte Boris.

»Ich begriff nicht, wie man etwas so Furchtbares tun konnte. Auf wehrlose Menschen schießen! Es waren doch die Amerikaner. Ich glaubte, die Amerikaner täten so etwas nicht. Ich konnte es nicht fassen, verstehst du ... ich ...«

Jetzt waren die Flugzeuge über uns. Winzige Punkte, die silbern aufblitzten. Ein gewaltiges Dröhnen. Die Luft vibrierte, als sei sie elektrisch geladen.

»Oh, Boris ...« stöhnte ich.

Er zog meinen Kopf auf seine Brust: »Es ist sofort vorbei. Es sind nicht so viele wie sonst ... nur noch eine Minute, Saitsche ... «

»Ich hasse sie. Ich hasse die Amerikaner, die Deutschen, die Russen ... Sie sind alle gleich ... alle, alle, alle ...«

»Sehr richtig«, sagte Boris.

Das Dröhnen entfernte sich ebenso schnell, wie es gekommen war. Es wurde leiser und leiser und verebbte schließlich ganz. Über uns war der Himmel wieder heiter und blau. Die Sonne schien. Das Gras duftete. Die Erde war warm und ein wenig feucht.

Ich setzte mich auf und fragte mit erwartungsvollen Augen: »Boris, ist es wirklich so wunderschön ...«

»Was?«

»Na, das zwischen Mann und Frau ...?«

»Ja, es ist wirklich wunderschön, du dummes Saitsche ...«

Bojan kam an einem Wochenende. Seine gut gebügelte Uniform saß wie angegossen. Sein blitzender Säbel pochte an die Stiefel. Sein rundes Gesicht strahlte – kindlich und unbekümmert.

»Ich freue mich sehr, dich endlich wiederzusehen«, sagte er zu mir und errötete.

»Ich freue mich auch.«

Er sah hübsch und frisch gewaschen aus. Ich fühlte eine tiefe, schwesterliche Zuneigung zu ihm. Ich hoffte, daß er nicht versuchen werde, mich zu küssen. Boris stand neben seinem Bruder. Er hielt den Rücken krumm und die Hände in den Taschen seiner alten, zerknitterten Hose. Er wirkte kleiner und

schmächtiger als Bojan, ohne es zu sein. Ich hatte den leidenschaftlichen Wunsch, ihn zu umarmen.

»Wir machen einen Spaziergang zum Kloster«, schlug Boris
vor, »und trinken dort ein Glas roten Wein auf unser Wiedersehen ...« Er lächelte mich an und legte einen Arm zärtlich um
die Schultern seines Bruders.

Wir waren vergnügt und ausgelassen. Wir gingen Arm in Arm
und freuten uns an allem. Wir berauschten uns an der Schönheit des Tages, an dem Rhythmus unserer gemeinsamen
Schritte, an dem Gefühl, jung und kräftig zu sein. Das Leben
war herrlich.

Wir tranken roten Wein und aßen weißen Schafkäse. Wir lachten ununterbrochen. Nach dem dritten Glas sagte Boris, ich
hätte genug getrunken.

»Oh, Boristscho ...«, bettelte ich, »noch einen Schluck.«

»Gib ihr doch noch ein kleines Glas«, kam mir Bojan zu Hilfe.

»Nein. Wir haben noch einen weiten Weg, und sie ist bereits
beschwipst.«

»Und wenn schon ...«, rief ich, »heute bin ich so glücklich,
und ich möchte trinken und euch beide umarmen ...«

»Da siehst du es! Noch einen Schluck, und sie tut es wirklich.«

Auf dem Heimweg sang ich laut und schallend deutsche Schlager, Volkslieder und Märsche. Alles durcheinander und zum
Teil erdichtet. Boris und Bojan lachten. Einmal stolperte ich
und fiel hin. Versonnen lächelnd blieb ich liegen.

»Hast du dir weh getan?« Bojan beugte sich erschrocken über
mich.

»Aber nein! Es ist nur so schön, im Gras zu liegen ... «

Boris zog mich wortlos in die Höhe. Ich ließ mich gegen ihn
fallen und warf dabei die Arme um seinen Hals.

»Evelina ...«, flüsterte Boris eindringlich, »mach keinen Unsinn ...« Er schaute verstohlen zu Bojan hinüber, der uns mit
unbefangenem Lächeln zusah.

Die Brüder nahmen mich in die Mitte und legten jeder einen
Arm um meine Taille. Es kam mir vor, als schwebe ich. Ich
begann wieder zu singen. Auf diese Weise näherten wir uns
Buchowo.

Vor dem Dorf wurden wir von einem Polizisten angehalten. Er

trug eine Pistole und einen Gummiknüppel. »Wohin wollt ihr?«

»Ins Dorf natürlich«, sagte Boris.

»Woher kommt ihr?«

»Was geht das Sie an?«

Der Polizist betrachtete uns der Reihe nach, und sein Gesicht wurde dabei immer drohender.

Boris hatte sich die Mütze seines Bruders aufgesetzt und den Säbel um die Hüften geschnallt. Bojan hatte den Militärrock ausgezogen. Ich lächelte immer noch töricht und beseligt und unterdrückte nur mit Mühe ein Trällern.

»Woher kommt ihr?« wiederholte der Polizist gefährlich langsam und deutlich.

»Wir haben einen Spaziergang gemacht«, sagte Bojan rasch und zog sich die Jacke an.

»Ihre Ausweise!«

»Das geht zu weit!« rief Boris ärgerlich, »wo sind wir denn hier...?«

»Ich habe Ihre Ausweise verlangt.«

»Wir haben unsere Ausweise nicht dabei«, sagte Bojan, »wir waren doch nur spazieren.« Er machte Boris ein Zeichen, ihm seine Mütze und seinen Säbel wiederzugeben. Boris übersah das Zeichen.

»Auch wenn man spazierengeht, hat man seine Ausweise bei sich zu tragen«, fuhr uns der Polizist an, »wie heißen Sie?«

Ich war durch diesen Auftritt inzwischen nüchtern geworden. Ich fühlte mich in Gefahr, wie immer, wenn ich einen Polizisten sah. Ich starrte abwechselnd auf die Pistole und den Gummiknüppel, und mein Magen zog sich zusammen.

»Wir sind die Söhne von General Wladimir Petroff.« Bojan nahm Boris die Mütze vom Kopf und setzte sie sich auf. Er nahm militärische Haltung an.

»Das kann jeder sagen«, knurrte der Polizist, aber er war unsicher geworden.

»Die Erklärung meines Bruders sollte Ihnen genügen«, sagte Boris mit schneidender Stimme, »gehen Sie uns jetzt bitte sofort aus dem Weg ...« Er machte Anstalten weiterzugehen.

»Stoi ...«, schrie der Polizist, »... halt, oder ich muß Gewalt anwenden ...«

»Boris«, flehte ich, »bleib stehen ... ich habe Angst ...«

Bojan trat auf seinen Bruder zu: »Sei doch vernünftig«, redete er auf ihn ein, »du siehst doch, daß das keinen Sinn hat.« Er nahm Boris den Säbel ab, schnallte ihn um und wandte sich dann an den Polizisten: »Sie sehen, daß ich Junker der königlichen Militärakademie bin«, sagte er in knappem militärischem Ton, »ich setzte voraus, daß Sie meinen Worten Glauben schenken, und ich verlange eine Erklärung, warum wir hier festgehalten werden.«

Dieser Ton wirkte. Der Polizist stand stramm und legte die Hand an die Mütze. Sein Gesicht nahm den sturen Ausdruck jener Menschen an, die gewohnt sind, Gehorsam zu leisten. »Ich habe Befehl erhalten, das Dorf zu bewachen«, bellte er, »keinen hinauszulassen und keinen ohne gewissenhafte Überprüfung der Papiere hineinzulassen.«

Ich suchte Boris' Hand und umklammerte sie.

»Es sind dreizehn Partisanen gefangen worden, einige davon müssen aus Buchowo sein. Da die Dorfbewohner es nicht freiwillig zugeben wollen, müssen sie dazu gezwungen werden.«

»Und wie geht das vor sich?« fragte Boris.

»Ganz einfach«, sagte der Polizist, und man sah ihm an, daß er die Idee großartig fand, »die dreizehn Leichen liegen auf dem Dorfplatz, und die Bewohner müssen daran vorbeigehen und sie genau anschauen. Irgendeiner von den Verwandten dieser Burschen verrät sich immer ... meistens die Mütter ...«

»Das sind außerordentlich menschliche Methoden ...!« Boris' Stimme drohte sich zu überschlagen. Der Polizist zuckte ungerührt die Schultern: »Was soll man sonst tun ...? Diese Verräterbande muß eben ausgerottet werden ...«

Ich stand wie gelähmt.

»Gehen wir«, sagte der Polizist und deutete in Richtung des Dorfplatzes.

»Moment«, befahl Boris. »Das Fräulein hier wohnt oberhalb des Dorfes. Sie braucht also nicht mit uns über den Platz zu gehen. Sie kann ihr Haus hinten herum ...«

»Unmöglich ...«, unterbrach der Polizist, »ich kann sie nicht einfach laufen lassen. Sie muß schon mitkommen, und anschließend können Sie sie meinetwegen nach Hause bringen ...«

»Hören Sie ...«, sagte Boris, und man merkte, daß er kurz davor war, die Beherrschung zu verlieren, »das Fräulein ist eine Deutsche. Sie nehmen doch wohl nicht an, daß sie mit einem der Partisanen verwandt ist.«

»Darum geht es nicht«, sagte der Polizist stur. »Ich darf keinen laufen lassen, dessen Identität ich nicht zuerst schwarz auf weiß überprüft habe.« Er musterte mich eindringlich. »Wie kann ich denn wissen, daß sie wirklich eine Deutsche ist. Aussehen tut sie jedenfalls nicht so ...«

»Laß doch, Boris«, sagte ich mühsam, »ich komme mit.« Und ohne eine Antwort abzuwarten, begann ich zu gehen.

Es war ein Frühlingstag, wie er nicht schöner hätte sein können. Ich fühlte die weiche, sonnengetränkte Luft. Ich sah den seidigen Himmel. Ich hörte das eifrige, vergnügte Gezwitscher der Vögel. Die Natur strömte Heiterkeit und Frieden aus.

Wir erreichten Buchowo und ließen die ersten Häuser des Dorfes hinter uns. Sie waren wie ausgestorben. Keine menschliche Stimme, nur das hysterische Bellen der Hunde. Wir bogen um die letzte Ecke – vor uns lag der riesige Dorfplatz.

Ich werde das Bild nie vergessen. Die Menschen standen in einer langen Schlange. Sie schoben sich langsam und schweigend vorwärts, mit stolzen, verschlossenen Gesichtern. Zu beiden Seiten der Menschenkette standen in kurzen Abständen Polizisten, mit gezogener Pistole in der einen und dem Gummiknüppel in der anderen Hand. Ihre rauhen, hallenden Stimmen, die Befehle zum Vorwärtsgehen und Hinschauen brüllten, unterbrachen ab und zu die beängstigende Stille. Die Leichen hatte man nebeneinander auf den dreckigen Boden gelegt. Ihre Gesichter waren gelbgrün und gedunsen, die glasigen Augen verdreht, die Kleider blutverschmiert. Männer, Frauen und Kinder ab zehn Jahren wurden einzeln durch einen Stoß mit dem Gummiknüppel gezwungen, dicht an die Leichen heranzutreten und sie der Reihe nach genau zu betrachten. Sie taten es. Die Männer zogen die Mützen. Die Frauen bekreuzigten sich. Einige warfen ein Blümchen, das sie zum Schmuck im Haar getragen hatten, auf die Toten. In solchen Momenten schlug die Polizei jedesmal zu. Man hörte nur den dumpfen Aufprall des Knüppels, aber keinen Schmerzenslaut.

Ich versuchte auf meine Schuhspitzen zu sehen, doch es gelang mir nicht. Ich fühlte, wie mir Bojan die Hand auf die Schulter legte. Und ich hörte Boris' Stimme: »Evelina, schau nicht dort hin . . .«

»Wieso soll ich nicht dort hinschauen? Ich weiß schon lange, wie grausam die Menschen sind.«

Der Polizist sah mich drohend an: »Los, gehen wir . . . und kein Wort mehr!«

Wir gingen. Bojan links von mir, Boris rechts. Boris nahm meine Hand. Seine Finger waren kalt und feucht. Die Dorfbewohner schauten uns nicht an. Sie hielten die Köpfe erhoben und starrten stumm ins Leere. Als wir an den Leichen vorbeikamen, nahm Bojan die Mütze vom Kopf, Boris hob zum Gruß der Toten die Hand.

»Weiter«, knurrte der Polizist.

Wir hatten das Haus, in dem die Petroffs wohnten, beinahe erreicht, als ich plötzlich hinter uns einen gellenden Schrei hörte: »Wesselin . . . moito Momtsche . . .!« – Wesselin . . . mein Junge . . .

Die unendliche Qual dieser Stimme riß mich herum. Eine Frau hatte sich über eine der Leichen geworfen. Ich sah, wie sie das Gesicht ihres toten Sohnes in beiden Händen hielt und mit Küssen bedeckte. Ein älterer Bauer beugte sich zu ihr und versuchte sie hochzuzerren. Aber sie hielt den Körper des Toten umklammert, so daß er sich mit ihr vom Boden hob.

Ich schlug die Hände vor das Gesicht.

»Das ist jetzt schon die Dritte, die sich verraten hat . . .«, sagte unser Polizist.

»Verfluchte Saubande«, sagte Boris, aschfahl im Gesicht.

»Gehen wir . . .«, sagte Bojan, »das ist ja nicht auszuhalten . . .«

Im Hause der Petroffs begann ich hysterisch zu schluchzen. Boris führte mich zu einem Bett: »Leg dich hin, Saitsche . . . es war ein Schock für dich.«

Ich biß mir in den Arm, um nicht zu schreien: »Warum ...?«
fragte ich, »warum ...?«

»Warum was, Saitsche ...?«

»Warum müssen sich die Menschen immer gegenseitig verfolgen, quälen, töten ...?«

»Ich wünschte, ich könnte dir darauf eine Antwort geben.«

Im Mai erklärte Wassil, der älteste Sohn der Gawriloffs, er werde heiraten. Wassil war achtzehn Jahre. Er hatte eine niedere Stirn, ein wenig geschlitzte Augen und eine hängende Unterlippe. Vater Gawriloff meinte, es sei eine ausgezeichnete Idee, daß er heiraten wolle, denn erstens brauche man eine Hilfe zur Ernte und zweitens brauche Wassil eine Frau im Bett. Ja, sagte Wassil, das seien auch seine Gedanken gewesen. Daraufhin küßte der Vater seinen Sohn auf beide Wangen und wünschte ihm Glück. – In den bulgarischen Dörfern heiraten die Männer sehr jung – oft schon mit sechzehn Jahren. Die bulgarische Bauersfrau steht weit unter dem Mann und hat fast gar keine Rechte. Sie geht in die Ehe, nur darauf bedacht, dem Mann Befriedigung, viele Söhne und ihre ganze Arbeitskraft zu schenken. Sie schuftet von morgens bis abends und weitaus mehr als der Mann. Ob sie krank oder schwanger ist, spielt dabei keine Rolle. Die Frau ist mit ihrem Schicksal zufrieden. Ihre Erfüllung ist es, dem Mann zu dienen. Mit zwölf Jahren beginnt sie an ihrer Aussteuer zu nähen und auf das ersehnte Ehejoch zu warten. Wassil hatte sein Auge auf Mara geworfen. Sie war fünf Jahre älter als er – eine üppige junge Frau mit dicken, schwarzen Zöpfen und dem duldsamen Gesichtsausdruck einer wiederkäuenden Kuh. Jonka wurde in das Haus der Braut geschickt, um die wirtschaftlichen Verhältnisse auszukundschaften. Sie kam mit froher Botschaft zurück: Das Haus besaß zwei große Zimmer. Der Lehmfußboden wurde jeden Tag naß ausgefegt. Läuse und Wanzen hatte sie nicht entdeckt. Der Katschamak – der traditionelle Maismehlbrei – sei nicht etwa mit Milch, sondern mit Schweinefett zubereitet gewesen. Die Schafherde besteht aus 30 Stück wohlgenährten Tieren. Und die Aussteuer der Mara sei geradezu sensationell. Einer Eheschließung stand demnach nichts mehr im Wege.

Der bulgarische Bauer hält nicht etwa um die Hand der Braut an. Das wäre unter seiner Würde. Die Braut wird eine Woche vor der Hochzeit entführt, in das Haus ihres zukünftigen Mannes geschleppt und dort in die ihr bevorstehenden Pflichten eingeweiht.

Wassil entführte Mara eines schönen Tages, als sie auf dem Dorfplatz Wasser holte. Er packte sie kurzerhand am Oberarm, so daß die Tragstange von ihrer Schulter glitt und die Krüge zerschellten. Mara schrie auf – nicht etwa aus Überraschung und Protest, sondern aus unverhohlener Freude. Dennoch verlangte es die Sitte, daß sie sich jungfräulich zierte und zur Wehr setzte. Mara tat es mit viel Gekicher und nicht sehr überzeugend. Männer und Frauen, die sich auf dem Platz versammelt hatten, lachten und schrien, als sich Mara bereitwillig von Wassils starker Hand entführen ließ. Atemlos erreichte das junge Brautpaar das Haus, gefolgt von einer jubelnden Menschenmeute. Und so hielt Mara stürmischen Einzug. Sie wurde von der Familie Gawriloff auf beide Wangen geküßt und mit Brot und Salz willkommen geheißen.

Die Vorbereitungen zur Hochzeit dauerten eine Woche. Sieben turbulente Tage voller Emsigkeit, voll Gelächter, Geschrei und Geflüster. Weder Tag noch Nacht herrschte Ruhe. Tagsüber sorgten Mara und sieben Gawriloffs für glorreiche Verwirrung, in der Nacht machte sich das achte Mitglied der Familie – die 90jährige Baba – an die Arbeit. Stunde um Stunde hörte man sie im Haus rumoren, krächzende Selbstgespräche halten und mit Töpfen und Pfannen hantieren. Sie schien voll listiger Einfälle zu sein und überhaupt nicht mehr zu schlafen. Letzteres war der Familie sehr willkommen, denn seit Mara mit Jonka die winzige Kammer teilte, standen den übrigen Gawriloffs nur noch zwei Betten zur Verfügung. In diesen schliefen sie mehr oder weniger übereinander oder schichtweise. Dennoch kannten sie keine Müdigkeit, und ihre Energien waren unerschöpflich.

Die Hochzeit des ältesten Sohnes stand bevor – das größte bulgarische Familienfest. Für dieses Ereignis spart der Vater, hamstert die Mutter, näht und spinnt die Schwester – jahrelang. Für dieses Ereignis ist nichts zu viel, nichts zu gut. Familien, die sich tagaus, tagein kärglich von weißen Bohnen und Brot ernährt haben, schlachten zu diesem Fest ihr Vieh, öffnen ihr lang gehütetes Faß Rotwein. Jeder, der kommt, wird bewirtet, und es gibt keinen, der nicht käme.

Vater Gawriloff wußte, was er seinem Ansehen schuldig war. Er schlachtete 10 Hühner, 20 Lämmer und ein Schwein. Er öffnete ein Faß Schafkäse und drei Fässer Wein. Er erteilte Befehl, hundert Eier hart zu kochen, 80 Laibe Brot und 15 Bleche Banitza, einen mit Schafkäse gefüllten Blätterteigstrudel, zu backen, sowie zwei gewaltige Schüsseln Schkembe Tschorba, eine Suppe aus den Innereien der Tiere, zuzubereiten.

»Es ist die Hochzeit meines Erstgeborenen«, schrie er mit donnernder Stimme, und sein langer, rötlicher Schnurrbart zitterte dazu, »das ganze Dorf soll mit uns feiern und glücklich sein ...«

Am Abend vor der Hochzeit folgte ich Mara und Jonka in ihre Kammer. Sie wollten, wie sie erklärten, noch die letzten Vorbereitungen treffen. Auf dem Bett lag, säuberlich ausgebreitet, Maras Brautkleid. Den Stoff dazu hatte ihr meine Mutter geschenkt. Es war ein nichtssagendes kurzes Kleidchen aus zartgrüner Kunstseide. Die Gawriloffs jedoch fanden es wunderschön und behaupteten, keine Braut habe jemals ein so kostbares Gewand besessen. Daneben lag ein weißer, steifer Schleier, durch den man weder sehen noch gesehen werden konnte, und das traditionelle Kopftuch, das Symbol der verheirateten Frau. Keine Ehefrau darf sich vom Tage ihrer Hochzeit an ohne ein solches Tuch zeigen. Es wird tief in die Stirn gebunden, dann über Kreuz nach rückwärts geschlungen und über dem rechten Ohr zusammengeknüpft. Eine Frau wird nach der Anzahl, dem Material, den leuchtenden Farben und der Spitzenverzierung ihrer Kopftücher beurteilt.

Mara strich verzückt über das grasgrüne Tuch mit den weißen Spitzen: »Ist es nicht herrlich?«

Jonka nahm es prüfend zwischen die Finger: »Ein guter Stoff«, meinte sie sachkundig, »wieviel hat er gekostet?«

»Hundert Leva der Meter«, sagte Mara stolz.

Jonka wiegte bedächtig den Kopf.

»Binde es dir doch einmal um, Mara«, schlug ich vor.

»Um Gottes willen, Evelina«, Mara hob beschwörend die Hände, »wenn man das Kopftuch vor der Hochzeit trägt, hat man furchtbares Unglück in der Ehe ...«

»Tatsächlich?« rief ich erschrocken. Ich war mindestens ebenso abergläubisch wie die bulgarischen Bauern.

»Ja, so ist es«, bestätigte Jonka, »ich war selbst dabei, als sich die Elisawetha ihr Hochzeitstuch einen Tag vorher umgebunden hat. Ich habe sie gewarnt, weiß Gott. Aber sie war übermütig und hat nicht auf mich gehört. Keinen einzigen Sohn hat sie ihrem Mann geboren – nur Mädchen. Und der Mann hat sie schließlich jeden Tag geprügelt.«

»Entsetzlich ...«, flüsterte ich.

Mara hatte sich auf das Bett gesetzt und die Zöpfe gelöst. Sie hatte prächtiges Haar, das ihr wie ein schwarzer, seidener Umhang über Rücken, Schultern und Brust fiel.

»Dein Haar wird Wassil gefallen«, meinte Jonka anerkennend. Mara errötete und senkte kichernd den Kopf.

Jonka nahm eine Strähne zwischen die Finger: »Wir müssen es in winzige Zöpfchen flechten, damit es schön kraus wird. Evelina, du kannst mithelfen ...«

Wir begannen zu flechten. Jonka hinten, ich rechts, Mara links.

»Morgen um die Zeit«, sagte Jonka, »ist es schon geschehen.«

Mara kicherte wieder. Diesmal ein bißchen hysterisch.

»Hast du Angst?«

»Ich glaube schon ...«

Ich überlegte, was morgen um diese Zeit geschehen sein könne und warum Mara Angst haben sollte.

»Wassil ist ein guter Kerl«, fuhr Jonka beruhigend fort, »es wird schon nicht so schlimm werden.«

Jetzt konnte ich eine Frage nicht mehr unterdrücken. »Was wird nicht so schlimm werden?»

Mara begann zu lachen, und Jonka sagte: »Evelina, lauf doch bitte mal in den Keller und schau nach der sauren Milch. Ich glaube, ich habe die Tür offen gelassen, und die Katzen könnten hineinkommen ...«

Ich nahm es ernst und lief in den Keller. Die Tür war fest verriegelt. Als ich zurückkehrte, sprachen Jonka und Mara über die Zubereitung von Banitza.

Ich schlief kaum in dieser letzten Nacht vor der Hochzeit. Meine Mutter war zwei Tage zuvor zu meiner Halbschwester gereist, die kurz vor der Entbindung stand. Ich lag mit weit geöffneten Augen im Bett und lauschte auf die Geräusche, die aus dem Vorraum zu mir hereindrangen. Die Baba war damit beschäftigt, die Lämmer zu braten. Schon am Nachmittag hatte sie begonnen, die zarten, weißen Leiber der Tiere auf Holzstöcke zu spießen. Ich hatte mich geekelt und weggeschaut. Die Köpfe der toten Schafe mit den hervorquellenden, verglasten Augen und der seitlich heraushängenden Zunge sahen entsetzlich aus. Aber gerade die Köpfe wurden in Bulgarien als größte Delikatesse bevorzugt. Während ich jetzt einzuschlafen versuchte, sah ich immer wieder diese – selbst noch am Spieß ergebenen Lämmergesichter vor mir. Ich stand auf und öffnete leise die Tür. Die Baba hockte vor dem offenen Feuer, und ich sah nur ihren buckeligen Rücken und ihre langen, dünnen Finger, die langsam den Spieß drehten. Sie murmelte leise vor sich hin, während Blut und Fett zischend in die Flammen tropften.

Sie spürte sofort meinen Blick und drehte sich um: »Evelintsche«, krächzte sie, »was machst du denn hier mitten in der Nacht?«

»Ich kann nicht schlafen.«

»Dann bist du morgen müde und kannst nicht tanzen.«

Ich nickte traurig.

»Warte«, sagte sie und kramte etwas aus ihrer Rocktasche, »leg dir das zwischen die Brüste, und dann wirst du schlafen können. Es beruhigt das Blut.« Sie überreichte mir einen kleinen, schwarzen Stein, der eigenartig glänzte. »Was ist das?«

»Ein Wunderstein«, erklärte die Alte. »Er hat meiner Mutter mal das Leben gerettet, als sie schon im Sterben lag. Er zieht die bösesten Mächte aus dem Leib.«

»Danke«, sagte ich und hielt den unheimlichen Gegenstand zwischen den äußersten Fingerspitzen. Ich schlich mich ins

Zimmer zurück und streckte mich im Bett aus. Mit Widerwillen legte ich mir den Stein zwischen die Brüste. Gleich darauf schlief ich ein.

Ich wurde durch einen unbeschreiblichen Lärm im Hof geweckt. Ich hörte schreien, lachen, poltern, krachen, hämmern. Ich schaute auf die Uhr. Es war halb sieben. Ich sprang aus dem Bett und lief zum Fenster. Es war ein strahlender Tag, der sicher sehr heiß werden würde. Im Hof tobten die Gawriloffs und noch etliche Nachbarsleute herum. Einige zerrten lange Bretter hinter sich her, die sie zusammennagelten und auf Holzpflöcke rund um die Hofmauer aufbauten. Andere schleppten armweise Stroh herbei, das sie rechts und links von den Brettern auf den Boden streuten und mit Decken, Wandteppichen und Tüchern bedeckten. Auf diese Weise entstand eine riesige Festtafel. Jonka, die den Hof auszukehren versuchte und dabei in dichten Staubwolken verschwand, entdeckte mich am Fenster. Sie warf den Besen in hohem Bogen fort und stürzte zu mir ins Zimmer.

»Evelina«, schrie sie und rang die Hände, »wie zeigst du dich wieder am Fenster!«

Ich hatte ganz vergessen, daß ich nur ein dünnes Nachthemd anhatte. Jonka verhängte die kleinen Fenster eilfertig mit Decken. Dann brachte sie mir einen Krug warmes Wasser und füllte damit die Waschschüssel. Auf einen Stuhl daneben legte sie Seife, Zahnpasta und Handtuch.

»Was ziehst du heute an?«

»Ich dachte, das Blauseidene mit den weißen Punkten.«

Sie machte erstaunlicherweise keine Einwände, obgleich das Blauseidene ein sehr enges Mieder hatte.

»Und die weißen Schuhe, Jonka.«

»Nein, die werden beim Tanzen schmutzig.«

»Dann tanze ich am besten barfuß«, murrte ich und begann mich zu waschen.

Jonka stellte wortlos ein paar braune Schuhe heraus. Dann begutachtete sie mit grimmiger Miene meine Unterwäsche, die über einer Stuhllehne hing.

»Wo ist der Büstenhalter?«

48

»Ich weiß nicht.«

»Ich werde ihn schon finden.« Sie hatte den Spürsinn eines Jagdhundes. In wenigen Sekunden hatte sie einen Koffer unter meinem Bett hervorgezerrt und dort unter allen möglichen Dingen den verhaßten Büstenhalter entdeckt. Sie schwenkte ihn triumphierend.

»Den ziehst du an!«

»Natürlich, Jonka«, sagte ich mit unschuldigem Gesicht. Ich wollte warten, bis sie wieder verschwand, und dann die weißen Schuhe und keinen Büstenhalter anziehen.

Die Baba hockte immer noch vor dem offenen Feuer – nur rührte sie jetzt in einem riesigen Kübel. In einer fetten, ziegelroten Paprikasauce schwammen Hühner und Kartoffelstücke. Es roch wunderbar. Die Tür zur Kammer stand offen. Das junge Brautpaar flüsterte miteinander. Ab und zu stieß Mara ein glucksendes Lachen aus. Wassil gab der Tür einen leichten Stoß, so daß sie sich bis auf einen Spalt schloß.

»He...«, schrie die Baba, »werdet ihr wohl die Tür auflassen!«

Ich lief in den Hof hinaus. Körbe mit hartgekochten Eiern, Brotlaibe, Schüsseln mit Schafkäse und dickbauchige Slibowitzflaschen standen jetzt schon auf den Tischen. Ein paar kleine Jungen und Mädchen hielten Wache, daß sich nicht etwa Hühner und Katzen auf die Festtafel verirrten. Mezo, der Hund, bellte wie ein Besessener und versuchte sich von seiner Kette zu reißen. Die Schafe, eingepfercht in ihren engen Stall, blökten im Chor. Ab und zu hob Vater Gawriloff eine Slibowitzflasche und nahm einen gewaltigen Schluck. Als er mich sah, brüllte er: »Ela, ela, Evelintsche, komm her und trink einen Schluck auf meinen Erstgeborenen ...«

»Tatko ...« protestierte Jonka, »du kannst doch Evelina nicht schon am frühen Morgen betrunken machen ...«

»Ach was ... Evelina verträgt das schon!« Er hielt mir die Flasche hin, und ich nahm einen kleinen Schluck. Es war ein angenehmes Gefühl. Ich lachte und hätte gerne noch mehr getrunken.

Gegen acht Uhr legte die Familie die Festgewänder an. Großmutter und Vater Gawriloff hielten sich streng an die bulgarische Nationaltracht, die schön, aber besonders an heißen Tagen unbequem ist. Sie besteht aus schweren, prächtig bestickten Stoffen, aus vielen Unterröcken, breiten Bauchbinden, wollenen, eng geschnürten Wadenwickeln und gehämmerten Gürteln.

Die jüngere Generation entschloß sich daher für einen Kompromiß. Sie trug eine Phantasiemischung aus Tracht und moderner Kleidung. Wassil erschien in einer schwarzen Hose, deren Stoff so dick und steif war, daß ihm das Gehen ganz offensichtlich Mühe machte. Zu diesem unverkennbaren Produkt der Gawriloffschen Schafe trug er ein weißes Hemd aus grobem Leinen, dessen Kragen zu eng war und daher nicht zugeknöpft werden konnte. Auf seinem Kopf saß eine Schirmmütze, und hinter dem rechten Ohr steckte eine rote Blume. Mara hatte ihr grünseidenes Kleidchen angelegt, das über dem mächtigen Busen gefährlich spannte und am Ausschnitt, zum Glück, mit einer großen, glitzernden Brosche zusammengehalten wurde. Ihr breites, verschwitztes Gesicht hielt sie unter dem kurzen Brautschleier verborgen, durch den man trotz aller Anstrengung nicht hindurchschauen konnte. Das Paar wurde mit vielen entzückten Ausrufen gemustert.

Gegen neun Uhr näherte sich aus der Ferne ein ebenso ungeheurer wie undefinierbarer Lärm, der sich aus zahllosen erregten Stimmen, aus klagenden, musikartigen Tönen und dumpfem Getrommel zusammensetzte.

»Sie kommen ...!« brüllte Vater Gawriloff, indem er jedem seiner Söhne eine Slibowitzflasche in die Hand drückte. »Schnell, wir müssen sie empfangen ...« Er öffnete das Tor. Sie kamen alle – ganz Buchowo, so schien mir. Vorneweg eine Dreimannkapelle, bestehend aus zwei Dudelsäcken und einer gewaltigen Trommel. Die Slibowitzflaschen gingen von Mund zu Mund. Jeder, der den Hof betrat, stärkte sich zunächst einmal mit einem langen Schluck. Danach fand die Begrüßung statt, bei der jeder jeden auf beide Wangen küßte und herzlich umarmte. Die Kapelle machte dieser Zeremonie schließlich ein Ende.

Wenn man zum ersten Mal eine bulgarische Dorfkapelle hört, glaubt man, in den Urwald geraten zu sein. Es klingt ungefähr wie das Heulen und Kreischen wilder Tiere, vermischt mit dem Trommeln der Eingeborenen. Die Dudelsäcke geben ganz erstaunliche Töne von sich, die man anfangs mit allem, nicht aber mit Musik vergleichen kann. Später gewöhnt man sich dann daran. Und schließlich stellt man fest, daß es tatsächlich Musik ist. Musik mit einem primitiven, sinnlichen Reiz und einem fesselnden Rhythmus.

»Iiii – ju ...!« schrie Vater Gawriloff bereits nach den ersten Takten und begann, ein großes, rotes Tuch in der Linken schwenkend, den Tanz anzuführen.

Choro heißt der bulgarische Nationaltanz. Er wird in einem großen Kreis getanzt, bei dem jeder sich am Gürtel des anderen festhält. Zwei stampfende Schritte seitwärts ... einen kurzen Schritt vorwärts ... vier hüpfende Schritte rückwärts ... und dasselbe noch einmal und noch einmal und noch einmal ... immer rundum, immer im Kreis ...

Irgendwann brach der Kreis auseinander, und die Menschen begannen in einer langen Schlange durch das Dorf zu tanzen. Wassil führte an, die Kapelle folgte am Schluß, mit Trommelwirbel und Dudelsackgepfeife. Ich tanzte mit – über holperige Wege, an bellenden Hunden vorbei, quer über den großen Dorfplatz, in einen anderen Hof hinein. Dort machten wir halt. Die Kapelle schwieg. Die Menschen richteten die Augen erwartungsvoll auf das Haus. Die Tür öffnete sich, und heraus trat, würdig und in vollständiger Nationaltracht, das Ehepaar Lasskoff. »Bravo!« schrie das Volk begeistert.

Man klärte mich auf, daß die Lasskoffs die Trauzeugen seien; daß sie zu den wohlhabenden Bauern von Buchowo zählten; daß sie fünfzig Schafe, zwei gutgenährte Pferde und fünf große Maisfelder besäßen; und daß sie im übrigen bei der Hochzeit die wichtigste Funktion auszuüben hätten.

»Was für eine Funktion?«

Man kicherte nur geheimnisvoll und sagte, das würde ich am Abend schon sehen.

Wassil trat ehrerbietig vor, begrüßte seine Trauzeugen und überreichte ihnen ein Geschenk. »Bravo!« schrie das Volk noch einmal. Dann begann die Kapelle wieder zu spielen, und wir tanzten zu den Gawriloffs zurück.

Die Trauung in der kleinen weißgetünchten Kirche fand um

zwölf Uhr statt. Da nur wenige Leute im Innern der Kapelle Platz fanden, machten es sich die anderen auf der Wiese davor gemütlich. Es wurde zwanglos geplaudert und gelacht. Einer zog eine Flasche mit Slibowitz hervor, andere packten Brot und ein paar hartgekochte Eier aus. Die Stimmung wurde immer übermütiger.

Währenddessen zelebrierte der Pope die Trauung. Man schätzte sein Alter auf neunzig Jahre und nahm es ihm nicht übel, daß er bei der Zeremonie wesentliche Dinge vergaß. Er trug ein Meßgewand, das sicher genauso alt wie er und einstmals schwarz war, jetzt aber in allen Farben des Regenbogens schillerte. Seine langen grauen Haare hatte er der Einfachheit halber zu einem kleinen Dutt zusammengesteckt. Auf diese Weise brauchte er sie nie zu kämmen. In seinem verfilzten Bart klebten Speisereste vergangener Monate. Er hatte Mara und Wassil getauft und deren Eltern nicht nur getauft, sondern auch getraut und zum Teil begraben. Da er trotz seines hohen Alters immer noch leidenschaftlich gern aß und trank und erfahren hatte, daß die Gawriloffs ein gewaltiges Festmahl zubereitet hätten, beeilte er sich mit der Trauung. Dem jungen Brautpaar war diese Eile nur recht. Es war entsetzlich heiß in der Kirche, und die Kronen, die sie während der Zeremonie zu tragen hatten, waren zu groß. Sie rutschten ihnen dauernd auf die Nasenspitzen.

Nach einer halben Stunde war alles überstanden. Wassil und Mara traten als Ehepaar vor das Portal der Kirche. Sie wurden jubelnd begrüßt. Die Trauzeugin nahm Mara den Schleier vom Kopf und band ihr das giftgrüne, spitzenverzierte Tuch um. Eine Kette aus blauen Perlen, die sie am ersten Tag ihrer Ehe vor bösen Blicken schützen sollte, wurde um ihren Hals gelegt. Mit einer rührend unterwürfigen Geste legte die junge Frau ihren Arm in den Wassils. Es wurden Fotos gemacht. Das Brautpaar allein. Das Brautpaar mit Trauzeugen. Das Brautpaar mit Trauzeugen und Familie. Das Brautpaar mit Trauzeugen, Familie und mir, im Vordergrund kniend. Danach setzte sich der Zug in Bewegung und steuerte dem Hause Maras zu. Jetzt kam ein großer Moment für die Braut, der ihr entweder die Achtung oder Verachtung des Dorfes eintrug: die Besichtigung der Aussteuer, die nach der Menge beurteilt wird. Je mehr Stücke eine Braut vorzuweisen hat, desto höher wird sie eingeschätzt.

Vor Maras Haus stand schon ein Leiterwagen, um den sich die Dorfbewohner aufgeregt scharten. Mara, ihre Schwestern, Cousinen und Tanten bildeten vom Wagen bis ins Innere des Hauses eine Kette und reichten sich die Sachen zu. Sie gingen langsam von Hand zu Hand, so daß die Zuschauer Gelegenheit hatten, sie eingehend zu mustern und zu bewundern.

Ich muß gestehen, daß Maras Fleiß beachtlich war. Sie hatte bestimmt über hundert Meter selbstgewebten Stoff, dicht, kunstvoll und farbenprächtig bestickt. Wozu all die vielen großen und kleinen, quadratischen, rechteckigen und runden Stücke gebraucht wurden, wußte ich nicht. Wahrscheinlich wußte es kein Mensch – und es war auch im Hinblick auf die gewaltige Anzahl ohne Bedeutung. Ich sah mit Beunruhigung, wie sich die Stoffballen im Leiterwagen türmten, und zerbrach mir darüber den Kopf, wo sie in dem vollgepfropften Haus der Gawriloffs untergebracht werden sollten. Mara strahlte über das ganze Gesicht, während das staunende Publikum Ausrufe tiefster Bewunderung hören ließ. Wassil, die Hände in den Hosentaschen, blickte stolz um sich, als wolle er sagen: Na, habe ich etwa keinen guten Handel abgeschlossen?

Endlich, als die Aussteuer schon über die Wände des Leiterwagens zu rutschen begann, wurde das Prunkstück herbeigeschleppt: abermals einige Quadratmeter Stoff, aber noch enger, noch bunter bestickt. Der Verdacht drängte sich mir auf, daß Mara in den letzten fünfzehn Jahren nie die Nadel aus der Hand gelegt haben konnte. Es war ein wahrer Alptraum, und ich seufzte erleichtert, als der Wagen schließlich abrollte.

Es wurde stundenlang gegessen und getrunken. In Abständen von einem Meter standen die großen Schüsseln auf dem Tisch, in die jeder nach Herzenslust hineinlangte. Es gab natürlich keine Teller, keine Gläser, keine Bestecke. Das Fleisch wurde mit den Fingern zerrissen und die Knochen sorgfältig und bis auf die letzte Faser abgenagt; die Sauce wurde mit Brot aufgetunkt; für die Suppe standen ein paar Löffel zur Verfügung, die man dem nächsten weiterreichte. Die Rotwein- und Slibowitz-flaschen gingen von Mund zu Mund. Es war das unhygienisch-ste Essen, das ich jemals erlebt habe, und das andächtigste.

Ich hielt mich, so gut es ging, abseits. Ich konnte mich nicht dazu überwinden, mit dreißig Personen aus einem Topf zu essen. Erst als Zahnstocher und türkischer Kaffee herumge-reicht wurden, wagte ich mich wieder näher an die Festtafel heran.

»Hat es dir geschmeckt, Evelina ...?«

»Hast du auch genug bekommen ...?«

»Hast du von dem Huhn gekostet ...?«

Keiner hatte im Eifer des Essens bemerkt, daß ich nicht daran teilgenommen hatte. Nur Jonka natürlich. Gerade als ich sagte: »Es war wunderbar ... ich habe noch nie so viel gegessen ...«, nahm sie mich am Arm und zog mich ins Haus: »Hier! Und jetzt setz dich hin und iß ...«

Auf dem Tisch stand ein Teller mit Suppe; ein Teller mit Lamm; ein Teller mit Huhn; ein Teller mit Banitza; ein Glas Rotwein; und daneben lagen Löffel, Messer, Gabel und Ser-viette.

Ich war gerührt. »Jonka, woher hast du denn das ganze Ge-schirr und die Serviette?«

»Frag nicht so viel und iß ... Du mußt doch entsetzlichen Hunger haben ...«

»Wie hast du überhaupt gemerkt, daß ich nicht mitgegessen habe?«

»Was gibt es da zu bemerken?« sagte sie mit zärtlichem Spott, »ein Germantsche – eine kleine Deutsche – bleibt ein Germant-sche ...«

Boris kam am frühen Nachmittag: »Mein Gott, hier sieht es ja aus wie nach einer Schlacht ...«

»Man hat gegessen«, erklärte ich und blickte mich im Kreis um.

Boris hatte recht. Es sah aus wie nach einer Schlacht. Knochen und leere Flaschen lagen im Hof verstreut. Die Menschen hatten sich zum Teil auf dem Stroh ausgestreckt und verdauten oder schliefen in der glühenden Sonne. Einige Frauen hatten ihre Säuglinge an die Brust gelegt. Ganze Schwärme von Fliegen hatten sich überall niedergelassen. Ein paar Kinder schrien, und die Schafe blökten kläglicher als je zuvor.

»Mein Gott...«, sagte Boris noch einmal und war kurz davor, kehrtzumachen. Im selben Moment steuerte das Brautpaar auf ihn zu: »Wir freuen uns, Sie als Gast begrüßen zu dürfen.« Sie drückten Boris eine Flasche Slibowitz in die Hand.

Boris nahm einen großen Schluck, der ihm offensichtlich über den ersten Schreck hinweghalf: »Ich möchte Ihnen herzlich gratulieren und viele Söhne wünschen«, sagte er dann mit vorschriftsmäßiger Höflichkeit.

Jonka kam über den Hof auf uns zugesegelt. »Willkommen, Gospodin Petroff«, sagte sie strahlend, denn Gastfreundschaft geht in Bulgarien über Abneigung. Sie schüttelte ihm freundlich die Hand und wandte sich dann ebenso plötzlich und unfreundlich Wassil zu. Ich kannte Jonkas vulkanisches Temperament und wartete gespannt auf den Ausbruch: er kam.

»Wie soll das eigentlich weitergehen? Wenn die Kapelle so weitersäuft, kann sie nicht mehr spielen. Und wenn hier nicht bald Ordnung gemacht wird, ersticken wir im Dreck.«

Ich sah, wie Boris sich das Lachen verkniff, wie Mara erschreckte, runde Augen machte und Wassil, auf die Feldwebelbefehle seiner Schwester abgerichtet, sofort laut in die Hände klatschte: »Los...los.. die Hochzeit geht weiter.«

Die Tische wurden fortgeschafft, der Hof naß ausgefegt; die Schläfer wurden aufgerüttelt, der Kapelle die Flaschen entrissen. Eine halbe Stunde später lief der Choro wieder auf vollen Touren.

Es wurde getanzt und getanzt, die Sonne sank, lange Schatten fielen in den Hof. Und mit diesen Schatten machte sich eine Spannung unter den Menschen bemerkbar, die selbst die Luft in Schwingungen zu versetzen schien. Es wurde jetzt kaum noch gelacht und gesprochen. Die Musik wurde lauter und schneller. Der Rhythmus stampfender. Die Menschen tanzten mit ernsten Gesichtern, vertieft und besessen.

Ich spürte das alles. Eine Unruhe, die ich nicht hätte erklären können, erfaßte mich. Ich tanzte weiter, außer Atem und aufgelöst. Boris lehnte an der Hofmauer und rauchte eine Zigarette. Jedesmal, wenn ich an ihm vorbeikam, sah er mich an, aufmerksam und merkwürdig gespannt. Ich wollte zu ihm laufen, aber der Rhythmus hielt mich fest. Plötzlich brach die Musik ab, der Kreis zerfiel in kleine Gruppen, die schweigend beieinander standen. Die Sonne war untergegangen, aber es wurde nicht kühler. In dem grauen Licht der Dämmerung sahen die Menschen blaß und verschwommen aus. Ihre Augen wirkten übergroß. Mara und Wassil standen mit den Trauzeugen in einer Ecke und flüsterten. Alles schien dort hinzustarren. Mir wurde die Sache unheimlich. Was war mit den Leuten los? Warum waren sie plötzlich so stumm und starr? Mich fröstelte, trotz der Hitze.

Stephana trat neben mich und packte aufgeregt meinen Arm. »Jetzt ist es bald so weit!«

Stephana war ein hübsches Mädchen mit einer vollen, festen Figur, einem schwarzen Zopf, der ihr bis in die Kniekehlen reichte, und blauen, dichtbewimperten Augen. Sie stammte aus der ärmsten Familie des Dorfes und hatte den schlechtesten Ruf. Jonka hatte mir streng verboten, mehr als unbedingt nötig mit ihr zu sprechen.

»Was ist bald so weit?«

»Aber Evelina, weißt du das denn nicht ...?«

»Nein.« Ich blickte ängstlich um mich. Jonka hatte die unerträgliche Eigenschaft, immer dann aufzutauchen, wenn es spannend wurde.

»Du weißt wirklich nicht, was jetzt geschieht?«

»Nein! Wie soll ich das denn wissen?«

»Soll ich es dir sagen?«

»Ja ... aber nicht hier ... Jonka könnte uns sehen ...«

Ich nahm Stephana bei der Hand, zog sie ins Haus und schloß die Tür hinter uns. »So, und jetzt erzähl mir, was geschieht ...«

Das brauchte man Stephana nicht zweimal zu sagen. Erzählen war ihre Lieblingsbeschäftigung, und das Thema schien ihr besonders zu liegen. Sie setzte sich mit glänzenden Augen zu mir auf das Bett: »Also ... jetzt gehen Mara und Wassil mit den Trauzeugen in die Kammer, und da geschieht es dann.« Stephana leckte sich die Lippen.

Daß Ehepaare ein Zimmer und womöglich auch ein Bett teilen, das wußte ich immerhin schon. Aber was dann geschehen würde – noch dazu unter den Augen der Trauzeugen –, das wußte ich nicht. Das war es ja, was man mir immer verheimlichte. Ich ahnte, daß jetzt die einmalige Gelegenheit gekommen war, alles zu erfahren.

»Kannst du mir nicht endlich erklären, was geschieht?«

»Sicher kann ich es dir erklären!« Stephana tat sehr wichtig. Sie war glücklich, jemand gefunden zu haben, dem sie ihre ganze Weisheit mitteilen konnte. »Paß gut auf, Evelina ...« Das hätte sie nicht erst zu sagen brauchen.

»Mara zieht sich also aus und legt dann ein langes, weißes Hemd an. Wassil zieht sich auch aus, das heißt, die Hosen ... Sie steigen zusammen ins Bett ...«

»Und die Trauzeugen ...?« unterbrach ich, denn die Anwesenheit dieser beiden im Hochzeitszimmer gab mir viel zu denken.

»Nun warte doch ... das wollte ich dir doch gerade erklären ... Die Trauzeugen zeigen dem Brautpaar, was sie tun müssen – denn die meisten haben ja keine Ahnung. Und außerdem müssen sie natürlich aufpassen, daß nicht gemogelt wird.«

»Gemogelt ...?«

»Natürlich ...! Die Iwanka zum Beispiel, die hat gemogelt. Die war vor der Hochzeit schon mal mit einem anderen Mann zusammen gewesen. Als sie dann heiratete, hat sie sich das Brauthemd mit roter Farbe bekleckst. Aber trotzdem konnte sie die Trauzeugen nicht hinters Licht führen. Sie haben den Schwindel gemerkt, und der Ehemann hat Iwanka mit Schimpf und Schande vom Hof gejagt.« Stephana wiegte gedankenvoll den Kopf.

»Jetzt weißt du, warum die Trauzeugen dabei sein müssen, nicht wahr?«

Ich wußte es natürlich nicht, denn das Wesentliche hatte mir Stephana nicht gesagt. Ich war vollkommen verwirrt, da ich mir weder das Mogeln noch die rote Farbe, noch die Schimpf und Schande erklären konnte. Ich starrte Stephana verständnislos an.

»Na, was ist? Was schaust du mich an wie ein Gespenst?«

»Ich verstehe das alles nicht«, sagte ich traurig.

»Herrgott ... Evelina ... lebst du denn auf dem Mond?«

Stephana wurde ungeduldig. »Weißt du vielleicht noch nicht einmal, daß ein Mann anders aussieht als eine Frau ...?«

»Doch, das weiß ich.«

»Daß er etwas hat, was eine Frau nicht hat ...«

»Das weiß ich auch.«

»Weißt du, wozu er es hat?«

»Ja, natürlich.«

»Quatsch ... ich meine außer *dem* ...«

»Außer dem ...? Nein.«

»Lelle, malle! Da wird es aber Zeit, daß du es erfährst ...«

Sie rückte ganz dicht an mich heran und senkte ihre Stimme zu einem eindringlichen Flüstern. Sie flüsterte und flüsterte, und ihre Wangen wurden immer röter. Ich saß erstarrt da und schluckte mit trockenem Hals. Die Aufklärung, die ich von diesem Bauernmädchen erhielt, hätte drastischer und schonungsloser nicht sein können.

»Mein Gott ...«, ich schnappte nach Luft und preßte die Fäuste gegen die Brust.

»Tut es denn nicht furchtbar weh?«

»Furchtbar ...«, sagte Stephana mit Genuß.

»Und dem Mann macht es Spaß ...?«

»Und wie ... er kann gar nicht genug davon kriegen.«

»Und die Frau muß dann immer mitmachen ...?«

»Immer«, sagte Stephana mit Überzeugung.

»Wie entsetzlich ...«

»So schlimm ist das gar nicht ... es macht ihr ja schließlich auch Spaß ...«

»Das ist ganz unmöglich!«

Stephana lachte schallend: »Na, warte mal, du wirst auch noch anders darüber denken ...«

»Niemals!«

Im selben Moment öffnete sich die Tür, und Boris kam herein. »Ich habe dich überall gesucht, Evelina ... was machst du hier ...«

Ich starrte ihn erschrocken an. Alles, was mir Stephana soeben erzählt hatte, wirbelte mir durch den Kopf. Da stand er – ein Mann wie alle anderen, mit denselben Begierden und derselben Fähigkeit, den Frauen weh zu tun. Ich konnte es nicht fassen.

»Was ist hier los?« Boris schaute mich und Stephana an.

»Nichts ist los, Gospodin Petroff ...« Stephana war schon an der Tür, »wir haben uns bloß unterhalten ...«

Boris trat auf mich zu: »Eine schöne Unterhaltung muß das gewesen sein! Du siehst ja aus, als stünde die Welt kurz vor dem Untergang ...«

»Ganz richtig ... so ist mir auch.«

»Hast du zuviel getrunken?«

»Zu wenig.«

»Hübsche Redensarten für ein sechzehnjähriges Mädchen.«

»Laß mich in Ruhe! Du hast es gerade nötig, mir Vorhaltungen zu machen ...«

Boris sah mich kopfschüttelnd an: »Saitsche, ich fürchte, die Hochzeit hat dir den Verstand verwirrt. Komm, gehen wir ein bißchen spazieren.«

»Ich gehe nie wieder mit dir spazieren!«

»Na schön, wenn du wieder normal bist, laß es mich wissen.« Er ließ mich einfach stehen.

Ich stampfte mit dem Fuß auf und würgte an den Tränen. Warum hatte ich es unbedingt wissen wollen? Jetzt war alles aus zwischen Boris und mir. Nie wieder konnte ich ihm unbefangen gegenübertreten.

Ich trat ans Fenster. Mara und Wassil standen in der Nähe des Hauses. Sie hielten sich bei der Hand und sahen aus wie zwei verirrte Kinder, die tapfer gegen die Angst ankämpften. Die Hochzeitsgäste standen immer noch im Hof herum. Sie flüsterten miteinander und warfen neugierige Blicke auf das Brautpaar.

Dann knallte plötzlich ein Schuß.

Wer kann jetzt wen erschossen haben? überlegte ich erschrocken.

Doch es schien niemand erschossen worden zu sein. Die Leute gaben kein Zeichen der Beunruhigung von sich. Im Gegenteil – der Schuß schien geradezu belebend auf sie zu wirken. Sie tuschelten jetzt lauter miteinander, stießen sich an, und ein paar Männer lachten aus vollem Hals. Die Trauzeugen steuerten ernst und aufrecht auf das junge Paar zu – durchdrungen von ihrer eigenen Wichtigkeit. Wassil ging mit dem Trauzeugen voran, wobei er heldenmütig zu grinsen versuchte. Mara, zum ersten Male blaß, folgte mit der Trauzeugin. Es sah aus, als würden sie zur Hinrichtung geführt.

Ich hörte sie an meinem Zimmer vorbei zur Kammer gehen. Ich hörte die Tür quietschend und knarrend ins Schloß fallen. Dann wurde es unheimlich still.

Ich rannte aus dem Haus und in den Hof. Es war schon fast dunkel. Schattenhafte Gestalten huschten an mir vorüber, die Arme beladen mit Papier, Reisig und Holz. In der Mitte des Hofes wurde ein gewaltiger Scheiterhaufen errichtet. Ich hörte Kichern und Flüstern. Petroleumlampen wurden angezündet und an die Mauer gehängt. Sie tupften ein trübes, gelbes Licht in die Dunkelheit.

Die Slibowitzflaschen wurden jetzt wieder herumgereicht, und als man mir eine hinhielt, trank ich, bis mir der scharfe Schnaps die Tränen in die Augen trieb.

»Schaut euch mal das Germantsche an ...«, lachte ein Bauer, »sie trinkt noch die ganze Flasche leer ...!«

Jemand nahm mir die Flasche weg. Es war Boris. »Bist du total verrückt?«

Ich hustete und schüttelte mich und fühlte, wie sich die brennende, beißende Wärme in meinem Körper ausbreitete, den Kopf leicht machte und die düsteren Gedanken verscheuchte.

»Es wird sich nichts zwischen uns ändern, nicht wahr, Boris?« Ich trat dicht an ihn heran und legte die Hand auf seinen Arm.

Boris stellte weder die Frage: Was sollte sich zwischen uns ändern? Noch gab er die Antwort: Es wird sich nichts zwischen uns ändern. Er grub die Zähne in die Unterlippe und schloß einen Moment lang die Augen.

»Boris. Was ist los ... Boris ...?«

»Gar nichts ...« Er hielt immer noch die Slibowitzflasche in der Hand. Jetzt hob er sie hoch und trank. Dann gab er sie dem nächsten. »Gar nichts ist los ...« Er nahm mich bei den Schultern und schüttelte mich zärtlich.

»Saitsche ...«, sagte er.

Die Dudelsäcke quietschten auf. Die Menschen bildeten einen Kreis und begannen zu tanzen.

»Komm ...«, rief Boris, »tanzen wir ...«

Er zog mich hinter sich her. Man machte uns Platz. Er faßte meinen Gürtel. Seine Hand war heiß. Die Wärme drang durch den dünnen Stoff meines Kleides bis auf die Haut. Zum ersten Mal nahm ich die Berührung seiner Hand bewußt auf. Der Druck der harten, heißen Finger auf meiner Hüfte erregte mich. Ich schämte mich dieses neuen Gefühls und konnte doch nicht verhindern, daß es sich von Minute zu Minute steigerte. Ich tanzte und merkte, wie Boris' Rhythmus so zwingend auf mich übersprang, daß ich in der Bewegung mit ihm verschmolz. Mein Körper war mir fremd, er schien mir nicht mehr zu gehören. Mein Atem kam flach und flatternd, und vor meinen Augen begann es sich zu drehen.

»Mein Gott ... Boris ...«, rief ich mit unsicherem Lachen, »ich glaube, ich verliere die Besinnung ...!«

»Endlich ...! Darauf warte ich schon die ganze Zeit ...«

Seine weißen, starken Zähne blitzten in der Dunkelheit. Ich kam nicht mehr dazu, die Besinnung zu verlieren. Plötzlich knallte wieder ein Schuß, und die Musik brach mitten in der Melodie ab. Die Menschen starrten erwartungsvoll in Richtung des Hauses. Dort stand Wassil auf der obersten Treppenstufe. Etwas breitbeinig, mit einem stolzen Lächeln auf dem feucht-glänzenden Gesicht und einer Pistole in der Faust. Er sah aus wie ein Feldherr, der die erste Schlacht seines Lebens erfolgreich gewonnen hat. Mit einer gewichtigen Bewegung hob er die Pistole und feuerte einen zweiten Schuß in die Luft. Es folgte eine eindrucksvolle Pause und schließlich ein dritter Schuß. Es folgte wieder eine eindrucksvolle Pause, und dann öffnete sich die Tür. Heraus trat der Trauzeuge, eine brennende Fackel in der Hand. Würdevoll schritt er über den Hof auf den Scheiterhaufen zu und setzte ihn in Brand. Als das geschehen war, zog er sich ebenso würdevoll zurück. Noch immer verharrten die Menschen stumm und bewegungslos. Ihre Gesichter, in dem flackernden rötlichen Schein der Flammen, waren angespannt. In der Ferne heulte ein Hund. Die Tür des Hauses öffnete sich von neuem. Auf der Schwelle stand die Baba. In ihrer erhobenen Rechten hielt sie etwas, das wie eine Fahne aussah – einen langen Stock, an dem ein weißes Tuch hing. Sie begann die seltsame Flagge zu schwenken und mit trippelnden

Schritten die Treppe hinabzusteigen. Ein majestätischer, achtunggebietender Ausdruck lag auf ihrem zerfurchten Gesicht. Während sie näher und näher kam, erkannte man, daß das weiße Tuch ein Hemd und daß das Hemd mit Blut befleckt war.

Ich spürte, wie Boris mich ansah. Aber ich hielt den Blick hartnäckig auf die Großmutter geheftet, die sich jetzt zu ihrer vollen Zwergenhöhe emporreckte, das Brauthemd über dem Kopf schwang und dazu in den Triumphruf ausbrach: »Freunde – seht! Das Blut einer Jungfrau ...!« Die Vorstellung war zu Ende. Der Bann war gebrochen. Die Menschen umarmten und küßten sich; lachten und weinten; jubelten und klatschten. Die Dudelsäcke jaulten. Die Trommel dröhnte. Der Lärm war ohrenbetäubend.

Die Großmutter als ältestes Familienmitglied führte den Choro an. Mit wehender Brauthemd-Fahne, schrillem »Iiii-ju« und hurtigen Sprüngen zog sie eine jauchzende Menschenschlange hinter sich her. Es war ein wilder, gespenstischer Tanz, rund um den prasselnden züngelnden Scheiterhaufen.

Nach der dritten Runde wurde das Brauthemd in die Flammen geworfen. Und nun erschien Mara. Sie trug wieder ihr grünes Kleidchen und ihr grünes Kopftuch, aber keine Strümpfe und Schuhe. Ihre dunklen, trägen Augen glänzten feucht, und auf ihren Wangen lagen zwei kreisrunde, rote Flecken. Auf der untersten Treppenstufe blieb sie bescheiden und doch mit einer neuen, gelassenen Selbstsicherheit stehen. Die Kapelle hörte auf zu spielen. Wassil trat auf seine Frau zu, nahm sie bei der Hand und führte sie in die Mitte des Hofes. Die beiden stellten sich dicht einander gegenüber und stemmten die Hände in die Hüften. Die Kapelle begann mit einem Ratschenitza – ein Volkstanz, bei dem nur Beine und Füße in ständiger, schneller rhythmischer Bewegung sind. Die jungen Eheleute tanzten – die Oberkörper steif, die Köpfe hoch erhoben, die Gesichter ernst. Die Hochzeitsgäste bildeten einen Kreis um sie und klatschten im Takt in die Hände.

Ich ließ Mara nicht aus den Augen. Es kam mir unglaublich vor, daß sie da tanzte. Wie ist es möglich, überlegte ich, daß sie hüpft und springt, barfuß, mit wippendem Busen und fliegenden Zöpfen! Wie ist es möglich, daß sie Wassil ansieht, mit leuchtenden, bewundernden Augen. Muß sie ihn nicht hassen, muß sie nicht bereuen, geheiratet zu haben ... Doch Mara schien glücklich. Sie warf plötzlich den Kopf in den Nacken und lachte. Wassil zog ein Tuch aus der Tasche und schwenkte es übermütig in der Luft. Die Zuschauer feuerten die beiden mit lauten Zurufen an. Der Kreis zog sich enger und enger. Das Tempo der Musik wurde immer schneller, der Tanz immer rasender.

Boris stand dicht hinter mir. Ab und zu berührten sich unsere Körper, und jedesmal erschauerte ich. Ich war mir nicht klar, ob ich bei der Berührung Freude oder Widerwillen empfand. Ich überlegte, wie es wäre, wenn er mich ganz fest an sich preßte.

»Evelina ...« Ich spürte seinen Atem an meinem Hals, »komm ... gehen wir ...«

»Wohin?« fragte ich, ohne mich umzuwenden.

»Ein bißchen spazieren.«

»Nein.«

»Nicht weit ... nur ein paar Schritte ...«

»Nein.«

Boris legte mir energisch die Hand auf die Schulter: »Nun komm schon.« Ich folgte ihm.

Boris ging neben mir, die Hände in den Hosentaschen, den Kopf gesenkt. Seit wir den Hof verlassen hatten, hatte er noch kein Wort gesprochen.

Es war eine glasklare Vollmondnacht. Vor uns lag baumlos das gewellte Land wie unter einem silbernen Schleier. In der Ferne erhoben sich die schwarzen bewaldeten Berge. Man hörte noch immer die Musik – gedämpft und ein wenig unheimlich.

Ich wünschte, Boris würde etwas sagen. Ich fühlte mich einsam. Das klare, kalte Licht des Vollmonds beunruhigte mich. Ich blieb stehen.

Boris ergriff wortlos mein Handgelenk und zog mich weiter.

»Wir wollten nur ein paar Schritte gehen, und jetzt sind wir schon eine halbe Stunde vom Dorf entfernt«, sagte ich mit dünner Stimme, die sofort von der großen Stille verschluckt wurde.

»Wir gehen nur noch bis zu dem Hügel dort.« Boris ließ mein Handgelenk nicht los.

Es war nicht das erste Mal, daß ich mit Boris abends spazierenging. Noch vor vierundzwanzig Stunden hätte ich mir nichts dabei gedacht. Ich hätte gelacht und Unsinn geredet und den Mond mit einem runden Käse verglichen. Boris hätte mir den Arm um die Schultern gelegt und mich sein »albernes Saitsche« genannt. Es war alles anders geworden – schwer, ernst und bedrückend. Boris war plötzlich ein Mann, vor dem ich mich fürchtete. Ich war dem Weinen nahe.

Wir kletterten den Hügel hinauf, und als wir oben waren, standen wir da und schauten in verschiedene Richtungen. Boris schwieg beharrlich. Ich suchte krampfhaft nach Worten.

»Eine herrliche Nacht, nicht wahr ...?« sagte ich schließlich lahm.

Boris wandte sich mir zu: »Sehr richtig ...«

Wir standen uns gegenüber und starrten uns an wie zwei Fremde. Es war so hell, daß ich Boris genau erkennen konnte. In jeder Einzelheit kannte ich dieses intelligente, ernste Gesicht, doch heute schien mir, als hätte ich es noch nie gesehen. Die dunkel brütenden Augen, der große, gekräuselte Mund jagten mir Angst ein.

»Du hast einen Knopf verloren«, sagte Boris tonlos.

Ich schaute an mir hinunter und sah, daß mein Kleid direkt über dem Busen weit auseinanderklaffte.

»O Gott ...!« rief ich erschrocken. Mein Gesicht brannte vor Scham. Ich warf Boris einen flehenden Blick zu. Er lächelte – ein eigenartiges, abwesendes Lächeln.

»Boris ...« Ich wich einen Schritt zurück.

Boris kam langsam auf mich zu – ohne Eile, ohne das geringste Anzeichen von Unsicherheit. Er legte den rechten Arm um meinen Nacken, den linken um meine Taille und zog mich fest an sich. Ich versuchte nicht, mich zu wehren. Ich hatte ganz plötzlich keine Angst mehr. Ich hatte nur noch das Verlangen, geküßt zu werden. Boris' großer Mund legte sich warm und feucht auf meinen. Seine Zunge glitt zwischen meine Lippen und strich an meinen Zähnen entlang. Erst zart und tastend, dann immer drängender.

Zuerst erschrak ich. Obgleich ich noch nie einen Mann geküßt hatte, wußte ich, was Boris wollte, und es kam mir unanständig vor. Ich biß die Zähne aufeinander und starrte mit weitaufgerissenen Augen in sein Gesicht. Aber ich sah nur seine geschlossenen, zuckenden Lider. Seine ungeduldige Zunge ließ keine Ruhe, und langsam gab ich nach. Ich verlor jede Beziehung zur Umwelt und Wirklichkeit. Die Sterne begannen zu tanzen, der Himmel stürzte auf mich hinab. Ich glaubte das Bewußtsein zu verlieren.

Boris war es, der den Kuß plötzlich abbrach. »Mein Gott ... Evelina!«

Ich öffnete ein wenig die Augen: »Hör nicht auf, Boris ...«

»Sag das noch einmal, und ich höre nicht auf!«

Der Klang seiner Stimme riß mich aus meiner Benommenheit. Ich fühlte mich schlapp und ausgewrungen. Ich löste die Arme von seinem Nacken und schaute unter schweren Augenlidern zu ihm auf. »Boris, du zitterst ja ...«

Ich trat einen Schritt zurück und schwankte. Boris griff nach meinem Arm, um mich zu stützen: »Du scheinst auch nicht ganz sicher auf den Beinen«, sagte er mit einem schwachen Lächeln.

»Nein ..., ich bin entsetzlich durcheinander ...« Ich strich mir mit beiden Händen über das glühende Gesicht: »Boris, was war das eigentlich ...?«

»Ein Kuß, Liebling, und gar kein schlechter für den Anfang.«

»Mach dich jetzt noch lustig über mich. Du weißt genau, was ich meine ...«

»Nein, nicht ganz ... aber vielleicht kannst du es mir erklären.«

Ich schüttelte den Kopf. »Wie soll ich es dir erklären. Es ist ein Gefühl, das ich selbst nicht verstehe. Ich bin plötzlich anders geworden ... ich bin mir so fremd ... ich glaube, ich sehe ganz verändert aus ...«

»Nicht mehr wiederzuerkennen!«

»Boris, laß den Unsinn! Glaub mir, jeder Mensch wird mir ansehen, daß ich ...« Ich suchte nach den richtigen Worten, aber ich fand sie nicht.

»Daß du was?«

»Ach, ich weiß nicht ... ich weiß es wirklich nicht ...« Ich begann zu lachen. »Ich bin glücklich und unglücklich. Komm... gehen wir ...«

»Schade, ich würde gerne noch bleiben ...«

»Nein, gehen wir ...« Ich begann den Hügel hinabzusteigen. »Es ist besser ...«

Boris folgte mir: »Gib mir deine Hand, es ist ziemlich steil ...« Ich streckte meinen Arm nach hinten, und dabei verlor ich das Gleichgewicht. Noch ehe Boris zugreifen konnte, fiel ich hin. Er blieb grinsend neben mir stehen: »Hast du dir weh getan?«

»Versuch es mal, dann wirst du merken, wie weh es tut. Der Boden ist steinhart. Ich glaube, ich habe eine Gehirnerschütterung.«

»Du scheinst dein Hinterteil mit deinem Kopf zu verwechseln.«

Ich schaute vorwurfsvoll zu ihm auf. Von unten gesehen, wirkte er sehr groß. Ich spürte ein angenehmes Kribbeln. Ich dachte an seinen Kuß, und das Kribbeln wurde stärker. Ich legte mich zurück. Ich wußte, daß sich mein Rock hinaufgeschoben hatte und daß das Oberteil meines Kleides nur mangelhaft die Brust bedeckte. Zum ersten Mal in meinem Leben blieb ich bewußt in einer solchen Pose liegen. Ich hatte sehr schnell begriffen, daß gewisse Dinge gewisse Reize ausüben. Ich sagte kein Wort und blickte Boris nur unverwandt an.

Ich sah, wie das Lächeln langsam seine Augen, dann seinen Mund verließ. Ich sah, wie sich die Haut über den Backenknochen spannte, wie die Wangen ein wenig einfielen und die Lippen sich aufeinanderpreßten. Ich sah, wie die Augen sich verengten und eine steile Furche zwischen den Brauen erschien. Und während der ganzen Zeit hörte ich nur seinen Atem, der in immer schnelleren, kürzeren Stößen kam.

Ich beobachtete den Vorgang mit Spannung. Boris' offensichtliche Erregung entfachte in mir mehr Neugierde als Verlangen. Ich ahnte nicht, daß es gefährlich werden konnte.

Es geschah alles unerwartet. Mit einem leisen, unheimlichen Schrei warf sich Boris auf mich. Mit der einen Hand packte er meine Handgelenke und bog mir die Arme über den Kopf zurück. Mit der anderen riß er das Oberteil meines Kleides bis zur Taille auf. Seine Zähne gruben sich in meine Lippen, bis ich

den ekelerregenden metallischen Geschmack von Blut spürte.
Seine Knie versuchten meine Beine auseinanderzustemmen.
Er war von Sinnen.

Sekundenlang war ich wie gelähmt vor Schrecken. Dann begann ich mich zu wehren. In meiner rasenden Angst entwickelte ich ungeahnte Kräfte. Ich schlug und trat und biß und kratzte. Aber ich hatte noch nie mit einem Mann zu tun gehabt, dem die Begierde den Verstand raubte. Boris war stärker. Seine Hand fuhr brutal zwischen meine Beine, und in diesem Moment schrie ich auf: »Boris ... ich flehe dich an...«

Es muß wohl meine Stimme gewesen sein, die Boris zur Besinnung brachte. Es war die Stimme eines Kindes, das in entsetzlicher Angst und Hilflosigkeit aufschreit. Boris sackte auf mir zusammen.

Ich versetzte ihm einen kleinen Stoß, und er rollte von meinem Körper herunter und blieb wie leblos neben mir liegen. Ich starrte zum Himmel empor und überlegte angestrengt, warum die Sterne zackig seien. Dann begann ich krampfhaft zu frösteln, zu zittern, zu schluchzen.

Boris wälzte sich stöhnend auf den Bauch, vergrub sein Gesicht im Gras und preßte die Hände gegen die Ohren. So blieb er eine Weile liegen, und ich hätte ihn gern umgebracht.

Dann hörte ich seine Stimme, undeutlich, weil er ins Gras hineinsprach: »Evelina ...«

Seine Hand kroch zu mir herüber und legte sich auf meinen Arm. Ich fuhr zusammen, als hätte mich der kalte, glatte Leib einer Schlange berührt.

Boris zog die Hand sofort zurück. »Evelina ..., bitte, höre mich einen Moment an ...«

»Was gibt es da noch anzuhören ...?«

»Ich will dir erklären, wie so etwas passieren konnte.«

»Dafür willst du auch noch eine Erklärung haben?« schluchzte ich.

»Ja ...«

Ich fuhr hoch. Mein zerrissenes Kleid drohte von den Schultern zu rutschen. Ich hielt es über der Brust zusammen. Jetzt zitterte ich vor Wut. »Ich weiß gar nicht, warum ich hier noch sitze«, schrie ich heiser. »Wer weiß, vielleicht versuchst du es noch einmal und hast dann wieder eine Erklärung ...«

Jetzt hatte sich auch Boris aufgesetzt. Er zog eine Zigarette hervor und zündete sie an. Er rauchte schweigend, in kurzen, heftigen Zügen, ohne die Zigarette aus dem Mund zu nehmen. Meine Stimme überschlug sich, während ich ihm immer wildere Beschuldigungen ins Gesicht schrie. Als die Zigarette schon bis zu einem winzigen Stummel abgebrannt war, schwieg ich erschöpft.

»Bist du jetzt fertig ...?« fragte Boris ruhig.

Seine nüchterne Frage und ruhige Stimme verblüfften mich dermaßen, daß ich nur ein klägliches ›ja‹ hervorbrachte.

Boris warf den Zigarettenstummel in hohem Bogen fort und starrte vor sich auf den Boden. »Ich liebe dich, Evelina ...«

Ich sah ihn fassungslos an. Ich öffnete den Mund, und es wäre sicher etwas sehr Dummes herausgekommen, wenn Boris nicht unbeirrt weitergesprochen hätte: »So absurd es im Moment auch klingen mag – ich liebe dich ... Ich wollte es lange Zeit nicht wahrhaben. Ich fürchtete mich vor Komplikationen. Wie soll man einem Kind klarmachen, daß man es mit einer Liebe liebt, von der es keine Ahnung hat? Du warst rührend in deiner Unschuld und Unverdorbenheit. Das war sehr schön, aber es hat mich wahnsinnig gemacht. Denn so wie ich dich liebte, begehrte ich dich auch ...«

Boris seufzte. »Ich ahnte, daß es kein gutes Ende nehmen werde. Tag für Tag mit dir beisammen sein, von morgens bis abends, in einsamen Gegenden. Tag für Tag dich vor Augen haben – so wie du aussiehst – schön und aufregend und gar nicht kindlich. Und immer den großen Bruder spielen. Und vor Sehnsucht vergehen ...

Ich wollte nach Sofia zurückkehren. Jeden zweiten Tag nahm ich einen Anlauf und brachte es dann doch nicht fertig. Ich konnte mich nicht von dir trennen. Ich sah die Katastrophe immer näher kommen und war unfähig, ihr auszuweichen ...«

Boris drehte sich mit einem Ruck zu mir herum und schaute mir eindringlich in die Augen: »Verstehst du mich eigentlich?«

Ich brachte keinen Ton heraus. Ich nickte nur.

»Oh, ich hatte es so satt, den großen Bruder zu spielen, Evelina, aber alles war mir lieber, als ohne dich zu sein. Dann kam
diese verrückte Hochzeit ... die Musik, der Tanz, das Trinken,
die Hitze! Ich hätte sofort nach Hause gehen sollen. Ich konnte
es ebensowenig, wie ich nach Sofia zurückkehren konnte. Ich
wollte dich einmal in die Arme nehmen und küssen. Das war
mein einziger Gedanke.«

»Boris ...«, unterbrach ich ihn mit erstickter Stimme, »bitte
hör jetzt auf ...«

»O nein«, sagte er, »jetzt kommen wir zu dem Punkt, an dem
du mitschuldig wirst.« Er winkte ungeduldig ab, als er merkte,
daß ich wieder etwas einwenden wollte. »Während der Hochzeit kam es mir vor, als erwachtest du endlich aus deinem
Kinderschlaf. Du warst verändert. Deine Augen, dein Mund,
deine Bewegungen ... Als wir uns dann auf dem Hügel gegen-
überstanden, merkte ich, daß ich mich nicht getäuscht hatte.
Ich habe noch nie ein so unbeherrschtes Verlangen gesehen wie
in deinem Gesicht. Dein Kuß – nach dem ersten Widerstand ...
würde ich ihn nicht abgebrochen haben, dann hätte ich dich
dort auf der Stelle nehmen können.«

»Glaubst du das wirklich ...?« flüsterte ich bestürzt.

»Ja.«

»Und warum hast du es dann nicht getan?«

»Mein Gott ... ich weiß es nicht. Ich könnte dich ebensogut
fragen, warum du dich plötzlich so ... so vor mich hingelegt
hast ...«

Ich senkte hastig den Kopf.

»Schau mich an, Evelina, und sag mir, was du dir dabei gedacht
hast.«

»Laß mich ...«

Boris beugte sich vor, legte die Hand unter mein Kinn und
zwang mich, ihn anzusehen: »Du hast dir doch etwas dabei
gedacht ...?« – »Ein bißchen, ja.«

»Ein bißchen, aha ...«, sagte Boris halb belustigt, halb verärgert. »In diesem Fall kann ich dir nur sagen, Evelina, daß dir
dein bißchen Angst und Schrecken nur gut getan hat. Von jetzt
ab, liebes Kind, denk dir ein bißchen mehr, oder du wirst eines
Tages wirklich vergewaltigt.«

Ich schwieg verwirrt. Es war alles zuviel für mich. Ich saß da, Tränen und Erde im Gesicht, die Haare zerzaust, das Kleid zerrissen, und begann fassungslos zu weinen.

»Oh, Saitsche ... bitte verzeih mir. Auch wenn es tausend Erklärungen gibt: Ich habe mich bestialisch benommen!«

Ich weinte immer herzzerbrechender. Boris saß vor mir, mit zur Seite geneigtem Kopf und unglücklichem Gesicht: »Saitsche, wie du nur aussiehst ...!«

»Das kann ich mir denken ...«, schluchzte ich, »aber glaub ja nicht, daß du viel besser aussiehst.« Ich stellte mit Befriedigung fest, daß ich ihn gehörig zerkratzt hatte.

Er begann mir vorsichtig das Gesicht abzuwischen.

»Kleines Saitsche ..., kleines geliebtes Saitsche ...«

»Boris«, fragte ich beklommen, »wie soll es nun weitergehen ...«

»Denk jetzt nicht daran ... überlaß das mir ...«

»Boris ...?«

»Ja ...?«

»Stimmt das, was du mir gesagt hast ... daß du mich ... daß du mich liebst ...?«

Er ließ das Taschentuch sinken und schaute mich mit zärtlichen, traurigen Augen an: »Ich liebe dich.«

Ich hielt den Atem an. Es war herrlich und aufregend, diese Worte zu hören. Sie machten mich weich und nachgiebig. Sie ließen mich alles Vorhergegangene vergessen.

Unter dem Zwang dieser Worte hob ich langsam die Arme und schlang sie um Boris' Hals: »Sag es noch einmal ...«

»Ich liebe dich.«

Ich legte meine Wange an seine: »Ich glaube, es gibt keinen schöneren Satz«, sagte ich verträumt, »ich möchte ihn noch oft, oft hören ...«

»Das wirst du auch.«

»Meinst du ...?«

»Ja, das meine ich.« Er löste sanft meine Arme von seinem Hals: »Komm, wir müssen gehen ...«

Ich merkte nicht, wie verzweifelt seine Stimme klang.

Am nächsten Tag war Boris nicht mehr da. Er war nach Sofia zurückgefahren. Ein kleiner Junge brachte mir einen kurzen Abschiedsbrief. »Es ist besser, wenn wir uns nach allem, was vorgefallen ist, nicht mehr sehen ...«

Ich weinte stundenlang. Die folgenden Tage waren furchtbar. Ich hoffte, Boris werde zurückkommen. Ich wartete und wartete, aber er kam nicht.

Jonka quälte mich mit Fragen. Tagelang gab sie keine Ruhe. Sie wollte wissen, was geschehen war: warum Boris plötzlich aus Buchowo verschwunden war. Woher ich die geschwollene Unterlippe hatte ...

Es sei überhaupt nichts geschehen, erklärte ich. Boris hätte wieder arbeiten müssen, und ich sei auf einen Stein gefallen und hätte mich dabei verletzt.

Jonka glaubte mir natürlich kein Wort. Sie beobachtete mich voll Mißtrauen. Schließlich, als sie mir mit ihren bohrenden Fragen zu sehr auf die Nerven ging, fragte ich sie, ob sie unbedingt die Wahrheit wissen wolle. Sie bestand darauf.

»Gut«, sagte ich mit einem kühlen Lächeln, »Boris hat versucht, mich zu vergewaltigen und es danach für das Beste gehalten, zu verschwinden.«

Das glaubte mir Jonka erst recht nicht. Sie sagte, ich solle nicht solche Dummheiten reden.

Ich begann hysterisch zu lachen. Endlich hatte ich ihr klipp und klar die Wahrheit gesagt, endlich hatten sich ihre düsteren Ahnungen bestätigt, und jetzt glaubte sie mir nicht.

»Natürlich hat Boris nicht versucht, mich zu vergewaltigen. Er ist viel zu anständig und täte so etwas nie ...«

»So ...?« machte Jonka und war sofort wieder mißtrauisch.

Wie seltsam die Menschen sind, dachte ich traurig, sie glauben einem überhaupt nichts.

Meine Mutter kehrte zurück. Sie erzählte, daß meine Schwester einen Jungen bekommen habe. Ein bezauberndes Kind, acht Pfund schwer und kerngesund. Die Geburt sei außerordentlich schwer gewesen; das Baby habe eine falsche Lage gehabt. Dank Stephanas Aufklärung wußte ich endlich, wie Kinder geboren werden. Dennoch war mir die Angelegenheit ziemlich rätselhaft. Ich konnte mir nicht vorstellen, wie die kleine, zierliche Bettina einen achtpfündigen Jungen zur Welt bringen konnte.

»Hat sie große Schmerzen gehabt?« fragte ich zaghaft.

»Es war grauenhaft, sie hat zwölf Stunden lang geschrien ...«

»Ich werde nie heiraten«, sagte ich angeekelt, »die ganze Sache scheint mir nur aus Schmerzen zu bestehen ... «

Meine Mutter gab mir darauf wohlweislich keine Antwort.

Eines Wochenendes erschien Bojan. Ich zitterte vor Aufregung, weil ich hoffte, er hätte Boris mitgebracht. Bojan, der glaubte, meine Gemütserregung gelte ihm, war geschmeichelt. Er beteuerte, daß auch er sich sehr nach mir gesehnt habe.

»Ist Boris ... ist Boris ... auch mitgekommen?«

»Nein, Boris ist in Sofia. Er arbeitet wie ein Besessener, von morgens bis abends. Aber sonst geht es ihm gut.«

Ich war so enttäuscht, daß ich nur mühsam die Tränen zurückhalten konnte. Doch Bojan bemerkte es nicht. – Er bemerkte nie etwas.

Wir gingen spazieren. Ich machte gar nicht erst den Versuch, eine Unterhaltung in Gang zu bringen. Bojan hielt es auch nicht für nötig. Er behauptete, Menschen, die sich verständen, brauchten keine Worte. Ich gab ihm recht, denn so bewahrte er sich eine Illusion, und ich mußte mich nicht anstrengen. Bojan hielt meine Hand, die unter der ständigen Umklammerung feucht wurde. Das war mir sehr unangenehm, aber ihm schien es nichts auszumachen. Bei Anbruch der Dunkelheit brachte er mich nach Hause. Seiner Verlegenheit nach zu urteilen, stand er wieder vor dem Problem, ob er mich küssen solle oder nicht. Ich betrachtete sein Gesicht aufmerksam. Seine Nase hatte etwas Ähnlichkeit mit der Boris', auch die Art, wie er die Augenbrauen hochzog. So schwach dieser Trost war, im Moment bestimmte er mein Verhalten.

Ich machte Bojans Zaudern ein schnelles Ende, indem ich ihm entschlossen die Arme um den Hals legte und mich fest an ihn preßte. Ich sah Bojans ungläubiges Gesicht, sah, wie es rot wurde, und schloß schnell die Augen. Ich bog den Kopf zurück und hob ihm meinen Mund entgegen. Es dauerte eine Weile, bis der Junker genügend Mut gesammelt hatte. Das wiederum gab mir Zeit, mich in die Vorstellung hineinzusteigern, ich hätte Boris in den Armen. Als unsere Lippen sich trafen, küßte ich Bojan so, wie sein Bruder es mich gelehrt hatte.

Es glückte nicht. Bojan war so nervös und ungeschickt, daß ich mir beim besten Willen nicht länger als eine Sekunde vorstellen konnte, er sei Boris. Als ihm die Mütze vom Kopf rutschte, sein Säbel mir gegen das Schienbein schlug und unsere Nasen sich ins Gehege kamen, hatte ich genug. Mit einem ärgerlichen Ruck machte ich mich von ihm los.

»Oh, Evelina ...«, stammelte Bojan, »ich wußte nicht ... ich wußte wirklich nicht ...«

Es war mir egal, was er nicht wußte. Ich wollte ihn nur nicht mehr sehen. Ich drehte mich um und rannte in den Hof. Tränen brannten in meinen Augen.

Jonka hatte hinter der Tür gelauert. Sie riß sie auf, noch ehe ich die Klinke in der Hand hatte.

»War es schön, Evelintsche?« fragte sie strahlend. Sie hegte nach wie vor große Sympathien für den Junker.

»Es war herrlich!«

»Siehst du, ich habe dir immer gesagt, Gospodin Bojan ist der richtige Mann für dich.«

»Und wie immer hast du recht.«

Ich hatte die Tür zum Zimmer bereits geöffnet. Als Jonka merkte, daß ich ein ausgiebiges Gespräch auf keinen Fall beabsichtigte, machte sie ein vorwurfsvolles Gesicht. Meine Mutter machte ein vorwurfsvolles Gesicht, weil ich die Tür zu geräuschvoll hinter mir schloß.

»Jetzt bitte ich dich zum tausendsten Male ...«

»Ich weiß ...«, sagte ich gereizt, »ich weiß es, ich weiß, ich weiß ...«

»Was ist los, Eveline!« Sie ließ das Buch, in dem sie gerade las, sinken.

»Ich möchte sterben.«

»Und wer ist schuld daran – Boris oder Bojan?«

»Beide«, sagte ich verächtlich, »Boris, weil er so abgrundtief gemein ist, und Bojan, weil er so abgrundtief langweilig ist ...«

»Setz dich zu mir, Kleine, und erzähl mir alles.«

»Da gibt es nicht viel zu erzählen.« Ich stellte mich mitten im

Zimmer auf, die Nasenspitze stolz in die Luft gereckt. »Die Brüder sind für mich erledigt. Ich will nichts mehr von ihnen wissen.«

Es kam mir vor, als sei ich mit diesen Worten ein paar Zentimeter gewachsen.

»Ha ...«, rief ich triumphierend, »ich habe sie schon vergessen...«

Die Heiratskandidaten

Die Helfer in der Not

In Bulgarien ist es üblich, daß ein »Befreier« den anderen aus dem Land jagt. Auf diese Weise ist Bulgarien schon oft »befreit« worden. Mal waren es zaristische, mal faschistische, mal kommunistische »Befreier«, und alle fühlten sich in dem kleinen, fruchtbaren Land sehr wohl.

Man kann nicht sagen, daß Bulgarien seine »Befreier« liebt. Es hat auch wenig von ihnen, außer natürlich Unannehmlichkeiten und eine große Zahl von Nationalhelden. Die Nationalhelden sind diejenigen, die mit kindlicher Einfalt daran glauben, daß Bulgarien doch eigentlich den Bulgaren gehören müßte. Sie nennen ihre »Befreier« Unterdrücker und führen einen tapferen, erfolglosen Kampf gegen sie. Die Bulgaren sind sehr stolz auf ihre Nationalhelden und besingen sie in endlosen, schwermütigen Volksliedern. Das ist alles, was Bulgarien für die Nationalhelden und gegen die »Befreier« tun kann.

Im Herbst 1944 zogen die deutschen »Befreier« Hals über Kopf ab und die russischen »Befreier« Hals über Kopf ein.

Die Bulgaren hatten Übung in solchen Dingen. Sie wußten, was sich schickt. Sie organisierten zu Ehren der neuen »Befreier« einen Aufstand. Partisanen kletterten behende von ihren Bergen; Kommunisten traten überraschend und mit erhobener Faust aus dem Schatten; die Regierung wurde gestürzt. So weit, so gut, wenn es dabei geblieben wäre. Es blieb aber nicht dabei. Denn die Bulgaren sind ein temperamentvolles Volk, und Revolutionen sind dazu da, daß größere Mengen von Menschen umgebracht werden. Als erste mußten die ehemaligen Minister daran glauben. Sie durften sich vorher noch die eigenen Gräber schaufeln, dann wurden sie hineingeschossen.

Als das geschehen war, kamen die Faschisten an die Reihe. Eine kleine Anzahl echter Faschisten, eine größere Anzahl verdächtiger Faschisten, eine große Anzahl eventueller Faschisten und eine enorme Anzahl von Faschisten, die gar keine Faschisten waren.

Inzwischen hatten die russischen Truppen Sofia erreicht, und ein Strom olivfarbener Uniformen ergoß sich durch die Straßen. Es waren sowjetische Elitetruppen. Sie benahmen sich tadellos. Man konnte gar nichts gegen sie sagen. Aber man zitterte vor Angst.

Es wurden rote Fahnen gehißt. Lautsprecher wurden an allen Straßenecken angebracht, und aus ihnen dröhnten russische und bulgarische Märsche. Man sah also rot und olivfarben und hörte den Rhythmus marschierender Stiefel und anfeuernder Musik. In der Nacht sah man, Gott sei Dank, nichts. Dafür hörte man vereinzelte Schüsse und das Motorengeräusch von Lastwagen, die neue Opfer einsammelten und zu jenem Bestimmungsort brachten, aus dem es kein Zurück gibt. Alles ging reibungslos.

Ich war mit meiner Mutter nach Sofia zurückgekehrt. Wir wohnten in einer kleinen versteckten Gasse, in der Mansarde eines dreistöckigen Häuschens. Das Häuschen drohte zusammenzubrechen, denn es war uralt. Es war nicht ganz ungefährlich, darin zu wohnen, denn die Ziegel fielen vom Dach und die Mauern hatten Risse. Die schmale Holztreppe, die die Stockwerke miteinander verband, war morsch, und einige Stufen hatte man mit Kreuzen versehen. Diese Stufen durfte man nicht betreten, sonst brach man durch.

Unsere Wohnung – wenn man sie überhaupt eine Wohnung nennen konnte – war womöglich in einem noch schlimmeren Zustand. Sie hatte zwei Zimmer, von denen das eine als Rumpelkammer diente. Der Raum, in dem wir hausten, war klein, niedrig und ähnelte einem Hühnerstall. Von den Wänden rieselte der Kalk, und wenn es regnete, regnete es auch in unserem Zimmer. Das Mobiliar bestand aus zwei drahtgeflochtenen Bettgestellen, einem Tisch, der ein loses Bein hatte, zwei wackeligen Stühlen, einem winzigen Schrank, dessen Tür nicht schloß, und einem Ofen, der mehr rauchte als brannte. Es gab sogar eine Küche in dem Appartement, aber der verrostete Herd funktionierte nicht mehr. Aus einem mit Grünspan bedeckten Hahn floß das Wasser spärlich. Immerhin konnten wir uns waschen. Gekocht wurde im Zimmer, auf einer kleinen Heizplatte. Da wir uns von weißen Bohnen ernährten, die stundenlang kochen mußten, war sie ständig in Betrieb.

Wir waren dennoch dankbar für unsere Behausung. Sie kostete fast nichts, und das war entscheidend. Unser Geld war beinahe aufgebraucht. Wir hatten noch etwas Schmuck, aber den konnte man im Moment nicht verkaufen. Meine Mutter fand zwei Schülerinnen, denen sie deutschen und französischen Unterricht gab. Aber auch das half nicht viel. Was mit mir geschehen sollte, wußten wir beide nicht. Meine Mutter überlegte, ob sie mich wieder in die Schule schicken sollte, damit ich mein Abitur mache. Aber ich weigerte mich standhaft. Ich fand es unmöglich, mich mit siebzehn Jahren wieder in eine Schulbank zu quetschen. Ich wollte eine Stellung annehmen und Geld verdienen. Aber was für eine Stellung? Ich hatte nichts gelernt. Es waren sowieso sinnlose Überlegungen, denn die Angst meiner Mutter war zu groß, als daß sie mir erlaubt hätte, das Haus zu verlassen.

»Eine eigenartige Befreiung«, sagte ich eines Tages zu ihr, »ich habe sie mir eigentlich anders vorgestellt.«

Meine Mutter rührte in dem Topf mit weißen Bohnen. »So etwas dauert immer eine gewisse Zeit... es wird bestimmt besser werden.«

»Meinst du...?« »Bis jetzt sieht es nicht danach aus.« Ich saß auf dem Bett und zog mir seufzend die Holzschuhe von den Füßen. »Früher hat es wenigstens noch ab und zu ein Stück Käse gegeben, und auf die Straße durfte ich auch... «

Ich sah ihr Gesicht, und meine Worte taten mir leid. Ihre Augen waren müde und traurig.

»Na, es wird schon werden...«, sagte ich munter.

Sie nickte nur.

»Wenn wir erst mal Nachricht von Papa haben, dann brauchen wir uns keine Sorgen mehr zu machen.«

Seit einem halben Jahr hatten wir keinen Brief mehr von ihm bekommen. Wir wußten nicht einmal, ob er noch lebte.

»Wenn erst die Post wieder funktioniert«, sagte meine Mutter, »werden wir bestimmt eine Nachricht bekommen.«

»Bestimmt...«

»Eveline...«

»Ja?«

»Ich möchte dich noch um etwas bitten...«

»Ja?«

»Erwähne nicht, daß du Deutsche bist. Wenn man dich fragt, dann sage, du seiest Jüdin... weiter nichts...«

»Na ja..., früher war es genau umgekehrt.«

»Evelinchen..., wir haben uns bis jetzt durchgekämpft, wir dürfen nicht aufgeben.«

Ich schaute sie an. Wie klein und zerbrechlich sie war – und wie tapfer.

»Wir werden nicht aufgeben...«, sagte ich.

Das Leben in Sofia wurde wieder friedlicher. Man hatte genug Menschen umgebracht, und die, die dem Tod entronnen waren, fügten sich in das neue Dasein. Diejenigen, die jetzt an die Macht gekommen waren, betonten die Menschlichkeit des neuen Regimes. Die Bevölkerung schwieg und erinnerte sich der zahllosen Leichen, die irgendwo verscharrt worden waren. Die russische Besatzung benahm sich vorbildlich. Man sah sie nur in Trupps vorbeimarschieren, unter eigentümlich monotonem Gesang und mit starr nach vorne gerichtetem Blick. Man sah sie nie betrunken. Man sah sie nie mit Mädchen. Man sah sie nie sprechen. Man sah sie nie lachen. Sie durften das alles nicht. Sie wirkten wie aufgezogen.

Ich durfte wieder allein ausgehen, aber immer nur auf kürzestem Weg zu meiner Schwester. Sie wohnte mit ihrem Mann, ihren Schwiegereltern, ihren Schwagern und Schwägerinnen in einem alten, verwahrlosten Haus. Da die Familie den Ruf hatte, pro-faschistisch gewesen zu sein, wagte sich keiner von ihr auf die Straße. Sie saßen Tag für Tag, Stunde um Stunde beisammen und schwelgten in den Erzählungen von Greuelmärchen. Je düsterer die Stimmung wurde, desto mehr blühten sie auf. Bettina hatte ein kleines, blasses Gesicht bekommen und frühzeitige Falten. Sie war schlampig gekleidet, und ihre dichten, schwarzen Locken schien sie nur selten zu kämmen. Ihr Mann hatte seine Professorenstellung verloren. Er lag auf einem unordentlichen Bett und rauchte. Sie saß auf einem Stuhl und hielt das Kind in den Armen. Es war immer das gleiche Bild, und ich begann, es zu fürchten. Ich spielte mit dem kleinen Jungen, in den ich sehr vernarrt war. Ich konnte Kinder nur leiden, wenn sie hübsch waren. Und André war bildhübsch. Manchmal nahm ich ihn auf den Arm und ging mit ihm vor dem Haus auf und ab. Dann begleitete mich Bettina, obwohl die ganze Familie heftig protestierte.

»Warum läßt du dich so gehen?« fragte ich Bettina bei einer solchen Gelegenheit.

»Weil alles sowieso sinnlos ist!«

»Nichts ist sinnlos...«, schrie ich sie an. Ich schrie wohl nur so laut, weil ich meinen eigenen Worten nicht glaubte. Sie zuckte bloß die Achseln: »Du wirst schon sehen...«

Im Oktober traf ein Häuflein Engländer und ein Häuflein Amerikaner in Sofia ein. Es waren zwei klägliche Häuflein, bestehend aus etwa hundert Mann. Sie nannten sich »Militärmission«. Die Bulgaren machten hoffnungsvolle Augen und warteten, was nun weiter geschähe. Es geschah nicht viel. Die Engländer und Amerikaner waren ein wenig verwundert über die balkanesischen Zustände und merkten schnell genug, daß sie auf verlorenem Posten standen. Daraufhin hielten sie es für das Beste, stolze Haltung und stoische Ruhe zu bewahren und es sich im übrigen so gemütlich wie nur möglich zu machen. Sie beschlagnahmten die schönsten Villen und die besten Autos; sie tranken ungeheure Mengen Whisky; sie schliefen mit den hübschesten Mädchen; sie organisierten ununterbrochen Parties. Sie führten ein wunderbares Leben und akklimatisierten sich schnell.

Für mich war die Ankunft der Engländer und Amerikaner eine Sensation. Ich war nur noch damit beschäftigt, sie aufzuspüren und anzustarren. Aus der Ferne natürlich und mit starkem Herzklopfen. Alles an ihnen imponierte mir; die eleganten Uniformen der Offiziere; die Tatsache, daß sie keine Stiefel, sondern Halbschuhe trugen; die lässige Art, mit der sie sich bewegten; die Unbekümmertheit, mit der sie eine nur halb aufgerauchte Zigarette wegwarfen.

Ich war fest entschlossen, einen von ihnen kennenzulernen.

»Ich werde Englisch lernen«, erklärte ich meiner Mutter.

»Ja, ja«, sagte sie nur.

»Du wirst es sehen. In einem Monat kann ich mich verständigen. Und dann werde ich entweder einen Engländer oder einen Amerikaner kennenlernen.«

»Ach so, daher der Eifer!«

»Hältst du das etwa nicht für richtig?« fragte ich ärgerlich.

»Doch, doch.«

»Hast du mir nicht immer wieder erzählt, die Engländer seien das einzige Volk, auf das man sich verlassen könne.«

»Ich meinte damit nicht gerade im Umgang mit jungen Mädchen.«

»Ach, Mutti, du machst dir unnötige Sorgen ... ich bin jetzt so weit, daß ich ganz genau weiß, was ich will ...«

Ja, ich wußte es.

Ich ließ mich in einem Kurs für Englisch einschreiben. Zum erstenmal in meinem Leben lernte ich ernsthaft und fleißig. Ich machte schnelle Fortschritte. Innerhalb eines Monats war ich tatsächlich so weit, daß ich mich gut verständigen konnte. Das erste Hindernis war überwunden. Das zweite Hindernis überwand ich ebenso schnell. Irgendwoher verschaffte ich mir eine Einladung zu einer Party, die im Englisch-Bulgarischen Klub stattfand. Das dritte Hindernis war allerdings am schwersten zu überwinden. Ich hatte nichts anzuziehen.

Meine Garderobe setzte sich aus den unmöglichsten Kleidungsstücken zusammen. Kleider, aus denen ich längst herausgewachsen war; Kleider aus blau-weiß karierter Bettwäsche und umgeänderten Nachthemden; Schuhe mit dicken Holzsohlen; Strümpfe aus glänzender Kunstseide, laufmaschenverziert. Ich saß auf meinem Bett, weinte und sagte, in einem solchen Aufzug könne ich nicht auf die Party gehen.

»Wir werden schon was finden«, beruhigte mich meine Mutter und wühlte im Schrank. »Wenn dir nur meine Sachen passen würden ...«

Sie besaß noch ein paar Kleider aus der Berliner Zeit.

An diese Kleider hatte ich nicht mehr gedacht. »Sie müssen mir passen...«, rief ich aufgeregt und hatte mich schon bis auf mein verwaschenes Baumwollhemd ausgezogen.

Meine Mutter reichte mir etwas langweilig Blaues.

Ich schüttelte energisch den Kopf. »Das Schwarzseidene«, sagte ich, »das mit den weiten Ärmeln und dem Straßkragen...«

»Du bist zu jung, um Schwarz zu tragen...«

»Ach was...!« Ich zerrte es aus dem Schrank. An manchen Stellen war es zu weit, an manchen zu eng. Aber alles in allem paßte es, und der Straßkragen gefiel mir besonders gut.

»Jetzt brauche ich noch deine Sandaletten mit den hohen Absätzen.«

»Wie willst du denn darin laufen?«

»Das ist gar kein Problem.« Ich zog sie an. Glücklicherweise waren sie vorne offen. Daß meine langen Zehen einen guten Zentimeter über den Rand des Leders hinausragten, störte mich nicht.

»So...«, sagte ich befriedigt und begann mit unsicheren Schritten, auf und ab zu gehen, »und wie sehe ich jetzt aus?«

»Es ist unglaublich! Selbst in der verrücktesten Aufmachung siehst du noch hübsch aus.«

Ich war zu aufgeregt um ihr die ›verrückte Aufmachung‹ übelzunehmen. Es war die erste Party meines Lebens.

»Was geschieht eigentlich auf einer Party?«

»Man unterhält sich, man tanzt, man trinkt etwas...«

Ich hielt in meinen Laufübungen inne: »Das kann ja gut werden... Unterhalten kann ich mich auf englisch nur mangelhaft. Tanzen kann ich gar nicht. Und trinken darf ich nicht. Was soll ich also tun...?«

»Na, warte mal ab... es wird schon gehen...«

Ich war, im Grunde genommen, sehr schüchtern. Die Idee, allein unter wildfremde Menschen zu gehen, kam mir auf einmal wahnsinnig vor. Ich hatte mir vorgenommen, einen Engländer oder Amerikaner kennenzulernen. Ich hatte die Sprache ein wenig gelernt und mir eine Einladungskarte verschafft. Alles hatte so leicht ausgesehen. Doch je näher die Stunde rückte, um so zahlreicher wurden die Hindernisse, um

so größer die Zweifel, um so kleiner der Mut. Ich ließ mich zerknirscht auf einen Stuhl fallen. »Ich glaube, ich gehe nicht.«
»Unsinn! Du schaust dir die Sache mal an, und um elf Uhr hole ich dich ab.«
»Ich werde die ganze Zeit in einer Ecke stehen, und kein Mensch wird sich um mich kümmern.«
»Davon bin ich gar nicht überzeugt.«
»Es wird entsetzlich werden...!«

Mein erster Eindruck: dichte Rauchschwaden, ein hektisch zuckendes Menschenknäuel mit vielen Armen und Beinen und ein unbeschreiblicher Lärm.
Ich blieb in der Nähe des Eingangs stehen, zerrte an meinem Taschentuch und blinzelte verstört.
Gewiß war ich die Jüngste und die einzige, die ungeschminkt und ohne Begleitung erschienen war. Die anderen Mädchen hatten alle sehr viel Farbe im Gesicht, eine Zigarette zwischen den Lippen und ein Glas in der Hand. Viele von ihnen trugen für meine Begriffe auffallend schöne, moderne Kleider. Sie sprachen, lachten und tanzten zwanglos mit den englischen Soldaten. Sie schienen keine Scheu vor ihnen zu haben.
Die Engländer waren sehr ausgelassen und ganz anders, als ich sie mir vorgestellt hatte. In meiner Phantasie waren sie die unnahbaren, stolzen Sieger. In Wirklichkeit schienen sie eher ein Haufen übermütiger Kinder zu sein. Es war eine ausgesprochene Soldatenparty – laut und ungezwungen. Offiziere waren nicht anwesend.
Nachdem ich mir das alles eine Zeitlang mitangesehen hatte, überlegte ich, ob ich mich setzen, in einer Ecke verstecken oder nach Hause gehen sollte. Ich fühlte mich gar nicht wohl.
»Would you like to dance?«
Eines jener höheren Wesen stand vor mir. In einer schlecht sitzenden Uniform, mit einem verschwitzten, freundlichen Gesicht und großen, roten Händen. Aber das alles spielte keine Rolle. Er war ein Engländer. Meine Wangen wurden heiß, und mein Herz begann stärker zu klopfen.
Ich wollte ihm sagen, daß ich noch nie mit einem Mann getanzt hatte. Aber in der Aufregung fiel mir der Satz natürlich nicht

ein. Darum sagte ich nur »yes« und hoffte fieberhaft, daß ich mich nicht zu dumm anstellen würde. Er war ein so schlechter Tänzer, daß es ganz gleichgültig war, was für Schritte ich machte. Er tanzte gegen den Takt, was mir ein unbehagliches Gefühl verursachte. Aber da er ein Engländer war, nahm ich es gern in Kauf.

Es schien ihm großes Vergnügen zu machen, mit mir zu tanzen. Er ließ mich nicht mehr los. Mindestens eine Viertelstunde lang.

Die Kapelle machte schließlich eine Pause. Er brachte mir ein bis zum Rande gefülltes Glas. Ich wußte nicht, was es war, aber es roch verdächtig nach Alkohol. »O no...« protestierte ich.

»It's good«, sagte er.

Ich nippte daran. Es schmeckte wie Arznei und gar nicht gut. Die Musik begann von neuem. Ein anderer Soldat forderte mich auf. Er war ein recht guter Tänzer, und es fiel mir nicht schwer, ihm zu folgen. Je länger ich tanzte, desto gelöster wurde ich. Ich lachte und gewann zusehends an Selbstsicherheit. Ich merkte, daß man mich beachtete. Ich wußte, daß ich den Abend nicht einsam in einer Ecke verbringen würde.

Von da an ging ich von Arm zu Arm. Man sagte mir, daß ich ausgezeichnet tanze, daß ich wunderschöne Augen hätte und ein entzückendes Lächeln. Schließlich fand ich mich selber unwiderstehlich schön. Ich wünschte, die Party möge nie ein Ende nehmen.

Es war schon nach zehn Uhr. Ich hatte ununterbrochen getanzt. Mein Gesicht glänzte, und meine Haare hingen mir wirr in die Stirn. Die anderen Mädchen sahen aus, als kämen sie gerade aus einem Schönheitssalon; kühl, ordentlich, maskenhaft. Ich bewunderte sie und beschloß, mir wenigstens die Haare zu kämmen.

Ich kam nur bis zur Tür. Als ich die Hand auf die Klinke legte, wurde sie von außen geöffnet. Ich erhielt einen kleinen Stoß und knickte auf meinen hohen Absätzen um.

Eine Hand griff hilfsbereit nach meinem Arm und hielt mich fest.

»Don't fall, beautiful... « Es war eine tiefe, warme Stimme.

Ich schaute auf. Vor mir stand ein englischer Soldat, der so gut aussah, daß es mir den Atem verschlug.

»Himmel...«, sagte ich auf deutsch und konnte den Blick nicht von ihm losreißen.

Er lachte und zeigte dabei zwei Reihen gleichmäßiger, weißer Zähne.

Er hielt immer noch meinen Arm: »Habe ich Ihnen weh getan?«

Ich schüttelte den Kopf. Er hatte dunkelbraune, mandelförmige Augen mit dichten, schwarzen Wimpern. Nach einer Weile merkten wir, daß wir uns ungebührlich lange und ernst in die Augen schauten.

»Wie heißen Sie?«

»Evelyn...«

»Ich heiße Julian... Julian Whitman...«

Sechzehn Jahre alt zu sein und zum erstenmal richtig verliebt ist nervenaufreibend. Man verbringt die Nächte schlaflos und die Tage in einem zittrigen Zustand der Erwartung. Und immer, Tag und Nacht, begleitet einen die Angst, irgend etwas falsch gemacht zu haben.

Julian hatte sich mit mir verabredet. Da er am nächsten Tag Dienst hatte, fiel das Rendezvous auf den übernächsten. Dazwischen lagen zwei Nächte und eineinhalb Tage. Zweiundvierzig Stunden.

Ich glaube, meine Mutter hatte sich nie zuvor so sehr nach einem eigenen Zimmer gesehnt wie in diesen qualvollen zweiundvierzig Stunden. Die erste Nacht machte sie noch Versuche, mich zur Ruhe zu bringen. Aber beim Morgengrauen wurden die Versuche immer schwächer, und um sechs Uhr früh setzte sie sich in ihrem Bett auf und sagte mit erschöpfter Stimme: »Eveline, ich werde wahnsinnig...«

Ich hatte mich Stunde um Stunde in meinem Bett hin und her gewälzt. Ich hatte gestöhnt und gejammert. Ich hatte gekichert und gejubelt. Ich war im Zimmer umhergegangen. Ich hatte das Fenster aufgerissen und wieder geschlossen.

»Mutti, du weißt eben nicht, wie man sich fühlt, wenn man verliebt ist!«

»So ist es, Eveline, das weißt nur du.«

Ich jauchzte leise, streckte mich und rollte mich wieder zusammen: »Möchtest du wissen, wie ich mich fühle...«

»Um Gottes willen, nein! Nach all den Demonstrationen kann ich es mir lebhaft vorstellen.«

»Das kannst du bestimmt nicht, das kann kein Mensch...«

Ich sprang aus dem Bett und begann mit ausgebreiteten Armen und zurückgebogenem Kopf, im Zimmer auf und ab zu gehen: »Es ist ein Gefühl, als ob man auf einer Schaukel sitzt und höher und höher und höher fliegt und nicht sicher ist, ob die Stricke reißen...«

»Das muß ja ein gräßliches Gefühl sein!«

»Himmlisch ist es...!«

»Bitte zieh dir deine Hausschuhe an«, sagte meine Mutter, »du erkältest dich sonst.«

Ihre Verständnislosigkeit verbitterte mich. Während ich von Liebe sprach, dachte sie an Hausschuhe.

Ich kroch beleidigt ins Bett zurück. »Du wirst mich nie verstehen!« Kurz darauf schlief ich ein.

Als ich erwachte, war meine Mutter verschwunden. Sie kam erst gegen Mittag wieder.

»Du hast keine Ahnung, wie phantastisch Julian aussieht...«, begrüßte ich sie.

»Gott steh mir bei!«

Sie schickte mich unter einem Vorwand zu meiner Schwester. Bettina hatte mehr Verständnis. Sie hörte aufmerksam zu und stellte genaue Fragen. Schließlich meinte sie, ich solle Julian dazu bringen, mich zu heiraten. Dieser Gedanke beschäftigte mich für den Rest des Tages.

Am Abend nahm meine Mutter Schlaftabletten und sagte, jetzt sei jeder Versuch, sie zu wecken, hoffnungslos.

Ich verbrachte eine weitere unruhige Nacht und stand am Morgen mit heißem Kopf und kalten Füßen auf.

»Jetzt habe ich auch noch Fieber«, jammerte ich.

Meine Mutter blieb ungerührt. »Wenn man sich so aufführt wie du, kann man auch nur Fieber bekommen!«

Je näher die Stunde des Rendezvous rückte, desto heißer wurde mein Kopf, desto kälter meine Füße.

Zwei Stunden vor der verabredeten Zeit zog ich die Kleider meiner Mutter der Reihe nach an und wieder aus. Es gab Tränen, Empörung und Verzweiflung, weil ich mich in keinem hübsch genug fand. Glücklicherweise stand die Zeit nicht still, und ich mußte schließlich eine Entscheidung treffen. Da wir keinen großen Spiegel hatten, blieb mir ein völliger Zusammenbruch erspart. Wir hatten uns um fünf Uhr vor dem Hotel Slavianska Besseda verabredet. Unterwegs riß mir der Strumpfhalter, und der rechte Strumpf rutschte zu meinem Entsetzen bis zum Knie. Ich flüchtete in einen Hauseingang. Als der Schaden mit Hilfe einer Sicherheitsnadel repariert war, bemerkte ich, daß ich kein Taschentuch bei mir hatte; nun quälte mich der Gedanke, in Julians Gegenwart niesen zu müssen.

Ich erreichte das Slavianska Besseda in einem elenden Zustand. Jetzt war ich endgültig davon überzeugt, hohes Fieber zu haben, denn zu dem heißen Kopf und den kalten Füßen kam auch noch ein dumpfer Druck in der Magengegend. Ich fragte einen Passanten nach der Zeit. Es war zehn Minuten vor fünf. Ich fragte im Laufe der zehn Minuten noch zehn Passanten nach der Zeit. Um fünf begann eine Turmuhr zu schlagen. Danach fragte ich keinen mehr, weil ich kein Wort herausbrachte.

Julian kam mit einer unbedeutenden Verspätung und fand ein kleines, schlotterndes Menschenbündel, das sich kraftlos gegen die Mauer des Hotels gelehnt hatte.

»Evelyn... don't you feel well?«

»I... I feel... wonderful...«, stammelte ich. Ich hatte mich noch nie so schlecht und glücklich zugleich gefühlt. Er war gekommen.

»Dann frieren Sie wahrscheinlich. Es ist auch ziemlich kalt geworden. Gehen wir in das Café dort...«

Wir gingen. Wir saßen in dem kleinen, schmutzigen Café und tranken Tee, der wie Spülwasser aussah und auch so schmeckte. Julian sprach und lachte und gab sich alle Mühe, ein Wort aus mir herauszuholen. Aber in der Erregung verstand ich wenig, und sprechen konnte ich überhaupt nicht. Ich schaute ihn nur unentwegt an und fragte mich, warum ein Mann wie er mich auch nur eines Blickes würdigte.

Dann zahlte Julian. Er erklärte, wir würden in das Hotel Bulgaria zum Abendessen gehen und dort einen Freund von ihm treffen. Das war mir zu viel: noch ein Engländer, das eleganteste Hotel Sofias, und Abendessen – wo mir doch von Minute zu Minute übler wurde.

»Ich glaube... ich kann nicht essen... Ich habe mir den Magen verdorben...«

»Etwas Leichtes können Sie bestimmt vertragen.« Julian nahm meinen Arm.

Ich ging neben ihm her wie im Traum. Ich betrat das Hotel; ich stieg die Stufen zum Restaurant empor; ich legte den Mantel ab; ich setzte mich auf einen Stuhl. Ich tat alles gehorsam und mechanisch.

Das Restaurant war ein riesiger, hoher Raum, kalt beleuchtet und ohne jede Atmosphäre. Die großen Tische standen in Reih und Glied. Die Stühle waren ungepolstert. In der Mitte des Saales war eine Tanzfläche. Die Musiker, in speckigen, schwarzen Anzügen, spielten einen müden Tango nach dem anderen. Die Tischtücher waren fast sauber, um so schmutziger waren die Hemden der Kellner. Es war das vornehmste Lokal Sofias. Es hatte enorme Preise und wurde nur von den Alliierten und deren Gästen besucht. Außerdem war es das einzige Restaurant, das auch von russischen Offizieren betreten werden durfte. Hier saßen sie nun – Amerikaner, Engländer und Russen, an verschiedenen Tischen, aber in scheinbarer Eintracht. Sie versuchten sich, so gut es ging, zu übersehen, denn keiner konnte den anderen ausstehen.

Ich blickte scheu um mich. Jahre war ich in keinem Restaurant mehr gewesen, und dieses schäbige Lokal kam mir großartig vor. Wie hätte ich all das genießen können, wenn ich nicht so sinnlos verliebt gewesen wäre.

»Dort kommt mein Freund...«, verkündete Julian.

Ich beobachtete unruhig, wie ein großer, blonder Junge auf unseren Tisch zusteuerte.

»Evelyn... das ist Charles.«

»How do you do...«, murmelte ich.

Charles hatte ein hübsches, ebenmäßiges Gesicht und ausdruckslose, blaue Augen. Neben dem lebhaften, strahlenden Julian wirkte er stumpf und ungelenk.

Ein schlecht rasierter Kellner brachte uns die Speisekarte. Sie war in kyrillischer Schrift.

»Jesus...«, sagte Julian, »was sollen wir damit anfangen.«

Ich starrte die Speisekarte ungläubig an. Ich konnte mir nicht vorstellen, daß es all diese Gerichte geben sollte. Vorspeisen und Fleisch und Fisch und Gemüse und Eiscreme.

»Können Sie uns das übersetzen, Evelyn?«

»Chaiwer...«, begann ich und wußte natürlich nicht, was Kaviar auf englisch heißt.

Wir brauchten eine gute halbe Stunde, um ein Menü zusammenzustellen. Der Kellner stand gelangweilt neben unserem Tisch und machte ein abweisendes Gesicht. Er schätzte die Engländer offenbar nicht.

»Und Sie wollen wirklich nur Eiscreme essen?« fragte mich Julian besorgt.

»Ja...«, sagte ich verlegen.

Ich wünschte nichts sehnlicher, als mindestens fünf Gänge essen zu können. Ich war ausgehungert und hätte es normalerweise auch geschafft. Aber in Julians Gegenwart streikte mein Magen. Nur auf das Eis, eine lang entbehrte Lieblingsspeise, wollte ich nicht verzichten.

»Aber etwas Wein werden Sie doch trinken?«

Ich nickte. Flüssigkeit brauchte man nur zu schlucken.

Das Essen wurde für mich zur Qual: Während Julian und Charles mit größtem Appetit all die Köstlichkeiten in sich hineinschaufelten, von denen ich seit Jahren träumte, versuchte ich, nicht auf ihre Teller zu sehen. Ich führte wütende Selbstgespräche mit meinem rebellischen Magen. Ich trank ein Glas von dem schweren, roten Wein und überlegte, warum die Gesichter der beiden Engländer plötzlich so undeutlich wurden. Ich sprach jetzt mehr und fließender als zuvor und stellte mit Genugtuung fest, daß Julian gar nicht mehr aus dem Lachen herauskam. Selbst Charles schien sich zu amüsieren, und ich schloß daraus, daß ich sehr unterhaltsam sein müsse. Nach dem zweiten Glas beruhigten sich meine Magennerven, dafür hatte ich Schwierigkeiten mit meinem Kopf, der an Gewicht und Größe immer mehr zuzunehmen schien. Schließlich kam mit dem Nachtisch der Herren auch mein Eis. Es sah herrlich aus, aber es reizte mich überhaupt nicht mehr. Da allerdings stieg in mir der unangenehme Verdacht auf, ich müsse wohl betrunken sein.

Ich legte den Löffel, den ich schon halb zum Munde geführt hatte, wieder hin und überlegte angestrengt, was im Falle der Trunkenheit zu tun sei. Ich erinnerte mich, daß man unbedingt Haltung bewahren müsse. Also setzte ich mich kerzengerade auf, legte die Hände manierlich auf den Tisch und schaute starren Blickes vor mich hin.

Julian sah mich ein wenig ängstlich an.

»Fehlt Ihnen was?«

»Ja«, sagte ich, denn der Alkohol war stärker als mein Vorhaben, Haltung zu bewahren, »ich bin betrunken.«

Diese Feststellung schien Julian nicht im geringsten zu überraschen. Er nickte nur ernsthaft mit dem Kopf, winkte den Kellner herbei und bezahlte.

»Ich werde Sie nach Hause bringen«, sagte er, »die Luft wird Ihnen gut tun.«

Ich wandte meine ganze Selbstbeherrschung auf, um so gerade wie möglich das Restaurant zu verlassen. Julian blieb dicht an meiner Seite, um mich im Notfall aufzufangen. Die Luft tat mir gar nicht wohl. Jetzt begann sich erst recht alles vor meinen Augen zu drehen. Julian griff mir unter den Ellbogen, um mich zu stützen.

»Das mit dem Gehen wird nicht ganz klappen.« Er hielt ein Taxi an, schob mich behutsam in den Wagen und drehte ein Fenster herunter.

»Wo wohnen Sie?«

»Ulitza Murgasch...«, murmelte ich und war froh, den Namen der Straße nicht vergessen zu haben.

Wir fuhren. Julian warf ab und zu einen beunruhigten Blick in meine Richtung. Ich hätte gern geweint vor Scham und Verzweiflung, aber ich konnte nicht. Was hatte ich aus diesem ersten, heiß ersehnten Rendezvous gemacht?

»Nehmen Sie es nicht tragisch, jeder kann mal einen Schwips haben.«

Das kann man kaum noch einen Schwips nennen, dachte ich angeekelt.

Das Auto hielt. »Darf ich Sie übermorgen sehen?« fragte Julian.
»Wie bitte...?« Es war gar nicht anders möglich – ich hatte mich verhört.
»Ob ich Sie übermorgen sehen darf?«
»O ja...«
»Am selben Ort, zur selben Zeit wie heute.«
»O ja...«

Ich wartete eine Stunde lang, ohne mich von der Stelle zu rühren. Ein paar Passanten schauten mich forschend an. Etliche Männer machten mir unmißverständliche Angebote. Zwei Frauen fragten mich, ob mir nicht gut sei und ob sie mir helfen könnten. Ein frecher kleiner Junge warf mir einen Ball an den Kopf. Aber Julian kam nicht.

Nach einer Stunde ging ich nach Hause, zog mich aus und legte mich ins Bett. Meine Mutter stellte keine Fragen, denn es war nur zu offensichtlich, daß Julian mich versetzt hatte. Sie tröstete mich, sagte, es wäre kein Grund, zu verzweifeln. Ich schwieg. Ich sprach auch in den folgenden Stunden kein Wort. Ich wollte nicht zu Abend essen. Auch das Kompott nicht, das meine Mutter als eiserne Reserve in einem Köfferchen verborgen gehalten hatte und jetzt hervorholte.

In der Nacht träumte ich so deutlich von Julian, daß er mir am Morgen, als ich erwachte, noch ganz nahe war. Da erst begann ich zu weinen. Meine Mutter trat an mein Bett und legte mir die Hand auf die Stirn. »Du hast Fieber«, sagte sie. »Dein Gesicht glüht.«

Sie schob mir ein Thermometer unter die Achsel. Ich hatte über 38 Grad.

Gegen Abend stieg das Fieber. Meine Mutter wurde ängstlich. Schließlich holte sie einen Arzt. Der Arzt konnte nichts feststellen, nicht einmal Schnupfen. Er behauptete, daß mir nichts fehle. Er flüsterte mit meiner Mutter und gab mir dann ein Beruhigungsmittel. Daraufhin schlief ich ein.

Am nächsten Morgen hatte ich immer noch hohes Fieber. Meine Mutter war ratlos. Sie setzte sich auf meinen Bettrand, küßte mein heißes Gesicht und sagte, ich solle ihr doch nicht so viele Sorgen machen.

»Ich kann nichts dafür«, flüsterte ich, »ich bin so grenzenlos unglücklich, und darum habe ich Fieber.« Ich schlang meine Arme um ihren Hals und blieb ganz still an ihrer Brust liegen.

»Kann ich dir irgendwie helfen, Kleines?«

»Ja, bitte suche Julian und bringe ihn hierher.«

Meine Mutter stand auf, zog ihren Mantel an und ging, um Julian zu suchen.

Eine Stunde später war sie zurück. Sie sah so vergnügt aus, daß sie nur eine gute Nachricht haben konnte.

»Erzähle...«, bat ich atemlos.

»Ich hatte Glück. Ich war in der englischen Militärmission, und Julian war dort.«

»Du hast mit ihm gesprochen...?«

»Natürlich.«

»Und...?«

»Mein liebes Kind... du hättest ihm zumindest deine Adresse aufschreiben können. Seit zwei Tagen irrt der arme Mann durch Sofia und sucht unser Haus.«

Ich starrte sie fassungslos an. Ich begriff nichts mehr.

»Am Tag eurer Verabredung hatte er plötzlich Dienst, und als er dich benachrichtigen wollte, fiel ihm ein, daß er deine Adresse nicht hatte.«

»Stimmt das wirklich?«

»Natürlich!«

»Und er wäre tatsächlich gekommen, wenn er keinen Dienst gehabt hätte...?«

»Ja, du Dummchen...«

»Und wenn er meine Adresse gewußt hätte, dann...«

»Nun hör schon auf, Eveline... es besteht gar kein Zweifel, der Junge ist in dich verliebt...«

»Verliebt...?«

Meine Mutter schlug die Augen zum Himmel empor.

»O Mutti...« Ich sprang aus dem Bett und fiel ihr um den Hals: »Ich bin der glücklichste Mensch auf der Welt.«

Julian wollte mich am nächsten Tag um fünf Uhr besuchen. Obgleich ich kein Fieber mehr hatte, blieb ich liegen. Ich fand, ich sähe im Bett am hübschesten aus. Meiner Mutter sagte ich,

ich hätte immer noch über 37. Sie griff nicht nach dem Thermometer, als ich es rasch niederschlug. Sie glaubte mir bestimmt nicht, aber sie ließ es sich nicht anmerken. Um halb fünf machte sie sich zum Ausgehen fertig.

»Gott sei Dank bist du nicht wie andere Mütter«, sagte ich zärtlich.

»Ich habe mir deinen Julian genau angeschaut, und er gefällt mir.«

Kaum hatte sie das Zimmer verlassen, zog ich eines ihrer sorgsam behüteten Nachthemden an. Es war aus aprikosenfarbener Seide, und der lose über Kreuz geraffte Ausschnitt fiel unter Umständen weit auseinander. Ich nahm einen Spiegel zur Hand und musterte mein Gesicht. Es war nach überstandenem Fieber ein wenig blaß, unter den Augen lagen violette Schatten. Ich gefiel mir sehr gut.

Julian erschien auf die Minute pünktlich. Einen Moment lang schämte ich mich entsetzlich wegen des kleinen, häßlichen Zimmers und fürchtete Julians Reaktion. Doch er schien nichts anderes zu sehen als mich. Ohne eine Spur von Unsicherheit und Verlegenheit ging er auf mein Bett zu und hockte sich davor nieder: »Wie geht es Ihnen, Evelyn?« fragte er warm und nahm meine beiden Hände. »Danke...«, flüsterte ich, »jetzt geht es mir schon wieder recht gut...«, und ich dachte: Es geht mir so gut wie noch nie...

Er warf seine Mütze auf den Tisch und zog einen Stuhl an mein Bett.

»Passen Sie auf! Der Stuhl ist altersschwach.«

Er schob ihn wieder zurück und setzte sich auf den Bettrand.

»Hier sitze ich auch viel lieber«, sagte er und lachte. Ich fröstelte vor Aufregung und Glück und kroch tiefer unter meine Decke.

Er holte eine Tafel Schokolade aus der Tasche: »Anstatt Blumen... ich glaube, Sie haben mehr davon.«

Alles, was er tat und sagte, war echt und selbstverständlich.

»Danke...« Ich griff nach der Schokolade und schnupperte daran. Ich hatte seit Jahren keine mehr gegessen.

Er nahm mir die Tafel aus der Hand, riß das Papier herunter und hielt sie mir hin: »Essen Sie...«

Er verstand alles. Man brauchte keine Scheu vor ihm zu haben. Ich biß in die Schokolade und seufzte zufrieden wie ein Kind. Dann setzte ich mich auf und aß ganz schnell, bis nichts mehr übrig war. »Hat es geschmeckt?«

Ich nickte und schaute ihn dankbar an.

»Oh, Evelyn...« Er nahm mich in die Arme und küßte mich. Wir küßten uns, bis meine Mutter zurückkehrte.

Wir waren grenzenlos verliebt. Wir verstanden uns in allem, und wir sahen uns täglich. Es gab nicht viel Abwechslung in dem russisch besetzten Sofia, aber das merkten wir nicht. Wir saßen in meinem Zimmer oder im Café oder im Kino oder auf einer Bank im Park. Es war, nüchtern betrachtet, überall gleich trostlos. Aber wir sahen es mit den Augen der Verliebten und fanden es aufregend und himmlisch.

Auch in Bulgarien ist der November ein trauriger grauer Monat. Was kümmerte uns das! Wir wischten die Parkbänke mit einem Taschentuch ab und preßten uns eng aneinander. Wir spürten keine Kälte und keine Nässe. Unsere Hände waren heiß und unsere Lippen auch, denn wir hielten uns fest und küßten uns. Wir hatten die Ruine eines zerbombten Hauses entdeckt, und dorthin flüchteten wir uns, wenn es zu stark regnete und meine Mutter zu Hause war. Heute ist es mir ein Rätsel, wie wir Stunden auf diesem Schutthaufen zubringen konnten. Damals nannte ich die Ruine »unsere Burg« und zögerte die Abschiedsminute so lange wie möglich hinaus.

An Julians Zahltag gingen wir in das Hotel Bulgaria. Dann aß ich so lange, bis Julian mir beunruhigte Zeichen machte, aufzuhören. Er hatte Angst, mir könne schlecht werden. Aber mir wurde nicht schlecht. Ich hatte den Heißhunger der glücklich Verliebten. Ich sah blühend aus. Viel zu gesund, fand ich, viel zu robust. Aber Julian sagte, ich sei bildschön. Er war stolz auf mich. Die Laufmaschen in meinen Strümpfen, die altmodischen Kleider meiner Mutter störten ihn nicht.

Jede zweite Woche gaben die englischen Soldaten eine Party. Sie fand in einem großen Saal statt, der einer Turnhalle glich. Eine bulgarische Kapelle spielte mit sehr viel Temperament, aber mit wenig Gehör. Es gab Gin oder Rum, und außerdem eine schauerliche Limonade. Es waren dürftige Feste, ich fand sie wunderbar.

Julian tanzte nicht, sehr zu meinem Kummer, aber er erlaubte, daß mich andere aufforderten. Ich hatte niemals Mangel an eifrigen Tänzern, die mich mit sehr viel Schwung und sehr wenig Rhythmus durch den Saal wirbelten. Julian lehnte an einer Art Bar, trank einen sehr verdünnten Gin und beobachtete mich mit strahlenden Augen. In den Tanzpausen lief ich zu ihm, und er legte schützend und besitzergreifend den Arm um mich. Ich trank nur Limonade, aber ich war beschwipst vor lauter Glück.

»I love you…«, flüsterte Julian.

»I love you…«, flüsterte ich zurück.

Es war alles sehr einfach und klar.

»Ich bin glücklich, daß du an Julian geraten bist«, sagte meine Mutter, »er macht einen ausgesprochen guten Eindruck.«

»Ja, er ist Engländer durch und durch.« Ich war stolz.

»Ich finde nicht, daß er typisch englische Eigenschaften hat. Er ist so lebhaft und aufgeschlossen – fast wie ein Südländer!«

»Südländer!« rief ich wegwerfend, »Julian ist aus Manchester.«

»Das weiß ich, aber…« Sie hielt inne. »Auf jeden Fall ist er sehr gut erzogen.«

Auch mir war aufgefallen, daß Julian besser erzogen und weitaus intelligenter war als seine Kameraden. Er sprach ein gewähltes Englisch. Er hatte erstklassige Tischmanieren und ein tadelloses Benehmen. Seine Hände waren lang, feingliedrig und gepflegt. Dennoch war und blieb er nur Gefreiter.

»Du bist so anders als deine Kameraden«, sagte ich eines Tages, »du paßt gar nicht zu ihnen.«

»Unsinn«, erwiderte er fast heftig, »ich bin nicht anders.«

»Doch, Julian. Warum bist du eigentlich nicht Offizier geworden?«

»Warum sollte ich Offizier werden! Es liegt mir nichts daran!«

»Es würde dir bestimmt besser stehen.«

»Evelyn, glaubst du, daß die Uniform den Menschen macht?«

»Nein«, entgegnete ich verlegen, »nein, bestimmt nicht…«

Julians Vater besaß einen Stoffgroßhandel. Er war ein sehr

wohlhabender Mann. Julian sprach mit großer Achtung von ihm und mit rührender Liebe von seiner Mutter. Er war der einzige Sohn.

Meine Schwester meinte, daß alle Voraussetzungen gegeben seien. Daß ich es gar nicht besser hätte treffen können und nun schleunigst versuchen sollte, Julian auf irgendeine Weise zu binden.

Ich war empört. Ich hielt ihr einen langen Vortrag über die echte Liebe, die keinen hinterlistigen Gedanken zuläßt.

»Papperlapapp...«, sagte Bettina. »Sieh zu, daß du aus diesem ganzen Schlamassel heil und gesund herauskommst. Das ist alles.«

Die romantischen Vorstellungen eines jungen Mädchens sind sehr schwer zu zerstören. Obgleich ich die Ungerechtigkeit und Grausamkeiten des Lebens schnell und drastisch kennengelernt hatte, bewahrte ich mir meine Illusionen. Ich lebte in der Gegenwart. An die Zukunft dachte ich nicht. Die Gegenwart war Julian und das schwindelnde Gefühl, das ich bei seinen Küssen empfand, und die Sehnsucht und das Verlangen und das Glück, in seiner Nähe zu sein. Die Zukunft war unübersehbar. Mein Paß war seit dem Abzug der deutschen Truppen nicht mehr verlängert worden. Auch konnte er mir – ob verlängert oder nicht – nur schaden. Meine Mutter hatte ihn deshalb verbrannt. Damit war ich automatisch staatenlos geworden. Staatenlose sind dem Staat, in dem sie sich aufhalten, ausgeliefert. Sie stehen unter keinem Schutz. Man kann mit ihnen machen, was man will.

Julian wußte über all das nur nebelhaft Bescheid. Er wußte, daß wir deutsche Emigranten waren, sonst nichts. Ich hatte ihm nicht gesagt, daß ich Halbjüdin sei. Zu lange hatte ich meine Abstammung, unter Scham und Furcht und Qual, verleugnen müssen. Ich konnte mich nicht so plötzlich umstellen.

Julian fragte auch nicht. Er ahnte wohl, daß ich über manches nicht gern sprach.

»Ich liebe dich, Evelyn. Ich möchte dich heiraten«, sagte er eines Tages, als wir wie gewöhnlich auf meinem Bett lagen.

Ich rührte mich nicht. Ich dachte: Er will mich heiraten... er will mich tatsächlich heiraten...

Ich konnte nicht sprechen. Ich schaute mit weit geöffneten Augen zur Decke – betäubt von diesem schmerzhaften Glück. Julian beugte sich über mich: »Möchtest du meine Frau werden?« Er strich mir mit den Fingerspitzen über die Wange.

Ich lächelte. Ich sah ihn – im dunklen Anzug – das Gesicht ernst und feierlich. Ich sah mich – im Brautkleid mit Schleppe und Schleier. Ich sah Blumen und geschmückte Tafeln und goldene Eheringe...

Mrs. Evelyn Whitman, dachte ich.

»Liebling, du hast mir noch gar nicht geantwortet.«

Ich holte tief Luft: »Ich möchte dich heiraten... ich möchte nichts lieber, als dich heiraten... ich möchte dich auf der Stelle...«

Und da fiel es mir ein.

»Julian«, flüsterte ich, »wir können ja gar nicht heiraten. Du bist Engländer, und ich bin staatenlos.«

Ich sah den olivgrünen Stoff von Julians Uniform, eine gestopfte Stelle an meinem Kleid, den elektrischen Kocher mit einem verbeulten Topf darauf. Das war die Wirklichkeit.

»Evelyn, wir werden heiraten. Es kann noch ein Weilchen dauern. Vielleicht ein halbes Jahr... vielleicht ein Jahr! Was spielt das für eine Rolle?!«

Ein halbes Jahr... ein Jahr...

Plötzlich glaubte ich, es nicht mehr ertragen zu können, dieses ohnmächtige Warten auf ein gutes oder ein schlechtes Ende.

»Julian, ich habe Angst. Es passiert etwas... es passiert immer etwas... wir sind so machtlos...«

»Wir werden heiraten, Evelyn!«

Er sagte es so ruhig und bestimmt, daß ich Angst und Zweifel vergaß.

Die Freude kehrte zurück. Die Wirklichkeit versank. Wir wurden wieder ein feierliches Paar – er im dunklen Anzug, ich im weißen Kleid. Eine Orgel spielte, ein Pfarrer streifte uns die Ringe über die Finger.

»Julian!« Ich schlang meine Arme um seinen Hals. »Julian, vielleicht werden wir ein Häuschen haben... es braucht ja nicht groß zu sein...«

»Wir werden ganz sicher ein Häuschen haben!«

»Mit Garten?«

»Mit Garten.«

»Mit Terrasse und einem roten Sonnenschirm...«

»Ja, mit weißen Tupfen darauf.«

»Im Sommer werden wir dort frühstücken. Du wirst ein weißes Hemd und eine graue Flanellhose tragen... Engländer tragen doch immer graue Flanellhosen...«

Julian lachte.

»Oh, wir werden uns lieben, lieben, lieben!«

»Ja, das werden wir!«

Ich zog seinen Kopf zu mir herab und küßte ihn. Wir hatten uns schon Stunden so geküßt. Mit einer heftigen Leidenschaft, die uns das schmale, harte Bett, das naßkalte Zimmer vergessen ließ. Wir hatten uns geküßt, mit einem ratlosen, gierigen Verlangen, das die Erfüllung suchte und sie nicht finden durfte. Wir hatten uns geküßt und geküßt, und die Sehnsucht und die Furcht waren immer stärker, immer qualvoller geworden.

An diesem Tag jedoch, an dem ein Traum wirklicher wurde als die Wirklichkeit, an dem ein roter Sonnenschirm greifbarer schien als der verbeulte Kochtopf, siegte mein Verlangen über die Furcht.

Ich küßte ihn, bis meine Lippen brannten und ich zu ersticken glaubte. Ich umschlang seine Beine mit den meinen und zerrte an seiner Jacke, die immer zwischen uns war, die mich ihn nie so spüren ließ, wie ich ihn spüren wollte. Ich preßte mich an ihn.

»Evelyn... ich halte das nicht mehr aus!«

Julians Stimme kam von weit, weit her. »Wir müssen vernünftig sein... wir müssen aufhören...!«

Seine Arme, die mich umklammert hielten, preßten mich noch einmal verzweifelt an sich, dann gaben sie nach. Er versuchte sich von mir zu lösen.

»Nein, Julian!« schrie ich. »Wir müssen nicht aufhören!« Ich versuchte ihn mit aller Kraft zu halten.

»Evelyn... bitte...«

Er packte meine Schultern, hielt mich von sich ab, bis unsere Körper sich nicht mehr berührten.

Ich glaubte wahnsinnig zu werden vor Verlangen nach ihm.

»Ich will ganz mit dir zusammen sein, Julian... hörst du! Ich
will... ich will... ich will...«

»Meinst du, ich will nicht?«

Auch er schrie jetzt – das Gesicht verzerrt vor Wut und Qual.

»Dann hör nicht auf!«

»Doch, ich höre auf!«

Mit einem einzigen Satz war er vom Bett. Er blieb stehen,
zitternd, den Rücken mir zugewandt, beide Hände auf den
Tisch gestützt, den Kopf gesenkt.

Ich haßte ihn beinahe. Mein Körper brannte und tobte. Ich biß
in das Kissen, ich krümmte mich zusammen, ich begann wild
zu schluchzen: »Du bist gemein, Julian. Oh, du bist so gemein!«

»Sag das nicht, Evelyn!« Er war mit zwei Schritten bei mir,
kniete vor dem Bett nieder und legte seinen Kopf auf meine
Schulter. »Ich möchte erst mit dir verheiratet sein. Ich möchte
dich erst ganz, ganz sicher in England wissen.«

»Aber du hast doch selber gesagt, daß das vielleicht noch ein
Jahr dauern kann.«

»Glaubst du, ich kann nicht noch ein Jahr auf dich warten?«

»Kannst du das?«

»Evelyn, ich liebe dich.«

»Gerade deshalb. Zwei Menschen, die sich lieben und heiraten
wollen...«

»Können auch warten! Länger, Liebstes, als ein Jahr.«

Ich schwieg. Kann ich das? fragte ich mich verwirrt.

»Wir werden ein Häuschen haben«, flüsterte Julian, »einen
Garten, eine Terrasse, einen roten Sonnenschirm. Wir werden
uns viele, viele Jahre lieben...«

Ich schloß die Augen und versuchte daran zu glauben.

Im Februar spürte man bereits den ersten Frühling. Die Menschen schauten hoffnungsfroher in die Zukunft. Die Frauen
dachten an ein neues Kleid, an große Wäsche und Ausflüge ins
Grüne. Die Männer dachten an die Frauen. Die Regierung
dachte, daß die Menschen allzu menschlichen Beschäftigungen
nachgingen und daß es höchste Zeit sei, dem abzuhelfen. Und
also geschah es.

Eine neue Welle von Verhaftungen spülte über Bulgarien hinweg. Die meisten Opfer waren sich ihrer Sünden keineswegs bewußt. Unter ihnen meine Schwester. Sie wurde nachts verhaftet und abtransportiert.

Mizo, ihr Mann, überbrachte uns die Hiobsbotschaft. Sein Gesicht hatte eine grünliche Farbe, seine Zähne schlugen aufeinander, und dann begann er hilflos zu schluchzen. Er liebte Bettina sehr.

Meine Mutter stand in ihrem alten verblichenen Morgenrock da, und das einzige, was noch an ihr zu leben schien, waren ihre schönen Augen.

»Was hat Bettina denn getan...?« fragte sie wieder und wieder.

»Gar nichts, natürlich...«, stöhnte Mizo. Und dann brüllte er plötzlich: »Sie hat einen deutschen Vater...«

»Ach so...«, sagte meine Mutter nur.

Ich hatte Angst um sie. Ich trat auf sie zu und legte meinen Arm um ihre Schultern. Aber sie brauchte keine Hilfe. Sie war stark und tapfer.

»Zieh dich an, Eveline«, befahl sie mit ganz ruhiger Stimme.

»Wieso...?« fragte ich verständnislos, »es ist doch drei Uhr nachts, und vor Tagesanbruch können wir nichts unternehmen.«

»Zieh dich an, nimm ein paar Decken und geh in den Keller.«

Ich starrte sie an und überlegte, ob der Schreck vielleicht doch zu viel für sie gewesen sei.

»Herrgott...«, schrie sie mich an, »nun mach schon...! Verstehst du denn überhaupt nichts...! Hast du vielleicht keinen deutschen Vater...!«

Da begriff ich. Jeden Augenblick konnten sie hier sein, um mich aus dem Haus zu zerren, in einen Lastwagen zu stoßen. In der Eile zog ich alles verkehrt an. Ich zitterte am ganzen Leib.

»Schnell, Evi...«, sagte Mizo hysterisch, »schnell, schnell, schnell...«

Meine Mutter stand bewegungslos am geöffneten Fenster. In der Ferne heulte ein Motor auf. Ich hielt den Atem an. Meine Mutter beugte sich mit einem Ruck nach vorne.

»Schnell, Evi...«, kreischte Mizo.

Das Motorengeräusch verebbte wieder.

Schließlich hatte ich es geschafft. Ich nahm zwei Decken über den Arm.

»Gemütliche Nächte werden das von jetzt ab...«

Meine Mutter drehte sich um: »Morgen, Eveline, werden wir schon eine Lösung finden.«

»Ich werde schon eine Lösung finden«, sagte Julian und zündete sich an dem Ende seiner Zigarette eine neue an.

»Das waren auch die Worte meiner Mutter.« Ich klopfte mit der Fußspitze auf den Boden.

Wir saßen nebeneinander auf meinem Bett. Es war zwölf Uhr mittags. Tagsüber bestand keine Gefahr. Die Razzien wurden, um Aufsehen zu vermeiden, nur nachts unternommen.

»Die Nacht im Keller war eine der hübschesten, die ich erlebt habe. Ich würde sie gern wiederholen!«

»Du wirst keine Nacht mehr im Keller zubringen.«

»Sooo...!« schrie ich, »werden sich die Herren Engländer vielleicht für mich und meinesgleichen einsetzen? Die fairen Engländer... die fairen Amerikaner. Die Kämpfer für Demokratie und Menschenrecht...«

»Evelyn... bitte...« Ich sah, wie Julian unter seiner Machtlosigkeit litt. Aber in meiner Verzweiflung war es mir gleichgültig.

»Oh, ich habe es so satt! Ich kann diesen ganzen Schwindel von Gerechtigkeit und Freiheit und Menschenwürde nicht mehr ertragen. Jede Nation predigt ihn, und jede Nation treibt damit Schindluder! Als die Deutschen da waren, habe ich auf euch gewartet. Und jetzt seid ihr da, und es ist wieder derselbe Betrug...«

Julian sah mich an wie ein geprügelter Hund.

»Ja, schau mich nur an! Schau mich nur genau an! Ich habe eine jüdische Mutter und einen deutschen Vater. Ich kann nichts dafür, weiß Gott nicht, aber ich muß dafür leiden. Ich wurde verfolgt wegen meiner jüdischen Abstammung, ich werde verfolgt, weil ich Deutsche bin... schön nicht wahr...?«

Ich begann fassungslos zu weinen.

Julian hatte sich ohne Hast erhoben. Ich sah mit Verwunderung, daß er lächelte. Ein stilles, warmes Lächeln. Er nahm mein Gesicht zärtlich in die Hände: »Evelyn, du bist Halbjüdin...?«

Ich nickte.

»Ich bin Jude.«

Ich hielt den Atem an und rührte mich nicht. Der Gedanke, daß Julian Jude sei, war für mich vollkommen absurd und unbegreiflich. Ein Mensch, der sich so ungezwungen und selbstbewußt benahm, der so ungehemmt sprach und so strahlend lachte, war kein Jude. Einem Juden sah man doch an, daß er ein Jude war.

Es war unheimlich still im Zimmer. Julians Hand strich beruhigend und gleichmäßig über mein Haar. Plötzlich fühlte ich mich zu Hause. Erschöpft, aber zu Hause.

»Julian«, flüsterte ich, »du bist tatsächlich...?« Das Wort ging mir nicht über die Lippen.

»Sprich es doch aus.« Julian lächelte. »Es ist kein Schimpfwort, mein Liebling.«

Ich seufzte nur.

»Ich verstehe dich, Evelyn. Es muß schrecklich gewesen sein. Für mich ist das alles viel selbstverständlicher. Weißt du, in England ist es ganz anders. England ist mein Land. Ich liebe es. Ich bin in erster Linie Engländer. Ich wurde auch nie anders behandelt.«

»Das gibt es...?«

»Natürlich gibt es das. Ich gehe in die Synagoge, und ich feiere die jüdischen Feste. Aber ich bin ebenso in eine englische Schule gegangen und als Engländer erzogen worden wie alle anderen.«

»Und du hast dich nie als zweitklassiger Mensch gefühlt...?«

»Als was?«

»Als zweitklassiger Mensch!«

»Aber, Evelyn...!«

»Du verstehst mich nicht, nicht wahr? Du weißt gar nicht, was für ein Gefühl das ist, ein zweitklassiger Mensch zu sein. Ich wußte es auch nicht, aber dann habe ich es gründlich kennengelernt... Es ist kein hübsches Gefühl, das kannst du mir glauben – aber man sorgt dafür, daß ich nicht aus der Übung komme.«

»Evelyn, bitte, hör auf!«

»Du kannst ja nichts dafür... und mein Vater auch nicht und meine Mutter auch nicht. Und kein Mensch kann dafür, kein Mensch...« Ich begann hysterisch zu lachen.

Julian nahm mich wortlos in die Arme, bis mein Lachen in Schluchzen überging. »So...«, murmelte er, »so... Es war alles ein bißchen viel für dich. Es gibt Menschen, die dir helfen. Du wirst sehen...«

Captain Norman Henderson war Julians Vorgesetzter. Er war Mitte Zwanzig, nicht sehr groß und auf dem Wege, dick zu werden. Sein Teint war rosig, seine Augen wasserblau, sein Mund schmallippig und sein schütteres Haar verwaschen blond.

»Sir«, sagte Julian, »das ist Evelyn Clausen. Ich hatte Ihnen am Telefon kurz von ihr erzählt...«

»How do you do.« Captain Henderson war reserviert. Er betrachtete mich mit kühlem Interesse.

»How do you do«, erwiderte ich befangen und stellte fest, daß dieser Mann keinen sehr hilfsbereiten Eindruck machte.

»Miss Clausen ist in einer verzweifelten Situation«, erklärte Julian, »und ich dachte, daß Sie vielleicht einen Rat wüßten.«

»Bitte, setzen Sie sich«, sagte der Offizier.

Julian erzählte meine Geschichte in kurzen, nüchternen Worten. Wenn man sie so sachlich vorgetragen hörte, wirkte sie nicht sehr eindrucksvoll. Es war meine Geschichte, und es war sie doch nicht.

Ich saß auf der Kante meines Stuhles und kämpfte gegen ein ständig zunehmendes Schwindelgefühl an. Die Aufregungen und die Nacht in dem kalten Keller lagen mir schwer in den Gliedern. Ich hatte noch keinen Bissen gegessen. Es war sehr heiß in dem Zimmer, und ich hatte meinen dicken, abgewetzten Schafpelzmantel an. Schweiß trat mir auf die Stirn. Ich glaubte, keine Luft mehr zu bekommen und öffnete hastig den obersten Knopf.

Captain Henderson schien mich beobachtet zu haben. »Ziehen Sie doch den Mantel aus«, sagte er mitten in Julians Erzählung hinein.

Ich tat es ungern. Ich trug einen roten, zu eng gewordenen

Pullover und einen dunkelblauen Faltenrock, der an einigen Stellen sorgfältig, aber sichtbar gestopft war.

»Ist Ihnen jetzt besser?« Henderson ließ mich nicht aus den Augen.

Ich nickte und wünschte meinen üppigen Busen zum Teufel.

»Soll ich Ihnen ein Glas Wasser holen?« Er war jetzt wesentlich zugänglicher geworden.

»Nein, danke.« Ich wischte mir verlegen den Schweiß von der Stirn.

Henderson zündete sich eine Zigarette an: »Also, soweit ich die Sache bis jetzt übersehe, liegt sie folgendermaßen: Miss Clausen hat berechtigte Angst, wie ihre Schwester von den Kommunisten verhaftet zu werden. Stimmt das?«

»Yes, Sir.«

»Ja, das ist eine verzwickte Angelegenheit.« Der Captain hatte sich erhoben und begann im Zimmer auf und ab zu gehen. Nach einer Weile blieb er vor mir stehen und sah mich streng an: »Sie sind also aus rassischen Gründen mit Ihrer Mutter und Schwester aus Deutschland emigriert?«

»Ja.«

»Und Ihr Vater ist in Deutschland?«

»Ja.«

»Er hat sich also, als es kritisch wurde, von Ihrer Mutter scheiden lassen?« fragte er verächtlich.

»Nein«, sagte ich kalt, »so ist das nicht. Die Ehe wurde schon früher geschieden, und zwar auf Wunsch meiner Mutter. Mein Vater ist ein wunderbarer Mann. Er hat alles für uns getan. Er hat uns nie im Stich gelassen.«

»Aha.« Henderson musterte mich eindringlich.

»Sie brauchen mir nicht zu helfen«, sagte ich eisig.

»Evelyn...«, flehte Julian.

Captain Henderson lächelte zum erstenmal. »It's allright, Whitman.« Er ging ans Telefon und wählte eine Nummer.

»Captain Henderson speaking. I beg your pardon, Sir, aber ich möchte Sie um eine Gefälligkeit bitten. Vor mir sitzt eine sehr junge Dame, die man vor den Roten verstecken muß. Sie haben doch in Ihrem Haus zwei Gästezimmer. Besteht die Möglichkeit, sie dort auf einige Zeit unterzubringen?«

»Ja...? Das ist großartig... wie bitte...? Ach so... ich schätze...«, er warf einen kurzen Blick in meine Richtung, »... sechzehn Jahre...«

»Siebzehn...«, verbesserte ich.

»Siebzehn Jahre...«

Es entstand eine Pause, in der der andere offensichtlich sprach und Henderson breit vor sich hingrinste: »Oh yes, she is...«, sagte er schließlich, »very much so...«, und dabei wurde er ein wenig rot.

Er legte den Hörer auf.

»Die Sache wäre geregelt. Sie können eine Zeitlang in Colonel Duffys Haus wohnen. Dort sind Sie ganz sicher. Ich hole Sie heute abend um acht Uhr ab und bringe Sie hin. Whitman wird mir Ihre Adresse geben. Goodbye, Miss Clausen.«

Pünktlich stand Captain Hendersons Auto vor meiner Tür. Ich ergriff mein Täschchen mit Zahnbürste und Nachthemd und lief hinunter. Der Chauffeur öffnete die Wagentür, nicht ohne mich vorher abschätzend gemustert zu haben.

»Are you feeling better?« begrüßte mich Henderson mit einem aufmunternden Lächeln.

»Nein... meine Mutter ist den ganzen Tag herumgelaufen und konnte keine Spur von meiner Schwester entdecken.«

»Oh, I am very sorry.« Sein Mitgefühl war echt. Er beugte sich zu seinem Fahrer vor: »Offizierski Club, Bogdan...«

»Wieso Offizierski Club?« fragte ich.

»Ich dachte mir, es würde Ihnen gut tun, nach all der Aufregung eine Kleinigkeit zu essen und zu trinken.«

»Aber ich kann doch so, wie ich aussehe, nicht in den Offiziersklub gehen!« Ich hatte noch immer den roten Pullover und den Faltenrock an.

»Natürlich können Sie.«

Der Offiziersklub war ein eindrucksvolles Gebäude. Eine zweistöckige Villa, sehr stattlich, sehr gepflegt, mit Marmorterrasse und parkähnlichem Garten. Sie erinnerte mich ein wenig an unser Haus in Berlin. Zaghaft folgte ich Captain Henderson in die Eingangshalle und blieb dann unsicher in der Nähe der Tür stehen. Vor mir war ein hoher, goldgerahmter Spiegel, der mein Bild erbarmungslos zurückwarf. Ein kleines Geschöpf, in einem abgetragenen Schafpelzmantel, mit einem Kopftuch und einer häßlichen Kunstledertasche in der Hand.

»Ich möchte doch lieber nicht...« Ich machte eine halbe Wendung zur Tür hin.

»Unsinn, Miss Clausen, geben Sie mir Ihren Mantel, Ihre Tasche, Ihr Tuch und kommen Sie.«

Seine Stimme klang streng, aber seine wasserblauen Augen blickten freundlich und ein klein wenig mitleidig.

Es blieb mir nichts anderes übrig. Ich folgte gehorsam.

Die Räume waren groß, hoch und kühl. Die Möbel waren etwas zu massiv und düster, aber von einfacher, guter Form. Die Teppiche waren echt und sehr dick, die Vorhänge aus schwerem, dunklem Samt. An der Decke hingen Kronleuchter, und in den Ecken brannten Stehlampen mit mattem Licht. Genau so hatte ich mir den englischen Offiziersklub vorgestellt.

Ich ging fast auf Zehenspitzen und warf scheue Blicke um mich.

In einem der Zimmer saßen drei Offiziere beim Kartenspiel.

»Hello old chap...«, begrüßten sie Captain Henderson und musterten mich dann mit schnellen, aber aufmerksamen Blicken.

»Hello...«, entgegnete Henderson im Vorbeigehen. Ich grüßte mit einem Kopfnicken und spürte ihre Blicke in meinem Rücken. Ich war froh, als wir den Raum durchquert und den Speisesaal betreten hatten. Er war leer und beängstigend still. In der Mitte stand ein mächtiger, weißgedeckter Tisch.

»Die anderen haben schon gegessen«, erklärte Henderson und rückte am Kopfende des Tisches einen Stuhl für mich zurecht. Ich setzte mich und kam mir ganz winzig vor. Henderson ließ sich an meiner linken Seite nieder.

»Platz genug haben wir wenigstens.« Er drückte auf einen Klingelknopf.

Ein Kellner eilte herbei. Er trug ein blendend weißes Jakett und grinste verwundert, als er mich wie ein kleines verschüchtertes Schulmädchen dasitzen sah.

»You like eat, Sir«, fragte er in gebrochenem Englisch, wobei er mich ungeniert anstarrte.

»Yes, Ivan. Two menues and some red wine.«

Es war sinnlos, irgend etwas einzuwenden. Ich schwieg und zerrte, wie gewöhnlich, an meinem Taschentuch.

Ivan entfernte sich, blickte aber noch zweimal neugierig über die Schulter zurück.

Henderson bot mir eine Zigarette an.

»Danke, ich rauche nicht«, sagte ich erschrocken.

»Sie heißen Evelyn, nicht wahr?«

»Ja.«

»Darf ich Sie so nennen?«

»Natürlich.«

»Erzählen Sie mir etwas über sich, Evelyn.«

»Interessiert Sie denn das?«

»Ja, sehr.«

Ich überlegte. Es war vielleicht gar nicht so schlecht, mich bei diesem fremden Mann auszusprechen. Mit ihm verband mich nichts, und ich würde ihn wahrscheinlich nie mehr wiedersehen.

Ich begann zu erzählen – von mir und meiner Familie, von Deutschland, unserem Leben dort und unserem Leben in Bulgarien. Ich sprach trocken und ohne Sentimentalität, wie man in der Sprechstunde eines Arztes spricht. Ich sprach, während ich vier Gänge verschlang und vorsichtig an meinem Wein nippte. Ich sprach, während der Kellner den Tisch abräumte und den Kaffee servierte. Und ich fühlte, wie mir immer leichter wurde, und manchmal wunderte ich mich auch, daß ich mich so gut auf englisch ausdrücken konnte. Henderson unterbrach mich kein einziges Mal, aber er ließ mich nicht aus den Augen.

Als ich schließlich schwieg, nahm er meine Hand und hielt sie einen Moment lang fest in der seinen.

Ich lächelte abwesend ins Leere: »Ich habe sehr viel gesprochen... Ich bin Ihnen dankbar, daß Sie mir zugehört haben. Ich glaube, ich mußte es mal loswerden...«

»Haben Sie sich bei Ihrem Freund, Julian Whitman, nie ausgesprochen?«

»Eigentlich nein.«

»Und warum?«

»Ich weiß es auch nicht – vielleicht, weil man zu Menschen, die einem nahestehen, schwerer spricht. Und dann gab es auch immer so viele andere Dinge zu bereden.«

»Sind Sie in Whitman verliebt?«

»Ja.«

»Aha.« Captain Henderson erhob sich. »Es ist Zeit, daß ich Sie zum Colonel bringe. Er wohnt ein paar Kilometer außerhalb der Stadt.«

»Oh, das ist aber sehr unpraktisch für Sie.«

»Nein, gar nicht«, erwiderte er höflich, »ich überlege mir nur, wie Sie es in den nächsten Tagen machen werden.«

»Es wird schon irgendwie gehen.«

Wir hatten das Speisezimmer verlassen. Die drei Offiziere waren verschwunden. Das Haus schien ausgestorben. Henderson half mir in den Mantel: »Ich habe eine Idee!«

»Was für eine Idee?«

»Na ja, was das Hinausfahren zum Colonel betrifft.«

Ich hatte schon gar nicht mehr daran gedacht. »Ja?« fragte ich gleichgültig.

»Es macht mir gar keine Schwierigkeit, Sie jeden Abend dort hinzubringen.«

»Wie bitte?« fragte ich erstaunt.

Er war sehr beschäftigt, sich die Handschuhe anzuziehen. Er schaute mich nicht an. »Für Sie ist es eine Reise, für mich ein Katzensprung. Also warum soll ich Ihnen nicht den Gefallen tun...«

»Sie werden doch manchmal etwas anderes vorhaben!«

»In dem Fall würde ich Ihnen meinen Wagen schicken.«

In den folgenden Wochen vollzog sich eine Wandlung in mir. Wie ein Igel, der sich bei Gefahr zusammenrollt, verbarg ich meine weichen, verletzlichen Stellen unter einem gefährlichen Stachelpanzer. Wieviel ich mir in meinem tiefsten Inneren an Romantik, Idealen und Illusionen bewahrte, weiß ich nicht. Sicher gelang es mir nicht, sie ganz zu zerstören. Aber nach außen hin hatte es wenigstens den Anschein.

Es kam zu einer radikalen Umstellung, über die ich mir damals keine Gedanken machte. Ich war zu jung, um zu begreifen, daß sie die Folge eines langen, qualvollen Prozesses war. Ich war siebzehn Jahre alt, unreif und verwirrt, und versuchte meine neu errungene negative Einstellung mit explosiven Ausbrüchen zu verteidigen.

Ich habe diese trostlose Existenz satt… Es hilft einem ja doch kein Mensch… Es ist ihnen egal, ob man verreckt… Was nützt einem Anstand und Moral… Damit kommt man keinen Schritt weiter… Aber ich will weiter… Ich will raus aus dem allen… So oder so – aber raus… Ich will leben, leben, leben… Morgen kann es zu spät sein, also lebe ich heute!

Ich verstand unter »leben« tanzen und flirten und große Dame spielen. Ich verstand darunter Jazzmusik und Parties und Picknicks, Kleider, Autos und Komfort. Ich verstand alles, nur nicht den Sinn des Wortes »leben«.

Captain Henderson bot mir das »Leben«. Er war im entscheidenden Moment erschienen, und oft entscheidet der Moment mehr als der Mann. In dem Augenblick, als das Chaos in mir am größten war, als ich verzweifelt nach einem schnellen Ausweg suchte, als ich schwankte wie ein Halm im Wind, griff er zu. Es bedurfte gar keiner großen Geschicklichkeit.

Captain Henderson holte mich Abend für Abend um acht Uhr ab. Wir gingen dann zuerst essen – mal im Offiziersklub, mal im Hotel Bulgaria, mal in Hendersons Villa, die er mit dem britischen Truppenarzt und einem schottischen Leutnant teilte. Ich aß noch immer für drei, unersättlich in meiner Angst, daß es vielleicht die letzte Mahlzeit sein könne. Ich begann auch Gefallen am Trinken zu finden. Ich schüttete den Wein nicht mehr hinunter, sondern trank langsam, erst nur ein Glas, dann zwei, schließlich einen halben Liter. Es bekam mir gut, und ich ging zu schärferen Getränken über. Einen Gin mit Lime vor dem Essen, ein Whisky Soda nach dem Essen. Nach einer gewissen Zeit begnügte ich mich nicht mehr mit einem Gin und einem Whisky. Da ich langsam trainierte, kam ich nie in die peinliche Situation, betrunken zu werden. Und ein Schwips war außerordentlich angenehm. Man fühlte sich leicht und beschwingt, und man vergaß. Später fand ich dann, daß man beim Alkohol nicht aufhören dürfe – und ich gewöhnte mir das Rauchen an. Die starken englischen Zigaretten waren nicht sehr geeignet für Anfänger, aber ich hatte meine Prinzipien und blieb hart. Bei der ersten Zigarette wurde mir übel, bei der zweiten nur noch schwindlig, und die dritte meisterte ich bereits mit einem unbedeutenden Hustenanfall. Danach ging es tadellos, und die anfängliche Spielerei wurde rasch zur Gewohnheit. Mit siebzehn Jahren war ich Kettenraucher und schwer unter den Tisch zu trinken. Captain Henderson hatte Mühe, mich mit Alkohol und Tabak zu versorgen.

Ich kam mir sehr erwachsen vor. Ich begann mir die Lippen zu schminken, die Augenbrauen zu zupfen, das Gesicht zu pudern, die Fingernägel zu lackieren. Ich ließ mir Dauerwellen legen und schleppte die Kleider meiner Mutter zu einer billigen Schneiderin, um sie nach meinem Geschmack ändern zu lassen. Ich griff hemmungslos nach Schuhen, Taschen, seidener Unterwäsche und Parfüm – all den Dingen, die meine Mutter sorgfältig aufbewahrt hatte. Ich wurde ein völlig anderer Mensch – eigenwillig, herausfordernd und unglaublich rücksichtslos.

Es war etwas in meinem Wesen – etwas Libellenhaftes, Schillerndes, Flirrendes, Flatterndes. Etwas, das man nicht greifen, nicht halten und vor allen Dingen nicht ergründen konnte. Aber die Männer wollten es greifen und halten und ergründen, und sie begannen Amok zu laufen.

Nach wie vor traf ich mich mit Julian. Aber da ich abends nie mehr Zeit und Julian tagsüber Dienst hatte, waren es immer nur kurze Stunden. Ich vermied es, sie in meinem Zimmer zu verbringen, und richtete es meistens so ein, daß wir spazierengingen. Auf diese Weise verhinderte ich geschickt ein Zusammensein unter vier Augen, das unweigerlich zu einer Auseinandersetzung geführt hätte. Ich fürchtete eine Auseinandersetzung, denn ich war mir nicht im klaren, wie ich mich in solchem Fall verhalten sollte.

Ich wollte Julian nicht ganz aufgeben. Ich hing noch an ihm. Allerdings anders als früher. Ich war nicht mehr verliebt. Ich fühlte nur noch schwesterliche, ein wenig mitleidige Zuneigung für ihn. Dieses Gefühl war in mir erwacht an dem Tag, an dem er mir gestanden hatte, daß er Jude sei. Ich hatte eine Geborgenheit empfunden wie nie zuvor, aber damit war alles

Elektrisierende, Knisternde, Erregende erloschen. Ich sah in ihm einen Leidensgenossen, der mich ohne Worte verstand. Aber gerade das wollte ich nicht. Ich war auf der Flucht vor allem »Jüdischen«. Ich wollte einen Mann, der mir auf dieser Flucht half.

Wie aber sollte ich Julian diese Dinge erklären, die mir unangenehm und peinlich waren und die ich im Grunde nicht verantworten konnte. Ich fand nicht den Mut, und ich versuchte, so lange wie möglich den Weg des geringsten Widerstandes zu gehen.

Julian litt. Ich sah es an seinem Gesicht, das blaß und schmal geworden war und kaum noch lachte. Ich sah es an seinen Augen, die bittend meinen Blick zu halten suchten. Ich sah es an seinen Händen, die zitterten, wenn sie eine Zigarette nach der anderen anzündeten. Es tat weh, ihn leiden zu sehen, aber es tat noch mehr weh, selbst zu leiden.

An einem schwülen, grauen Frühlingsnachmittag fand endlich die gefürchtete Aussprache statt. Wir hatten uns in der Stadt getroffen, und ich schlug vor, in ein Kino zu gehen.

»Nein«, sagte Julian entschlossen, »wir gehen zu dir.«

»Meine Mutter ist aber zu Hause, Julian...«, log ich auf gut Glück. Es stimmte sicher nicht. Meine Mutter war seit der Verhaftung Bettinas ständig unterwegs.

»Das macht nichts. Ich möchte dir etwas zeigen, und das kann ich weder im Kino noch auf der Straße.«

»Dann gehen wir eben in ein Café.«

»Nein, wir gehen zu dir!« Er umklammerte meinen Arm mit festem Griff. Ich lief mit gesenktem Kopf neben ihm her und überlegte angestrengt, wie ich der unangenehmen Situation entrinnen könne. Aber als ich aus den Augenwinkeln zu Julian hinüberschielte und sein eigensinniges Gesicht sah, wußte ich, daß jeder Versuch, ihn umzustimmen, vergeblich war. Ich schwieg, und auch Julian sagte kein Wort.

»So... deine Mutter ist also zu Hause...«, sagte er, als wir das leere Zimmer betraten. »Na ja...«

»Gib mir bitte eine Zigarette, Julian.«

Er hielt mir die Schachtel hin.

»Danke.«

Er gab mir Feuer.

»Willst du dich nicht setzen, Julian?«

»Gleich.« Er zog einen Umschlag aus seiner Tasche und reichte ihn mir.

»Was ist das?«

»Ein Brief von meinen Eltern an dich.«

Ich las: »Dearest Evelyn...« Es war ein kurzer, herzlicher Brief. Sie schrieben, daß sie sich freuen würden, mich als Schwiegertochter in ihrem Haus zu begrüßen. Sie unterschrieben mit »Mama« und »Dad« Whitman.

Julian beobachtete mich. Er stand da, die Hände in den Hosentaschen, das Gesicht angespannt.

Ich wandte mich heftig ab und trat ans Fenster. Die Stille im Zimmer war bleiern. Meine Gedanken ließen sich nicht fassen. Ich hoffte, er würde irgend etwas Böses, Beleidigendes, Ungerechtes sagen.

»Nun sprich schon...«, schrie ich ihn an.

»Ich hatte meinen Eltern alles über uns erzählt«, sagte Julian tonlos. »Daß ich dich liebe und heiraten möchte, sobald es erlaubt sei. Ich schrieb ihnen auch noch, daß wir sehr glücklich miteinander seien. Das wäre alles. Du dürftest mir mehr mitzuteilen haben. Also sprich du.«

Ich hätte so gern geweint, wie immer, wenn ich keinen Ausweg mehr wußte.

Ich hörte, wie sich Julian setzte. »Also...«, sagte er noch einmal.

»Ich wüßte nicht, was ich sagen sollte..., was erwartest du, Julian?«

»Du bist feige, Evelyn, und das steht dir schlecht. Was ich erwarte? Nun, daß du mir endlich einmal sagst, was los ist.«

»Was soll denn los sein...? Gar nichts ist los.«

»Evelyn, ich bitte dich, dieses alberne Drumherumgerede zu lassen. Du weißt ganz genau, daß sich sehr viel geändert hat, und du weißt ebensogut, daß ich es von der ersten Minute an gespürt habe. Seit zwei Wochen spielst du Katze und Maus mit mir. Ich komme mir langsam wie ein Trottel vor. Ich möchte jetzt eine klare Antwort und die Wahrheit. Liebst du mich nicht mehr, Evelyn...?«

Ich spürte seine Angst.

»Stell nicht so dumme Fragen, Julian...«

»Ist das eine Antwort?«

»Ja.«

»Gut, Evelyn. Dann hat es keinen Sinn, und ich werde für dich sprechen. Du liebst mich nicht, und du hast mich nie geliebt. Du hast es anfangs geglaubt, weil ich eine englische Uniform trug und du in alles Englische verliebt warst. Du hast den Engländer in mir geliebt und nicht den Menschen. Als du erfuhrst, daß ich Jude bin, warst du maßlos enttäuscht. Glücklicherweise tauchte in diesem Moment Captain Henderson auf. Er ist ein ziemlich unansehnlicher und unbedeutender Mann, aber er ist reinrassiger Engländer, und er ist noch dazu Offizier. Er kann dir natürlich mehr helfen, er kann dir natürlich mehr bieten. Es ist dir egal, was für menschliche Qualitäten er besitzt und wie er aussieht. Deine Chancen sind größer, das ist das entscheidende.«

Ich stand am Fenster und starrte mit leerem Blick auf die Straße. Julians Worte hatten getroffen. Ich brauchte nur zu sagen: Es stimmt, Julian, es ist furchtbar, aber es ist nicht zu ändern. Ich hätte ihm und mir einen Gefallen getan. Ich hätte Mut bewiesen, und vielleicht hätte er diesen Mut sogar anerkannt.

Aber ich fuhr herum und schrie: »Es stimmt nicht, Julian. Es ist nicht so, wie du behauptest. Es ist alles ganz anders...«

Ich ekelte mich vor mir selber und begann zu weinen.

»Arme Evelyn«, sagte Julian verächtlich, »du tust mir leid. Du bist genauso geworden wie die meisten Mädchen. Berechnend, geschminkt und aufgetakelt, oberflächlich und vergnügungssüchtig. Und zu allem Überfluß auch noch verlogen.«

»Gut..., wenn du mich so einschätzt, warum sitzt du dann noch hier? Du kannst dir moralische Grundsätze leisten! Dir geht es ja nicht an den Kragen. Du weißt nicht, wie es ist, in ständiger Unsicherheit und Angst zu leben. Du weißt nicht, wie es ist, sich dauernd verstecken zu müssen. Du sitzt da, satt, sicher und frei. Wenn morgen etwas passiert, dann steigst du in ein Flugzeug und bist weg. Wie wagst du es überhaupt, den Mund aufzutun und mir Moral zu predigen! Wer, zum Teufel, hält die Moral höher als das Leben ... Kannst du mir das mal sagen, du ... du ...«

Mir fiel kein passendes Wort ein. Ich schnappte nach Luft und war drauf und dran, mit den Fäusten auf ihn loszugehen.

Julian war aufgestanden. Mit einem schnellen Griff hatte er meine Handgelenke gepackt. »Du hast eine krankhafte Lebensangst, das ist begreiflich. Aber du mußt dich hüten, ewig darauf herumzureiten.«

Seine scheinbare Verständnislosigkeit brachte mich so in Wut, daß ich zu zittern begann.

»Geh ... Ich will dich nie mehr sehen ...«

»Ich gehe schon.« Er nahm seine Mütze vom Tisch und ging zur Tür. Bevor er das Zimmer verließ, drehte er sich noch einmal um: »Und sieh zu, daß du Lebensangst nicht mit Vergnügungssucht verwechselst ...«

Ich warf einen Schuh gegen die Tür, die sich hinter ihm schloß.

Nach dem Krach mit Julian wurde ich ganz offiziell Hendersons »girl friend«. Meine Freundschaft mit dem britischen Offizier zerfiel in zwei Perioden: die erste, in der er mich »Engel« nannte und seinen Lebensinhalt darin sah, mir jeden Wunsch von den Augen abzulesen; und die zweite, in der er mich »Hexe« nannte und ihm nichts anderes übrigblieb, als mir jeden Wunsch von den Augen abzulesen. Die »Engel«-Periode dauerte nur sehr kurze Zeit. Die »Hexen«-Periode dauerte lange, und ich glaube, Henderson bedauerte es zutiefst, daß sie nicht mehr in die Zeit der mittelalterlichen Verbrennungen fiel.

Captain Norman Henderson, der den Ruf eines stolzen, fähigen, besonnenen Offiziers hatte, verfiel mir. Er verlor seinen Stolz und seinen kühl rechnenden Kopf. Er wurde eine unsichere, komische, mitleiderregende Figur, die mir mit dem Blick eines Sklaven überallhin folgte.

»Angel, möchtest du noch ein bißchen spazierenfahren, oder möchtest du lieber Tee trinken?«

»Ich möchte lieber Tee trinken.«

Die Teestunde in Hendersons hübscher, gemütlicher Villa behagte mir sehr. Es gab Toast und Kuchen, Butter und verschiedene Marmeladen. Es gab erstklassigen Tee mit Zucker und

Milch. Eine Stunde später gab es Cocktails und danach ein vorzügliches Abendessen, dem Kaffee und Whisky folgten. Außerdem konnte ich mit dem Truppenarzt und dem schottischen Leutnant flirten, was weitaus unterhaltsamer war als Hendersons verliebter Augenaufschlag.

Also gingen wir Tee trinken, und der Abend verlief, wie ich vorausgesehen hatte.

Gegen neun Uhr begann Henderson unruhig zu werden: »Angel, ich glaube, es ist Zeit, daß ich dich zu Major Preston bringe.«

Ich hatte inzwischen schon zweimal meinen Schlafplatz gewechselt. Obgleich sich die hilfsbereiten Offiziere immer vorbildlich benahmen, war es doch besser, daß ich nicht allzulange in derselben Wohnung übernachtete. Man hätte sonst falsche Schlüsse daraus ziehen können.

»Ach, es ist doch noch so früh!« Die Nervosität des schottischen Leutnants, der offensichtlich Feuer gefangen hatte, amüsierte mich.

»Gefällt es dir nicht bei Preston? Soll ich dir eine andere Unterkunft suchen?«

Henderson hätte es sogar fertiggebracht, mich beim britischen General einzuquartieren.

»Doch, doch ... es gefällt mir. Ich bekomme sogar jeden Morgen Frühstück.«

»Gut.« Henderson war zufrieden. »Dann kannst du noch eine Woche dort bleiben.« Er erhob sich mit einem bittenden Blick: »Aber wir müssen jetzt wirklich gehen. Du hast keinen Schlüssel, und wir können nicht mitten in der Nacht klingeln.«

»Noch eine Zigarette«, sagte ich in einem Ton, der keinen Einwand zuließ.

»Natürlich, Angel.«

Der Arzt lächelte spöttisch. Der Schotte sprang auf und reichte mir Feuer.

»Wir fahren mit dem Jeep«, befahl ich, als ich gemütlich zu Ende geraucht hatte.

»Aber, Angel, das ist doch viel zu unbequem!« Henderson ahnte Schlimmes.

»Gar nicht.« Ich stand entschlossen auf. Henderson hatte mir nach langem Bitten und Drohen das Fahren beigebracht. Da die requirierten Zivilautos nur von bulgarischen Chauffeuren gefahren werden durften, mußte ich mit dem Jeep vorliebnehmen. Selbstverständlich war auch das streng verboten. Kein Zivilist durfte ein Militärfahrzeug auch nur berühren. Noch dazu hatte ich keinen Führerschein. Ein Unfall hätte Hendersons Offizierslaufbahn beendet.

Wir fuhren natürlich mit dem Jeep. Auf einer einsamen Straße, etwas außerhalb der Stadt, zupfte ich Henderson unmißverständlich am Ärmel.

»Laß es, Angel, es ist doch dunkel...«

»Gerade darum. Dann sieht uns keiner.«

Henderson ließ mich auf seinen Platz.

»Bitte fahr langsam.«

Ich gab keine Antwort. Das Anfahren erforderte immer äußerste Konzentration. Die Gänge waren hart und wehrten sich kreischend. Aber auch ich war hart. Der Jeep fuhr ruckartig an, und ich strahlte. Henderson sah mein glückliches Gesicht und war mit allem ausgesöhnt.

»Fahre ich nicht gut?«

»Großartig...« Noch fand er alles großartig, was ich tat. Eine halbe Stunde später hielten wir vor Prestons Haus. Henderson wischte sich den Schweiß von der Stirn.

»Hast du etwa Angst gehabt?«

»Keine Spur.« Er rückte näher und versuchte, den Arm um mich zu legen.

»Bitte, laß das! Wie oft soll ich dir noch sagen, daß ich es nicht erlaube!«

Ich hatte mich noch kein einziges Mal von ihm küssen lassen. Sein kleiner dünner, harter Mund gefiel mir nicht.

»Warum darf ich dir nie einen Kuß geben, Angel?« Er hatte ein trauriges Hamstergesicht mit wimperlosen Augen.

»Ich bin nicht für solche Abknutschereien.«

»Aber Angel, ein Kuß ist doch kein Abknutschen. Hast du Julian Whitman denn auch nie geküßt?«

»Doch, aber wir wollten ja auch heiraten.« Es war schamlos, und ich hatte Mühe, nicht laut herauszulachen.

Henderson schwieg betroffen. Wahrscheinlich erwog er, ob er mir einen Heiratsantrag machen sollte.

Ich war schon ausgestiegen. »Zuerst hetzt du immer und dann findest du kein Ende.«

Henderson kletterte eilfertig aus dem Jeep und begleitete mich zur Tür. »Hast du noch genug Schokolade?«

»Danke, ja.« Seine grenzenlose Gutmütigkeit rührte mich plötzlich so sehr, daß ich ihn impulsiv auf die Wange küßte. »Du bist viel zu lieb zu mir...«

Hendersons Augen leuchteten. »Ich wünschte, ich könnte mehr für dich tun!«

Als ich eines Tages gegen Mittag nach Hause kam, wehte mir schon auf der Treppe der vertraute Geruch weißer Bohnen entgegen. Ich kombinierte ihn blitzschnell mit einer guten Nachricht über meine Schwester und nahm zwei Stufen auf einmal.

Die Kombination war keineswegs abwegig. Seit Bettinas Verhaftung war meine Mutter tagsüber nie zu Hause gewesen, und dadurch war auch unser traditionelles Mittagessen ausgefallen. Ab und zu hatte ich ein Zettelchen gefunden: »Bitte, Eveline, iß regelmäßig...« Ich hatte auf die Rückseite geschrieben: »Das tue ich ja...« und die bereitgestellten Bohnen in die Tüte zurückgeschüttet. Meiner Mutter war es nicht aufgefallen. Ihr war überhaupt nichts aufgefallen. Weder daß ich rauchte und trank noch daß ich ihre Kleider umgeändert hatte und ihr teures Parfüm aufbrauchte. Ich kann nicht behaupten, daß mir das unangenehm gewesen wäre. Ihre Fragen, ihr ewiger Tadel hatten mich immer nervös gemacht. Und der muffige Dunst weißer Bohnen war das sicherste Mittel gewesen, meinen ständig bohrenden Hunger zu vertreiben. An diesem Tage jedoch beflügelte der Bohnengeruch meine Schritte. Ich riß die Tür zu unserem Zimmer auf. Meine Mutter hielt in der einen Hand den Kochlöffel, in der anderen den Topfdeckel. Sie warf beides auf den Tisch, lief mir entgegen und umarmte mich: »Bettina lebt... sie lebt... sie lebt...«

»Oh, Mutti...« Sie fühlte sich so winzig und zerbrechlich an in meinen Armen. Nur Haut und Knochen, nur die zusammengeschrumpfte Hülle eines Körpers. Sie war eine schöne Frau gewesen. Ich blickte auf sie hinab und sah ihre Haare, die in den letzten Wochen grau geworden waren. Sie waren kastanienbraun gewesen.

»Erzähle...«, sagte ich atemlos.

»Bettina lebt...«, sagte sie noch einmal mit einem tiefen Seufzer. »Sie ist in einem Konzentrationslager. Es muß furchtbar sein... aber sie lebt...«

»Wie hast du das herausgefunden?«

»Ich ging den Behörden so lange auf die Nerven, bis ihnen alles recht war, um mich loszuwerden...« Zum erstenmal seit langer Zeit hörte ich meine Mutter wieder lachen. Es war ein seltsamer, zerbrochener Ton, der uns beide überraschte.

»Und was geschieht nun weiter?«

»Nun werde ich sie dort herausholen!«

»Glaubst du, daß es dir gelingen wird?«

»Es muß mir gelingen!«

Ich holte eine Zigarette aus meiner Tasche und zündete sie an.

»Was tust du denn da?« fragte meine Mutter verblüfft.

»Rauchen.«

Gleich darauf fiel mir ein, daß sie nichts davon wußte.

Meine Mutter trat dicht an mich heran: »Seit wann rauchst du?« Sie musterte mich mit dem mir wohlbekannten durchdringenden Blick. Sofort regten sich Trotz und Opposition in mir.

»Seit einiger Zeit«, antwortete ich übertrieben gleichgültig.

»Das ist ja großartig!«

»Ja, das ist großartig.«

Meine Mutter nahm zwei Teller, füllte sie und stellte sie auf den Tisch. »Mach die Zigarette aus und iß!«

Ich drückte vorsichtig die Glut aus der angerauchten Zigarette und legte sie dann neben meinen Teller. Mit verschlossenem Gesicht setzte ich mich zu Tisch und begann in den Bohnen herumzustochern.

Meine Mutter beobachtete mich schweigend. Ich wußte, daß sie jetzt sehr schnell alles registriert haben würde, vom Lippenstift angefangen bis zu meiner neuerworbenen Lebenseinstellung. Ich wurde nervös und begann hastig zu essen. Vielleicht entkam ich ihren Blicken, bevor sie sich ein genaues Bild gemacht hatte.

»So... und du schminkst dich jetzt auch...«

»Ich bin immerhin schon siebzehn Jahre. Ich finde es nicht schlimm...«

»Es ist nicht schlimm, es ist nur häßlich.«

»Was ist denn daran häßlich?«

»Die lächerlich dünnen Augenbrauen, die knallroten Lippen, die dicke Schicht Puder. Das kann jede! Findest du dieses Dutzendgesicht etwa schön?«

»Du hast von diesen Dingen keine Ahnung!« Ich schob meinen Teller zurück. »Entschuldige mich bitte, ich habe eine Verabredung...«

»Du könntest an dem einen Tag, an dem ich zu Hause bin, ruhig etwas bei mir bleiben«, sagte meine Mutter leise.

Natürlich hätte ich zu Hause bleiben müssen. Ich hatte überhaupt keine Verabredung. Aber ihre Fragen, ihre Blicke, ihre Vorwürfe machten mich rebellisch. Zwei Wochen lang hatte ich so gelebt, wie ich es für richtig hielt, und ich war entschlossen, es weiter zu tun.

»Tut mir leid, Mutti...« Ich ging zur Tür. Als ich mich noch einmal umdrehte, sah ich sie dort sitzen, klein und einsam mit müdem, traurigem Gesicht. »Also gut... in zwei Stunden bin ich wieder zurück...«

Ich lief kreuz und quer durch die Straßen. Ich liebte meine Mutter, sie tat mir leid, ich wollte sie nicht verletzen. Aber ihre Einmischungen paßten mir nicht, und ihre Ratschläge fand ich töricht. Ich war besessen von einem heftigen Hunger nach Freiheit, er machte mich hart und ungerecht.

Ich wollte meiner Mutter sagen, daß ich nur den Weg gehen konnte, den ich – ich allein – für richtig hielt. Mit diesem Vorsatz kehrte ich zu ihr zurück.

Sie schrieb. Ich hatte kaum die Tür hinter mir geschlossen, da legte sie den Federhalter beiseite: »Was hat es zwischen dir und Julian gegeben?«

Jetzt ging es also wieder los. Meine guten Vorsätze waren dahin.

»Herrgott...! Was soll es denn gegeben haben?«

»Genau das frage ich dich.«

Sie konnte doch eigentlich gar nichts wissen. Oder hatte sie einen sechsten Sinn? Ich schwieg verdrossen.

»Julian war hier.«

»Julian war hier?« Ich war verblüfft. Er hatte sich seit dem Streit nicht mehr blicken lassen.

»Er wollte dich sprechen. Er hat eine Stunde lang gewartet, erst hier oben, dann auf der Straße . . . der arme Junge . . .!«

»Warum ist er plötzlich ein armer Junge?«

»Er sah mitleiderregend aus. Blaß und müde und mager. Rauchte eine Zigarette nach der anderen. Sagte keinen Ton. Was hast du nur mit ihm gemacht?«

Ihre Beschreibung von Julians Zustand ging mir nahe. Und wie immer, wenn mir etwas nahe ging, wurde ich wütend: »Wenn du es ganz genau wissen willst, es ist aus. Ein für allemal aus zwischen mir und Julian!«

»Du kannst ruhig leiser sprechen, ich bin nicht taub.«

Ich wühlte in meiner Tasche, bis ich die Zigaretten fand. »Ich rauche«, sagte ich herausfordernd.

»Das merke ich. Bitte gib mir auch eine Zigarette.«

Ich reichte ihr die Schachtel und gab ihr Feuer.

»Willst du mir nicht sagen, warum es zwischen Julian und dir aus ist?«

»Julian ist Jude.«

Meine Mutter nahm die Zigarette aus dem Mund und starrte mich entgeistert an. Ich wußte nicht, worüber sie so entgeistert war. Über die Eröffnung, daß Julian Jude sei oder über mein Verhalten? Sie starrte mich an und sagte kein Wort.

Dann stand sie auf und trat ans Fenster.

»Ich fürchte, du verstehst mich nicht . . .«

»Doch, doch . . . ich verstehe dich . . .«

Ich trat neben sie. »Mutti, du darfst es nicht falsch auffassen . . . Begreife doch, wenn ich Julian heiraten würde und Kinder bekäme, dann . . . na ja, du weißt schon. Und ich will nicht, daß meine Kinder so leiden müssen wie . . .«

»Du brauchst es mir nicht zu erklären«, sagte meine Mutter gequält. »Du kannst ja nichts dafür.«

»Ich wußte, daß du mich verstehen würdest.«

»Natürlich...« Sie schaute mich ratlos an.

»Was ist denn?«

»Obgleich ich dich verstehe, Eveline, erschreckst du mich. Du warst doch so verliebt in Julian, und dennoch konntest du dieses Gefühl abschalten, konntest du einen Menschen einfach... einfach wegwerfen. Wie konntest du?«

»Es blieb mir nichts anderes übrig.«

»Aber Eveline...«

»Ich will nie wieder ausgeliefert sein.«

»Muß man deshalb grausam werden?«

»Ich glaube ja. Man wird weggeworfen oder man wirft weg. Ich will von jetzt ab diejenige sein, die wegwirft, nicht umgekehrt.«

Von da an verging kein Tag, an dem Julian nicht auf der Straße, im Treppenhaus oder im Zimmer auf mich wartete. Ich erschien nur selten. Wenn ich ihn rechtzeitig entdeckte, machte ich wieder kehrt und kam erst eine Stunde später zum zweiten Mal zurück. Das Treppenhaus roch dann nach seinen englischen Zigaretten, und wenn meine Mutter zu Hause war, warf sie mir einen anklagenden Blick zu.

Doch Julian gab nicht auf, und eines Tages erwischte er mich.

»Evelyn, ich muß dich sprechen...«

»Wieso? Wir haben doch Schluß miteinander gemacht.«

»Nach allem, was zwischen uns war, sollte man nicht so plötzlich Schluß machen.«

»Das ist deine Meinung.«

»Evelyn... wir haben uns doch so wunderbar verstanden. Und ich werde dir helfen, glaub mir!«

»Es hat keinen Zweck, Julian.«

»Ich liebe dich.«

»Es hat keinen Zweck, Julian.«

»Oh, Evelyn, wie grausam du geworden bist...«

»Bitte, geh jetzt«, sagte ich mit unbewegtem Gesicht.

Julian ging. Seine Uniform war ihm zu weit geworden und schlug traurige Falten. Sein Anblick tat mir weh, ich wandte mich schnell ab. Im gleichen Moment, in dem ich seine mitleiderregende Gestalt nicht mehr sah, stiegen Zorn und Verachtung in mir auf. Wie konnte er es wagen, mir seinen Jammer vorzuführen wie eine Dressurnummer? Das war unfair. Ich war erfindungsreich, wenn es um meine eigene Verteidigung ging.

Auf die gleiche Weise versuchte ich, mein Benehmen Henderson gegenüber zu rechtfertigen.

Die Situation, in der er sich befand, war weiß Gott nicht beneidenswert. Aber er meisterte sie mit einem wahren Todesmut. Ich war mir genau im klaren über seine mißliche Lage, aber ich sagte mir: Er will es eben nicht anders. Mit diesem lakonischen Satz glaubte ich, mich von allem freisprechen zu dürfen.

Ich hatte längst die lächelnde Maske fallen lassen, und er hatte längst jeden Widerstand aufgegeben. Er versuchte nicht mehr, mich am Flirten mit seinen Kameraden zu hindern. Er versuchte nicht einmal mehr, mich zu küssen. Er ließ mich ohne Einwände den Jeep fahren, und als ich dabei einmal in eine Kuh hineinraste, zahlte er dem Bauern resigniert ein hohes Schweigegeld. Er tat alles, um mich bei Laune zu halten, und wenn es ihm gelang, dann war er nach wie vor glücklich. »Engel« nannte er mich allerdings nur noch ganz selten, und ich gab ihm auch wenig Gelegenheit dazu. Nur in Gesellschaft zeigte ich mich von meiner charmantesten Seite. Und obgleich Henderson wußte, daß mein Charme nicht ihm galt, saß er da und strahlte voll Besitzerstolz. Er merkte nicht, daß ich ab und zu aus dem Zimmer verschwand und mich in einer entlegenen Ecke des Hauses mit einem anderen Offizier küßte. Ich war gar nicht sehr vorsichtig bei solchen Unternehmungen und achtete nicht darauf, daß mein Lippenstift anschließend verwischt oder mein Haar unordentlich war. Auch Henderson merkte es immer erst bei näherer Betrachtung. Dann wurde sein rosiges Gesicht dunkelrot.

»Evelyn, du gehst zu weit. Das mache ich nicht mehr mit.«

»Was, bitte?«

»Daß du dich mit meinen Kameraden küßt.«

»Wie kommst du darauf?«

»Wie ich darauf komme? Schau dir doch mal deinen verschmierten Lippenstift an...«

»Ach so! Du bist noch nie auf den Gedanken gekommen, daß er auch durch andere Dinge verschmiert werden kann...!«

»Bei dir kann er nur durch eines verschmiert werden. Das weiß schon die ganze britische Militärmission.«

»Sooo...!« Ich war außer mir. »Und wie kommt es, daß die ganze britische Militärmission trotzdem verrückt nach mir ist? Wie kommt es, daß sie hinter mir herlaufen und um ein Rendezvous betteln? Wie kommt es, daß sie mit unfairen Mitteln versuchen, mich dir auszuspannen?«

»Tun sie das wirklich...?« Henderson fuhr sich nervös durch das dünne Haar. Die Furcht, man könne mich ihm wegnehmen, verfolgte ihn ständig.

»Natürlich tun sie das.«

»Dann kann ich nicht begreifen, daß es noch niemand gelungen ist, dich mir auszuspannen!«

Einen Moment lang lag es mir auf der Zunge zu sagen: Weil es keinen Bequemeren gibt als dich... Aber diese Antwort kam mir dann doch ein wenig zu gewagt vor, und deshalb sagte ich: »Weil du mir eben der Liebste bist...«

»Wirklich?« Henderson war mit Recht verwirrt. Er hatte allen Grund, an meinen Worten zu zweifeln.

»Wirklich!« Ich bemühte mich, in Blick und Stimme recht viel Überzeugungskraft zu legen.

Henderson kam näher. Er hob zaghaft die Arme. Ich beeilte mich hinzuzufügen: »Was natürlich nicht heißt, daß ich in dich verliebt bin...«

»Ich weiß, ich weiß«, seufzte er und ließ die Arme wieder fallen.

Und dann riß Hendersons Geduld. Ich hatte nicht damit gerechnet, daß er gefährlicher Ausbrüche fähig war.

Unsere Beziehungen erreichten ihren dramatischen Höhepunkt in Tscham Koria. Tscham Koria ist ein idyllischer Kurort in den Bergen, der aus ein paar eleganten Villen – einst Eigentum der Sofioter »High Society« – besteht.

Die englischen Offiziere hatten eine dieser Villen gemietet, und an Sonntagen fuhr man in Kolonne dorthin, um einen angenehmen Tag zu verbringen.

An jenem Sonntag waren wir um acht Uhr früh losgefahren. Bogdan, der bulgarische Chauffeur, hinter dem Steuer, Henderson und ich auf dem Rücksitz. Leider war unser Auto das letzte in der Kolone. Bogdans Ehrgeiz wurde dadurch aufgestachelt, und er versuchte unter irrem Gehupe, alle anderen zu überholen und an die Spitze zu gelangen. Da die Straße nicht schlechter sein konnte – ungepflastert, unübersichtlich, schmal und kurvenreich –, schwebten wir ständig in akuter Lebensgefahr, was Bogdan offensichtlich nicht beeindruckte.

Ich weiß nicht, ob es einen tieferen Sinn hatte, daß mir Henderson in dieser zumindest unangenehmen Situation einen Heiratsantrag machte.

»Evelyn.« Er zog mit einem Ruck seine Krawatte fester. »Ich möchte dich bitten, meine Frau zu werden.«

»Himmel«, sagte ich.

Henderson überhörte meinen unpassenden Ausruf. »Ich habe es mir lange und genau überlegt und...«

»Das kannst du dir unmöglich lange und genau überlegt haben...«

»Wie kannst du das behaupten...« Henderson starrte mich unter seinen leicht geröteten, wimperlosen Lidern entrüstet an.

»Wenn du es dir lange und genau überlegt hättest, dann müßtest du wissen, daß ich nur einen Mann heirate, den ich liebe.«

Henderson hatte sich im Umgang mit mir schon eine bewundernswerte Unempfindlichkeit zugelegt. »Evelyn, auch das habe ich in Betracht gezogen und bin zu dem Resultat gekommen, daß deine Liebe nicht unbedingt erforderlich ist.«

»Wie bitte...?«

»Man kann eine Ehe auf den verschiedensten Fundamenten aufbauen: Kameradschaft, gegenseitiges Verstehen, Interessengemeinschaft...«

Offensichtlich zählte Henderson noch ein Dutzend dieser prächtigen Fundamente auf, denn ich sah seinen kleinen Mund eifrig auf und zu klappen. Hören konnte ich allerdings nichts mehr, denn Bogdan hielt bereits minutenlang die Hand auf der Hupe. Obgleich mir dieses Geräusch sehr auf die Nerven ging, war es mir lieber als Hendersons Ehetheorien. Ich wünschte, die Hupe würde steckenbleiben. Sie blieb aber nicht stecken, und als wir Major Jacksons Wagen endlich überholt hatten, hörte ich wieder Hendersons Stimme: »Du verstehst also, was ich meine?«

»Selbstverständlich, aber ich glaube, du vergißt etwas sehr Wesentliches dabei.«

»Und das wäre?«

»Daß man als Ehepaar auch zusammen in ein und dasselbe Bett geht.«

»Natürlich tut man das.«

»Na und...?« Ich wurde langsam ärgerlich.

»Was heißt, na und...?«

»Ich kann nicht mit dir in ein und dasselbe Bett gehen, weil ich dich nämlich nicht liebe!«

Jetzt war es mir schon gleichgültig, daß ich ihn verletzte. Warum war er auch so begriffsstutzig?

Einen Moment lang schwieg Henderson betroffen und setzte sein Hamstergesicht auf. Doch dann richtete er sich wieder auf wie ein behendes Stehaufmännchen.

»Auch das, liebe Evelyn, läßt sich mit der Zeit...« Zum Glück kreischten in diesem Augenblick die Bremsen, es gab einen furchtbaren Ruck, und wir standen Stoßstange an Stoßstange mit einem Lastwagen.

»Gledeite tos Idiot...«, brüllte Bogdan – »schaut euch den Idioten an...«

Der Lastwagenchauffeur hatte natürlich nicht die geringste Schuld, und der Idiot war allein Bogdan. Aber das hätte unser tapferer Todesfahrer nie zugegeben. Er tobte. Er stieß die ungeheuerlichsten Flüche und Verwünschungen aus. Er sprang fäusteschüttelnd auf der Straße herum. Der Lastwagenfahrer stand ihm in nichts nach. Ich kannte die Bulgaren gut genug, um zu wissen, daß sie sich königlich dabei amüsierten und die freundschaftlichsten Gefühle füreinander hegten. Die Engländer jedoch wußten es nicht und stürzten aus den Autos, um den anscheinend gefährlichen Streit zu schlichten. Allein Captain Henderson blieb neben mir sitzen. Sein Gesicht hatte einen tiefsinnigen Ausdruck. Ich fürchtete die Fortsetzung unseres Gespräches und war gerade drauf und dran, aus dem Wagen zu springen, als Henderson sich mir zuwandte. »Mit anderen

Worten, liebe Evelyn, du schlägst mein Heiratsangebot aus...!«

»Ja.«

»Dann rufe bitte den Chauffeur«, sagte er mit steifer Würde.

»Bogdan... ela tuka...«, schrie ich, »Capitano e straschno nervosno...« – Der Captain ist furchtbar nervös...

Der Captain war tatsächlich furchtbar nervös, und das hätte ich in Betracht ziehen müssen. Ich hätte an diesem Tage des mißglückten Heiratsantrages vorsichtiger mit ihm verfahren müssen. Ich hätte mich auf seine schlechte seelische Verfassung einstellen müssen. Aber ich tat nichts dergleichen.

Es war Anfang Mai. Es war ein herrlicher, strahlender Tag. Träge, denn der Sommer hatte schon begonnen, erregend, denn der Frühling hatte noch nicht Abschied genommen. Es roch nach klarer, frischer Bergluft, nach herber Erde und saftigem Holz.

Wir lagen in Badeanzügen auf der Terrasse. Wir ließen die Sonne auf uns niederbrennen und waren faul und albern. Wir aßen Sandwiches und tranken eisgekühlten Tee. Der junge, blonde Fliegerleutnant Jack wich nicht von meiner Seite. Er war ein gutaussehender Bursche und seit langem in mich verliebt. Ich hatte mich heimlich zweimal mit ihm getroffen und mich dabei unaufhörlich gegen seine stürmischen Angriffe verteidigen müssen. Das war mir zu anstrengend gewesen. Seither hielt ich ihn in Distanz.

Ich war bei bester Laune dank der glühenden Sonne und der glühenden Blicke der Offiziere.

Henderson, in einer faltigen Trikotbadehose, ein Taschentuch auf dem Kopf, sah ebenso häßlich wie komisch aus. Er hatte schmale Schultern und bereits einen leichten Bauchansatz. Seine fahle Haut war durch die Sonne krebsrot geworden.

Er hatte den ganzen Vormittag kaum ein Wort mit mir gesprochen und mich mit kühler Zurückhaltung behandelt. Es fiel mir auf, daß seine schlechte Stimmung weitaus länger anhielt als gewöhnlich. Doch ich schenkte dem wenig Beachtung. Ich glaubte, ihn zu kennen und zu wissen, daß sich gegen Abend alles wieder einrenken werde.

Doch der Abend kam, und Henderson hatte einen Sonnenbrand und einen noch härteren Zug um den dünnen Mund. Er war unzugänglicher denn je.

Wir hatten den eisgekühlten Tee mit ›Gin und Lime‹ vertauscht und die Terrasse mit den gemütlichen Räumen der Villa. Wir wurden immer vergnügter und übermütiger. Außer Henderson natürlich.

Als es ganz dunkel geworden war, kamen Gesellschaftsspiele an die Reihe. Die englischen Gesellschaftsspiele sind vielfältig und eigentümlich und finden meistens in verschwiegenen Ekken und bei totaler Dunkelheit statt. Auf diese Weise haben die Paare Zeit und Muße, sich zur Genüge abzuknutschen. Das ist wohl auch der Zweck.

Ein besonders beliebtes Spiel heißt »Der Mörder ist unter uns«. Es war nicht umsonst so beliebt, denn das Licht blieb dabei mindestens eine Viertelstunde aus, und man durfte sich paarweise in allen Räumen, Ecken und Betten verstecken. Bereits bei der zweiten Runde nützte Jack die Gelegenheit aus. Er packte mich im Dunkeln, schleppte mich in die obere Etage und verschwand mit mir in einem Schrank. Ich leistete nicht zu viel Widerstand, auch nicht, als er mich in dem engen Versteck wie ein Rasender zu küssen begann.

Wir mußten wohl über dem Küssen die Zeit vergessen haben. Jedenfalls fiel plötzlich helles Licht in den Schrank, und eine schreiende, lachende Meute zerrte uns erbarmungslos hervor. Unser Anblick sprach Bände. Unsere Kleider waren verrutscht, unsere Wangen erhitzt, unsere Haare zerzaust, und mein Lippenstift klebte auf Jacks Gesicht.

Die Situation war peinlich, und meine Augen suchten Henderson. Er stand irgendwo im Hintergrund, und der Blick, mit dem er mich anstarrte, war so feindselig, daß ich erschrak.

»Kinder, es ist doch nur ein Spiel!« rief Jack unsicher und schaute dabei ebenfalls in Hendersons Richtung.

Die anderen Offiziere pflichteten ihm eifrig bei, sicher in der Hoffnung, auch bald mit mir im Schrank verschwinden zu können. Henderson wandte sich stumm ab und verließ das Zimmer. Wir folgten. Es wurde weitergespielt. Ich hatte nach diesem Vorfall keine Lust mehr mitzumachen und war im

Begriff, mich auf die Terrasse zu schleichen, als sich von hinten eine Hand auf meine Schulter legte.

Ich drehte mich halb um und versuchte die Person zu erkennen. Es gelang mir nicht, und ich flüsterte: »Ich will nicht mehr spielen...«

»Das könnte dir so passen«, zischte Henderson. Gleichzeitig bohrten sich fünf Finger hart in meine Schulter.

Um uns herum raschelte, trappelte, knisterte, kicherte es, während sich die Paare, so leise und schnell wie möglich, in ihre Verstecke zurückzogen. Ich fand das Spiel plötzlich idiotisch.

»Laß mich los!« Ich versuchte ärgerlich, Henderson abzuschütteln.

»Damn you...« Er packte meinen Arm und verrenkte ihn mit einem kunstgerechten, schmerzhaften Griff.

»Come on...«

Es tat so weh, daß ich mein Sträuben sofort aufgab und willenlos neben ihm herstolperte. Es war verteufelt dunkel, und zu allem Überfluß stieß ich mit dem Schienbein gegen einen Schrank.

»Au...«, schrie ich und hoffte, daß Henderson seinen eisernen Griff lockern und mich bemitleiden würde.

Aber Henderson blieb völlig ungerührt und zog mich durch die dunklen Räume hinter sich her.

In einem der hintersten Zimmer der Villa ließ er mich los. Meine erste Reaktion war die, daß ich weit ausholte, in der Absicht, ihm eine gewaltige Ohrfeige zu geben. Es war jedoch finster, und meine Hand verfehlte ihr Ziel. Henderson kicherte schadenfroh. Er versetzte mir einen unverhofften Stoß, und ich landete auf einem Sofa.

»Bist du total verrückt...?«

»Vielleicht...« Er ließ sich neben mich auf das Polster fallen, und ehe ich noch wußte, was er vorhatte, fühlte ich seine Hände auf meiner Brust und seinen harten, kleinen Mund in meinem Gesicht.

Seine Berührung erweckte solchen Ekel in mir, daß ich unfähig war, mich zu wehren. Mit größter Anstrengung versuchte ich meinen Kopf zur Seite zu drehen, aber er ließ nicht ab und preßte seinen Mund auf meinen. Ich hatte das Gefühl, als ob ein kleiner, schleimiger Blutegel sich an meinen Lippen festsaugte. »Laß mich los...«, brachte ich mit Mühe hervor, »du widerst mich an...«

Die Stille, die auf diesen Satz folgte, schien eine Ewigkeit zu dauern. Henderson schien nicht einmal mehr zu atmen. Wir waren ganz allein – dieser bewegungslose, drohende Schatten eines Mannes und ich. Es war wie in einem Alptraum: Ich versuchte aufzustehen und wegzulaufen, aber ich kam nicht von der Stelle.

»So... ich widere dich also an...« Seine Stimme war überraschend ruhig.

Dann ging alles so schnell, daß ich gar nicht recht zur Besinnung kam. Etwas Eisenhartes umklammerte meinen Hals. Etwas, das nichts mit menschlichen Händen zu tun haben konnte. Etwas, kalt wie eine stählerne Schlinge. Diese Schlinge zog sich fester und fester, preßte mir die Kehle zusammen, preßte mir die Luft aus den Lungen. Meine Zunge wurde immer größer und dicker, meine Augen hatten in den Höhlen keinen Platz mehr. Ein greller, roter, brennender Schmerz explodierte in meinem Kopf.

Dann plötzlich ein schwacher, zitternder Lichtschein, ein in Watte verpacktes Lachen und Grölen, Hendersons entsetztes, verzerrtes Gesicht, das sich über mich beugte. Mein Hals tat furchtbar weh, aber der unerträgliche Druck hatte aufgehört. Ich versuchte tief Luft zu holen, doch die Schmerzen in meiner Brust ließen es nicht zu. Ich legte eine feuchte, abgestorbene Hand über meine brennenden Augen.

»Wo sind denn unsere Turteltauben, Norman und Evelyn...?« rief jemand lachend. »Kommt aus eurem Versteck, ihr beiden... der Mörder ist gefunden...«

Henderson saß zusammengesunken auf dem Rand des Sofas.

»He... ihr beiden... wo steckt ihr denn?« Schritte kamen den Gang entlang.

Ich stand schwankend auf. Mein einziger Gedanke war, daß die anderen auf keinen Fall erfahren durften, was sich abgespielt hatte. Ich durchquerte das Zimmer mit unsicheren Schritten und trat auf den Gang hinaus. Er war Gott sei Dank halbdunkel. Jack kam mir entgegen. Ich zwang ein fahles Lächeln auf mein Gesicht.

Jack war nicht zu täuschen. »Evelyn... was ist denn mit dir...?«

Ich merkte, daß ich die Komödie nicht aufrechterhalten konnte.

»Bring mich bitte sofort nach Sofia...« Das Sprechen fiel mir schwer, und meine Stimme war heiser und kraftlos.

»Natürlich...« Er stellte keine weiteren Fragen.

Zum Glück war Jacks Chauffeur einmal nicht betrunken, und als wir Tscham Koria hinter uns gelassen hatten, fragte mich mein Begleiter, was passiert sei.

»Nichts Besonderes, ich habe mich mit Henderson gestritten. Das ist alles.«

»Mach endlich Schluß mit ihm, Evelyn. Ihr paßt nicht zueinander.«

»Ich habe bereits Schluß mit ihm gemacht...«

»Oh, Angel«, flüsterte der junge, blonde Leutnant hoffnungsvoll, »wirst du jetzt meine Freundin werden...?«

»Vielleicht, wenn du mir versprichst, folgsam zu sein...«

»Ich verspreche es dir. Ich verspreche dir alles...«

»Dann laß mich jetzt schlafen. Ich bin entsetzlich müde.«

»Natürlich, Angel, schlaf...« Er bettete meinen Kopf an seine Schulter. »Ich werde alles für dich tun, verlaß dich drauf...«

Am nächsten Tag schickte mir Henderson einen großen Rosenstrauß, der schwer aufzutreiben gewesen sein mußte, und einen verzweifelten Brief, in dem er mich um Verzeihung anflehte. Da wir keine Vase besaßen, tat ich die Rosen in ein paar Konservenbüchsen. Den Brief klebte ich, nachdem ich meine Neugierde befriedigt hatte, kunstvoll wieder zu und ließ ihn zurückgehen.

Eine Woche lang trug ich einen Schal. Mein Hals war zuerst grün und blau, dann schwarzviolett, schließlich ging er in braun und gelb über. Nach dem vierten Tag begann meine Mutter den Schal mißbilligend zu betrachten. Sie hielt ihn wohl für einen neuen, törichten Modespleen von mir. Ich erklärte, daß ich Halsschmerzen hätte. Sie meinte, ich solle sofort mit Jodtinktur gurgeln, weil Halsschmerzen leicht in Angina ausarten könnten. Ich erwiderte, daß die Schmerzen nicht so schlimm seien, denn die Jodtinktur schmeckte grauenvoll.

Jack wurde Hendersons Nachfolger. Er sorgte für Schlafunterkünfte, für Abwechslung, Zigaretten und Alkohol. Ich war im allgemeinen sehr zufrieden mit ihm. Nur manchmal, wenn wir uns küßten – was wir oft taten –, verlor er die Beherrschung und versuchte, mir und sich die Kleider vom Leibe zu reißen. Ich hatte schon genug Routine, ihn daran zu hindern, und drohte, ihn auf der Stelle zu verlassen, wenn er nicht Vernunft annähme. Das wirkte immer auf eine Woche im voraus.

Nach ein paar Tagen erhielt ich von Henderson einen zweiten Brief, der den gleichen Inhalt hatte wie der erste und mich langweilte. Ich las ihn nicht zu Ende, klebte ihn zu und schickte ihn zurück.

Von da an begann Henderson, wie einstmals Julian, um unser Haus zu schleichen. Ich ging ihm mit Erfolg aus dem Weg und hoffte, er würde keine solche Ausdauer an den Tag legen wie sein Vorgänger. Ich hoffte umsonst, und eines Tages begrüßte mich meine Mutter mit den Worten: »Was hat es zwischen dir und Henderson gegeben?«

»Aha... er war also bei dir!«

»Ja. Er wollte dich unbedingt sprechen. Er sah entsetzlich mitgenommen aus. Er tat mir so leid, der arme Mann...«

Ich zog die Augenbrauen so hoch es ging: »So, er tat dir leid, der arme Mann...!?«

»Die Männer, die dir in die Hände fallen, können einem nur leid tun.«

Das ging mir doch zu weit. »Weißt du, was dein ›armer Mann‹ versucht hat?«

»Was denn?«

»Er hat versucht, mich zu erwürgen.«

Meine Mutter starrte mich ebenso entgeistert an wie damals, als ich ihr sagte, daß Julian Jude sei und ich mich aus diesem Grund von ihm getrennt hätte.

Nach einer langen Pause sagte sie: »Genau so habe ich es mir immer vorgestellt.«

»Was...?«

»Deinen Umgang mit Männern. Irgend etwas Ungeheuerliches wird jedesmal geschehen. Das steckt in dir.«

»Willst du vielleicht *mir* die Schuld geben?«

»Ich glaube, es hat keinen Sinn, mit dir darüber zu sprechen.«

Das war mir auch lieber. Ich band mein Tuch fester um den zerschundenen Hals und ging zu Jack.

Henderson und Julian mußten wohl ungefähr zur gleichen Zeit um ihre Versetzung gebeten haben. Jedenfalls geschah es, daß sie an ein und demselben Tag, in ein und demselben Flugzeug Sofia verließen. Einen Tag vorher verabschiedeten sie sich von mir – Julian am Vormittag, Henderson am Nachmittag.

Obgleich der eine hübsch, der andere häßlich war und sie auch sonst keine Ähnlichkeit miteinander hatten, glichen sie sich im Moment des Abschieds auf erstaunliche Weise. Vielleicht war es der vorwurfsvoll-traurige Blick, mit dem sie mich ansahen, vielleicht das gequälte Lächeln oder die Art, wie sie zaghaft nach meiner Hand griffen.

»Leb wohl, Evelyn...«, sagte Julian mit sanfter, ein wenig verschleierter Stimme, »und viel Glück...«

»Leb wohl, Evelyn...«, sagte Henderson mit der gleichen Stimme, »und sehr viel Glück.« Das »sehr« war eigentlich der einzige Unterschied.

Nachdem sie das Zimmer verlassen hatten, zündete ich mir eine Zigarette an und streckte mich auf dem Bett aus. Es war überstanden.

Der Verführer

Ich hatte mir das Abendkleid von einer Bekannten meiner Mutter geliehen. Es war hauteng, schwarz und am Rücken bis zur Taille ausgeschnitten. Es war ein sehr gewagtes Kleid für ein siebzehnjähriges Mädchen, aber es stand mir ausgezeichnet. Ich trug weder Büstenhalter noch Höschen unter der engen, schwarzen Seide, und das gab mir ein eigenartiges Gefühl der Überlegenheit. Ich war sehr braungebrannt, und meine Haare hatte ich nach oben gebürstet und zu einem kunstvollen Lokkenturm frisiert. Meine nackten Füße mit den dunkelrot lakkierten Zehennägeln steckten in hohen Sandaletten.

Es war aufregend, wie die Gespräche versickerten, als ich den großen, festlichen Raum betrat. Es war aufregend, im Kreuzfeuer so vieler Blicke zu stehen. Ich genoß es. Ich wußte, daß ich jung und hübsch und begehrenswert war. Es war in diesen kurzen Momenten, daß ich aus einem Meer innerer Unsicherheit auftauchte und meinen Fuß mit selbstbewußtem Stolz auf das tückische Festland des billigen Erfolgs setzte.

Ich blieb eine Zeitlang im Türrahmen stehen. Ich hielt den Kopf sehr hoch und lächelte mit melancholischen Augen ein kleines Mona-Lisa-Lächeln, das, wie ich festgestellt hatte, gut zu mir paßte.

Ich hatte Mühe, dieses gelassen-traurige Halblächeln aufrechtzuerhalten. Ich hätte viel lieber strahlende, runde Kinderaugen gemacht, denn der Anblick, der sich mir bot, nahm mir den Atem.

Das war keine Party im üblichen Sinne. Das war eine glanzvolle Abendgesellschaft. Das waren nicht die behäbigen, ein wenig düsteren Räume des britischen Offiziersklubs. Das waren nicht die nachlässig gekleideten Engländer, die ich von Flirts und kindischen Gesellschaftsspielen kannte. Das waren nicht die hungrigen Frauen, die in den Betten der Alliierten ihr Glück zu machen versuchten.

Das waren Festsäle, in denen sich Silber und Kristall, weißer Damast und leuchtende Blumen, strahlendes Licht und rhythmische Musik zu einer berauschenden Atmosphäre vermengten: Herren in eleganten, gutsitzenden Uniformen, ordengeschmückt und nach Yardley duftend; gepflegte Damen in großen Abendtoiletten. Es war wie in jenen Märchen, in denen aus einer kleinen Hütte ein Palast, aus einem Frosch ein Prinz und aus einem häßlichen Entlein ein schöner Schwan wird. Es war, als hätte ich endlich die Zauberformel gefunden.

Ich weiß nicht mehr, aus welchem Anlaß das Fest stattfand. Es muß auf jeden Fall ein sehr gewichtiger Anlaß gewesen sein. Denn zum ersten Mal hatten sich die Engländer herabgelassen, Amerikaner einzuladen, und zum ersten Mal hatten sich die Amerikaner herabgelassen, die Einladung der Engländer anzunehmen. Das wäre unter gewöhnlichen Umständen ganz unmöglich gewesen.

Es war in Sofia allgemein bekannt, daß die Alliierten sich nicht sehr schätzten und gemeinsamen gesellschaftlichen Verpflichtungen tunlichst aus dem Wege gingen. Nicht nur das! Sie führten einen stummen Krieg untereinander, obgleich sie mit den Russen, weiß Gott, genug zu tun gehabt hätten. Ihre Ansichten stimmten nur in dem einen Punkt überein, daß Europa ein barbarischer Kontinent sei, barbarischer selbst noch als – in den Augen der Engländer – Amerika und – in den Augen der Amerikaner – England. Immerhin lag darin noch eine gewisse Verständigungsbasis.

Ich hatte mir bisher nie eine Vorstellung von Amerika zu machen versucht. Ich hatte mich in meiner Phantasie mit Rußland beschäftigt, mit Indien und dem Orient. Aber nie mit Amerika. Es hatte mich einfach nicht interessiert. Ebensowenig wie seine Bewohner. Sie waren für mich Geschöpfe gewesen, die in silbrig aufblitzenden Punkten hoch am Himmel dahinzogen; die Bomben fallen ließen wie eine Wolke Regentropfen; die aus dem Nichts heraus in Europa landeten; die in unübersehbaren Scharen mit sauber geputzten Halbschuhen vorwärtsmarschierten; und die man, trotz aller erstaunlichen Leistungen, nie ganz ernst nehmen konnte. Seit einige von ihnen auch in Sofia aufgetaucht waren, hatte ich sie wohl des öfteren gesehen, mal auf der Straße, mal im Hotel Bulgaria, doch waren das immer nur flüchtige Begegnungen gewesen, bei denen ich den Eindruck bekam, daß sie sich ein wenig wie laute, unerzogene Kinder benahmen. So kannte ich sie hauptsächlich aus den abfälligen Beurteilungen meiner englischen Freunde und aus bemerkenswerten Gerüchten, die in Sofia über sie im Umlauf waren. Gesprochen jedoch hatte ich noch nie ein Wort mit ihnen.

An diesem Abend nun sollte ich ausreichend Gelegenheit bekommen, die Amerikaner kennenzulernen.

Es begann damit, daß sie mich noch immer mit unverhohlenem Vergnügen anstarrten, nachdem sich die Engländer schon längst wieder ihren Damen, Getränken und sonstigen Beschäftigungen zugewandt hatten. Sie starrten so, daß es schon gleichgültig war, ob ich überhaupt etwas anhatte. Es war ein eigenartiges Gefühl. Ich schob den Träger meines Kleides höher und warf meinem Begleiter einen fragenden Blick zu.

Natürlich war ihm nichts entgangen, und natürlich machte er ein drohendes Gesicht. »Komm, Evelyn, oder die Yanks reißen dich in Stücke...«

Er nahm demonstrativ meinen Arm und steuerte entschlossen an beflissen grüßenden Herren und kühl lächelnden Damen vorbei.

»Wohin...?« fragte ich und bemühte mich, mit lässiger Eleganz auszuschreiten.

»Zur Bar... ich brauche dringend etwas zu trinken.«

Die Bar lag am hintersten Ende des Raumes. Der Weg dorthin kam mir sehr weit vor.

»Schau mal unauffällig, ob hinten an meinem Kleid etwas gerissen ist«, flüsterte ich meinem Begleiter zu.

»Da ist nichts gerissen... und wenn, würde es auch nicht mehr viel ausmachen...«

Im Schutz der Bar und im Anblick der zahllosen bunten Flaschen wurde ich wieder mutig. Ich lehnte mich mit dem Rükken gegen die Bar, so daß ich den Raum überblicken konnte.

Ein paar Amerikaner lächelten mich ungeniert an. Einer von ihnen zwinkerte mir zu. Ich glaubte, nicht recht gesehen zu haben, und schaute ihn deshalb wie gebannt an. Das veranlaßte ihn, ein zweites Mal zu zwinkern.

»Nanu...«, sagte ich erstaunt, »da ist ein Amerikaner, der zwinkert mir einfach zu...«

»Doppelten Whisky«, sagte mein Begleiter zu dem Barmann und dann zu mir: »Hättest du nicht ein weniger auffallendes Kleid anziehen können...?«

»Das liegt nicht nur an dem Kleid!« sagte ich beleidigt.

»Nicht nur... du bist außerdem der Typ, auf den die Yanks fliegen!«

»Die Briten natürlich nicht...«, spottete ich.

»Was möchtest du trinken?«

Es war eine Unmenge Flaschen da – in jeder Größe, Form und Farbe. Ich hatte keine Ahnung, was sie enthielten, und die Etiketten klärten mich auch nicht auf. Ich kannte nur Gin, Whisky und Slibowitz und stand hilflos vor dieser Pracht. In einer rechteckigen Flasche schillerte eine giftgrüne Flüssigkeit. Flasche und Farbe reizten mich sehr. »Ich möchte das Grüne da...«, sagte ich eifrig.

»Um Gottes willen... das ist Pfefferminzlikör.«

»Na, und...?«

»Du kannst nicht mit diesem süßen Zeug beginnen. Es wird dir bestimmt schlecht.«

»Mir wird nie schlecht, und außerdem ist die Farbe so aufregend.«

Er zuckte resigniert die Schultern. »Wie du willst... Einen Crème de Menthe, und noch einen doppelten Whisky für mich.«

»Wenn du so weitermachst, bist du in spätestens einer halben Stunde betrunken«, sagte ich gelassen.

»Das würde viele der Anwesenden sehr freuen.«

Diesen Eindruck hatte ich allerdings auch. Ich nippte an meinem Likörgläschen und sondierte das Gelände. Einige der Amerikaner sahen sehr gut aus. Ich war mir jedoch nicht im klaren, ob das an den Männern oder an ihren Uniformen lag. Die Uniformen gefielen mir außerordentlich. Sie saßen wie angegossen, und die Farbenzusammenstellung von grau-rosa Hose und Hemd mit dunkelgrüner Jacke und Krawatte war elegant und ungewöhnlich.

»Ich finde die amerikanischen Uniformen großartig!«

»Auffallend, wie die Amerikaner selber«, knurrte mein Begleiter.

»Ich finde sie großartig! Endlich einmal eine phantasievolle Uniform.«

»Daß du auf solche Äußerlichkeiten fliegst, wußte ich.«

»Oh... shut up...«, sagte ich wütend.

Im Nebenzimmer ging die Kapelle von leichter Unterhaltungsmusik auf Tanzmusik über. Viele der Gäste hatten ihre Gläser geleert, und der Run auf die Bar begann. Eine Gruppe von drei Amerikanern erreichte als erste das Ziel. Der eine schaute mich an, wobei er einen leisen Pfiff durch die Zähne stieß. Der zweite sagte: »Hi... beautiful...« und hielt mir ein Päckchen Zigaretten hin. Der dritte verwickelte meinen Begleiter in ein Gespräch. Es klappte alles planmäßig. »Baby, you look like a million Dollars...«, sagte derjenige, der mir eine Zigarette angeboten hatte. »Honey, you've got curves, that drives a man crazy...«, sagte der andere und verschlang mich mit den Augen.

Ich wußte nicht, wie ich auf diese zumindest ungewöhnlichen Komplimente reagieren sollte. Es war gewiß nicht das erstemal, daß man mir schmeichelhafte Dinge über mein Aussehen sagte. Man hatte meine Augen gepriesen, mein Haar, meinen Mund, im äußersten Fall meine Figur als Ganzes. Aber niemals hatte man mich mit solcher Offenherzigkeit auf meine »Kurven« angesprochen, hatte mich mit einer Million Dollar verglichen und mich auch noch dazu »Baby« und »Honey« genannt. Ich flatterte mit den Augenlidern, scharrte mit der Fußspitze auf dem Boden und war sehr verwirrt.

»What's your name, Baby?« fragte mich der, den meine Kurven so verrückt machten.

»Evelyn Clausen.«

»Evelyn... what a pretty name. I am Dan and this is my friend Richard.«

»How do you do...«, sagte ich wohlerzogen und schaute von Dan zu Richard.

Dan hatte ein blondes Schulbubengesicht und eine athletische, ein wenig gedrungene Figur. Richard war mager, hoch aufgeschossen und dunkelhaarig. Als Typen waren sie Gegensätze, und dennoch ähnelten sie sich. Die Ähnlichkeit, stellte ich fest, lag in der glatten Unbekümmertheit ihrer Gesichter; in dem naiven, etwas stumpfen Ausdruck ihrer Augen; in dem strahlenden, zähnefletschenden Lachen. Das waren ausgewachsene männliche Wesen mit Kindergesichtern und der tolpatschigen Zutraulichkeit junger Hunde. Da mir Menschen dieser Art noch nie begegnet waren und da ich damals alles Neue, Fremde erst einmal durch eine rosarote Brille betrachtete, war ich auf Anhieb begeistert.

»Have another drink...«, sagte Dan und nahm mir das immer noch halbvolle giftgrüne Gläschen aus der Hand.

»Have a cigarette...«, sagte Richard und hielt mir zum zweitenmal ein Päckchen Zigaretten unter die Nase.

Es ging alles blitzschnell, ich kam gar nicht zu Wort. Plötzlich hielt ich eine Zigarette in der einen und ein Glas mit einer mattgelben Flüssigkeit in der anderen Hand. In dem Bestreben, es beiden recht zu machen, führte ich erst das Glas und dann die Zigarette zum Mund.

»You like it, Sweetheart...?« fragten beide gleichzeitig.

Ich nickte eifrig. »Fine...«

Dan bestellte sofort einen neuen Drink. Richard öffnete mit größter Selbstverständlichkeit mein Täschchen und schob die Zigarettenschachtel hinein. »Keep it...«

»O really, I can't...«, begann ich, wurde aber durch das Lachen der beiden Amerikaner unterbrochen.

»Caaan't...«, rief Dan, das »a« in die Länge ziehend, aus. »Baby, your British accent kills me...«

Es stimmte. Ich sprach mit starkem britischem Akzent. Ich fand ihn auch weitaus angenehmer als den amerikanischen, der die englische Sprache in ein kehliges, zerquetschtes, gummiartiges Kauderwelsch verwandelte. Aber da ich von meinen neuen amerikanischen Freunden entzückt war, war ich auch von ihrer mißtönenden Aussprache entzückt.

»Can't...«, verbesserte ich mich sofort, indem ich aus dem »a« ein »ä« machte. Auf diese Weise kehrte ich meinen englischen Freunden den Rücken und lief ins Feindeslager über.

Mein Verrat wurde auf der Stelle bemerkt. Ich war eine Abtrünnige. Ich trank Martini anstatt Gin mit Lime. Ich rauchte Camel anstatt Goldflake. Ich sagte »cän't« anstatt »caaan't«. Ich flirtete mit den Amerikanern anstatt mit den Engländern. Und wahrscheinlich würde ich bald in einen Jitterbug ausbrechen, anstatt einen gemessenen English-Waltz zu tanzen.

Der Moment kam schneller als erwartet. Die Kapelle, die ausnahmsweise nicht auf düstere Tangos spezialisiert war – wie das bei bulgarischen Kapellen meist der Fall ist –, spielte einen spritzigen amerikanischen Schlager. Dan begann in die Hände zu klatschen und die Melodie mitzusingen. Richard wippte auf den Fußspitzen, packte mich schließlich am Arm und sagte kurz und bündig: »Let's dance…«

Man tanzte in einem der angrenzenden Räume bei angenehm matter Beleuchtung. Nachdem ich an der Seite des Amerikaners in diesen Raum verschwunden war und nur ab und zu in gewagten Tanzfiguren an der offenen Tür vorüberwirbelte, schrieben mich die Engländer ab. Ihr Nationalstolz war getroffen. Ich hatte mich in aller Öffentlichkeit für die Yankees entschieden.

Ja, ich fand sie großartig, die Yankees. Ich fand ihren zwanglosen Umgangston großartig, ihre schlaksigen Bewegungen, ihr »Baby« und »Honey«, ihre Martinis und Camels. Ich fand selbst ihre banalen Witze großartig. Es gab eben nichts an ihnen, das ich nicht großartig fand.

Ich tanzte pausenlos. Ich tanzte mit Jim und Dan und Mike und Bob und einer ganzen Reihe anderer. Sie alle tanzten ausgezeichnet. Sie alle hatten die gleichen glatten Kindergesichter. Sie alle sagten die gleichen Dinge. Sie alle baten mich um ein »date« in ihren verschiedenen Villen: »Just you and me, Honey… it'll be wonderful…«

Die Villen störten mich und das »just you and me«, und ich bezweifelte, ob es für mich ebenso »wonderful« werden würde wie für sie. Daher bezog ich mich auf meine strenge Mutter, die mich mit keinem Mann allein ausgehen lasse.

Ich trank sehr viele Martinis, denn die Amerikaner versorgten mich von allen Seiten, und manchmal hatte ich in jeder Hand ein Glas. Das Zeug schmeckte mir nicht besonders, doch da man unaufhörlich mit mir anstieß und »Ex« sagte, schüttete ich es hinunter. Meine Praxis im Trinken kam mir dabei sehr zugute, und es dauerte lange, bis ich einen Schwips hatte. Als dieser Punkt erreicht war, waren die Amerikaner sehr befriedigt und nahmen die günstige Gelegenheit wahr, mir aufs neue »dates« vorzuschlagen. Ich ertappte mich dabei, Zusagen zu machen, und hielt deshalb die Zeit für gekommen, etwas zu essen.

Drei Mann begleiteten mich zum kalten Büffet, bei dessen Anblick ich schlagartig verstummte: riesige Platten mit kaltem Fleisch und Geflügel, eisgekühlte Schüsseln mit schwarzem Kaviar und Hummercocktail, bunte Hügel verschiedenster Mayonnaisensalate, schlagsahneverzierte Eisbomben und buntschillernde Früchte. Es erging mir wie dem kleinen Jungen im Schlaraffenland, der den Bergen von Kuchen nicht widerstehen konnte und sich durch sie hindurchfraß. Ich war entschlossen, es ihm gleichzutun.

»What would you like to eat, Sweetheart...?« wurde ich in diesem Moment gefragt.

»Everything...!«

Man sah mich beunruhigt von der Seite an.

»Everything...«, wiederholte ich mit Nachdruck.

Meine drei Kavaliere ergriffen drei der größten Teller und beeilten sich, meinen Wunsch zu erfüllen. Ich wagte nicht hinzuschauen und rechnete mir aus, daß ich von allem nur einen Bissen nehmen dürfe, um meine Aufgabe mit Erfolg zu bewältigen. Inzwischen wurde Champagner herumgereicht, und das schien mir jetzt genau das Richtige.

»Ela tucka, Ivan...«, rief ich einem Kellner zu, der ein Tablett mit Sektkelchen durch das Zimmer balancierte.

Ivan, der mich von meinen häufigen Besuchen im Offiziersklub gut kannte, eilte mit breitem Grinsen auf mich zu. Er betrachtete mich mit Kennermiene von oben bis unten und sagte dann vertraulich: »Wie ste mnogo chubawa, gospodjiza...« – Sie sind sehr schön, Fräulein...

»Blagodaria, Ivan...«, bedankte ich mich für das Kompliment und nahm eines der Gläser.

Der Kellner entfernte sich widerwillig. Ich trank einen Schluck.

Männer, dachte ich, sind doch alle gleich – ob nun amerikanischer Offizier oder bulgarischer Kellner. Ich trank das Glas leer und drehte es zwischen den Fingerspitzen.

Ein paar Engländer mit ihren Damen hatten sich um das kalte Büffet geschart. Sie warfen mir kühle, hochmütige Blicke zu. Einer trat dicht an mich heran und sagte spöttisch: »You seem to like the Yanks very much, Evelyn . . .«

»I love them . . .«, entgegnete ich eisig.

Der Engländer wandte sich angewidert ab.

Meine Kavaliere kamen mit hochgetürmten Tellern wieder. Sie hatten sich wirklich Mühe gegeben, denn auf keinem Teller lag das gleiche. Ich lobte sie und zog mich mit ihnen an ein Tischchen zurück. Ich begann mit dem schwarzen Kaviar, konnte mich aber nicht entschließen, nach dem ersten Bissen aufzuhören. Ebenso erging es mir mit dem Hummercocktail. Ich war gerade dabei, eine Hühnerkeule in Angriff zu nehmen, als einer meiner Kavaliere in ein lautes »Hi, Colonel . . .« ausbrach.

Ich schaute auf, und dann ließ ich die Keule auf den Teller zurückfallen.

»Hi fellows . . .«, sagte der Colonel und schaute mich dabei an. Jedes junge Mädchen träumt in den Jahren des Wartens von dem großen Unbekannten. Sie macht sich ein genaues Bild von ihm. Er muß ein blonder Siegfried, ein schmachtender Romeo oder ein glutäugiger Don Juan sein.

Auch ich hatte mir einen Typ zurechtgelegt. Und da stand dieser Typ und schaute mich an. Er schaute mich genauso an, wie ich es mir ausgemalt hatte – mit einem kleinen ironischen Halblächeln, das nur die Mundwinkel, nicht aber die Augen berührte. Im ersten Moment sah ich nur dieses Lächeln, und das genügte, um in mir ein Gefühl großer Schwäche wachzurufen. Ich bemerkte, daß er auch sonst meinem Phantasiegeschöpf glich. Er war groß, breit in den Schultern, schmal in den Hüften. Er hatte stahlgraue, scharfe Augen, dunkles, hartes Haar und eine tief gebräunte Haut. Er mochte Mitte Dreißig sein – kein Junge mehr, sondern ein Mann. Ein Mann, der über die Frauen Bescheid wußte.

»That's Evelyn«, stellte mich einer meiner drei Tischherren vor, »isn't she something to look at!?«

»She certainly is...«, sagte der Colonel und zog die rechte Augenbraue in die Höhe, »I am glad to meet you, Evelyn...«

»So am I«, murmelte ich.

Er schaute mich immer noch an, und das ironische Lächeln wurde stärker. Dann nickte er mir und den Offizieren kurz zu und entfernte sich.

Ich hätte ihn gern am Ärmel gepackt und festgehalten. Es war entsetzlich, daß er fortging. Um meine Enttäuschung zu verbergen, griff ich nach Messer und Gabel und tat, als wendete ich mich wieder dem Essen zu. Aber ich stocherte nur auf meinem Teller herum, unfähig, einen weiteren Bissen zu schlucken.

Die drei Amerikaner begannen mich über den Colonel aufzuklären. Was für ein großartiger Kerl er sei, was für ein intelligenter Mann, was für ein erstklassiger Flieger, und vor allem, was für ein unübertroffener Herzensbrecher.

Ich pickte eine Erbse auf und schob sie in den Mund. Ich tat sehr gelangweilt.

Eine Frau müsse sich vor dem Colonel in acht nehmen, ging es weiter. Er sei gefährlich, weil sich jede sinnlos in ihn verliebe, während er es natürlich mit keiner ernst meine. Er wechsele die Frauen wie Hemden. Er sei eben ein ganz großartiger Kerl.

Ich fand den Colonel, der die Frauen wie Hemden wechselte, abscheulich, und ich sagte mit lauter, fester Stimme: »Mit so einem Menschen möchte ich nicht das geringste zu tun haben...«

Im selben Augenblick kam der Colonel ins Zimmer geschlendert, blieb mit ironischem Lächeln an meinem Tisch stehen und fragte: »Wollen Sie essen oder tanzen?«

Hätte es gebrannt, ich wäre nicht schneller aufgesprungen. Die drei Offiziere grinsten, und ich war wütend, mich verraten zu haben. Ich versuchte um so mehr Würde in Haltung und Gang zu legen.

Der Colonel führte mich, die eine Hand leicht unter meinem Ellenbogen, in den Nebenraum. Die Kapelle spielte etwas Langsames, aber er zog mich nicht nahe an sich heran. Ich wünschte brennend, er werde es tun.

»Sie sind keine Bulgarin, nicht wahr?«

»Nein.« Ich überlegte, woran er das wohl gemerkt haben könne.

»Aus welchem Land kommen Sie?«

»Aus... Deutschland...«, sagte ich zögernd und fügte hastig und abschwächend hinzu: »Ich bin Halbdeutsche...«

»Deshalb brauchen Sie mich nicht so ängstlich anzuschauen. Bei hübschen Mädchen interessiert mich die Nationalität wenig.« Er zog mich eine Spur näher zu sich heran.

»Wie alt sind Sie?«

»Neunzehn«, log ich.

Er kniff ein Auge zusammen: »Siebzehn wird wohl eher stimmen«, sagte er.

»Neunzehn«, beharrte ich und wurde rot.

Er lachte: »Sie können mir nichts vormachen... ich habe einen zu guten Blick für junge Mädchen...«

Der Vergleich von den Hemden fiel mir wieder ein, und ich sagte vorwurfsvoll: »Das glaube ich Ihnen.«

»Junge Mädchen sind sehr reizend.« Er lächelte amüsiert. »Sagen Sie, Evelyn, sind Sie in Begleitung hier?«

»Ja.«

»Und wer ist der Glückliche?«

»Ein englischer Offizier.«

»Aha... ein englischer Offizier!«

Ich glaubte, einen abfälligen Ton herauszuhören: »Die Engländer haben mir schon sehr geholfen«, sagte ich mit herausforderndem Gesicht.

»Inwiefern?«

»Sie verstecken mich vor den Kommunisten.«

»Sind die Roten denn hinter Ihnen her?«

»Meine Schwester haben sie vor einigen Monaten verhaftet. Es besteht immerhin die Gefahr, daß sie das gleiche mit mir tun. Seitdem schlafe ich nicht mehr zu Hause, sondern mal hier, mal da in den Villen englischer Offiziere.«

Die Kapelle machte eine Pause. Der Colonel ließ mich los, und ich fürchtete, daß er mich zu meinem Tisch zurückbringen wolle. Aber er blieb in der Mitte der Tanzfläche stehen und schaute mich nachdenklich an. »Wollen Sie in der amerikanischen Mission arbeiten?« fragte er plötzlich.

»Machen Sie Spaß?«

»Nein, ich mache keinen Spaß.« Er nahm meine Hand und führte mich zu einem Sessel.

»Viele Mädchen und Frauen arbeiten in der amerikanischen Mission. Sie stehen dadurch automatisch unter dem Schutz der alliierten Militärbehörde. Man darf ihnen nichts tun.«

Ich blickte erwartungsvoll zu ihm auf.

»Wenn Sie also für uns arbeiten, stehen Sie unter demselben Schutz. Das wäre doch eine bessere Lösung als die jetzige.«

»O ja...«, sagte ich aufgeregt, »aber was könnte ich denn arbeiten?«

»Sprechen Sie fließend bulgarisch?«

»Ja.«

»Schreiben Sie Schreibmaschine?«

»N... nein...«

»Macht nichts. Mit der Zeit werden Sie es schon lernen.«

»Ja, ganz bestimmt.«

»Gehen Sie morgen um elf Uhr in die amerikanische Mission und stellen Sie sich Sergeant Kitai vor. Er ist der Leiter des Übersetzungsbüros. Ich werde vorher mit ihm sprechen.«

Ich schaute den Colonel fragend an. Ich begriff nicht, warum er sich so für mich einsetzte. Tat er es wirklich nur, um mir zu helfen, oder gab es noch andere Gründe?

»Na, Evelyn, was wollen Sie fragen?«

»Warum tun Sie das für mich?«

»Erstens tue ich verteufelt wenig. Zweitens wäre es schade, wenn ein so hübsches Mädchen wie Sie im KZ endet. Drittens...«

Im selben Moment warf sich die Kapelle mit aller zur Verfügung stehenden Sentimentalität in den Schlager »Stardust«. Colonel Barnett zog mich wortlos hoch, nahm mich in die Arme und begann zu tanzen.

»Und drittens?«

Er gab keine Antwort. »Sometimes I wonder how to spend the lonely nights...«, sang er leise den Text des Liedes mit. Jetzt hielt er mich fest an sich gepreßt, und seine Wange lag an meiner. Die Haut meines Körpers zog sich prickelnd zusammen, und meine Knie wurden weich.

»Und drittens ...?« flüsterte ich schwach.

»Und drittens möchte ich jetzt mit dir nach Hause gehen ...«, sagte der Colonel in mein Haar hinein.

»Nein.«

»Möchtest du nicht?«

»Nein, nein, nein ...«, sagte ich wild und begann mich gegen seine Arme zu stemmen.

»Na, na, Kätzchen, was ist denn?«

»Sie haben sich schwer geirrt. Sie können mich nicht an- und ausziehen wie ein Hemd. Ich bin auch nicht sinnlos in Sie verliebt ... hören Sie ... ich bin nicht sinnlos in Sie verliebt ...« Ich fürchtete in Tränen auszubrechen.

Er schaute mich an, und jetzt haßte ich sein ironisches, wissendes Lächeln. »Sie brauchen mir nicht die Stellung in der amerikanischen Mission zu verschaffen. Sie werden es auch sicher nicht mehr tun ... Ich gehe ja nicht mit Ihnen nach Hause ... Sie wollten mir doch nur helfen, um ...«

»Hör endlich auf, Baby ... Du machst eine viel zu große Affäre daraus. Daß ich mit dir nach Hause gehen möchte, ist verständlich. Daß du nicht möchtest, ist bedauernswert. Aber daß ich dir nur aus diesem Grund helfen wollte, ist Unsinn ... ganz kindischer Unsinn. Also ... ›relax‹, Evelyn ...«

Er schob mich ein Stück von sich ab, so daß unsere Körper sich nicht mehr berührten: »Ist es dir so lieber ...?« fragte er spöttisch.

Ich hätte mich so gern nach vorne geworfen. Ich hätte so gern meine Arme um seinen Hals geschlungen. Ich hätte so gern seinen Mund gespürt. Ich hätte so gern Zärtlichkeit in seinen Augen gesehen und nicht nur Begehren. Vielleicht hätte ich mich dann widerstandslos fallen lassen. Damals schon ...

Am nächsten Tag, 5 Minuten vor 11 Uhr, stand ich vor der amerikanischen Mission. Ich fühlte mich wie an meinem ersten Schultag. Die Mission war ein vierstöckiges, langgestrecktes Gebäude, schneeweiß verputzt und unglaublich sauber. Über dem Eingang hing groß und ehrfurchtgebietend eine amerikanische Flagge. Ich schaute sie an und begann die Sterne zu zählen, und mit jedem Stern stieg meine Achtung und sank mein Mut. Beim fünfundzwanzigsten gab ich das Zählen auf.

Die Stufen, die zum Hochparterre hinaufführten, waren aus weißem Stein und sahen aus, als hätte nie ein menschlicher Fuß sie berührt. Meine Holzsohlen klapperten, und ich bemühte mich, so leise wie möglich aufzutreten. Die breite Flügeltür stand offen, und ich gelangte auf einen unendlich langen Korridor. Auch hier war der Boden spiegelblank. Ich überlegte, ob die Amerikaner wohl auf Strümpfen oder in Hausschuhen herumliefen. Die Türen zu beiden Seiten des Ganges waren geschlossen, man hörte keinen Laut. Dann bemerkte ich, daß die Tür schräg gegenüber dem Eingang einen Spalt geöffnet war, und ging vorsichtig darauf zu. Ein Schild mit der Aufschrift »Reception« sagte mir, daß ich hier richtig sei. Ich klopfte leise an.

»Come in...«, sang eine einschmeichelnde weibliche Stimme. Ich kam in einen großen, hellen Raum, der nach Desinfektionsmitteln roch. Hätte in der Ecke ein blütenweißes Bett gestanden an Stelle des glänzend polierten Schreibtisches, es hätte mich nicht gewundert. Es war wie in einem Krankenhaus, aber die Frau hinter dem Schreibtisch war keine Krankenschwester.

»Kakwo iskeite...« – was wollen Sie...?

Die Stimme, die mich so anfuhr, war rauh und böse und gar nicht mehr einschmeichelnd. Der liebliche Ton schien für männliche Wesen reserviert zu sein.

Ich schaute in das verbitterte Gesicht eines etwa 28jährigen Mädchens. Sie hatte einen ungesunden gelben Teint, einen harten Mund und fettiges, aber kunstvoll frisiertes Haar.

Ich versuchte selbstsicher aufzutreten: »Ich bin bei Sergeant Kitai angemeldet... er erwartet mich...«

»So...? Und wer, wenn ich fragen darf, hat Sie angemeldet?«

»Colonel Barnett...«, sagte ich großspurig.

Das Mädchen starrte mich mit schmalen Lippen eindringlich an. Es schien ihr nichts zu entgehen. Ich hatte natürlich um 11 Uhr früh weder in einem der Nachmittagskleider meiner Mutter erscheinen können noch mit ihren hohen Abendsandaletten oder ihrem zierlichen Gobelintäschchen. Tagsüber mußte ich mit meinen eigenen Sachen auskommen, und das war ständig ein neues Problem. An diesem wichtigen Tag nun hatte ich zwar mein allerbestes Vormittagskleid angezogen, doch selbst dieses allerbeste war armselig genug. Es war aus dunkelblauer, weißgetupfter Kunstseide, und obgleich es bis zum letzten Millimeter ausgelassen worden war, spannte es über Brust und Schultern. Der einzige Schmuck waren ein weißer Pikeekragen und ein roter Gürtel, der, so hoffte ich, ein wenig mehr Schwung in das Ganze brachte.

Das Mädchen hinter dem Schreibtisch musterte all diese Dinge genau, und ihre Lippen wurden dabei immer schmaler. Ihr Blick wanderte langsam von den Spitzen meiner schäbigen Holzschuhe aufwärts bis zu dem kleinen Kragen, verharrte dort eine Sekunde und flackerte dann über mein Gesicht.

Ich lächelte eisig und arrogant. Ich wußte, daß sie mehr gesehen hatte als nur die fadenscheinige Kleidung. Und ich wußte, daß sie meine Behauptung, Colonel Barnett hätte mich angemeldet, jetzt nicht mehr bezweifelte.

»Würden Sie bitte die Freundlichkeit haben«, sagte ich mit schneidender Höflichkeit, »und Sergeant Kitai benachrichtigen, daß ich hier bin. Mein Name ist Evelyn Clausen.«

Sie nahm wortlos den Hörer vom Telefon, wählte eine Nummer und sagte nach kurzer Pause mit weicher, singender Stimme: »Sergeant Kitai... Miß Clausen would like to see you...«

Danach legte sie mit finsterem Gesicht den Hörer auf die Gabel zurück, starrte mich feindselig an und kommandierte barsch: »Zweite Etage, links, vierte Tür...«

»Herzlichen Dank, gospodjiza...« Ich verließ mit übertrieben wiegenden Hüften das Zimmer, doch kaum hatte ich den Gang erreicht, lehnte ich mich erschöpft gegen die Wand. Bösartige Frauen – und schon damals war ich der Ansicht, daß es überhaupt nur solche gäbe – erfüllten mich mit Angst. Wäre mein nächstes Ziel nicht ein Mann gewesen, ich wäre bestimmt unverrichteter Dinge umgekehrt und nach Hause gegangen. So aber holte ich nur ein paarmal tief Luft, schüttelte mich wie eine nasse Katze und stieg in die zweite Etage empor. Vor einer Tür mit dem eigenartigen Namen des Sergeanten blieb ich stehen, rückte mein weißes Krägelchen zurecht und klopfte an.

»Come in...«, rief eine aufgeregte Stimme, »come in, come in, come in...«

Ich fragte mich, was das nun wieder zu bedeuten habe, und blieb vorsichtshalber in der halbgeöffneten Tür stehen.

»Come in, young Lady...«, ein kleiner, häßlicher Mann mit dicker Brille und krausem Haar sprang hinter seinem Schreibtisch auf, warf in der Eile ein paar Sachen zu Boden, griff sich darüber verzweifelt an den Kopf und stürzte dann mit ausgestreckten Armen auf mich zu.

»I am very glad to meet you, Miss Clausen, I am very glad, very glad...«, sprudelte er atemlos hervor, indem er meine Hand ergriff und sie kräftig schüttelte.

Ich sah den Sergeanten an und hatte dabei das Gefühl, ihn schon lange zu kennen. Er hatte eine gewaltige Stirn, eine große, etwas gebogene Nase und einen breiten Mund. Er hatte Augen, die dunkel und ausdrucksvoll hinter den starken Brillengläsern hervorleuchteten. Er hatte ein Lächeln, das echte Wärme und Herzlichkeit ausstrahlte und nicht nur ein automatisches Dehnen der Gesichtsmuskeln war. Er war häßlich, dieser kleine Kitai, und er versuchte nicht, mehr darzustellen, als er war. Ich hatte ihn sofort von Herzen gern.

»Colonel Barnett hat mich gebeten...«, er nahm die Brille ab und begann sie mit fahrigen Bewegungen zu putzen, »... hat mich gebeten, Sie im Übersetzungsbüro unterzubringen...«

Er sprach ein gepflegtes Englisch mit leichtem Akzent.

»Ja«, sagte ich, »ich wäre Ihnen sehr dankbar...«

Er winkte ab: »Lassen Sie das, lassen Sie das... es ist doch eine Selbstverständlichkeit...«

Ich lächelte ihn an. Ihm glaubte ich, daß er es als selbstverständlich betrachtete, Menschen zu helfen – ob sie nun alt oder jung, hübsch oder häßlich waren.

Er setzte die Brille wieder auf und lächelte zurück. »Sie kommen aus Deutschland?«

»Ja. Mein Vater ist Deutscher, meine Mutter ist deutsche Jüdin.« Der Satz ging mir leicht und frei von den Lippen. Zu diesem mir so verwandten Fremden konnte ich ohne Scheu und Bedenken von meiner Abstammung sprechen.

Es war wohltuend, nichts anderes als freundliches Verständnis in seinem Blick zu lesen. »I understand, Miss Clausen...«, begann er, schüttelte dann aber energisch den Kopf, als mißfielen ihm seine eigenen Worte, und fuhr in fließendem, akzentfreiem Deutsch fort: »Ja, ja, mein Kind, da haben Sie auch so einiges durchgemacht...«

»Oh...«, sagte ich überrascht, »Sie sprechen aber ausgezeichnet deutsch.«

»Muß ich wohl, muß ich wohl... ich stamme ja schließlich aus Berlin.«

»Berlin...! Mein Gott, da komme ich auch her.«

Kitai griff sich mit beiden Händen in das krause, graue Haar.

»Sie sind Berlinerin...! Sie sind tatsächlich Berlinerin?«

Ich nickte strahlend.

»Erzählen Sie... erzählen Sie«, forderte Kitai mich erregt auf, »wo haben Sie dort gewohnt?«

»In Grunewald... am Johannaplatz...«

»Am Johannaplatz! Ist denn das die Möglichkeit! Ganz in der Nähe, in der Marciusstraße, wohnten gute Bekannte von mir.«

»Dort habe ich immer meinen Hund spazieren geführt. In der Marciusstraße gab es die meisten Bäume...«

»Ja, ganz richtig... große Kastanienbäume und hübsche Villen... Ich habe in Westend gelebt.«

»In Westend, in der Ahornallee, hatten meine Großeltern ein Haus. So eine Art Schlößchen – ganz verschnörkelt, mit Türmen und häßlichen Ornamenten und einer breiten, weißen Marmortreppe.«

»Kenne ich, kenne ich. Wie oft bin ich daran vorbeigegangen.«

»Sie kennen es?«

»Natürlich. Es hatte einen wunderschönen Garten mit englischem Rasen und Kieswegen und alten Bäumen. Stimmt es?«

»Ja, und so eine kleine Steingrotte war auch dabei.«

»Ich hatte meine Wohnung in der Lindenallee, schräg gegenüber von der Martin-Luther-Kirche. Kennen Sie die Lindenallee?«

»O ja. Ich kenne jede Straße in Westend. Wissen Sie... mein Vater...« Ich brach mitten im Satz ab. Ich hatte sagen wollen: Mein Vater hat viele Häuser in Westend gebaut. Er hat sie mir immer gezeigt und mich ganz ernsthaft gefragt, ob sie mir gefielen. Aber es tat zu weh, davon zu sprechen. Plötzlich sah ich mich wieder in meinem dunkelblauen Hamburger Mäntelchen, mit dem runden Hut auf dem kurzgeschnittenen Haar. Ich sah mich an der Hand meines Vaters vor einem der Häuser stehen, ehrfürchtig seine Baukunst betrachtend. Ich sah mich mit meinem geliebten kleinen Terrier durch den Grunewald spazieren. Ich sah das monströse Schlößchen meiner Großeltern, den großen Garten, der mein Paradies war, die kleine Steingrotte, in der mir meine Großmutter ihre Gedichte vorgelesen hatte. Ich sah die breiten, großzügigen Straßen Berlins; den Kurfürstendamm mit seinen Geschäften und Cafés; das Zentrum der Stadt, wenn es am Abend im bunten Feuer der Lichtreklame aufflammte. Ich sah die Avus und den Funkturm und den Wannsee. Und immer wieder sah ich mich, in meinem hübschen Kinderkleidchen, mit weißen Kniestrümpfen und schwarzen Lackschuhen und einem Stofftier im Arm – mal an der Hand meiner Mutter, mal an der Hand meines Vaters. Es tat sehr, sehr weh.

Nach einer Weile merkte ich, daß es still im Zimmer geworden war und daß Kitai mit denselben, leeren, verlorenen Augen in die Vergangenheit blickte. Wahrscheinlich sah auch er sich durch die Straßen gehen – zu seinen Bekannten in Grunewald oder zu seiner Wohnung in Westend. Wahrscheinlich sah auch er Dinge und Menschen, die er geliebt und verloren hatte. Ganz sicher hatte auch er Erinnerungen, die ihn unlöslich mit Berlin verbanden.

Mein eigener Schmerz verebbte, als ich ihn so vor mir stehen sah – bescheiden und häßlich, in der lächerlichen Kostümierung eines amerikanischen Feldwebels, die weichen, gütigen Augen voller Trauer.

Ich suchte nach einem aufmunternden Satz, nach einem Wort des Trostes, aber mir fiel nichts Geeignetes ein. Statt dessen mußte ich plötzlich niesen – was wohl mit dem unerträglichen Desinfektionsgeruch im Zimmer zusammenhing und mir zwar unpassend vorkam, aber nicht zu verhindern war.

»Gesundheit...«, sagte Kitai und war im Nu wieder der kleine emsige Sergeant mit den fahrigen Bewegungen und dem zerstreuten Gesichtsausdruck.

»Also...«, sagte er und begann in sämtlichen Taschen seiner Uniform nach etwas zu suchen, »also... Sie sprechen deutsch, bulgarisch, englisch... ach, hier sind sie...«

Er zog das gesuchte Päckchen aus der Tasche, aber leider mit der geöffneten Seite nach unten, so daß die Zigaretten auf dem Boden landeten. Nachdem wir sie einträchtig wieder aufgesammelt hatten, steckte Kitai das Päckchen in die Tasche zurück, ohne eine der Zigaretten angezündet zu haben. Ich überlegte, ob ich ihn darauf aufmerksam machen sollte, entschloß mich aber, es nicht zu tun, da ich eine längere Suche nach dem Feuerzeug voraussah.

»Schön...«, sagte Kitai, »wo sind wir stehengeblieben?«

»Daß ich deutsch, bulgarisch, englisch spreche.«

»Richtig, richtig... Würden Sie sich zutrauen, militärisch-fachliche Übersetzungen aus dem Bulgarischen ins Englische und umgekehrt zu machen?«

»Nein«, sagte ich zögernd, »ich bin für militärische Dinge ganz unbegabt. Novellen oder leichte Romane würden mir eher liegen...«

Kitai unterbrach mich mit schallendem Gelächter: »Leider, leider kann ich Ihnen hier weder Novellen noch Romane bieten...«

Er wurde plötzlich ernst und strich mir väterlich über die Wange: »Mein kleines Fräulein Clausen, Sie gehören ganz woanders hin...«

»Das glaube ich auch«, sagte ich bekümmert.

»Aber das hilft uns nicht weiter...« Er zog die Stirn in nachdenkliche Falten und begann wieder, seine Taschen zu durchsuchen. »Also, wie steht es mit Stenographie?«

»Schlecht«, murmelte ich, »ich kann keine Stenographie.«

»Aha. Und Schreibmaschine?«

»Vielleicht mit zwei Fingern.«

»Dann bleiben wir bei Schreibmaschine mit zwei Fingern.«

Ich nickte und atmete erleichtert auf. »Die Zigaretten sind in Ihrer rechten Jackentasche.« Ich war froh, ihm irgendwie behilflich sein zu können.

»Danke, danke...« Diesmal angelte er sie richtig hervor und fand auch unerwartet schnell das Feuerzeug.

»Um acht Uhr dreißig wird mit der Arbeit begonnen, um fünf Uhr ist Schluß. Mittagspause eine Stunde. Haben Sie schon einmal regelmäßig gearbeitet?«

»Nein, aber ich werde mir große Mühe geben ... bestimmt ...«

»Das glaube ich Ihnen. Sie bekommen ein Gehalt von 1500 Leva im Monat, außerdem ein Mittagessen. Ich kann Ihnen leider nicht mehr zahlen.«

»Aber«, rief ich strahlend, »ich habe gar nicht erwartet, daß ich ein Gehalt bekomme. Es ging mir ja nur um Sicherheit, nicht um Geld, ich kann doch überhaupt nichts.«

Kitai sah mich an, und seine Augen waren voller Mitleid.

»1500 Leva sind doch nichts wert. Ich wünschte, ich könnte Ihnen mehr geben.«

Ich war nach wie vor überwältigt von dieser Summe.

»1500 Leva«, erklärte ich, »das sind fast ein Paar Schuhe aus echtem Leder ... das sind zwei Liter Öl auf dem Schwarzmarkt ... Himmel, was wird meine Mutter dazu sagen ...!«

»Geht es Ihnen sehr schlecht?«

»Ziemlich ...«

»Sie sollten Bulgarien so schnell wie möglich verlassen ... man weiß nicht, wie das hier weitergeht.«

»Ja, ich sollte, aber wie?« Ich zuckte deprimiert die Schultern. Anfälle von Hoffnungslosigkeit hatte ich in letzter Zeit häufig. Sie überfielen mich von einer Minute auf die andere, erfüllten mich mit Angst und nahmen mir alle Kraft. »Sie dürfen nicht aufgeben! Es geht immer irgendwie weiter ...«

»Natürlich«, sagte ich ohne Überzeugung.

Kitai räusperte sich nervös, zupfte an seiner großen Nase, nahm die Brille ab und setzte sie wieder auf, klopfte die Taschen seiner Uniform ab und wühlte sich schließlich verzweifelt im Haar. Ich merkte, daß er mir auf irgendeine Art helfen wollte, aber nicht wußte wie.

Um ihn zu erlösen, streckte ich ihm die Hand entgegen: »Haben Sie herzlichen Dank ...«

Im selben Augenblick schien ihm der rettende Einfall gekommen zu sein: »Moment ... Moment«, schrie er und stürzte an seinen Schreibtisch. Er riß die Schublade auf, kramte hektisch darin herum und brachte zwei Tafeln Schokolade, ein Päckchen Kekse und eine Büchse Erdnüsse zum Vorschein. Mit diesen Schätzen lief er zu mir zurück und drückte sie mir wortlos und mit verlegenem Lächeln in die Hände.

Es war eine Geste, die mich ergriff. Er legte mir viel mehr in die Hände als ein paar Süßigkeiten und eine Dose Nüsse. »Danke...«, sagte ich leise, »ich esse Erdnüsse für mein Leben gern...«.

Mit meiner Stellung in der amerikanischen Mission begann ein neuer Lebensabschnitt. Ich war gezwungen, den Tag regelmäßig einzuteilen, und das fiel mir nicht leicht. Seit ich die Schule verlassen hatte, war ich an keine Disziplin mehr gewöhnt. Ich hatte in den Tag hineingelebt. Ich kannte keine Zeiteinteilung und keine Pünktlichkeit. Ich lernte sie kennen und hassen.

Ich stand um halb acht auf. Ich wusch mich über der Blechschüssel in unserer Küche. Ich zog mir unter Verzweiflungsausbrüchen meine schäbigen Kleidchen an. Ich aß eine Scheibe Brot mit sacharingesüßter Marmelade und trank etwas, das sich Tee nannte. Ich tat das alles ganz mechanisch, und dazu schimpfte ich leise, aber anhaltend vor mich hin.

Meine Mutter meinte, ich hätte allen Grund, froh zu sein, denn meine Stellung in der amerikanischen Mission sei ein wahres Glück. Ich sollte doch endlich bedenken, was ich dadurch für Annehmlichkeiten hätte: erstens den Schutz der alliierten Behörden; zweitens ein Gehalt; drittens ein freies Mittagessen; viertens eine saubere Umgebung; und fünftens, wenn der Winter käme, ein geheiztes Zimmer.

Ich gab ihr mit mißmutigem Gesicht recht, aber das befriedigte sie in keiner Weise. Sie fühlte sich veranlaßt, mir weitere Vorhaltungen zu machen: Arbeit, Regelmäßigkeit und Disziplin hätten noch keinem Menschen geschadet, sagte sie. Ich gab ihr auch darin mit saurem Gesicht recht. Also, erklärte sie abschließend, sei es höchste Zeit, mein Geschimpfe einzustellen. Wenn wir an diesem Punkt angelangt waren, war ich mit meinen Vorbereitungen fertig, ergriff mein speckiges Kunstledertäschchen, küßte meine Mutter auf die Stirn und verließ das Zimmer.

Der Weg zur Mission dauerte zu Fuß zwanzig Minuten, und ich sah immer wieder dieselben Häuser und Bäume und begegnete immer wieder denselben Menschen. Es war meistens sehr heiß, und bis ich meine Arbeitsstätte erreicht hatte, war ich klebrig und matt. Mein erster Gang war daraufhin zum Waschraum. Ich hatte nie das Glück, ihn allein genießen zu können. Es waren immer ein paar Mädchen drinnen, die sich wuschen, kämmten, schminkten, Zigaretten rauchten oder bei geöffneter Tür auf der Toilette saßen. Dazu sprachen sie ununterbrochen.

»Weißt du schon, daß Jim wieder eine neue Freundin hat?«

»Ist nicht dein Ernst... und was sagt seine Verflossene dazu?«

»Droht, daß sie sich umbringt.«

»Tut sie doch nicht.«

»Kann man nicht wissen. Liliane hat's ja auch versucht.«

»Liliane war schwanger...«

Ich hatte mich längst an solche Gespräche gewöhnt. Ich ließ kaltes Wasser über meine Pulsadern fließen und rauchte dazu eine Zigarette.

»He, Evelina, der Mac ist ganz verrückt nach dir...«, sprach mich eines der Mädchen an.

Mac war ein großer, ungeschlachter Bursche, von Beruf Lastwagenfahrer.

»Ich kann mit Mac nichts anfangen«, sagte ich.

»Du solltest es dir doch noch überlegen, ein amerikanischer Trottel ist mehr wert als hundert der besten bulgarischen Männer.«

Ich gab keine Antwort.

»Evelina interessiert sich nur für Offiziere«, schaltete sich Bistra ein. Bistra war das Mädchen aus der Reception. Sie war gehässig, böse und nicht ungefährlich. Ich fürchtete Bistra, hütete mich aber davor, es mir anmerken zu lassen.

»Unter einem Major tust du's nicht, nicht wahr, Evelina...?«

»Weder unter noch über...«, sagte ich ruhig und drehte den Wasserhahn ab.

»Ha...«, kreischte Bistra, »habt ihr das gehört?«

»Ja«, sagte die kleine, zierliche Swetlena wehmütig, »und sie tut es wirklich nicht.«

Ich drückte meine Zigarette aus, übersah Bistra, warf Swetlena einen dankbaren Blick zu und verließ den Waschraum.

Auf dem Weg zum Büro begegnete ich dem schmächtigen, rothaarigen Pete, der mit seinen knappen achtzehn Jahren und seinem bartlosen Gesicht das Baby der Mission genannt wurde.

»Hi-ya Evelyn...!« Er blieb vor mir stehen. »Give me a kiss, Sweetheart...«

Er näherte sein Kindergesicht dem meinen.

Ich trat einen Schritt zurück: »Behave yourself...«, sagte ich wie eine Mutter zu ihrem ungezogenen kleinen Jungen.

»I cant behave myself, when I see girls. Girls are my life... You know, what I did last night...?«

Es folgte ein ungeheuerliches Märchen von einem Mädchen, das er angeblich am vergangenen Abend verführt hatte. Er malte mir den Vorgang in allen Einzelheiten aus und geriet dabei so in Schwung, daß er seine kühnen Lügen schließlich selber glaubte. Dabei waren Petes tatsächliche Erfahrungen gleich Null. Er hatte panische Angst vor Frauen und wagte sich nie über einen ungeschickten Kuß hinaus.

Ich wartete geduldig ab, bis sich Pete in seiner Phantasie ausgetobt hatte. Früher war ich bei solchen Erzählungen rot geworden, jetzt behielt ich die Fassung. Geschichten dieser Art hatte ich in letzter Zeit zur Genüge gehört.

»You are a dangerous wolf...«, sagte ich, als der kleine Frauenheld geendet hatte.

»You bet, I am...«, strahlte Pete und marschierte laut pfeifend davon.

Ich ging weiter. Die Tür zu Major Djedenoffs Büro stand offen.

»Hello, Evelyn... come here a minute...«

Ich folgte gehorsam und betrat sein Zimmer.

Der Major saß weit zurückgelehnt in seinem Stuhl, die Füße auf dem Schreibtisch. Er hatte eine magere, drahtige Figur und ein typisch slawisches Gesicht mit hohen Backenknochen, schmalen Augen und einer niederen Stirn. Djedenoff war in Rußland geboren und aufgewachsen. Er war erst seit zehn Jahren amerikanischer Staatsbürger.

»Close the door, Baby...«, sagte er mit tiefer Stimme und hartem Akzent.

Ich schloß die Tür hinter mir, behielt jedoch die Klinke in der Hand.

Ich mochte den Major, aber ich traute ihm nicht. Er konnte sehr brutal aussehen und dann wieder weich und sanft. Sein

Aussehen entsprach seinem Temperament. Obgleich er eine amerikanische Uniform trug, obgleich er die Füße auf den Tisch legte, obgleich er betont alle Redewendungen und Bewegungen seiner neuen Landsleute nachahmte, war er Russe geblieben.

»How about a drink, Evelyn...?« Er zog eine Whiskyflasche aus dem Schreibtisch und öffnete sie.

Genau das hatte ich erwartet. Djedenoff leerte täglich eine Flasche Whisky im Büro.

»Thank you, Major, but I can't drink in the morning.«

»Oh, in the morning it's best...« Er hob die Flasche zum Mund und trank ein paar kräftige Schlucke. »It's wonderful stuff...«, sagte er danach mit einem befriedigten Aufstoßen.

Ich schaute besorgt auf die Uhr. Es war bereits zehn Minuten nach halb neun. »Excuse me... I really must go...«

»Okay, Baby... come back later and we'll have a drink together...«

»Yes, we'll do that...«, entgegnete ich und schlüpfte eilig aus dem Zimmer.

Ich nahm einen Anlauf, schlitterte den gebohnerten Gang hinunter und landete mit dumpfem Aufprall an Sergeant Kitais Tür. Da ich dieses kindische Spiel oft und gern trieb, hätte Kitai eigentlich schon daran gewöhnt sein müssen. Er erschrak jedoch immer wieder aufs neue. Ich sah es an seinem vorwurfsvollen Gesicht, wenn ich mit verlegenem Lächeln das Zimmer betrat.

»Herrgott, Evelyn, wollen Sie, daß ich einen Herzschlag bekomme?«

»Pardon, ich bin ausgerutscht.«

»Sie sind nicht ausgerutscht...« Er schüttelte den Kopf. Ich konnte alles mit ihm machen, und manchmal fiel es mir schwer, das nicht auszunutzen.

»Ich habe Ihnen einen fünf Seiten langen Artikel auf den Schreibtisch gelegt. Bitte, bitte, sehen Sie zu, daß Sie ihn unter dreißig Tippfehlern abschreiben.«

Er lächelte mich entschuldigend über den Rand seiner Brille an.

»Und wenn ich bis Mitternacht dran sitze«, erklärte ich pathetisch, »es wird kein einziger Fehler drin sein.«

Ich öffnete die Tür zum Übersetzungsbüro und bemühte mich, beim Schließen keinen Lärm zu machen.

Fünf Personen, zwei Männer, drei Frauen, saßen bereits emsig schreibend hinter ihren Tischchen. Die Männer waren unrasiert, die Frauen ungekämmt, die Luft – trotz weit geöffnetem Fenster – muffig.

»Dobro utro, Evelina...« Sie unterbrachen ihre Arbeit und lächelten mir freundlich zu. Sie mochten mich alle sehr gern, obgleich sie wußten, daß ich mir die Stellung nicht durch Können, sondern durch Protektion erobert hatte. Da ich bei weitem die Jüngste war, betrachteten sie mich als Kind und lachten bereitwillig über den Unfug, den ich bewußt oder unbewußt trieb.

»Dobro utro, Gospoda...«, sagte ich.

»Heute werde ich wieder nicht zum Arbeiten kommen...«, jammerte Gospodin Petroff, einer der Männer.

»O Gott, haben Sie etwa den fünf Seiten langen Artikel übersetzt?«

»Ja, leider.«

Petroff hatte die unleserlichste Handschrift, und wenn ich seine Sachen abtippte, mußte ich ihn ununterbrochen zu Rate ziehen.

»Auch das noch!« Ich ließ mich seufzend auf meinen harten Drehstuhl fallen.

»Machen Sie sich nichts draus...«, tröstete Gospodin Davidoff mit gutmütigem Spott, »schreiben Sie einfach drauflos, Sergeant Kitai hat noch eine Menge Radiergummis.«

Wir lachten. »Ich habe heute hoch und heilig versprochen, keinen Fehler zu machen.« Ich gab meinem Stuhl einen Stoß, so daß ich mich ein paarmal um meine eigene Achse drehte.

»Kind... passen Sie auf...«, rief die kleine, dicke Gospodja Dabeva erschrocken und erzählte wieder einmal, wie ihr zehnjähriger Sohn bei dem gleichen Spiel vom Stuhl gefallen sei und sich den Arm gebrochen habe. Ich wartete wie immer höflich den Schluß ihrer Erzählung ab, dann öffnete ich voller Spannung meine Schublade.

Diesmal lagen ein Päckchen Waffeln und eine Tafel Schokolade darin. Sergeant Kitai sorgte dafür, daß ich jeden Tag eine kleine Überraschung vorfand. Mal Süßigkeiten, mal eine Büchse

Nüsse, mal Zigaretten oder eine Dose Nescafé für meine Mutter. Mit diesen für mich so kostbaren Geschenken erreichte er, daß mir der lange Arbeitstag weniger eintönig vorkam.

Ich spannte einen Bogen in die Maschine, rutschte auf die äußerste Kante des Stuhles, krümmte den Rücken und streckte angriffslustig beide Zeigefinger aus. Dann begann ich zu tippen. Bei der Überschrift machte ich den ersten Fehler. Ich sagte mir, daß ich mich konzentrieren müsse; daß ich ohne Konzentration nichts leisten könne; daß Konzentration eine Erziehungssache sei. Aber noch während ich mir all diese Dinge sagte, schweiften meine Gedanken ab, hinaus zum geöffneten Fenster, in Sonne und Freiheit, in Träume und Phantasien. Neben mir lag der Artikel – eine Übersetzung aus einer kommunistischen bulgarischen Zeitung. Fünf Seiten Drohungen, Warnungen, Beschimpfungen. Wie kannte ich das alles! Wie haßte ich das alles! Wie deprimierte es mich!

Um zwölf Uhr hatte ich zwei Seiten geschafft. In meinem Papierkorb türmten sich die zerknüllten Bogen, auf denen ich mich zahllose Male vertippt hatte. Ich koste die amerikanische Mission mindestens fünfzig Bogen pro Tag, dachte ich und schob den Beweis unauffällig unter meinen Tisch.

Kitai steckte den Kopf durch die Tür: »Zeit zum Essen, meine Herrschaften...«

Ich sprang als erste auf. Ich streckte mich und freute mich aufs Essen. Ich hatte wie immer einen gesunden Hunger. Ich überlegte, was es wohl als Nachspeise gäbe, und hoffte auf »Chocolate-pie«.

Die anderen machten erst sorgfältig Ordnung auf ihren Tischchen. Ich vergaß natürlich wieder, die Schreibmaschine zuzudecken, und war schon an der Tür, als ich bemerkte, daß Sergeant Kitai es für mich tat. Ich lief zurück und legte den Radiergummi in die Schublade.

Kitai lächelte über diese Demonstration der Ordnungsliebe.

Vor dem Eingang der Mission warteten zwei Autobusse, die Soldaten und Übersetzer in das amerikanische Wohnquartier brachten, wo sich auch der Speisesaal befand. Die Dolmetscher waren die einzigen Angestellten der Mission, die am Essen der Amerikaner teilnehmen durften. Sehr zum Ärger der Sekretärinnen, die nicht verstanden, daß Übersetzer einen höheren geistigen Verbrauch und daher auch ein größeres Anrecht auf Kalorien haben sollten.

Angeführt von Sergeant Kitai, der sich mit einem großen khakifarbenen Taschentuch Luft zufächelte, kletterten wir in den Bus. Es war wie in einer Sauna da drinnen, und die Soldaten hatten die Jacken ausgezogen, die Hemden aufgerissen und die Ärmel hochgerollt.

»Goddamned heat...«, fluchte der zwei Zentner schwere Bill.

»And no aircondition in this lousy country...«, knurrte der ewig schlecht gelaunte Charlie.

Ich sah, daß in der fünften Reihe neben Slim noch ein Platz frei war und steuerte darauf zu. Slim war mir der liebste von allen Soldaten. Er hatte einen matten, olivfarbenen Teint, schwarze, schimmernde Augen, die an Tinte erinnerten. Er war still, hielt sich von seinen Kameraden abgesondert und trug stets ein Buch unter dem Arm.

Es war schwer, bis zu Slim vorzudringen. Harold, von Beruf Cowboy – wie er betonte –, versuchte mich von rechts auf seine Knie zu ziehen; Mac, mein leidenschaftlicher Lastwagenfahrer, versuchte es von links. Kitai machte dem Gezerre schließlich ein Ende, indem er mit der strengen Stimme eines Lehrers rief: »Boys... let her go, immediately...!«

»Okay, okay, Serge...«

Ich ließ mich neben Slim auf den Sitz fallen und strich mir das feuchte Haar aus der Stirn. Slim warf mir einen kurzen, düsteren Blick aus seinen Tintenaugen zu und schaute dann zum Fenster hinaus.

»Good morning«, sagte ich schüchtern und wünschte, er würde weniger abweisend reagieren.

»Good morning«, erwiderte er, ohne sich umzuwenden.

»For Christ's sake, lets go...«, brüllte Mac, den ich offensichtlich verärgert hatte.

Der Bus fuhr unter irrem Lärm und Geschüttel an. Die Gänge kreischten, die Hupe dröhnte, die Scheiben klirrten, und dann rasten wir mit 70 Stundenkilometern durch die Straßen.

Slim sah immer noch zum Fenster hinaus. Er hielt ein Buch auf den Knien, »Three plays for puritans« las ich.

Was ist dieser Slim für ein eigenartiger Mensch, überlegte ich. Er lebt mitten in diesem Chaos und liest in aller Ruhe Theaterstücke. Er setzt sich über seine Umwelt hinweg, einsam und verschlossen.

Ich schaute zu ihm hin und betrachtete seinen schmalen, knabenhaften Nacken, sein glänzendes Haar und sein kleines, wohlgeformtes Ohr. Er konnte nicht mehr als Anfang Zwanzig sein.

Der Fahrer, der den Bus mit einem Rennwagen zu verwechseln schien, beschleunigte das Tempo immer mehr und ging auf zwei Rädern in eine Kurve.

»He... poleka... damn you...«, schrie der schlechtgelaunte Charlie.

Ich wurde gegen Slim geschleudert. Der Kontakt mit seinem mageren, elastischen Körper verwirrte mich.

»Excuse me...«, sagte ich befangen.

»What for...?« fragte er abwesend.

Er hatte überhaupt nichts bemerkt. Es war hoffnungslos. Er wollte von mir ebenso wenig wissen wie von seinen Kameraden. Ich war beleidigt und starrte ärgerlich geradeaus, bis wir mit quietschenden Bremsen und einem letzten, harten Ruck hielten.

Die Amerikaner stürzten sich aus dem Bus wie Tiere aus einem Käfig, nur Mac blieb stur und breit sitzen. Als ich an seinem Platz vorbeikam, stand er auf, ergriff meinen Arm und sagte mit einfältigem Grinsen:

»See... Honey, now I've got you...«

Es gab kein Entrinnen. Hätte ich mich gesträubt, dann hätte er mich wortlos auf den Arm genommen und ins Haus getragen. Um das zu verhindern, folgte ich ihm widerspruchslos.

Der Speisesaal war ein großer, nüchterner Raum, blank gescheuert, frisch geweißt. Natürlich roch er nach Desinfektionsmitteln. An den langen, makellos weißgedeckten Tischen saß man zu je sechs Personen. In der Mitte eines jeden Tisches stand eine Flasche Ketchup und ein Krug mit Wasser. Die Übersetzer saßen an einem eigenen Tisch, zusammen mit Sergeant Kitai.

Auch ich hatte dort meinen Platz, erreichte ihn aber nie. Irgendein Amerikaner schnappte mich immer schon vorher und zog mich neben sich auf einen Stuhl nieder.

Heute saß ich neben Mac; mir gegenüber der dicke Bill und der Cowboy Harold; am Kopfende der rothaarige Pete; der sechste Stuhl war noch frei.

Mac, ganz aufmerksamer Kavalier, füllte mein Glas mit Wasser.

»Boys... you know what I did last night...«, begann Pete, der darauf brannte, das Märchen, das er mir am Morgen erzählt hatte, vor männlichem Publikum zu wiederholen.

»Ya, I know...«, knurrte Harold, »you slept...«

»Oh no...!« triumphierte Pete, »I was with some girl...«

»For God' sake, cut it out...«, schnitt ihm Harold ungeduldig das Wort ab. Pete machte ein unglückliches Gesicht. Er tat mir leid, Harolds Cowboy-Geschichten, die unweigerlich folgen würden, waren auch nicht amüsanter.

Zwei Kellner begannen zu servieren.

»Tomatoe soup again...«, brummte der dicke Bill unzufrieden. Das Essen, hauptsächlich amerikanische Konserven, war anständig, nahrhaft und langweilig. Es bestand aus drei Gängen und hatte die Eigenart, daß die salzigen Speisen immer ein wenig süß und die süßen Speisen immer ein wenig salzig schmeckten. Da das aber nur mir auffiel, schloß ich daraus, daß es wohl so sein müsse und dem amerikanischen Geschmack entspräche.

Bei der Tomatensuppe war die Mischung von Salz und Zucker besonders auffallend. Hätte ich nicht einen so unbezwingbaren Appetit gehabt, ich wäre über die Entschlußlosigkeit der amerikanischen Küche sehr verärgert gewesen.

Meine Tischgenossen legten wenig Wert auf gute Manieren. Sie hatten die Ellbogen auf den Tisch gestützt und schlürften die Suppe gelangweilt und sehr geräuschvoll in sich hinein. Harold rauchte dazu noch eine Zigarette, und Bill rührte pustend in seinem Teller herum: »Damned hot soup for a damned hot day...«, fluchte er leise vor sich hin.

»Here comes Mister ‹high and mighty›...«, sagte Harold, indem er seine Zigarette in dem Rest der Suppe auslöschte und den Teller zurückschob.

Slim hatte den Speisesaal betreten. Er trug ein sauberes Hemd und eine Krawatte. Seine Haare waren feucht und glatt zurückgekämmt. Er sah kühl, frisch und gepflegt aus. Da nur noch an unserem Tisch ein Stuhl frei war, ging er darauf zu und setzte sich wortlos hin. Er roch nach Seife und Eau de Cologne.

»Soup, Sir?« fragte ein Kellner.

»No, thank you«, erwiderte Slim.

»Not hungry, Slim...«, fragte Harold herausfordernd, »got troubles with your girl...?«

Slim hatte kein Mädchen, das wußte Harold so gut wie jeder andere. Das Thema wurde unter den Soldaten oft und eingehend besprochen. Jeder von ihnen hatte eine Freundin, warum dann – so fragten sie sich entrüstet – hatte Slim keine?

Es war still am Tisch geworden. Jeder wartete gespannt auf eine Antwort.

»I've got no girl«, sagte Slim ruhig.

»Why not?« fragte Mac mit einer höhnischen Grimasse, »dont't you like girls...?«

»I haven't met the real girl yet«, sagte Slim, indem er Mac direkt in die Augen sah.

»Listen to that one...«, lachte Pete, »the world is full of girls, fellow...«

»Yes, the world is full of girls«, sagte Slim ernst, »but not the kind of girl I am waiting for.«

Ich zuckte unter diesen Worten zusammen. Wie einfach und klar und sicher hatte er das gesagt: »Ja, die Welt ist voller Frauen – aber nicht von der Art, auf die ich warte.«

Plötzlich beneidete ich Slim glühend. Er konnte auf die Richtige warten – ruhig, geduldig, unerschütterlich. Ihn trieb keine Gier, keine Angst, keine Hast auf die Erstbeste zu. Er wartete, und eines Tages würde er der Erwarteten begegnen und seine Liebe würde stark und sauber und unverbraucht sein.

So muß es sein, und so ist es richtig, dachte ich und dann, mit einem dumpfen, pochenden Schmerz, so werde ich die Liebe nie erleben...

»Hey, what's the matter...«, zerriß Harold das Schweigen an unserem Tisch, »let Slim wait for the right kind of girl... we'll take what comes along. Life is so short...!«

Das Leben ist so kurz! Ein Satz, den die Ängstlichen, die Wankelmütigen, die Unsicheren geprägt hatten. Ich gehörte zu ihnen. Die Zeit war mein Feind. Sie war tückisch und ungewiß. Ich traute ihr nicht.

»Honeychild...«, unterbrach Mac meine Gedanken, »are you feelin' bad?«

Er legte seine breite Pranke auf meine Hand.

Ich hatte die ganze Zeit auf meinen Teller gestarrt. Jetzt hob ich den Kopf. Ich schaute an Mac vorbei auf Slim. Unsere Blicke begegneten sich, und ich sah Mitleid in seinen Augen.

Ich richtete mich auf. »I am feeling perfectly allright«, sagte ich, »there is no reason why I should feel bad.«

Ein Kellner brachte uns den zweiten Gang. Eine dicke Scheibe gegrillten Schinken, Erbsen und süße Kartoffeln. Dazu wurde Kaffee serviert. Harold erzählte eine seiner Cowboy-Geschichten, die er bestimmt in einem Wild-West-Film gesehen und auf sich umgemünzt hatte. Sie nahm kein Ende.

Ich warf einen verstohlenen Blick zu Slim hinüber. Er war der einzige, der das Besteck manierlich hielt und Erbsen und Kartoffeln nicht mit Kaffee hinunterspülte.

»The Bulgariens can't cook«, grunzte der dicke Bill griesgrämig und schüttete sich die halbe Flasche Ketchup über das Essen. »The food tastes rotten. Boy, oh boy, when I think of my mothers cookin'...«

»You 're right...«, stimmte ihm Mac mit vollem Mund zu, »they just can't cook...« Dann wandte er sich plötzlich an mich und fragte erwartungsvoll: »Honey... can you cook?«

»No«, sagte ich, »except white beans.«

»Oh, Honey...«, rief Mac mißbilligend, »you should learn it. A man wants a wife, who can cook...« Er zwinkerte mir vielsagend zu.

Pete hatte das Zwinkern gesehen, und jetzt quietschte er voller Vergnügen: »Hey, Mac...! You are not thinking of getting married, are you...?«

»He ain't no fool...«, sagte Harold mit einem unangenehmen Grinsen, »in this country he can get all the shacking up he wants, without getting married...«

Slim stand wortlos auf und verließ den Tisch.

»Look at Mister ›high and mighty‹«, zischte Harold, »he is too good for our talk.«

»Mister ›high and mighty‹, my eye...«, mischte sich jetzt Bill in das Gespräch. »He's some Jew, that's all he is. And when I hate something, it's Jews and Niggers...«

»Shut your damned mouth...«, sagte der kleine Pete plötzlich wütend, »who are you to talk that way... And anyhow Slim isn't jewish, he's from Poland...«

Ich aß meinen Creme Caramel. Ich trank meinen Kaffee, mit sehr viel Zucker und Sahne. Aber es schmeckte alles bitter.

Damals glaubte ich, das deutsche Volk sei schlecht und das amerikanische Volk sei gut. Ich sah es von meiner kindlichen Warte aus: Die Deutschen hatten mir Unrecht zugefügt, die Amerikaner nicht. Weiter hatte ich mir darüber noch nicht den Kopf zerbrochen. Ich erschrak, als ich merkte, daß ich mich getäuscht haben könnte. Ich begann, die Amerikaner kritischer zu betrachten.

Der Nimbus, der sie in den ersten Nachkriegsjahren umgab – der Nimbus des riesigen, freien, reichen Landes, der Nimbus der Wolkenkratzer, Waschmaschinen, großen Autos –, nahm natürlich auch mir die klare Sicht. Dennoch stellte ich ziemlich bald fest, daß es wenige Menschen gibt, denen es so sehr an Charme, Takt, Feinfühligkeit und Lebensweisheit fehlt wie den Amerikanern. Diese Feststellung drängte sich mir täglich auf, und auch später, als ich noch sehr viel mehr Amerikaner kennenlernte, hatte ich keine Ursache, mein Urteil zu revidieren. Es gab liebe, gutmütige Jungen unter den Soldaten der amerikanischen Mission und nette, großzügige Männer unter den Offizieren. Und dennoch benahmen sie sich bei jeder Gelegenheit wie Elefanten in einem Porzellanladen. Ob mir nun der große Tolpatsch Mac ein unmißverständliches Angebot machte oder der geschniegelte, streng katholische Captain Martens, die Ausdrucksweise war etwas verschieden, der Mangel an Charme und Takt war der gleiche.

Mac sagte: »Hey, Honey... how about you and me getting together. Wouldn't you like a nice new dress...?«

Captain Martens sagte: »Say, Sweetheart... let's have a cosy evening together. Wouldn't you like a better life...?«

Ein neues Kleid, ein besseres Leben – und ob ich es wollte! Aber der Preis stand nicht dafür.

Die kleine, zierliche Swetlena, die als Sekretärin in der medizinischen Abteilung der Mission arbeitete, war anderer Ansicht. Swetlena hatte mich ins Herz geschlossen, und sie wollte mich – wie sie sagte – zur Vernunft bringen.

»Evelintsche, du mußt endlich einmal begreifen, daß unsere Zukunft in den Betten der Amerikaner liegt...«

»Aber Swetlena... wie kannst du so etwas sagen...!«

Ich starrte erschrocken in ihr blasses Madonnengesicht, das zu ihrer rauhen Fuhrknechtssprache einen grotesken Gegensatz bildete. Ich wurde aus diesem Mädchen nicht klug.

Swetlena stammte aus einer angesehenen Arztfamilie. Sie hatte eine strenge, erstklassige Erziehung gehabt. Sie sah beängstigend zerbrechlich aus und war nur ein knappes Jahr älter als ich. Aber all das änderte nichts daran, daß sie Dinge sagte und Dinge tat, die an Berechnung und Zynismus nichts zu wünschen übrigließen.

Ich bewunderte Swetlena, und ich verabscheute sie. Ich fürchtete mich vor ihrem Einfluß, und dennoch verbrachte ich jede freie Stunde in ihrem weißlackierten Büro.

»Evelintsche«, begrüßte sie mich eines Tages, »ich habe eine große Neuigkeit.« Sie musterte ihre zarten, weißen Hände, auf deren Pflege sie größten Wert legte. Sie waren wie immer in einem beneidenswerten Zustand.

»Was für eine Neuigkeit?« fragte ich ungeduldig und ein wenig verärgert über die vorbildlich manikürten Nägel.

»Die Genehmigung aus Washington ist da, Amerikaner dürfen Bulgarinnen heiraten.« – Ich fragte nicht, woher sie das wußte. Swetlena wußte immer alles. Sie wußte, welche Soldaten geschlechtskrank waren; wer mit wem ins Bett ging und wann und wo; welcher Offizier befördert werden sollte; und wer auf der Versetzungsliste stand.

»Was sagst du nun, Evelintsche?« Swetlena sah mich erwartungsvoll an. Sie rechnete mit einem Freudenausbruch, aber ich konnte ihr nicht den Gefallen tun.

»Gott, Swetlena...«, meinte ich unschlüssig, »was soll ich dazu sagen...?«

»Oh, Liebling...«, immer, wenn sie wütend wurde, gebrauchte sie Kosenamen, »sei doch nicht so begriffsstutzig! Das bedeutet für viele von uns die Rettung!« – »Wieso?«

»Heilige Maria...! Weil man durch die Eheschließung mit einem Amerikaner aus diesem Drecksland herauskommt. Begreifst du es nun, mein Herz?«

»Ja... aber das heißt doch nicht, daß die Amerikaner – nun, da sie dürfen – heiraten werden.«

»Die Amerikaner werden sicher nicht heiraten... sie werden geheiratet werden.«

»Aha... und wie geht das vor sich?«

»Das kommt ganz drauf an. Jeder reagiert anders. Die einen kann man durch Drohen und Erpressen kriegen; die anderen, indem man ihnen große Liebe vorspielt; dann gibt es wieder welche, bei denen man an ihr gutes Herz oder ihre Beschützerinstinkte appellieren muß; und andere, die man sich hörig macht; nicht zu vergessen sind natürlich die ganz Naiven, die auf die uralten Tricks wie Selbstmordversuche und Schwangerschaft hereinfallen. Du siehst, es gibt viele Möglichkeiten, Männer zum Heiraten zu bringen.«

Swetlena lächelte sanft, und ihre großen, braunen Rehaugen blickten mich unschuldig an.

»Ich finde diese Möglichkeiten ziemlich widerlich«, sagte ich empört. »Ich glaube, daß, wenn man einem Mann vernünftig und ehrlich klarzumachen versucht...«

»Verdammt, Liebling, hör auf...«, unterbrach mich Swetlena grob. »Merke dir eins: ein Mann nimmt einer Frau alles ab – alles, hörst du –, nur nicht Vernunft und Ehrlichkeit. In diesem Moment beginnt er den Haken zu suchen, und dann ist es aus!«

»Ich habe darüber andere Ansichten.«

»Oh, ja... ich kenne deine Ansichten: Sie sind dumm und anständig – und das ist ungefähr dasselbe. Wenn du dich nicht bald änderst, wirst du in diesem Land zugrunde gehen. Deine Anständigkeit und deine moralischen Bedenken sind im Moment ganz fehl am Platz. Damit erreichst du nichts, Evelina, gar nichts...«

»Ich glaube, daß man mit Gemeinheiten ebenso wenig erreicht.«

Swetlena zuckte resigniert die Achseln. Sie setzte sich auf die Kante ihres Schreibtisches und zündete sich eine Zigarette an. Dann warf sie mir das Päckchen zu.

»Du bist bewundernswert, Evelintsche! Täglich hast du den Beweis vor Augen, daß sich Gemeinheit – wie du es nennst – mehr durchsetzt als Anständigkeit, und dennoch willst du es nicht glauben. Sieh sie dir doch alle an, die Mädchen, mit denen die Amerikaner rumlaufen. Die Prostituierten, die schon während der deutschen Besatzungszeit auf den Strich gingen. Die kleinen Nutten aus den verschiedenen Bars. Die Frauen, denen man nur ein Päckchen Zigaretten unter die Nase halten muß, damit sie ins Bett steigen. Sieh sie dir doch an, wie sie jetzt vergnügt und wohlgenährt und gutgekleidet am Arm der Amerikanskis einherstolzieren und ihnen schamlos Lügen ins Ohr flüstern: Oh, Jimmy, you are so wonderful, you are my one and only love... Dabei schütteln sie sich innerlich. Aber die Männer, diese Trottel, glauben es ihnen auch noch in ihrer Gier und ihrer Eitelkeit. Und am nächsten Tag kriegt die Dame ihres Herzens wieder ein neues Geschenk – und vielleicht sogar ein Heiratsversprechen... Und dann sieh dich an... dein schäbiges Kleid, deine Holzschuhe, deinen klebrigen Lippenstift... In diesem Aufzug, aber mit ach so lobenswerten Vorsätzen, wirst du noch zehn Jahre auf die große Liebe warten – in einem KZ oder wahrscheinlich in Sibirien...!«

»Swetlena«, bat ich, und ein Schauer kroch mir über den Rükken, »sei still...«

»Ich denke nicht daran! Deine Verbohrtheit geht mir auf die Nerven!« Sie baute sich drohend vor mir auf.

»Hör zu, mein Liebling, die sogenannten moralischen Mädchen hängen den Amerikanern zum Hals raus. Die erinnern sie nämlich an ihre Frauen in den USA. Amerikanerinnen sind so verdammt moralisch, daß sie erst mit einem Mann ins Bett gehen, wenn der Heiratsvertrag unterschrieben und ihre Lebensrente sichergestellt ist. Dann tun sie es – aber nicht etwa aus Liebe oder weil es ihnen Spaß macht, sondern weil es ihre Pflicht ist. Was dabei rauskommt, kannst du dir vorstellen.

Meiner Meinung nach sind solche Frauen die größten Huren –
nur daß diese Art Hurerei auch noch gefördert wird. Daß die
Amerikaner solche Weiber sattkriegen, ist klar, und daß sie sich
dann in Europa auf die erste entgegenkommende Frau stürzen,
ist ebenso klar. Die Europäerinnen, denen es dreckig geht, sind
noch mit recht wenig zufriedenzustellen. Sie erheben keinen
Anspruch auf ein Häuschen und eine Waschmaschine und darauf, daß der Mann das Geschirr spült und den Rasen mäht. Sie
sind glücklich, wenn sie eine gute Mahlzeit und einen neuen
Fetzen bekommen. Und dafür machen sie den eingeschüchter-
ten Amerikanern auch noch große Liebe vor und lassen sie im
Bett endlich einmal zum Zuge kommen. Was meinst du, wie
sich diese Sieger da vorkommen, wie sie aufblühen und zu
großen Helden werden...«
Swetlena brach plötzlich ab. Sie war noch blasser geworden,
und ich sah, daß sie zitterte.
»Meinst du, es würde mich nicht anwidern...?! Ich war dir
sehr ähnlich, Evelintsche. Ich klammerte mich an Träume und
Illusionen. Aber dann verschleppten sie meinen Vater, weil er
in einem deutschen Spital gearbeitet hatte, und meinen zwan-
zigjährigen Bruder nahmen sie auch gleich mit. Es ging in
einem. Meine Mutter verlor darüber den Verstand...«
»Oh, Swetlena...«, flüsterte ich und machte ein paar unsichere
Schritte auf sie zu. Ich hatte das Bedürfnis, sie zu streicheln, zu
trösten. Aber eine unerklärliche Angst, daß sie sich unter meiner Berührung kalt und steif anfühlen würde wie eine Tote,
hielt mich zurück. Nie zuvor hatte ich sie so gesehen, und ich
erschrak über das starre Gesicht, die leeren Augen, die schlaff
nach vorne fallenden Schultern.
»Verstehst du nun?«
Ich nickte. Ich verstand. Qual und Angst und Verzweiflung
dieser Art waren mir bekannt.
»Verstehst du nun, daß ich nur noch einen Gedanken habe: raus
aus diesem verfluchten Land, koste es, was es wolle? Und was
es kostet, weißt du inzwischen.«
»Ja...«, sagte ich zögernd, »aber vielleicht gibt es doch noch
einen anderen Weg, als den, den du siehst.«
»Bitte, sag mir diesen Weg!«

Ich schwieg. Meine Gedanken liefen durcheinander wie kleine, verängstigte Tiere.

»Bitte, sag mir diesen Weg!«

»Ich... ich... weiß nicht...«

»So, du weißt nicht!« Swetlena richtete sich auf, und ihr Gesicht nahm den sanftesten Madonnenausdruck an. Ihre Augen schimmerten groß und rund und unschuldig. Das waren gefährliche Anzeichen. Je mehr Swetlena wie eine Heilige aussah, desto hemmungsloser waren ihre Temperamentsausbrüche.

»Du weißt es also nicht, du kluges, anständiges Mädchen – du Märtyrerin – du dumme Gans! Dann laß dir aber ganz schnell etwas einfallen! Ich kann dir nämlich ein Geheimnis verraten: Die amerikanische Mission wird sich nicht mehr sehr lange in Bulgarien halten können. Die Amerikaner werden eines Tages abziehen. Kannst du dir vorstellen, was die Kommunisten dann mit uns machen, mein Täubchen...?«

»Du willst mich nur erschrecken, Swetlena«, sagte ich mit trockener Kehle.

»Unsinn, mein Kind. Ich will dich nicht erschrecken. Ich habe diese Information aus einer sehr guten Quelle.«

Meine Hände waren kalt und feucht geworden. Swetlena log nicht, und ihre Voraussagen stimmten immer.

»Oh, Gott! Sie können doch nicht einfach abziehen und uns hier sitzen lassen...«

»Nein, sicher nicht... Der Präsident der Vereinigten Staaten wird uns bestimmt sein Privatflugzeug zur Verfügung stellen, damit wir hier herauskommen. Ich ziehe es allerdings vor, nicht darauf zu warten, sondern Doktor Love zu heiraten.«

»Was willst du tun?« fragte ich bestürzt.

»Dr. Love heiraten! Es ist ein wahres Glück, daß die Heiratsgenehmigung aus Washington noch vor seiner Einlieferung in eine Entziehungsanstalt eingetroffen ist. Mein Bräutigam sieht nämlich schon weiße Mäuse.«

Ich trat ans Fenster und lehnte meine heiße Stirn gegen die Scheibe. Dr. Love war der amerikanische Arzt der Mission. Er war Alkoholiker, und es war unverständlich, daß er unter diesen Umständen einen so verantwortungsreichen Posten bekleidete. Daß er kein Unheil anrichtete, war allein dem tüchtigen bulgarischen Arzt, Dr. Angeloff, zu verdanken. Er pflegte seinen betrunkenen Kollegen auf ein Sofa zu betten und sämtliche Arbeit selbst zu verrichten. Dr. Love, den ich nie in nüchternem Zustand erlebt hatte, sah aus wie ein Gorilla und war fünfunddreißig Jahre älter als Swetlena.

»Ich werde Dr. Love heiraten«, trällerte Swetlena vor sich hin, »ich werde Dr. Love heiraten...« Es klang gespenstisch.

»Hör auf...!« schrie ich sie an.

Sie schenkte mir keine Beachtung. Sie hatte einen Spiegel aus ihrem Täschchen gezogen und betrachtete aufmerksam ihr Gesicht.

»Ich bin hübsch«, sagte sie, »und ich werde Dr. Love heiraten, so wie die Maria den häßlichen Zwerg Shortie; so wie die Pawla den gräßlichen Proleten Fred; so wie die Nadja den fetten, kahlköpfigen Ben...«

Sie ließ den Spiegel fallen, und er zerbrach. Sie ging durch die knirschenden Scherben auf mich zu: »Möchtest du nicht raus aus dieser Falle hier? Möchtest du nicht ein menschenwürdiges Leben führen, ohne Verfolgung und ohne Zwang, und hübsche Kleider tragen und essen, was dir Spaß macht?«

»Natürlich möchte ich das«, sagte ich.

»Also, wenn du das möchtest, dann mußt du dafür zahlen. Geschenkt kriegst du nichts auf der Welt. Und Wunder gibt es auch nicht. Merke dir das. Zahlen mußt du... für alles...«

Nie war mir das Leben so beängstigend, ekelhaft und gemein vorgekommen wie in diesen Wochen. Ich fand mich nicht mehr zurecht. Ich fühlte mich einsam und hoffnungslos einem Schicksal ausgeliefert, das nicht ungerechter sein konnte.

Swetlenas Worte spukten mir im Kopf herum: »Zahlen mußt du... für alles...«

Ja, für was mußte ich mit meinen siebzehn Jahren zahlen? Dafür, daß meine Mutter Jüdin und mein Vater Deutscher war? Dafür, daß ich in Deutschland geboren und nach Bulgarien emigriert war? Dafür, daß die einen die Juden, die anderen die Deutschen verfolgten. Wo lag da meine Schuld? Was hatte ich damit zu tun? Ich wurde bitter und mißtrauisch, und ich steigerte mich in einen Haß hinein, der stärker war als die Angst.

Niemals, schwor ich mir damals, würde ich mit meinem Körper zahlen, würde mir damit Dinge erkaufen, die mir sowieso zustanden. Hilfe hatten die Alliierten den Verfolgten versprochen, Freiheit den Unterdrückten, Gerechtigkeit den ungerecht Behandelten. Es war nicht die Rede davon gewesen, daß man sie sich wieder erbitten, erkämpfen, erschlafen müsse.

Wenn Swetlena der Ansicht war, daß ein junges, hübsches Mädchen nur durchs Bett etwas erreichen könne, gut, dann traf das auf sie und viele ihresgleichen zu – nicht aber auf mich. Und wenn ihre Ansicht richtig war und meine falsch, dann lohnte sich das Leben sowieso nicht mehr.

Als ich zu dieser Einstellung gekommen war, fühlte ich mich ähnlich wie ein zum Tode Verurteilter, dem der Zeitpunkt seiner Hinrichtung noch nicht bekannt ist. Ich wartete. Währenddessen wurde die Heiratserlaubnis offiziell bekanntgegeben, und Swetlenas Voraussage bestätigte sich.

Frauen jeder Kategorie, jung und weniger jung, hübsch und weniger hübsch, arm und reich, verdorben und unverdorben, stürzten sich auf die Amerikaner und versuchten eine Ehe zu erzwingen. Es ging zu wie auf einem Schlachtfeld, und es wurde bis aufs Messer gekämpft. Die braven Soldaten der US-Armee waren den Frauen weder zahlenmäßig noch strategisch gewachsen. Sie verloren die Schlacht. Innerhalb eines Monats waren Dreiviertel der Junggesellen verheiratet. Die jungen Ehepaare durften nicht länger als sechs Wochen in Bulgarien bleiben. Sie wurden eiligst nach Amerika verfrachtet, und neues Heiratsmaterial traf ein. Es ging alles schnell und reibungslos wie bei einer gut funktionierenden Maschine: Junggesellen wurden hineingesteckt, Ehemänner kamen heraus.

Ich zog mich mehr und mehr von allem zurück. Ich bildete eine Ausnahme, die offensichtlich so gewaltig war, daß mich die heiratswütigen Mädchen für verrückt, die Amerikaner für heilig erklärten. Da man den Umgang mit Verrückten und Heiligen lieber meidet, wurde ich schließlich in Ruhe gelassen.

»Was ist mit dir los, Eveline?« fragte mich meine Mutter eines Abends, »du gefällst mir gar nicht in letzter Zeit.«

»Ich gefalle mir selber nicht...«, sagte ich unfreundlich und zündete mir eine Zigarette an. Seit Tagen lag eine Hitzewelle über Sofia. In unserem kleinen Dachgeschoßzimmer war es heiß wie in einem Brutkasten. Ich riß mir das Kleid herunter.

»Eveline...«

»Ja, was denn...«

»Ich möchte dir nur helfen...«, sagte meine Mutter zaghaft. Ich schaute sie an und verfluchte meine Grobheit und meine Ungeduld. Sie sah so elend aus – nur noch Haut und Knochen und Augen. Allein der Vorsatz, meine Schwester aus dem KZ zu befreien, schien sie noch aufrecht zu halten. Wo sollte sie die Kraft hernehmen, auch noch mir zu helfen?

»Mach dir keine Sorgen, Mutti, die Hitze nimmt mich so mit, das ist alles.«

»Das ist natürlich nicht alles!« Sie seufzte. »Ich beobachte dich schon seit einiger Zeit und stelle fest, daß dein Zustand mit jedem Tag schlimmer wird. Du bist bedrückt, lustlos und scheinst an nichts mehr Freude zu haben...«

»An was sollte ich Freude haben?« Ich legte mich auf mein Bett und schloß die Augen.

»Früher hattest du an vielen Dingen Freude – am Essen, am Tanzen, am Flirten...! Kein Abend verging ohne eine Einladung oder Party. Mir war das gar nicht so recht, aber du konntest nicht genug bekommen.«

»Jetzt habe ich aber restlos genug.«

»Warum denn, es muß doch einen Grund geben.«

»Es gibt auch einen Grund – es widert mich alles an.«

Ich fühlte einen stechenden Schmerz in der rechten Schläfe und begann mechanisch, die Stelle zu massieren. In letzter Zeit hatte ich oft diese Schmerzen, die mit einem Stich anfingen und sich bis ins Unerträgliche steigerten.

»Was widert dich an?«

»Alles«, sagte ich müde, »einfach alles.«

»Red keinen Unsinn, Eveline! Einmal findest du alles himmlisch, den nächsten Tag widert dich alles an. Du hast es nicht leicht, aber du bist weiß Gott nicht die einzige. Du läßt dich gehen. Sei froh, daß du die Stellung in der Mission hast und daß du in einer sauberen Umgebung arbeiten kannst.«

»Eine sehr saubere Umgebung!«

»Was meinst du damit?«

»Ich meine, daß alles blitzblank gescheuert ist und nach Desinfektionsmitteln stinkt. Äußerlich!«

»Und sonst?«

»Und sonst stinkt es nach was anderem!«

Jetzt war der Schmerz schon so stark, daß ich Mühe hatte, mein
rechtes Auge offen zu halten. Meine Mutter schwieg. Sie stand
wieder da in ihrer hilflosen Haltung – die Schultern ein wenig
hochgezogen, den Kopf geneigt. Immer, wenn sie so dastand,
hatte ich das Gefühl, sie beschützen zu müssen.

»Du brauchst dir keine Sorgen zu machen, es ist alles nicht so
wichtig...«

»Wäre es nicht besser, du würdest dich aussprechen...?« fragte
sie vorsichtig.

Natürlich wäre es besser gewesen. Angst und Ekel hatten sich
seit Wochen in mir angespeichert und wirkten wie Gift in
meinem Körper. Hätte ich gesprochen, ich hätte mich vielleicht
von diesem Gift gereinigt. Aber ich sprach nicht. Vielleicht
hinderten mich die verschreckten Augen meiner Mutter daran.
Vielleicht das Gefühl, sie schonen zu müssen. Vielleicht die
Angst, nicht verstanden zu werden. Vielleicht auch nur die
große, graue Hoffnungslosigkeit.

»Ich kann nicht sprechen«, sagte ich, »mir tut der Kopf so
entsetzlich weh...« Und dann krümmte ich mich zusammen.
Der Schmerz hatte seinen Höhepunkt erreicht.

Am nächsten Tag begegneten wir uns im Korridor der Mission. Es war kurz nach fünf, und ich wollte nach Hause gehen.
Er kam auf mich zu, und mein Magen zog sich zusammen, wie
immer, wenn ich ihn sah. Es war lächerlich. Er würde mir
zunicken, »Hi, Evelyn...« sagen und an mir vorbeigehen. Wie
immer.

Er blieb stehen. »How are you, Evelyn?« fragte er und sah mir
direkt in die Augen. Es war schwer, seinen Blick zu erwidern
und dabei ein ruhiges Gesicht zu behalten.

»I am fine, thank you«, sagte ich und strich mir mit der
Zungenspitze über die trockenen Lippen.

Ich war verliebt in ihn. Die Tatsache, daß ich ihn selten zu
Gesicht bekam und daß er mich kaum zur Kenntnis nahm,

änderte nichts daran. Er war der einzige Mann, der mich schlagartig aus der düsteren Wirklichkeit herausreißen konnte. Er war der einzige Mann, der mich wieder in jenes kleine, romantische Mädchen verwandeln konnte, das in einer Welt von Träumen und Illusionen lebte.

»Gehen Sie jetzt nach Hause?«

Ich nickte.

»Gut. Warten Sie hier einen Moment, ich muß noch schnell zu Major Djedenoff. Dann nehme ich Sie im Wagen mit.« Er wartete keine Antwort ab und verschwand im Büro des Majors.

Ich rührte mich nicht von der Stelle und starrte vor mich hin. Ich war ein wenig betäubt und unfähig, einen klaren Gedanken zu fassen. Nur eins wußte ich: Selbst in die Hölle würde ich mit ihm fahren!

Eine Minute später stand er neben mir: »Gehen wir.«

Wir gingen den Korridor entlang, die Treppe hinunter, auf die Straße. Eine Welle glühender Luft schlug uns entgegen. Am Horizont ballten sich schwarz-violette Wolken. Es würde ein Gewitter geben.

Der Chauffeur riß die Wagentür auf. Die Polster waren so heiß, daß ich das Gefühl hatte, mich daran zu verbrennen.

»Fahren Sie ein wenig spazieren, Wladko...«, befahl er und schloß die Scheibe, die den Fahrersitz von unserem trennte.

Zehn Wochen waren vergangen, seit ich ihm auf der Party begegnet war. In diesen zehn Wochen hatte ich ihn auf ein Podest gehoben und zum Mann meiner Träume erkoren. Je mehr mich seine Landsleute enttäuschten, desto höher hob ich ihn. So war er für mich zum Symbol des allmächtigen Amerikaners geworden – der Mann mit der Filmstar-Figur, dem männlich-gutgeschnittenen Gesicht, der eleganten Uniform, dem Duft von »Old Spice« – Rasierwasser und Camel Zigaretten.

Alle Jims und Dicks und Bobs mit ihrem infantilen Benehmen und ihren schlechten Manieren zählten nicht. Amerika wurde für mich von Colonel Gene Barnett repräsentiert.

Ich hielt den Kopf gesenkt und wagte nicht, ihn anzuschauen.

Ich blickte auf meine zerknitterte Bluse hinab, auf meine braunen Hände und den blau-weiß gewürfelten Stoff meines Rokkes. Einige Male hatte ich eine Frau in seinem Wagen gesehen. Sie hatte eine ganz blasse, durchsichtige Haut gehabt und war sehr schön und sehr gepflegt gewesen. Warum wollte der Colonel mich?

»Sie denken viel zu viel nach, Evelyn, das ist mir schon damals auf der Party aufgefallen. Erinnern·Sie sich...?«

Ich warf ihm einen schnellen Blick zu. Da war es wieder, dieses ironische Lächeln, das nur den rechten Mundwinkel ein wenig in die Höhe zog.

»Ja, ich erinnere mich genau.«

»Sie waren wie eine Katze, die beißt und kratzt. Sie haben überhaupt viel Ähnlichkeit mit einem kleinen, wilden Tier. Sie gehen auch nicht, Sie schleichen. Und Ihre Augen sind immer voller Mißtrauen.«

Wir hatten die Stadt verlassen und fuhren auf die schwarze Wolkenwand zu. Ein langer, greller Blitz zerriß den Himmel. Ich kniff die Augen zusammen.

»Angst vor Gewittern?«

»Nein, vor Gewittern nicht.«

»Vor was dann?«

Ich gab keine Antwort.

Er legte seine Hand auf mein Bein. »Soll ich dir sagen, wovor du Angst hast?«

»Sie brauchen es mir nicht zu sagen, ich weiß es selber.«

»Kommst du jetzt mit zu mir?«

»Nein, jetzt nicht. Ich komme am Samstag abend.«

Er schaute mich an, als zweifle er daran, richtig verstanden zu haben.

»Ich kann meiner Mutter sagen, daß ich über das Wochenende ins Gebirge fahre. Darum ist mir der Samstag lieber.«

»Ach so«, sagte er.

Er nahm seine Hand von meinem Bein, zog ein Päckchen Zigaretten aus der Tasche und zündete zwei an. Dann steckte er mir eine zwischen die Lippen.

»Danke.«

Es war jetzt sehr dunkel geworden. Die Wolkendecke schien

sich tiefer und tiefer zu senken. Die Blitze mit ihrem kalten, bläulichen Neonlicht machten mich nervös. Ich schloß das Fenster.

»Kann ich mich darauf verlassen, daß du kommst, Evelyn?«

»Ja.«

»Soll ich dir meinen Wagen schicken?«

»Nein, meine Mutter würde Verdacht schöpfen. Ich komme um acht Uhr zu Ihnen.«

»Gut. Hier ist meine Adresse.« Er gab mir eine Visitenkarte. Ich steckte sie in meine Tasche. Man hörte keinen Donner, und das kam mir unheimlich vor.

»Evelyn, ich möchte nicht unfair sein, und darum muß ich dir vorher noch etwas sagen.«

»Daß Sie verheiratet sind, weiß ich.«

»Es ist etwas anderes... ich fliege am Montag in die Staaten und werde nicht mehr zurückkommen.«

Eine unsichtbare Faust preßte mein Herz zusammen. Ich fühlte es zucken und flattern wie einen sterbenden Vogel.

»Das ist sehr gut so«, sagte ich.

Jetzt hörte ich zum erstenmal den Donner. Ein helles, splitterndes Krachen, das mich irgendwie erleichterte.

»Was bist du für ein eigenartiges Mädchen, Evelyn.« Er sah mich mit leicht zusammengekniffenen Augen an.

»Weil es mir egal ist, daß Sie verheiratet sind, und weil ich es gut finde, daß Sie am Montag für immer wegfahren?«

»Ja, das bedeutet doch, daß ich nichts für dich tun kann.«

»Das weiß ich.«

»Hast du schon jemand, der für dich sorgt? Bist du mit einem von unseren Jungens befreundet?«

»Nein, ich habe keinen, der für mich sorgt. Und ich bin mit keinem befreundet. Und ich bin überhaupt noch nie mit einem Mann...«, ich wurde glühend rot, noch bevor ich den Satz zu Ende gesprochen hatte, »...ich bin noch nie mit einem Mann ins Bett gegangen...«

»Das ist doch nicht dein Ernst«, sagte der Colonel lachend. Offensichtlich hielt er meine Verlegenheit für gut gespielt.

»Doch, es ist mein Ernst.«

»Willst du vielleicht behaupten, daß du noch Jungfrau bist?«

»Ja, genau das bin ich.«

»Das gibt es nicht.« Der Colonel hörte abrupt zu lachen auf. »Ein Mädchen, das in der amerikanischen Mission arbeitet und noch Jungfrau ist, gibt es nicht...«

Wir näherten uns wieder der Stadt. Der Chauffeur nahm wohl an, daß die Vorbereitungen lange genug gedauert hätten. Er kannte seinen Herrn.

»Evelyn«, sagte Barnett, nahm mich bei den Schultern und drehte mich zu sich herum, »jetzt sprich die Wahrheit... Du behauptest, noch nie mit einem Mann geschlafen zu haben. Du behauptest, nichts von mir zu erwarten. Damals, als ich dich bat, mit mir zu kommen, warst du wütend und empört. Heute nimmst du ganz nüchtern meinen Vorschlag an. Wie reimt sich das alles zusammen? Kannst du mir das erklären?«

Wie hätte ich ihm das erklären können? Dazu hätte ich ihm erst meine ganze seelische Verfassung klarmachen müssen. Meinen Ekel vor den Frauen, die nur aus Berechnung mit einem Mann ins Bett gingen. Meine Zwangsvorstellung, zum Tode verurteilt zu sein. Mein wildes, drängendes Verlangen, einmal, vielleicht nur dies eine Mal, lieben zu dürfen.

»Also... Evelyn...«, er schüttelte mich leicht, »ich warte...«

Wie hell seine Augen in dem gebräunten Gesicht waren und wie scharf sich die Konturen seiner Lippen abzeichneten! Er hatte einen schönen Mund. Ich wünschte, er würde mich küssen. Ich wünschte, er würde mir ein wenig das Gefühl geben, daß ich ihm mehr bedeutete als nur ein kleines Mädchen, mit dem man einmal ins Bett geht.

»Wozu wollen Sie eine Erklärung? Genügt es nicht, wenn ich Ihnen sage, daß ich am Sonnabend komme? Mehr wollen Sie doch gar nicht... also bitte...«

»Vielleicht hast du recht...«, sagte er und ließ meine Schultern los.

Ich biß die Zähne zusammen. Ich hätte gern geschrien vor Schmerz und Wut. Ich hätte ihm gern in sein gutaussehendes Gesicht geschlagen. Im Grunde war es ihm natürlich gleichgültig, was mich zu ihm trieb, was in mir vorging. Er würde mich einmal besitzen, das genügte.

Ich ließ mich in die Polster zurückfallen und kämpfte mit den

Tränen. Es war wirklich sehr gut, daß er Sofia verließ. Ich wollte ihn so schnell wie möglich vergessen, ich wollte keinen Narren aus mir machen. Ich war zu stolz.

Ganz unerwartet brach der Sturm los. Er fegte über das Land und peitschte den Staub in dichten Wolken vor sich her. Die Bäume schüttelten und bogen sich wie in einem grotesken Tanz. Vereinzelte, große Regentropfen klatschten an die Scheibe.

»Jetzt geht's endlich los«, sagte der Colonel und schaute zu mir herüber.

»Ja«, sagte ich langsam, »jetzt geht's endlich los . . .« Ich drehte das Fenster herunter und hielt mein Gesicht Regen und Sturm entgegen.

Am Samstagmorgen sagte ich meiner Mutter, daß ich gleich von der Mission aus mit einer größeren Gesellschaft ins Gebirge führe. Sie wollte wissen, wer zu dieser größeren Gesellschaft gehöre. Ich nannte ein paar Namen. Sie sah mich schweigend an. Ich tat eine Zahnbürste in mein winziges Köfferchen, einen Waschlappen und ein seidenes Nachthemd meiner Mutter. Das Nachthemd würde ich wahrscheinlich nicht brauchen, überlegte ich, Seife und Zahnpasta ganz bestimmt nicht. Das hatte der Colonel. Ich machte mein Köfferchen zu.

»Du hast Seife und Zahnpasta vergessen«, sagte meine Mutter.

»Ach ja, natürlich.« Ich klappte das Köfferchen wieder auf. Meine Mutter sah mich schweigend an. Ich griff nach einer Zigarette.

»Was soll das? Seit wann rauchst du vor dem Frühstück . . .?« Sie schob mir den Teller mit den unvermeidlichen Marmeladebroten hin.

»Ich kann heute nichts essen«, sagte ich nervös, »wirklich, ich kann nicht.«

»Aber rauchen kannst du!«

»Nein, ich kann auch nicht rauchen . . .« Ich warf die Zigarette gereizt aus dem Fenster.

»Auf Wiedersehen«, sagte ich, »es ist höchste Zeit, daß ich gehe.« Ich beugte mich zu meiner Mutter hinab und gab ihr einen flüchtigen Kuß auf die Stirn. Dann umarmte ich sie plötzlich. Als ich mich wieder aufrichtete, sah sie mich schweigend an.

»Also, bis Sonntag«, sagte ich und lief aus dem Zimmer.

Um fünf Uhr verließ ich die Mission. Ich hatte noch drei Stunden Zeit. Ich zog mit dem Köfferchen durch die Straßen und versuchte an alles zu denken, nur nicht an den bevorstehenden Abend. Es gelang mir nicht. Ich ging in ein Café und bestellte mir einen Slibowitz. Zwei Männer am Nebentisch faßten mich und mein Köfferchen scharf ins Auge. Nach zehn Minuten kam einer von ihnen zu mir herüber und fragte, ob er Platz nehmen dürfe. Ich sagte ihm, er solle sich fortscheren oder ich ließe die Miliz rufen. Er entfernte sich achselzuckend. Ich trank meinen Slibowitz aus, zahlte und ging.

Ich zog wieder durch die Straßen. Ich überlegte, ob es wohl sehr weh tun und ob ich danach ganz verändert sein würde. Jemand hatte mal gesagt, daß man es einem Mädchen sofort ansehen könne, ob es noch Jungfrau sei oder nicht. Es war mir ein Rätsel, woran man das hätte sehen können. Viele Dinge waren mir ein Rätsel, denn meine Aufklärung war lückenhaft geblieben. Durch meine Arbeit in der Mission wußte ich über Präservative Bescheid, über die Gefahren der Geschlechtskrankheiten und die perversen Gelüste mancher Männer. Über die primitivsten Vorgänge jedoch war ich nur schlecht informiert. Man hatte immer vorausgesetzt, daß ich das Liebes-Einmaleins – theoretisch wenigstens – kannte. Woher hätte ich es kennen sollen?

Was meine eigenen Erfahrungen betraf, so hatte ich mich wohl mit vielen Männern geküßt, hatte ihren Körper gespürt und ihre Hände, die immer nach den gleichen Stellen tasteten. Doch dann nahmen meine Kenntnisse ein abruptes Ende. Wie es eigentlich weiterging, das war zum größten Teil meiner Phantasie überlassen geblieben. Und meine Phantasie war rege und unberechenbar, besonders jetzt, im Hinblick auf das unmittelbar bevorstehende Ereignis. Ich wünschte sie zum Teufel. Ich wünschte mein Köfferchen, das die Männer zu ermutigen schien, zum Teufel und mein unruhig schlagendes Herz erst recht.

Ich kam an einem Kino vorbei und beschloß zur Ablenkung, hineinzugehen. Es war ein ungarischer Film – eine schwülstige Liebesgeschichte. Es handelte sich um ein Mädchen, das zwischen zwei Männern hin und her pendelte, einem Bösen, der sie schlug, und einem Guten, der sie anbetete. Sie schien sich zu dem Bösen hingezogen zu fühlen, was ich verstand, denn bei dem war wenigstens immer etwas los. Der Gute war reich, edel und unerträglich langweilig. Schließlich heiratete das Mädchen den Bösen, aber das war nun auch wieder nicht richtig. Er trieb sie zur Verzweiflung und schließlich zum Selbstmord. Der Gute rettete sie in letzter Minute vor dem Tod, und dann blieb sie bei ihm. Wie hätte es anders sein können? Das Gute siegte über das Böse. Ich stand verärgert von meinem Platz auf. Ich tröstete mich damit, daß das Mädchen in absehbarer Zeit doch wieder den Guten mit dem Bösen betrügen würde.

Draußen war es dämmrig. Eine Uhr zeigte halb acht. Ich rechnete, daß ich bis zur Uliza Zar Krum eine Viertelstunde zu gehen hätte. Ich würde einen Umweg machen. Ich begann zu gehen. Ich atmete tief und gleichmäßig ein und aus, ein und aus. Eine große Ruhe kam über mich. Ich hatte mich mit meinem Vorhaben abgefunden. Es war unausweichlich. Mir war wie vor einer Operation.

Um Punkt acht Uhr stand ich vor dem Haus. Ich zog einen Spiegel aus meinem Täschchen und betrachtete aufmerksam mein Gesicht. Meine Augen hatten einen eigenartig narkotisierten Glanz. Ich lächelte abwesend in den Spiegel. Dann tupfte ich mir ein wenig Parfüm hinter die Ohren und klingelte.

Er sah wunderbar aus. Er trug eine gutsitzende, graurosa Uniformhose, ein dunkelgrünes Hemd und einen hellen Schlips. Er hatte eine Zigarette zwischen den Lippen und roch nach »Old-Spice«-Rasierwasser.

»Hello, darling«, sagte er.

Ich war ihm für das »darling« dankbar. Es lockerte die Fremdheit zwischen uns.

»Komm herein.«

Ich stellte mein Köfferchen unauffällig in eine Ecke und folgte ihm ins Zimmer.

Die Wohnung hatte sehr viel Atmosphäre. Perserteppiche, erdbeerfarbene Brokatvorhänge, tiefe Sessel, ein großer Kamin. Ein Raum ging in den anderen über. Es gab kaum Türen.

Es sprach für den Colonel, daß er diese Wohnung gemietet hatte.

»Gefällt es dir bei mir?«

»O ja... Hier würde ich gern einmal wohnen...«

»Das tust du ja ... heute nacht ...«

Ich fühlte, wie mein Gesicht rot wurde, und fand mich lächerlich. Der Colonel grinste. »Setz dich, Evelyn. Willst du etwas essen oder trinken oder beides?«

Er war sehr aufmerksam gewesen. Er hatte eine große Platte mit kleinen hübschen Sandwiches zubereiten lassen und eine weitere Platte mit kleinen, bunten Kuchen.

Ich war erstaunt, als ich bemerkte, daß ich Hunger hatte. Ich hielt es für ein gutes Zeichen.

»Ich würde gern etwas essen«, sagte ich, »und trinken ...«

»Wein oder Whisky?«

»Whisky bitte.«

Ich setzte mich in einen der Sessel. Er war weich und bequem. Ich fühlte mich wohl darin. Ich aß hintereinander zwei, drei Sandwiches.

Der Colonel reichte mir ein Glas: »Auf dich, Evelyn ...«, sagte er und stieß mit mir an.

Er stand dicht vor mir. Er bog den Kopf zurück und trank. Was für lange Beine er hatte und wie schmal er in den Hüften war. Er hatte bestimmt eine sehr schöne Frau und Kinder wahrscheinlich auch. Glückliche, glückliche Frau, dachte ich.

»Nachdenken ist heute verboten«, sagte der Colonel, »abgemacht, Evelyn?«

»Ja. Abgemacht.« Ich trank mein Glas leer.

»Musik ...?«

Ich nickte. Musik war in solchen Fällen immer gut.

»Möchtest du etwas Besonderes hören ...?«

»Ja«, sagte ich, »Stardust.«

»Das habe ich sogar.« Er legte die Platte auf.

»Sometimes I wonder how I spend the lonely nights ...«, sang eine weiche, sentimentale Stimme. Ob er sich wohl erinnerte, daß er mit mir zu dieser Melodie getanzt hatte? »Ein nettes Lied«, sagte der Colonel. Mehr sagte er nicht. Ich lehnte mich in meinen Sessel zurück und schloß die Augen. Sei nicht kindisch, sagte ich mir. Sieh die Sache, wie sie wirklich ist. Er ist nun mal nicht in dich verliebt. Auch nicht ein kleines bißchen ...

Ich fühlte, daß er vor mir stand, und öffnete die Augen. Er sah auf mich herab, und um seinen rechten Mundwinkel zuckte es.

O ja, er gefiel mir sehr, dieser prächtige amerikanische Oberst. Aber er war mir so fremd... Jemand hatte einmal gesagt, es sei schrecklich für ein junges Mädchen, ohne Liebe entjungfert zu werden.

»Ich möchte noch etwas trinken«, sagte ich.

»Gern...« Er füllte zwei Gläser mit Whisky und Eis.

Ich trank. Der Alkohol wirkte schnell und angenehm. Er schaltete die lästigen Gedanken aus und verbreitete eine schwere, beruhigende Wärme in mir.

»Bitte, spielen Sie noch einmal die Platte.«

Vielleicht gelang es mir auch ohne seine Hilfe in die richtige Stimmung zu kommen. Ein bißchen Alkohol, ein bißchen sentimentale Musik – die Menschen hatten nicht umsonst solche Dinge erfunden. Viele lebten und liebten wohl ohne Liebe.

Er stand in der Nähe des Plattenspielers und schien mich gespannt zu beobachten.

Das erstemal ist entscheidend für das ganze Leben eines Mädchens, hatte ich mal irgendwo gehört. Ich sah ihn langsam auf mich zukommen. Ob es das wirklich war? überlegte ich.

Er stand jetzt dicht vor mir. Ich schaute zu ihm empor.

Er hatte plötzlich ein anderes Gesicht, und ich drückte mich tiefer in die Polster des Sessels. Sein Mund war eine gerade Linie, seine Augen schienen dunkler geworden zu sein. Warum lächelte er nicht wenigstens?

Er ergriff mein Handgelenk und riß mich zu sich empor. Er preßte meinen Körper an sich, als wolle er ihn zerbrechen. Er bog meinen Kopf zurück und küßte mich. Sein Mund war hart und besitzergreifend. Er gab sich keine Mühe, seine Gier zu verbergen.

Die Platte war steckengeblieben. Die Stimme des Sängers jammerte immer wieder denselben Satz: »...and though I dream in vain...« Es war verrückt, daß er gerade an dieser Stelle steckenbleiben mußte: »...und darum träume ich umsonst...«

Plötzlich kam ein Gefühl eiskalter Ernüchterung über mich. Es gelang mir, den Kopf ein wenig zur Seite zu drehen: »Kommen Sie«, sagte ich, »gehen wir...«

Er ließ mich sofort los, nahm meine Hand und zog mich hinter sich her.

»Halt...«, sagte ich, als wir am Plattenspieler vorbei kamen, »machen Sie das Ding aus.«

Er drückte auf einen Knopf. Die plötzliche Stille war erschreckend.

Barnett öffnete eine Tür und drehte das Licht an. Das Schlafzimmer enttäuschte mich. Es war phantasielos und bürgerlich und paßte nicht zu der übrigen Wohnung. In der Mitte des Raumes stand ein biederes Ehebett aus dunklem Holz. Ich haßte diese Art von Betten.

»Da ist das Badezimmer«, sagte der Colonel und deutete auf eine Tür.

»Gehen Sie nur hinein, ich ziehe mich hier aus.« Ich begann mir die Bluse aufzuknöpfen.

Er verschwand im Bad und schloß die Tür. Ich entkleidete mich ohne Hast und legte die Sachen säuberlich über die Lehne eines Stuhles. An der einen Wand stand ein Toilettentisch mit einem dreiteiligen Spiegel. Ich stellte mich davor und betrachtete meinen Körper. Es war der glatte, straffe Körper eines jungen Mädchens. Mir war, als sähe ich ihn zum erstenmal. Bis jetzt war er mir selbstverständlich und oft ein wenig lästig gewesen. Er hatte mir allein gehört. Heute würde ihn ein Mann zum erstenmal sehen. Heute würde ich ihn mit einem Mann teilen – nein, es war mehr als teilen, es war ein Aufgeben des eigenen Körpers. Nie wieder würde er mir allein gehören. Ich empfand Mitleid und Zärtlichkeit mit meinem Körper.

Ich strich mit beiden Händen über das kühle, feste, unberührte Fleisch. Ich nahm Abschied.

Ich wandte mich mit einem Seufzer ab. Die kalte, häßliche Beleuchtung störte mich. Ich schaltete sie aus. Aus dem Nebenzimmer drang Licht. Es war hell genug, fand ich.

Ich streckte mich auf dem Bett aus und wartete.

Er betrat das Zimmer. Er war nackt. Ich war darauf nicht vorbereitet gewesen. Ich hatte noch nie einen nackten Mann gesehen. Ich starrte ihn an, und mein Entsetzen war maßlos. Ich sah diesen männlichen Körper wie unter einer Lupe. Es war furchterregend und ekelhaft.

Er kam auf mich zu, und je näher er kam, desto panischer wurde meine Angst. Für mich war er kein Mensch mehr – er war ein Wesen von einem anderen Stern, ein fremdes Tier, ein unheimliches Monstrum.

Ich stieß einen erstickten Schrei aus und sprang vom Bett. Ich hatte nur einen Gedanken: Weg, weg, weg ... er durfte mich nicht berühren, ich würde es nicht überleben, wenn er mich berührte.

»Evelyn, was ist denn los ...« Er war mit zwei Schritten bei mir und packte meinen Arm.

»Lassen Sie mich ...« schrie ich, »ich will hier weg ... Sie dürfen mich nicht anfassen ...« Ich wand mich unter seinem Griff und versuchte den Stuhl, auf dem meine Kleider lagen, zu erreichen.

»Nein, mein Kind«, sagte er mit gefährlich ruhiger Stimme, »so einfach ist das nun doch nicht. Jetzt bleibst du hier, hast du mich verstanden ...?«

»Lassen Sie mich los ...«

»Evelyn, du zwingst mich, grob zu werden.« Mit einer einzigen Bewegung schleuderte er mich auf das Bett zurück, beugte sich blitzschnell über mich und hielt mich an den Schultern nieder: »Es hat keinen Zweck, Evelyn ... finde dich damit ab ...«

Ich starrte ihn aus weit aufgerissenen, entsetzten Augen an. Sein Gesicht war hart und entschlossen. Er würde mich niemals gehen lassen. Er würde mich, wenn es sein mußte, mit Gewalt nehmen. Ich war ihm hoffnungslos ausgeliefert.

Ich gab meinen Widerstand auf, blieb bewegungslos liegen.

»So ist es gut«, sagte er und lockerte seinen Griff. Als er merkte, daß ich keinen neuen Fluchtversuch unternahm, ließ er sich auf der Bettkante nieder.

»Hab keine Angst«, sagte er, und seine Stimme klang beinahe sanft, »es ist gar nicht so schlimm ...«, er strich mir über das Haar. Eine heiße Welle der Dankbarkeit schlug in mir hoch. Er war sanft und rücksichtsvoll. Er war der Mann, zu dem ich freiwillig gekommen war. Ich hatte es ja gewollt. Ich hatte es mir klar und nüchtern überlegt. Was sollte jetzt dieses Theater. Ich schämte mich.

»Verzeihen Sie mir«, sagte ich leise, »einen Moment lang hatte ich furchtbare Angst ...«

Er nickte. Sein Blick glitt langsam von meinem Gesicht über meinen Körper. Ich rührte mich nicht. Zu meinem Erstaunen empfand ich keine Scham.

»Du bist schön gewachsen«, sagte er, »und du hast eine herrliche Haut.«

Seine Worte machten mich froh.

»Rück ein bißchen, damit ich mich neben dich legen kann.«

»Moment«, sagte ich, »Sie haben das Präservativ vergessen.«

Ich hatte nicht umsonst in der amerikanischen Mission gearbeitet. Obgleich ich keine Ahnung hatte, wie so etwas aussah und wie es verwendet wurde, wußte ich, daß man es brauchte, um Kinder zu verhüten.

»Sagtest du Präservativ?« fragte der Colonel belustigt. Dieses Wort aus meinem Munde kam ihm wohl sehr komisch vor.

»Ja... natürlich...«, sagte ich verlegen.

»Wenn es so weit ist, werde ich schon daran denken.«

»Wenn was so weit ist?«

»Oh, Evelyn, überlaß das bitte mir...«

»Entweder Präservativ oder ich gehe«, drohte ich. Swetlena, die über all diese Dinge bestens Bescheid wußte, war nicht umsonst eine überzeugte Anhängerin der Präservative.

»Also gut«, gab Barnett achselzuckend nach, »wie du willst.«

Er öffnete die Nachttischschublade, nahm etwas heraus und drehte mir den Rücken zu.

Ich hätte gern gesehen, was er da tat, aber das schickte sich wohl nicht.

»So, und nun rück endlich zur Seite...«, sagte der Colonel.

Ich erwachte aus einem unruhigen Schlaf. Mein Körper schmerzte wie eine einzige große Wunde. Es war schon hell im Zimmer, aber es mußte noch sehr früh sein. Der Colonel schlief. Er hatte seinen Kopf auf meine Schulter gelegt. Ich schaute ihn an. Sein Gesicht war klar und entspannt wie das eines Kindes. Ich empfand eine wilde, hingebungsvolle Zärtlichkeit für ihn, eine unbekannte Zärtlichkeit, wie ich sie nie zuvor empfunden hatte.

Er hatte mich genommen, ungeduldig und brutal, und meine Schmerzen, meine Angst waren ihm gleichgültig gewesen. Er hatte mich kalt und lieblos behandelt, wie einen Gegenstand, den man einmal gebraucht und dann wegwirft. Aber er war und blieb der Mann, der mich zum erstenmal besessen hatte.

Das war es, was mich plötzlich mit unheimlicher Gewalt an Gene Barnett band – an diesen ersten Mann meines Lebens.

Ich sträubte mich nicht gegen dieses Gefühl, ich nahm es willig hin. Es war für mich ganz selbstverständlich, und ich wußte, daß ich in dieser zärtlich-ergebenen Art nie wieder einen Mann lieben würde. Ich rückte noch näher an ihn heran, ich wollte seinen Körper spüren, er war mir nicht mehr fremd, er war ein Stück von mir. Der Colonel seufzte und legte seinen Arm über meine Brust. Ich hoffte, er würde noch nicht aufwachen. Solange er schlief, gehörte er mir. Ich konnte vor mich hinträumen, ich konnte mir einbilden, daß er mich liebte. Nichts hinderte mich daran. Er würde aufwachen und sagen: »Evelyn, ich liebe dich. Ich bin so glücklich, daß ich dich habe. Du mußt immer bei mir bleiben...«

Ich schloß die Augen und lächelte. »Natürlich werde ich immer bei dir bleiben. Ich liebe dich doch genau so wie du mich...«

»Wieviel Uhr ist es denn, Kleines...?« hörte ich den Colonel fragen.

»Oh, noch furchtbar früh«, sagte ich hastig, »schlaf ruhig weiter...«

Ich wollte mein wunderbares Gespräch fortsetzen.

Er gähnte: »Wie früh...?«

»Fünf Uhr«, sagte ich auf gut Glück, »schlaf nur...«

»Ich weiß was Besseres als schlafen, mein Kätzchen...«

Er legte seine Hand auf meine Brust.

Ich erschrak. Nur das nicht, dachte ich.

»Ich glaube, es ist noch... es ist noch... ein bißchen zu früh...«, stotterte ich.

Er lachte. »Dafür ist es nie zu früh.«

»Aber mir tut alles so furchtbar weh.«

»Kannst du reiten?« fragte der Colonel.

»Ja«, sagte ich und überlegte, was das damit zu tun haben könne.

»Na also. Nach der ersten Reitstunde tut einem doch auch alles weh. Und trotzdem muß man gleich wieder aufs Pferd, sonst wird man nie ein guter Reiter...«

Er beugte sich über mich, und seine Hand glitt langsam abwärts.

»Mußt du denn wirklich Tennis spielen gehen?« fragte ich traurig.

»Aber natürlich, das tue ich jeden Sonntag.« Er trug einen weißen Bademantel, der ihm ausgezeichnet stand. Ich wünschte, er würde nicht so gut aussehen. Ich hatte Sehnsucht nach ihm. Ich wollte aufspringen und in seine Arme laufen und ganz fest gehalten werden.

Ich krallte meine Finger in die Matratze und drückte meinen Kopf tiefer in das Kissen. »Ich dachte, wir könnten zusammen frühstücken«, sagte ich.

»Darling, ich frühstücke nie.« Er nahm eine Unterhose und Socken aus dem Schrank und warf den Bademantel ab.

Ich schaute zu ihm hinüber. Er konnte es sich leisten, nackt dazustehen. Er hatte einen einwandfreien, gleichmäßig gebräunten Körper. Jetzt konnte ich ihn ohne Verlegenheit betrachten, so wie man eine schöne Plastik betrachtet.

»Wie alt bist du?« fragte ich.

»Fünfunddreißig«, sagte er und zog die Unterhose an.

»Hast du Kinder?«

»Ja, zwei.«

»Was wäre, wenn ich jetzt ein Kind bekäme?«

»Es ist ganz unmöglich, daß du ein Kind bekommst.« Er setzte sich auf das Bett und streifte die Socken über.

»Ja, aber wenn...«

»Dann müßtest du zu Dr. Angeloff gehen.«

»Und wenn ich nicht ginge und das Kind zur Welt brächte...?« Er drehte sich mit einem Seufzer zu mir um: »Was willst du jetzt hören, Evelyn...? Daß ich mich scheiden lasse und dich heirate?«

»Du würdest mich nie heiraten, nicht wahr? Auch wenn du keine Frau hättest und ich ein Kind bekäme?«

»Wenn du Zwillinge zur Welt brächtest und beide Jungen wären, würde ich es mir überlegen«, sagte er lachend.

Mein Hals zog sich zusammen. Ich nahm einen Zipfel des Kissens in den Mund und biß darauf, bis mir die Zähne weh taten.

Der Colonel stand auf, trat an den Schrank und holte eine Uniform heraus.

»Gibst du mir bitte eine Zigarette?«

Er warf mir ein Päckchen zu.

»Und Streichhölzer...«

»Ach ja, entschuldige.« Er trat an mein Bett und reichte mir Feuer. Dann beugte er sich zu mir herunter und küßte mich auf die Nasenspitze. »Warum machst du ein so trauriges Gesicht, Kleines?«

Ich gab keine Antwort, weil ich fürchtete, mit dem ersten Wort in Tränen auszubrechen.

»Tut es dir leid, daß du mit mir geschlafen hast?«

Ich schüttelte heftig den Kopf.

»Na also, ich glaube sogar, es hat dir vorhin etwas Spaß gemacht.«

Er schlug die Decke zurück und betrachtete mich.

Im Nebenzimmer klingelte das Telefon. »Himmel...«, sagte der Colonel, »zehn nach neun... das kann nur...« Er unterbrach sich, stand schnell auf und verließ das Zimmer. Er schloß die Tür hinter sich.

Ich wartete eine Sekunde. Dann sprang ich aus dem Bett, lief auf Zehenspitzen zur Tür und öffnete sie einen Spalt.

»Ja, Liebling«, hörte ich die Stimme des Colonels, »entschuldige bitte... Ja, ich weiß, daß es unser letzter Sonntag ist, ich bin auch sofort bei dir... Aber Katja, zehn Minuten Verspätung sind doch kein Verbrechen... Ja, wir fahren sofort nach Tschan Koria... Ja, wir bleiben die ganze Nacht dort... was sagst du Liebling? Und ob ich mich freue.«

Ich schloß vorsichtig die Tür und kroch ins Bett zurück. Ich fühlte weder Wut noch Schmerz, nur eine Art Betäubung. Es war sehr angenehm, so zu liegen und gar nichts zu denken.

Gleich darauf kehrte Barnett ins Zimmer zurück. »Ich muß mich beeilen.«

Er nahm die Uniform vom Bügel.

»Um wieviel Uhr mußt du denn auf dem Tennisplatz sein?«

»Um neun Uhr... und jetzt ist es schon viertel nach...«

»Spielst du in der Uniform Tennis?«

»Natürlich nicht. Meine Sachen liegen im Tennisklub. Du weißt doch, daß Amerikaner nur in Uniform ausgehen dürfen.«

»Ja, ich weiß.«

Er hatte schon Hose und Hemd an. Jetzt trat er vor den Spiegel, um sich die Krawatte zu binden. Ich beobachtete ihn. Er war sichtlich nervös. »Damned...«, murmelte er, als er mit der Krawatte nicht zu Rande kam.

Er hatte es plötzlich sehr eilig, zu dieser Frau zu kommen. Vielleicht war es ihre Stimme gewesen – eine tiefe, kehlige Stimme, stellte ich mir vor –, die ihn auf einmal daran erinnerte, daß dort etwas viel Lohnenderes auf ihn wartete. Vielleicht hatte sie irgendein Wort gesagt, ein Wort, das nur er und sie verstanden und das ihm Ruhe und Sicherheit raubte. Wahrscheinlich war es die schöne, elegante Frau mit der blassen, durchsichtigen Haut. Wie gelassen und erfahren sie ausgesehen hatte.

Der Colonel kämmte sich. Dann näherte er sein Gesicht dem Spiegel und musterte sich aufmerksam. Seine linke Augenbraue schoß in die Höhe, um seinen Mund spielte ein kleines, selbstgefälliges Lächeln. Sein Aussehen befriedigte ihn.

Mich hatte er vergessen. Mich und meine Schmerzen und meine Ungeschicklichkeit und unsere gemeinsame Nacht.

»Wir werden uns nie mehr wiedersehen«, sagte ich.

»Wie...?« Er fuhr herum und schaute mich erstaunt an, als wüßte er gar nicht, wie ich da in sein Bett gekommen war.

»Wir werden uns nie mehr wiedersehen«, wiederholte ich.

»Evelyn...«, er zog sich die Jacke an, »tu mir die Liebe und werde nicht dramatisch...«

»Aber nein«, sagte ich rasch, »du brauchst keine Angst zu haben.«

»Braves Mädchen«, sagte er.

Mich fror. Es war Hochsommer und sehr heiß, ich war zugedeckt und mich fror.

»So«, sagte der Colonel und trat an das Bett, »bleib so lange liegen, wie du willst, Evelyn. Ich werde dem Mädchen sagen, daß sie dir ein gutes Frühstück macht.«

»Danke«, sagte ich.

»Heißes Wasser ist genug da. Du kannst also auch baden. Zigaretten liegen in der Nachttischschublade.«

»Danke.«

»Also, Evelyn, leb wohl.«

Ich setzte mich im Bett auf. Ich bemühte mich, meine Zähne nicht aufeinanderschlagen zu lassen. Es hätte zu albern ausgesehen.

»Leb wohl«, sagte ich, »und alles Gute.«

Er beugte sich zu mir nieder. Er roch nach »Old Spice« und Camel-Zigaretten. Er gab mir einen leichten Kuß auf die Lippen. »Du bist ein süßes Mädchen. Behalt den Kopf oben... es wird schon alles gut werden...«

»Bitte geh jetzt!«

Er ging. An der Tür drehte er sich noch einmal kurz um. Ich sah es zum letztenmal, dieses kleine, ironische Lächeln.

Ich stand sofort auf. Auf dem Laken entdeckte ich eine dünne, dunkle Blutspur. Ich schlug die Decke darüber. Ich trat vor den Spiegel. Abgesehen von den Schatten unter den Augen hatte ich mich nicht verändert. Ich ging ins Bad und stellte mich unter die heiße Brause. Mir wurde ein wenig wärmer, und der Schüttelfrost hörte auf. Ich zog mich an. Dann verließ ich das Zimmer, ohne noch einen Blick zurückzuwerfen.

Im Nebenzimmer hatte das Mädchen den Frühstückstisch gedeckt. Kaffee, Weißbrot, Butter, Eier, Schinken. Ich ging daran vorbei. Mein Köfferchen stand noch immer an derselben Stelle. Ich nahm es und verließ die Wohnung.

Das Gehen fiel mir schwer. Jeder Schritt schmerzte. Ich hatte das Gefühl, daß mich die Vorübergehenden kritisch musterten, und ich preßte die Schenkel zusammen und hob das Kinn. Es war sehr heiß, aber ich begann wieder zu frieren.

Meine Mutter war zu Hause. Ich schloß die Tür hinter mir und stellte das Köfferchen auf den Boden. Dann küßte ich sie auf die Stirn.

Sie fragte nicht, warum ich schon so früh nach Hause gekommen sei. Sie fragte überhaupt nichts. Sie sagte auch nichts. Sie schaute mich nur an. Ich setzte mich auf das Bett und faltete die Hände im Schoß.

»Und wer war der Mann?« fragte meine Mutter endlich.

»Ein amerikanischer Colonel«, sagte ich und begann zu weinen.

Der Ehemann

Manchmal wartet man monatelang darauf, daß etwas geschieht. Mit jedem Tag wächst die Erwartung und wird schließlich zu einer beklemmenden Spannung. Geräusche lassen einen nervös auffahren. Der Anblick eines Briefes treibt einem den Schweiß auf die Stirn. In allem Möglichen und Unmöglichen erblickt man das lang ersehnte oder lang gefürchtete Ereignis.

Aber es geschieht nichts. Die Tage vergehen, und die Stunden werden immer länger, immer leerer. Nichts macht so unruhig und gleichzeitig so müde wie warten. Es erschöpft mehr als schwere körperliche Arbeit. Am Morgen findet man kaum Kraft, um aufzustehen, und am Abend kaum Ruhe, um ins Bett zu gehen. Man rechnet immer wieder, daß längst etwas geschehen sein müsse, etwas Gutes oder Schlechtes, es ist einem schon ganz egal, was.

Dann eines Tages, in dem Moment, wo man schon gar nichts mehr erwartet, geschieht es. Und als sei damit der Bann gebrochen, überstürzen sich plötzlich die Ereignisse. Innerhalb weniger Stunden nimmt das Leben einen völlig neuen Kurs.

»Eine Rote-Kreuz-Nachricht von deinem Vater ist heute eingetroffen«, sagte meine Mutter, als ich an einem heißen Augustnachmittag von der Mission heimkehrte.

Ich begann zu lachen und zu weinen. »O Gott«, rief ich, »ich danke dir!« Wenn ich allein im Zimmer gewesen wäre, hätte ich mich auf die Knie geworfen.

Es fiel mir nicht auf, daß meine Mutter sehr still und mit eigentümlichem Gesicht dastand. Sie hielt die Rote-Kreuz-Nachricht in der Hand, und nach einem Augenblick des Zögerns reichte sie mir das Blatt.

Ich las: »Werde alles unternehmen, euch so schnell wie möglich nach Deutschland zurückzuholen. Bin gesund und wieder verheiratet. Antwortet sofort.«

Ich starrte meine Mutter an. Sie schluckte, als wolle sie etwas sagen, aber ich schüttelte heftig den Kopf. Ich las den Text noch einmal und noch einmal und noch einmal. Dann schaute ich zum Fenster hinaus und zerknüllte langsam das Papier.

»Eveline ... Kleine ... du mußt ...«

»Ich pfeife auf seine Hilfe!« Ich schleuderte den Zettel in eine Ecke.

»Ich verbiete dir, dich so zu benehmen!«

»Was!« schrie ich. »Du ergreifst auch noch seine Partei!«

»Selbstverständlich, Eveline. Dein Vater hatte durchaus das Recht zu heiraten.«

»Aber er hatte kein Recht, dich im Stich zu lassen!«

»Er hat mich nie im Stich gelassen. Ich habe ihn im Stich gelassen, lange bevor irgend jemand ahnen konnte, was uns bevorstand.«

»Was spielt das heute für eine Rolle? Du hast gelitten, nicht er. Uns ging es dreckig, nicht ihm. Er hätte nie eine andere Frau heiraten dürfen. Er ist gemein!«

»Dein Vater ist nicht gemein. Er hat alles für uns getan. Er hat für uns geschuftet, und er hat für uns sein Leben aufs Spiel gesetzt. Er hat, solange es ging, Schmuck und Geld über die Grenze geschmuggelt, damit wir überhaupt leben konnten. Hätte man ihn dabei ertappt, dann hätte es ihn den Kopf gekostet. Hast du dir das schon einmal überlegt?«

Ich schwieg, versuchte gegen eine heftige Übelkeit anzukämpfen. Mein Vater war für mich unantastbar gewesen. Er stand so hoch über allen anderen Menschen, daß ich ihn nicht wie ein Kind geliebt, sondern wie eine Gläubige verehrt hatte. Daß er nun plötzlich ganz menschliche Eigenschaften haben sollte, daß er sich verliebt und geheiratet hatte, das riß mir den Boden unter den Füßen weg. Er hatte mich enttäuscht wie nie ein Mensch zuvor. Dafür haßte ich ihn.

»Ich will ihn nie mehr wiedersehen! Was immer du sagst, Mutti, für mich ist er gestorben.«

»Du benimmst dich wie ein Kind, Eveline! Etwas mehr Großzügigkeit und Verständnis hätte ich dir zugetraut.«

»Verständnis...!« kreischte ich. »Verständnis dafür, daß er irgendein Luder von einer Frau geheiratet hat und daß wir nie mehr, nie mehr mit ihm zusammenleben können, so wie früher...«

»So wie früher...«, seufzte meine Mutter, »ach Eveline, früher gibt es nicht mehr. Du mußt die Vergangenheit endlich vergessen...«

»Du brauchst keine Angst zu haben«, sagte ich, indem ich den Zettel vom Boden aufhob und auf dem Tisch glättete. »Er hat es mir leicht gemacht, die Vergangenheit zu vergessen. Sie ist für mich erledigt.«

Zwei Tage später begrüßte mich meine Mutter mit der Nachricht, daß meine Schwester aus dem KZ entlassen werde.

»Morgen um sechs Uhr zwanzig können wir sie von der Bahn abholen.« Sie strich sich mit einer matten Bewegung über die Augen.

»Mutti«, sagte ich beunruhigt, »was ist denn los? Das ist doch die beste Nachricht, die wir uns wünschen können. Bist du denn nicht selig?«

»Natürlich bin ich selig«, sagte meine Mutter mit einem blassen Lächeln.

»Das sieht man dir aber nicht an.«

»Ich fühle mich so schwach, daß ich kaum noch die Finger bewegen kann.«

Sie setzte sich aufs Bett. »Es wird wohl nur die Reaktion sein.« Ich setzte mich neben sie. Die Leblosigkeit ihres Gesichtes, ihres Körpers, ihrer Stimme beängstigte mich. Etwas hatte meine Mutter bisher nie verloren: ihr Temperament. Selbst in den schlimmsten Zeiten war es immer wieder durchgebrochen. Jetzt plötzlich schien es erloschen.

»Leg dich hin«, sagte ich, »du bist nur müde. Du hast in letzter Zeit einfach zu wenig geschlafen. Das mußt du jetzt nachholen.«

»Ja«, erwiderte sie, »das will ich auch. Schlafen, schlafen...« Sie streckte sich gehorsam auf dem Bett aus.

»Ich werde dir etwas zu essen kochen.«

»Iß du, Kleines... ich kann nicht.«

»Dann mache ich dir eine Tasse Kaffee.«

Sie nickte.

Ich bereitete den Kaffee und brachte ihn ihr ans Bett. Sie griff mit steifen Fingern nach der Tasse. Sie fiel ihr fast aus der Hand.

»Meine Finger sind ganz gefühllos«, sagte meine Mutter kopfschüttelnd und hielt die Tasse mit krampfhafter Anstrengung, als sei sie ein schweres Gewicht.

»Soll ich dir helfen?«

»Aber nein...« Sie richtete sich auf und trank. Sie verschluckte sich. Ich nahm ihr rasch die Tasse ab und klopfte ihr auf den Rücken: »In die falsche Kehle bekommen, was?« fragte ich mit einer Stimme, die scherzhaft klingen sollte.

So hustete man nicht, wenn man einen Tropfen in die falsche Kehle bekam. Es war ein spastischer Husten, der ihr den Atem raubte und mit einem röchelnden Nebengeräusch aus ihr herausbrach.

Und da fiel mir ein, daß sie in letzter Zeit häufig so gehustet hatte. Der Anlaß war immer ein Verschlucken beim Essen oder Trinken gewesen. Sie hatte sich ungewöhnlich oft verschluckt, aber ich hatte dem keine Bedeutung beigemessen. Warum ißt und trinkt sie auch so hastig, hatte ich nur ab und zu gedacht. Jetzt merkte ich, daß das Verschlucken nicht durch Hast verursacht wurde, und mit dieser Entdeckung fiel mir noch etwas anderes auf: Ihre Aussprache war undeutlicher geworden, so als hätte sie ihre Zunge nicht mehr ganz in der Gewalt. Bisher hatte ich mir nichts dabei gedacht. Jeder Mensch sprach mal undeutlich, besonders dann, wenn er müde und überanstrengt war. Jetzt jedoch sah ich einen direkten Zusammenhang zwischen dem Verschlucken und der undeutlichen Aussprache, und da wurde mir klar, daß diese Symptome nicht Zeichen der Erschöpfung, sondern einer mir unbekannten und daher um so bedrohlicheren Krankheit sein mußten.

Ich legte meinen Kopf in ihren Schoß, und Tränen, die mir keine Erleichterung verschafften, liefen über mein Gesicht. Ich war plötzlich wieder Kind.

»Was hast du denn, Evelinchen...?« Sie begann mir mit ungelenken Fingern über das Haar zu streichen.

Als Kind hatte ich jeden Abend gebetet: »Lieber Gott, laß mich vor meiner Mutter sterben.« Jetzt betete ich: »Lieber Gott, laß sie nicht sterben, ich flehe dich an, laß sie nicht sterben.« Es war seltsam, daß ich gleich ans Sterben dachte.

»Sprich doch, Evelinchen...«

»Ich bin nur so froh, daß Bettina gerettet ist«, sagte ich erstickt, »und daß du dich jetzt wieder erholen kannst.«

Am nächsten Tag standen wir auf dem Bahnhof. Mizo mit dem kleinen André auf dem Arm, meine Mutter und ich. Irgendwo hatten wir ein paar Blumen aufgetrieben. Sie waren schon halb verwelkt. Ich hielt sie in der Hand und hätte sie gern weggeworfen. Sie sahen so traurig aus.

Der Zug rollte mit einstündiger Verspätung ein. Die Türen wurden aufgerissen. Wir standen da – bewegungslos und mit einer unbegreiflichen Angst. Nur André lachte und freute sich über die zischende Lokomotive.

Ein Strom Menschen ergoß sich über den Bahnsteig. Wir begannen langsam den Zug entlangzugehen.

Wir sahen sie aus einem der Abteile steigen, schwerfällig und unsicher wie eine alte Frau. Sie trug das Kleid, in dem sie verhaftet worden war. Es war nur noch am Schnitt wiederzuerkennen. Farbe und Muster waren unter einer Dreckschicht verschwunden. Über die Schultern hatte sie eine halbzerfetzte Pferdedecke gelegt. Dicke Holzsohlen waren mit einem Stück Schnur an die Füße gebunden. Um den Kopf trug sie ein Tuch, tief in die Stirn gezogen.

Einen Moment lang hatte ich nur den einen Gedanken: davonzulaufen. Ich war mit meiner Schwester aufgewachsen, hatte mit ihr zusammengelebt, vom meiner Geburt bis zu dem Tag ihrer Hochzeit. Wir hatten jahrelang dasselbe Zimmer geteilt, dieselben Mahlzeiten, dasselbe Spielzeug. Wir hatten oft gestritten und oft zusammen gelacht. Ich kannte sie als Schulmädchen mit Stupsnase und kurzen, kastanienbraunen Locken. Ich kannte sie als pummeligen Backfisch und junges, schlankbeiniges Mädchen, ich kannte sie als Frau und Mutter.

Doch was mir da entgegenkam, kannte ich nicht. Das war ein

zerbrochenes Geschöpf, abgezehrt und ausgedörrt, mit einem kleinen, gelben, faltigen Gesicht und trüben Augen. Dieses Wesen hatte keine Ähnlichkeit mehr mit meiner dreiundzwanzigjährigen Schwester.

Ich wagte nicht, meine Mutter und Mizo anzusehen. Ich zwang ein Lächeln auf mein Gesicht.

Ich hörte den erschütternden Aufschrei Mizos, und dann sah ich ihn ihr entgegenstürzen, das Kind fest an sich gepreßt. Auch meine Mutter begann jetzt zu laufen, nur Bettina blieb bewegungslos stehen, die Decke über der Brust zusammenhaltend. Etwas, das wohl ein Lächeln sein sollte, zitterte um ihre Lippen.

»Da seid ihr ja alle«, sagte sie.

Mizo setzte André einfach auf den Boden, um Bettina in die Arme zu nehmen. Sie streckte die Hände abwehrend vor: »Rühr mich lieber nicht an! Ich habe einen schrecklichen Husten und Läuse...«

»Dann bekomme ich eben auch Husten und Läuse...«

Mizo ließ seinen Tränen freien Lauf. Er küßte und streichelte ihr kleines Gesicht, ihre zerschundenen Hände. Dann schob er sie meiner Mutter entgegen.

Ich hob André vom Boden auf und verbarg mein Gesicht in seinen Locken.

Ich schaute erst wieder auf, als ich Bettinas Stimme hörte: »Eve...«, sagte sie, »Andreetscho... mein Gott, ist der Junge groß und hübsch geworden...« In ihre müden Augen kam ein wenig Leben. Sie strich ihm mit der Spitze ihres Zeigefingers zaghaft über die dicken, roten Wangen: »Mein Geliebtes«, flüsterte sie, »ich kann dich leider nicht in die Arme nehmen.«

Der Kleine machte ein erschrockenes, weinerliches Gesicht.

»Lach doch, du kleiner Dussel...«, fuhr ich ihn ärgerlich an, »das ist doch deine Mami... Sag Mama... los...«

»Laß, Eve«, beschwichtigte Bettina, »er erkennt mich doch nicht... so wie ich aussehe, ist das auch kein Wunder.«

Ich drückte Mizo das Kind in den Arm und küßte meine Schwester. Ich hoffte leidenschaftlich, viele Läuse zu bekommen.

»Schöner Anblick bin ich, nicht wahr?« sagte Bettina, als ich sie wieder losgelassen hatte. Es fiel mir auf, daß sie schnell und leise sprach und daß ihre Augen ziellos in der Gegend umherirrten. Es war, als hätte sie Angst, belauscht zu werden.

»Du kommst ja auch nicht gerade aus einem Erholungsheim«, sagte ich leichthin, »aber warte mal, bis du wieder aufgepäppelt und ausgeruht bist, dann...«

»Den Kopf haben sie mir kahlgeschoren«, unterbrach mich Bettina mit ihrer flüsternden, hastigen Stimme.

»Haare wachsen wieder...«, sagte ich verstört. Der Gedanke, daß sie einen kahlen Kopf hatte, war entsetzlich.

»Ja, Haare wachsen wieder...«, sagte sie abwesend und dann ohne Übergang: »Das Lager war eine Hölle...«

»Gehen wir!« Mizo legte schützend den Arm um sie.

»Ja, gehen wir...«, sie schaute sich um, als wisse sie nicht, wohin. Plötzlich fröstelte sie.

»Was hast du, Bettina, dir kann doch nicht kalt sein?«

»Ich habe Malaria«, sagte sie gleichgültig, »seitdem friere ich immer so leicht...«

Ich sah, wie Mizo und meine Mutter einen verzweifelten Blick wechselten.

»Fast alle Lagerinsassen hatten Malaria, und das war noch das Beste, was man haben konnte...«

»Wir machen dich schon wieder ganz gesund«, sagte Mizo.

»Ich weiß nicht«, sagte Bettina leise, »ich glaube, ganz gesund kann ich nie wieder werden... es war so schrecklich...«

Ich verlangsamte meine Schritte. Ich konnte ihre dünne, verängstigte Stimme, ihre scheuen, verwirrten Blicke nicht länger ertragen. Ich merkte, daß ich die verwelkten Blumen immer noch in der Hand hielt. Ich ließ sie fallen.

Ich ging am nächsten Tag nicht in die Mission. Ich rief an und sagte, ich sei krank. Ich lief stundenlang durch die Straßen. Ich sah nichts, ich hörte nichts, ich fühlte nur den teuflischen Schmerz in meiner rechten Schläfe. Ich konnte dem Wunsch, mit der Stirn gegen eine Mauer anzurennen, nur schwer widerstehen.

Gegen Mittag, als die Hitze unerträglich wurde, legte ich mich auf eine Bank im Park. Ich fiel in einen Halbschlaf und versank sofort in quälende Träume. Ich sah meine Schwester mit kahl-

geschorenem Kopf und dem klapprigen Körper eines Gerippes.
Ich sah meine Mutter, die mit weit aufgerissenen, verzweifelten
Augen zu sprechen versuchte und keinen Ton herausbrachte.
Ich sah meinen Vater, der mit einer großen, blonden Frau am
Arm stumm an mir vorüberging.

Ich sprang auf. Der Schmerz war noch stärker geworden. Ich
hämmerte mit der Faust gegen meine Schläfe. Ich hatte das
Bedürfnis, gellend zu schreien. Dann überwältigte mich plötzlich die Angst, wahnsinnig zu werden. Ich begann von neuem
durch die Straßen zu hetzen.

Vor mir tauchte die Alexander-Nevsky-Kathedrale auf. Ich
blieb stehen und starrte sie haßerfüllt an. Eine Zeitlang hatte ich
sie fast täglich besucht. Ich hatte mit tiefer Gläubigkeit vor
einem der Altäre gekniet und gebetet. Ich hatte meine Lieblingsikone geküßt und Kerzen für meine toten Großeltern angezündet.

Ich war protestantisch erzogen worden, aber diese Religion mit
ihren kahlen Kirchen, weltlichen Pfarrern und kriegerischen
Gesängen bedeutete mir nichts. In der bunten, prächtigen Kathedrale jedoch hatte ich Trost und Ruhe gefunden.

»Nichts als Schwindel...«, murmelte ich jetzt vor mich hin,
»alles Lug und Trug.«

Diese Worte lösten einen Krampf in mir. Ich empfand schwindelnde Erleichterung. Es war ein Gefühl, als stünde ich auf dem
Gipfel eines Berges, vollkommen allein, ohne eine Beziehung
zur Erde unter mir, zum Himmel über mir. Es war nichts mehr
da – weder Mensch noch Gott –, was mich bedrohen konnte.
Ich überquerte den großen Platz und betrat die Kathedrale. Sie
war kühl, halbdunkel und wunderbar still. Eine alte Frau bot
mir Kerzen an. Ich schüttelte nur den Kopf und ging weiter.
Langsam wanderte ich durch den riesigen, hohen Raum. Ich
betrachtete aufmerksam und unbeteiligt die Mosaiken und
Schnitzereien, die kunstvoll bemalten Wände und bunten Fenster. Vor dem Hauptaltar blieb ich einen Moment stehen. Aber
ich fand ihn zu überladen und die große Christusfigur am
Kreuz plump und nichtssagend. Ein alter Pope mit langen
weißen Locken machte sich an einem der kleinen Altäre zu
schaffen. Ich sah ihm eine Weile zu. Es war ein hübscher,

beruhigender Anblick, wie er da die Gefäße zurechtrückte, frische Blumen in die Vasen tat und die Kerzendochte beschnitt. Ich merkte, wie der Schmerz langsam verebbte, und ich schrieb es der Kühle und Stille zu. Ich lehnte mich an eine der mächtigen Säulen und empfand dankbar eine große Gleichgültigkeit.

Eine Frau mit einem kleinen Mädchen sank vor dem Altar auf die Knie. Eine Bäuerin zündete zwei Kerzen an. All das hatte ich auch getan. Vor sehr langer Zeit, schien mir.

Ich wandte mich zum Gehen. Ich kam an meiner Lieblingsikone vorbei. Ich trat dicht an sie heran. Sie war wirklich schön. Blau und gold und ein bißchen ziegelrot.

Ich gab der alten Frau, die am Eingang Kerzen verkaufte, fünf Leva.

»Gott wird es Ihnen lohnen«, sagte sie.

»Bestimmt...«, sagte ich und trat auf den Platz hinaus.

»Gestern ist der Ersatzmann für Leutnant Richards eingetroffen«, sagte Lily geheimnisvoll.

»Junggeselle?« wollte Elena wissen.

»Ja.«

»Na, Gott sei Dank! Und wie sieht er aus?«

»Sehr gut.«

»Dann wird er wohl das Opfer von Ludmilla werden. Die wartet schon lange genug.«

»Ich glaube nicht, daß er sich mit der abgeben wird.«

Ich hörte dieses Gespräch ohne Interesse mit an. Ich stand entschlußlos in der offenen Tür des Büros, meinen Rücken den beiden Mädchen zugewandt. Es war in der Mittagspause, aber ich war diesmal nicht mit zum Essen gefahren. Ich hatte keinen Hunger. Ich überlegte, ob ich spazierengehen sollte.

Am Ende des Ganges öffnete sich eine Tür, und ein Offizier trat auf den Korridor. Ich hatte ihn noch nie gesehen, also mußte er der Neue sein, über den sich die beiden Mädchen soeben unterhielten. Er kam näher, und als erstes fielen mir seine Beine auf, die gar kein Ende nehmen wollten. Dann sah ich sein Gesicht. Ich war überrascht, denn es war nicht das Gesicht eines Amerikaners. Es war lebhaft, ausdrucksvoll, etwas nervös. Es trug nicht den Stempel der Vereinigten Staaten.

Der Offizier ließ mich nicht aus den Augen, aber es war keine plumpe Anzüglichkeit in seinem Blick, kein Abtasten meiner Figur, kein »Baby-how-about-you-and-me-getting-together«... Er schaute mir ins Gesicht und lächelte.

Er hatte einen weichen, vollen, sympathischen Mund, und ich senkte den Blick. Doch als er an mir vorüber war, schaute ich ihm nach.

»Das ist er«, sagte Lily, »er heißt Stephen Cherney.«

Der Offizier war vor einer der Türen stehengeblieben. Bevor er sie öffnete, drehte er sich noch einmal um und lächelte wieder.

Ich lächelte zurück.

Als sich Leutnant Stephen Cherney noch einmal nach mir umwandte, wußte ich, daß er in meinem Leben eine entscheidende Rolle spielen würde. Und ich wußte, was ich zu tun hatte. Das Schicksal – wenn man es so nennen kann – hatte ihn mir in letzter Minute geschickt. Das Weitere würde ich in die Hand nehmen.

Ich lief eine halbe Stunde durch die Straßen. Als ich zurückkehrte, waren meine Mitarbeiter noch beim Essen und das Büro zugesperrt. Ich ging in das Zimmer, in dem das Schlüsselbrett hing. Neben dem Schlüsselbrett war eine Tafel angebracht, auf der der Name des jeweiligen diensthabenden Offiziers stand. Ich warf einen flüchtigen Blick darauf: Tonight on duty – »Lieutenant Stephen E. Cherney« las ich.

Das Schicksal machte es mir wirklich sehr leicht.

An diesem Nachmittag vertippte ich mich öfter als je zuvor.

Um fünf Uhr tippte ich immer noch und war nicht dazu zu bewegen, die Arbeit niederzulegen. Ich wollte – und das war noch nie vorgekommen – den Artikel zu Ende schreiben. Meine Kollegen verließen einer nach dem anderen das Büro. Ich wurde eindringlich verwarnt, nach Beendigung der Arbeit das Büro gut abzuschließen und den Schlüssel dem diensthabenden Offizier zu übergeben. Ich sagte, daß man sich darauf verlassen könne.

Ich tippte, bis es ganz still in der Mission geworden war. Dann rauchte ich eine Zigarette, kämmte mich, schminkte mir die

Lippen und zog den Gürtel meines Kleides enger. Danach nahm ich den Schlüssel und steckte ihn in meine Handtasche. Ich stieg die Treppe in die erste Etage hinab. Mein Herz klopfte wie wahnsinnig. Wenn nun alles ganz anders kam, als ich es mir ausgedacht hatte? Ich blieb mitten auf dem Gang stehen. Er hatte wohl meine Schritte gehört. Er trat aus seinem Büro; und als er mich sah, leuchtete sein Gesicht: »Oh, Sie sind es... wie hübsch...«

Ich fand mich sehr töricht, wie ich so dastand und kein Wort hervorbrachte und ihn nur anstarrte. Ich sah, daß er weitaus attraktiver war, als ich ihn in Erinnerung hatte.

»Sie wollen mir sicher den Schlüssel bringen...«

»Eigentlich ja...«, stotterte ich, »aber... aber ich kann ihn nicht finden...«

Meine Verwirrung, die weiß Gott nicht dem Schlüssel galt, kam mir jetzt sehr zugute.

»Das ist doch kein Grund, so verstört zu sein«, lachte er, »lassen Sie nur, wir werden ihn schon finden.«

»Hoffentlich, denn sonst dürfte ich mich nicht mehr in die Mission trauen.«

»In dem Fall müssen wir den Schlüssel unbedingt finden!« Er ging auf mich zu. »Der Gedanke, Sie nicht mehr in der Mission zu sehen, wäre entsetzlich.«

Er stand jetzt dicht vor mir. Er war einen guten Kopf größer als ich. Ich hatte das Gefühl, er könne mich vor allem beschützen.

»Hier sitzt der Sergeant, und da sitzen die Übersetzer – also muß er in einem der beiden Zimmer sein...« Ich blickte den Leutnant sorgenvoll an.

»Sie heißen Evelyn, nicht wahr?«

»Ja, woher wissen Sie das?«

Er ließ sich auf der Kante des Schreibtisches nieder. »Ich habe mich bei einem der Mädchen nach Ihnen erkundigt – wie Sie heißen und in welchem Büro Sie arbeiten. Ich habe Sie genau beschrieben.«

»So... und wie haben Sie mich denn beschrieben?«

»Ich habe gesagt: ein sehr junges Mädchen mit einem sehr

traurigen Gesicht und sehr schönen, dunklen Augen... man hat sofort gewußt, wen ich meine. Warum sind Sie unglücklich, Evelyn?«

»Ach, wissen Sie, dafür gibt es genug Gründe.«

»Werden Sie sie mir einmal verraten?«

»Ja.«

»Gut, dann suchen wir jetzt den Schlüssel.«

Er stand auf und begann im Zimmer umherzuwandern. Er rückte Möbel beiseite und öffnete Schubladen. Ich tat, als suche ich mit.

»Wo legen Sie ihn denn gewöhnlich hin?« fragte er.

»Nirgends«, versprach ich mich, »der Sergeant ist immer der letzte und schließt das Büro ab.«

Himmel, das hätte ich nicht sagen dürfen. Ich merkte, wie ich rot wurde.

»Und heute waren Sie die letzte?«

»Ja, ich kam mit einem Artikel einfach nicht zu Rande«, sagte ich rasch und lief in das andere Zimmer. Ich öffnete ein Schubfach nach dem anderen mit großem Lärmaufwand.

»Evelyn...«, rief der Leutnant herüber, »es ist doch eigentlich komisch, daß ich ausgerechnet nach Sofia geschickt wurde...«

»Ja«, rief ich zurück, »wie kam denn das?«

»Zufall, reiner Zufall! Ich war schon aus der Armee entlassen und nach Amerika zurückgekehrt. Ich lebte mit meinen Eltern in einer kleinen Stadt in Ohio und hatte meinen Zivilberuf wieder aufgenommen. Dann plötzlich, von einem Tag auf den anderen, hatte ich genug – von dem Leben in Amerika, von meinem Beruf, von allem... ich ging wieder zur Armee, wurde nach Italien geschickt und eine knappe Woche später nach Sofia. Ich wollte eigentlich nach London, wissen Sie... ich bin nämlich mit einer Engländerin verlobt...«

Ich versetzte der Schreibtischtür einen Tritt, daß sie krachend zuflog. Ich war froh, daß der Leutnant im anderen Zimmer war und mein Gesicht nicht sehen konnte. Ich kramte eine Zigarette aus meiner Tasche und zündete sie an. Verlobt heißt noch lange nicht verliebt, versuchte ich mich zu beruhigen. Und ob er verliebt ist, werde ich gleich herausbekommen.

Ich ging langsam bis zur offenen Tür und blieb mitten im

Rahmen stehen. Der Leutnant hatte das Suchen aufgegeben. Er saß auf dem Stuhl des Sergeanten und rauchte.

Ich schaute ihm lächelnd ins Gesicht: »Lieben Sie Ihre Verlobte?«

Wenn man einem Mann unvorbereitet diese direkte Frage stellte, dann konnte man aus seiner Antwort viel herauslesen. Kam sie prompt und impulsiv, dann waren die Chancen gering. Kam sie zögernd und ausweichend, dann brauchte man sich keine Sorgen zu machen.

Ich zählte im Stillen langsam vor mich hin und beobachtete dabei den Leutnant. Bei fünf hatte er immer noch keine Antwort gegeben, und sein Gesicht war nachdenklich geworden. Bei acht sagte er schließlich: »Muß ich Ihnen darauf eine Antwort geben?«

»Nein«, sagte ich erleichtert. Seine Reaktion auf meine Frage hätte nicht aufschlußreicher sein können. Ich brauchte keine Angst zu haben. Das Mädchen in England hatte ihren Bräutigam so gut wie verloren.

»Und Sie«, fragte der Leutnant, stand auf und trat auf mich zu: »Haben Sie einen Freund...?«

Ich schüttelte den Kopf. Ich glaubte, er würde mich in die Arme nehmen und küssen. Aber er tat es nicht. Er strich mir mit einer zärtlichen Geste die Haare aus der Stirn.

»Ich wußte gar nicht, zu was so ein Schlüssel alles gut sein kann...«

Aber ich hatte es gewußt! Ich lächelte glücklich zu ihm auf.

»Jetzt sehen Sie ganz anders aus, wunderschön und gar nicht mehr traurig.«

»Ich bin auch gar nicht mehr traurig!«

Mir war, als zerrisse ein grauer Schleier vor meinen Augen und enthülle mir die Welt in ihren buntesten, leuchtendsten Farben. Ich wandte mich ab und rannte ins Nebenzimmer. Der Schlüssel hatte seine Schuldigkeit getan. Ich nahm ihn aus meiner Tasche, küßte ihn und schob ihn unter die Schreibmaschine.

»Ich hab ihn...!« rief ich eine Minute später, »schauen Sie nur, wo er die ganze Zeit war...!«

Der Leutnant eilte herbei: »Unter der Schreibmaschine... braver Schlüssel... wir werden ihn vergolden lassen...«

Wie sich später herausstellte, war Stephen Cherney der letzte Amerikaner, der nach Bulgarien kam. Hinter ihm schloß sich endgültig der Eiserne Vorhang. Als Mitarbeiterin der Mission wäre ich verloren gewesen – wenn nicht dieser letzte Amerikaner, Stephen Cherney, gewesen wäre.

Stephen hätte verheiratet sein können; er hätte klein, fett, häßlich sein können; er hätte ein Trinker, Lügner, Schuft sein können; er hätte abstoßend, impotent, dumm sein können; er war nichts dergleichen.

Er war ein dreißigjähriger, gutaussehender Mann, dessen Mangel an schlechten Eigenschaften sein einziger Mangel war.

Nun hätte natürlich die Katastrophe eintreten können, daß dieses Phänomen Mann nicht geneigt gewesen wäre, sich in mich zu verlieben; oder daß ich, aus irgendwelchen Gründen, keine Liebe für ihn hätte empfinden können. Doch wir verliebten uns prompt und, wie es den Anschein hatte, mit der gleichen uneingeschränkten Leidenschaft.

Mir war, als erwache ich aus einem fürchterlichen Traum, dessen Last mit dem Erwachen schwindet und einer prickelnden, erlösten Leichtigkeit Platz macht.

Wäre ich älter und reifer gewesen, hätte ich dieses Glück anders zu würdigen und zu werten gewußt. Mit meinen siebzehn Jahren jedoch und der damit gekoppelten Ichbezogenheit stieg es mir zu Kopf und raubte mir jegliches Maß. Es lehrte mich nicht Dankbarkeit, sondern Gier. Die Gier nach allem, was ich jahrelang entbehrt hatte und jetzt in Tagen nachholen wollte. Ich wollte mehr und mehr und mehr. Noch mehr Liebe und noch mehr Sicherheit, noch mehr Macht und noch mehr Vergnügen.

In den ersten Wochen unseres Zusammenlebens waren Stephen und ich ein Herz und eine Seele in allem, was wir taten, sagten und dachten. Kritisch allein war der Moment, in dem mich Stephen fragte, ob ich schon einmal »sexual intercourse« mit einem Mann gehabt hätte. Da er es doch herausfinden würde, blieb mir nichts anderes übrig, als die Wahrheit zu sagen. Ich schwor, daß es nur ein einziges Mal passiert sei und daß ich es aus Verzweiflung getan hätte. Er machte zuerst ein ungläubiges, dann trauriges, schließlich böses Gesicht, stand auf und sagte, diese Sache müsse er in Ruhe überdenken. Ich blieb in lähmender Angst allein im Zimmer zurück und überlegte, ob ich mir wohl das Leben nähme, wenn sich Stephen dazu entschließen sollte, unserer Beziehung ein Ende zu machen.

Ich dachte an Schlaftabletten, Rasiermesser und Pistolen, als Stephen überraschend schnell zurückkehrte. Er sagte, es sei alles in Ordnung, und wir würden nie wieder darüber sprechen. Ich flog ihm an den Hals und erklärte unter Tränen, daß ich ihn liebe wie keinen Mann zuvor und daß ich ihn lieben würde bis an mein Lebensende. Danach waren wir noch glücklicher.

Zwei Wochen nach unserer ersten Begegnung bezogen wir gemeinsam die Wohnung, die Stephen zugewiesen worden war. Es war ausgerechnet die Wohnung Gene Barnetts, aber das sagte ich Stephen natürlich nicht. Mir war es gleichgültig – mit der Vergangenheit hatte mein neues Ich nichts mehr zu tun. Ich freute mich nur, in dieser luxuriösen Wohnung mit den türlosen Räumen, dicken Teppichen und erdbeerfarbenen Vorhängen leben zu dürfen. Einiges änderte ich, besonders im Schlafzimmer, das mir schon damals nicht gefallen hatte.

Wir bekamen ein Mädchen, das Jordanka hieß. Sie war dick, gutmütig und schwatzhaft, und ihr Können in Haushalt und Küche war mangelhaft. Aber sie beteuerte mir immer wieder, daß ich schön sei wie eine Madonna, und deshalb entließ ich sie wohl nicht. Als mir die Eintönigkeit ihres Speisezettels auf die Nerven ging, versuchte ich mich selbst im Kochen. Zu meiner eigenen Überraschung fand ich Freude daran und entwickelte ungeahnte Talente. Von da an kochte ich mit wachsendem Eifer Stephens Lieblingsgerichte und war stolz, wenn es ihm schmeckte und er mich überschwenglich lobte.

Damals, in diesen ersten Wochen, hätte ich alles für ihn getan. Ich hätte ihm die Schuhe geputzt, wenn er es erlaubt hätte. Hätte er es nur erlaubt, oder besser noch, hätte er es mir befohlen. Hätte er mich ein wenig hart angefaßt, so wie man einen jungen Hund anfaßt, der noch nicht stubenrein ist und dem man die Regeln der Sauberkeit mit Strenge beibringen muß. Vielleicht wäre vieles anders geworden. Aber Stephen behandelte mich mit Glacéhandschuhen. Sein einziges Streben und Trachten war, mir alles zu geben und nichts zu nehmen. Er vergötterte mich, er las mir jeden Wunsch von den Augen ab, er hielt mich für mehr als ich war. Und damit beging er den gleichen Fehler, den meine Eltern begangen hatten, als ich noch ein Kind war.

Ich gewöhnte mich schnell und leicht an diese Behandlung. Ich glaubte, es müsse so sein.

Mein Schrank füllte sich mit seidener Unterwäsche, mit Vormittags-, Nachmittags- und Abendkleidern; mit Schuhen und Taschen, Kostümen und Pelzmänteln. Ich verbrachte Stunden vor diesem Schrank. Ich verbrachte Stunden vor dem Spiegel, in Anbetung meines eigenen Bildes. Ich fand mich schön, und ich muß es wohl auch gewesen sein, denn es gab leider keinen Menschen, der mir das nicht gesagt hätte. Vor allen Dingen Stephen, der mit mir zusammen in Anbetung versank.

Wenn ich ihm mit kokettem Lächeln und tänzelnden Schritten ein neues Kleid vorführte, dann saß er vor mir wie hypnotisiert, mit verklärtem Gesicht und leuchtenden Augen: »God, you are beautiful...«, flüsterte er, »how lucky I am to have you...!«

»I am the lucky one...«, gab ich zurück, und damals meinte ich es noch.

Langsam kam der Herbst mit seinen grau verhangenen Tagen, mit Wind und Regen und fallenden Blättern. Doch zum erstenmal bedrückte mich die Melancholie dieser Jahreszeit nicht.

Wenn ich morgens erwachte und den Regen gegen die Scheiben trommeln hörte, kroch ich nur tiefer unter meine Decke in der glücklichen Gewißheit, nicht aufstehen, nicht den eintönigen Pflichten einer trostlosen Existenz begegnen zu müssen. Die erdbeerfarbenen Vorhänge reflektierten ein warmes Licht, und in der Wohnung war es still und friedlich. Stephen war wohl noch beim Frühstück. Ich überlegte, ob Jordanka die Spiegeleier richtig gebraten oder wieder hatte zerlaufen lassen. Stephen hatte eine Abneigung gegen zerlaufene Spiegeleier. Ich fand es nicht ganz richtig, daß ich liegen blieb, anstatt ihm ein anständiges Frühstück zuzubereiten. Aber ich selber, den Marmeladebroten meiner Mutter entronnen, aß nichts am Morgen, und Stephen, der meine Vorliebe für langes Schlafen kannte,

bestand darauf, daß ich liegen blieb. Bevor er die Wohnung
verließ, tranken wir noch gemeinsam eine Tasse Kaffee an
meinem Bett, und das, mußte ich zugeben, war weitaus beque-
mer als aufzustehen.

Ich wartete zufrieden und entspannt, bis er das Zimmer betrat.
Er balancierte in jeder Hand eine Tasse Kaffee und lächelte mir
verliebt entgegen. Er sah großartig aus, männlich, gepflegt,
elegant. Ich fühlte eine fast schmerzhafte Freude.

»Did you sleep well, darling?«

»Wonderful!«

Er stellte die Tassen auf den Nachttisch, nahm mich in die
Arme und küßte mich. Ich erwiderte seinen Kuß mit einem
verschlafenen, trägen Verlangen. »Come to bed...«, sagte ich.

»I wish I could, Sweetheart!« er warf einen schnellen Blick auf
die Uhr, »But it's already ten to eight...«

Er war ungeheuer pünktlich und zuverlässig. »Never mind,
darling«, sagte ich, »we'll wait until lunchtime...«

Er reichte mir die Tasse und wartete, bis ich ein paar Schlucke
von dem heißen, starken Kaffee getrunken hatte. Dann nahm
er sie mir wieder ab, stellte sie auf den Nachttisch zurück,
zündete mir eine Zigarette an und steckte sie mir zwischen die
Lippen. Erst dann trank er selber.

»Oh, I love you«, sagte ich und streckte mich voller Behagen
aus, »hurry up with your silly work, I hate to be without
you...«

»So do I, my love...«

Ich schwelgte im Nichtstun und langweilte mich nie. Ich empfand das Nichtstun als angenehme Unterhaltung. Ich lag im
Bett und rauchte. Ich lag in der Badewanne und träumte. Ich
lag auf einem der dicken Perserteppiche und zeichnete mit der
Fingerspitze das Muster nach. Ab und zu legte ich eine Patience
und freute mich, wenn sie aufging.

Gegen Mittag zog ich mich sorgfältig an. Ich verbrachte eine
Stunde vor dem Spiegel. Ich ruhte nicht eher, als bis Kleid,
Make-up, Frisur makellos und auf das Genaueste abgestimmt,
ein dekoratives, mich tief befriedigendes Gesamtbild ergaben.
Stephen kam um ein Uhr zum Mittagessen nach Hause. Wenn

ich den Schlüssel im Schloß hörte, rannte ich ihm entgegen und warf mich in seine Arme.

»Thank heaven you are back!«

Meine Erleichterung, meine Freude, ihn wieder bei mir zu haben, waren echt. Glück hatte mich von jeher mit Mißtrauen erfüllt – es wurde einem geschenkt, um einem genommen zu werden. Es gab Momente, in denen ich in heller Angst in der Mission anrief und mich erst beruhigte, wenn ich Stephens Stimme hörte.

»Darling, I was so afraid...!«

Er kannte meine Angst.

»You don't have to be afraid – never again!«

Trotzdem hätte ich ihn am liebsten nicht von meiner Seite gelassen.

Seine Mittagspause dauerte eineinhalb Stunden. Sie schien mir viel zu kurz.

Wir saßen uns an dem großen, weißgedeckten Tisch gegenüber und fanden alles wunderbar – Jordankas unvermeidliches Käsesoufflé, das blau-weiße Porzellan, die Sonne, wenn sie ins Zimmer schien, den Regen, wenn er an die Scheiben pochte – und natürlich meine selbstgebackenen Kuchen.

Nach dem Mittagessen vertauschten wir eilig Tisch mit Bett. Ich hatte die Liebe schnell entdeckt. Ich hielt sie für einen vortrefflichen Zeitvertreib, für eine der besten Einrichtungen des Lebens.

Nach der ersten beklemmenden Angstsekunde, in der ich an die Qualen des ersten Males dachte, hatte ich mich Stephen anvertraut, hatte Furcht und Scheu fallen gelassen und mich ihm rückhaltlos gegeben.

»Darling«, hatte ich danach gesagt, »from now on, let's do nothing else but that.«

»O heaven«, hatte Stephen ausgerufen, und seine Besorgnis war nicht nur gespielt gewesen, »I am afraid, there will be some difficulties on my part!«

Dennoch, so stellte sich heraus, war Stephen ein guter Liebhaber. Ein wenig einfallslos zwar, aber für mich, die ich jung und unerfahren Quantität Qualität vorzog, vollauf befriedigend.

Von da an schien unser Glück unerschütterlich, unsere Liebe vollkommen.

Das einzige, was mich quälte, war meine Mutter. Ich sah sie selten in dieser Zeit, und nur dann, wenn Stephen mich vorsichtig mahnte, entschloß ich mich zu einem Besuch.

»All right, I'll see her this afternoon. Could you send me the car at four o'clock, darling?«

Ich ging kaum noch zu Fuß. Es war aufregend, in einem spiegelblank polierten Auto mit amerikanischer Fahne durch die Stadt zu fahren. Es war eindrucksvoll, mit welchem Schwung der livrierte Chauffeur die Mütze vom Kopf und die Wagentür fast aus den Angeln riß.

»Dobre den, Zwetan. Uliza Murgash tschetiri...«

Zwetan war ein junger, hübscher Bursche, der rot wurde, wenn ich ihn ansah.

Er schloß behutsam die Tür hinter mir. Ich lehnte mich zurück und versuchte an erfreuliche Dinge zu denken. Aber es gelang mir nicht. Ich dachte an den bevorstehenden Besuch und fühlte Angst. Die kurzen Stunden, die ich bei meiner Mutter verbrachte, kosteten mich von Mal zu Mal stärkere Überwindung. Die Tatsache, daß es ihr so schlecht und mir so gut ging, stürzte mich in Konflikte. Einerseits hatte ich ein schlechtes Gewissen, andererseits sagte ich mir zornig, daß gar keine Veranlassung dazu bestehe. Was, um Gottes willen, hätte ich denn tun können?

Wir hielten vor dem kleinen, schiefen Haus, das in dem grauen schmutzigen Herbstlicht noch trostloser aussah.

»Holen Sie mich in einer Stunde wieder ab«, sagte ich zu Zwetan und wünschte, die Stunde wäre schon vorüber.

Ich stieg die ächzenden Stufen empor und betrat das Zimmer. Es war feucht und kalt. Meine Mutter legte das Buch, in dem sie gelesen hatte, beiseite und lächelte mich an.

»Schön, daß du kommst«, sagte sie und küßte mich.

Sie sah noch schlechter aus, als ich sie vom letzten Mal in Erinnerung hatte. Sie sah ausgesprochen krank aus.

»Hier habe ich dir etwas mitgebracht.« Ich legte ein Päckchen mit Nahrungsmitteln auf den Tisch. Ich wußte, daß sie nichts für sich behielt, sondern alles zu Bettina trug. »Der Kaffee ist nur für dich«, sagte ich ausdrücklich.

»Wie lieb von dir«, sagte sie dankbar, »du weißt gar nicht, wie sehr du uns hilfst.«

»Ich bitte dich«, erwiderte ich, von meinem schlechten Gewissen überwältigt und daher gereizt, »das hat doch nichts mit helfen zu tun... Die Sachen bekomme ich ja auch geschenkt.«

»Ja... aber trotzdem...« Meine Mutter öffnete das Paket und strahlte. Sie nahm jedes Stück einzeln in die Hand und befühlte es voller Bewunderung.

Ich konnte es nicht mitansehen.

»Es ist kalt hier«, sagte ich, »soll ich heizen?«

»Aber nein, das ist bestimmt nicht nötig.«

Ich wußte, daß sie nur aus Sparsamkeitsgründen nicht heizte.

»Du brauchst dir um Holz keine Sorgen zu machen, ich kann dir genug verschaffen.«

»Wirklich?«

»Natürlich!«

Ich kniete mich vor dem Ofen nieder und begann Papier und Späne hineinzustopfen. »Wie geht es Bettina?«

»Ein bißchen besser, aber sie ist immer noch sehr schwach. Diese Malariaanfälle nehmen sie furchtbar mit, und der Husten...«

Ich hatte Mühe, meine Mutter zu verstehen. Ihr Sprechen war noch undeutlicher, noch schleppender geworden. Es war jetzt einfach nicht mehr zu überhören. Ich fragte mich, ob es ihr nicht selber auffalle.

Ich hielt ein Streichholz an das Papier und richtete mich auf.

»Bettina wird bestimmt wieder ganz gesund, aber wie geht es dir? Hast du noch dieses taube Gefühl in den Fingern?«

»Nicht mehr so schlimm; ich glaube, es ist besser geworden...«

Sie sah mich mit großen, beunruhigten Augen an. Sie merkt genau, daß etwas mit ihr nicht stimmt, dachte ich und wich ihrem Blick aus.

»Trotzdem solltest du mal zum Arzt gehen, ab und zu muß man sich untersuchen lassen...« Ich bückte mich wieder und machte mir am Ofen zu schaffen.

»Mizo hat mir das auch schon geraten . . .«, sagte sie leise.
Demnach war es Mizo auch aufgefallen. Was für eine Krankheit konnte sie nur haben?

»Also dann geh bitte noch diese Woche zum Arzt!«

»Ja, ja . . . ich werde gehen«, sagte sie, aber ihr Interesse war schon wieder 'auf mich gerichtet. »Du hast sehr abgenommen, Eveline.«

Es stimmte. Ich hatte in den letzten Wochen zehn Pfund verloren. Zuerst hatte ich nichts dazu getan, es war die Folge meiner neuen Lebensweise gewesen. Aber als ich mich dann immer schlanker werden sah, hatte ich daran Gefallen gefunden. Und jetzt half ich absichtlich nach. Ich aß nur noch die Hälfte von früher.

»Ich war viel zu dick. Ein paar Pfund weniger können mir nur guttun . . .«

»Bitte, übertreibe es nicht«, warnte meine Mutter, »dein Körper befindet sich in einer Umstellung und braucht daher kräftige Nahrung . . .«

»Schon gut . . . an kräftiger Nahrung fehlt es mir nicht.«

»Ja, aber du ißt sie nicht . . .«

»Ach, Mutti.« Ich warf einen verstohlenen Blick auf meine Uhr.

»Mußt du schon wieder gehen?« Ihre Stimme klang enttäuscht.

»Nein . . . . erst in fünfzehn Minuten.«

»Bist du glücklich, Evelinchen?«

»Unbeschreiblich.«

»Gott sei Dank. Stephen ist auch ein großartiger Mann. Damals, als du mit ihm zusammenzogst, hatte ich Angst. Ich nahm an, daß er sich nur ein paar angenehme Wochen mit dir machen wollte. Aber jetzt weiß ich, daß er dich wirklich liebt. Es ist fast wie ein Wunder.«

»Nicht nur fast – es ist ein Wunder!«

Ich zog mir den Mantel an. Es war ein eleganter, grauer Ulster mit Biberkragen und passender Pelzmütze.

»Kannst du deinen alten Mantel nicht Bettina geben?« fragte meine Mutter zaghaft, »sie hat nämlich keinen Wintermantel.«

»Du sagst das in einem Ton, als sei ich schuld daran!«

Warum hatte ich das gesagt? Ich tat meiner Mutter Unrecht, und ich wußte es.

Sie sah mich nachdenklich an und schwieg.

»Natürlich kann Bettina meinen alten Wintermantel haben!« Am liebsten hätte ich mit dem Fuß aufgestampft.

Meine Mutter schwieg noch immer.

»Ich weiß, daß du es ungerecht findest, daß ich alles habe und Bettina nichts!«

»Nun hör einmal zu, Eveline«, sagte meine Mutter langsam, »du steigerst dich da in einen Wust ungereimter Gefühle hinein, die du selber nicht mehr auseinanderhalten kannst. Ich merke das schon lange, und das ist auch der Grund, warum ich dich so selten in deiner Wohnung besuche. Mein trauriger Anblick in dieser schönen Umgebung bedrückt dich so sehr, daß du dich entweder in die Verteidigung zurückziehst oder aggressiv wirst. Du siehst in mir das personifizierte Elend – und du hast, nachdem du diesem Elend gerade erst entkommen bist, keine Lust, daran erinnert zu werden. Du willst in deinem Glück nicht gestört werden, denn dein Glück ist dir wichtiger als das Unglück deiner Nächsten. Und das ist es, was dir ein Schuldgefühl gibt. Du empfindest, daß diese Einstellung falsch und schlecht ist, aber du bist zu egozentrisch, als daß du sie ändern könntest.«

»Ich wußte«, sagte ich bitter, »daß du mir kein anderes Gefühl zutraust als Egoismus. Daß ich Mitleid haben könnte, darauf wärest du nie gekommen . . .«

»Du bestätigst nur meine Worte. Natürlich hast du Mitleid. Aber Mitleid heißt ›mitleiden‹, Schmerzen mitempfinden. Und gerade das ist es, wogegen du dich wehrst. Es wäre dir am liebsten, du brauchtest uns nicht mehr zu sehen. Damit wären die Schmerzen aus dem Wege geschafft.«

»Wie kannst du nur so etwas sagen! Jetzt weiß ich genau, daß du mich nicht verstehst!«

»Du kannst die Wahrheit nicht vertragen, Eveline. Menschen, die sie dir sagen, verstehen dich nicht.«

»Bitte schön, wie du willst . . . Eines Tages wird es dir leid tun, daß du mich so falsch eingeschätzt hast. Auf Wiedersehen . . .!«

»Auf Wiedersehen, Eveline . . .«, sagte meine Mutter traurig.

Ich marschierte den Gang hinunter, ganz verletzte Würde, verkannter Edelmut. So also wurden meinen guten menschlichen Gefühlen niedrige Motive untergeschoben. Ich ging die morsche Treppe hinab und trat auf die Straße hinaus. Ich beeilte mich, zum Wagen zu kommen. Ich wußte, daß meine Mutter am Fenster stand und mir nachsah. Ich sagte mir, daß nach allem, was sie mir an den Kopf geworfen hatte, wirklich kein Anlaß bestand hinaufzuwinken. Der wahre Grund war natürlich ein anderer. Ihr unglückliches, verfallenes Gesicht hätte mir zu weh getan.

»Zar Krum, Zwetan . . . birso . . .«

Schnell . . . ja, schnell. Zurück in meine helle, behagliche Wohnung, wo die erdbeerfarbenen Vorhänge ein rosiges Licht reflektierten und das Radio leise Tanzmusik spielte.

Zwetan raste um die Ecken, bemüht, meinem Befehl Folge zu leisten. In wenigen Minuten hatten wir das Haus erreicht. Ich nahm zwei Stufen auf einmal. Als ich den Schlüssel nicht gleich fand, klingelte ich Sturm.

Jordanka öffnete erschrocken. Ich stürzte an ihr vorbei ins Zimmer. Ich zog die Vorhänge zu und schaltete das Radio an. Langsam beruhigte ich mich. In dieser freundlichen Umgebung fühlten sich meine Quälgeister nicht wohl. Sie scheuten das sanfte Licht und die beschwingte Musik. Sie krochen zurück in die Vergangenheit. Das hier war *mein* Reich.

Ich legte den Mantel ab und schaute auf die Uhr. In einer knappen Stunde würde Stephen nach Hause kommen. Ich machte Feuer im Kamin und ging dann in die Küche, um ein paar warme Käsetoaste vorzubereiten. Wir würden sie vor dem Kamin essen, mit einer Flasche Rotwein dazu.

Anfang November sprach Stephen zum erstenmal vom Heiraten. Ich war von seinen Heiratsabsichten überzeugt gewesen und hatte geduldig auf das erste Wort gewartet. Nie war mir eine Frage, eine Anspielung entschlüpft. Ich hatte zwar keine Erfahrung, aber Instinkt genug, um zu wissen, daß nichts so abschreckt wie eine Frau, die in diesen Dingen die Initiative ergreift. Also hatte ich geschwiegen, trotz der Situation, in der ich mich befand.

Ich lag lang ausgestreckt vor dem brennenden Kamin, als Stephen sagte:

»Evelyn, glaubst du es dir zutrauen zu können, dein ganzes Leben mit mir zu verbringen?«

Ich war kurz davor, spontan herauszuplatzen: »Natürlich traue ich mir das zu«, als Stephen mich davor zurückhielt: »Bitte, denke erst nach, bevor zu antwortest.«

Die Eindringlichkeit seiner Stimme, der Ernst, mit dem er mich bat, nachzudenken, machten mich unsicher.

Ein ganzes Leben! dachte ich. Das konnten unter normalen Umständen fünfzig Jahre sein. Fünfzig Jahre, Tag und Nacht, immer mit demselben Menschen zusammensein. Fünfzig Jahre immer dieselbe Nase sehen, dasselbe rauhe Gurgeln morgens aus dem Badezimmer hören, denselben Körper neben sich im Bett spüren. Fünfzig Jahre . . .

Ich starrte zur Decke empor, und mir war, als hätte mir jemand einen riesengroßen Stein auf die Brust gewälzt.

Warum gebrauchte Stephen so große Worte wie: ein ganzes Leben! Es klang erschreckend. Und plötzlich jagte ein kleiner hinterlistiger Gedanke durch meinen Kopf: Warum eigentlich ein ganzes Leben? Gab es nicht Scheidungen?

Kaum hatte ich das gedacht, schämte ich mich. Liebte ich Stephen nicht wirklich? Warum also sollte meine Liebe nicht ein ganzes Leben ausreichen? Es gab gar keinen Grund!

»Ich getraue mich, mein ganzes Leben mit dir zu verbringen«, sagte ich feierlich, aber ich schaute ihn nicht an.

»Du bist jetzt siebzehn Jahre«, sagte Stephen, und es klang wie eine Warnung. »Eines Tages könntest du es bereuen, dich so früh gebunden zu haben. Das Leben kann sehr verlockend sein für ein hübsches, junges Mädchen.«

»Ohne dich kann es bestimmt nicht verlockend sein. Ohne dich bin ich nicht den Verlockungen, sondern dem Untergang ausgeliefert . . .«

Ich schwieg betroffen. Das hatte ich nicht aussprechen wollen. Es klang so, als hätte ich gesagt: »Dich zu heiraten ist überhaupt mein einziger Ausweg.«

Plötzlich stand Stephen von seinem Sessel auf und kniete neben mir nieder. Er nahm mein Gesicht in beide Hände und drehte es so zu sich herum, daß ich ihm in die Augen schauen mußte: »Sei jetzt ganz ehrlich, Evelyn. Möchtest du mich heiraten, um aus Bulgarien herauszukommen?«

»Nein«, erwiderte ich heftig, »ich liebe dich, das ist der Grund.«

»Und es ist nicht doch ein ganz kleiner Hintergedanke dabei, daß . . .«

»Nein . . .«, unterbrach ich ihn, »es ist nur ein unglaublich glücklicher Zufall, daß der Mann, den ich liebe, gerade ein Amerikaner ist.«

Noch immer schaute er mir in die Augen, und ich hoffte, er würde in ihnen absolute Ehrlichkeit lesen können.

»Ich glaube dir, Darling.« Er küßte mich leicht auf den Mund.

Er erhob sich und begann im Zimmer auf und ab zu gehen.

»Trotzdem möchte ich dich noch auf zwei wesentliche Punkte aufmerksam machen.«

Ich setzte mich auf und wartete gespannt und ein wenig unruhig.

»Erstens«, sagte er mit fester Stimme, »komme ich aus kleinen Verhältnissen. Du weißt, daß meine Eltern ganz einfache Leute sind und wir in einer Kleinstadt leben. Es geht uns, Gott bewahre, nicht schlecht, aber im Luxus leben wir bestimmt nicht . . .«

»Das hast du mir alles schon erzählt«, unterbrach ich ihn hastig. Er hatte mir schon oft gesagt, daß seine Eltern tschechische Bauern waren, die nach dem Ersten Weltkrieg emigriert waren und sich in Ohio niedergelassen hatten. Seine Abstammung, sein familiärer und finanzieller Hintergrund irritierten mich immer ein wenig. Er hatte mir einmal ein Familienfoto gezeigt: vier Brüder, eine Schwester und im Vordergrund, wie es sich gehörte, die Eltern. Alle im Sonntagsstaat, alle starr in die Kamera lächelnd, alle mit den gleichen, ungehobelten Gesichtszügen und großen Nasen. Auch Stephen war auf dem Bild gewesen, besser aussehend als seine Geschwister und dennoch ein unverkennbarer Cherney.

Ich versuchte die Erinnerung an dieses Foto abzuschütteln.

»Außerdem«, sagte ich, »hast du ja nicht vor, den Rest deines Lebens in deiner Heimatstadt und im Haus deiner Eltern zu verbringen.«

»Gewiß nicht. Ich war schon immer das schwarze Schaf in der Familie. Ich hielt es nie lange in unserem Nest aus. Es war mir alles zu eng, zu kleinbürgerlich. Ich hatte andere Ansichten, andere Interessen . . . Ich würde auch niemals in dieser Stadt leben wollen!«

»Na, siehst du«, sagte ich erleichtert.

»Ja, aber ich weiß auch nicht, wo ich sonst leben möchte, und was meine berufliche Karriere betrifft . . . nun ja, die ist durch den Krieg unterbrochen worden . . . sehr viel Geld, Evelyn, werden wir auf keinen Fall haben.«

»Ach, laß doch«, sagte ich, in dem Versuch, das unbequeme Thema zu wechseln, »das wird sich schon alles finden . . .«

»Hoffentlich«, sagte er nachdenklich.

»Und auf was möchtest du mich außerdem noch aufmerksam machen?«

»Daß ich Katholik bin.«

Das war mir nicht verborgen geblieben. Ich dachte mit einem unterdrückten Seufzer an die Sonntage, an denen mich Stephen erbarmungslos aus dem Bett und in die Kirche schleifte. Sonst konnte ich tun und lassen, was ich wollte. Nicht aber am Sonntagmorgen. Zuerst hatte es mir Freude gemacht, Stephen zur Messe zu begleiten. Ich hatte stolz neben ihm in der Bank gesessen. Allmählich aber waren mir die gleichbleibenden Zeremonien langweilig geworden, und ich hatte mich ungeduldig nach meinem Bett gesehnt.

»Darling, daß du Katholik bist, weiß ich doch«, sagte ich und hoffte, damit auch dieses zweite Thema zu beenden. Weit gefehlt!

»Weißt du aber auch, was es bedeutet, ein guter Katholik zu sein?«

Ich hatte eine Ahnung. Stephen war das klassische Beispiel eines gläubigen Katholiken. Sein Glaube hatte etwas bestürzend Naives, und anders ging es wohl auch gar nicht. Ich respektierte seine Gläubigkeit, obgleich es mir manchmal schwerfiel, ein Lächeln zu unterdrücken. Er schien tatsächlich an Paradies und Hölle, an das Jüngste Gericht mit Donner und

Fanfarenstoß, an die Unbefleckte Empfängnis der Heiligen Maria zu glauben.

Stephen war vor mir stehengeblieben. Er erinnerte mich jetzt ein bißchen an einen Lehrer, der einer begriffsstutzigen Schülerin die Grundbegriffe des Katholizismus zu erklären versucht. Ich hockte im Türkensitz vor ihm und spielte mit meinen nackten Zehen. Ich trug einen türkisfarbenen Pyjama, dessen Hose ich mir bis zu den Knien emporgestreift hatte. Meine Locken fielen mir unordentlich ins Gesicht.

»Ja, weißt du, Darling«, sagte ich und bewunderte dabei meine hübschen, schmalen Füße, »sehr bewandert bin ich in der katholischen Religion natürlich nicht.«

»Das ist es eben. Und darum hielte ich es für richtig, wenn du bei Vater Robert ein paar Unterrichtsstunden nähmest. Ein bißchen mußt du ja immerhin Bescheid wissen, bevor du zum katholischen Glauben übertrittst.«

»Wieso trete ich denn zum katholischen Glauben über?«

»Sweetheart, weil das das einzig Richtige ist.«

»Das verstehe ich nicht . . . Kann ich dich denn nicht heiraten und trotzdem protestantisch bleiben?«

»Doch, theoretisch kannst du das. Aber praktisch halte ich es für besser, wenn du konvertierst. Du mußt verstehen – meine Familie ist katholisch; ich bin streng katholisch erzogen worden. Mein Wunsch, eine katholische Frau zu haben, ist daher begreiflich. Abgesehen davon ist eine Ehe, in der die Partner die gleiche Religion haben, immer glücklicher und unerschütterlicher. Und dann mußt du auch an unsere Kinder denken . . .«

Mein Gott, jetzt war er schon bei unseren Kindern. Ich zog mir die Hosenbeine herunter, schüttelte mir die Haare aus der Stirn, stand auf und reckte den Kopf. Ich hoffte, daß ich so doch etwas seriöser und eindrucksvoller aussähe. Es war nötig, denn ich war entschlossen, meinen Willen durchzusetzen.

»Darling«, sagte ich ernst, »so sehr ich dich liebe, zum katholischen Glauben kann ich nicht übertreten.«

»Und warum?« Stephen zog die Stirn in Falten.

Warum? Ja, das wußte ich auch nicht so recht. Ich spürte nur, daß ich mich damit in eine gewisse Abhängigkeit begäbe, die ich aber – auch ohne recht zu wissen warum – nicht wünschte.

Ich ahnte, daß es unklug wäre, Stephen den wahren Sachverhalt mitzuteilen, und suchte daher nach einer überzeugenden Ausrede.

»Schau«, sagte ich nach längerem Zögern, »was würdest du denn dazu sagen, wenn ich dich bitten würde, zum protestantischen Glauben überzutreten?«

»Ich würde natürlich ablehnen.«

»Na also! Und ich habe doch das gleiche Recht, abzulehnen, nicht wahr?«

»Du übersiehst dabei eine wesentliche Tatsache«, sagte Stephen, »mir bedeutet die katholische Religion sehr viel, und dir – wie du immer behauptet hast – bedeutet die protestantische Religion gar nichts.«

Das stimmte, aber ich durfte es auf keinen Fall zugeben. »Gar nichts ist übertrieben«, argumentierte ich, »immerhin ist mein Vater Protestant, und ich bin protestantisch getauft und erzogen. Beinahe wäre ich sogar konfirmiert worden . . .«

»Ja«, sagte Stephen nachdenklich, »ja, das leuchtet mir natürlich ein . . .«

»Siehst du . . .«, atmete ich auf und fügte dann tröstend hinzu: »Aber du kannst dich darauf verlassen, daß ich dich jeden Sonntag in die Kirche begleite. Und wenn du es gerne möchtest, nehme ich auch Unterrichtsstunden bei Vater Robert.«

»Ja, das wäre mir sehr lieb. Wer weiß, vielleicht entschließt du dich eines Tages ganz von allein, zum katholischen Glauben überzutreten . . .«

»Vielleicht . . .«, sagte ich.

Zwei Wochen später heirateten wir vor dem bulgarischen Standesamt. Trauzeugen waren ein deutsches Emigranten-Ehepaar, gute Bekannte meiner Mutter. Es war eine äußerst anstrengende Prozedur, da die Trauzeugen weder bulgarisch noch englisch, Stephen weder bulgarisch noch deutsch und der Standesbeamte weder deutsch noch englisch sprach. Da ich die einzige war, die alle drei Sprachen beherrschte, fungierte ich nicht nur als Braut, sondern auch als Dolmetscherin.

Als das Ganze vorüber war, gingen wir mit den Trauzeugen nach Hause und aßen das unvermeidliche Käsesoufflé, ein undefinierbares Fleischgericht und einen zusammengefallenen Kuchen. Jordanka, in der Aufregung und Bemühung, für diesen großen Tag etwas besonders Gutes zuzubereiten, hatte alles verdorben. Meine Mutter war nicht anwesend, da sie mit Bettina zur Erholung in die Berge gefahren war.

Nach einem doppelten Slibowitz, der sowohl nach der Prozedur auf dem Standesamt wie auch dem ungenießbaren Essen sehr angebracht war, verließen uns unsere Trauzeugen. Ich ging mit Stephen ins Bett.

Am Abend führten wir unsere funkelnagelneuen Eheringe aus. Zu diesem Zweck hatte ich ein elegantes, zartviolettes Kleid angezogen und Stephens Uniform auf Hochglanz bürsten und bügeln lassen. Als wir fertig angekleidet waren, traten wir gemeinsam vor den Spiegel und fanden, daß wir ein außerordentlich gutaussehendes Paar seien. Danach gingen wir in die Astoria-Bar.

Die Astoria-Bar war Sofias einziges Nachtlokal. Sie war in dunkelrotem Plüsch gehalten, und die Beleuchtung war so düster, daß man die Anwesenden kaum erkannte. Das Orchester war sehr laut, der Sekt sehr süß und die 24-Uhr-Darbietungen waren sehr dürftig. Stammgäste waren Amerikaner, Schieber und Prostituierte.

Wir ließen uns in einer der Plüschlogen nieder und bestellten eine Flasche Sekt. Ich legte meine linke Hand so auffallend wie möglich auf den Tisch und hoffte, daß man trotz der Dunkelheit den Ehering erkennen konnte.

Ab und zu tanzten wir. Stephen war ein ausgezeichneter Tänzer, und wir gaben, wie wir schon zu Hause im Spiegel festgestellt hatten, ein eindrucksvolles Paar ab. Ich bemerkte mit Genugtuung, daß man uns nicht ohne Neid beobachtete.

Ich war stolz und glücklich bis zu dem Moment, in dem sich Rosita in unserer Nähe niederließ und so in Stephens Blickfeld rückte, daß er sie einfach nicht übersehen konnte. Rosita war Bauchtänzerin und außerdem eine der attraktivsten kleinen Nutten. Sie hatte ein hübsches, freches Gesicht und eine sanft gerundete, wohlproportionierte Figur. Sie war mir bei meinen gelegentlichen Besuchen in der Astoria-Bar stets aufgefallen. Ich warf Stephen einen verstohlenen Blick zu. Er rauchte eine

Zigarette und war völlig unbefangen. Ab und zu streifte sein Blick Rosita, mußte sie streifen. Dennoch ärgerte es mich von Minute zu Minute mehr. Ich suchte nach einem fesselnden Gesprächsstoff, aber meine Gedanken waren so stark mit Rosita und Stephen beschäftigt, daß mir nichts einfiel. Stephen hielt meine Hand, wie immer, wenn wir irgendwo zusammensaßen.

Rosita hatte einen Spiegel hervorgezogen und begann sich das Gesicht zu pudern und die Lippen nachzuschminken.

»Sie hat wirklich einen wunderhübschen Mund, findest du nicht, Darling . . ?« sagte Stephen leichthin.

Ich zog meine Hand mit einem Ruck aus der seinen. Ich starrte ihn fassungslos an, unfähig, ein Wort hervorzubringen. Wie konnte er nur so etwas sagen? Wie konnte er mich nur so beleidigen?

Noch nie in meinem Leben war ich eifersüchtig gewesen. Es war ein vollkommen neues Gefühl. Ein brennendes, würgendes Gefühl, das in dem Wunsch endete, zuzuschlagen, Rache zu nehmen.

»Was hast du denn, Sweet?« fragte Stephen mit einer Harmlosigkeit, die mich zur Raserei zu bringen drohte.

»Das fragst du auch noch!?«

»Evelyn . . . ich weiß wirklich nicht . . .«

»Ich möchte gehen«, sagte ich, »sofort . . .!«

»Sag mir doch bitte . . .«

»Ich möchte gehen . . .«

Stephen winkte den Kellner herbei und zahlte. Ich stand schon neben dem Tisch und klopfte mit der Fußspitze auf den Boden. Kaum hatte er das Geld in seiner Tasche verstaut, da rauschte ich mit zurückgeworfenem Kopf aus dem Lokal. Stephen folgte mit betretenem Gesicht.

»Willst du mir nicht endlich sagen, was los ist?« fragte er, als wir nach Hause fuhren.

Ich schwieg und schaute zum Fenster hinaus.

»Evelyn . . .«, er packte meinen Arm und begann mich zu schütteln.

»Oh, laß mich in Ruhe«, zischte ich. »Wenn dir Rositas Mund besser gefällt als meiner, dann geh doch zu ihr zurück!«

»Ach, das ist es«, sagte Stephen ehrlich erstaunt, »mein Gott, darauf wäre ich nie gekommen!« Er begann befreit zu lachen.

»Lach nur«, schrie ich ihn an, »es ist ja auch wahnsinnig komisch!«

»Aber, Darling, das ist doch kein Grund, um eifersüchtig zu werden . . .«

»Eifersüchtig . . .!« Ich bemühte mich um Ruhe und äußerste Würde. »Ich bin nicht eifersüchtig, ich bin bestürzt. Wir sind noch keine zwölf Stunden verheiratet, und schon siehst du dir die Münder der Flittchen an. Ich finde dich schamlos!« Tränen brannten in meinen Augen.

»Nun hör aber auf«, sagte Stephen, »aus einer harmlos hingeworfenen Bemerkung machst du eine Tragödie. Was interessiert mich Rositas Mund, du kleiner Idiot! Du hast den schönsten Mund, den es auf der ganzen Welt gibt, und ich liebe dich, wie ich noch nie eine Frau geliebt habe.«

»Wirklich?«

»Wirklich! Meine Liebe wird dir noch eines Tages auf die Nerven gehen, denke daran!«

Es war das erste und letzte Mal, daß ich in meiner Ehe eifersüchtig wurde. Stephen gab mir nie mehr den geringsten Anlaß. Auch nicht einen so winzigen wie Rositas Mund. Es war außerdem das erste und letzte Mal, daß ich einem Mann meine Eifersucht zeigte.

Ende November fand die kirchliche Trauung statt. Ich hatte sie hinauszuzögern versucht, aus Gründen, die mir erst richtig klar wurden, als Vater Robert während der Zeremonie sagte: »bis daß der Tod euch scheide!«

In diesem Moment lief mir ein kleiner Schauer den Rücken hinunter, und ich warf einen schnellen Blick auf Stephen. Er machte ein ernstes, feierliches Gesicht. Ich war überzeugt, daß er alles in Ordnung fand.

Er hatte mich vor der Trauung gemeinsam mit Vater Robert noch einmal darauf hingewiesen, daß es für Katholiken keine Scheidung gibt und daß wir unlösbar bis an das Lebensende miteinander verbunden seien.

Ich hatte stumm mit dem Kopf genickt.

Wir wurden in unserer Wohnung getraut. Ich war ein wenig enttäuscht. Wenn schon kirchliche Trauung, hatte ich mir gedacht, dann wenigstens mit weißem Kleid, Schleier und Myrten. Mit Orgelmusik, blumenstreuenden Kindern und vielen ergriffenen Menschen. Aber Zeit und Umstände waren nicht danach gewesen, und in Anbetracht unseres kleinen Bekanntenkreises hätte es sowieso an einer Menschenmenge gefehlt. Also hatten wir uns für eine stille Trauung in den eigenen vier Wänden entschieden. Außer dem Emigranten-Ehepaar und meiner Mutter war niemand anwesend. Und niemand, außer Jordanka, die sich in eine Ecke gedrückt hatte, vergoß eine gerührte Träne. Ich trug ein einfaches, schwarzes Kostüm, und erst nachher fiel mir ein, daß ich eigentlich eine etwas freundlichere Farbe hätte wählen können.

Während der Zeremonie vertrieb ich mir die Zeit damit, Vater Robert und seine rituellen Handlungen genau zu studieren. Es kam mir komisch vor, daß dieser wohlbeleibte, einfältige Mann zwei Menschen auf Gedeih und Verderb aneinanderfesseln konnte. Es kam mir so komisch vor, daß ich zuweilen Mühe hatte, ein Lachen zu unterdrücken.

Einmal schaute ich zu meiner Mutter hinüber, und als ich ihr unverkennbar besorgtes Gesicht sah, lachte ich tatsächlich. Sie schlug wie immer, wenn sie mich für einen hoffnungslosen Fall hielt, die Augen zum Himmel auf.

Als die Trauung beendet war, als wir gegessen und getrunken und in gedämpftem Ton eine Unterhaltung geführt hatten, war ich dafür, das Fest abzubrechen. Ich war sehr müde, was wohl von dem schweren Rotwein kam, von dem ich ein bißchen zu viel getrunken hatte.

Als ich mich von meiner Mutter verabschiedete, zog sie mich in eine Ecke und sagte leise: »Stephen ist ein wunderbarer Mann. Sieh zu, daß du ihn nicht zu unglücklich machst.«

Ich fand das keinen sehr erheiternden und der Situation angemessenen Glückwunsch.

Als Stephen und ich allein waren, nahm er mich zärtlich in die Arme: »Ich bin so froh«, sagte er, »daß wir nicht mehr in Sünde zusammenleben müssen . . .«

Ich schaute ihn forschend an, um zu erkennen, ob er wohl einen

Witz gemacht habe. Aber sein Gesicht war tiefernst. »Na, laß mal«, erwiderte ich, »wir haben auch in Sünde recht angenehm zusammengelebt.«

»Aber Evelyn . . .«, sagte er vorwurfsvoll.

Die letzte wirklich unbeschwerte Zeit waren die ersten Wochen meiner Ehe. Ich war glücklich, verliebt und zufrieden und kam mir ungeheuer wichtig vor. Ich spielte Ehe- und Hausfrau, und da das eine ganz neue Rolle war, machte sie mir große Freude. Damals hätte sich Stephen keine bessere Frau wünschen können, und er glaubte wohl, das große Los gezogen zu haben.

Wir waren jetzt oft bei den anderen Offizieren eingeladen, und sie beglückwünschten ihn zu seiner vortrefflichen Wahl. Ein so junges, so hübsches Mädchen und zugleich eine so liebende, ergebene Ehefrau sei wirklich eine Seltenheit, sagten sie. Ja, pflichtete Stephen ihnen bei, er habe da einen wahren Schatz gefunden.

Wann dieser Schatz zum erstenmal einen angefangenen Kuchen gelangweilt stehenließ, einen abgerissenen Knopf am Hemd seines Mannes übersah und das ewige Zu-Hause-Essen monoton fand, ist nicht mehr genau festzustellen. Es mochte etwa sechs Wochen nach der Hochzeit sein. Auf jeden Fall gab es bald unübersehbare Anzeichen, daß der Schatz nicht aus purem Gold war. Der Ehemann jedoch nahm diese Anzeichen nicht zur Kenntnis. Er aß, ohne zu murren, Jordankas mißglückte Kuchen; er nähte sich den Knopf selber an, mit der Bemerkung, daß er das ja in der Armee gelernt habe; und er führte seine junge Frau in ein Restaurant, um ihr Abwechslung zu verschaffen.

Was er allerdings zur Kenntnis nahm – und das mit einem leichten Frösteln – war, daß sein Schatz auf einer Cocktailparty mehr als einen Blick auf den athletischen, gutaussehenden Fliegerleutnant Barton warf.

Diese Cocktailparty war, ohne daß wir es wußten, ein Meilenstein in unserer Ehe.

»Gefällt dir der junge Barton, Evelyn?«

»Was heißt gefallen? Er sieht nett aus, und er ist gut erzogen. Westpointschüler, weißt du.«

»Daß du all das erst heute feststellst, ist sonderbar. Du siehst ihn doch nicht zum erstenmal.«

Mit diesem Satz hatte Stephen unbewußt etwas ausgesprochen, was mich nachdenklich stimmte. Nein, ich sah Barton nicht zum erstenmal, und dennoch sah ich ihn zum erstenmal. Die ganzen letzten Wochen hatte ich nur Stephen gesehen. Kein Mann, und war er auch noch so attraktiv und charmant gewesen, hatte mir Eindruck machen können. Hätte man mich gefragt, wie hat denn Captain X oder Colonel Y ausgesehen, so hätte ich es nicht gewußt. Ich hatte mit ihnen geplaudert und getanzt und sie in derselben Sekunde vergessen, in der die Unterhaltung, der Tanz zu Ende war.

Auf dieser Party jedoch drang zum erstenmal wieder ein Mann in mein Bewußtsein. Ich hätte Leutnant Barton genau beschreiben können – seine graublauen Augen mit den dichten, dunkelblonden Wimpern; seine gerade, kurze Nase, seine kindlich vorgeschobene Unterlippe und seine muskulöse, stämmige Figur. Ich hätte auch seine Worte wiederholen können, die er mir abseits von den anderen bei einem Martini zugeflüstert hatte: »Mrs. Cherney, I think I could fall in love with you . . .«

»Don't talk like that«, hatte ich erwidert und mich eines warmen prickelnden Gefühls nicht erwehren können.

»Why not?! It's the truth. Let's drink to it . . .!«

Er hatte mit mir angestoßen, und bei dem hellen, zitternden Klang war ich zusammengefahren, als hätte man mich bei einem Betrug ertappt.

Ich hatte Stephens Blick gespürt, der sich mit zwei anderen Offizieren unterhielt und mich dabei, über die Köpfe der Gäste hinweg, beobachtete.

»Excuse me . . .«, hatte ich hastig gesagt und war zu ihm gelaufen.

»Du bist ja ganz außer Atem, Evelyn . . . War die Unterhaltung mit Barton so aufregend . . .?« Seine Stimme war sarkastisch.

Und da, zum erstenmal, regte sich Trotz in mir. Durfte ich mich vielleicht nicht mehr mit einem anderen Mann unterhalten? Durfte ich die Blicke und Komplimente anderer Männer nicht mehr wahrnehmen? Durfte ich jetzt mein Leben lang nur noch Stephen ansehen und anhören und nur noch von Stephen angesehen und angehört werden? Das ging wohl etwas zu weit.

»Ich weiß nicht recht, was du meinst«, erwiderte ich kühl, »aber wenn du ein Gespräch mit Barton für ein Verbrechen hältst, dann tust du mir leid.«

Ich drehte mich auf dem Absatz um und entfernte mich mit lässigen Schritten und hoch erhobenem Kopf.

An diesem Abend war ich die umschwärmteste Frau. Es war wie in alten Zeiten. Man überschüttete mich mit Komplimenten, man warf mir begehrende Blicke zu, und man sprach in einem Ton mit mir, der nicht der Mrs. Cherney, sondern der hübschen Frau in mir galt. Und ich lockte mit vielversprechenden Blicken und kokettem Lächeln. Ich sagte mir, daß ich es täte, um Stephen für seine ungerechte Bemerkung zu strafen.

Ab und zu suchten ihn meine Augen. Er stand mal hier, mal dort, im Gespräch mit den anderen Gästen, und immer ein frisch gefülltes Glas in der Hand. Er schien mich nicht zu sehen, und ich merkte an seinen steifen Bewegungen und seinem lauten Lachen, daß er nicht mehr ganz nüchtern war.

Gegen neun Uhr, als ich mich mit einem Glas Sekt und Leutnant Barton in eine stillere Ecke zurückgezogen hatte, kam Stephen mit unsicheren Schritten auf mich zu. Er schwenkte meinen Mantel wie ein Torero das rote Tuch.

»Es ist Zeit, daß wir gehen, hier ist dein Mantel!«

»Es ist Zeit, daß du was ißt, dort drüben ist das kalte Buffet!«

Wir starrten uns angriffslustig an, und keiner dachte daran, dem anderen nachzugeben.

»Ich möchte nicht essen, ich möchte gehen«, sagte Stephen mit schwerer Zunge und ohne Barton auch nur zu beachten.

»Bitte schön . . .«, sagte ich und blieb sitzen.

Er schaute mich fassungslos an. Und plötzlich trat ein Ausdruck in sein Gesicht, der so unglücklich, so hilflos war, daß ich erschrak.

»Gut . . .«, murmelte Stephen, »ich warte dann eben noch . . .«

Ich stand rasch auf: »Unsinn, ich habe doch nur Spaß gemacht. Natürlich gehen wir, wenn du willst!«

Ich sah ein kurzes, ironisches Lächeln über Bartons Gesicht flackern.

»Good bye, Lieutenant«, sagte ich förmlich. Ich ergriff Stephens Arm. Er ging betont aufrecht, wie nur Betrunkene gehen.

Kaum hatten wir das Haus verlassen, begann er zu schwanken und über seine eigenen Füße zu stolpern.

»Du bist ganz schön blau! Wie viele Martinis hast du eigentlich getrunken?«

»W . . . wie soll ich das w . . . wissen, müssen zwan . . . zwanzig vielleicht . . .«

»Ganz schön.« Ich half ihm in den Wagen. Zwetan grinste. Wir fuhren schweigend nach Hause. Die Treppe machte Stephen große Schwierigkeiten. Das Schlüsselloch noch mehr. Ich nahm ihm den Schlüssel aus der Hand und schloß auf. Stephen verschwand direkt im Bad.

Zehn Minuten später hörte ich ihn im Schlafzimmer. Ich ging zu ihm: »Ist dir jetzt besser?«

»Ja«, sagte er, »entschuldige bitte . . .«

Sein Gesicht sah grünlich und eingefallen aus. Die Augen waren gerötet. Er war kein hübscher Anblick, und eine Sekunde lang empfand ich Widerwillen. Gleich darauf schämte ich mich dieses Gefühls. Vor einem Menschen, den man liebt, ekelt man sich nicht, warf ich mir vor. Ich ließ mich auf dem Bettrand nieder und nahm seine Hand. Er lächelte mich dankbar und voller Zärtlichkeit an.

»Ich war eifersüchtig, darum habe ich so viel getrunken . . .«

»Ja, ich weiß.«

»Ich habe dich noch nie so wie heute gesehen, und das hat mir Angst gemacht. Liebst du mich noch, Evelyn?«

»Natürlich liebe ich dich, du Dummer.«

»Warum hast du dann mit Barton geflirtet?«

»Ich habe mich mit Barton unterhalten, nicht geflirtet.«

»Ach was«, sagte er mit einem Seufzer, »zuerst hast du mit Barton geflirtet und dann mit allen anderen. Du hast sie bewußt verrückt gemacht. Sie haben dich mit den Augen verschlungen, und du wolltest das, das hat dir gut getan. Du warst gar nicht mehr mein kleines Mädchen. Ich habe plötzlich gemerkt, wie wenig ich dich doch kenne . . .«

»Aber, Darling, ich kenne dich doch genauso wenig!«

»Ach«, sagte er, »bei mir liegt alles klar. Aber bei dir weiß man manchmal nicht, ob es ein echtes Gefühl ist oder nur eine Laune . . .«

Ich stand auf. Jetzt sprach Stephen so, wie früher meine Mutter gesprochen hatte.

»Ich befürchte«, sagte ich, »du verstehst mich nicht . . .«

Stephen wurde, trotz seiner Heirat mit einer Ausländerin, nicht versetzt. Es war kein Ersatzmann für ihn da, und die Mission konnte nicht auf ihn verzichten.

Der Winter kam, und ich wurde achtzehn Jahre. Der Frühling kam, und da beschlossen wir, eine verspätete Hochzeitsreise zu unternehmen. Unser Ziel sollte Istanbul sein. Meine Vorfreude war maßlos. Acht Jahre lang hatte ich Bulgarien nicht verlassen. Nun sollte ich endlich ein neues Land sehen, ein Land, das der Krieg nicht berührt hatte, in dem es keine zerbombten Häuser, keine Besatzungsarmee, keine Lebensmittelknappheit gab. Ich sollte eine Nacht im Schlafwagen verbringen, ich sollte in einem eleganten Hotel wohnen, Moscheen besichtigen und eine fremde Sprache hören. Ich fand schon Tage vor der Abreise keine Ruhe mehr.

Ich ließ mir neue Kleider nähen, neue Schuhe machen und eine neue Frisur legen. Ich träumte von Harems und verschleierten Frauen. Ich sprach nur noch von Istanbul.

Eine Woche vor unserer Abreise stellte ich fest, daß meine Periode ausgeblieben war. In der Aufregung war es mir nicht sogleich aufgefallen, aber ein morgendlicher Schwindelanfall machte mich stutzig. Ich hielt mich am Waschbecken fest und erblickte im Spiegel ein weißes Gesicht mit dunkel umränderten Augen. Das konnte, das durfte nicht wahr sein!

Ich legte mich wieder aufs Bett und rechnete. Ich war zehn Tage über meine Zeit hinaus, und wenn ich es recht bedachte, so hatte ich mich morgens immer matt und zerschlagen gefühlt. Die Anzeichen stimmten. Ich mußte schwanger sein.

Ich krümmte mich zusammen in einer verzweifelten, einer ohnmächtigen Wut. Nichts, aber auch nichts wurde mir in diesem Leben gegönnt. Noch nicht einmal eine kleine Reise, auf die ich mich so sehr gefreut hatte. Immer machte mir das

Schicksal einen Strich durch die Rechnung. Aber diesmal nicht! Diesmal würde *ich* dem Schicksal einen Strich durch die Rechnung machen. Ja, das würde ich! Es gab Mittel und Wege – es gab einen bulgarischen Arzt in der Mission . . .

Plötzlich dachte ich an Stephen. Was wird er dazu sagen . . .? Ich sprang aus dem Bett. Ich begann im Zimmer auf und ab zu gehen. Ja, würde er dazu sagen. Nicht gleich natürlich, aber schließlich und endlich würde er es doch einsehen. Man konnte einem achtzehnjährigen Mädchen, das kurz vor einer langersehnten Reise stand, nicht zumuten, ein Kind zu bekommen.

Als Stephen gegen Mittag nach Hause kam, fand er mich in erschöpfter Pose, mit leidendem Gesicht in einem Sessel sitzen.

»Darling, was ist«, fragte er erschrocken, »bist du krank?«

»Ich bin schwanger«, sagte ich in anklagendem Ton.

Einen Moment stand er wie versteinert mit offenem Mund da. Dann glitt ein strahlendes Lächeln über sein Gesicht. Er ließ sich vor mir auf die Knie nieder und nahm meine Hände: »Bist du ganz sicher . . .?« flüsterte er.

Daß er meine Mitteilung mit solcher Verzückung aufnehmen würde, damit hatte ich nicht gerechnet. Es erschwerte die Situation beträchtlich und ließ ein Gefühl der Unsicherheit aufkommen. Beides paßte mir nicht.

Daher sagte ich härter als beabsichtigt: »Ja, leider bin ich ganz sicher.«

»Aber Evelyn . . . was meinst du mit leider?«

»Genau das, was ich sage. Ich halte den Zeitpunkt, ein Kind in die Welt zu setzen, für ganz ungeeignet.«

»My love«, sagte Stephen, nachdem er einen Moment bekümmert geschwiegen hatte, »es ist nicht an uns, den Zeitpunkt zu bestimmen . . .«

»Ich glaube, da irrst du dich«, unterbrach ich ihn ärgerlich, »wenn die Mission für eine ausreichende Präservativ-Zuteilung gesorgt hätte, dann hätten wir den Zeitpunkt recht gut bestimmen können!«

»Evelyn . . .«, rief Stephen betroffen, »wie kannst du über etwas so Großes, Wunderbares so gräßlich reden . . .?«

»Darling . . .«, sagte ich und zog meine Hände ungeduldig aus den seinen, »ich finde, du übertreibst. Ich weiß genau, daß es etwas Großes, Wunderbares ist – aber alles zu seiner Zeit. In unserer Situation und in meinem Alter sollte man keine Kinder kriegen. Was fangen wir mit dem Baby an, wenn wir gar nicht wissen, wo und wie wir leben werden. Ich glaube, das solltest du dir überlegen.«

»Geld, Nahrung und Wohnung haben wir auf jeden Fall für ein Baby«, sagte Stephen, der gar nicht auf den Gedanken zu kommen schien, daß ich andere Pläne hatte.

»Ja, und unsere Ehe beginne ich mit einem dicken Bauch, mit Windelnwaschen und Zu-Hause-sitzen. Ein schöner Anfang ist das!«

Stephen stand langsam auf. »Ich kann verstehen, daß es für dich ein etwas verfrühtes, zu plötzliches Ereignis ist. Du bist sehr jung, und du fürchtest Pflicht und Verantwortung. Aber du wirst dich an den Gedanken gewöhnen, und eines Tages, wenn du unser Baby in den Armen hältst . . .«

»Ich werde kein Baby in den Armen halten!« sagte ich in einem Ton, der keinen Widerspruch zuließ. Wenn er nicht selber merkte, worauf ich hinaus wollte, dann mußte ich es ihm hart und deutlich zu verstehen geben.

»Was willst du damit sagen, Evelyn?« fragte Stephen bestürzt. Sein rechtes, unteres Augenlid begann zu zucken. Es war ein Zeichen, daß er in einem Zustand äußerster Erregung war.

»Ich will damit sagen, daß ich zum Arzt gehen werde«, erklärte ich mit Nachdruck und erhob mich.

Stephen war mit zwei Schritten bei mir. Er nahm mich bei den Schultern. Seine angsterfüllten Augen widersprachen der harten, entschlossenen Linie seines Mundes.

»Das wirst du nicht tun, Evelyn«, sagte er heiser, »ich werde es niemals zulassen . . . niemals . . . hörst du!«

»Du willst mich also unglücklich machen«, sagte ich mit einer Resignation, als hätte ich es nicht anders erwartet.

»Dein Unglück will ich ja gerade verhindern«, sagte Stephen voller Verzweiflung. »Mein Gott, Evelyn, was du da vorhast, ist ein unvorstellbarer Leichtsinn, eine Sünde, ein Verbrechen!«

»Unsinn! Es ist viel leichtsinniger, daß du mich zwingen willst, ein Kind zu bekommen, das ich mir noch gar nicht wünsche, dem ich keine richtige Mutter sein werde und das sich zwischen dich und mich stellen wird . . .«

»Sweetheart, glaube mir doch, so empfindest du jetzt, aber jede Frau entwickelt in den neun Monaten Mutterinstinkte . . .«

»Und es ist noch leichtsinniger, daß du dir keinerlei Gedanken über meinen seelischen und körperlichen Zustand machst. Wie du sehr gut weißt, waren die letzten Jahre schwer für mich, ganz zu schweigen davon, daß ich als Dreizehnjährige Tbc hatte . . .«

»Du bist vollkommen ausgeheilt«, sagte Stephen jetzt wieder mit fester, entschlossener Stimme, »und ich kann es mit größter Ruhe verantworten, daß du ein Kind zur Welt bringst.«

Diese Hartnäckigkeit hatte ich nicht erwartet. Ich sah meinen Sieg dahinschwinden, und das brachte mich so außer Fassung, daß ich zu einer tränenreichen Verzweiflungsszene Zuflucht nahm. Ich stürzte ins Schlafzimmer, warf mich quer über das Bett und brach in wildes Schluchzen aus.

Stephen kam mir nach. »Darling . . . Evelyn, my love . . . bitte, beruhige dich . . . du darfst dich nicht so aufregen . . .«

»Was kümmert es dich«, jammerte ich mit brechender Stimme, »daß ich mich aufrege, daß ich todunglücklich bin, daß ich an dem Kind zugrunde gehe . . .! Jahrelang quält man sich und dann, wenn das Leben endlich mal wieder lebenswert geworden ist, passiert so etwas. Schluß, aus . . .! Kein Glück, kein Vergnügen, keine Freiheit mehr! Kein Istanbul mehr . . .!« Bei dem Gedanken an die heißersehnte Reise brach ich in einen neuen Tränenstrom aus, und je herzzerbrechender ich weinte, desto mehr bemitleidete ich mich selber.

»Aber, Darling . . . wir können doch trotzdem nach Istanbul fahren . . .«

»Ich denke nicht daran, in diesem Zustand wegzufahren«, schrie ich erstickt, »was habe ich denn davon! Um zu speien und ohnmächtig zu werden, brauche ich nicht nach Istanbul zu reisen . . .«

Stephen schwieg, und dieses Schweigen wertete ich als günstiges Zeichen.

Ich hob mein nasses, verschwollenes Gesicht und schaute ihn an. Er sah verstört und gebrochen aus. Seine Hände zitterten.

»Bitte, geh jetzt«, flüsterte ich mit matter Stimme, »ich möchte allein sein . . .«

»Ich möchte doch nichts anderes als dein Glück«, sagte Stephen sehr leise.

»Bitte, geh jetzt . . .«

Ich aß den ganzen Tag nichts. Ich rauchte eine Zigarette nach der anderen und trank kannenweise starken, schwarzen Kaffee. Ich tat das alles sehr bewußt und nicht nur aus Verzweiflung und Nervosität. Gegen Abend war ich wirklich in einem beängstigenden Zustand.

Ich brauchte nur noch eine knappe Stunde, um Stephen davon zu überzeugen, daß das Kind meinen Tod bedeutete.

»Ich werde morgen dem Arzt meine Einwilligung geben«, sagte er mit ausdruckslosem Gesicht.

»Oh, Darling . . .« Ich wankte auf ihn zu. »Ich wußte ja, daß du mich lieb genug hast, um . . .«

»Schon gut, Evelyn . . .« Er machte keine Anstalten, mich in die Arme zu nehmen . . .

»Wir haben doch noch so viel Zeit, Kinder in die Welt zu setzen . . .«, tröstete ich.

»Das wird sich herausstellen, wenn der Arzt mit dir fertig ist . . .«

»Der versteht sein Handwerk – nach zwei Jahren amerikanischer Mission . . .«

»Wir werden sehen . . .«, sagte Stephen mit einer Stimme, die mir nicht gefiel.

Es war grauenvoll!

»Nehmen Sie nicht mehr als jede Stunde eine Tablette«, warnte der Arzt. »Und bleiben Sie nicht länger als eine halbe Stunde im heißen Wasser. Die Spritzen sind schon stark genug und nicht unschädlich für das allgemeine Körpersystem.«

Es klang nicht gerade sehr beruhigend. Dennoch nahm ich jede Stunde zwei Tabletten und saß länger als eine Stunde in geradezu kochend-heißem Wasser.

Am Abend fischte mich Stephen aus der Badewanne. Ich war halb bewußtlos.

»Schluß jetzt mit diesem verdammten Mist!« tobte er. »Und wenn ich vor deinem Bett Wache stehe, es wird nichts mehr unternommen!«

Mit einer wütenden Bewegung nahm er das Röhrchen mit Tabletten aus meiner Nachttischschublade und zertrat es.

Mir war elend wie nie zuvor. Ich hatte das Gefühl, nicht mehr leben und nicht sterben zu können. Stephen schlief die ganze Nacht nicht. Er saß auf meinem Bettrand, fühlte meinen flatternden Puls und wischte mir und sich den kalten Schweiß von der Stirn. Er sah fast so krank aus wie ich.

Am Morgen setzten heftige Krämpfe ein, und gegen Mittag war es überstanden.

»Jetzt können wir nach Istanbul fahren . . .« Das war der erste Satz, den ich nach stundenlangem Zähneknirschen kaum hörbar hervorbrachte.

»Zum Teufel mit Istanbul . . .!« sagte Stephen und warf sich erschöpft neben mich aufs Bett. »Ich habe im Krieg weiß Gott schlimme Stunden erlebt, aber diese Nacht war die schlimmste meines Lebens.«

»Jetzt ist es ja vorbei . . . Darling . . .«

Ja, es war vorbei. Mit den Schmerzen war es vorbei und mit der Schwangerschaft – und wie sich später herausstellte, mit meiner robusten Gesundheit und meiner engen Beziehung zu Stephen.

Von diesem Tag an streikte mein bis dahin gut funktionierender Körper bei jeder Gelegenheit, und mein Benehmen Stephen gegenüber wurde gereizt und sprunghaft.

Wir fuhren nach Istanbul. Die Reise war ebenso aufregend, die Stadt ebenso schön, wie ich sie mir vorgestellt hatte. Und dennoch fehlte etwas. Das Glück hatte einen Sprung. Es war nicht mehr rund und voll wie ehedem. Ich merkte, daß ich manche Dinge in meinem Leben nicht mehr mit Stephen teilte, nicht mehr teilen wollte. In gewissen Momenten, besonders dann, wenn mich etwas tief beeindruckte, verschloß ich mich und ließ ihn nicht teilhaben an meinen Empfindungen. Es waren Momente, in denen mich eine heftige Auflehnung gegen ihn erfaßte und gleichzeitig ein Gefühl der Überlegenheit. Dann zog ich mich in abweisendes Schweigen zurück und duldete keine Annäherungen. Ich ließ Stephen neben mir stehen wie einen Fremden und merkte, wie er Zutritt zu mir und meinen Gefühlen suchte. Und ich spürte eine sadistische Freude, wenn er sich umsonst bemühte, wenn er mich nicht erreichen konnte, wenn ich ihn herausgeschnitten hatte aus meinem Leben. Und ich war traurig und einsam.

Damals stand ich diesen widerstreitenden Gefühlen verwundert gegenüber. Ich begriff mich nicht recht – und Stephen begriff mich überhaupt nicht mehr. Aber seine Liebe wurde dadurch nicht geringer, sie schien stärker zu werden, je mehr ich mich von ihm entfernte.

Zu dieser Zeit, auf unserer Istanbuler Hochzeitsreise, prägte ich auch einen neuen Namen für ihn. Ich hatte ihn bis dahin immer mit ›Darling‹ angeredet, aber in manchen Momenten schien dieses ›Liebling‹ jetzt fehl am Platz. Ich versuchte es mit ›Stephen‹, aber aus unerklärlichen Gründen ging mir der Name nicht über die Lippen. Er paßt nicht zu ihm, redete ich mir ein, ich muß einen anderen finden. Bald darauf fand ich ihn.

Es war an einem Abend, an dem ein Gewitter in der Luft lag. Ich stocherte appetitlos in meinem Essen herum, und Stephen warf mir besorgte Blicke zu.

»Wenn du mich so ängstlich von der Seite anschaust«, sagte ich halb belustigt, halb gereizt, »siehst du wie eine Maus aus.«

»Dann schon eher wie eine Ratte.« Stephen lachte.

»Nein, wie eine Maus ... genau wie eine Maus ...« Und plötzlich legte ich Messer und Gabel hin und sagte: »Jetzt hab' ich's!« – »Was?«

»Deinen Namen ... ich werde dich ›Maus‹ nennen.«

»Aber bitte nur, wenn wir allein sind.«

»Gut«, willigte ich ein, » ›Maus‹ klingt auch nicht so hübsch. Ich werde dich ›Mischka‹ nennen. Das ist das bulgarische Wort für Maus. Findest du ›Mischka‹ nicht einen netten Namen?«

»Na ja«, meinte Stephen mit Selbstironie, »was meine Charaktereigenschaften und die einer Maus betrifft, so sind sie vielleicht identisch, aber was die Größe anbelangt, so unterscheiden wir uns doch wesentlich voneinander.«

»Dann lasse ich eben das ›ka‹ weg und nenne dich ›Misch‹. Das klingt ein wenig größer.«

»Wenn es dir Spaß macht, Evelyn.«

Ich war von meinem Einfall begeistert.

Von diesem Tag an blieb Stephen für mich ›Misch‹.

Etwa eine Woche nach unserer Rückkehr aus Istanbul kam
Stephen eines Tages mit der Nachricht nach Hause, daß er nun
doch versetzt werde.

»Und wohin?« fragte ich ein wenig erschrocken.

Er machte ein geheimnisvolles Gesicht: »Rate mal . . .«

»Nun sag schon!«

»Nach Deutschland.«

»Gib mir bitte eine Zigarette«, sagte ich mit dünner Stimme.

Stephen zündete eine Zigarette an und reichte sie mir.

»Freust du dich?« fragte er.

»Freuen . . .?«

»Ja, du hast dir doch immer gewünscht, Deutschland wiederzusehen.«

»Habe ich mir das gewünscht?«

»Evelyn, was ist denn?«

»Ich weiß nicht.«

Deutschland . . . Deutschland . . . Deutschland . . . Ich war wie
betäubt – nicht in der Lage, einen Gedanken zu fassen.

»Und ich glaubte, du würdest einen Freudentanz aufführ-
ren . . .«

Ich starrte ihn an, ohne ihn zu sehen: »Deutschland . . . wie
eigenartig . . .«

Stephen trat auf mich zu und zog mich zu sich empor. »Darling . . .«, rief er, »hörst du mich überhaupt?« Er begann mich
zu schütteln: »He . . . Evelyn, wach auf . . .«

»Laß das doch, Misch«, sagte ich unwillig und befreite mich
aus seinem Griff, »glaubst du denn, ich bin taub . . .?«

»Eben warst du es noch.«

»Komm«, sagte ich, »das Essen wird kalt.«

Er schaute mich kopfschüttelnd an: »Wie soll man aus dir klug
werden?«

»Versuch es erst gar nicht.«

Ich schob die Gedanken an Deutschland zurück. Sie waren so
zwiespältig, daß ich noch nicht mit ihnen fertig wurde.

Es gab Stunden, in denen ich voll überschwenglicher Freude war und es gar nicht erwarten konnte, Deutschland wiederzusehen. Und es gab Stunden, in denen mich der Gedanke, deutschen Boden betreten zu müssen, mit Angst, Widerwillen und Verzweiflung erfüllte.

Ich versuchte, nicht an meinen Vater zu denken. Die Vorstellung, ihn bald wiedersehen zu können, wann immer ich wollte, raubte mir die Fassung. Als Stephen eines Tages das Gespräch darauf brachte, fiel ich ihm ins Wort:»Sprich bitte nicht von meinem Vater . . .! Ich habe dir schon oft gesagt, daß ich nichts mehr mit ihm zu tun haben möchte, und dabei bleibt es.«

»Aber Evelyn . . . er ist doch dein Vater!«

»Er ist der Mann irgendeiner Frau. Also bitte, laß mich mit ihm in Ruhe . . .!

»Natürlich, Darling . . . aber . . .«

»Es gibt kein aber . . .«

Unser Abreisetermin wurde auf den ersten Juli festgesetzt. Am 20. Juni, ich werde den Tag nie vergessen, kam Mizos Anruf: »Evi, ich muß dich dringend sprechen!«

»Was ist, Mizo, handelt es sich um Bettina . . .?«

»Nein . . . um deine Mutter . . .«

»Was ist mit Mutti?« schrie ich.

»Ruhig, Evi. Ich komme gleich bei dir vorbei. Am Telefon kann man das nicht besprechen . . .«

Ich wußte, was mir Mizo sagen würde. Er würde mir sagen, daß meine Mutter schwer krank sei.

Ich trat ans offene Fenster. Kinder spielten auf der Straße mit einem Ball. Ein Vogel saß auf der Dachrinne und putzte mit flinkem Eifer seine Federn. Ein Säugling schrie irgendwo, schrill und zornig. Ich beobachtete die Straße und wehrte mich zu denken.

Fast alle Krankheiten konnte man heilen. Auch die Krankheit meiner Mutter würde man heilen können: lächerlich, auch nur einen Moment daran zu zweifeln . . .

Ich ging in die Küche und begann ein Gespräch mit Jordanka. Ob sie sich noch erinnern könne, was es früher für schönes Obst und Gemüse in Bulgarien gegeben hätte.

Weiß Gott, aber das hätten zuerst die Deutschen aufgefressen und jetzt fressen es die Russen auf. Die Welt sei eben voller Ungerechtigkeiten . . .

Ich stimmte ihr zu. Ich schaute auf die Uhr. Zwanzig Minuten waren seit dem Anruf Mizos vergangen. Er mußte jetzt jeden Moment kommen. Ich verließ mitten in einem Satz Jordankas die Küche und rannte ans Fenster. Im selben Augenblick klingelte es.

Ich hörte Jordanka die Tür öffnen, ich sah Mizo das Zimmer betreten, und ich wagte nicht, ihm ins Gesicht zu schauen. Ich hielt den Blick gesenkt und stellte fest, daß seine Hosen an den Knien fast durchsichtig waren und die Nähte seiner Kunstlederschuhe geplatzt.

»Guten Tag, Mizo . . .«, sagte ich zu diesen Schuhen.

»Guten Tag, Evilein . . .« Mizo beugte sich zu meinem Gesicht herab und küßte mich erst auf die rechte, dann auf die linke Wange. Ich erwiderte automatisch diese Geste der Begrüßung.

»Wie geht es dir, Kleines?«

Jetzt mußte ich ihn anschauen. Ich konnte unmöglich weiter zu seinen Schuhen sprechen.

»Danke gut . . .«, sagte ich und hob den Kopf.

Mizo hatte ein orientalisches Gesicht, das entweder vollkommen ausdruckslos wie das eines guten Pokerspielers war oder aber mit vibrierender Überempfindlichkeit seine Gefühle widerspiegelte. Ich wußte schon, ehe ich ihn anblickte, welches seiner beiden Gesichter ich sehen würde, und ich hatte mich nicht getäuscht. Keine Worte hätten deutlicher ausdrücken können, was dieses Gesicht sagte.

»Willst du eine Tasse Kaffee oder etwas Kaltes trinken?« fragte ich in dem Versuch, das Unausweichliche hinauszuzögern.

»Nein, danke, Evi . . . setzen wir uns . . . ich möchte es hinter mich bringen.«

Er nahm meinen Arm, führte mich zu einem Sessel und setzte sich mir gegenüber.

»Hast du eine Zigarette, Evi?«

»Natürlich, aber du rauchst doch nicht mehr.«

»Manchmal werde ich rückfällig.«

Ich reichte ihm das Päckchen und zündete mir selber eine an.

»Hat dir deine Mutter gesagt, daß sie beim Arzt war?« fragte Mizo, nachdem er die ersten Züge tief inhaliert hatte.

»Nein, sie spricht mit mir ja nie über solche Dinge. Wann war sie denn dort?«

»Vor kurzem. Ich habe keine Ruhe mehr gegeben und sie schließlich selber hingeschleppt.«

»Und . . .?«

»Der Arzt rief mich eine Stunde später an und bat mich zu sich.«

»Und . . .?«

»Er sagte mir, daß sie multiple Sklerose hätte.«

»Was ist das?«

»Eine Rückenmarkerkrankung, die, Gott sei Dank, selten auftritt.«

»Gefährlich?«

»Unheilbar.«

Ich drückte meine Zigarette im Aschenbecher aus.

»Was ist das für ein Arzt? Was ist das für ein verantwortungsloser Idiot, der nach einer einzigen Untersuchung wagt, derartige Dinge auszusprechen!« schrie ich Mizo an.

»Er ist auf dem Gebiet der multiplen Sklerose eine Kapazität. Da ich von Anfang an einen bestimmten Verdacht hatte, habe ich sie dort hingebracht. Es ist keine Fehldiagnose, Evelina – obgleich ich nichts mehr wünschte als das.«

»Aber Mizo . . .«, sagte ich plötzlich in flehendem Ton, »auch Kapazitäten haben sich schon geirrt, und nach der ersten Untersuchung kann man doch nicht mit Sicherheit behaupten, daß . . .«

»Die Symptome sind eindeutig . . . es besteht kein Zweifel . . .«, sagte er und schaute zu Boden.

Ich stand auf. Mein Gefühl weigerte sich, die Diagnose zu akzeptieren – mein Verstand weigerte sich, sie anzuzweifeln.

»Mutti war nie in ihrem Leben krank«, sagte ich.

»Glaubst du, Evi«, sagte Mizo, ohne aufzuschauen, »ich hätte es dir gesagt, wenn ich nicht hundertprozentig sicher wäre?«

Ich dachte darüber nach. Mizo war ein weicher, empfindsamer Mensch, der keinem Geschöpf ein Leid zufügen konnte. Dieser Gang zu mir mußte ihn ungeheure Überwindung gekostet haben. Niemals hätte er ihn unternommen, wenn er auch nur einen Funken Hoffnung gehabt hätte.

Langsam drang die fürchterliche Wahrheit in mich ein.

»Wie verläuft diese Krankheit? Wird sie sehr leiden müssen?«

»Das weiß man nicht. Sie äußert sich in jedem einzelnen Fall anders. Bei deiner Mutter sind hauptsächlich die Sprech- und Schluckmuskeln und die Hände von der Lähmung befallen.«

»Und diese Lähmung kann noch weitergehen? Ich meine, sie befindet sich in keinem Stillstand?«

Mizo schüttelte den Kopf.

»Das heißt, daß sie eines Tages nicht mehr essen und trinken und sprechen kann.«

»Unter Umständen ... falls bis dahin nicht ...«, er verstummte.

»Falls bis dahin nicht der Tod eingetreten ist ...«

Mizo nickte.

»Wie lange kann diese Krankheit dauern?«

»Jahrelang. Multiple Sklerose verläuft in Schüben. Manchmal bleibt sie Monate in einem unveränderlichen Stadium, dann wieder kann in wenigen Tagen eine wesentliche Verschlechterung eintreten.«

»Und es gibt überhaupt keine Heilungsmöglichkeiten?«

»Nein – bis jetzt nicht. Die Ärzte können die Entwicklung höchstens hinauszögern, mit Medikamenten und Diät Erleichterung schaffen, aber sonst ...«

Mizo zog ein Taschentuch hervor. Ich sah, daß er weinte.

Ich hätte auch gern geweint, aber ich konnte nicht. Ich erhob mich, blieb aber dann unschlüssig neben dem Sessel stehen. Was konnte ich tun? Gar nichts!

»Evi«, sagte Mizo unter Tränen, »du fährst in den nächsten Tagen nach Deutschland zurück. Du mußt von dort aus alles versuchen, um deine Mutter so schnell wie möglich nachkommen zu lassen. In Bulgarien gibt es keine Hilfe für sie. Es mangelt an Geld, an Medikamenten, an spezialisierten Kliniken. In Deutschland könnte man vielleicht noch etwas für sie tun, um ihr die schlimmsten Qualen zu ersparen. Außerdem ist es ihr sehnlichster Wunsch, Deutschland und deinen Vater wiederzusehen ...«

Ich biß die Zähne zusammen und nickte.

»Und das wichtigste für sie ist, in deiner Nähe zu sein . . . Sie liebt dich so, Evi . . .«

»Sprich nicht weiter . . .«, flüsterte ich heiser, »sprich bitte nicht weiter . . .«

Mizo stand auf und nahm mich in die Arme.

»Du mußt tapfer sein, Evelina . . .«

»Ich kann nicht tapfer sein . . .«

Die letzten Tage in Bulgarien waren für mich ein beklemmender Alptraum. Schon beim Erwachen fürchtete ich den Nachmittag, an dem ich meine Mutter regelmäßig um vier Uhr abholte und mit ihr in meine Wohnung fuhr. Wenn der Wagen vor ihrem Haus hielt, befand ich mich in einem Zustand der Panik. Würde ich das Theater, das ich in ihrer Gegenwart mit wenig Talent spielte, aufrechterhalten können? Würde ich mich nicht in einer unbewachten Minute mit einem Blick, einem Wort verraten? Würde ich beim Anblick ihrer steifen Hände, bei einem ihrer Hustenanfälle nicht in Tränen ausbrechen?

Ich merkte, daß es ihr Freude machte, in dem weichgepolsterten, schnellen Wagen durch die Stadt zu fahren, in unserer hübschen Wohnung am Fenster zu sitzen und mit kleinen, vorsichtigen Schlucken eine Tasse Kaffee und ein Stückchen Kuchen zu sich zu nehmen. Ich verfluchte mich, daß ich ihr erst jetzt, nachdem ich monatelang die Gelegenheit gehabt hatte, dieses Vergnügen bereitete. Ich verfluchte mich, daß ich ihr so selten meine Liebe gezeigt hatte.

»Komm, Eveline, setz dich ein bißchen zu mir . . . Du machst einen ja ganz schwindelig mit deinem ewigen Hin- und Hergerenne.«

»Ja, ja, sofort . . .«, sagte ich hastig und begann sinnlos, die Blumentöpfe zu begießen, die erst am Morgen Wasser bekommen hatten.

Ich war während der Stunden, die meine Mutter bei mir verbrachte, ständig in Bewegung. Ich machte mir hier und da zu schaffen; ich lief wie ein aufgescheuchtes Huhn von einem Zimmer ins andere; ich sprach ununterbrochen, schnell und lustig und lauter dummes Zeug; ich lachte viel zu oft und viel zu schrill. Ich tat alles, um einem stillen Gegenübersitzen, einem ernsten Gespräch mit meiner Mutter aus dem Weg zu gehen. Die Furcht, sie nicht verstehen zu können, die Qual, auf ihre schwerfällig artikulierten Worte hören zu müssen, und das Entsetzen, ihre gekrümmten Finger ungeschickt nach einem Gegenstand greifen zu sehen, stellten meine Selbstbeherrschung auf eine zu harte Probe.

»Evelinchen«, sagte meine Mutter, als ich einen Blumentopf umgeworfen hatte und mich nun mit Erleichterung daran machte, die Erde aufzufegen, »weißt du, ich mache mir Sorgen um dich . . .«

»Wieso denn, Mutti?«

»Du bist in letzter Zeit dermaßen überdreht und nervös, daß ich es nicht mehr mit ansehen kann. Ist etwas passiert, bist du unglücklich, hast du irgendeinen Kummer?«

»Aber was . . .! Es ist nur die Abreise. Natürlich regt mich das sehr auf.«

»Ja, sicher«, sagte meine Mutter nachdenklich, »aber früher war doch deine Freude oder Aufregung oder Angst viel natürlicher, viel echter . . . Ich weiß nicht, ob ich mich richtig ausdrücke . . . aber jetzt bist du so verkrampft, immer nahe an der Grenze der Hysterie . . .«

Es war unmöglich, meiner Mutter etwas vorzumachen. Sie war viel zu sensibel und klug, und sie kannte mich zu gut. Ich mußte schon eine glaubwürdigere Erklärung finden:

»Mein Gott, Mutti, es ist doch immerhin ein gewaltiges Ereignis, daß ich plötzlich nach acht Jahren Deutschland wiedersehen soll und nicht einmal weiß, ob ich mich freue oder fürchte . . .«

»Ja, ja«, seufzte meine Mutter, die sich mit dieser Antwort zufriedenzugeben schien.

Den zerbrochenen Blumentopf in der Hand, schaute ich sie an. Sie hatte sich bequem in dem Sessel zurückgelehnt und rauchte eine Zigarette. Sie machte einen entspannten, zufriedenen Eindruck. Ihre seelische Verfassung hatte sich in letzter Zeit wesentlich gebessert. Ihre Vitalität, ihr Humor, ihre Zuversicht waren überraschend zurückgekehrt. Sie schien den Zerfall ihres Körpers nicht zu bemerken.

Die Untersuchung, die sie zuerst wohl gefürchtet hatte, hatte bei ihr keinerlei Zweifel an der Unwichtigkeit ihrer Krankheit hinterlassen. Der Arzt hatte ihr mit großer Geschicklichkeit ein Märchen über Kalkmangel und Kreislaufstörungen erzählt, hatte es mit lateinischen Bezeichnungen gespickt und damit vollen Erfolg gehabt. Meine Mutter, die kaum eine Krankheit, einen Arzt, eine Klinik gekannt hatte, war leicht zu täuschen gewesen. Beruhigt war sie nach Hause zurückgekehrt.

Aber es war nicht nur diese Beruhigung, die ihr neue Kraft gegeben hatte. Es war die langsame, aber sichere Genesung meiner Schwester, es war die Erleichterung, mich in Sicherheit zu wissen, und es war nicht zuletzt ein Brief meines Vaters. Es war ein sehr langer, sehr schöner Brief gewesen – voller Liebe, Wärme und Herzlichkeit. Sein sehnlichster Wunsch sei es – hatte er geschrieben –, uns nach Deutschland zurückzuholen und für immer bei sich zu behalten.

Eigenartigerweise hatte dieser Brief die Wunden meiner Eifersucht noch mehr aufgerissen, und ein dummer, geschmackloser Satz lag mir auf den Lippen: »Er will sich wohl einen Harem zulegen . . .«

Ich hatte ihn Gott sei Dank nicht ausgesprochen, denn im selben Moment traf mein Blick meine Mutter. Sie hatte mir mit erwartungsvollem Gesicht beim Lesen zugesehen, und ihre Augen waren strahlend und glücklich gewesen wie die eines jungen Mädchens.

Ich hatte erkannt, daß ihr die Worte meines Vaters und die Aussicht, nach Deutschland zurückzukehren, neue Hoffnung, neuen Lebensmut gaben. Ich hatte die Seiten mit dem trockenen Kommentar: »Ein schöner Brief . . .« zusammengefaltet.

Ich stand immer noch da, den zerbrochenen Blumentopf in den Händen. Ich fand meine Mutter erstaunlich und bewundernswert.

Wie konnte sie so fest an meinen Vater glauben, obgleich er eine andere Frau geheiratet hatte? Wie konnte sie in ein Land zurückkehren wollen, das ihr so furchtbares Unrecht zugefügt hatte? Wie war es möglich, daß sie weder Haß noch Bitterkeit empfand, daß sie entschuldigte, wo sie hätte anklagen müssen? Ich verließ schweigend das Zimmer und ging in die Küche. Ich warf den Blumentopf in den Mülleimer. Als ich den Deckel zugeschlagen hatte, sah ich einen Stengel mit zarten, zusammengerollten Blättchen heraushängen. Schade, dachte ich und kehrte ins Zimmer zurück.

»Hast du die Geranien ins Wasser gestellt?« fragte meine Mutter.

»Nein«, sagte ich, »ich habe sie in den Mülleimer geworfen.«

»Was?!«

»Was soll ich denn sonst damit tun, wenn ich keinen anderen Topf habe?«

»Dir einen besorgen. Man kann doch einen Geranienstock nicht einfach in den Mülleimer werfen!«

»Man hat schon ganz andere Dinge in den Mülleimer geworfen.« Sie stand auf.

»Wo willst du denn hin?«

»Die Geranien ins Wasser stellen.«

Ich starrte meiner Mutter nach – und plötzlich schämte ich mich.

Sie kamen alle auf den Flugplatz – meine Mutter, meine Schwester, Mizo und sogar der kleine André. Es war ein heißer Tag, die Sonne brannte auf das staubige, schattenlose Feld, das sich großspurig »Sofisky Airodrom« nannte. In weitem Umkreis sah man nur russische Militärflugzeuge, russische Soldaten und bulgarische Miliz.

Wir standen hinter einer Holzbarriere, und immer wieder kam ein Russe oder Bulgare und kontrollierte mit äußerstem Mißtrauen unsere zahlreichen Ausweispapiere. Es hatte Stephen ebensoviel Zeit wie Geld gekostet, meiner Familie die Erlaubnis zum Betreten des Flugplatzes zu verschaffen. Wir waren alle in einer nervösen Spannung, die wir unter einem unaufhörlichen und krampfhaft-fröhlichen Redefluß zu verbergen suchten.

»Misch, ist das die Maschine, mit der wir fliegen?« fragte ich und deutete auf ein zweimotoriges Flugzeug, das abgesondert wie ein Aussätziger auf dem ausgedörrten, gelben Gras hockte.

»Ja, ein hübscher, kleiner Vogel, nicht wahr?« sagte Stephen und wischte sich den Schweiß von der Stirn.

Klein auf jeden Fall – und nicht sehr vertrauenerweckend, fand ich. Ich hatte mir unter großen Mühen zwei Tabletten gegen

Flugkrankheit verschafft, und es schien mir beim Anblick der Maschine angemessen, sie schnellstens einzunehmen. Ich öffnete meine Tasche und begann aufgeregt, darin zu kramen.

»Himmel, meine Tabletten sind nicht mehr da!« rief ich bestürzt. Die kleine, kostbare Schachtel war verschwunden.

»Was für Tabletten?« fragte meine Mutter argwöhnisch. Sie witterte sofort eine Krankheit, die ich ihr womöglich verheimlicht hatte.

»Gegen Flugkrankheit«, sagte Stephen, »Evelyn fürchtet, daß ihr übel wird.«

Er nahm das Verschwinden der Tabletten sehr ernst, denn seit Tagen hatte ich ihn mit meiner Angst, mir könne schlecht werden, verrückt gemacht.

»Wenn du dich weit zurücklehnst und tief ein- und ausatmest, passiert gar nichts«, beschwichtigte Mizo.

»Es ist doch strahlendes Wetter«, sagte meine Mutter, »da merkst du überhaupt nicht, daß du fliegst . . .«

»Ich brauche unbedingt meine Tabletten, sonst wird mir bestimmt schlecht.«

»Na und wenn schon«, nahm Bettina jetzt in ihrer trockenen Art an der Debatte teil, »es gibt ja Tüten.«

»Gib mir mal deine Tasche, Darling«, sagte Stephen, »sie sind bestimmt drin.«

Ich reichte ihm die Tasche. Wir standen im Kreis um ihn herum. Im Grunde waren wir alle froh, eine Ablenkung gefunden zu haben. Ein russischer Offizier trat auf uns zu: »Bitte, Ihre Ausweispapiere . . .« Er nahm wohl an, das Durchsuchen meiner Tasche hätte eine tiefere Bedeutung.

»Verdammt, das ist jetzt das fünfte Mal«, schimpfte Stephen auf englisch, während Bettina wie immer beim Anblick eines Russen erblaßte und Mizo beruhigend ihre Hand ergriff.

Stephen, der unsere sämtlichen Papiere hatte, zog sie hervor und hielt sie dem Russen hin. Der nahm sie mit düsterem Gesicht und sah sie langsam der Reihe nach durch. Wir standen schweigend daneben, nur André, der, von meiner Mutter festgehalten, auf der Barriere saß, krähte vergnügt.

»In Ordnung«, sagte der Russe und gab Stephen die Papiere zurück. Dann fiel sein Blick auf André. Durch die eben noch undurchdringliche Maske seines Gesichts brach ein warmes, leuchtendes Lächeln. Er näherte sich behutsam dem kleinen Jungen. André war sich offensichtlich noch nicht im klaren, wie er sich dem Fremden gegenüber verhalten sollte. Er legte das Köpfchen zur Seite und starrte ihn mit großen, runden Augen abwartend an. Der Russe begann jetzt weiche, unartikulierte Laute auszustoßen, und dann hob er lockend die Arme und streckte sie André entgegen. Und plötzlich strebte der Kleine quietschend und zappelnd auf den Offizier zu, der ihn begeistert auf den Arm nahm.

Wir beobachteten erstaunt und ein wenig verstört die Szene. André ließ sich sonst von keinem Fremden berühren. Auf dieses spontane Zutrauen waren wir nicht gefaßt gewesen.

»Mein Vögelchen . . .«, gurrte der Russe, »mein kleiner Engel . . . soll ich dir mal ein Flugzeug aus der Nähe zeigen?«

André spielte mit den goldverzierten Achselstücken des Offiziers und schien mit allem einverstanden.

Der Russe wandte sich uns zu: »Darf ich ihm mal ein Flugzeug zeigen?« fragte er.

Bettina machte ein abweisendes Gesicht und trat nervös von einem Fuß auf den anderen.

»Bitte schön«, sagte Mizo, »dem Kind wird es sicher Spaß machen . . .«

Bettina hob in einer abwehrenden Geste die Hände.

»Sie können ganz beruhigt sein«, sagte der Russe. Er hielt den Jungen, als sei er aus kostbarem Porzellan, und entfernte sich mit ihm.

André schaute sich kein einziges Mal nach uns um.

»Na, so was . . .«, murmelte Bettina.

»Eigenartige Menschen . . .«, meinte Mizo.

»Wie soll man aus denen klug werden . . .«, sagte Stephen.

»Auf jeden Fall hat André sofort Zutrauen zu ihm gefaßt, und das will was heißen . . .«, stellte meine Mutter fest.

»Einzeln sind sie doch sehr sympathisch«, sagte ich, »hast du jetzt endlich meine Tabletten gefunden, Misch?«

»Nein, Darling, aber wenn wir sie nicht finden sollten . . . ich habe Alka Seltzer bei mir, das hilft gegen alles . . .«

»Alka Seltzer . . .«, fauchte ich empört.

Es war zwanzig Minuten vor zehn. Um zehn Uhr sollte die Maschine starten. Ein Jeep hielt mit kreischenden Bremsen, und eine graue Staubwolke senkte sich auf die Insassen herab. »Jesus Christ . . .«, fluchten unsichtbare Stimmen.

»Das ist unsere Flugzeugbesatzung«, erklärte Stephen.

»Hi Lieutenant . . . hi Mrs. Cherney . . . everything o. k.?« riefen sie zu uns hinüber.

»Everything o. k. . . .«, rief Stephen zurück.

»Besteht die Besatzung immer nur aus vier Mann?« fragte ich mißtrauisch.

»Natürlich. Der erste Pilot, der Co-Pilot und zwei Funker.«

»Ist Major Petersen der erste Pilot?«

»Ja, Sweetheart.«

»Hoffentlich war er gestern nicht wieder betrunken.«

»Du brauchst keine Angst zu haben, Darling, ehe du dich's versiehst, sind wir in Deutschland.«

Dieser letzte Satz ließ uns alle verstummen.

Ehe du dich's versiehst, sind wir in Deutschland . . .

Deutschland war in greifbare Nähe gerückt. In zwanzig Minuten würde ich bulgarischen Boden für immer verlassen. In sieben Stunden würde ich deutschen Boden betreten.

Ich schaute von einem zum anderen. Da standen sie, meine Mutter, Bettina, Mizo – ein tapferes, gefrorenes Lächeln um die Lippen, einen geduldigen Schmerz in den Augen. Sie alle dachten wohl das gleiche wie ich: Werden wir uns jemals wiedersehen? Verzweiflung überkam mich. Noch eine Sekunde, und ich würde die Beherrschung verlieren.

»Ich schau mal in meinem Suitcase nach«, sagte ich hysterisch, »ich bin ganz sicher, daß die Tabletten dort drin sind.«

Ich stürzte mich auf den Koffer und riß den Deckel auf.

Es war ein wunderbares Ablenkungsmanöver für uns alle.

Bettina lachte, Mizo machte dumme Witze, und meine Mutter sagte mit einem Seufzer: »Eveline wird sich nie ändern. Schon als Kind hatte sie dauernd Angst, daß ihr schlecht werden könnte.«

Ich wußte, ohne hinzuschauen, daß sie wie immer in solchen Momenten die Augen zum Himmel aufschlug.

Stephen hockte sich neben mich und sagte: »Darling, das geht nicht, in zehn Minuten starten wir.«

»Dann such ich noch zehn Minuten«, sagte ich mit erstickter Stimme.

Da begriff er. Er strich mir liebevoll über das Haar, erhob sich und trat zu meiner Mutter. Stephen war der einzige, der außer Mizo und mir wußte, daß sie unheilbar krank war, und er war überhaupt der einzige, der mit Feinfühligkeit und zärtlichem Verständnis so mit ihr umzugehen wußte, als sei sie ein gesunder Mensch.

Ich sah, wie er jetzt den Arm um sie legte und, unbefangen plaudernd, mit ihr auf und ab zu gehen begann.

Mizo, der diese Gelegenheit wahrnahm, beugte sich schnell zu mir nieder und flüsterte mir zu: »Vergiß nicht, Evi, was wir besprochen haben . . .«

»Wie kann ich das vergessen . . .«

»Was flüstert ihr da?« fragte Bettina argwöhnisch. Mizo, der um ihre Gesundheit fürchtete, hatte ihr die Krankheit unserer Mutter verschwiegen.

»Ich habe Evi soeben eine Liebeserklärung gemacht«, grinste er.

Ich klappte mein Köfferchen zu. Es war fünf vor zehn. Die schlimmsten Minuten, die, in denen man noch Zeit zum Sprechen und Nachdenken hatte, waren vorüber. Ich erhob mich.

»Fertig, Sweetheart«, rief Stephen übertrieben munter aus.

»Ja.«

»Na, dann ist wohl jetzt der Moment gekommen . . .«, sagte Mizo.

Glücklicherweise wurde in diesem Augenblick André zurückgebracht. Er hatte offensichtlich noch mehr sowjetische Freunde gewonnen. Ein Trupp Russen begleitete ihn. Sie streichelten ihn hier, kitzelten ihn dort, stopften ihm Süßigkeiten in den Mund und küßten ihm die Händchen. André selber, schokoladenverschmiert, sah aus wie ein kleiner Feldherr, der sich seiner Macht vollauf bewußt ist.

Zum erstenmal war ich glücklich, daß es eine russische Besatzungsarmee in Bulgarien gab. Zum erstenmal war ich glücklich, daß es kleine, ungezogene Kinder gab, die schrien, wenn ihnen etwas nicht paßte.

André brüllte wie am Spieß, als der Offizier Anstalten machte, ihn in die Arme seiner Mutter zurückzubefördern. Er strampelte und schlug um sich, und Bettina machte ein entgeistertes Gesicht und Mizo ein strenges. Was die sechs Russen betraf, so schmolzen sie dahin in Stolz, Mitleid und Rührung und wandten die unpädagogischsten Methoden an, den tobenden Schreihals zu beruhigen.

Einer der amerikanischen Funker kam auf uns zugelaufen und meldete: »Sir, it's time we are taking off . . .«

Stephen ergriff meinen Koffer und meinen Arm.

Meine Mutter trat auf uns zu. Ihre Augen sagten all das, was sie im Moment nicht mehr fähig war, in Worte zu fassen.

»Du brauchst keine Angst zu haben, Mutti«, sagte ich, als hätte sie laut gesprochen, »in wenigen Monaten sehen wir uns wieder. Du wirst nach Deutschland kommen. Es wird alles wunderschön . . .« Während ich redete, versuchte ich, an gar nichts zu denken.

André schrie. Bettina versetzte ihm in der Aufregung eine Ohrfeige. Die Russen protestierten.

»Evi . . .«, sagte Mizo, »vergiß nicht . . .« Er küßte mich auf beide Wangen und dann auf den Mund.

»Ich vergesse nicht, Mizo . . .«, flüsterte ich.

Stephen umarmte meine Mutter. Er hatte plötzlich Tränen in den Augen. Ich hatte keine Tränen.

Bettina ließ von ihrem kreischenden Sohn ab und wandte sich mir aufgelöst zu: »Eveline, schreib sofort. Und bessere dich . . . und . . . vergiß uns nicht ganz . . .«

Ich küßte ihr kleines, blasses Gesicht, die trockenen Lippen, die viel zu frühen, viel zu tiefen Falten auf ihrer Stirn: »Ich werde mich sehr anstrengen müssen, euch nicht zu vergessen . . .«, sagte ich mit einem gequälten Lachen, »du bist und bleibst ein dummes Stück . . .«

»Komm, Darling . . .«, sagte Stephen, dem Mizo ununterbrochen die Hand schüttelte.

»Meine Jacke . . .«, sagte ich, »wo ist meine Jacke . . .«

»Hier«, sagte meine Mutter, »zieh sie an, oben ist es wahrscheinlich kalt.«

»André . . .«, schrie ich, »ich habe André nicht auf Wiedersehen gesagt . . .«

André, der sich endlich beruhigt hatte, saß immer noch auf dem Arm des Offiziers und starrte mich mißtrauisch und beleidigt an.

»Adieu, kleiner Idiot«, sagte ich. Ich trat dicht an den Russen heran, um das Kind zu küssen. Ich hob mich auf die Zehenspitzen, und er hielt mir den Jungen entgegen. Dabei streifte seine Hand meine Wange. Ich schaute auf, und unsere Blicke begegneten sich. Und auch vor dir habe ich mich versteckt, dachte ich, was ist das alles für ein Wahnsinn . . .

»Evelyn, Darling . . . es ist höchste Zeit!«

»Leben Sie wohl«, sagte der Russe, »und Gott schütze Sie . . .«

»Leben Sie wohl . . .«, sagte ich.

»Ihre Ausweispapiere . . .«, hörte ich hinter mir die unfreundliche Stimme eines anderen Russen.

»Oh damn it . . .«, fluchte Stephen.

»Die Papiere sind in Ordnung, Alexander«, sagte der Russe, der André auf dem Arm hielt.

»Hey, Cherney . . . we are taking off, if you're not coming . . .«, schrie die Stimme des amerikanischen Majors.

»Auf Wiedersehen, Muttilein, wir sehen uns sehr, sehr bald . . . Bettina, werd gesund, hörst du . . . Mizo . . .«

»Evelyn . . . hast du deine Tasche . . .«

»Ja.«

»Evelinchen, sieh dich vor und, bitte, iß regelmäßig . . .«

»Natürlich, Mutti . . .«

»Schreib uns, Evi . . .«

»Natürlich . . .«

Wir hatten die Barriere passiert. Stephen hielt mich am Arm und zerrte mich vorwärts. Aber ich hatte mich halb umgedreht und winkte und winkte. Sie wurden immer kleiner und kleiner. Sie kamen mir so entsetzlich verlassen vor. Ich hörte ihre Stimmen nicht mehr.

»Misch . . .«, schrie ich auf, »und wenn ich sie nicht mehr wiedersehe . . .«

»Du wirst sie wiedersehen, darling . . .«

Die Motoren donnerten los. Der Propellerwind warf uns Sand und Staub ins Gesicht. Ich sah sie noch – ihre Köpfe hinter einer hohen Barriere . . .

Wir landeten gegen fünf Uhr auf dem Rhein-Main-Flughafen von Frankfurt. Die Maschine rollte aus, die Motoren verstummten, die Stille war dumpf, schwer, und unwirklich.

Stephen wandte sich mir zu: »Here we are, darling . . .« Seine Stimme schien von weit her zu kommen: »Germany . . . your Germany . . .« Es klang so endgültig.

Ich hatte mich während des ganzen Fluges ausgezeichnet gefühlt. Jetzt war mir plötzlich sehr elend. Ich lehnte den Kopf gegen den Sitz und schloß die Augen.

Stephen erhob sich: »Come on, Evelyn.«

Ich blieb sitzen und preßte die Hände gegen den Magen.

»What's the matter, sweetheart?«

»I am sick.«

»But little one, we are not flying any more.«

Meine Übelkeit hatte keinen physischen Ursprung. Angst hatte mich gepackt und das unbestimmte Gefühl, daß ich mit dem Verlassen des Flugzeuges einer neuen, fremden Welt ausgeliefert sein würde.

»Some fresh air will do you good,« lockte Stephen, der meinen Zustand mißverstand.

»I wish, we could fly on and on and on . . .« sagte ich mit sehr leiser, sehr verzweifelter Stimme.

Ich wünschte, das Flugzeug würde sich wieder in den grenzenlos weiten Himmel schwingen und in dicken, weichen Wolken untertauchen. Ich wünschte, die Erde würde immer so klein, so ordentlich, so harmlos aussehen wie aus 6000 Metern Höhe.

»Please, Evelyn, let's go!« Stephen ergriff mit jeder Hand ein Gepäckstück. Einer der Funker eilte herbei: »Let me help you, Sir . . .«, sagte er und stemmte meinen großen alten Koffer in die Höhe. Die Piloten schüttelten uns die Hände: »Well, good-bye Mrs. Cherney, good bye Lieutenant . . . the best of luck to you . . .«

Ich stand auf und ging mit steifen Schritten auf den Ausgang des Flugzeuges zu.

Ich hatte acht Jahre von dem Augenblick geträumt, in dem ich Deutschland wiedersehen würde. Ich hatte keine deutliche Vorstellung mehr. Zeit und ambivalente Gefühle den Deutschen gegenüber hatten die Erinnerung verwischt. Geblieben waren mir Bilder aus meiner Kindheit: eindrucksvolle Städte, Lichtreklamen, saubere Häuser, Fichtenwälder, verträumte Dörfer und Rosenhecken, spitze Kirchtürme, verschneites Land, geschmückte Weihnachtsbäume.

Als ich das Flugzeug verließ, sah ich ein weites, kahles Feld, ein niederes, barackenartiges Gebäude, ein paar Ruinen und Schutthaufen und Bombenkrater. Ich sah zahllose amerikanische Flugzeuge, große und kleinere amerikanische Jeeps, amerikanische Soldaten und Offiziere, amerikanische Frauen mit grellfarbigen Kleidern, kurzen Söckchen und Kindern auf dem Arm. Ich sah amerikanische Schilder: Snack Bar ... Military Police ... Passport Control ... Off limits to Germans ... Ich sah einen strahlend blauen Himmel und Staubwolken.

Ich blieb mitten auf der Treppe stehen, die rechte Hand um das Geländer geklammert.

Stephen war schon vorausgegangen: »Schnell, Darling, oder wir versäumen den Bus nach Frankfurt.«

Ich rührte mich nicht von der Stelle und gab keine Antwort.

Stephen schaute sich nach mir um, stellte die Koffer auf den Boden und kam zu mir zurück: »Ist dir nicht gut, Sweet?«

»Misch«, fragte ich benommen, »wo sind wir eigentlich?« Er schaute mich beunruhigt an und sagte dann betont langsam und deutlich, als spreche er zu einer Kranken, Irren oder Fünfjährigen: »In Deutschland, Evelyn, auf dem Frankfurter Rhein-Main-Flugplatz.«

»Das ist ein amerikanischer Flugplatz, nicht wahr?«

»Ja, sicher«, nickte Stephen.

»Und dann gibt es auch noch einen deutschen Flugplatz, nicht wahr?«

»Aber nein, Evelyn, wozu brauchen die Deutschen denn noch einen Flugplatz?«

»Wozu wohl?« sagte ich kopfschüttelnd, »damit ihre Flugzeuge auch starten und landen können, natürlich ...«

Stephen begann zu lachen: »Darling, du scheinst noch nicht zu wissen, daß die Deutschen den Krieg verloren haben.« Er nahm energisch meinen Arm und führte mich die Treppe hinunter.

»Ja und . . .?«

»Sie dürfen weder starten noch landen, noch fliegen, noch reisen, noch irgend etwas anderes . . .«

»Oh . . .«, sagte ich jetzt vollends verwirrt.

»Das ist nicht mehr das Deutschland, das du kennst.«

Ich lief jetzt gehorsam neben ihm her. Er war plötzlich das einzig Bekannte, Vertraute, was ich noch hatte. Ich streckte den Arm nach ihm aus und hielt mich an seinem Ärmel fest.

»Selbst das Wetter ist anders«, sagte ich und blinzelte zu dem wolkenlosen Himmel hinauf, »fast so heiß wie in Bulgarien.«

»Ja, es ist verdammt heiß.«

»Weißt du, ich hatte Deutschland immer mit einem verhangenen Himmel in Erinnerung, mit einem leichten Nieselregen und viel Schnee . . .«

»Na, im Sommer kann es ja unmöglich schneien!«

»Ich meinte doch in meiner Erinnerung . . .«, ich unterbrach mich und schwieg. Es hatte keinen Sinn. Er verstand mich nicht. Ich ließ seinen Ärmel los.

Wir hatten das Flugfeld überquert. Vor dem barackenartigen Gebäude standen zwei Militärpolizisten mit Gummiknüppeln und Pistolen.

Ich trat wieder dichter an Stephan heran, so daß unsere Arme sich berührten.

»Your identity cards, Sir?«

Stephan reichte ihm unsere Papiere.

»That your wife, Sir?« fragte der Militärpolizist und deutete mit dem Kinn auf mich.

»Yes.«

»Stateless, ha?«

»Yes.«

»Born in Germany, that so?«

»Yes.«

»Well . . .« Er starrte nachdenklich auf meinen Ausweis. Sein Gesicht war flach und ausdruckslos. Ich schluckte, und meine Hände wurden klamm.

»Her papers are all right«, sagte Stephen kalt, »she ist my wife.«

Der Militärpolizist musterte mich. Und plötzlich sah ich ein winziges Zucken um seine Mundwinkel. »O. k.«, sagte er und gab Stephen die Papiere zurück, »the exit ist on the right, Sir.« Stephen schob die Papiere wortlos in die Tasche. »Komm, Darling.«

Er lächelte mich aufmunternd an.

»Du mußt verstehen, die Amerikaner sind sehr mißtrauisch hier in Deutschland . . .«

»Ich bin Mißtrauen gewöhnt.«

»Du darfst das nicht falsch sehen, Evelyn. Nach allem, was sich hier abgespielt hat . . .«

»Ich sehe es nicht falsch. Ich sehe es klar und richtig.«

Stephen blieb stehen und schaute mich bekümmert an: »Du bist meine Frau, und dir kann nichts geschehen, aber . . .«

»Ich weiß, ich weiß . . .«, unterbrach ich ihn gereizt, »warum sollte es bei den Amerikanern auch anders sein als bei den Deutschen und Bulgaren und Russen . . .«

»Bitte, Evelyn.«

»Schon gut, Misch.« Ich ging weiter.

Die Halle war voll und laut. Amerikanische Männer, amerikanische Frauen, amerikanische Kinder. Sie hatten alle dieselben blassen, gelangweilten Gesichter, so als hätte Sonne und Wind, Freude und Leid sie nie berührt. Ich hatte plötzlich das Gefühl, auf einem anderen Stern zu sein.

»Gibt es in Deutschland eigentlich noch Deutsche?«

»Mehr als genug.« Es klang verächtlich. Ich hatte ihn noch nie in solchem Ton sprechen gehört.

Wir hatten den Ausgang erreicht. Ich schaute mich um. Ich hoffte so sehr, irgend etwas Vertrautes zu sehen. Einen Apfelbaum, eine Reklame, einen Dackel – irgend etwas, das mir das Gefühl nahm, in einem wildfremden Land zu sein. Ich sah Amerikaner, ich sah ein paar Autos, unwahrscheinlich lang und grellfarbig, ich sah drei graugrüne Militärbusse. Auf einen von diesen lief Stephen zu. Ich folgte ihm langsam und mit einem leeren, kalten Gefühl. Ich hatte mir alles ganz anders vorgestellt.

Stephen verstaute die Koffer und half mir in den Bus.

Hinter dem Steuer saß ein Mann in einem amerikanischen Uniformhemd und einer braunen Zivilhose. Er hatte ein hageres, faltiges Gesicht und einen verkniffenen Mund. Ich blieb an der Tür stehen und betrachtete ihn aufmerksam. Der Mann wandte den Kopf und blickte mich erstaunt an. Dann drehte er unsicher das Gesicht zur Seite.

»Evelyn . . .«, rief Stephen scharf.

Ich setzte mich zu ihm. »Das war der erste Deutsche, den ich hier gesehen habe.«

»Mein Gott«, seufzte Stephen, »das kann ja gut werden.«

Ich schwieg traurig. Warum verstand er mich nicht? Ich kauerte mich auf dem Sitz zusammen. Ich war sehr müde.

Der Bus fuhr an. Stephen legte den Arm um mich. Ich vergrub mein Gesicht an seiner Schulter. Ich schaute erst wieder auf, als wir auf dem Bahnhofsplatz hielten.

Ich werde den Platz nie vergessen, nie das Grauen, das mich packte, die Trostlosigkeit, die mich ergriff.

Ich saß mitten auf diesem Platz, auf einem unserer Koffer.

Stephen war in das Bahnhofsgebäude gegangen, um sich bei der amerikanischen Information nach einem Hotel zu erkundigen.

»Gib um Gottes willen auf die Koffer acht«, hatte er gesagt, »die Deutschen klauen wie die Raben.«

»Die Deutschen klauen wie die Raben?« hatte ich entgeistert wiederholt, aber Stephen hatte sich schon umgewandt.

Ich hätte gerne geweint. Aber ich konnte doch unmöglich mitten auf dem Platz sitzen und weinen. Ich starrte also mit weit aufgerissenen, brennenden Augen geradewegs in das verwüstete Zentrum der Stadt. Und es kam mir vor, als starre ich in den Mund eines Greises – auf ein morsches, faules, verstümmeltes Gebiß.

Ich versuchte meinen Blick loszureißen von diesen Schutthaufen und nackten, angekohlten Mauern und leeren Fensteraugen. Aber ich war wie hypnotisiert von der Verwüstung, die in diesem Ausmaß schon fast erhaben wirkte.

Ich überlegte, ob unter dem Geröll noch Leichen lägen, und je mehr ich überlegte, desto deutlicher sah ich sie: zerquetscht, zerrissen, verwest.

»You have chocolate, Lady?«

Ich fuhr zusammen und schaute in das spitze, fahle Gesicht eines etwa achtjährigen Jungen.

»Chocolate«, wiederholte das Kind eindringlich, »candy...«

Ich schüttelte verlegen den Kopf.

»You have cigarettes?«

Ich wußte natürlich noch nicht, daß Zigaretten in Deutschland Wertartikel waren. Darum fragte ich erstaunt und nicht ohne eine gewisse Strenge: »Was willst du denn mit Zigaretten anfangen?«

Ich hatte deutsch gesprochen. Der Junge starrte mich fassungslos an. Nicht etwa weil ich deutsch gesprochen hatte, sondern weil ich eine so törichte Frage stellte.

»Wenn Sie 'ne Amibraut sind, dann müßten Sie doch eigentlich wissen, was ich damit anfange«, sagte er schließlich verächtlich.

Ich wußte auch nicht, was eine Amibraut ist.

»Ich weiß es wirklich nicht«, sagte ich und kam mir jünger und dümmer vor als der kleine Junge.

Er schien mich für verrückt zu halten. Er betrachtete mich mit mitleidigem Blick und sagte dann mit betonter Duldsamkeit: »Zigaretten braucht man zum Handeln.«

»Ach so«, sagte ich und dann, um der peinlichen Situation zu entkommen, in der mir ein Kind mit alten Augen die Notwendigkeiten des Lebens erklärte, griff ich schnell nach meiner Tasche. Ich zog ein Päckchen mit etwa fünf Zigaretten heraus und reichte es ihm. Es kam mir jammervoll wenig vor, und ich schämte mich sehr.

Doch der Junge, der mit einem einzigen, gierigen Blick den Inhalt des Päckchens überschlagen hatte, sagte mit strahlendem Gesicht und ganz leiser, ehrfürchtiger Stimme: »Mensch... fünf Zigaretten...!« Er verbarg die Kostbarkeit hastig in seiner Hosentasche und preßte die Hand fest darüber. »Danke, Fräulein«, sagte er, »vielen Dank!« Dann drehte er sich schnell um und rannte davon.

Ich schaute seinen langen, dünnen Beinen nach, bis sie um eine Ecke verschwunden waren.

Ich wünschte verzweifelt, Stephen würde endlich zurückkehren und mich erlösen. Ich wußte nicht mehr, wo ich hinsehen sollte: wie aufdringlich das Elend war und wie gleichförmig! Diese Menschen, deren Gesichter alle denselben stumpfen Ausdruck hatten, deren Kleider alle aus demselben schäbigen, farblosen Material gemacht zu sein schienen.

Dann sah ich Stephen. Er kam mit langen, ruhigen Schritten quer über den verwüsteten Platz. Er rauchte eine Zigarette und lächelte mir vergnügt entgegen.

Ich sprang von meinem Koffer auf: »Wo warst du denn so lange, Misch?«

»Es waren doch nur knappe fünfzehn Minuten.«

»Es war eine Ewigkeit.«

»Gott sei Dank haben wir noch ein Zimmer bekommen.« Stephen schien nichts anderes zu interessieren als unsere Unterkunft. »Im Hotel Excelsior, drei Minuten von hier. Kannst du dem Mann sagen, daß er unsere Koffer dort hinträgt, Darling?«

Erst jetzt bemerkte ich den Mann, der sich hinter Stephens Rücken zu verstecken schien. Er war klein und ausgemergelt und trug einen speckigen dunkelblauen Anzug, der das beste Stück seiner Garderobe gewesen sein mußte.

»Ist denn das ein Gepäckträger?« fragte ich verwundert.

»Weiß ich . . . auf jeden Fall wollte er sich was verdienen.«

»Aber Misch, er ist doch zu alt und zu schwach, um unsere Koffer zu schleppen. Außerdem ist er bestimmt kein Gepäckträger.«

»Herrgott, Evelyn, Gepäckträger oder nicht, der Mann ist froh, wenn ich ihm ein paar Zigaretten gebe.«

Ich wandte mich dem Mann zu: »Würden Sie uns bitte helfen, die Koffer ins Excelsior zu tragen?« fragte ich verlegen.

»Selbstverständlich«, sagte der Mann mit einem kleinen Lächeln.

Er beugte sich zu den Koffern, und ich sah dabei, daß seine Haare sorgfältig gescheitelt waren. Als er sich wieder aufrichtete, schwankte er ein wenig.

»Ich glaube, die Koffer sind zu schwer für Sie«, sagte ich beunruhigt.

»Aber nein«, protestierte er rasch, »es geht ausgezeichnet.«

»Wenn wir uns nicht beeilen, ist unser Zimmer weg«, drängte

Stephen und warf seine halbaufgerauchte Zigarette ungeduldig auf die Straße.

Eine vorbeigehende Frau bückte sich danach.

Ich schaute schnell in eine andere Richtung. »Bitte, laß das, Misch!«

»Ich kann doch die Zigarette nicht runterschlucken!«

Die Fassade des Hotels war unbeschädigt und machte einen aufreizend stolzen, gediegenen Eindruck. Ich sah an ihr hinauf, und plötzlich begann ich hysterisch zu lachen.

Stephen sah mich mißtrauisch von der Seite an: »Was gibt es denn da zu lachen?« fragte er nervös.

»Das Hotel, nun sieh dir bloß mal das Hotel an . . .!«

»Ich finde es gar nicht komisch, ich finde es sehr ordentlich und gepflegt, für deutsche Verhältnisse.«

»Ja eben . . . so ordentlich und gepflegt, daß es in dieser Umgebung unglaublich komisch wirkt. Wie eine herausgeputzte Braut auf einem Friedhof.«

»Evelyn, du bist übermüdet«, sagte Stephen mit hilflosem Gesicht. Er wandte sich unserem Gepäckträger zu. Der kleine Mann wischte sich gerade mit einem großen, sauberen Taschentuch den Schweiß von der Stirn. Seine Hände zitterten. Stephen nahm drei Zigaretten aus dem Päckchen und reichte sie ihm. »Herzlichen Dank«, sagte der Mann und verbeugte sich tief.

»Du hättest ihm ruhig mehr geben können«, fuhr ich Stephen an.

»Komm, Evelyn.«

»Warum hast du ihm nur drei Zigaretten gegeben, dem armen alten Mann?« beharrte ich.

»Ich kann nicht jedem ein ganzes Päckchen geben. Zigaretten sind rationiert.« Er ging voraus und hielt mir die Tür des Hotels auf.

Das Excelsior war ein Hotel für amerikanische Offiziere und deren Familien. Es mußte einmal ein feudales Hotel gewesen sein. Aber davon zeugten jetzt nur noch der schwere Kronleuchter und der große goldgerahmte Spiegel, der das trübselige Bild billiger Ersatzmöbel und Teppiche verdoppelte.

Die Hotelhalle bot das gleiche Bild wie zuvor die Flughalle. Amerikanische Männer, Frauen, Kinder. Menschliche Fließbandware, dachte ich verächtlich, Köpfe, gleich mit Bürstenhaarschnitt und Pan-cake Make-up hergestellt, steril und in Frischhaltebeuteln verpackt. Mit einem Lächeln, das man an- und ausknipsen konnte. Mit Bewegungen, die nach einem bestimmten Schema vor sich zu gehen schienen.

»Wollen wir hinaufgehen oder erst essen?« fragte Stephen.

»Weder noch . . . ich möchte erst was trinken.«

»Auf nüchternen Magen, Evelyn . . .?«

»Auf nüchternen Magen wirkt es besonders schnell.«

»Nun gut, du scheinst es nötig zu haben.« Er nahm meinen Arm und steuerte mich durch die Halle.

Ein widerlicher kleiner Bengel in Cowboytracht sprang uns in den Weg und richtete eine Spielzeugpistole auf uns. Ein paar dünne Schüsse knallten. Einige Amerikaner lachten: »Don't do that, Jimmy . . .«, sagte die Mutter des Kindes apathisch.

»Verfluchter Balg«, sagte ich durch die Zähne. Stephen zog mich schnell weiter. »Relax, darling«, murmelte er beruhigend, »da ist schon die Bar . . . gleich kriegst du was zu trinken . . .«

Der Anblick der Bar besänftigte mich. Ich hatte das Gefühl, mich auf eine ruhige Insel gerettet zu haben.

Die Bar war ein großer, hoher Raum, angenehm kühl und kaum beleuchtet. In einer Ecke klimperte ein Klavierspieler. Ein Kellner lehnte an der blankpolierten Theke.

Ich ließ mich seufzend in einen der tiefen Sessel fallen.

»Was möchtest du trinken, Evelyn?«

»Whisky . . . Whisky pure.«

Stephen bestellte zwei Whiskys.

Ich schwieg, bis der Whisky kam, griff nach dem Glas und nahm einen großen Schluck.

»Herrlich! Gib mir bitte eine Zigarette, Misch.«

Stephen zündete zwei Zigaretten an und steckte mir eine zwischen die Lippen.

Ich rauchte ein paar Züge, trank einen weiteren großen Schluck und schloß die Augen. Der Alkohol begann zu wirken. Er löste die Starre in mir und erfüllte mich mit sanfter Traurigkeit.

Nach langem Schweigen sagte ich, ohne die Augen zu öffnen:
»Weißt du, Misch, woran ich die ganze Zeit denken muß?«
»Nein, Darling.«
»An die Entstehung der Welt. Gott soll doch die Welt erschaffen haben, nicht wahr?«
»Natürlich.«
»Ja, aber wer hat dann Gott erschaffen?«
»Gott war schon immer da.«
»Und vor dem ›immer‹?«
»Ich meine ewig.«
»Ach so . . . ewig . . .« Ich öffnete die Augen. »Ewig, das heißt unbegrenzt, Misch, nicht wahr? . . . Sehr gut, sehr leicht! Damit ist das Problem natürlich gelöst.« Ich starrte Stephen an, und er schwieg verwirrt.

»Wunderbar! Dann ist Gott also mitten ins Nichts hineinexplodiert. . .« Ich lachte leise und griff nach meinem Glas.

»Evelyn«, sagte Stephen behutsam, »darüber darf man nicht nachdenken, daran muß man glauben.«

»Ja, ja«, nickte ich, »daran muß man glauben.« Ich trank mein Glas leer. »Aber ich kann nicht glauben . . . Bestell mir noch etwas zu trinken.«

Als die neuen Whiskys vor uns auf dem Tisch standen, sagte ich: »Weißt du, Misch, als ganz junges Mädchen konnte ich glauben. Ich vertrug mich ausgezeichnet mit dem lieben Gott. Ich glaubte an ihn. Jeden Abend kniete ich mich nieder und faltete die Hände, und dann betete ich, lange und eindringlich: ›Lieber, lieber Gott . . . laß die Deutschen den Krieg verlieren.‹ Das war immer der Anfang und das Ende meines Gebets.«

Stephen griff nach meinen Händen:
»Darling, laß das doch, quäl' dich nicht so . . .«
Ich lächelte an ihm vorbei.

»Nun ja, Deutschland hat den Krieg verloren. Es muß leiden. Gott ist gerecht, nicht wahr, Misch? Er hat die Bösen bestraft.«
»Ja, Evelyn.«

»Und die Guten, die darunter waren, die hat er gleich mitgestraft, nicht wahr?«

Stephen schwieg. »Warum antwortest du nicht?«
»Ach, Evelyn . . .«

»Es gibt keine Gerechtigkeit. Es gibt keinen Gott.«

»Bitte, Evelyn, sprich nicht so . . .«

Ich hob mein Glas und trank es in einem Zuge leer.

»Laß mich doch sprechen«, sagte ich mit schwerer Zunge. Ich merkte erleichtert, daß ich betrunken war.

»Es ist eigenartig, Misch, ich habe Mitleid mit den Deutschen . . . ich kann sie nicht mehr hassen. Stell dir vor, ich kann sie einfach nicht mehr hassen . . .«

Ich stützte mein Gesicht in die Hände und begann leise vor mich hinzuweinen. Ich wußte nicht mehr, worüber ich weinte: über das Leid der Deutschen oder über mein eigenes.

Stephen wurde in Erlangen stationiert.

Zwei Tage später verließen wir Frankfurt.

Meine Erinnerung an Erlangen beschränkt sich auf drei Straßen, die eine, in der wir wohnten, die zweite, die zum Commissary, und die dritte, die zum P. X. führte. Obgleich ich einige Monate in Erlangen lebte, nahm ich mir nie die Mühe, diese Stadt kennenzulernen.

Wir bekamen ein Häuschen zugewiesen, das in dem für amerikanische Besatzungstruppen requirierten Villenviertel lag. Die Villen glichen sich alle. Es waren kleine, zweistöckige Häuser, bieder, langweilig und weiß verputzt. Sie lagen in einer schnurgeraden Linie, dicht nebeneinander, und glotzten sich gegenseitig an. Die deutsche Bevölkerung durfte das amerikanische Viertel nicht betreten. Die Straßen waren leer, nur ab und zu sah man Grüppchen amerikanischer Frauen. Sie gingen nur in Gruppen – Lockenwickler im Haar, Kinder an der Hand –, und sie gingen immer zum Commissary. Nachts wurde das Viertel von »Displaced Persons« bewacht, die in amerikanischem Dienst standen und nicht sehr vertrauenerweckend aussahen. Dennoch oder wahrscheinlich gerade deshalb wurde oft eingebrochen. Man nahm allgemein an, daß es die Wachen selber waren, aber da man der Einbrecher nie habhaft wurde, konnte man ihnen nichts nachweisen. Die Bewohner fanden sich gerne mit den Zuständen ab. Die Einbrüche waren die einzige Abwechslung, und daher wollte sie keiner missen.

Die Einrichtung unserer Villa bestand aus den unentbehrlichsten Stücken: Betten, Stühlen, Tischen, Schränken. Später kam noch eine Kuckucksuhr dazu, die Stephen für ein paar Zigaretten erstanden hatte und auf die er sehr stolz war.

Immerhin hatten wir alles, was ein Amerikaner zum Leben braucht: ein Bad mit heißem Wasser, eine Küche mit Herd, eine Toilette mit Wasserspülung, eine gut funktionierende Heizung. Wir hatten auch ein Mädchen, das täglich kam und putzte, obgleich es kaum etwas zu putzen gab. Sie hieß Emmi, hatte ein frisches, rundes Gesicht und glänzende braune Augen. Ab und zu brachte sie ihre kleine Tochter mit, und dann hörte ich die beiden in der Küche singen: »Bella, bella, bella Marie . . .« Ich ertappte mich dabei, daß ich Emmi beneidete.

Jeder Tag hatte die gleiche Einteilung: einen Vormittag, den ich im Commissary, einen Nachmittag, den ich im P. X. verbrachte. Das war, wie sich bei den monatlichen Abrechnungen herausstellte, eine sehr kostspielige Einteilung. Denn da ich im Commissary und P. X. so viel Zeit wie möglich mit Einkaufen totzuschlagen suchte, wurden sowohl unsere finanzielle Situation als auch Stephens Gesicht langsam bedenklich.

Vielleicht hätten wir uns meinen Zeitvertreib noch leisten können, wäre mein Geschmack nicht immer anspruchsvoller geworden. Die langen Regale, vollgestopft mit verlockenden Konserven, zogen mich geradezu magnetisch an, und ich wurde nicht müde, immer wieder neue und noch ausgefallenere Delikatessen ausfindig zu machen, Hummerschwänzchen, Artischockenböden, Gänseleberpastete, zartes, weißes Truthahnfleisch – das war es, was mir schmeckte und die Rechnungen erschreckend in die Höhe trieb. Und wie mit den Leckerbissen im Commissary, so erging es mir mit den hübschen Kleinigkeiten im P. X. Noch ein paar neue Schuhe, noch eine entzükkende Spitzenbluse, noch ein Fläschchen französisches Parfüm.

Um sechs Uhr kam Stephen nach Hause. Ich hatte ihn dazu erzogen, jede Neuanschaffung sofort zu entdecken und zu loben. Wenn er es zufällig nicht entdeckte – und das sicher mit einem geheimen Aufatmen –, dann machte ich ihn vorwurfsvoll darauf aufmerksam: »Oh, Misch, dir sind noch gar nicht meine Ohrringe aufgefallen!«

»Neue Ohrringe . . .?« fragte er und sein Lächeln kam mir ein wenig gequält vor. »Entschuldige, Darling, aber dein Haar hat sie ganz verdeckt. Zeig einmal her.«

Ich schob das Haar zurück und hielt ihm mein Ohr hin: »Schön, nicht wahr, Silber, vergoldet . . . und nur zehn Dollar.«

»Zehn Dollar . . . !« sagte Stephen erschrocken, beeilte sich dann aber hinzuzufügen: »Wunderschöne Ohrringe, Darling . . .«

»Nicht wahr? Und für dich habe ich auch eine Überraschung: einen Hummercocktail! Wie findest du das!?«

»Himmlisch . . .«, sagte Stephen mit bekümmertem Gesicht.

Was mir den Erlangener Aufenthalt am qualvollsten machte, war die »Pflege der nachbarlichen Beziehungen«.

Be a good neighbour – das ist der Schlachtruf des amerikanischen Kleinbürgers. To be a good neighbour – das ist seine oberste Pflicht. Ein guter Nachbar zu sein ist in Wirklichkeit nichts anderes als ein Freibrief, der jeden berechtigt, die Nase in die intimsten Angelegenheiten seiner Mitmenschen zu stecken. Ich möchte nicht wissen, wie viele Menschen schon an den Rand der Verzweiflung getrieben wurden, weil »gute Nachbarn« gewissenhaft und systematisch ihr Privatleben zerstörten.

Mir war dieser neighbour-Kult natürlich neu. Mein Erstaunen war groß, als sich am Tage unseres Einzuges bereits der erste nachbarliche Besuch einstellte.

Wir waren gerade beim Auspacken unserer Koffer, als es klingelte. Ich ging an die Tür.

»Hellooo . . .«, sagte ein dünnes, verblichenes Wesen, das nur der Kleidung nach eine Frau zu sein schien. »I'm Mrs. Baker from next door . . .«

»How do you do«, sagte ich höflich. Ich hatte keine Ahnung, worum es ging. Ich blieb abwartend im Türrahmen stehen.

»You are Mrs. Cherney, aren't you?« sagte das Wesen und knipste ein Lächeln an.

»Yes, that's right«, erwiderte ich und hoffte, sie würde nun mit einer Erklärung herausrücken. Da nichts dergleichen geschah, folgte eine lange Pause, in der wir uns beide verwundert anstarrten. Schließlich wurde mir die Geschichte peinlich: »Just a minute«, murmelte ich und lief hilfesuchend zu Stephen.

»Misch, da ist eine Mrs. Baker von nebenan, und ich weiß nicht, was sie will«, sagte ich beunruhigt.

»Mach schnell einen Kaffee, Darling«, sagte Stephen, »ich komme sofort.«

»Misch«, sagte ich drohend, »hörst du eigentlich gar nicht mehr zu, wenn ich spreche. Ich sagte soeben, daß eine Mrs. Baker vor der Tür steht . . .«

»Vor der Tür . . .?« rief Stephen entsetzt, »aber Evelyn, warum hast du sie denn nicht hereingeführt?«

»Warum soll ich denn eine wildfremde Person in die Wohnung führen?«

»Oh, Jesus«, stöhnte Stephen, »sie ist doch zu einem Antrittsbesuch gekommen.« Er fuhr sich hastig durch die Haare und lief aus dem Zimmer. Ich lief sprachlos hinterher.

Stephen eilte auf die jetzt grimmig dreinschauende Frau zu: »Oh, Mrs. Baker«, strahlte er, »I am so glad to meet you. I am Lieutenant Cherney. Please come in . . .«

»Well«, sagte Mrs. Baker mit einem strafenden Blick in meine Richtung, »I thought, maybe you didn't care for my visit . . .«

»But that's absurd . . .! We are happy to have you . . .«, sprudelte Stephen hervor, »it's just, that my wife . . .« Er unterbrach sich und wandte sich mir zu, »make some coffee, darling, will you please . . .«, sagte er wie zu einem kleinen Kind, das man bei anstößigen Gesprächen aus dem Zimmer schickt.

Ich drehte mich auf dem Absatz um und ging in die Küche. Nach einer Viertelstunde kehrte ich mit dem Kaffee zurück. In der Zwischenzeit schien Stephen mein seltsames Benehmen so eindrucksvoll erklärt zu haben, daß Mrs. Baker mich geradezu wohlwollend betrachtete.

»I hear, you are not from the U. S.«, sagte sie mit süßem Lächeln, »but I am sure, in time you'll become a wonderful american girl . . .«

Ich bin nicht so sicher, dachte ich und lächelte zurück.

Sie lobte meinen Kaffee, meine Frisur, meine amerikanische Aussprache. Sie lud mich ein, sie recht bald zu besuchen. Sie hätte eine kleine Tochter, ein wunderschönes Meißner Teeservice und ein einmaliges Kuchenrezept. Ich nickte zu allem, was sie sagte, ängstlich mit dem Kopf. Nach einer halben Stunde ging sie.

»Misch«, sagte ich, als wir allein waren, »ich muß sie doch nicht wirklich besuchen?«

»Doch«, sagte Stephen vorsichtig, »es wäre besser . . .«

»Aber du weißt doch, daß ich Frauen nicht ausstehen kann. Ich habe Angst vor ihnen . . . besonders vor Amerikanerinnen . . .«

»Ja, ich weiß, Darling, aber sie werden dich nicht in Ruhe lassen.«

Stephens Voraussage traf ein. Sie ließen mich nicht in Ruhe, sie ließen mich kaum aus den Augen. Ich war in unserer Straße ein mindestens ebenso interessanter Fall wie die ewig betrunkene Mrs. Grant. Ich war keine Amerikanerin und wurde daher zuvorkommend, aber mit Mißtrauen behandelt.

Ich war zu keiner Stunde vor ebenso plötzlichen wie sinnlosen Besuchen sicher.

»Hi, Mrs. Cherney« – ich war die einzige, die man mit Nachnamen anredete und damit wissen ließ, daß ich nicht zu dem intimen Kreis gehörte – »I just dropped by to see how you are . . .«

Drop dead, dachte ich und sagte: »That's nice, Mrs. Boyles, please come in . . .«

Mrs. Boyles, ein kleines anämisch aussehendes Ding von etwa neunzehn Jahren, war mein unermüdlichster Quälgeist. Sie lief nie anders herum als in blue-jeans und Lockenwicklern, und sie witterte überall Unheil.

»You know, Mrs. Cherney, Ellen Grant ist drunk as hell again. It's awful! She is a disgrace to our community!«

»Maybe she has a reason to drink«, nahm ich Ellen Grant in Schutz, die mir die weitaus Sympathischste war.

»She sure has . . .«, sagte das kleine Ding geheimnisvoll und dann, als ich nicht darauf einging: »You want to know the reason?«

»Well . . .«, gab ich zögernd zurück.

»Her husband is running around with some German prostitute . . . What do you say now . . .?«

Ich sagte nichts, und Mrs. Boyles fühlte sich veranlaßt, noch weitere Entdeckungen zum besten zu geben: »All German women are prostitutes – all they have in mind is to steal our husbands . . .« Sie erkannte zu spät, daß diese Bemerkung mir gegenüber nicht gerade sehr taktvoll war.

Mein eisiges Schweigen brachte ihr das zu Bewußtsein: »Oh . . .«, sagte sie verlegen, »well . . . I guess, I have to run along now . . . see you later, Mrs. Cherney . . .«

»Run to hell . . .«, murmelte ich, als sich die Tür hinter ihr geschlossen hatte.

Ich nahm mir vor, die Tür zu verriegeln und keinen weiteren Besuch mehr hereinzulassen. Aber da meine besorgten Nachbarinnen in diesem Fall wahrscheinlich die M. P. alarmiert hätten, verließ ich vorsichtshalber das Haus

»Where are you going, Mrs. Cherney . . .?« Mrs. Baker lehnte sich aus dem Küchenfenster. Sie schien den ganzen Tag in der Küche zu verbringen und während des Kochens, Backens und Bratens die Straße zu beobachten.

»I am going to the P. X.«, erwiderte ich, mich zur Ruhe zwingend.

»Again . . .?« rief sie mit schrillem Lachen, »what's so interesting there?«

»Sweaters and stockings and french perfume . . .«

»You 're sure, that's all?" fragte sie mit gefährlich aufleuchtenden Augen.

»I am sure«, sagte ich und die Angst, die mich plötzlich vor dieser Frau packte, schwang in meiner Stimme mit.

»Well, enjoy yourself . . .« Sie blieb am Fenster stehen, und ich spürte ihre bösen Blicke in meinem Nacken.

»Das ist nicht mehr auszuhalten mit diesen Weibern«, sagte ich am Abend zu Stephen. »Sie bringen mich um den Verstand.«

»Nimm es nicht so ernst, Darling, sie meinen es ja nicht böse.«

»O nein . . . Du täuschst dich, mein Lieber! Sie sind gemein und neidisch.«

»Du bist ja auch viel hübscher und anziehender als sie.«

»Und außerdem keine Amerikanerin. Sie verdächtigen mich andauernd.«

»Aber nein, mein Herz, das tun sie nicht.«

»Natürlich tun sie es«, schrie ich wütend. »Mein Gott, wird

denn das nie ein Ende nehmen! Wird man mich denn immer wie ein fremdes, gefährliches Tier behandeln?«

»Darling«, beschwichtigte Stephen und zog mich in seine Arme, »das wird ja alles bald anders. Drüben in Amerika wird sich keiner mehr um deine Nationalität kümmern. Außerdem hast du dann einen amerikanischen Paß und bist Bürger der Vereinigten Staaten.«

Und als Stephen diese Worte gesprochen hatte, wurde mir zum ersten Male klar, daß das also meine Zukunft war: Bürgersfrau irgendeiner Provinzstadt Amerikas, ein Häuschen in einer gepflegten, mittelmäßigen Vorortgegend, eine Mrs. Baker rechts, eine Mrs. Boyles links. »Where are you going, Mrs. Cherney... Come over and have a cup of coffee, Mrs. Cherney...« »Apple-pie« und »ice-cream« und stundenlange Gespräche über Haushaltssorgen und Kindererziehung. Um ein Uhr Mittagessen, um sieben Uhr Abendessen, und am Samstag ein paar Stunden in einem Tanzlokal, ein paar Cocktails, mit denen man die Langeweile hinunterspülte.

»Was ist?« fragte Stephen, »warum machst du ein so unglückliches Gesicht, Darling?«

Ich löste mich aus seinen Armen. »Ich bin entsetzlich müde«, sagte ich leise, »das ist alles . . .«

Ich trieb in tiefer Traurigkeit dahin. Ich hatte das Gefühl, nie wieder lachen und nie wieder weinen zu können. Das Leben floß gleichmäßig und eintönig an mir vorbei. Es gab ein paar Alltagsfreuden und ein paar Alltagssorgen, die mich jedoch nicht berührten. Stephen bewahrte mich vor jedem Auf und Nieder. Er sorgte für eine warme Wohnung, ein weiches Bett, nahrhaftes Essen. Er würde immer dafür sorgen. Er würde mir Angst und Not fernhalten – und ebenso das Glück. Ich fühlte, wie der Alltag mein Leben zerstörte.

Ich begann mich nach Sofia zu sehnen. Nach der gespannten Atmosphäre dieser Stadt. Nach der Urwüchsigkeit des bulgarischen Volkes, das aus Haß und Liebe kein Hehl machte. Nach der knisternden Hitze der Sommer und der beißenden Kälte der Winter. Ich sehnte mich nach der eleganten Wohnung mit ihren erdbeerfarbenen Vorhängen, nach Jordankas mißglückten Kuchen, nach den festlichen Partys und den vergnügten Ausflügen ins Gebirge. Und ich sehnte mich nach den ersten Wochen mit Stephen, nach der Zartheit und der Leidenschaft dieser Wochen.

»Du bist unglücklich, nicht wahr, Evelyn?« fragte mich Stephen eines Abends.

Ich stocherte unlustig in einer komplizierten Torte herum, deren Zubereitung wenigstens eine Stunde des langen Tages totgeschlagen hatte.

»Ja«, sagte ich mit verschlossenem Gesicht.

»Ich merke es schon lange, und ich zerbreche mir den Kopf, was ich dagegen tun kann.«

»Gar nichts kannst du dagegen tun.«

»Du sprichst, als ob du mich nicht mehr liebtest.«

»Ich liebe dich«, sagte ich und schob meinen Teller beiseite.

»Das klingt nicht sehr überzeugend.«

»Doch, ich liebe dich«, wiederholte ich.

Stephen seufzte. »Du bist zu viel allein, du hast keine Beschäftigung, und du schließt dich nicht an Menschen an.«

»Nenne mir einen Menschen, an den ich mich anschließen könnte, und ich werde es gerne tun.«

Stephen zündete sich eine Zigarette an und schwieg.

»Dir fällt wohl keiner ein«, sagte ich, »mir nämlich auch nicht.«

»Die Schuld liegt auch ein bißchen bei dir . . . du bemühst dich nicht.«

»Bemühen . . .!« Ich hatte Lust, mit der Faust in die Torte zu schlagen.

»Was hat das mit bemühen zu tun! Zu den Deutschen gehöre ich nicht mehr, und zu den Amerikanern werde ich nie gehören.«

Stephen machte ein gequältes Gesicht: »Mein Gott, Evelyn«, murmelte er, »manchmal habe ich Angst um dich.«

»Ich auch.«

Er stand auf und trat ans Fenster. »Warum schreibst du nicht endlich an deinen Vater?« fragte er, den Rücken mir zugewandt.

»Müssen wir jetzt wieder davon anfangen?«

»Ja, Evelyn.« Er drehte sich entschlossen zu mir um.

»Gib dir keine Mühe«, sagte ich und griff nach einer Zigarette, »ich schreibe meinem Vater nicht.«

Ich dachte an die vielen Briefe, die ich begonnen hatte. An die Unzulänglichkeit der Worte, die sich der Heftigkeit meines Gefühles nicht fügten. An die Seiten und Seiten, die als kleine Fetzen im Papierkorb gelandet waren. Ich hatte Stephen nie davon erzählt.

»Ich schreibe meinem Vater nicht!«

»Du könntest ihn jederzeit sehen.«

Ich schwieg.

»Wenn dein Vater wüßte, wo du bist, wäre er schon längst hier.«

»Bist du bald fertig?« fragte ich kalt.

»Nein«, sagte Stephen mit leiser, zorniger Stimme, »ich bin nicht fertig.« Er trat auf mich zu. Sein Gesicht war angespannt. An seiner Schläfe pochte eine dicke Ader, die ich nie zuvor gesehen hatte. Ich blickte ihn neugierig an.

»Was bist du eigentlich für ein Mensch«, fuhr er noch leiser fort. »Anderen gegenüber bist du hart und unnachgiebig, nie aber dir selber gegenüber. Du denkst immer nur an dich, dich, dich. Deine gekränkte Eitelkeit oder Stolz oder Liebe: alles ist dir wichtiger als der Wunsch, deiner Mutter zu helfen . . .«

»Hör auf!« schrie ich und machte Anstalten aufzustehen.

»Bleib sitzen!« Er gab mir einen leichten Stoß, so daß ich auf den Stuhl zurückfiel. »Du erinnerst dich wohl nicht mehr an das Versprechen, das du Mizo gegeben hast? Du wolltest dich sofort mit deinem Vater in Verbindung setzen, damit er deine todkranke Mutter aus Bulgarien herausholt. Erinnerst du dich jetzt?«

»Mizo hat meinem Vater einen Brief geschrieben, noch bevor wir Sofia verließen. Er weiß längst über den Zustand meiner Mutter Bescheid.«

»Ein Brief von Bulgarien nach Deutschland dauert wochenlang, und meistens kommt er gar nicht an.«

Ich krümmte mich zusammen wie im Schmerz: »Laß mich in Ruhe, du weißt ja gar nicht, wie mir zumute ist.«

»Wie *dir* zumute ist, ist vollkommen unwichtig!« Er wandte sich ab: »Also, dann werde ich deinem Vater schreiben«, sagte er.

Ich sprang vom Stuhl auf und lief aus dem Zimmer. Ich warf mich über mein Bett und fand Erleichterung in einem Strom von Tränen.

»Evelyn«, sagte Stephen von der Tür her.

Ich gab keine Antwort, aber mein Schluchzen wurde heftiger.

»Evelyn . . .« Er kam ins Zimmer und ließ sich auf dem Bett nieder. Er begann meinen Arm zu streicheln. »Bitte, weine nicht, ich liebe dich. Ich möchte dir helfen, aber ich weiß nicht wie. Du läßt keinen an dich heran – nicht einmal mich. Du machst mich ganz ratlos, Evelyn.«

Ich richtete mich langsam auf und schaute in sein verzweifeltes Gesicht. Er war so gut zu mir – so unerträglich gut.

»Oh, Misch, Darling . . .«, flüsterte ich, »ich bin ja selber ganz ratlos. Ich verstehe mich ja selber nicht, und darum kann mich wohl auch kein Mensch verstehen. Ich glaube nicht, daß ich böse und gemein bin, aber manchmal, da ist es wie ein Krampf, in dem ich ganz erstarre und den weder ich noch andere lösen können. Dann spüre ich nur eine furchtbare Wut und einen furchtbaren Ekel gegen alle Menschen, gegen die ganze Welt. Ich habe Angst, Misch, ich habe solche Angst . . .«

»Aber wovor hast du denn Angst?«

»Ich weiß es nicht. Ich kann es nicht erklären.«

»Komm her, Darling.«

»Ja, Misch.«

Ich kroch in seine Arme und preßte mein Gesicht an seine Brust: »Halt mich fest, Misch, halt mich ganz fest. Ich muß spüren, daß du da bist.«

»Ich bin immer da, Geliebtes.«

»Ja, aber manchmal ist die Einsamkeit in mir zu groß. Dann sehe ich dich und höre dich und bin trotzdem ganz allein.«

Am nächsten Tag schrieb ich meinem Vater einen vier Seiten langen Brief. Ich arbeitete den ganzen Nachmittag daran und rauchte dabei unzählige Zigaretten. Als er fertig war, traute ich mich nicht, ihn noch einmal durchzulesen.

Es war ein grauenhafter Brief. Ein schwülstiges Gefasel, eine Aneinanderreihung abgeschmackter Klischees. Er war sanft mahnend und doch verzeihend.

Ich faltete ihn mit einem Seufzer zusammen. Man hatte mir immer gesagt, daß ich Briefe schreiben könne. Nun, dieser Brief war miserabel. Ich stand auf, nahm ein Kartenspiel und legte eine Patience. Wenn sie aufging, würde ich den Brief abschicken, Gott sei Dank ging sie nicht auf. Ich zerriß die Seiten.

Den darauffolgenden Tag versuchte ich es wieder. Diesmal mit nüchterner Sachlichkeit. Der Brief wurde noch schlimmer, noch verlogener. Ich schrieb ihn gar nicht erst zu Ende.

In der Nacht träumte ich, es regne Papierfetzen vom Himmel. Ich erwachte müde und schlecht gelaunt und konnte mich nicht entschließen, das Bett zu verlassen. Ich hörte Emmi in der Küche mit dem Geschirr klappern und dazu »Bella, bella, bella Marie« singen. Draußen regnete es in Strömen. Ich sagte mir, daß es vollkommen sinnlos sei, aufzustehen. Gegen Mittag klingelte es. Ich befahl Emmi, keinen zu mir hereinzulassen. Ich zog die Bettdecke über meinen Kopf.

»Frau Cherney . . . wo sind Sie denn, Frau Cherney . . .?«

Ich tauchte verärgert aus meiner dunklen warmen Höhle auf: »Was ist los, Emmi?« knurrte ich.

»Ein Telegramm für Sie!« Sie war ganz aufgeregt.

»Ein Telegramm . . . für mich?« fragte ich verwundert.

»Wer kann mir denn . . .?«

Und plötzlich war ich mit einem Satz aus dem Bett. »Geben Sie her, Emmi, schnell . . .«

Ich riß das Telegramm mit ungeschickten Fingern auf und stieß einen leisen Schrei aus. Ich hatte zuerst die Unterschrift gelesen. Die Unterschrift lautete: »Dein Vater.«

»Eine schlechte Nachricht, Frau Cherney . . .? Mein Gott, Sie sind ja totenblaß . . . was ist denn passiert . . .?«

»Mein Vater . . .«, sagte ich mit trockenen Lippen.

»Jesses . . . was ist mit Ihrem Vater?«

»Er hat mir ein Telegramm geschickt.«

»Ja, was telegrafiert er denn?«

»Ich weiß nicht, ich muß es erst lesen.«

»Kommen Sie, setzen Sie sich«, sagte Emmi und führte mich wieder zum Bett. Sie schaute mich an, als fürchte sie, ich habe den Verstand verloren.

Ich setzte mich gehorsam, und dann las ich: »Soeben über Bulgarien deine Adresse erfahren. Eintreffe Freitag, neunzehn Uhr. Bin glücklich, dich endlich wiederzusehen. Dein Vater.«

Ich ließ mich mit ausgebreiteten Armen rückwärts aufs Bett fallen: »Er kommt . . .«, flüsterte ich, »er kommt am Freitag . . . wann ist Freitag, Emmi?«

»In drei Tagen, Frau Cherney . . .«

»Er kommt in drei Tagen . . . er ist glücklich, mich wiederzusehen . . .«

Plötzlich schnellte ich vom Bett hoch: »Emmi . . .«, schrie ich, »er kommt . . . ich habe ihn acht Jahre nicht mehr gesehen . . . Herrgott, acht Jahre . . .! Wissen Sie, was das heißt!«

Emmi nickte.

»Ich muß gleich anfangen zu backen, er ißt Kuchen so gerne . . . und dann muß ich viele Sachen aus dem P. X. besorgen . . . Rasiercreme und Eau de Cologne und besonders feine Seife . . .«

Ich strahlte sie an. »Wissen Sie, daß mein Vater ein wunderbarer Mensch ist . . .?«

Sie nickte wieder. Ich sah, daß sie Tränen in den Augen hatte.

Der Zug, mit dem er um neunzehn Uhr in Erlangen eintreffen sollte, hatte, wie alle Züge damals, erhebliche Verspätung. Die Bahnhofshalle war unfreundlich wie jede Bahnhofshalle und zum Bersten voll. Frierende Menschen in feuchten Mänteln; die unglaublichsten Gepäckstücke; Kinder und Hunde. Es kam mir vor, als hätte sich ganz Erlangen auf dem Bahnhof versammelt.

»Wieviel Uhr ist es, Misch?«

»Gleich halb neun.«

»Mein Gott, mein Gott . . .« Ich zitterte so, daß mir die Zähne aufeinanderschlugen, teils vor Kälte, noch mehr vor Aufregung.

Stephen hatte den Arm um mich gelegt. Er drückte mich fest an sich: »Darling, ich habe Angst, daß du dich erkältest.«

»Ich habe Angst, daß mich der Schlag trifft, falls der Zug nicht bald kommt.«

»Er kommt ja gleich.«

»Das sagst du schon seit einer Stunde.«

Neben uns stand, einsam und verlassen, ein Korb mit einer Katze. Die Katze schrie ununterbrochen, laut und jämmerlich. Stephen zog eine Zigarette aus der Tasche.

»Bitte, rauch nicht, die Menschen gucken dann immer so hungrig zu.«

Stephen nahm die Zigarette wieder aus dem Mund.

»Glaubst du, daß der Zug verunglückt ist?«

»Aber nein.«

Die Katze hörte plötzlich auf zu schreien.

»Jetzt ist sie tot«, sagte ich.

»Wer?«

»Die Katze . . . Wieviel Uhr . . .«

»Achtung!« brüllte eine Stimme: »Der Zug aus München über Nürnberg fährt ein auf Gleis vier . . .«

Die Bahnhofshalle verwandelte sich in ein Schlachtfeld. Eine stoßende, schlagende, schreiende Menschenlawine rollte auf die Sperre zu und versuchte, sich durch den Engpaß zu zwängen. Da das trotz aller Gewalt nicht gelang, kletterten viele mit Sack und Pack über die Barriere und stürzten auf den gerade einfahrenden Zug los. Es war eine rasende Menge, die sich einerseits bemühte, in den Zug hinein und anderseits aus dem Zug heraus zu kommen.

»Himmel . . .!« schrie ich, an Stephens Arm zerrend. »Komm, komm schnell, sie werden meinen Vater umbringen . . .!«

Stephen hielt mich fest: »Bleib hier«, befahl er, »es ist gleich vorbei . . . sieh doch, da kommen schon die ersten . . .«

Er hatte recht. Aus dem Knäuel hatte sich eine Schlange gelöst, die sich erschöpft durch die Sperre zu schieben begann.

Ich hatte plötzlich das Gefühl, von Kopf bis Fuß gelähmt zu sein. Es schien mir unmöglich, mich von der Stelle zu rühren. Ich stand da, starr und stumm, und meine Augen irrten von einem grauen, müden Gesicht zum anderen. Ich merkte nicht, daß ich mitten im Wege stand und daß man gegen mich stieß und sich kopfschüttelnd oder schimpfend nach mir umwandte.

Ich merkte auch nicht, daß Stephen die Hand auf meine Schulter gelegt hatte und auf mich einsprach. Nichts existierte mehr für mich, nichts – außer dem brennenden Verlangen, unter all diesen Schatten meinen Vater zu entdecken.

Wenn er nicht kommt, dachte ich, wenn er mich in dieser trüben, kalten Bahnhofshalle allein läßt, dann werde ich einfach umfallen. Genau wie ich jetzt dastehe, die Arme gegen den Leib gepreßt, den Kopf gereckt.

In diesem Moment sah ich ihn. Und mir war, als sähe ich zum ersten Male einen Menschen.

»Papa . . .«, schrie ich und warf mich in das Gedränge: »Papa . . . Papa . . .«

Mein Vater ließ seinen Koffer fallen und streckte mir die Arme entgegen. Ich rannte atemlos, besinnungslos hinein. »Meine Tochter, meine kleine Eveline . . .«

Ich lag ganz still an seiner Brust und lächelte. Es hatte nie eine Trennung gegeben. Ich hatte mich nie von einem kleinem Mädchen zu einer jungen Frau entwickelt. Ich war nichts anderes mehr als sein Kind. Ich war nicht mehr allein. Ich schloß die Augen und rieb meine Wange an dem rauhen Stoff seines Mantels.

Ich hatte Stephen vergessen, und erst als ich seine Stimme hörte, hob ich den Kopf.

»Sir . . . I am very happy to meet you.«

Er stand einen halben Meter von uns entfernt, so, als empfinde er seine Anwesenheit als unpassend. Sein Lächeln schien um Verzeihung zu bitten.

In diesem Moment liebte ich ihn. Ich liebte ihn für das respektvolle »Sir«, für den halben Meter Entfernung, für das entschuldigende Lächeln.

Ich streckte den Arm nach ihm aus und zog ihn zu uns heran: »Papa«, sagte ich, »das ist Stephen, mein Mann.«

Mein Vater ließ mich los. Er nahm Stephens Hand in seine beiden:

»Ich freue mich, ich freue mich von ganzem Herzen.«

Ich trat einen Schritt zurück und preßte meine Handflächen gegen die glühenden Wangen. Einen Moment lang war mir, als müsse ich die Besinnung verlieren, denn so viel Glück machte mich schwindelig. Ich schaute von meinem Vater zu meinem Mann, und ich sah in ihrem Blick Zuneigung füreinander, die sich über Feindschaft und Krieg mühelos hinwegsetzte.

»Ich sehe, daß Eveline bei Ihnen in besten Händen ist. Ich bin sehr glücklich darüber und hoffe . . .«

Stephen warf mir mir einen hilfesuchenden Blick zu.

»Papa «, unterbrach ich ihn lachend, »Stephen versteht doch kein Deutsch.«

»Ach . . . ja . . . natürlich«, sagte mein Vater überrascht.

Er hatte an diese Möglichkeit gar nicht gedacht. Seine kleine Begrüßungsrede blieb ungesprochen.

»Natürlich . . . natürlich . . . Sie sind ja Amerikaner . . .«

Er nickte nachdenklich. »Also«, fragte er dann, indem er Stephen erwartungsvoll anblickte, »wie machen wir das wohl am besten?«

Da er wieder deutsch gesprochen hatte, blieb Stephen nichts anderes übrig, als etwas verwirrt zu lächeln.

»Papa«, sagte ich, »du sprichst ja schon wieder deutsch . . . du kannst doch englisch!«

»Leider nur sehr, sehr wenig . . . I speak bad, bad English . . . Kind, du mußt ihm erklären, daß ich zu meinem großen Kummer außerordentlich sprachunbegabt bin.«

»Misch, Papa wants me to tell you, that he is very untalented in languages.«

»Yes, yes . . . untalented . . .«, wiederholte mein Vater erleichtert, das Wort verstanden zu haben.

»You tell him, darling«, sagte Stephen mit einem warmen Lächeln, »that we don't need words to understand each other.«

»Papa, Stephen meint, daß ihr keine Worte braucht, um euch zu verstehen.«

»Thank you, Stephen«, sagte mein Vater und legte ihm die Hand auf die Schulter.

»We'd better go, Sir«, sagte Stephen, »you must be tired and cold.«

»Nicht ›Sir‹, Stephen . . . ich heiße Erich . . . all right?«

Stephen strahlte: »All right, Erich.«

Die Bahnhofshalle war jetzt ganz leer. Zwei nackte Birnen spendeten ein bißchen schmutziges Licht.

»Komm, Papa«, sagte ich zärtlich, »gehen wir nach Hause.«
Dabei fiel mir auf, wie schön dieses »gehen wir nach Hause«
klingen konnte.

Papa legte seinen Arm in meinen: »Du mußt deinen alten Vater
ein wenig stützen«, lächelte er.

»Du hast dich überhaupt nicht verändert!«

Und während ich das sagte, bemerkte ich, daß er etwas gebückt ging, so, als fehle ihm die Kraft, sich aufrechtzuhalten.
Und ich entdeckte, daß sein Haar grau geworden war und daß
sein Gesicht erschöpft und eingefallen aussah.

Er ging sehr langsam, und ich fühlte sein Gewicht schwer auf
meinem Arm.

»Guten Morgen, meine Tochter.«

Das Zimmer war viel zu klein für ihn. Er brauchte große, hohe
Räume, schwere Möbel, altes Holz. Er war ein Mann, der in
ein vergangenes Jahrhundert paßte.

Er hatte etwas, das in dieser Welt selten geworden war: Er
hatte Würde.

Mein Vater war ein Herr.

»Guten Morgen, Papa.«

Bei Tageslicht sah ich, wie sehr er gealtert war. Aber das Alter
hatte ihm nichts anhaben können. Der Ausdruck von Güte und
Klugheit in seinem Gesicht hatte sich vertieft. Man hatte das
Gefühl, alles sagen zu können und immer verstanden zu werden.

Ich ging ihm entgegen, stellte mich auf die Zehenspitzen und
legte meine Hände auf seine Schultern. Er küßte mich fest auf
Stirn und Mund.

Ich sah, daß sein Anzug alt und abgetragen war und stellen-
weise glänzte. Trotzdem konnte man noch das erstklassige
Material und den vorzüglichen Schneider erkennen. Das tröstete mich. Sein Hemd aus naturfarbener Seide war am Kragen
sorgfältig gestopft. In der leicht verblichenen Krawatte steckte
die Perle. Als Kind hatte mich diese Perle fasziniert, und ich
hatte sie immer vorsichtig berührt.

Ich strich mit den Fingerspitzen darüber.

Nein, es hatte sich nichts verändert. Es waren keine acht Jahre vergangen, seit er mich das letzte Mal in den Armen gehalten hatte. Ich hatte ihn nie gehaßt, nie gesagt: Ich will ihn nicht mehr wiedersehen. Ich liebte ihn, wie ich ihn immer geliebt hatte.

»Laß dich anschauen, Eveline.«

Er hielt mich ein Stück von sich ab und betrachtete mich lange.

»Und du bist nun also verheiratet?«

»Findest du das seltsam?«

Er nickte. »Als ich dich das letzte Mal sah, warst du noch ein kleines, mageres Mädchen . . .«

»Und jetzt? Bist du zufrieden mit mir?«

»O ja . . . du bist recht gut gelungen.« Er fuhr mir mit der Hand in das Haar: »Nur deine Frisur . . . etwas zu wild für meinen Geschmack.«

»Das kann man ja ändern.« Ich strich mir eifrig die Locken aus dem Gesicht. Ich wollte ihm gefallen: »Ist es so besser?«

Er schien meine Frage nicht gehört zu haben. »Du siehst deiner Mutter sehr ähnlich«, sagte er.

»Ich weiß.« Ich biß mir nervös auf die Lippen. Ich fürchtete, daß das Gespräch auf meine Mutter kommen und sich damit der erste Schatten auf mein Glück senken würde.

»Wollen wir frühstücken?« fragte ich rasch.

»Ja . . . natürlich, mein Kind . . .«, sagte er, immer noch abwesend.

Ich führte ihn zum Tisch, der mit allem, was Commissary und P. X. zu bieten hatten, beladen war.

»Mein Gott«, sagte Papa verwirrt und starrte Platten und Schüsseln ungläubig an.

»Fast so schön wie unser Frühstückstisch in Berlin, nicht wahr?« fragte ich stolz. Mein Vater hatte immer sehr viel Wert auf ein gutes und ausgiebiges Frühstück gelegt, und ich hatte mich bemüht, es wie früher zusammenzustellen.

»Aber meine Kleine, ich bin das ja alles nicht mehr gewohnt . . .«

»Dann wirst du dich wieder daran gewöhnen. Du mußt dicker werden. Den Kuchen da habe ich selber gebacken. Komm, setz dich.«

Ich schob ihm den bequemsten Stuhl hin.

»Oh la la«, sagte mein Vater – einen Ausdruck, den er oft und gern gebrauchte – »wenn das nur gut geht . . .«

»Papa«, fragte ich streng, »bekommst du etwa nicht genug zu essen?«

»Doch, doch . . . nur nicht gerade Hummer und Gänseleber . . .« Er schaute mich amüsiert an: »Dafür Kartoffeln in größeren Mengen.«

»Widerlich . . .«, sagte ich und hatte plötzlich den Geschmack von weißen Bohnen auf der Zunge. »In Bulgarien . . .«, begann ich, unterbrach mich aber sofort. Auch dieses Thema wollte ich noch nicht berühren.

Ich stellte ein gekochtes Ei vor ihn hin: »Vier Minuten auf die Sekunde.«

»Du hast nichts vergessen.«

»Natürlich nicht.«

Ich schenkte ihm eine Tasse Kaffee ein und setzte mich ihm gegenüber.

Wenn ich in Bulgarien an meinen Vater gedacht hatte, dann meistens in Zusammenhang mit einem Frühstück. Diese Stunde war schon immer die schönste und ungestörteste gewesen – die einzige, in der ich Papa für mich allein gehabt hatte. Jede Bewegung, jeder Handgriff meines Vaters hatte sich mir über Jahre hinweg eingeprägt, und als er sich jetzt langsam und umständlich auf seinem Stuhl niederließ, stellte ich beglückt fest, daß sich nichts geändert hatte. Ich beobachtete zärtlich, wie er die Serviette vom Tisch nahm, sie einen Moment versonnen betrachtete, dann sorgsam auseinanderfaltete und auf den Knien ausbreitete. Ich wußte, daß dieser bedächtigen Handlung ein paar Minuten des Nachdenkens folgen würden, und ich bemühte mich, sie nicht zu stören. Ich hatte nie herausgefunden, was für Gedanken ihn in diesen Minuten beschäftigten, und ich hätte auch nie gewagt, ihn danach zu fragen. Ich wartete geduldig auf die altbekannten Worte: »Gut. . . in Ordnung«, mit denen er bekanntgab, daß er nun wieder anwesend sei.

»Gut . . . in Ordnung . . .« Er rieb sich befriedigt die Hände.

»Papa, dein Kaffee wird kalt.«

»Langsam, langsam, junge Dame . . . nicht immer so zappelig.« Er griff nach der Zuckerdose und schaute sich suchend um. Ich hatte den Löffel vergessen, und obgleich es Würfelzucker war, dachte er nicht daran, ihn mit den Fingern zu nehmen.

»Hier hast du einen Löffel«, sagte ich und reichte ihm meinen hinüber.

»Danke, mein Kind.«

Er ließ den Zucker vorsichtig in den Kaffee gleiten, goß tropfenweise Sahne dazu und rührte bedächtig in der Tasse.

»Ja, Evelinchen«, sagte er währenddessen, ohne den Blick zu heben, »und nun erzähl mir mal: Bist du glücklich?«

Die Frage kam allzu unerwartet. Ich hatte keine Zeit, mich auf eine ausweichende Antwort vorzubereiten. »Glücklich...?« fragte ich daher gedehnt und nahm nervös eine Scheibe Brot aus dem Korb.

Mein Vater schaute auf, und ein Ausdruck von Besorgnis war in seinen Augen. Ich senkte den Blick.

»Aha...«, murmelte er, und dann: »Stephen scheint mir ein großartiger junger Mann zu sein.«

»Ja, ja, das ist er.«

»Als ich erfuhr, daß du geheiratet hast, machte ich mir viele Gedanken...«

»Hältst du es nicht für richtig, daß ich geheiratet habe?«

Er schwieg einen Moment. Er nahm sein Messer, betrachtete nachdenklich das Ei und köpfte es dann mit einem gut gezielten, kurzen Schlag.

»Ich halte dich für etwas zu jung für eine Ehe, zu unruhig und unreif...«

»Wenn ich nicht geheiratet hätte, wäre ich nicht mehr aus Bulgarien herausgekommen.«

»War das der Grund?«

»Nein, natürlich nicht«, sagte ich erschrocken, »ich liebe Stephen.«

Mein Vater tat etwas Salz auf seinen Teller, nahm eine Prise zwischen die Fingerspitzen der rechten Hand und warf sie über die linke Schulter.

Ich lächelte. Trotz Krieg und Chaos hatte er sich alle seine kleinen Absonderlichkeiten bewahrt. Sie gehörten zu ihm wie seine Höflichkeit, sein Taktgefühl, seine unerschütterliche Geduld.

»Eveline«, sagte mein Vater, mir fest in die Augen blickend, »wenn du willst, kannst du immer und über alles offen mit mir sprechen.«

»Ja, Papa, ich weiß . . .«

»Und noch eins, mein Kind. Ich bitte dich, deine Ehe nicht als Spielerei zu betrachten, sondern eine ernste und . . . dauerhafte Bindung darin zu sehen.«

»Ja, Papa, natürlich . . .« Ich zerkrümelte das Brot auf meinem Teller.

»Darf ich dir eine Sardine zurechtmachen, Papa?«

»Gerne, mein Kind.«

Ich wollte unter allen Umständen unbequeme Themen vermeiden. Ich wollte diesen ersten, jahrelang ersehnten Morgen ungestört genießen. Ich wollte wieder sein Kind sein und die belastende Existenz gewisser Dinge vergessen. Aber ich merkte, wie sich die Vergangenheit aufdrängte, und kämpfte um Aufschub.

Mein Vater schien meine Gedanken zu erraten. »Eveline, wir müssen uns über sehr viele Dinge lange und ausführlich unterhalten. Zwischen uns liegen acht Jahre, in denen sich unser Leben grundlegend verändert hat. Wenn du versuchst, dieser Tatsache aus dem Wege zu gehen, dann wirst du damit nicht fertig werden. Es gibt nur eins: die neuen Umstände zu akzeptieren und selbst im Schlimmen noch etwas Gutes zu sehen.«

»Kannst du das wirklich, Papa?«

»Ja, mein Kind. Es nicht können, hieße aufgeben.«

»Und du hast nicht aufgegeben?«

»Nein. Aber ich war ein paar Mal nahe daran.«

»Wann zum Beispiel?«

»Zum Beispiel, als ich alle meine Bücher verlor.«

Ich schaute ihn verständnislos an. Sicher, es war eine sehr wertvolle Bibliothek gewesen. Aber . . .

»Ich hätte sie in Sicherheit bringen können, aber ich wollte mich nicht von ihnen trennen. Sie waren für mich eine Welt . . .«

Ich hatte den letzten Satz kaum noch gehört. Mir war plötzlich bewußt geworden, daß mit der Bibliothek auch unser Haus zerstört sein mußte.

»Unser Haus ...«, flüsterte ich, »das gibt es auch nicht mehr ...?«

»Nein. Ein paar Möbel und Bilder und Teppiche habe ich vorher fortschaffen lassen. Die sind übriggeblieben. Und zwei Koffer mit Kleidungsstücken.«

»Das ist alles?«

Er legte das Besteck auf den Teller und schaute mich an: »Wir haben noch viel mehr verloren, Eveline. Siebzig Prozent unserer Häuser. Die in der Ostzone und Ostberlin und die, die durch Bomben zerstört wurden.«

»Und Westensee?«

»Westensee liegt in der Ostzone.«

Westensee war mein Kindheitsparadies gewesen: ein weißes Haus mit grünen Fensterläden. Ein riesiger Garten mit Himbeersträuchern, Apfelbäumen und bunten Blumenbeeten. Ein kleiner, von hohem Schilf umrahmter See. Ein Stall, in dem mein Pony stand.

»Es ist also nichts mehr übriggeblieben vom alten Leben ...?«

»Es gibt ein neues Leben.«

»Ein schönes, neues Leben kann das werden«, sagte ich, »ein schönes, neues Leben ...«

»Sprich doch, meine Kleine«, sagte Papa und seine Augen waren so traurig, daß ich die Tränen nicht mehr zurückhalten konnte.

»Ich möchte nicht sprechen ... nicht heute ...«

»Doch, es wäre besser.« Er stand auf, trat an meinen Stuhl und zog mich sanft zu sich empor. »Ich weiß, woran du denkst, und ich weiß, wie schwer es dir fällt, dich zurechtzufinden. Ich kann dir vielleicht helfen, Eveline ...«

»O Gott, Papa ...« Ich lehnte mich an ihn und versteckte mein Gesicht an seiner Schulter. Und die Worte brachen aus mir heraus, erst mühsam und krampfhaft, dann immer schneller, immer leichter: »Es ist so schrecklich. Ich habe geglaubt, daß eines Tages alles wieder gut werden könnte. Aber jetzt ... Mutti ist unheilbar krank, und du bist mit einer fremden Frau verheiratet, und alles ist zerstört ...«

Er schwieg.

»Warum, Papa, warum mußtest auch du noch ...«

»Ich war sehr allein, und ich hatte Angst . . .«

»Angst . . .? *Du* hattest Angst . . .?«

»O ja, ich hatte Angst . . .«

Ich nahm meinen Kopf von seiner Schulter und starrte ihn ungläubig an.

Ich hatte ihn noch nie so gesehen. Er war jetzt nicht mehr der Halbgott, erhaben über menschliche Schwächen und Ängste, sondern ein verletzbarer Mensch, der mutig gegen Schwächen und Ängste ankämpfen muß.

»Ja, Papa«, sagte ich leise, »ich verstehe dich . . .«

»Anne ist eine großartige Frau. Eines Tages wirst du sie sehr gern haben.« – Ich schwieg.

»Wir haben eine kleine Tochter . . . sie ist erst ein Vierteljahr alt . . .«

Auch das noch. Ich nahm mich zusammen.

»Wie heißt sie?« fragte ich sachlich.

»Claudia.«

»Ein hübscher Name.«

»Sie wird dir nichts von meiner Liebe nehmen.«

»Ein bißchen vielleicht doch.«

»Nein, nicht das geringste bißchen.«

Mein Vater wollte eine Woche bleiben. Die Woche zerrann. Ich hatte das Gefühl, als läge zwischen Aufstehen und Zubettgehen nur die Hälfte der Stunden, die ein Tag zu haben pflegt. Besonders ärgerte mich der Kuckuck, der mir, heiser schreiend und eifrig dienernd, jede verstrichene halbe Stunde vorzählte.

Wir waren mehr oder weniger an die Wohnung gefesselt. Papa wollte jedes Aufsehen vermeiden. Er fürchtete, Stephen könnte seinetwegen Unannehmlichkeiten bekommen. So wagten wir uns erst nach Einbruch der Dunkelheit aus dem Haus. Meinen Vater schien diese Situation zu amüsieren, aber ich fand sie gar nicht komisch.

»Ich möchte mich endlich einmal mit dir zeigen«, erklärte ich trotzig, »in hellem Licht und in aller Öffentlichkeit.«

»Das kommt schon noch«, beschwichtigte Papa, »eines Tages gehen wir zusammen tanzen, du in großem Abendkleid und ich im Smoking.«

»Eines Tages...«, sagte ich traurig.

Ich bewunderte die heitere Gelassenheit, mit der er sich über die unerfreulichen Zustände hinwegsetzte, seine Fähigkeit, in allen Dingen und Menschen positive Eigenschaften zu entdecken. Sein Glaube an das Gute war ungebrochen, und ich begriff plötzlich, daß es das war, was die Menschen zu ihm hinzog.

Es waren die ersten Tage – und wie ich damals schon ahnte, die letzten –, in denen ich meinen Vater ganz für mich alleine hatte, und ich wollte nur für ihn da sein. Noch nie hatte ich einem Menschen so still, geduldig und andächtig gelauscht, obwohl es nicht selten geschah, daß Papas Gespräche den Charakter langatmiger Vorträge annahmen, denen zu folgen mir kaum gelang. Ich erinnere mich, daß er einmal zwei Stunden lang über die Weimarer Republik und ihr Für und Wider sprach und ich in heller Verzweiflung zu verstehen suchte, wovon er da eigentlich redete. Ich hatte nur eine gewisse Lebenserfahrung, aber gelernt hatte ich nichts. Papa war sich über meine erschreckende Unwissenheit nicht im klaren und ließ sich durch geschickt angebrachte Ausrufe der Zustimmung, durch tiefsinniges Kopfnicken oder empörtes Kopfschütteln leicht täuschen. Ich ahnte jedoch, daß ich mich eines Tages mit einer falschen Antwort, einer dummen Frage oder einem verständnislosen Gesicht verraten würde. Der Tag kam schneller als gedacht. Papa war in die römische Geschichte hinabgetaucht, und bei der Erwähnung Caesars rief ich in stolzem Bewußtsein meiner Kenntnisse:

»Ja, Caesar war wohl einer der größten Kaiser!«

Mein Vater hielt mitten in einer Bewegung inne, zog die Augenbrauen in die Höhe und machte ein entgeistertes Gesicht. Es folgte eine längere Pause.

»Eveline«, fragte mein Vater schließlich, »sagtest du soeben ›Kaiser‹?«

»N..ja...« Also am Kaiser mußte es liegen. Ich dachte fieberhaft alle Möglichkeiten durch, aber Kaiser schien mir nach wie vor das Nächstliegende.

»Weißt du wirklich nicht, wer Caesar war?«

»Vielleicht nicht direkt, aber...« Ich spürte, wie ich rot wurde.

»Mein Kind, Caesar war ein Diktator. Das mußt du doch wissen. Hast du nie römische Geschichte gelernt?«

Gott bewahre! Ich hatte kaum deutsche Geschichte gelernt. Die einzige, die ich in- und auswendig kannte, war die bulgarische. Sie schien jedoch unerheblich zu sein.

»Römische Geschichte haben wir in Sofia nicht gehabt«, sagte ich zögernd.

»Und Latein?«

»Latein schon...«

»Wie lange?«

»Ein Vierteljahr.«

»Wie bitte?«

»Ein Vierteljahr«, wiederholte ich entschuldigend. »Dann kamen die Bomben, und die Schulen wurden geschlossen, und wir gingen nach Buchowo...«

»Wie alt warst du damals?«

»15 Jahre.«

»Dann hast du also mit 15 Jahren die Schule verlassen – und was für eine Schule!«

Ich nickte traurig.

»Liest du wenigstens viel, mein Kind?«

»Ich habe sehr viel gelesen, so mit 14, 15 Jahren. Sogar Faust zweiter Teil und Shakespeares Dramen... allerdings nur Dramen ... ich mag keine Lustspiele...«

»Und jetzt ... was liest du jetzt?«

Es war ein wahres Glück, daß Stephen gerade in diesem Moment nach Hause kam. Ich hätte kein einziges Buch nennen können, es sei denn, man hätte »Womens little Home Companion«, ein amerikanisches Kochbuch, auch als geistige Nahrung betrachtet.

»Da ist Stephen«, rief ich erleichtert und eilte auf die Tür zu.

»Augenblick, Eveline...« hielt mich mein Vater zurück.

»Ja, Papa...«

»Über deine – nun sagen wir ... mangelhafte Schulausbildung ... müssen wir uns noch unterhalten.«

»Natürlich, Papa...«

Ich öffnete rasch die Tür: »Hello, Misch...«, sagte ich.

»Hello, little one...« Er küßte mich.

»How are you, Erich?« Er schüttelte meinem Vater die Hand. Zwischen Papa und Stephen herrschte ein herzlicher, ungezwungener Ton, und unsere gemeinsamen Abende waren vergnügte kleine Feste, die meist erst nach Mitternacht endeten. Für mich waren sie allerdings anstrengend. Ich mußte Papas philosophische, Stephens politische Betrachtungen übersetzen.

»Had a good day, you two?« fragte Stephen und strich mir zärtlich über das Haar.

»Wonderful...«

Ich schaute meinem Vater zu, wie er eine Kerze anzündete. Wenn er nur nicht geheiratet hätte, dachte ich, dann könnten wir immer so zu dritt leben.

»Let's have a drink«, sagte Stephen und nahm eine Whiskyflasche aus dem Schrank, »I've got a surprise.«

»Good or bad?« fragte ich beunruhigt.

»Pretty bad...«

»Bad surprise ... oh la la...«, sagte mein Vater, mit dem ich jetzt täglich etwas Englisch übte.

»I've got to go on manoeuvres...« Stephen reichte Papa und mir ein Glas. »Grafenwöhr ... four weeks...« Er hob sein Glas: »Prost«, sagte er mit unglücklichem Gesicht.

»Was ist das mit Grafenwöhr?« fragte mein Vater.

»Stephen muß einen Monat auf Manöver ... nach Grafenwöhr«, übersetzte ich.

»Oh la la...«, sagte Papa, »ausgerechnet Grafenwöhr...«

»Und nun...?« fragte ich und schaute ängstlich von einem zum anderen.

»Damned army...«, murmelte Stephen.

»Und nun...?« fragte ich noch einmal, »was soll nun aus mir werden?«

Stephens Gesicht wurde noch unglücklicher: »Darling I know it's horrible ... but what can I do...?«

»Don't go.«

»That's impossible.«

»Well, then go...«, rief ich zornig.

»Darling...«, sagte Stephen bittend.

»Eveline...«, sagte mein Vater vorwurfsvoll.

Danach herrschte bedrücktes Schweigen.

Papa begann, die Hände auf dem Rücken, langsam im Zimmer auf und ab zu gehen. Ich folgte ihm hoffnungsvoll mit den

Augen. Wenn mein Vater, die Hände auf dem Rücken, auf und ab ging, dann überlegte er. Und wenn er überlegte, fiel ihm auch etwas ein.

»Sweetheart...«, begann Stephen, »it's only for a month and...«

»Pst...«, unterbrach ich ihn, »Papa is meditating...«

»Oh!« Stephen setzte sich ganz leise auf einen Stuhl.

Der Kuckuck fuhr heiser schreiend aus der Uhr.

»Crazy little bird«, murmelte Stephen mit nachsichtiger Zärtlichkeit. Er hatte ein geradezu kindisches Vergnügen an dem lächerlichen Ding.

»Misch...«, sagte ich kopfschüttelnd und warf ihm einen verzweifelten Blick zu, ähnlich wie meine Mutter es immer getan hatte, wenn sie mich für einen hoffnungslosen Fall hielt.

»Also...«, mein Vater war im Zimmer stehengeblieben. Er begann sich nachdenklich die Hände zu reiben.

»Ich glaube, ich habe eine Lösung gefunden.«

Ich schaute gespannt zu ihm hinüber.

»Wenn es Stephen recht ist, Eveline, dann nehme ich dich für die vier Wochen mit nach Garmisch.«

»Oh, Papa...«, jubelte ich, »natürlich ist es Stephen recht...«

»Langsam, langsam. Vielleicht ist es Stephen doch nicht...«

»Ach was ... natürlich...« Ich lief zu Stephen und warf ihm die Arme um den Hals: »Misch, Darling ... Papa wants to take me to Garmisch ... isn't that wonderful...?«

»Well...«, meinte Stephen zögernd, »well ... I don't know...«

»What don't you know...? You know all there is to know! Papa lives in Garmisch and I am going to stay in some Hotel and be near him and have a wonderful time and...«

»You'll live in a hotel...? All alone...?«

»Herr im Himmel! Das Hotel scheint ihn zu stören. Als ob ich nicht alt genug wäre, allein in einem Hotel zu wohnen!«

»Wenn du dazu nicht alt genug wärst«, sagte Papa, »würde es ihn wahrscheinlich nicht stören.«

»What is your father saying?«

»Oh nothing important«, wich ich aus, »please, Misch, Darling...«

»Listen, Evelyn ... Garmisch is a hell of a place. All the Americans go there on vacation, looking for a good time and a pretty girl...«

»So you don't trust me«, sagte ich.

»Of course, I trust you!«

»No, no, no, you don't!«

»Was ist los?« fragte mein Vater.

Ich nahm mich sofort zusammen.

»Stephen traut mir nicht«, erklärte ich, »als ob ich ihm jemals Anlaß dazu gegeben hätte.«

»Hm...«, machte mein Vater nur.

»Erich ... she is still so young and innocent...«

»Was ist ›innocent‹, Eveline?«

»Unschuldig.«

»Unschuldig ... aha...«

Stephen nickte zustimmend mit dem Kopf. Ich räusperte mich.

»Also, lieber Stephen«, sagte Papa und legte ihm beruhigend die Hand auf die Schulter, »du brauchst dir keine Sorgen zu machen. Ich werde gut auf Eveline aufpassen.«

»You don't have to worry. He is going to watch me«, übersetzte ich mürrisch.

»All right, then...«, willigte Stephen mit unsicherem Lächeln ein.

»Hurrah...«, schrie ich.

»Da habe ich mir was Schönes eingebrockt«, sagte mein Vater.

Die Fahrt nach Garmisch war eine Fahrt mit Hindernissen. Sie begann damit, daß mein Vater und ich in verschiedenen Abteilen reisen mußten. Er in einem kalten, überfüllten, mit Holzbänken – ich in einem heißen, weichgepolsterten, mit johlenden Soldaten. Obgleich ich alles versuchte, gelang es mir nicht, ihn bei mir im heißen oder mich bei ihm im kalten Abteil unterzubringen. Es blieb mir nichts anderes übrig, als zwischen einem Coca-Cola-trinkenden Sergeanten und einem gummikauenden Private 1-st class Platz zu nehmen und meinen Vater zu bedauern. Allerdings ließ man mich nicht lange mit meinen Gedanken allein. Meine Nachbarn zur Rechten und Linken und meine vier Gegenüber begannen sich intensiv mit mir zu beschäftigen. Da ich die einzige Frau in dem Abteil war, konzentrierten sie sich in Blick und Wort auf mich. Ich fragte mich, wie lange es dauern werde, bis sich zu Blick und Wort auch noch Handgreiflichkeiten gesellen würden und ob ich in diesem Fall wohl berechtigt wäre, die Notbremse zu ziehen. Ich saß steif auf meinem Platz und hielt meine linke Hand so, daß der Ehering jedem ins Auge stechen mußte.

»Hey, look at that ... she is married!«

»No kidding...«

»Well, I'll be damned ... she's wearing a ring!«

»Hey ... listen, beautiful ... are you really married?«

»Of course I am married.«

»G.I. or officer?«

»Officer.«

»Boys, take your hands off ... she is married to an officer!«

Danach wurden meine Mitreisenden zivilisierter, Blicke und Worte respektvoller.

Der Zug, obwohl er sich Eilzug nannte, schüttelte uns aufreizend langsam durch eine flache, graue Landschaft. Er hielt in jedem Dorf, aber das Dorf konnte noch so klein sein, jedesmal stürzte sich eine Menschenmeute auf die schon überquellenden deutschen Abteile.

»How, the hell, do those Krauts get in...?« wunderte sich mein Coca-Cola-trinkender Sergeant.

»They don't take much place, they are just skin and bones...«

Ich hatte das Bedürfnis, meinem feisten Gegenüber, der sich gerade am Gepäcknetz zu schaffen machte und mir dabei seine Rückseite zudrehte, einen Fußtritt zu versetzen. Ich schloß die Augen, weil das Bedürfnis überwältigend wurde.

Wir mußten viermal umsteigen, aber niemals gelang es mir, in dem Strom von Menschen meinen Vater zu entdecken. Schließlich war ich davon überzeugt, ihn unterwegs verloren zu haben.

Mit dreistündiger Verspätung trafen wir um neun Uhr abends in München ein. Ein amerikanischer Soldat, der sich in den letzten zwei Stunden vergeblich bemüht hatte, meinen schmerzenden Kopf an seine starke Schulter zu betten, half mir mit dem Gepäck.

»Where are you staying over night, baby?«

»The officers hotel, I guess.«

»Well let's have a drink first.« »No, thank you.«

»Just a quick one.«

»No.«

»Well, be stuck up, if you like...« Er entfernte sich wütend und ohne ein weiteres Wort.

Ich stand mit meinen Koffern mitten auf dem Bahnsteig und befürchtete, den Rest der Nacht dort verbringen zu müssen. Es schneite in großen, nassen Flocken. Vor mir erhob sich die unheimliche, schlecht beleuchtete Ruine des Bahnhofs.

Als sich der Bahnsteig geleert hatte, stand eine weitere einsame Gestalt auf dem Perron und schien ebenso unschlüssig zu sein wie ich. Es dauerte eine Weile, bis wir uns erkannten, denn es war sehr dunkel, und wir waren beide kurzsichtig.

»Mein Gott, war das eine Reise. Wie hast du sie bloß überstanden, Papa?«

»Man gewöhnt sich daran. War noch nicht mal so schlimm. Die halbe Strecke hatte ich einen Platz, allerdings legte man mir dafür ein Baby auf den Schoß.«

»Du Ärmster!«

»Es herrschte auch Mangel an Windeln ... ich bin etwas naß.« Er lachte vergnügt vor sich hin.

»Schöne Zustände!« Ich fragte mich, wie er darüber auch noch lachen konnte. »Und was tun wir nun?«

»Nun liefere ich dich in deinem amerikanischen Hotel ab – das ist gleich gegenüber vom Bahnhof –, und dann gehe ich zu Dr. Käfer und falle ins Bett.«

Wir fanden sogar noch einen Gepäckträger, der sich für Zigaretten bereit erklärte, meinen Koffer zum Hotel und Papas Koffer zu Dr. Käfer zu tragen. Wir verließen die Bahnhofsruine und tasteten uns vorsichtig über einen dunklen Platz, dessen Gefahren uns erst richtig bewußt wurden, als unser Gepäckträger mitsamt den Koffern in einem überraschend tiefen Loch verschwand.

»Schöne Zustände...«, sagte ich noch einmal und half, Gepäckträger und Koffer wieder herauszuangeln.

Ich muß einen etwas mitgenommenen Eindruck gemacht haben, als ich zehn Minuten später vor der Hotel-Reception stand. Der Sergeant musterte mich kritisch und sagte dann im Ton tiefsten Erstaunens: »What would you like, Miss...? A room...?«

»Yes, of course.«

»You've got a reservation?«

»No.«

»And you want a room...?«

»Yes!« Der Mann ging mir langsam auf die Nerven.

»That's impossible.«

»Why?«

»Without a reservation you can't get a room. We are filled up to the last bathtub.«

»But I have to sleep somewhere.« Ich war den Tränen nahe. »I have to sleep somewhere...«, wiederholte ich mit zitternder Stimme.

»Sorry, Miss, but...«

»Sergeant, give the young lady room 84.«

Ich fuhr herum. Hinter mir stand ein langer, hagerer Offizier mit einem äußerst gelangweilten Gesicht.

»Yes Sir, of course...«, sagte der Sergeant.

Ich starrte den Offizier verwirrt an: »Thank you«, murmelte ich und überlegte, daß es in einem Hotel keine Notbremse gäbe.

»You are welcome...« Er lächelte ein schiefes Lächeln. »I am the manager of the hotel and I keep a special room for special guests.«

»Oh...«, sagte ich nur.

Der Sergeant reichte mir den Schlüssel. Der Offizier schnalzte mit den Fingern und befahl einem Boy, mein Gepäck aufs Zimmer zu tragen. Dann legte er seine Hand unter meinen Ellenbogen und sagte, ohne Antwort abzuwarten: »And now, good-looking, let's have a drink.«

Aus einem Drink wurden vier, und das gelangweilte Gesicht des Offiziers wurde immer angeregter. Ich trank sehr langsam und atmete nach jedem Schluck tief durch. Auf diese Weise konnte ich viel vertragen. »Baby, you sure can hold your liquor«, sagte der Offizier anerkennend und enttäuscht zugleich.

»I can drink a bottle of Whisky like nothing«, sagte ich, ohne eine Miene zu verziehen.

»Jesus...« Die Aussicht, noch eine ganze Flasche Whisky in mich hineinschütten zu müssen, behagte ihm offensichtlich gar nicht. Er hatte wohl geglaubt, schneller und billiger an sein Ziel zu kommen. Ungeduldig winkte er den Kellner herbei: »Two double Whiskys«, befahl er kurz.

Die Lage wurde kritisch. Einen weiteren Doppelten konnte ich nicht mehr bewältigen. »Excuse me please«, sagte ich und stand auf, »I'll be back in a minute...«

Er starrte mich mißtrauisch an: »Listen baby... none of those tricks, no...!?«

Ich lächelte ihm beruhigend zu: »Of course not...«

Kaum hatte ich die Bar verlassen, beschleunigte ich meine Schritte. Der Sergeant hinter dem Empfang schaute auf und grinste anzüglich. Der Fahrstuhl kam und kam nicht. Ich begann die Treppe hinauf zu laufen, zwei Stufen auf einmal.

»Zimmer 84...!« rief ich einem Mädchen zu, das mir mit einem Stoß Wäsche entgegenkam.

»Vierter Stock, rechts, dann links und...«

Himmel, er hatte sich wirklich einen versteckten Winkel für seinen »special room« ausgesucht.

Ich erreichte das Zimmer außer Atem, hatte längere Schwierigkeiten mit Schlüssel und Schloß, ließ in der Aufregung meine Tasche fallen und stieß mir den Kopf an der Wand. Schließlich schaffte ich es doch noch. Ich verriegelte die Tür hinter mir und errichtete außerdem eine Barrikade aus sämtlichen verrückbaren Möbeln. Dann zog ich mich aus und fiel erschöpft auf das Bett.

Fünf Minuten später hörte ich Schritte, dann ein zaghaftes Klopfen und eine leise Stimme: »Please Baby, open the door...«

Ich gab keinen Laut von mir.

Das Klopfen wurde dringlicher, die Stimme lauter: »Open that door, Baby...!«

Ich zog die Decke über die Ohren: »Baby... if you don't open the door...« Über diesem Konzert schlief ich ein.

»Papa, eines steht jetzt schon mit Sicherheit fest – aus Garmisch gehe ich nicht mehr weg!«

»Und Stephen?«

»Das werde ich mir noch überlegen.«

Wir fuhren in einem Pferdeschlitten durch schmale, verschneite Gassen, vorbei an niederen Häusern mit dunkelbraunen Dachgiebeln und bemalten Fensterläden, hinein in eine zartviolette Dämmerung.

»So habe ich Deutschland in Erinnerung. Papa – glitzernder Schnee und weißbemützte Bäume und Bilderbuchhäuser und ein Vorgeschmack von Weihnachten...«

Die Glocke einer Kirche begann zu läuten.

»Und Kirchenglocken...«

»Ja, mein Kind.«

Wir näherten uns dem Zentrum von Garmisch.

»Nanu«, sagte ich, »was ist denn das?«

»Das ist Garmisch«, erklärte Papa, »das amerikanische Urlaubsparadies.«

Wir waren in die Hauptstraße eingebogen.

Ganze Kolonnen von Amerikanern, buntgekleidete Frauen am Arm, die Mützen verwegen ins Gesicht gedrückt, schoben sich über das enge Trottoir, bewarfen sich mit Schnee, lachten, schrien, johlten. Ein überdimensionales giftfarbenes Auto nach dem anderen schlitterte an uns vorüber, während sich hinter uns eine ungeduldig hupende Schlange staute. Der Schnee, nicht mehr weiß und fest, sondern grau und matschig, spritzte unter den Rädern hervor, und Wolken stinkender Auspuffgase verpesteten die Luft. An den Häusern prangten die üblichen Schilder: Snack Bar, P.X., Information. Off limits to Germans. An den Hotels hingen amerikanische Fahnen.

Verloren war, was ich eben wiedergefunden zu haben glaubte.

Ein betrunkener amerikanischer Soldat sprang plötzlich auf das Trittbrett unseres Schlittens: »Well, look what I've found...« grölte er, gefährlich hin und her schwankend, »a beautiful doll!«

Ein anderer Amerikaner zerrte ihn wieder herunter. Beide landeten im Matsch, dicht vor den Rädern eines heftig bremsenden Wagens.

»Verdammte Amis!« fluchte unser Kutscher und schlug wild mit der Peitsche um sich.

»Biegen Sie hier rechts ab«, rief mein Vater.

»Das ist aber ein Umweg und kostet eine Zigarette mehr«, brummte der Mann.

»Biegen Sie ab«, schrie ich, »Sie kriegen Ihre Zigarette.«

Der Kutscher lenkte unseren Schlitten in eine kleine Gasse. Der Lärm verebbte, der Schnee wurde weiß, eine alte Bäuerin trat zur Seite: »Grüß Gott«, sagte sie.

Das war der Moment, in dem ich erkannte, daß es den Frieden, den ich suchte, nicht mehr gab. Daß er ein verlorener Kindheitstraum war.

Und plötzlich empfand ich nichts anderes als Wut. Wut gegen meine Träume und Erinnerungen, die mir etwas vorgegaukelt hatten, was nirgends mehr Wirklichkeit war. Ich erkannte, daß ich diese Träume vergessen mußte.

»Eveline, kommst du uns morgen besuchen?« fragte Papa.

Uns – das war die Wirklichkeit, das war eine fremde Frau, ein fremdes Kind.

»Ja, ich komme.«

»Um vier Uhr?«

»Um vier Uhr.«

Ich küßte meinen Vater: »Leb wohl«, sagte ich.

Das Hotel »Post« war ganz nach meinem Geschmack. Es war ein kleines Hotel mit Atmosphäre. Man konnte dort leben, nicht nur übernachten.

Die niedrigen Räume und alten schönen Möbel, die weiß verputzten Wände und dunklen Holzbalken, die warmen Farben, die gedämpfte Beleuchtung – all das fügte sich zu einem harmonischen Ganzen zusammen. Es gab keine symmetrische, kalte Halle, kein nüchternes reception-desk, keinen Lift. Man trat in einen gemütlich ausgestatteten Raum mit einem Empfang aus solidem, schwarzglänzendem Holz und bediente sich einer teppichbelegten Treppe mit einem schön geschnitzten Geländer.

Ich wanderte von einem Raum zum anderen. Es war die Stunde, in der sich die Amerikaner auf ihre Zimmer zurückgezogen hatten, um sich zum Abendessen umzuziehen. Nur aus der Bar drangen die üblichen Geräusche – ein Trio, das sich amerikanische Schlager abquälte, ein schrilles Lachen, eine männliche Stimme, die nach einem Martini verlangte.

Vor einer hohen, gewichtigen Tür, die nur angelehnt war, blieb ich stehen und schaute neugierig hindurch. Ich blickte in einen ehemaligen Tanzsaal, den man mit Strohmatten, Schilfhütten, Papierblumen, bunten Lämpchen und Lampions in ein Hawaii-Dorf verwandelt hatte. Runde Tische mit beleuchteten Platten, Korbstühle und ein girlandenumwundenes Orchesterpodium vervollständigten den Kitsch.

Ich starrte gebannt auf die geschmacklose Dekoration, in der die schönen Proportionen des Saales hilflos untergingen.

Zweifellos entsprach dieses Südseeparadies der amerikanischen Mentalität. In einer Umgebung, in der jeder Stuhl, jeder Teller ein Stück Kultur war, brauchten sie ihr eigenes Plätzchen.

»You like it, madam?« fragte eine Stimme mit deutschem Akzent.

Ich wandte den Kopf. Hinter mir stand ein Herr. Er hatte hellgraue Augen, hellgraue Haare und ein gebräuntes Gesicht. Er trug einen bayerischen Trachtenanzug, der an ihm sogar vornehm aussah. Er mochte Mitte Fünfzig sein. Es erstaunte mich, einem Deutschen zu begegnen, der Haltung und eine gewisse Eleganz bewahrt zu haben schien.

Er unterschied sich erheblich von den abgehärmten, abgerissenen Gestalten, die mich durch ihre Servilität immer in Verlegenheit brachten.

»I think, you do not like it, madam.« Er lächelte.

»I don't like what...?« In meiner Überraschung hatte ich ganz vergessen, worauf sich seine Frage bezog.

»This Hawaiian village...«

»No, I don't like it...«

Ich fühlte mich befangen und schaute unsicher zur Seite.

»Oh, excuse me«, sagte er, »I did not introduce myself. My name is Schenk.« Er machte eine leichte Verbeugung. »I am the German manager of the hotel.«

»I am glad to meet you.«

»I was watching you, madam, you seem very interested in the hotel.«

»It's a beautiful place.«

Ich hätte gern deutsch gesprochen, aber Stephen hatte mich gebeten, es in amerikanischer Umgebung nicht zu tun. »Better keep your origin to yourself«, hatte er gemeint. Und da ich an solche Verhaltungsmaßregeln gewöhnt war, hatte ich nur resigniert genickt.

»Madam, you are not American, are you?«

Auf eine so direkte Frage war ich von Stephen nicht vorbereitet worden. »I am not American«, sagte ich entschlossen.

»I knew it the moment I saw you. But I could not tell where you come from. You could be French, Italian, even Russian...«

»I was born ... ich bin in Berlin geboren.«

»Oh, dann sind Sie also Deutsche...?«

»So etwas Ähnliches«, lachte ich verlegen und hoffte, er werde nicht weiter fragen.

Er fragte nicht weiter. Er blickte mich einen Moment aufmerksam an, lächelte dann, wie es mir schien, ein wenig gerührt und sagte: »Ich hoffe, Sie werden sich hier sehr wohlfühlen. Ich werde veranlassen, daß alle Ihre Wünsche erfüllt werden. Sie sollen es besonders schön haben.«

»Danke«, sagte ich.

Wir waren bei der Treppe angekommen: »Wie lange werden Sie bleiben?«

»Lange.«

Eine Dame kam die Stufen herab. Sie trug ein schlichtes schwarzes Kleid und eine Perlenkette. Ihr Gesicht war ungeschminkt.

»Da kommt meine Frau«, sagte Schenk, »sie hilft mir bei der Arbeit im Hotel.«

Sie war eine aparte Frau, nicht mehr jung.

»Marianne ... ich möchte dir einen besonders reizenden Gast vorstellen.«

Sie reichte mir lächelnd die Hand.

»Es freut mich...«, sagte sie und betrachtete mich so, wie man eine hübsche, kleine Nippesfigur betrachtet.

Unter ihrem Blick hatte ich das unbehagliche Gefühl, zu stark geschminkt zu sein.

»Ich habe noch gar nicht ausgepackt«, murmelte ich, »ich glaube ... ich gehe jetzt auf mein Zimmer...«

»Wenn Sie irgend etwas brauchen«, sagte Schenk, »können Sie jederzeit zu uns kommen. Wir stehen Ihnen immer zur Verfügung.«

»Vielen Dank...«

Ich war plötzlich traurig und fühlte mich sehr allein.

Das Gefühl war noch da, als ich am nächsten Tag erwachte. Und es blieb. Ich frühstückte im Bett, ich las eine amerikanische Filmillustrierte, ich nahm ein langes heißes Bad, ich machte sorgfältige Toilette. Ich fürchtete den Besuch bei meinem Vater.

Gegen Mittag verließ ich deprimiert das Hotel und schlug den Weg zum P.X. ein. Es war ein grau verhangener Tag, und es taute. Ich kaufte alles, was man zu einem Kaffeebesuch braucht – Kuchen, Kaffee, Kondensmilch. Dann kaufte ich noch einen kleinen, weichen Stoffbären für Papas Baby.

Ich aß nicht zu Mittag, denn ich hatte keinen Appetit. Ich legte mich wieder aufs Bett und überlegte enttäuscht, ob ich meine Tage in Garmisch immer so verbringen werde.

Um drei Uhr stand ich auf, machte abermals sorgfältig Toilette, zu sorgfältig, schien mir plötzlich. Ich zog alles wieder aus und entschied mich für Skihose, Pelzstiefel und einen dikken, moosgrünen Pullover. Dann machte ich mich auf den Weg, den mir mein Vater aufgezeichnet hatte.

Auf halber Strecke kam mir Papa entgegen: »Ich fürchtete, du würdest den Weg nicht finden. Wie geht es dir, meine Kleine? Du siehst etwas müde aus.«

»Wahrscheinlich habe ich zu viel geschlafen.«

Er legte mir den Arm um die Schulter, so gingen wir weiter.

»Gefällt dir das Hotel?«

»Es ist wunderschön.«

Mir war als hätte ich Blei in den Beinen. »Ist es noch weit?«

»Nein, da ist es schon.« Er deutete auf ein großes zweistöckiges Haus im bayerischen Stil.

»Das sieht ja sehr gemütlich aus.«

»Von außen, aber nicht von innen. Es ist alles recht primitiv – na, du wirst ja sehen.«

»Wenigstens ist es schön groß, und ihr habt viel Platz.«

»Aber Evelinchen, wir bewohnen doch nur zwei Zimmer in dem Haus.«

»Zwei Zimmer...?«

»Natürlich, und wir müssen froh sein, sie überhaupt bekommen zu haben.« Das Haus lag ziemlich weit von der Straße entfernt in einem großen Garten, und während wir darauf zugingen, hatte ich das unangenehme Gefühl, aus einem der Fenster beobachtet zu werden.

Wir betraten einen dunklen, kalten Gang und stiegen eine morsche Treppe empor. Ich blieb hinter meinem Vater zurück und hoffte, irgend etwas Unvorhergesehenes werde passieren und mir den Besuch ersparen. Papa machte vor einer dunklen Holztür halt, öffnete sie weit und sagte: »Komm herein, mein Kind.«

Sie stand mitten im Zimmer. Eine sehr große, sehr schlanke, sehr blonde Frau. Sie war genau der Typ Frau, zu dem ich niemals und unter keinen Umständen einen herzlichen Kontakt finden konnte. Große, schlanke, blonde Frauen lähmten mich. Sie waren für meine Begriffe kalt, unantastbar moralisch und ehrlich bis zur letzten Konsequenz – sie waren treue Ehefrauen, gewissenhafte Mütter, und dabei fehlte ihnen, schien mir, das Entscheidende: das Frauliche, Mütterliche. Sie waren das, was man gute Kameraden nennt.

Ich wußte mit guten Kameraden nichts anzufangen.

»Anne ... das ist meine Tochter Eveline...«, sagte Papa mit Stolz in der Stimme.

Ich rührte mich nicht von der Stelle, zwang jedoch ein Lächeln auf mein Gesicht.

Sie kam mir, wie erwartet, entgegen, denn sie hielt es für ihre Pflicht. Pflichtbewußtsein war gewiß eine weitere gute Eigenschaft großer, schlanker, blonder Frauen.

Sie gab mir ihre Hand, die schmal und trocken und – wie ich mir widerwillig eingestehen mußte – angenehm anzufassen war.

Ich fürchtete, sie werde mich meinem Vater zuliebe küssen, aber ihre angeborene Kühle und mein spürbarer Widerstand waren zu starke Hindernisse.

»Ich freue mich, Eveline«, sagte sie mit einer tiefen, glatten Stimme, die ebenso unerwartet angenehm war wie ihre Hand. Ich wußte nichts darauf zu erwidern, und es wäre wohl eine peinliche Pause entstanden, wenn sie es darauf angelegt hätte. Sie schien jedoch nicht die Absicht zu haben, mir eine Antwort abzuzwingen, sondern fuhr in ihrer wohltemperierten Art fort: »Dein Vater hat mir so viel von dir erzählt, daß ich dich eigentlich schon gut kenne.«

Es überraschte mich, daß sie »Du« zu mir sagte, aber nach kurzer Überlegung wurde mir klar, daß ich in ihren Augen noch ein Kind war.

»Wie schön«, sagte ich, »daß Sie mich schon so gut kennen, auf diese Weise bleiben Ihnen wenigstens unangenehme Überraschungen erspart.«

Kaum hatte ich das gesagt, wurde mir die Feindseligkeit meines Tones peinlich bewußt, und ich warf einen scheuen Blick auf meinen Vater. Aber er lächelte nur nachsichtig, und ich kam mir plötzlich wirklich wie ein ungezogenes Kind vor. Ich schaute zu Anne empor, schluckte meinen Ärger über ihre Größe herunter und erklärte: »Es ist gar nicht so schlimm. Sie werden keine unangenehmen Überraschungen mit mir erleben.«

Sie sagte mit unerwartet sanfter Stimme: »Evelinchen, vor allen Dingen laß bitte das ›Sie‹ fallen – die eventuellen unangenehmen Überraschungen stören mich weniger.« Es klang echt und löste ein wenig den Trotz in mir.

»Kommt, Kinder«, sagte Papa, der auf diesen Moment der Entspannung gewartet zu haben schien, »setzen wir uns.« Bis zu diesem Augenblick hatte ich meine Umgebung gar nicht wahrgenommen. Jetzt schaute ich mich aufmerksam um.

Es war ein sehr großes Zimmer, und es machte, obgleich es ordentlich und sauber war, einen ungepflegten Eindruck. Die Wände verlangten dringend nach einem neuen Anstrich, der fleckige Dielenfußboden nach einem Teppich und die Fenster nach geschmackvolleren Vorhängen. Es standen viel zu viele

Möbel herum, und die Möbel waren unglaublich massiv, spießbürgerlich und zum Teil beschädigt. Die Decke zierte eine trostlose Milchglaskugel, und neben der Sitzecke – bestehend aus steifem Sofa, hochbeinigem Tisch und Plüschsesseln – stand ein Monstrum von einer Stehlampe. Was ich von dieser Einrichtung hielt, mußte an meinem Gesicht abzulesen sein.

»Aber Eveline«, sagte Papa mit vorwurfsvollem Ernst, »gefällt es dir hier etwa nicht?«

Ich schaute ihn erschrocken an, und er begann schallend zu lachen.

»Was meinst du, Kind, wie gut dieses Sofa für deine Haltung ist: Brust raus, Bauch rein, eine andere Sitzart ist gar nicht möglich. Komm, versuch es einmal.«

Ich setzte mich und begann nun auch zu lachen.

»Du hättest erst mal die Bilder sehen sollen«, sagte Anne, »eines schauerlicher als das andere und davon mindestens zehn Stück.«

»Und wo sind Küche und Bad?«

»Unsere Küche ist eine überdachte Veranda mit einer Heizplatte, und das Bad ist ein Eisschrank mit einer schmierigen Badewanne.«

»Hat auch seine Vorteile«, sagte Papa vergnügt, »auf der Veranda kann man sich im Sommer sonnen, im Bad kann man im Winter Schlittschuh laufen.«

»Dein Vater hat einen unerschütterlichen Humor«, sagte Anne.

»Bewunderungswürdig«, stimmte ich zu.

Ich packte Kuchen, Kaffee und Milch aus.

»Oh«, sagte Anne und beugte sich tief über die Sachen, »das ist aber herrlich!«

Der Hunger stand ihr im Gesicht, und einen Moment lang hatte ich Mitleid mit ihr.

»Das Zeug ist sehr billig«, sagte ich mit betonter Gleichgültigkeit, »ich kann euch jeden Nachmittag etwas vorbeibringen.«

»Damit kannst du Anne eine große Freude machen«, erwiderte Papa dankbar, »sie leidet unter chronischem Hunger.«

»Das war schon immer so«, lachte Anne, »auch vor dem Krieg.«

Sie deckte den Tisch, brachte heißes Wasser und setzte sich dann zu uns.

Ich beobachtete sie verstohlen. Sie mußte eine Schönheit gewesen sein, und auch jetzt – ich schätzte sie auf Ende Dreißig – sah sie noch sehr gut aus. Sie hatte ein Gesicht, das man gerne anschaut, ohne davon gefesselt zu werden. Es war das hübsche, gut geschnittene Gesicht einer höheren Tochter. Sie hatte Format, aber keine Rasse.

Ich mußte an meine Mutter denken, wie ich sie aus meiner Kinderzeit in Erinnerung hatte. An ihre kleine, zierliche Figur, ihre roten Locken, ihre großen, orientalischen Augen, an ihr explosives Temperament, ihren unwiderstehlichen Charme, ihren Witz. Ich fragte mich, ob mein Vater bewußt oder unbewußt einen so entgegengesetzten Typ wie Anne geheiratet hatte.

»Du ißt ja gar nichts, Evelinchen«, unterbrach Papa meine Gedanken.

»Ich kann diesen bunten amerikanischen Kuchen nicht mehr sehen!«

»So weit kann es bei mir niemals kommen«, sagte Anne und griff nach einem großen Stück Schokoladentorte, das mit gelber Creme gefüllt und mit rosa Marzipan verziert war.

Aus dem Nebenzimmer drangen weinerliche Laute.

»Claudia ist aufgewacht«, erklärte mein Vater und erhob sich sofort.

Ich hatte nicht nach dem Baby gefragt. Jetzt tat ich, als hätte ich nur auf sein Erwachen gewartet. Ich stand rasch auf und folgte meinem Vater.

Das Kind lag in einem kleinen, weißen Gitterbett und bereitete sich mit zornigen Grimassen und zuckenden Ärmchen darauf vor, zu brüllen. Als es uns sah, riß es die Augen auf und rührte sich nicht mehr. Es war ein sehr blondes Kind, weißhäutig und blauäugig. Haare hatte es kaum, dafür aber – eine erstaunlich große Nase. Ich machte mir nichts aus Säuglingen. Es war mir nie gelungen, bei ihrem Anblick einen jener Entzückungsschreie auszustoßen, zu dem sich die meisten Frauen verpflichtet fühlen. Ich hatte auch nie den Versuch gemacht, sie zu berühren oder gar auf den Arm zu nehmen.

So betrachtete ich nun schweigend diesen Säugling, mit dem mich nichts, aber auch gar nichts verband.

»Das ist nun also deine Halbschwester, Eveline«, sagte Papa arglos und brachte mir damit zu Bewußtsein, daß mich sehr wohl etwas mit dieser kleinen Kreatur verband, nämlich mein, nein, unser Vater.

Ich beugte mich tiefer über das Bettchen, damit er mein bestürztes Gesicht nicht sehen konnte.

Dieses winzige, hellblonde Wesen würde größer werden, laufen und sprechen lernen, meinem Vater die Arme um den Hals legen und das gleiche Anrecht auf seine Liebe und Zärtlichkeit haben wie ich.

Es würde mit meinem Vater zusammenleben und heranwachsen und zu einem jungen Mädchen werden.

Es würde vielleicht hübsch und intelligent und begabt werden – hübscher, intelligenter, begabter als ich...?

Ich richtete mich abrupt auf. Etwas würde es niemals haben: meine Augen, die Augen meiner Mutter.

»Claudia ist sehr blond«, sagte ich mit einem Gefühl bissiger Genugtuung.

Sie wird immer blond bleiben, dachte ich. Blond und groß und ungraziös. Mit einer Haut, die in der Sonne krebsrot wird, und glatten Haaren, die bei Feuchtigkeit strähnig herunterhängen. Mit wasserblauen Augen, die im besten Fall eine nüchterne Intelligenz ausstrahlten, mit einer Taille, die immer um ein paar Zentimeter zu dick sein wird.

Ich starrte das Baby an, und plötzlich sah ich, daß es sich mit zuckendem Gesichtchen um ein Lächeln bemühte.

»Sie lächelt dich an...«, rief Papa freudig überrascht, »Anne, Anne ... komm schnell her ... Claudia lacht zum erstenmal...!«

Anne stürzte ins Zimmer. »Tatsächlich...«, flüsterte sie beinahe andächtig, »sie lacht ... sie lacht Eveline an...«

Meine Wangen brannten. Ich schämte mich, schämte mich vor diesem winzigen Geschöpf, das meine bösen Gedanken mit einem Lächeln belohnte. Ich schämte mich vor Anne, die mit neidloser Freude zusah, wie das erste Lächeln ihres Kindes mir galt.

Das Baby stieß einen kurzen, krähenden Schrei aus und ruderte mit den Ärmchen in der Luft.

»Schau mal, sie will zu Eveline«, sagte mein Vater.

Anne nahm das Kind aus dem Bett und legte es mir in den Arm. Ich hielt es mit steifer Ungeschicklichkeit, und es zappelte wie ein Fisch im Netz. Der Geruch von nassen Windeln und saurer Milch stieg mir in die Nase.

Ich versuchte, etwas wie Zärtlichkeit zu empfinden, aber es gelang mir nicht.

Während der ersten Garmischer Tage war ich das Muster einer guten Ehefrau und Tochter, und mir war, als hätte man mich in eine fremde Haut gesteckt.

Ich schaute weder rechts noch links, betrat den Speisesaal gesenkten Blickes und verließ ihn auch wieder so. Ich machte weite Spaziergänge, und die Nachmittage verbrachte ich bei meinem Vater und seiner Familie. Um die Hotel-Bar machte ich einen großen Bogen. An Stephen schrieb ich lange, sehnsuchtsvolle Briefe, und ab und zu las ich zerstreut in dem Stapel von Büchern, mit denen mich mein Vater zu bilden versuchte. Abends ging ich früh zu Bett.

Dann hatte ich es satt.

Als erstes gab ich viele Stangen Zigaretten aus, um mir auf dem Schwarzmarkt Stoffe zu kaufen. Es war die Zeit des »New Look«, einer unkleidsamen Mode mit fessellangen, weiten Röcken, eingeschnürten Taillen und überdimensionalen Kragen. Ich ließ mir bei einer deutschen Schneiderin solche Kleider nähen, wobei mir der Rock nicht lang, die Taille nicht eng und der Kragen nicht groß genug sein konnte. Die Kleider verschluckten mich, und nur die eingezwängte Mitte wies darauf hin, daß unter der Stofffülle ein Körper verborgen war.

Ich legte mir eine neue Frisur zu, indem ich die Haare glatt aus der Stirn kämmte und am Hinterkopf in einem Netz zusammenhielt. Ich zog die Augenbrauen schräg nach oben und malte mir den Mund leuchtend rot. So aufgemacht, betrachtete ich mich lange und aufmerksam im Spiegel. Ich war mit mir zufrieden. Ich kam mir sehr erwachsen vor, elegant und interessant.

»Sie sehen aus«, sagte Herr Schenk, dem ich im Gang begegnete, »als hätte man Sie aus einer Vitrine herausgenommen, bezaubernd, ganz bezaubernd!«

Ich lächelte geschmeichelt.

»Gehen Sie aus?« fragte er.

»Nein, nur hinunter in die Bar.«

»Seien Sie vorsichtig.«

»Wieso vorsichtig?«

»Ach, nur so...« Er streckte die Hand aus, als wolle er mich berühren, und zog sie dann wieder zurück.

Offensichtlich hatte mein verändertes Aussehen und Wesen Eindruck auf ihn gemacht. Beschwingt und stolz erhobenen Kopfes betrat ich die Bar.

Da war es wieder – das Begehren in den Augen der Männer. Das plötzliche Verstummen der Gespräche. Das nervöse Greifen nach Glas und Zigarette, das krampfhafte Fortschauen und verstohlene Wiederhinsehen.

Da war es wieder – dieses aufregende Gefühl in mir, das wie ein Rausch war und mein Herz schneller und härter schlagen ließ. Dieses köstliche Gefühl, Macht zu haben.

Ich ließ mich an einem kleinen Tischchen nieder und bestellte einen Martini. Ich schaute mich um – kühl, gelangweilt, selbstsicher. Die meisten Männer saßen mit ihren Frauen da, und die Frauen redeten auf sie ein, und die Männer blickten zu mir hinüber. Ich konnte sie alle haben.

Ich holte die Olive mit spitzen Fingern aus dem Glas und zerkaute sie langsam. Ich zündete mir eine Zigarette an, und dabei fiel mein Blick auf einen allein sitzenden jungen Leutnant, der mich fixierte.

Von diesem Abend an hatte ich genug Abwechslung. Ich setzte mir jedoch strenge Grenzen. Stephen auch nur durch einen flüchtigen Kuß zu betrügen wäre mir nie in den Sinn gekommen. Die Offiziere, mal dieser, mal jener, durften mich spazieren fahren, zum Tanzen ausführen, zum Essen und Trinken einladen. Ich verabschiedete mich jedoch regelmäßig mit einem höflichen »Thank you« und verschloß meine Zimmertür. Ihr gelegentliches Klopfen und Versuche, mich an verschwiegenen

Orten zu küssen, quittierte ich mit den Worten: »If you don't stop immediately, I won't see you again.« Diese Drohung und die Tatsache, daß ich mit einem amerikanischen Offizier verheiratet war, wirkten immer. Ich hatte meine Unterhaltung ohne Risiko.

Ich kam Abend für Abend spät ins Bett und meistens mit einem kleinen Schwips. Ich stand nie vor Mittag auf. Auf den Büchern, die meiner Bildung dienen sollten, sammelte sich der Staub. Meine Briefe an Stephen wurden so selten und kurz wie meine Besuche bei Papa.

»Was machst du eigentlich den ganzen Tag?« fragte mich mein Vater.

»Ich gehe sehr viel spazieren und schreibe Briefe an Stephen und...« Ich schwieg verlegen.

»Liest du auch manchmal die Bücher, die ich dir gegeben habe?«

»Ja ... ja, natürlich.«

»Aha«, sagte er, und ich wußte, daß er mir nicht glaubte.

»Und was machst du an den Abenden?«

»Was ich an den Abenden mache...? Tja, eigentlich nicht viel.«

»Deinem Aussehen nach gehst du nicht sehr früh ins Bett.«

»Doch, doch.«

»Eveline, mach bitte keine Dummheiten. Versprich es mir.«

»Natürlich, Papa ... ich verspreche es dir.«

Und dann kam Jimmy.

Er saß eines Abends in der Bar, neben sich ein junges, deutsches Mädchen, das im Gegensatz zu anderen Amerikanerbräuten einfach gekleidet und auf eine angenehm frische und natürliche Art hübsch war. In dem Moment, da ich den Raum betrat, schaute er auf, so, als hätte er auf mich gewartet. Sein Blick war wie eine unanständige Berührung, die durch meine Kleider hindurch bis auf die Haut drang. Ich war in dieser Beziehung vieles gewohnt, aber das nun doch nicht. Meine Überlegenheit wich einer zittrigen Unsicherheit. Ich ging mit zögernden Schritten auf mein Stammtischchen zu und setzte mich. Ich bemühte mich, nicht zu ihm hinüberzuschauen – aber ob ich es nun tat oder nicht –, ich fühlte seine Blicke wie Hände über meinen Körper tasten.

Ich überlegte, ob ich wieder aufstehen und gehen solle. Da erhob sich seine Begleiterin und verließ die Bar. Ich wartete eine Weile, dann blinzelte ich verstohlen zu ihm hinüber. Er stand auf und trat an meinen Tisch: »May I sit down?«

»No, you may not.«

»Why not? My girl friend got mad at me and left.«

»Leave too.«

»No, beautiful, I won't.« Er setzte sich.

Seine Unverschämtheit machte mich sprachlos. Ich starrte ihn entgeistert an.

Sein Gesicht, mit den breiten Lippen, den glänzenden Augen unter schweren Lidern, den beweglichen Nasenflügeln, strahlte eine primitive Sinnlichkeit aus, der man sich nicht entziehen konnte. Ich wurde von Minute zu Minute nervöser.

»I am married«, brachte ich schließlich hervor.

»What a pity!«

»Aren't you afraid of my husband?«

»Is he here?«

»No.«

»Well, why should I be afraid then?«

»You are crazy. Please go.«

»I am crazy about you.«

»And your girl friend?«

»She is nice, but the out-door type. You are really the in-door type.«

»What does that mean?«

»She is good for the day and you are good for the evening.«

»I'll go now!«

»Good idea. Where shall we go? Let's see ... It's Saturday. How about the Casa Carioca ... they have a wonderful orchestra.«

Er war ein großartiger Tänzer. Wie alle sinnlichen Menschen hatte er einen unbeirrbaren Rhythmus, eine Weichheit in der Bewegung, eine Sicherheit, die auf den Partner übersprang. Mir war, als löste ich mich auf. Ich hätte ewig tanzen können, hingegeben an diesen Körper eines fremden Mannes. Scham und Gewissen setzten bei mir aus. Erst als das Orchester um ein Uhr zu spielen aufhörte, kam die Ernüchterung.

Ich stand auf dem schmutzigen Parkett eines fast menschenleeren Saales, mir gegenüber ein junger Fliegerleutnant, der sich durch nichts von tausend anderen jungen Fliegerleutnants unterschied. Ich stellte fest, daß er außer breiten Schultern und schmalen Hüften nichts Besonderes vorzuweisen hatte. Er war nicht einmal sehr groß und hatte eine ungewöhnlich blasse, leblose Haut.

Er wischte sich mit einem Taschentuch über das feuchte Gesicht und sagte: »Well, that's it, sweetheart, let's go.«

Wir gingen an schmutzigen Tischen mit leeren Gläsern und Flaschen, an mürrisch aufräumenden Kellnern vorbei zur Garderobe. Er half mir in den Pelz, warf der Garderobenfrau zwei Zigaretten hin und folgte mir dann aus dem Lokal.

Es war eine eiskalte, sternenklare Nacht. Die Kälte drang durch Pelz und Kleid und Haut. Der Alkohol hämmerte in meinen Schläfen. Ich rutschte in meinen hohen Absätzen auf dem hartgefrorenen Schnee aus.

»Take it easy...«, sagte er und griff nach meinem Arm.

Wir stiegen in seinen alten, klapprigen Ford, und ich war überrascht, daß er mich nicht zu küssen versuchte, sondern sofort den Motor anließ. Er fuhr wie ein Wahnsinniger und lachte, als wir ins Schleudern gerieten und ich voller Angst aufschrie.

»Don't worry I can drive!«

Wir hielten mit kreischenden Bremsen vor dem Hotel, und wieder machte er keinen Versuch, mich zu küssen. Er öffnete meine Tür und half mir beim Aussteigen.

Mit allem hatte ich gerechnet, aber nicht mit so viel Zurückhaltung. »Good night«, sagte ich gekränkt, »and thanks...«

»Hey ... wait a minute!«

»What for?«

»I am not going to sleep in the street!«

»Ha?« Ich blieb stehen. Er hatte mir erzählt, daß er im Hotel Riessersee wohne, und seine Bemerkung, er hätte nicht die Absicht, auf der Straße zu schlafen, war unmißverständlich.

»Listen, Jimmy, you go too far!«

Er grinste: »Don't worry, baby. I won't go far. I've got a room right here in this hotel.«

»But you said, you live at the Riessersee Hotel.«

»Before I met you. Now I've got a room at the Post. I made arrangements before we left for the Casa Carioca. Remember, when you went upstairs to get your coat?«

»Jimmy...!«

»Come on, come on...« Er nahm meinen Arm und zog mich hinter sich her in das Hotel.

In der Halle stand Schenk und unterhielt sich mit dem Empfangschef. Ich hatte ein unbehagliches Gefühl, als ich ihn da stehen sah.

»Good evening«, sagte Schenk, ohne eine Spur von Überraschung zu zeigen. Er schaute von mir zu Jimmy und wieder zu mir.

»Good evening«, murmelte ich.

»Room 28«, sagte Jimmy zum Empfangschef und dann zu mir gewandt: »What's your number, baby?«

»22.«

Der blasse, blonde Mann sah fragend zu Schenk hinüber, der sich mit betonter Gleichgültigkeit eine Zigarette anzündete und den Blick nicht erwiderte. Dann nahm er mit indigniertem Gesicht die Schlüssel vom Brett, reichte mir den einen, Jimmy den anderen.

»Well, good night, Jimmy«, sagte ich und starrte ihm beschwörend in die Augen.

»What's the hurry, baby ... we have the same way!«

Es blieb mir nichts anderes übrig, als ihm zu folgen.

»Good night, Mrs. Cherney«, sagte Schenk.

Ich nickte kurz in seine Richtung und vermied es, ihn dabei anzuschauen.

»You are impossible, Jimmy!« brauste ich auf, als wir die erste Etage erreicht hatten.

Er gab keine Antwort. Er umklammerte meinen Arm und steuerte mich den Gang hinunter.

»Your room is in the opposite direction.«

»A gentleman accompanies a lady to her room first.«

»You call yourself a gentleman?«

»Sure.«

Wir waren an meinem Zimmer angekommen: »Are you leaving now or not?«

»Of course, I am leaving«, sagte er gehorsam, »sleep well sweetheart.« Er drehte sich um.

Ein eigenartiger Kerl, dachte ich, beeilte mich dann aber, in mein Zimmer zu kommen.

Bevor ich abschloß, schüttelte ich die Schuhe von den Füßen, preßte die Hände flach gegen die pochenden Schläfen und blieb so, den Rücken der Tür zugewandt, stehen.

Ich hatte weder das Öffnen der Tür gehört noch Schritte. Er hatte sich wie eine Katze an mich herangeschlichen. Plötzlich fühlte ich zwei Arme, die mich von hinten umfaßten, einen Mund auf meinem Nacken. Ich schrie erstickt auf.

»It's only me, darling«, sagte Jimmy.

Ich versuchte seine Hände auseinanderzuzerren: »Get out, or I'll scream!«

»I'll stop that.«

Er riß mich mit einem Ruck zu sich herum, und seine Arme, die mich hart und unnachgiebig umklammerten, machten mir jede ausweichende Bewegung unmöglich.

»Now scream, darling...«, flüsterte er und preßte seinen Mund auf meinen.

Ich hielt die Lippen geschlossen, und er biß hinein, erst zart, dann immer heftiger.

Ich merkte, daß mein Widerstand erschlaffte. Mund und Körper begannen seinem Druck nachzugeben. Meine Beine knickten kraftlos ein. Ich wurde hin- und hergerissen zwischen dem Wunsch nachzugeben und der naiven Angst vor Ehebruch und Sünde. Die Angst war stärker.

Ich begann, mich so plötzlich und heftig zu wehren, daß Jimmy mit mir gegen den Waschtisch taumelte. Ich stieß mit dem Kopf gegen die Glasplatte, die über dem Becken angebracht war, und ein paar meiner Toilettenartikel fielen klirrend zu Boden.

»Excuse me, Sir...«, sagte eine Stimme.

Wir blieben wie erstarrt in einem Häuflein Scherben und einer Wolke von Parfüm stehen.

Über Jimmys Schulter hinweg sah ich Schenk. Er stand in der offenen Tür, die Arme über der Brust verschränkt, das Gesicht ausdruckslos.

»How did you get in here?« knurrte Jimmy schließlich wütend.

»You forgot to close the door, Sir!«

»Well, and what do you want?«

»I want to remind you that it is half past one and that other guests of the hotel are sleeping.«

»I know that.«

»Very well. Then would you be so kind, Sir…« Er trat einen Schritt zur Seite und machte eine elegante Bewegung zur Tür hin.

Einen Moment lang blieb Jimmy unschlüssig stehen. Er sah aus wie ein ungezogenes, bockiges Kind. Dann begann er zu grinsen: »Well, I'll be damned…!« Er war von der ruhigen Bestimmtheit Schenks offensichtlich beeindruckt.

»O. k., I go…«, sagte er. Er wandte sich mir zu und gab mir einen leichten Klaps auf die Wange: »'Night, Evelyn, Sweet dreams … and I buy you another bottle of parfume tomorrow…«

Schenk wartete, bis er an ihm vorbeigegangen war.

»Schlafen Sie gut, Mrs. Cherney…«, sagte er und schloß die Tür hinter sich.

Ich stand mitten im Zimmer und schwankte zwischen Erleichterung und Wut, Reue und Trotz. Schließlich hatte ich ja keine Schuld an der ganzen Situation. Ich hatte es nicht gewollt, hatte mich gewehrt, den Kopf angeschlagen, eine teure Flasche Arpège geopfert.

Ich zog mich aus und warf mich aufs Bett.

Und wenn Schenk nicht erschienen wäre? überlegte ich.

Wie neu, wie beunruhigend war die Berührung mit diesem fremden Körper, diesem fremden Mund gewesen. Wie aufregend die Härte der Arme und Hände, die Heftigkeit des Kusses.

Und wenn Schenk nicht erschienen wäre…

Ich begann zu weinen. Ich war mit Stephen verheiratet, ich gehörte Stephen, auch wenn bei seiner Berührung, seinem Kuß keine Funken mehr sprühten. Es war undenkbar, daß ich ihn jemals, jemals betrog.

Ich schwor mir, Jimmy nie mehr wiederzusehen.

Am nächsten Morgen wurde ich um zehn Uhr durch lautes, anhaltendes Klopfen geweckt.

Ob ich Alka-Seltzer brauche, fragte Jimmy. Ich antwortete, daß ich weder Alka-Seltzer noch ihn brauche. Er solle verschwinden.

Er meinte vergnügt, daß er in der Halle auf mich warten werde.

Ich hatte mir geschworen, Jimmy nie mehr wiederzusehen, aber was wollte ich machen, wenn er es darauf anlegte?

Ich zog mich an und ging in die Halle.

Wir verbrachten Sonntag vormittag und nachmittag und abend zusammen. Es war ein Sonntag, an dem dicke, schwarz-graue Schneewolken tief über dem Land hingen und es kaum richtig hell wurde. Aber das störte uns nicht. Über allem, was wir taten, lag der Reiz der Neuheit.

Wider Erwarten benahm sich Jimmy anders als am vorhergegangenen Tage. Er ließ jede Gelegenheit, mich zu berühren oder zu küssen, ungenutzt vorübergehen. Diese Tatsache verwirrte mich. Ich hatte mir schon eine warnende Rede zurechtgelegt, die konnte ich nun nicht anbringen. Ich überlegte, ob ich ihn nach der Ursache seines guten Benehmens fragen solle, aber nach dem fünften Whisky kam er selbst darauf zu sprechen.

Amerikaner, erklärte er, respektierten moralische Mädchen, und er hätte nach dem gestrigen Abend festgestellt, daß ich ein moralisches Mädchen sei. Seine Gefühle mir gegenüber hätten sich daher geändert, sie seien tiefer, stärker geworden.

Ich nickte ernsthaft. Wir tanzten zu der leisen, langsamen Musik eines Bartrios. Ich hatte den Eindruck, daß sich seine Gefühle gar nicht so sehr geändert hatten. Ich spürte seinen Körper mit derselben beängstigenden Intensität wie in der Casa Carioca.

Nach dem Abendessen fuhr Jimmy nach München zurück. Er war dort auf einem Flugplatz stationiert. Er versprach, am Mittwoch wiederzukommen.

Ich wartete sehr auf den Mittwoch und auf Jimmy. Er kam trotz Schnee und Eis, blieb ein paar Stunden und fuhr in der Nacht wieder nach München zurück.

Ich ging zufrieden und glücklich zu Bett, schlief lange nicht ein und stellte fest, daß ich mich in Jimmy verliebt hatte.

Mein Vater und mein Mann, die ich zur gleichen Zeit und im gleichen Maß zu vernachlässigen begann, merkten zur gleichen Zeit und in gleichem Maß, daß etwas Unheilvolles im Gange war.

Mein Vater versuchte mich auf einem langen Spaziergang auszufragen, mein Mann in einem langen Brief.

Ich gab mündlich und schriftlich komplizierte, ausweichende Antworten. Papa und Stephen reagierten mit noch dringenderen Fragen.

Schenk war der einzige, der mit größter Bestimmtheit reagierte. Er behauptete, als Jimmy am nächsten Wochenende erschien, daß er bedauerlicherweise kein Zimmer mehr für ihn habe. Ich war zufällig Zeuge, als ein anderer Offizier eine knappe halbe Stunde später anstandslos ein Zimmer erhielt. Schenk schien meiner Moral nicht so zu trauen wie Jimmy.

Jimmy wohnte im Riessersee Hotel, und das Wochenende verlief wie das vorhergegangene, moralisch, wenn wir nicht tanzten, und unmoralisch, wenn wir tanzten. Es war sehr aufregend.

Es war so aufregend, daß ich darüber meinen Mann vergaß und, in Erinnerungen einerseits, in Erwartungen andererseits, dem nächsten Wochenende entgegenfieberte. So kam der Sonnabend und mit ihm kamen gleich zwei Besucher: Jimmy und Stephen.

Ich lag gerade gemütlich im Bett, da flog die Tür auf, und vor mir stand mein Mann.

»Herr im Himmel«, sagte ich und starrte ihn fassungslos an.

»Hello, Evelyn.«

Er machte keine Anstalten, mir einen Kuß zu geben. Er lächelte nicht einmal. Er warf schnelle Blicke um sich, als erwarte er jeden Moment eine höchst unangenehme Überraschung. Sein rechtes Augenlid zuckte nervös. Das alles sagte mir genug.

»Misch! Was machst du denn plötzlich hier?«

Zu spät fiel mir ein, daß das erstens eine dumme Frage, zweitens eine unpassende Begrüßung war.

»Eine sehr angebrachte Frage«, sagte Stephen und rührte sich noch immer nicht von der Stelle, »deine Freude scheint geradezu überwältigend zu sein.«

Etwas mußte jetzt geschehen, und zwar schnell und überzeugend.

»Misch, Darling!« rief ich und streckte ihm die Arme entgegen, »natürlich freue ich mich! Es ist nur die Überraschung...«

»Eine hübsche Überraschung, nicht wahr?« unterbrach er mich spöttisch und nahm meinen verspäteten Freudenausbruch gar nicht zur Kenntnis.

Ich überlegte, was am besten wirken könne: zartes Locken, gekränkte Resignation oder Empörung. Ich entschloß mich für Empörung, weil ich der am nächsten war.

»Was ist das eigentlich für eine Begrüßung!« explodierte ich. »Du kommst in mein Zimmer gestürmt, ohne mir vorher eine Nachricht zu geben, ohne dich anzumelden, sogar ohne anzuklopfen... stehst da, starr und steif wie eine Säule und behandelst mich wie einen Dieb, den du beim Einbruch ertappt hast.«

»Beim Einbruch nicht«, sagte er nur.

Sollte er irgend etwas erfahren haben, oder versuchte er, mir eine Falle zu stellen? Es kam jetzt darauf an, ruhig zu bleiben.

»Ich verbitte mir jede Verdächtigung!« sagte ich. Ich fand diesen Satz eindrucksvoll und der Situation gemäß.

Aber auf Stephen schien er keinen Eindruck zu machen. Er nahm eine Zigarette von meinem Nachttisch, zündete sie an und begann dann durch das Zimmer zu wandern.

»Und warum hätte ich mich mit Pauken und Trompeten anmelden sollen?«

»Ich spreche nicht von Pauken und Trompeten, sondern von dem allgemein üblichen Benachrichtigungssystem: der Post!«

»Sagtest du ›Post‹?« Er tat überrascht.

Was war das nun wieder für eine Falle? Ich schwieg.

»Ich dachte, es gäbe keine Post mehr, nachdem eine Woche lang kein Brief von dir kam.«

»Es gibt Tage, an denen man nicht zum Schreiben aufgelegt ist.«

»Ach so...! Und wozu warst du dann in diesen Tagen aufgelegt?«

Ich hätte es doch lieber mit sanftem Locken versuchen sollen.

Empörung schien heute nicht angebracht zu sein. Ich kam um keinen Schritt weiter, und es wurde immer später. Um zwei Uhr sollte Jimmy eintreffen. Bis dahin mußte ich alles so weit geregelt haben, daß keine Katastrophe entstand.

»Darling«, sagte ich leise und schlug die Bettdecke ein wenig zurück, »warum verdächtigst du mich? Warum versuchst du, mir weh zu tun? Jetzt sind wir endlich zusammen, und du hast mich noch nicht einmal geküßt.«

Mit einer schnellen, verstohlenen Bewegung strich ich den Träger meines Nachthemdes von der Schulter, lehnte den Kopf gegen das Kissen und schloß die Augen.

Eine Sekunde lang herrschte Stille. Hoffentlich bockt er nicht, dachte ich verzweifelt, und dann hörte ich seine Schritte, die auf mein Bett zukamen.

»Oh, Evelyn ... ich will dir ja nicht weh tun! Du weißt doch, wie sehr ich dich liebe, und darum habe ich ja auch ständig Angst um dich – Angst, daß dir etwas zustoßen könnte, Angst, daß du Dummheiten machst, Angst, daß ich dich verliere!«

»Aber Misch ...!« Ich machte meine Augen wieder auf. Große, unschuldige Kinderaugen.

»Ich weiß, daß ich albern bin, daß meine Phantasie mit mir durchgeht und meine Ängste im Grunde ganz unberechtigt sind ...«

»Na also!«

»Ja, aber wenn ich dann tagelang nichts von dir höre, wenn deine Briefe immer kürzer, immer seltener werden, wenn ich schließlich vergeblich auf ein Wort von dir warte ...«

»Darling, ich habe mich in den letzten Tagen nicht sehr wohl gefühlt.«

»Natürlich, sweetheart ... jetzt ist ja auch alles wieder gut.«

Er nahm mich in die Arme und küßte mich behutsam.

Ich wartete, daß sich etwas in mir rege – ein kleines Gefühl nur, ein Schnellerwerden des Pulses, ein winziger Schauer, der die Rückenhaut zusammenzieht. Es regte sich nichts. Ich blieb teilnahmslos. Und da hatte ich zum erstenmal das unbehagliche Gefühl, neben mir zu stehen und mir selber zuzuschauen.

Ich legte meine Arme um Stephens Nacken, ich preßte mich eng an ihn, ich bewegte Lippen und Zunge. Ich verfolgte mit kühlem Interesse das Aufflammen seines Verlangens, das kein Echo in mir weckte. Ich beobachtete mit weit geöffneten Augen sein Gesicht, das mir in seiner zuckenden, unbeherrschten Leidenschaft lächerlich vorkam. Ich spürte dumpfen Ärger in mir, der mit dem Anwachsen seines Begehrens zunahm und meine Gleichgültigkeit in Widerwillen verwandelte. Ich fragte mich bestürzt, wie es möglich sei, daß Stephens Umarmung mir nichts mehr bedeutete.

Ich fühlte jähe Angst – Angst vor den Nächten, in denen ich, ohne selbst Befriedigung zu finden, der Befriedigung Stephens dienen sollte. Schon jetzt, während ich seinen Kuß mechanisch erwiderte, hatte ich einen Vorgeschmack von der Wut, Enttäuschung und Auflehnung, die von Mal zu Mal stärker werden würde. Mit einer heftigen Bewegung stieß ich Stephen zurück und richtete mich auf.

»Was ist denn los, Darling?« Er hatte das Gesicht eines Schlafwandlers, den man plötzlich in die Wirklichkeit zurückgerufen hat.

Merkst du nicht, was los ist? hätte ich ihn gerne angeschrien, merkst du nicht, daß mich dein Begehren abstößt? Ich bezwang mich mit Mühe.

»Das Mädchen kommt gleich, um das Zimmer aufzuräumen«, sagte ich in einem Ton, als käme mir das ebenso ungelegen wie ihm.

»Dann laß uns abschließen.«

»Misch, das ist unmöglich. Wenn ich sie bis ein Uhr nicht hereinlasse, dann räumt sie einfach nicht auf.«

»Gut, dann räumt sie heute mal nicht auf.«

»Darling, du weißt doch: unaufgeräumte Zimmer sind mir ein Greuel. Kannst du nicht noch bis heute nachmittag warten?«

»Na gut«, sagte er mit einem tiefen Seufzer.

Ich sprang auf, als stehe das Bett in Flammen, riß meinen Morgenrock vom Türhaken und wickelte mich fest darin ein.

»Geh schon hinunter, ich mache mich schnell fertig.«

»Nein, nein, ich warte lieber hier auf dich.«

Das war mir nicht angenehm. Es war gleich ein Uhr, und sollte Jimmy – was Gott verhüten möge – früher eintreffen, dann konnte es sein, daß er heraufkam und klopfte.

»Geh hinunter, Misch. Mich macht es nervös, wenn du mir beim Anziehen und Schminken zuschaust.«

»Ich schaue nicht hin.«

»Unten ist eine wunderhübsche Bar. Du kannst dort einen Martini trinken, bis ich fertig bin.«

Gott sei Dank lockte ihn der Martini, und er ging.

Es gab nur eine Lösung: Stephen mußte so schnell und so lange wie möglich aus dem Hotel verschwinden. Verlief alles wie vorgesehen, dann traf Jimmy in der Zwischenzeit ein, und ich konnte ihn warnen.

Darüber nachdenkend, betrat ich die Bar.

Hätte man mir den Lauf einer geladenen Pistole entgegengehalten, dann hätte mich das mit geringerem Entsetzen erfüllt als die Situation, die ich antraf.

In der einen Ecke saß Stephen, in der anderen Jimmy – sonst war die Bar leer.

Die Situation schien so ausweglos, daß ich aufgab.

Ich wartete fast unbeteiligt auf das, was geschehen würde. Die beiden Männer erhoben sich wie auf Kommando, lächelten und sagten »Hi...«, dann schauten sie sich verdutzt an.

Ich handelte vollkommen automatisch.

»Hello, Lieutenant Morgan«, sagte ich und winkte ihm lässig mit der Hand zu, »nice to see you again.«

Jimmy verschlug es die Sprache, und das war unsere Rettung.

Ich ging mit schnellen Schritten auf Stephen zu, gab ihm einen Kuß auf die Wange und fragte: »Did I take too long, darling...?«

»N...no...«, sagte Stephen und starrte immer noch zu Jimmy hinüber.

»Oh...of course...you haven't met Lieutenant Morgan yet!« rief ich vergnügt. »Darling, this is Lieutenant Morgan and...«

Ich stand so, daß wohl Jimmy, nicht aber Stephen mein Gesicht sehen konnte. Ich starrte ihn beschwörend an: »Lieutenant Morgan, this is my husband.«

»Oh«, sagte Jimmy, dem ein Licht aufging, »oh...I am glad to meet you, Lieutenant.« Er trat auf meinen Mann zu und reichte ihm die Hand.

»So am I«, erwiderte Stephen mit wenig Überzeugung.

»I'd like a drink«, sagte ich und setzte mich rasch auf einen Stuhl. Jetzt, da die unmittelbare Gefahr vorüber war, begannen meine Knie nachzugeben.

»Let's all have a drink«, meinte Jimmy, dem wohl ähnlich zumute war.

»How about it, Lieutenant!?« Er schlug meinem Mann ermunternd auf die Schulter.

»Good idea«, sagte Stephen, der sich keineswegs zurechtfand und zwischen Mißtrauen und Gutgläubigkeit heftig hin und her gerissen wurde. Er winkte den Kellner herbei und bestellte.

»Do you often come to Garmisch?« wandte er sich dann an Jimmy.

Meine Kehle wurde trocken. Obgleich Stephen einen leichten Konversationston anzuschlagen versucht hatte, verriet sein Gesichtsausdruck gefährliche Spannung. Ich wußte, daß jetzt alles von Jimmys Antwort abhing.

»I come here, as often as I can«, entgegnete Jimmy anzüglich grinsend und zündete sich mit größter Ruhe eine Zigarette an. Dieser Idiot, dachte ich, dieser unwahrscheinliche Idiot.

»You see...«, sein Grinsen wurde noch breiter, »I've got a girl friend here ... she's German, but a real nice, goodlooking girl. I'm quite crazy about her.« »Oh, that's it...!« lachte Stephen erleichtert, und man sah ihm an, daß er Jimmy am liebsten umarmt hätte.

Es war überstanden.

»By the way«, fuhr Jimmy, sich selber übertreffend, fort: »that's how I met your wife. Wanted to buy my girl friend a present at the P.X. ... and you know how bachelours are ... coulden't find the right thing! Your wife sure helped me. Picked the most expensive bottle of parfume. Cost me over eight Dollars...«

Die beiden Männer lachten schallend.

»She always picks the most expensive things«, sagte Stephen schließlich mit einem zärtlichen Blick auf mich, »don't you, darling?«

»Yes I do.« Ich griff nach meinem Glas und trank es leer. »Excuse me, sagte ich dann und erhob mich, »I'll be right back.«

Ich hatte plötzlich das Bedürfnis nach frischer, sauberer Luft. Ich trat vor das Hotel und atmete gierig. Die Kälte biß sich durch meine Kleider bis auf die Haut – aber auch das war mir noch nicht genug. Ich steckte beide Arme bis zu den Ellenbogen in den weißen, glitzernden Schnee.

Als ich in die Bar zurückkehrte, fühlte ich mich besser.

Die beiden Männer schienen sich glänzend zu verstehen. Sie unterhielten sich angeregt über Probleme der amerikanischen Besatzungsarmee, die verheerenden Zustände in Deutschland, Entnazifizierung, Kriegsverbrecherprozesse und, im Flüsterton, über die gefährliche politische Entwicklung zwischen Ost und West.

Die Gesprächsthemen der Amerikaner waren nicht sehr abwechslungsreich.

Ich setzte mich gelangweilt zwischen Stephen und Jimmy.

Gerade an diesem Samstagabend fand im Post-Hotel ein Kostümfest statt. Das hawaiianische Dorf war abgerissen und durch einen türkischen Harem ersetzt worden. Diese Kulisse entlockte den Amerikanern Ausrufe höchster Begeisterung. Schon am frühen Nachmittag wurden große Vorbereitungen für den Ball getroffen. Das sonst stille Hotel verwandelte sich in einen geräuschvollen, aufgeregten Rummelplatz.

Ich war in einem Zustand hektischer Unruhe. Stephen und Jimmy, die Szene in meinem Zimmer, die Szene in der Bar, der Alkohol – all das war zu viel für mich gewesen. Unter meiner lauten, überdrehten Fröhlichkeit schwelte Hysterie.

Ich hatte vorgeschlagen, gemeinsam auf das Fest zu gehen, Stephen und ich, Jimmy und seine Freundin Hilda. Jimmy hatte mir einen verzweifelten Blick zugeworfen, auf den ich mit einem herausfordernden Lachen und noch eifrigerem Drängen reagiert hatte. Ich wußte nicht, was ich mit meinem Vorschlag beabsichtigte. Ich fürchtete die Komplikationen und Spannungen eines gemeinsamen Abends ebenso wie Jimmy und ersehnte sie gleichzeitig. Mir war, als stehe ich kurz vor einer Entscheidung, aber was für eine Entscheidung das sein sollte, wußte ich nicht. Ich handelte wie unter Zwang – wider Verstand und Vernunft. Stephen, nichtsahnend und von der Idee begeistert, bestellte einen Tisch. Jimmy goß einen fünften Martini hinunter und ergab sich in sein Schicksal.

Ich hatte mir vorgenommen, kostümiert zu erscheinen, und bestand darauf, daß Stephen das gleiche tat. Er weigerte sich heftig und behauptete, als erwachsener Mann könne er sich solchen Unfug nicht leisten. Ich gab jedoch keine Ruhe, erklärte, ein Kostümfest sei dazu da, daß man sich kostümiere, und wenn er sich nicht kostümiere, könne ich mich auch nicht kostümieren, und wenn ich mich nicht kostümieren könne, würde ich einfach nicht gehen. Schließlich gab er, wie immer, nach und folgte mir niedergeschlagen zu einem Maskenverleih. Ich suchte und probierte eine Stunde und fand schließlich etwas Ähnliches wie ein chinesisches Gewand – zwar nicht sehr stilecht, dafür aber raffiniert geschnitten und an den Beinen hochgeschlitzt. In Stephens Größe war jedoch nichts anderes mehr da als ein lächerliches Teufelskostüm mit schwarzen Trikothosen, rotem Wams und einer gehörnten Kappe. Stephen, entsetzt, begann sich von neuem zu sträuben. Ich wiederholte meine Drohung und blieb Sieger.

Er sah wirklich tragikomisch in dem Kostüm aus. Das mußte ich feststellen, als er mit betretenem Gesicht aus dem Badezimmer auftauchte.

Ich betrachtete ihn mit einer Mischung aus Mitleid und Widerwillen – die großen Hände, die hilflos aus den gebauschten Ärmeln hingen, die unproportionierten langen, mageren Beine, die aus dem viel zu kurzen Wämslein herauswuchsen.

»Gefalle ich dir etwa nicht?«

Ich warf einen unsicheren Blick auf sein Gesicht, das unter der gehörnten, in der Stirn spitz auslaufenden Kappe verschlagen wirkte.

Ich schüttelte entmutigt den Kopf.

»Misch, ich glaube, du solltest doch lieber deine Uniform anziehen.«

»Auf gar keinen Fall, Darling ... ich will dir doch nicht den Spaß verderben!«

»Misch ... du kannst so nicht unter Menschen gehen!«

»Aber natürlich!« Er machte eine groteske Verbeugung. »Heute abend erscheint der Teufel persönlich...«

Hätte er mich angefaßt – ich hätte aufgeschrien. War es nur das bißchen fadenscheinige Verkleidung, das ihn mir so fremd, ja unsympathisch machte? Hätte ich ihn in der eleganten Uniform, in der er groß, schlank und männlich wirkte, wiedergefunden?

»Bitte, leg das schauerliche Kostüm ab, ich ziehe mich auch schnell um.«

»Das solltest du nicht tun, Evelyn, du siehst bezaubernd aus. Wie eine echte, kleine Chinesin. Was glaubst du, was für einen Erfolg du heute abend haben wirst!«

»Aber ich kann mich nicht so mit dir zeigen oder tanzen...«

»Aber natürlich. Wir werden ein wunderbares Paar abgeben.«

»Und Leutnant Morgan, was wird der für einen Eindruck von dir bekommen...«

»Ist dir das so wichtig?«

»Misch, bitte...«

»Komm schon!« sagte er in einem Ton, der keinen Widerspruch zuließ, und schob mich zur Tür hinaus.

Jimmy und Hilda hatten sich nicht kostümiert, und das machte die Sache noch schlimmer. Sie erweckten den Eindruck eines angenehm normalen, gut aussehenden und zueinander passenden Pärchens. Hilda trug eine weiße, langärmelige Spitzenbluse und einen weiten schwarzen Taftrock. Sie sah sehr reizend aus. Ich kam mir in meinem auffallend engen Kleid und dem auf chinesisch geschminkten Gesicht völlig fehl am Platz vor. Stephen wagte ich gar nicht anzuschauen.

Jimmy lachte schallend über die Kostümierung meines Mannes, aber Hilda gelang es nicht, eine gewisse Verlegenheit zu überspielen. Sie warf verstohlene Blicke auf Stephens dünne, schwarzbestrumpfte Beine. Mich betrachtete sie mit kühler Zurückhaltung.

Wir bestellten doppelte Whiskys und bemühten uns krampfhaft um ein Gespräch. Aber es kam nichts anderes dabei heraus als ein paar gequälte Fragen und Antworten, nichtssagende Bemerkungen über dies und jenes, Standardsätze wie »das Orchester ist ausgezeichnet« oder »die Bedienung ist schlecht«. Schließlich gaben wir es auf, betrachteten gelangweilt das wirre

Treiben im Saal und tranken, in der Hoffnung, recht bald einen Schwips zu bekommen, schnell und viel.

Unsere Hoffnung erfüllte sich rasch und übergangslos. Aber da unsere Beziehungen zueinander und unsere Gefühle füreinander chaotisch waren, entstand keine ungezwungene Heiterkeit, sondern eine geballte, aggressive Atmosphäre.

Keines unserer Worte war ohne Spitze, kein Blick ohne scharfe Wachsamkeit. Wir beobachteten uns wie Katze und Maus.

»Dieses Garmisch«, sagte Hilda, scheinbar ohne jeden näheren Zusammenhang, »ist doch ein wahres Paradies für Verliebte.«

Sie lehnte sich in ihrem Stuhl zurück und lächelte spöttisch. Ich erkannte, daß sie über die Beziehungen zwischen Jimmy und mir Bescheid wußte, und ich fragte mich beunruhigt, ob ich diese Tatsache einer Unvorsichtigkeit Jimmys oder ihrer Intuition verdankte. »Findest du nicht auch, Jim«, beharrte sie und schaute dabei wie zufällig auf mich.

Ich blickte heimlich in Stephens Richtung und sah Mißtrauen in seinen Augen.

»Haben Sie die Erfahrung gemacht?« fragte er, als Jimmy, trotzig vor sich hinstarrend, keine Antwort gab.

»Ich und andere«, erwiderte Hilda und warf, bitter lachend, den Kopf zurück.

»Unsere Gläser sind schon wieder leer«, lenkte ich hastig ab. »Misch, könntest du nicht...«

»Du scheinst heute eine Menge Alkohol nötig zu haben, dearest!«

»Wir alle«, sagte Hilda, »nicht wahr, Jimmy boy?«

»Komm tanzen, Hilda!« Jimmy sprang mit düsterem Gesicht von seinem Stuhl auf.

»Tanzen? Mit mir?«

»Nun komm schon!«

Er packte sie am Arm und zog sie mit sich fort.

»Scheint wirklich ganz große Liebe zu sein«, sagte Stephen und bohrte seinen Blick in meinen, »hast du nicht auch den Eindruck?«

»Vielleicht haben sie sich gestritten ... so was soll ja manchmal vorkommen.«

»Weshalb sie sich wohl gestritten haben? Hast du vielleicht eine Ahnung?«

»Keine Ahnung.«

»So. Nun, was Hilda betrifft, sicher nicht. Aber was Leutnant Morgan betrifft, so würde ich...«

»Herrgott, Misch, wenn du schon wieder mit deiner lächerlichen Eifersucht anfängst, dann gehe ich auf der Stelle.«

»Es wäre schade um den schönen, gemütlichen Abend. Überleg es dir noch mal.«

Er winkte einen Kellner herbei und bestellte vier neue doppelte Whiskys.

»Willst du, bis der Nachschub eintrifft, mit einem Teufel tanzen?«

»Nein, danke.«

»Genierst du dich mit mir, oder möchtest du lieber warten, bis Leutnant Morgan dich auffordert?«

Ich fuhr von meinem Stuhl auf: »Ich habe genug, Misch! Ich gehe jetzt.«

Im selben Moment kehrten Jimmy und Hilda an unseren Tisch zurück. »Ist etwas nicht in Ordnung?« fragte Hilda mit scheinheiligem Lächeln.

»Meine Frau ist böse mit mir und will gehen.«

»Aber nein, Mrs. Cherney!« Hilda ergriff bittend meinen Arm, »das können Sie doch nicht tun. Gerade jetzt, wo's so richtig fröhlich wird!«

Ich hatte das Bedürfnis, ihre hübsche, kleine Hand von meinem Arm zu schlagen. Ich trat einen Schritt zurück.

»Jimmy«, jetzt packte sie ihn am Ärmel, »tu etwas, daß Mrs. Cherney bleibt. Tanz mit ihr!«

»Eine gute Idee«, sagte Stephen, »tanz mit Leutnant Morgan.«

»Ich tanze nicht!«

Hilda hatte Jimmy zu mir hingeschoben. Er stand so dicht vor mir, daß sich unsere Augen nicht mehr ausweichen konnten. Ich spürte mein Gesicht blaß und meine Knie weich werden.

Zum Teufel mit Stephen und Hilda, dachte ich, ich wollte es nicht, aber sie haben es gewollt.

»Gut, tanzen wir«, sagte ich leise und wandte mich ohne einen weiteren Blick auf Stephen der Tanzfläche zu.

Jimmy sorgte dafür, daß unsere Körper sich nicht berührten. Trotz meines Gegendrucks hielt er mich steif von sich ab.

»Evelyn, dein Mann beobachtet uns.«

»Laß ihn doch ... er quält mich schon den ganzen Abend.«

»Er ist eifersüchtig. Er spürt etwas.«

»Er spürt etwas, und Hilda weiß etwas.«

»Sie weiß überhaupt nichts, aber sie ist verliebt in mich und hat eine gute Antenne.«

»Fabelhafte Antenne! Sie ist ganz einfach ein gemeines Biest, und wenn sie weiter so hetzt, dann haben wir bald die schönste Katastrophe.«

»Du hattest die glänzende Idee, den Abend gemeinsam zu verbringen. Ich möchte nur wissen, was du dir dabei gedacht hast?«

»Das möchte ich auch wissen. Manchmal tue ich Dinge, ohne zu wissen, warum. Später stellt sich dann heraus, daß ich das Richtige getan habe.«

»In diesem Fall scheint es mir nicht ganz das Richtige zu sein... komm, gehen wir zum Tisch zurück. Sie beobachten uns.«

»Tanz dort drüben in die Ecke, Jimmy.«

»Sei nicht so verrückt!«

»Tanzt du nicht gerne mit mir?« Ich schob zwei Finger zwischen seinen Kragen und Hals.

»Evelyn ... ich warne dich!«

»Wovor, Jimmy? Komm, halt mich fester, hier können sie uns nicht sehen.«

Er schloß die Augen und preßte mich an sich.

»Komm um 24 Uhr in die dritte Etage, Evelyn. Rechts, am hintersten Ende des Ganges ist ein Badezimmer. Dort warte ich auf dich.«

»Im Badezimmer...?«

»Ja, Herrgott, im Badezimmer! Wo sollen wir denn sonst hin?« Er nahm mein Ohrläppchen zwischen die Zähne und biß zart hinein: »Ich muß dich küssen, Evelyn ... ich halte es nicht mehr aus... Kommst du?«

»Ja.«

Er schob mich ein Stück von sich, und wir tanzten mit gelangweilten Gesichtern zum Tisch zurück.

Die folgenden zwei Stunden waren ein wüstes Durcheinander doppelter Whiskys, bunter Papierschlangen, betrunkener Männer, kreischender Frauen, schwitzender Kellner, lautstarker Musik. Es war ein Fest, typisch für amerikanische Besatzungstruppen – bar jeden Charmes und jeder wirklichen Fröhlichkeit. Es diente nur dem einen Zweck: Langeweile, Leere, Lustlosigkeit in Alkohol und Krach zu ersticken und die entfesselten Sexualtriebe am jeweiligen Tanzpartner auszulassen.

An unserem Tisch herrschte eine Stimmung, die jeden Moment entweder in eine rührselige Verbrüderung oder in eine wüste Schlägerei ausarten konnte. Wir waren alle betrunken, aber jeder auf seine eigene Art.

Stephen schwankte zwischen sarkastischen Bemerkungen und flehenden Entschuldigungen. Hilda schwamm in sanfter, tränenumflorter Melancholie dahin. Jimmy spielte den »He-man« – laut, selbstbewußt und von seiner Unwiderstehlichkeit überzeugt. Ich schwebte bereits in einer rosa-roten watte-weichen Sphäre, und das einzige Verbindungsglied zu Umwelt und Wirklichkeit war Stephens Armbanduhr, auf die ich alle paar Minuten einen Blick warf.

»Jimmy«, lallte Hilda mit schwerer Zunge und tastete vergeblich nach seiner Hand, »ich bin nun mal in dich verliebt...«

»Schon gut, Baby, das weiß ich ja.«

»Aber du...«, ihre blauen Augen füllten sich mit Tränen, »du willst nichts ... gar nichts von mir wissen...«

»Da haben wir dasselbe Schicksal«, sagte Stephen mit einem hohen, betrunkenen Lachen, »ich bin in meine Frau verliebt, und sie will nichts von mir wissen. Ist es nicht so, Darling?«

»Wie bitte?« fragte ich, mit meinen Gedanken bereits im Badezimmer.

»Sie hört mir noch nicht einmal zu. Jim, wiederholen Sie ihr bitte meine Worte. Wenn Sie sprechen, lauscht sie still und andächtig.«

»Hör endlich auf zu trinken. Misch. Du bist total blau.«

»Noch immer nicht blau genug.«

»Jimmy, Darling...« Hilda lehnte sich vor, eine Haarsträhne hing in ihr Glas. »Ich möchte, daß du mich jetzt nach Hause und ins Bett bringst.«

»Bald, Baby, bald...«

»Erstaunlich, Jim, daß Sie dieses Angebot nicht lockt.« Stephens Augen verengten sich zu Schlitzen: »Oder haben Sie was Besseres vor?«

»Vielleicht«, sagte Jimmy und blies Rauchringe in die Luft.

»Jimmy ... ich will mit dir ins Bett...«

»Nun hör schon auf!«

Stephens Ärmel war über seine Uhr gerutscht. »Wieviel Uhr ist es, Misch?«

»Möchtest du vielleicht auch mit mir ins Bett?«

Ich überhörte seine Worte mit eisigem Gesicht.

»Es ist zehn Minuten vor zwölf«, sagte Jimmy und stand auf.

»Wo gehst du denn hin, Jimmy?« rief Hilda kläglich.

»Dreimal darfst du raten ... aber ich glaube nicht, daß du es rauskriegst.« Er entfernte sich, leicht schwankend.

»Bitte, fangt jetzt nicht beide an zu weinen ... er wird schon wiederkommen!«

»Solange Ihre Frau am Tisch sitzt, bestimmt...«

»Sehen Sie, der Meinung bin ich auch.«

»Wenn ihr so weitermacht, werde ich nicht mehr lange am Tisch sitzen«, sagte ich und überlegte, daß das ein guter, überzeugender Abgang sei. Ich machte Anstalten aufzustehen.

Stephen griff blitzschnell nach meinem Handgelenk: »Du bleibst hier, Sweetheart, und wenn ich dich am Stuhl festbinden muß.«

»Laß sofort meinen Arm los. Du tust mir weh!«

»Dann bleib schön ruhig sitzen.«

»Du bist so betrunken, daß du nicht mehr weißt, was du tust.«

»Ich bin nicht betrunken genug, um dich hinter Morgan herrennen zu lassen.«

»Jetzt hast du endgültig den Verstand verloren.«

»Ich habe ihn wiedergefunden.«

»Ich muß auf die Toilette, Herrgott!«

»Du wirst warten, bis Morgan zurück ist.«

»Ich will aber jetzt ... sofort.«

Stephen stand auf und zog mich mit sich hoch.

»Was willst du denn nun wieder?«

»Dich begleiten.«

»Das wäre ja noch schöner!«

Er umklammerte meinen Arm mit eisernem Griff: »Komm schon ... los...«

Es half kein Bitten, kein Drohen, kein Sträuben. Er zerrte mich erbarmungslos durch das Gewühl von tanzenden Paaren, in den Gang hinaus und bis vor die Tür der Toilette. »Ich warte hier«, sagte er.

Hätte er seine Uniform angehabt, anstatt des idiotischen Kostüms, wären seine Bewegungen nicht unbeholfen, sein Gesicht nicht schlaff vom Trinken gewesen, vielleicht hätte er mir durch seine Entschlossenheit Eindruck gemacht. So aber sah ich nur den verkleideten Hanswurst, den betrunkenen, lächerlichen Ehemann, der sich erniedrigte, vor der Damentoilette Wache zu halten. Dieser tragikomischen Figur war ich ausgeliefert. Ich war im Unrecht. Er hatte Moral und Gesetz auf seiner Seite.

Wut ließ mich jede Vorsicht vergessen. Es war mir jetzt gleichgültig, ob er das unfaire Spiel, die Komödie, die ich ihm den ganzen Tag vorgemacht hatte, durchschaute. »Ich hasse dich, Misch«, flüsterte ich durch zusammengebissene Zähne, »oh, ich hasse dich.«

Stephens Gesicht wurde blaß. Eine fahle, aschgraue Blässe, in der die Züge verschwammen und die Nase spitz hervortrat. Er schwankte aber nicht wie ein Betrunkener, sondern als habe er einen Schlag über den Kopf bekommen. Ich fürchtete, er werde zusammenbrechen. Aber er beherrschte sich mit ungeheurer Anstrengung. »Komm, Evelyn«, sagte er und legte seine Hand auf meine Schulter.

Wir müssen ein seltsames Paar gewesen sein, als wir mit starren Gesichtern und steifen Bewegungen den Gang hinuntergingen. Selbst die Betrunkenen machten einen Bogen um uns.

Hinter dem Empfang stand Schenk. Er bemühte sich um ein höflich neutrales Gesicht, als er uns den Schlüssel reichte. Er wußte, daß Stephen mein Mann war.

»I bid you good night«, sagte er zeremoniell, und seine Blicke folgten uns die Treppe hinauf.

Erst im Zimmer nahm Stephen seine Hand von meiner Schulter. Er drehte den Schlüssel zweimal um und zog ihn dann aus dem Schloß.

»Diese Vorsichtsmaßnahmen sind ganz unnötig«, sagte ich.

Er gab keine Antwort, nahm eine Whiskyflasche vom Tisch, goß sich ein halbes Zahnputzglas davon voll und trank es in einem Zug aus.

»Hast du noch nicht genug?«

Er gab wieder keine Antwort. Er zog sich mit einer müden Bewegung die Kappe vom Kopf und betrachtete sie nachdenklich.

»Hörner«, sagte er, »genau das richtige Kostüm für mich. Hast du mit ihm geschlafen, Evelyn?«

»Nein.«

Er ließ die Kappe zu Boden fallen und streifte sich den Kittel über den Kopf. Das Trikot schlug an den dünnen Beinen Falten, und auf dem Rücken hatte er ein paar rote Pickel. Ich dachte an Jimmy, der zwei Etagen über mir im Badezimmer wartete. Ich spürte ein wütendes Verlangen nach seiner Umarmung. Ich ließ mich aufs Bett fallen.

»Hast du wirklich nicht mit ihm geschlafen?« Stephen schaute auf mich herunter.

Ich empfand plötzlich nichts mehr als eine grenzenlose Teilnahmslosigkeit: »Wirklich nicht...«, antwortete ich lahm und hätte, auch wenn es anders gewesen wäre, die Wahrheit gesagt.

Er spürte, daß ich nicht log. Aber er spürte nicht, daß er mir eine Lüge nicht mehr wert war. Seine Erleichterung war so groß, daß er sofort alle Ängste und Qualen vergaß. Farbe kehrte in sein Gesicht zurück, Tränen traten in seine Augen.

»Darling...«, flüsterte er, indem er sich über mich beugte, »bitte, verzeih mir...«

Es war idiotisch, es war sogar entsetzlich, wie er Stolz und Selbstachtung aufgab und nicht merkte, daß er damit auch meine Achtung verlor.

Ich drehte den Kopf zur Seite. Ich ertrug es nicht länger, in sein ergebenes Gesicht zu sehen.

»Misch«, murmelte ich, »ich bin todmüde ... ich möchte schlafen...«

»Natürlich, Darling ... komm ich helf dir beim Ausziehen...«

»Danke, Misch, das ist nicht nötig.«

»Doch, du kannst dich ja kaum noch bewegen.«

Er streifte mir die Schuhe von den Füßen, öffnete den Reißverschluß an meinem Kleid und begann es vorsichtig herunterzuziehen.

»Wir werden uns wunderschöne Tage machen ... eine ganze Woche lang ...« Er sprach wie ein Arzt zu einem Schwerkranken spricht.

»Fährst du in einer Woche wieder nach Erlangen zurück ...?« fragte ich schläfrig.

»Aber Sweetheart ... wir, *wir* fahren nach Erlangen zurück.«

»Nein, Misch«, murmelte ich schon fast im Schlaf, »ich gehe nie mehr, nie mehr nach Erlangen zurück ...«

Ich fühlte nur noch, daß seine Hände schwer und leblos auf meinem Körper liegenblieben. Dann war ich fest eingeschlafen.

Der Sieger und der Besiegte

Als Kind war ich einmal drei Tage in München gewesen. Ich erinnerte mich an wenig: an Tauben, die in hellen Scharen überall herumflatterten, und an die Feldherrnhalle, an der man mit erhobenem Arm vorübergehen mußte. Ich fand die feisten Tauben und die erhobenen Arme sehr belustigend.

Als ich Januar 1948 nach München kam, sah ich einen gewaltigen, trostlosen Schutthaufen. Man hatte mir immer erzählt, München sei eine der schönsten Städte Deutschlands, aber ich suchte vergeblich nach all den Schönheiten. Ich sah nur Ruinen und Trümmer und Menschen, die frierend und hungernd ein termitenhaftes Dasein führten.

Ich sah sie in Trauben an den Trambahnen hängen, in Schlangen vor den Lebensmittelgeschäften stehen, in grauen Scharen durch die Straßen trotten. Ich beobachtete, wie sie, bis zur Nase vermummt, vor Theatern und Kinos anstanden, um sich in kaum geheizten Räumen ein Stück oder einen Film anzusehen; ich stellte mir vor, wie sie hinter rissigen Mauern und holzverschalten Fenstern in ihren kalten Zimmern saßen und sich von Kartoffeln und Rüben ernährten. Und ich schauderte bei dem Gedanken, ich könne jemals, jemals wieder in eine ähnliche Situation geraten.

Ich wohnte in einem Stadtviertel Münchens, das an Häßlichkeit nicht zu übertreffen war. Es lag etwa fünf Kilometer vom Zentrum entfernt und bestand aus weiten, unbebauten und zum Teil mit Schutt bedeckten Flächen, aus einem monströsen Gaskessel, aus Fabrikschornsteinen, aus zerzausten Schrebergärten und heruntergekommenen Mietskasernen. Einen dieser Wohnblöcke teilte ich mit vielen lärmenden, kinderreichen amerikanischen Familien.

Ich hatte zuerst heftig gegen diese Wohnung protestiert, weniger wegen ihrer bedrückenden Häßlichkeit als wegen der Straße, die an dem Haus vorbei nach Dachau führte und daher Dachauer Straße hieß.

Ich hatte behauptet, in einer Straße dieses Namens nicht leben zu können, da sie mich immer wieder an Konzentrationslager erinnern würde. Aber da die Wohnungsnot selbst für Amerikaner groß und weit und breit nichts anderes aufzutreiben war, mußte ich mich mit der Dachauer Straße abfinden.

Die ständig überheizte Zweieinhalb-Zimmer-Wohnung hatte weder Teppiche noch Vorhänge. Es gab in der ganzen Wohnung keinen Gegenstand, den man als hübsch hätte bezeichnen können. Jedes Möbel war beschädigt, der Tisch wackelte, dem Sofa fehlte ein Bein, das ich durch eine Erbsenkonserve ersetzt hatte. Ein Stuhl hatte die Seitenlehne, ein anderer die Rückenlehne eingebüßt. Die Badewanne hatte Rostflecken, die Schranktüren schlossen nicht, die Sicherungen brannten regelmäßig durch. Das einzige, was nicht umzubringen war, war Stephens Kuckucksuhr und ein behäbiges schwarzes Doppelbett, das mahnend an die ehelichen Pflichten erinnerte. Ich tat nichts, um unsere Behausung ein bißchen netter zu gestalten. Es war mir zu unbequem, zu anstrengend. Ich lebte mit meinen Kosmetikartikeln und Kleidern, mit zahllosen Tassen Kaffee, mit Zigaretten und Illustrierten. Ich schien nichts zu vermissen. Ich hatte durchgesetzt, was durchzusetzen ich mir vorgenommen hatte. Ich wohnte in einer Großstadt, in der es statt einer Snack-Bar und einem Offiziers-Klub mindestens fünf gab. Ich hatte einen großen, funkelnagelneuen Ford, den ich stolz und lässig durch die Straßen lenkte.

Stephen war nach Bad Tölz versetzt worden und kam meist nur zum Wochenende nach Hause. Ich teilte die Wohnung mit Jojo und Ute, und beide tanzten nach meiner Pfeife. Jojo war ein prächtiger irischer Setter mit kupferrotem Fell und feuchten, melancholischen Augen. Sein früherer Besitzer hatte ihn mir schweren Herzens überlassen, als er ihn nicht mehr ernähren konnte. Jojo hatte das Temperament des Jagdhundes und die Nervosität einer überzüchteten Rasse. Er hatte eine gewaltige Stimme, von der er bei ebenso plötzlichen wie ungestümen

Wehmuts- oder Freudenausbrüchen durchdringenden Gebrauch machte. An Freiheit und Auslauf gewöhnt, fand er sich in der engen Wohnung nicht zurecht. Er raste mit wilden Sprüngen und wehendem Schweif durch die kleinen Zimmer, fegte das Geschirr vom Tisch und warf abwechselnd Stühle, Telefon, Ute oder mich zu Boden.

Ute war ebenso hektisch wie Jojo. Als Hausmädchen durch das amerikanische Arbeitsamt vermittelt, erschien sie eines Morgens mit flatternden Bewegungen und starrem Blick bei mir in der Wohnung. Sie war klein – und wenn man vom Leib, den jahrelange Kartoffelernährung aufgeschwemmt hatte, absah, von zierlicher Statur. Sie hatte schlanke, wohlgeformte Beine, schmale, ungepflegte Hände, eine unappetitliche weiße Haut, dünnes blondes Haar und ein winziges Gesicht, in dem die kurze Nase genauso rund war wie der vollippige Mund und die wimpernlosen blauen Augen. Es war etwas an ihr, was in mir den Eindruck erweckte, unmittelbar vor einer Katastrophe zu stehen. Eine kaum gezügelte Hysterie schwang in Utes Blick, Stimme und Bewegung mit, und ich überlegte oft, wann und auf welche Weise sie wohl ausbrechen würde.

»Ich bin natürlich nicht gewöhnt, als Dienstmädchen zu arbeiten«, erklärte sie vornehm, nachdem ich sie auf deutsch begrüßt und ins Zimmer geführt hatte.

Ich ließ mich aufs Sofa fallen, zog die Beine hoch und zündete mir eine Zigarette an.

»Setzen Sie sich«, sagte ich, »rauchen Sie?«

Sie schlug nicht nur die Zigarette, sondern auch den Stuhl aus. Sie blieb in der Nähe der Tür stehen und starrte mich an.

»Dann haben Sie also noch nie in einem Haushalt gearbeitet?« Ihre Stimme zitterte vor Entrüstung. »Nein, niemals! Mein Vater ist Akademiker. Er war Redakteur einer Zeitung. Jetzt darf er nicht mehr arbeiten.«

»Warum darf er nicht mehr arbeiten?«

»Er war beim ›Völkischen Beobachter‹«, erklärte sie, und das kam mit solch dumm-dreister Arroganz heraus, daß ich vor Verblüffung keine Worte fand.

Ich dachte: Die werfe ich sofort wieder hinaus. Doch noch ehe ich meinem Impuls nachgeben konnte, sagte sie mit Märtyrermiene: »Ich weiß, daß sie mich jetzt nicht mehr anstellen werden. Ich gehe...«

»Moment«, sagte ich, »warten Sie!«

Ich drückte meine Zigarette umständlich aus und überlegte, was nun zu tun wäre.

Warf ich sie wirklich hinaus, dann gab ich ihr gewissermaßen recht, bestätigte ihre feindselige Haltung und erntete wahrscheinlich nichts anderes als ein verächtliches Achselzucken. Ich konnte aber auch das Gegenteil tun: sie mit großzügigem Verständnis bitten zu bleiben und ihr damit allen Wind aus den stolz geblähten Segeln nehmen. Diese große Geste reizte mich mehr.

»Fräulein Huber«, sagte ich, »Sie können die Stellung haben.«

Von Dankbarkeit keine Spur. Ihr Blick wurde noch starrer, ihre Haltung noch steifer.

»Warum...?« fragte sie mit hysterischer Stimme, »warum tun Sie das?«

Plötzlich wurde mir klar, daß dieses Mädchen ebensowenig dafür konnte, daß ihr Vater bei einer Nazi-Zeitung gearbeitet hatte, wie ich, daß meine Mutter Jüdin war. Hinter ihrer dummen Arroganz versuchte sie ihre Unsicherheit zu verbergen. Ich verzichtete auf alles Pathos und sagte einfach und aufrichtig: »Sie können doch nichts dafür, daß Ihr Vater beim ›Völkischen Beobachter‹ gearbeitet hat. Also, was soll der ganze Unsinn?«

Was ich nicht mehr für möglich gehalten hatte, geschah: In ihre kalten Glaskugelaugen kam Leben, ihre blutleeren Wangen färbten sich, um ihren Mund zuckte ein schüchternes Lächeln. Sie wurde normal – soweit sie normal werden konnte.

»Ich bin Ihnen sehr dankbar«, sagte sie, »ich wußte nicht, daß Sie... daß Sie... so sind... Sie sind keine Amerikanerin, nicht wahr?«

»Nein.«

»Sind Sie Deutsche?«

Ich zögerte einen Moment, dann sah ich ihr in die Augen. »Mein Vater ist Deutscher, meine Mutter Jüdin.«

Sie starrte mich stumm und verschreckt an. Jetzt waren wir quitt. Sie mit ihrem Nazi-Vater, ich mit meiner jüdischen Mutter.

»Wann können Sie mit Ihrer Arbeit bei mir beginnen?«
»Sofort.«

So begann Ute Hubers Weg ins Verderben.

Die erste Woche schlief sie noch, wie abgemacht, bei ihren Eltern, die zweite bereits auf dem Sofa im Wohnzimmer, und als dieses zu ihrer Freude ein weiteres Bein verlor, neben mir im Ehebett.

Ich hatte nichts dagegen. Ich fand es sogar sehr vergnüglich. Da ich keinerlei Umgang hatte und nach wie vor weder zu den Deutschen noch zu den Amerikanern Kontakt fand, suchte ich ein menschliches Wesen, dem ich mich in allem anvertrauen konnte.

Vor Ute Huber kannte ich weder Scham noch Scheu, denn ich merkte bald, daß sie alles, was ich tat und sagte, herrlich fand, daß sie mich rückhaltlos bewunderte, ja anbetete.

Ich blühte unter dieser Anbetung auf, ich begann mich durch ihre Augen zu sehen und verlor mit der Zeit jede Selbstkritik. Unser Zusammenleben wurde eine Orgie der Faulheit, der inneren und äußeren Bequemlichkeit.

Ute war ein Phänomen: Sie besaß keine Begabungen, keine Interessen, kein Ziel. Sie hatte nicht das geringste Verlangen nach irgendeiner Betätigung, und was immer sie anfing miß-lang. Dabei war sie nicht dumm. Sie hatte einen ungeschulten, aber scharfen Intellekt, mit dem sie allerdings nichts anzufangen wußte – und sie war, wie das bei solchen Menschen oft der Fall ist, vollkommen ohne Instinkt, Takt und Fingerspitzengefühl.

Ich ahnte damals noch nicht, daß ihre heftige, sich ins Anomale steigernde Abhängigkeit von mir eines Tages tragische Formen annehmen würde. Sie ahnte es ebensowenig. Die Abseitigkeit ihrer Empfindungen verwirrte sie zwar, aber sie war zu jung, zu unerfahren, um sie richtig zu deuten. Und so trieb sie, hilflos ihren Gefühlen ausgeliefert, dahin – himmelhoch jauchzend, wenn ich nett zu ihr war –, zu Tode betrübt, wenn ich sie schlecht behandelte.

Sie haßte Stephen. Sie haßte ihn, weil er mich ihr jedes Wochenende wegnahm, weil er mit mir das Bett teilte, weil er Blicke, Worte, Berührungen mit mir tauschte.

Die ersten Wochen verschwand sie samstags und kehrte erst Montag wieder zurück. Allmählich aber fand sie immer neue Vorwände, auch über das Wochenende bei uns im Wohnzimmer zu schlafen. Und ich ließ es zu.

Meine Gefühle zu Stephen waren inzwischen vollends erkaltet. Ihre Anwesenheit und die dadurch entstehende Spannung war mir willkommen. Stephen allerdings war mit dem neuen Leben zu dritt außerordentlich unzufrieden. Er fand es ungesund und peinlich, und er versuchte mich mit Bitten dazu zu bewegen, das Mädchen an den ihr angemessenen Platz zu verweisen. Er ahnte nicht, daß ich nur deshalb bereit war, mit ihm zu schlafen, weil Utes Qual mich seltsam erregte. Er witterte nur, daß etwas nicht stimmte, er fühlte, daß sich Ute in unser Leben einmischte und daß ich diese Einmischung auch noch förderte. Aber damals war er mir hoffnungslos unterlegen, und ich stand weitaus mehr unter Utes Einfluß als unter seinem. So gelang es ihm nicht, sich gegen mich durchzusetzen.

Es waren gespenstische Wochenende, in denen Wut, Haß und Verachtung sich so verdichteten, daß sie sich wie elektrische Schläge entluden.

Ich litt unter diesen Spannungen und genoß sie zugleich. Sie waren der Inhalt meines sonst leeren Daseins.

»Misch, wenn du ein bißchen mehr Verständnis hättest, dann würdest du einsehen, daß ich Ute brauche. Sie tut alles für mich!«

»Ich möchte nur wissen was! Sie kann weder putzen noch kochen, noch waschen, noch bügeln. Die Wohnung sieht von Mal zu Mal dreckiger aus, und selbst den Kaffee mußt du selber machen.«

»Für mich gibt es wichtigere Dinge als Putzen und Kochen. Ich brauche einen Menschen, mit dem ich mich unterhalten kann!«

»Da hast du ja in Ute genau den richtigen Gesprächspartner gefunden. Was du auch sagst, sie himmelt dich an. Ich glaube, sie ist in dich verliebt.«

»Sie ist was?« fragte ich verständnislos.

»Verliebt, regelrecht verliebt.«

»Ha«, rief ich, »sie ist doch eine Frau!«

»Sie sieht so aus.«

Ich begann schallend zu lachen: »Jetzt geht deine Eifersucht schon so weit, daß sie sich selbst gegen weibliche Wesen richtet. Mein Gott, bist du komisch. Eine Frau kann doch nicht in eine Frau verliebt sein.«

»So etwas gibt es!«

»Misch, mach dich nicht lächerlich.«

Ich verließ das Zimmer.

Ute saß mit einem Buch in der Küche. Sie hatte sich beleidigt dorthin zurückgezogen, als Stephen bei Tisch die Bemerkung fallen ließ, sie könne noch nicht einmal Spaghetti aus der Konservendose kochen.

Ich schloß die Tür hinter mir und tippte mich an die Stirn: »Er spinnt mal wieder.«

Ute schlug das Buch zu. »Was hat er sich denn nun schon wieder geleistet?« fragte sie begierig.

Ich setzte mich auf den Küchentisch und schlenkerte mit den Beinen: »Er hat behauptet, Sie seien in mich verliebt.«

»Verliebt...«, murmelte Ute, als begriffe sie nicht die Bedeutung dieses Wortes. Sie war tief betroffen, sprang dann plötzlich hoch und rief mit verzerrtem Gesicht und geballten Fäusten: »Oh, ist der Mensch gemein! Gemein ist er, so gemein!«

Jetzt wurde sie also hysterisch. Ich versuchte sie zu beschwichtigen: »Aber Ute ... darüber brauchen Sie sich doch nicht aufzuregen. Darüber kann man doch nur lachen.«

»Lachen...!« Ihre Stimme zitterte. Auf ihren Wangen erschienen hektische, rote Flecken. »Er versucht uns auseinanderzubringen...«

»Ach Ute, Sie nehmen alles das zu ernst.«

»Das ist ernst ... das ist ernst...«, heulte sie los, »ich laß keinen zwischen uns ... auch nicht Ihren Mann ... diesen, diesen ... Amerikaner!« Am liebsten hätte sie wohl Ami gesagt.

Sie trat dicht an mich heran. Ihr Blick war starr, als wolle sie mich hypnotisieren: »Sie wissen, was mir unsere Freundschaft bedeutet...«

»Ich weiß, ich weiß...«, unterbrach ich sie nervös.

Utes Vorträge über unsere Freundschaft pflegten endlos zu sein.

Sie schwieg gekränkt. Und ich lachte: »Mein Gott, jetzt sind Sie wieder beleidigt.«

Ich schaute in ihr Gesicht, das sie seit einiger Zeit nach meinem Vorbild zurechtmachte. Sie sah aus wie ein Clown, so komisch und so tragisch, mit grellroten Lippen, schmal gezupften Brauen und dunkel umränderten Augen.

»Ich glaube«, sagte sie pathetisch, »daß Ihnen meine Freundschaft nichts bedeutet.«

»Reden Sie keinen Unsinn«, sagte ich scharf und sprang vom Tisch. Es war einfach zu lästig: Ute mit ihrer Freundschaft, Stephen mit seiner Liebe. Ich öffnete die Tür.

»Jojo«, rief ich in den Gang hinaus, »komm, wir gehen spazieren ... du bist der einzig Vernünftige in der Familie, und vor allen Dingen kannst du nicht sprechen...!«

Der Hund kam herangestürmt, sprang winselnd und heulend an mir hoch und versuchte, mir das Gesicht zu lecken.

»Na, ein bißchen verrückt bist du auch«, sagte ich, seine heftigen Liebesbezeugungen abwehrend. Ich zog mir meine Pelzjacke an und band mir ein Kopftuch um. Dann nahm ich die Hundeleine, ließ sie durch die Luft pfeifen und rief: »Auf Wiedersehen, Misch ... Auf Wiedersehen, Ute ... amüsiert euch schön...«

Jede Woche kam mein Vater auf einen Tag geschäftlich nach München. Unsere Trägheit abschüttelnd, stürzten wir uns in die Arbeit. Ich machte mich ans Kochen, Backen und Braten, Ute putzte mit ungewohntem Eifer die Wohnung. Einen Tag lang glänzte alles – der Fußboden, das Geschirr, Jojos Fell und unsere frisch lackierten Fingernägel.

Ute verehrte Papa mit der ihr eigenen Überspanntheit. Ich war nie sicher, ob sie ihre Verehrung nicht plötzlich auf irgendeine höchst peinliche Art zum Ausdruck bringen würde.

Schon am Morgen des großen Tages lief sie mit flatternden Bewegungen und fiebrig geröteten Wangen durch die Wohnung und tat Dinge, die sie lieber nicht hätte tun sollen, denn meistens ging dabei etwas in Scherben. Jojo, der eine gelungene Unterhaltung darin sah, heftete sich laut bellend an ihre Fersen. Ich zog mir stöhnend die Bettdecke über den Kopf.

»Stehen Sie auf, Eveline, es ist höchste Zeit!« Sie zerrte die Bettdecke wieder weg.

»Machen Sie mich nicht wahnsinnig, der Zug kommt doch erst um elf Uhr an!«

»Bis Sie fertig sind, ist es fünf vor elf.«

»Oh, verflucht!« Ich griff nach den Zigaretten.

»Sie sollen vor dem Frühstück nicht rauchen.« Sie entriß mir das Päckchen, und es fiel auf den Boden. Jojo stürzte sich darauf und zerfetzte es. Ute schrie. Ich sprang mit beiden Beinen aus dem Bett und flüchtete ins Badezimmer.

Als ich wieder herauskam, stand Ute, die Uhr in der Hand, wie ein Feldwebel im Zimmer. Jojo saß lauernd und zum Sprung geduckt in einer Ecke.

»Wenn ihr nicht auf der Stelle verschwindet, werde ich nicht fertig. Marsch ... raus mit euch ...«

Sie zogen beleidigt ab.

Für diesen Tag machte ich mich nach Papas Geschmack zurecht. Ich schminkte mich kaum und bürstete mir die Haare glatt aus der Stirn. Ich vertauschte die lange Hose, die ich die ganze Woche über trug, mit einem Rock und den saloppen Pullover mit einer weißen Bluse.

»Sie werden schön frieren«, sagte Ute prompt, als ich zum Frühstück erschien.

»Papa mag weiße Blusen und damit basta!«

»Ich meinte nur ...«

»Meinen Sie nicht!«

Ute warf mir einen anklagenden Blick zu und begann schweigend zu frühstücken.

Ich aß zwei trockene Kekse, trank drei Tassen Kaffee und rauchte dazu aus einer langen Spitze eine Zigarette.

»Sie werden an Magenkrebs sterben.«

»Und Sie können einem schon am frühen Morgen die Laune verderben.«

»Sie haben ja jetzt schon eine schlechte Verdauung.«

»Halten Sie das für ein geeignetes Frühstücksthema?«

Ich stand auf: »Wiedersehen, Utelein ... Vergessen Sie nicht das Essen und die Teller zu wärmen ...«

»Für was halten Sie mich eigentlich?«

Ich zog eine Augenbraue in die Höhe: »Muß ich Ihnen das sagen?«

»Nein ... ich weiß es sowieso.«

»Na also!«

Ich zog mir meinen Mantel an, rief Jojo, den ich aus dekorativen Gründen meist mitnahm, und verließ die Wohnung.

Es war ein unnatürlich warmer Tag im Februar. Ein starker, lauer Wind schlug mir ins Gesicht. Er ließ mich an Frühling, an weite, zartgrüne Wiesen, an Liebe denken. Er erfüllte mich mit Unruhe. Es war ein trügerisches Wetter, das plötzlich umschlagen und mit Schnee, Eis und Kälte überraschen konnte. Föhn nannte man in Bayern diesen Wind, und man beeilte sich hinzuzufügen, daß die Menschen an diesen Tagen unzurechnungsfähig seien. Alles, was geschah, angefangen von den kleinsten Vergeßlichkeiten, über Familienkräche, Ehescheidungen, Autounfälle bis zum Mord, wurde auf den Föhn geschoben. Ob zu Recht, ich weiß es nicht. Jedenfalls hatte auch ich ihn mir schnellstens zunutze gemacht, und meine Reizbarkeit an diesen Tagen war außergewöhnlich.

Ich strich mir seufzend über die Stirn. Mit der Feststellung, daß Föhn sei, hatten Kopfschmerzen begonnen. Jojo drehte sich, zweifellos auch unter der Einwirkung des Föhns, wie ein Besessener um seine eigene Achse, wobei er schrille, japsende Töne ausstieß. »Jojo«, schrie ich nervös, »hierher, bei Fuß!«

Der Hund schenkte mir keine Beachtung. Aber oben öffnete Ute das Fenster und rief mit unheilträchtiger Stimme: »Föhn...!«

»Weiß ich längst...«, rief ich ärgerlich und ging auf das Auto zu.

»Fahren Sie vorsichtig, Eveline... Sie wissen, bei Föhn...«

Ich öffnete die Tür, und Jojo schoß an mir vorbei auf den Vordersitz.

»Du Schwein!« kreischte ich. Das Muster seiner Pfoten zierte den hellen Bezug. Der Hund, Böses ahnend, sprang auf den hinteren Sitz und kauerte sich zusammen.

»Ich habe Ihnen immer gesagt, Sie sollen den Hund nicht mitnehmen«, rief Ute triumphierend. Ich stieg ein, schaltete Motor, Heizung, Radio an und trat wütend auf den Gashebel.

Ich fuhr immer schnell und leichtsinnig, aber mit einem guten, sicheren Gefühl. Meine Fahrkenntnisse beschränkten sich auf das, was mir Stephen in wenigen Stunden beigebracht hatte. Ich hatte nie eine reguläre Fahrprüfung abgelegt. Ich war lediglich einmal in Begleitung eines MP-Soldaten um einen Häuserblock gefahren und hatte mir damit einen stürmischen Verehrer und einen Führerschein erobert. Dem Verehrer hatte ich eine falsche Telefonnummer gegeben, den Führerschein befriedigt in die Tasche gesteckt. So war ich mit meinem Ford auf die nichtsahnenden Menschen losgelassen worden.

Das Fahren gab mir ein Gefühl von Kraft, Sicherheit und Selbstbewußtsein. Auch jetzt, während ich mit zu hoher Geschwindigkeit zum Bahnhof fuhr, vergaß ich den Ärger des Morgens, den Föhn und Ute.

Ich hielt schwungvoll vor dem Bahnhof und parkte den Wagen dort, wo ich ihn nicht hätte parken dürfen.

Die Bahnhofsruine war auch in München das Zentrum des Schwarzmarktes. Hier blühten trotz aller Verbote und Razzien die Geschäfte. Es gab wohl kaum etwas, das hier nicht gehandelt wurde. Überall standen sie herum, zu zweit oder in kleinen Gruppen: magere Halbwüchsige, zerlumpte Greise, junge Männer, biedere Hausfrauen, Amerikaner mit verwegen in die Stirn gerückten Käppchen, Displaced Persons. Man sah ihnen das Unbehagen, die Angst, den Hunger, die Geldgier an, während sie mit scheuen Blicken und verstohlenen Gesten die Ware tauschten. Sie stoben auseinander, wenn die Sirene eines Polizeijeeps ertönte oder wenn MP-Soldaten, mit Pistole und Gummiknüppel bewaffnet, die Bahnhofshalle betraten. Man konnte die Routinierten an ihrer übertriebenen Lässigkeit, die Anfänger an ihrer nervösen Hast, die wirklich Notleidenden an ihrer Schüchternheit erkennen.

Ich beeilte mich, die schmutzige, düstere Halle zu durchqueren. Ich hoffte, daß der Zug nicht wieder Verspätung hätte, denn sobald ich warten mußte, kamen sie dicht und aufdringlich herangeschlichen, zeigten die unwahrscheinlichsten Dinge und priesen sie in gebrochenem Englisch an: »Old Bavarian coin ... two packs cigarettes; Gamsbart for hat ... only one pound coffee; Look, Lady ... very good watch ... like new...« Natürlich mußte ich wieder warten. Man bot mir Manschetten-knöpfe, eine unechte Meißner Porzellanfigur und zum Schluß einen halbtoten Wellensittich an.

Der Zug war inzwischen angekommen. Papa kam gemächlich und mit versonnenem Lächeln auf mich zu, so als wäre er gerade in einem Ferienort eingetroffen und hätte zwei Wochen lang überhaupt nichts zu tun. Er trug einen pelzgefütterten Mantel, einen grauen Hut und in der Hand eine schweinsle-derne Aktentasche. Es sah alles nicht mehr ganz neu, aber sehr elegant aus.

»Guten Tag, meine Tochter!« sagte er feierlich. Wie immer schaute er mich prüfend an. War er zu einem befriedigenden oder unbefriedigenden Schluß gekommen – was sich immer erst eine halbe Stunde später herauszustellen pflegte –, küßte er mich auf Stirn und Mund.

Ich nahm zärtlich seinen Arm, und wir gingen dem Bahnhofs-ausgang zu: »Und was ist heute unser Programm?« fragte ich.

»Zuerst Dr. Hofer in der Türkenstraße. Dort werde ich etwa eine halbe Stunde lang zu tun haben. Danach Direktor Zink von der Bayerischen Hypotheken- und Wechselbank. Das wird eine gute Stunde dauern. Dann Helmut Zöllner...«

Ich rechnete mir aus, daß aus der halben Stunde eine gute Stunde und aus der guten Stunde zwei Stunden werden wür-den und beschleunigte meine Schritte.

»Langsam, langsam, junge Frau...«, sagte mein Vater sofort.

»Papa, wenn wir uns nicht beeilen, werden wir bis zum Mittagessen nicht fertig.« »Aber natürlich, Kind.«

Wir hatten den Wagen erreicht. Papa betrachtete nachdenklich das Parkverbotsschild und fragte dann gelassen: »Hast du ei-gentlich schon jemals richtig geparkt?«

»Fast immer, aber heute...« Ich zog den Autoschlüssel aus der Tasche, steckte ihn ins Schloß und versuchte vergeblich, ihn umzudrehen.

Mein Vater beobachtete mich. »Aha, du hast wohl vergessen die Tür abzuschließen.«

»Na so was...«, meinte ich erstaunt.

Ich öffnete die Tür. Das Radio lief mit voller Lautstärke, Jojo vollführte einen Freudentanz.

»Eveline, Eveline...«, murmelte mein Vater. Ich schaltete verlegen das Radio aus und ließ mich dann schnell auf den Sitz fallen, um die ärgsten Pfotenabdrücke Jojos zu verbergen.

Während ich den Motor anließ, begrüßte Papa den Hund, der sich vor Freude überschlug.

»Platz, Jojo...!« schrie ich.

»Laß doch das gute Tier.«

»Das gute Tier wird immer verrückter.«

»Vielleicht ernährst du ihn nicht richtig.«

»Er frißt jeden Tag zwei Schüsseln Spaghetti.«

»Spaghetti?«

Ich nahm, schwungvoll und heftig auf die Hupe drückend, eine Kurve.

»Nicht so stürmisch«, meinte Papa nur, der sich längst an meine Fahrerei gewöhnt hatte. Er öffnete seine Aktentasche und kramte darin herum: »Ich habe einen Brief von deiner Mutter bekommen...«

Plötzlich fiel mir das Atmen schwer.

»Eine wunderbare Nachricht...«

»Was für eine Nachricht...?«

Er hatte sich in den Brief vertieft.

»Papa, was für eine Nachricht...?«

»Sie schreibt, daß sie jetzt alle Papiere beisammen hat und voraussichtlich in einem Monat in München eintreffen wird.«

»Tatsächlich?« sagte ich leise, und die Angst war weitaus stärker als die Freude.

»Ja, ich bin sehr glücklich, daß wir das geschafft haben.«

»Und wo wird sie wohnen?«

»In Garmisch natürlich, ganz in unserer Nähe. Ich habe Gott sei Dank noch ein recht hübsches Zimmer bekommen.«

»Wie schön...«, sagte ich mit schlechtem Gewissen und tiefer Erleichterung.

»Man kann ihre Schrift kaum noch lesen«, murmelte mein Vater und schaute hilflos von den Seiten auf.

»Sie muß sofort in ärztliche Behandlung.«

»Ich habe schon mit einem Arzt gesprochen.«

»Und...?«

»Man darf die Hoffnung nicht verlieren.« Damit sagte er alles.

Wir hatten die Türkenstraße erreicht.

»Da wären wir.«

Papa hielt den Brief immer noch in der Hand. »Deine Mutter schreibt, daß sie so selten Post von dir bekommt...«

Ich schwieg.

»Eveline ... deine Mutter braucht uns! Wir müssen ihr unsere ganze Liebe geben.«

Ich sah ihn an. »Du bist wunderbar, Papa. Ich wünschte, ich könnte ein ganz klein bißchen wie du sein.«

Er lächelte. »Ich habe es auch erst lernen müssen.«

Ich nickte und öffnete die Tür.

Wir gingen zu Dr. Hofer, Papa sprach lange über Steuern. Ich hörte zu und hatte mehr denn je das Gefühl, zu nichts auf der Welt gut zu sein.

An diesem Tag begegnete ich Helmut Zöllner.

Es war bereits zwei Uhr, als wir Direktor Zink von der Bayerischen Hypotheken- und Wechselbank verließen, und ich dachte mit Schaudern an Ute, verbranntes Essen und zerbrochenes Geschirr.

Papa rieb sich befriedigt die Hände und sagte: »So, und jetzt schnell zu Zöllners. Sie wohnen im Hotel Continental.«

»Muß das sein?«

»Ich habe sie zu dir zum Mittagessen eingeladen. Zöllner ist ein sehr fähiger junger Mann, ich habe ein gutes Geschäft mit ihm gemacht.«

»Aha.«

»Leider geht er bald nach Johannesburg.«

»Wo ist das?«

»In Südafrika, Eveline ... das solltest du wissen.«

Ich hielt vor dem Hotel. Papa ging hinein. Ein Mittagessen ohne Zöllners wäre mir lieber gewesen. Gleich darauf sah ich sie aus dem Hotel kommen. Ein großer, gutaussehender Mann, eine aparte, schwarzhaarige Frau, die offensichtlich ein Kind erwartete.

Ich stieg aus dem Wagen.

»Meine Tochter Eveline...«, stellte Papa vor, und der Stolz in seiner Stimme machte mich stolz.

»Oh«, sagte Zöllner, indem er mich ungeniert betrachtete, »sie ist ja noch viel hübscher als auf den Fotos, die Sie uns gezeigt haben, Erich.«

Ich wurde verlegen und reichte Frau Zöllner die Hand. Sie musterte mich mit kühlem Interesse.

Ihr Mann hielt meine Hand einen Augenblick zu lange. Noch verlegener drehte ich mich rasch um und schlüpfte hinter das Steuer.

»Bitte, fahr jetzt langsamer«, bat Papa, der mit Zöllner und Jojo den Hintersitz teilte.

»Natürlich.« Ich streifte die junge Frau mit einem Seitenblick und fand, daß Schwangerschaft doch ein gräßlicher Zustand sei. Als ich vor dem Haus hielt, wartete Ute schon mit verzweifeltem Gesicht am Fenster.

Ich machte ihr Zeichen, den Mund zu halten, aber sie war nicht zu bremsen.

»Es ist alles ungenießbar«, schrie sie, »aber ich kann nichts dafür.«

Papa, den die Situation zu belustigen schien, schwenkte vergnügt den Hut und rief: »Regen Sie sich nicht auf, Fräulein Ute ... uns schmeckt alles.«

Das zu beweisen, bot sich allerdings Gelegenheit. Das Essen war entsetzlich, aber den Gästen schien es trotzdem zu schmekken. Sie aßen mit ungeheurem Appetit. Ich machte mir in der Küche zu schaffen, denn dadurch ersparte ich mir den Fraß und konnte Ute unter Aufsicht halten.

»Sei nicht so ungemütlich, Kind, und setz dich zu uns«, sagte Papa, als es Kaffee und Kuchen gab. Ich nahm auf dem Sofa Platz. Ute, mein Schatten, ließ sich neben mir nieder.

Zöllner schaute mich an. Er schob seinen Teller beiseite.

»Sie ist wirklich bildschön, Erich«, sagte er, so wie man über ein kleines Kind spricht, das die Bedeutung der Worte noch nicht versteht.

Frau Zöllner aß weiter, als habe sie die Worte nicht gehört, Ute stieß einen zischenden Laut aus, und mein Vater sagte lächelnd: »Verdrehen Sie ihr nicht den Kopf, Helmut.«

Ich ärgerte mich über Zöllner und seine Art, mich zu behandeln.

»Ihre Feststellung ist nicht gerade originell«, sagte ich.

Ute lachte schrill und zustimmend und warf dem Gast einen bösen Blick zu.

»Na, na, Eveline«, sagte Papa, der derartige Bemerkungen nicht schätzte.

Zöllner schaute mich unverdrossen an. »Und hier leben Sie nun also«, sagte er in einem Ton, als könne er das nicht begreifen, »verheiratet mit einem Amerikaner...«

»Finden Sie das so verwunderlich?«

»Ja.« Er stand plötzlich auf.

»Brigitte«, sagte er zu seiner Frau, »ich halte es für das beste, wenn du dich jetzt ein bißchen hinlegst... Ich würde gerne eine halbe Stunde spazierengehen.«

Ich fand die Selbstverständlichkeit, mit der er über seine Frau und meine Wohnung verfügte, unverschämt. Ich war drauf und dran, eine neue patzige Bemerkung zu machen, aber Papa kam mir zuvor. »Eine gute Idee«, meinte er, »ich werde mich auch ein wenig aufs Sofa legen.«

»Und was werden Sie tun?« fragte mich Zöllner.

»Abwaschen.«

»Gehen Sie lieber mit mir spazieren.«

»Frische Luft wird dir guttun, Eveline«, sagte Papa.

»Es ist viel zu windig«, wandte Ute ein.

»Kommen Sie...«, drängte Zöllner.

»Also gut...«

»Und hier leben Sie nun also?«

»Das haben Sie schon mal gefragt...«

»In dieser trostlosen Umgebung, in einer häßlichen, kleinen Wohnung zusammen mit einem verrückten Mädchen und einem amerikanischen Mann.«

»Die meisten würden sich glücklich schätzen.«

»Schätzen Sie sich glücklich?«

»Ja ... wenn ich so die Menschen ansehe, wie sie frieren und hungern und abgerissen herumlaufen...«

»Das wird nicht so bleiben.«

»Vielleicht.«

»Sie gehören in eine andere Umgebung.«

»Gibt es hier irgendwo eine andere Umgebung?«

»Es wird sie wieder geben, und dann sitzen Sie in irgendeinem Häuschen am Rand einer amerikanischen Provinzstadt und kochen Ihrem Mann das Essen.«

»Ich wäre nicht die erste Frau, die das tut.«

»Sicher nicht. Aber es gibt da einen Unterschied: Frauen, die dazu geboren sind und Frauen, die es nicht sind.«

»Und ich bin nicht dazu geboren?«

»Weiß Gott nicht.«

»Das können Sie schwerlich beurteilen.«

»Man braucht Sie nur eine Sekunde anzuschauen, um zu wissen, was in Ihnen steckt.«

»Ich wär froh, wenn ich es wüßte.«

»Sie sind noch ein halbes Kind und entsetzlich unsicher.«

»Das stimmt nicht.«

»Schon gut, schon gut... Herrgott, was könnte man alles aus Ihnen machen!«

»Was denn?«

»Eine unerhörte Frau! Aber ich fürchte, Ihre Unsicherheit wird Sie immer in die falschen Hände treiben.«

»Die Gelegenheit wird sich kaum bieten, da ich schon in festen Händen bin.«

»Wahrscheinlich nicht mehr lange.«

»Wie können Sie so etwas sagen!«

»Sie warten nur noch auf den geeigneten Moment, um abzuspringen.«

»Ich springe nicht ab. Mein Mann ist ein großartiger Mensch!«

»Daran zweifle ich nicht. Aber es wird Ihnen nicht genügen.«

»Sie kennen ihn doch gar nicht.«

»Aber ich kenne Sie. Sie haben Charme und Sensibilität und Intelligenz. Sie haben eine wunderbare Stimme und herrliche Bewegungen. Sie sind eine hundertprozentige Frau, aber kein Weibchen.«

»Oh ... tatsächlich ...?«

»Tatsächlich, Sie Baby ... und das alles wollen Sie in einem amerikanischen Provinznest zu Grabe tragen?«

»Ich will ja gar nicht ... ich will ja gar nicht.«

»Na also! Jetzt werden wir endlich aufrichtig.«

»Was soll ich denn tun? Ich habe nie etwas gelernt. Ich kann nichts.«

»Nehmen Sie Schauspielunterricht ... gehen Sie zum Theater, zum Film...«

»Das liegt mir aber nicht.«

»Das ist ganz unwichtig. Wichtig ist, daß Sie aus dieser erstickenden Atmosphäre heraus und endlich zu sich selber kommen.«

»Ja ... Sie haben recht.«

Ich stieß bei Papa auf keinen Widerstand. Er akzeptierte den Schauspielunterricht sogar mit einer gewissen Freude. Wahrscheinlich hoffte er, daß ich auf diese Weise wenigstens ein paar Dramatiker und Stücke kennenlernen würde. Sein Einwand war natürlich Stephen, aber ich sagte, daß Stephen gewiß nichts dagegen haben werde. Darin irrte ich mich.

Für ein junges hübsches Mädchen, mit amerikanischem Mann, Zigaretten, Kaffee und Schokolade, war es zu der damaligen Zeit nicht schwer, einen Schauspiellehrer zu finden. Schon nach einer Woche kam Papa mit der frohen Nachricht, daß sich Walter Martens bereit erklärt hätte, mir Unterricht zu geben. Walter Martens, erfuhr ich später, war ein sehr bekannter Münchener Theaterschauspieler.

Ich wurde zum Vorsprechen zitiert und erschien in der Annahme, das gehöre sich für eine angehende Schauspielerin, in einem äußerst raffinierten Kleid. Martens, ein großer, schwerer Mann mit einem Löwenhaupt und einer merkwürdig kleinen Nase, betrachtete mich mit unverhohlenem Vergnügen. Er fragte mich, ob mein Wunsch, Schauspielerin zu werden, einem unbezwingbaren Bedürfnis entspränge, und ich erwiderte mit einem entschiedenen »Nein«. Daraufhin lachte er und war bereit, mich zu unterrichten.

Er war ein Mann mit Humor und Geist, etwa so alt wie mein Vater. Er machte Eindruck auf mich und weckte schwärmerische Jungmädchenempfindungen in mir. Ich kam mir in seiner Gegenwart klein, dumm und albern vor und hoffte, ihm nicht auf die Nerven zu fallen. Ich ahnte nicht, daß der Mann mit der sonoren Stimme und dem Löwenhaupt eine große Schwäche für junge, hübsche Mädchen hatte.

Er ließ mich die Viola aus »Was ihr wollt« vorlesen. Es war mir entsetzlich peinlich. Meine Befangenheit war so groß, daß ich weder einen natürlichen Ton noch eine natürliche Bewegung zustande brachte. Aber Martens, fest entschlossen, sich einen so glücklichen Fang wie mich nicht entgehen zu lassen, fand mich »zwar etwas verhemmt, aber nicht unbegabt«.

Ich ging zweimal die Woche zu ihm, und mit jeder Stunde wuchs mein Vergnügen. Nicht etwa, daß ich mein Herz für die Schauspielkunst entdeckt hätte, O nein, ich wußte, daß ich nie eine Schauspielerin werden würde.

Aber der Unterricht war ja auch durchaus nicht alles. Wichtig waren die Stunden in Martens' matt beleuchtetem Zimmer, in dem ein kleiner prasselnder Kanonenofen die Heizung ersetzte und der Schauspieler genießerisch den mitgebrachten Kaffee trank. Wichtig war die Atmosphäre der großen, mit schönen, alten Möbeln eingerichteten Wohnung, wichtig war mir die Zuneigung Martens'.

Zum erstenmal seit Jahren hatte ich wieder Zugang zu einer geschmackvollen Umgebung. In den Stunden bei Martens blühte ein bißchen auf, was Zeit und Umstände in mir ver- schüttet hatten. Zu meinem Erstaunen bemerkte ich, daß ich frei und ungezwungen erzählen konnte. Martens hörte mir aufmerksam zu, und meine Erzählungen wurden immer bun- ter, immer phantastischer. Aus der einen Stunde wurden bald zwei, von denen Martens nur eine halbe dem Unterricht op- ferte.

»Sie sollten schreiben«, sagte er einmal, als ich ihm einen ausführlichen Bericht über mein Leben mit Ute gegeben hatte, »ich glaube, das würde sich lohnen.«

»Ich kann ebensowenig schreiben wie schauspielern, an mir ist Hopfen und Malz verloren.«

Er war anderer Meinung. Er glaubte wie Zöllner, daß ich wertvolle Eigenschaften besäße, die man nur entwickeln müsse. Er sprach viel über diese Eigenschaften und auch über meine psychosomatischen Leiden, Neurosen und Verdrängun- gen. Es klang gut, und ich kam mir dabei noch interessanter und zerbrechlicher vor, als ich mich bis dahin gehalten hatte. Martens' sogenannter Unterricht hatte zur Folge, daß ich meine seelischen Defekte in die Sprechzimmer von Ärzten und Professoren schleppte. Was ich bei ihnen suchte und wovon sie mich heilen sollten, wußten weder sie noch ich. Aber das Einverständnis zwischen Arzt und Patient ist nie größer, als wenn beide suchen und nichts finden, es aber auf keinen Fall zugeben wollen. Der Patient nicht aus Prestige, der Arzt nicht aus Gewinnsucht.

Meine verschiedenen seelischen Krankheiten erfüllten mich mit Stolz, sie wurden mein Lieblingsthema, meine Hauptbeschäftigung. Ich fand in Ute eine gewissenhafte Helferin, eine aufmerksame Zuhörerin. Gemeinsam hegten und pflegten wir meine Neurosen. Stephen wurde jedes Wochenende aufs genaueste eingeweiht und angewiesen, mich um Gottes willen nicht aufzuregen. Besorgt und verängstigt hielt er sich streng an alle Verhaltensmaßregeln. Als er mit der Zeit jedoch bemerkte, daß ich wie immer mit gutem Appetit aß, ruhig schlief und auch sonst gesund und munter wirkte, nahm er meine Leiden nicht mehr so ernst. Seine Verständnislosigkeit verletzte und erboste mich.

»Es ist eine Schande«, beklagte ich mich eines Tages, »wie du meine Zustände auf die leichte Schulter nimmst.«

Stephen hatte mich gebeten, mit ihm, seinem Vorgesetzten und dessen Frau zum Abendessen zu gehen, ich aber hatte keine Lust dazu.

»Evelyn, ich habe den Verdacht, daß deine ›Zustände‹ gar nicht existierten, wenn du dich nicht unaufhörlich damit beschäftigtest.«

»Das ist eine Gemeinheit! Geh doch mal zu Professor Wessel und laß dir erklären, wie ernst mein Zustand ist.«

»Himmel ... nun sage mir doch einmal klar und deutlich, was dir eigentlich fehlt.«

»Ich habe unter anderem eine Überfunktion der Schilddrüse und einen Blutdruck weit unter der normalen Grenze.«

»Besteht nicht die Hoffnung, daß sich das ›Über‹ mit dem ›Unter‹ ausgleicht?« Stephen grinste und goß sich einen Whisky ein. Er trank in letzter Zeit sehr viel, und wenn er angetrunken war, wurde er sarkastisch und aggressiv.

»Man kann eben nicht mit dir sprechen! Du verstehst nichts von diesen Dingen!«

»Ganz recht, mein Herz.«

Ich wußte inzwischen, wo seine empfindliche Stelle lag, und ich schlug zu.

»Nun, was kann man von Amerikanern erwarten«, sagte ich achselzuckend.

Stephen stellte sein Glas hart auf den Tisch.

»Evelyn«, sagte er mit ganz leiser, gefährlicher Stimme, »seit du bei deinem Schauspieler und deinen Ärzten herumhockst, entwickelst du Anschauungen, die mir nicht passen. Du bist mit einem Amerikaner verheiratet, und du ziehst allerhand Nutzen aus dieser Tatsache. Also behalte deine Weisheiten gefälligst für dich.«

»Es ist kein Geheimnis, daß ihr Amerikaner keine...«

»Na was... keine Kultur besitzt, wolltest du das sagen?«

»Allerdings.«

»Keine Kultur ist mir bei weitem lieber als eine Kultur mit Konzentrationslagern.«

»Mußt du immer darauf herumreiten«, schrie ich.

»Du überraschst mich! Ich höre noch deine Worte: Alle sind schuldig, alle sind Mörder. Erinnerst du dich?«

»Das war, als ich es noch nicht anders beurteilen konnte.«

»Sicher, du bist immer sehr schnell mit deinem Urteil, ob das nun die Deutschen oder die Amerikaner betrifft.«

Ich schwieg trotzig.

»Und außerdem bist du in einem Maße beeinflußbar, daß du schon gar keine eigene Meinung mehr besitzt.«

»Nachdem du mich so treffend charakterisiert hast«, sagte ich verdrossen und um eine bessere Antwort verlegen, »können wir das Gespräch wohl beenden.«

»Nein, das können wir nicht.« Stephen griff von neuem nach der Flasche. »Ich hatte schon lange Lust, mich mit dir einmal über etwas anderes zu unterhalten als über deine Krankheiten...«

»Auf die Unterhaltung bin ich aber gespannt.« Ich tat, als unterdrücke ich ein Gähnen. »Bitte, fang an... Ich verspreche mir nicht viel davon... aber bitte.«

»Es handelt sich um deinen Schauspielunterricht. Ich möchte, daß du damit aufhörst.«

»Und wieso?«

»Weil er unserer Ehe schadet.«

»Inwiefern?«

»Du hast dich unter dem Einfluß dieses Schauspielers sehr verändert! Launenhaft warst du schon immer, aber nicht so unzugänglich, so von deiner Überlegenheit durchdrungen. Du sagst Dinge, die du früher nie gesagt hättest. Du behandelst mich, wie man einen Schuhputzer behandelt. Du sitzt auf einem hohen Roß, nur weil dir dieser Bursche mit seinem Geschwätz den Kopf verdreht.«

»Du bist betrunken und außerdem eifersüchtig.«

»Ein bißchen von beidem, aber das tut nichts zur Sache. Ich will dich nur nicht verlieren. Dieser Schauspielunterricht bedeutet dir gar nichts. Er ist nur ein Vorwand, um bei Martens herumzuhocken. Und für Martens ein Vorwand, um sich an deinem Anblick und an meinem Kaffee und meinen Zigaretten zu erfreuen. Ich habe keine Lust, das länger mitzumachen.«

»Nichts, was ich tue, nimmst du ernst.«

»Tätest du etwas Gescheites, dann würde ich es ernst nehmen.«

»So ... und was hältst du für gescheit?«

»Daß du zu mir nach Bad Tölz kommst und wir zusammenleben, wie es sich für Mann und Frau gehört.«

Das fehlt noch, dachte ich. Gerade jetzt, wo das Leben interessant zu werden beginnt.

»Misch«, sagte ich mit matter Stimme und gequältem Gesicht, »ich wußte nicht, daß du so egoistisch bist, daß du mir nichts gönnst ...«

»Ich gönne dir viel zu viel.«

»Nein, du gönnst mir noch nicht mal eine schauspielerische Karriere.«

»Du glaubst doch nicht wirklich, daß du Karriere machst?«

»Wieso nicht? Martens meint, ich sei begabt und ich ... ich fühle es auch ... Ich habe jetzt die Rolle der Marion aus ›Dantons Tod‹ einstudiert. Martens sagt, die Rolle sei mir auf den Leib geschrieben ...« Ich warf mich aufs Sofa, streckte mich lang aus, schloß die Augen und deklamierte: »... aber ich wurde wie ein Meer, das alles verschlang und sich tiefer und tiefer wühlte ...«

Ich blieb natürlich in München. Es wurde Frühling. Der Flirt mit Martens war nett, aber mehr nicht. Warum geschah nicht endlich etwas, etwas wirklich Aufregendes – etwas, das den trübseligen Trott des Alltags durchbrach.

Es geschah. Eine neue Tür öffnete sich – die Tür zum Münchner Filmgelände Geiselgasteig.

»Ich habe eine kleine Filmrolle für Sie, hätten Sie Lust?« fragte mich Martens eines Tages.

»O ja...« Ich sah mich bereits groß und betörend auf der Leinwand.

»Ist Ihnen Max Comer ein Begriff?«

»Nein.«

»Max Comer ist ein sehr bedeutender deutscher Schauspieler, der während der Nazizeit nach England emigrierte und jetzt zurückgekehrt ist. Er will hier einen Film drehen. Das Buch hat er selber geschrieben, außerdem spielt er die Hauptrolle. Er sucht ein junges Mädchen, das die Rolle einer jüdischen Studentin übernimmt. Ich habe Sie vorgeschlagen.«

»Finden Sie, daß ich ... daß ich ... jüdisch aussehe...?«

»Unsinn. Aber Sie haben die richtigen Augen – melancholisch, suchend, immer ein wenig ängstlich...«

»Glauben Sie, daß meine Augen allein genügen?«

»Wahrscheinlich. Comer sucht Augen, keine Schauspielerin.«

»Aha...«, sagte ich enttäuscht.

Am nächsten Tag fuhren wir nach Geiselgasteig. Es war ein häßlicher Tag, es regnete in Strömen. Wir hielten vor einem schäbigen Holzlattentor.

»Wohin?« fragte ein Mann in einem triefenden Regencape.

»Zu Max Comer«, sagte Martens.

»Halle vier«, brummte der Mann und trat zurück.

»Fahren Sie«, sagte Martens ungeduldig, »worauf warten Sie?« Worauf ich wartete? Ich hatte mir eine prächtige Filmstadt vorgestellt, ein kleines Wunderland. Vor mir lag eine weite, kahle Fläche, auf der niedere Baracken mit großen, grauen Häusern abwechselten. Das Gelände sah aus wie ein aufgepflügter Acker. Es war ein trostloser Anblick.

»Halle vier ist ganz hinten.« Ich fuhr vorsichtig. Der Schlamm spritzte am Wagen hoch. Nirgends war ein Mensch zu sehen.

»Das ist aber gar nicht hübsch hier«, sagte ich traurig.

»Nichts, was mit Film zu tun hat, ist hübsch«, sagte Martens.

»Wieso?«

»Der Film ist eine schmutzige Angelegenheit.«

Ich schwieg bedrückt und hielt vor Halle vier. Vielleicht ist es drinnen hübscher, tröstete ich mich. Doch das war es keineswegs. Wir betraten einen langen, kahlen Gang, der von ein paar Glühbirnen dürftig beleuchtet wurde. Er war so kalt, daß man den eigenen Atem sah.

Ich hatte große Lust umzukehren. Aber Martens klopfte bereits an eine der vielen Türen.

»Herein!« rief eine gequetschte Stimme, und wir betraten das Zimmer.

Max Comer war von gewaltiger Häßlichkeit. Sie war vital, ausdrucksvoll, anziehend und abstoßend zugleich. Sie hypnotisierte.

Max Comer war Jude. Und wenn es einen Menschen gab, der alle extrem jüdischen Merkmale in seinem Gesicht vereinigt hatte, dann war er es. Er kam auf uns zu, und ich hatte Angst.

»Herr Comer, das ist Eveline Clausen«, stellte Martens vor und gab mir einen kleinen, aufmunternden Stoß.

»Sieh da...« Comers Organ entsprach seinem Aussehen. Es war häßlich und faszinierend. »Unsere kleine jüdische Studentin«, sagte er und strich mir mit den Fingerspitzen über die Wange. Die Berührung war sehr zart.

Ich versuchte ein Lächeln.

»Nicht lächeln ... nicht lächeln...«, befahl Comer, beschwörend die Hand hebend.

Er näherte sein Gesicht dem meinen und starrte mir in die Augen. Ich hielt erschrocken den Atem an.

»Wunderbar«, rief er.

»Genau die richtigen Augen ... schwermütig, enttäuscht, verängstigt ... Martens, das haben Sie großartig gemacht ... Fräulein Clausen, Sie werden die Rolle spielen...«

Mein Gott, dachte ich entsetzt, wo bin ich da hingeraten...

Die erste Enttäuschung, die ich beim Anblick des regenverhangenen Filmgeländes empfunden hatte, schlug bald in Begeisterung um. Wenn das grelle Licht der Scheinwerfer Staub und Schmutz von den Kulissen wischte, wenn der Ruf: »Ruhe bitte! Aufnahme!« erscholl, wenn der Regisseur in obligaten Manchesterhosen und kariertem Schal ein bedeutendes Gesicht machte, wenn die auf schön geschminkten Schauspielerinnen, die auf männlich dressierten Schauspieler vor die Kamera traten, dann fühlte ich mich Zeuge wichtiger Ereignisse. Ich wünschte mir, so zu sein wie diese Menschen vom Film. Ich bewunderte ihren Umgangston, die Art, wie sie sich zur Begrüßung in die Arme fielen und küßten, die Selbstverständlichkeit, mit der sie sich Schätzchen und Liebling riefen, die scheinbare Natürlichkeit, mit der sie lustige Anekdoten und Geschichten vortrugen, die Hemmungslosigkeit, mit der sie sich ihren Launen hingaben. Aber alle Versuche, so zu sein wie sie, scheiterten. Es gelang mir nicht, meine Zurückhaltung, meine scheue Verschlossenheit und vor allen Dingen meine Abneigung gegen jede Übertreibung zu überwinden. So blieb ich ganz gegen meinen Willen ein Außenseiter, was in Geiselgasteig von den Männern als Gipfel der Raffinesse, von den Frauen als Hochmut verkannt wurde.

Ich wußte längst, daß ich nie eine Schauspielerin werden würde. Privat eine geborene Komödiantin, war es mir in der Öffentlichkeit unmöglich, meine Gefühle zur Schau zu stellen. Max Comer hatte es schwer mit mir. Er behauptete, dieser eine einzige Satz, den ich zu sprechen hatte, sei entscheidend für den ganzen Film. Kollegen behaupteten, mein Aussehen sei für Comer entscheidender als der Satz. Comer probte täglich mit mir in seiner kalten, ungemütlichen Garderobe.

»Lassen Sie sich doch endlich gehen...«, tobte, flehte, lockte, drohte er, »steigern Sie sich doch in die Situation dieser jüdischen Studentin hinein. Da hat sie nun Furchtbares durchgemacht ... da glaubt sie nun, alles sei überstanden, und plötzlich merkt sie, daß der Antisemitismus noch genauso stark wie früher ist...«

»O Gott«, sagte ich, Spiel und Wirklichkeit verwechselnd, »glauben Sie, daß es wirklich so ist?«

»Ja!« brüllte Comer, »das glaube ich nicht nur, das weiß ich! Aber ich will keine politischen Gespräche mit Ihnen führen ...

ich will, daß Sie diesen einen verfluchten Satz endlich mit echter, leidenschaftlicher Überzeugung sprechen... Ich mache es Ihnen noch einmal vor ... schauen Sie her...«

Er krümmte sich plötzlich zusammen, schlug die Hände vors Gesicht und flüsterte durch gespreizte Finger: »Es wird alles wieder so, wie es war ... es wird alles wieder so, wie es war...« Dann ließ er die Hände fallen, riß die Augen angstvoll auf und wiederholte den Satz mit sich steigernder Stimme so lange, bis er tatsächlich, von Schluchzen geschüttelt, das Gesicht verzerrt, in den gemarterten Schrei eines jungen Mädchens ausbrach: »Es wird alles wieder so, wie es war!«

Ich war von dieser schauspielerischen Leistung noch ganz überwältigt, als Comer, den letzten Wehlaut noch auf den Lippen, eine Tafel Schokolade aus der Tasche zog und gierig hineinbiß. »Na, ist das nun so schwierig?« fragte er und kaute schmatzend vor sich hin.

»Ja«, sagte ich und spürte heftigen Ekel.

»Ihnen als Halbjüdin dürfte es bestimmt nicht schwer fallen. Der Satz müßte Ihnen nur so von den Lippen fließen...«

»Mir fließen solche Sätze nicht von den Lippen«, sagte ich in plötzlicher Wut, »mich würgen sie im Hals...!«

Er sah mich einen Moment lang nachdenklich an: »Ich glaube, Sie haben mit der Schauspielerei den falschen Beruf gewählt«, sagte er.

Es war mir vollkommen gleichgültig, ob ich jemals wieder eine Rolle bekam oder nicht. Mein Mangel an Ehrgeiz war für die Herren vom Film, die sich mir zu nähern suchten, sehr nachteilig. Sie erreichten gar nichts mit: »Ich hätte da eine großartige Rolle für Sie...« Zuerst war ich erstaunt, als sie, einer nach dem anderen, mit sturer Einfallslosigkeit dasselbe Sprüchlein abspulten. Später gewöhnte ich mich daran und machte ihnen von allem Anfang an klar, daß ich keinen Wert auf eine Rolle legte. Sie sahen mich ungläubig an. Der Trick mit der Rolle schien immer gewirkt zu haben. Mit meiner Interesselosigkeit Kunst und Karriere gegenüber raubte ich ihnen die Fassung, und sie landeten wie Fische auf dem Trockenen.

Es gab jedoch ein paar unter ihnen, die mir recht gut gefielen.

Diese von mir Begünstigten versammelten sich regelmäßig in meinem Auto. Der große, silbergraue Ford fand ebenso viele Verehrer wie ich selber. Er war auf dem ganzen Filmgelände der einzige Wagen dieser Art, und er war außerdem der gemütlichste Unterschlupf. Man saß weich und warm, bei amerikanischen Schlagern und amerikanischen Zigaretten. Mein Auto war immer bis auf den letzten Platz voll und mein Zigarettenpäckchen bis auf die letzte Camel leer.

Mein glühendster Verehrer war Gusti, ein 20jähriger, prächtig gebauter Bursche, mit einem etwas groben, aber interessanten Gesicht. Gusti war mein Filmpartner. Damit hatte er – wie er immer wieder versicherte – ein weitaus größeres Anrecht auf mich als alle anderen. Er übertrug dieses Anrecht allmählich auf mein Privatleben und übernahm bald die schwierige Rolle eines Leibwächters. Sehr zum Ärger seiner Kollegen, die ihn um die Gunst, auch außerhalb des Filmgeländes an meiner Seite sein zu dürfen, beneideten.

Da ich immer so etwas wie einen Sklaven brauchte, war mir Gustis tiefe Ergebenheit recht angenehm. Ich konnte alles von ihm verlangen, ohne daß er jemals etwas dafür gefordert hätte. Schon mich zu berühren wäre ihm nie in den Sinn gekommen. Er erklärte, seine Liebe zu mir sei losgelöst von allem Körperlichen. Ich lohnte ihm diese Liebe mit vielen Schüsseln Spaghetti, denn sein Hunger war unstillbar.

Ute betrachtete meinen Leibgardisten als Nebenbuhler und wurde unausstehlich. Sie behauptete, Gusti hätte eine starke Ähnlichkeit mit Jojo, und einen zweiten Hund könnten wir uns einfach nicht leisten. Der Vergleich amüsierte mich, denn er stimmte. Ich hütete mich jedoch es zuzugeben und damit Gusti auszuliefern.

»Er ist ein reizender junger Mann«, verteidigte ich ihn, »und außerdem ist er sehr gebildet.«

»Gebildet . . . puh . . .!«

»Jawohl gebildet! Ich war neulich in seinem Zimmer . . .«

»Wo waren Sie?«

»In seinem Zimmer . . . und das ist von oben bis unten voll mit Büchern.«

»Was haben Sie denn in seinem Zimmer gemacht?«

»Auf seinem Bett gesessen.«

»Sehr reizend!«

»Das Zimmer ist so winzig, daß überhaupt nur ein Bett darin Platz hat.«

»Wie gemütlich.«

»War es auch...«

Ute starrte mich gehässig an: »Ich finde diesen Gusti dumm, laut und gefräßig ... sonst nichts«, zischte sie.

»Sie werden diesen Gusti eines Tages um ein Autogramm anbetteln«, gab ich wütend zurück, »er ist auf dem besten Wege, ein großer Filmstar zu werden.«

»Ha...!« kreischte Ute.

«Jawohl ... er hat schon wieder eine Rolle angeboten bekommen ... von einem Regisseur, der gerade seinen ersten Film dreht...«

»Na, da kann er wenigstens nicht viel verderben.«

»Er soll ein ganz genialer Regisseur sein. Fischer heißt er, glaube ich ... ja, Fischer...«

»Fischer gibt's – wie Sand am Meer...«, sagte Ute wegwerfend.

Wir gingen auf dem Filmgelände auf und ab.

»Mein Gott, war das furchtbar«, sagte ich zu Gusti, »ich schwöre ... das war mein erster und letzter Film!«

»Sie waren doch großartig.«

»Einmalig, würde ich sagen. Ein absolutes Naturtalent.«

Eine Stunde zuvor hatte ich meinen großen Auftritt vor der Kamera gehabt. Man hatte tatsächlich von mir verlangt, in Anwesenheit des gesamten Filmstabs und vor etwa fünfzig Komparsen in hysterische Tränen und jämmerliches Geschrei auszubrechen. Es war mir unmöglich gewesen, auch nur einen Ton herauszubringen. Ich hatte wie gelähmt dagesessen, mit entsetzten Augen in das grelle Scheinwerferlicht gestarrt und leise um einen kurzen, schmerzlosen Tod gebetet. Er war mir nicht vergönnt gewesen. Anstatt dessen war plötzlich ein allgemeines Chaos entstanden. Der verzweifelte Regisseur hatte mich angebrüllt, eine »dumme Gans« und »alberne Göre« genannt, Gusti war wütend zu meiner Verteidigung aufgesprungen, der Regieassistent hatte den Regisseur zu beschwichtigen versucht, Comer war händeringend auf und ab gelaufen, und die Komparsen waren in schallendes Gelächter ausgebrochen. Da hatte ich zu heulen begonnen.

»Na endlich!« hatte der Regisseur geschrien, »Ruhe, bitte, und Aufnahme! Ihr Satz, Ihr Satz!«

»Es wird alles wieder so, wie es war...!« hatte ich geschluchzt und mich in Scham und Selbstmitleid gewunden.

»Ausgezeichnet... wunderbar... die Aufnahme braucht nicht wiederholt zu werden...!«

Man hätte noch viele Aufnahmen drehen können. Ich war einfach nicht mehr zu beruhigen gewesen.

»Das war mein erster und letzter Film«, beteuerte ich noch einmal, »keine zehn Pferde bringen mich jemals wieder vor die Kamera!«

»Unsinn!« Gusti gestikulierte heftig mit seinen langen Armen, die er nie unterzubringen wußte. »Sie werden bestimmt eine große Schauspielerin.«

»Ich pfeife darauf.«

Die Vorstellung, nie mehr vor die Kamera zu müssen, war so befreiend, daß ich den Kopf zurückwarf und laut lachte. »Gusti, ich bin so glücklich, daß es überstanden ist.«

Es war ein herrlicher, warmer Tag. Der Föhn hatte den Frühling von einer Stunde auf die andere ins Land geweht. Es war ein Wetter für Verliebte.

Ein Topolino mit offenem Verdeck kam die Straße heruntergerollt. Er sah so lächerlich klein, so sehr nach Spielzeugauto aus, daß ich Gusti lachend anstieß: »Daß so was überhaupt fahren kann!«

»Das ist Werner Fischer«, sagte Gusti, und sein Gesicht verklärte sich in Ehrfurcht, »der Regisseur, bei dem ich meinen nächsten Film drehen soll.«

»Oh«, sagte ich und reckte den Hals, um den Mann hinter dem Steuer besser sehen zukönnen.

Das Auto verlangsamte seine Fahrt und hielt.

»Hallo, Gusti...!« rief Fischer mit einer hellen, metallischen Stimme. Er öffnete die Tür und sprang aus dem Wagen.

Ich wußte, daß es nicht Gusti war, den er begrüßen wollte,

denn als er mit lebhaften Schritten und strahlendem Lächeln die Straße überquerte, heftete er seine Augen auf mich.

»Grüß Gott, Herr Fischer«, stotterte Gusti verwirrt, denn die Tatsache, daß der Regisseur eigens aus dem Auto sprang, um ihm guten Tag zu sagen, kam ihm erstaunlich vor.

Fischer war mittelgroß, etwas untersetzt und geradezu aufdringlich muskulös. Kopf und Gesicht waren rund, die Augen groß, grau und weit auseinanderliegend. Die Nase war zu klein, dafür war der Mund stark ausgeprägt und von einer Sinnlichkeit, die ebenso aufdringlich war wie seine Muskeln. Er trug die Einheitstracht der Regisseure: Manchesterhosen, Lederjacke, dicken, karierten Schal und Baskenmütze.

»Herr Fischer, das ist Mrs. Evelyn Cherney«, stellte Gusti vor und schwenkte dabei sinnlos die Arme, »sie hat in dem Film ›Nacht ohne Morgen‹...« Der Regisseur achtete gar nicht auf seine Worte. Er griff nach meiner Hand und zog sie an seine Lippen.

Ich übertreibe nicht, wenn ich behaupte, daß dieser Handkuß entscheidend für den weiteren Ablauf der Dinge war. Es war der erste Handkuß meines Lebens, und er erfüllte mich mit ungeheurem Stolz. Ich merkte nicht, daß der Mann, der sich über meine Hand beugte, viel weniger Höflichkeit als Verlangen demonstrieren wollte. Mein Gesicht begann zu glühen, und darüber ärgerte ich mich, denn eine Dame wird beim Handkuß nicht rot.

»Sind Sie Amerikanerin?« fragte Fischer, wobei er wieder sein strahlendes Lächeln und zwei Reihen makellos weißer Zähne zeigte.

Sein Gesicht kam mir bekannt vor, aber ich konnte mich nicht erinnern, wann und wo ich es schon einmal gesehen hatte.

»Ich bin mit einem Amerikaner verheiratet.«

»Sie sind verheiratet?«

»Schon ein Jahr.«

»Mein Gott, ich habe Sie auf nicht mehr als siebzehn geschätzt.«

»Ich bin bald zwanzig«, sagte ich ein wenig gekränkt.

»Sie hat in dem Film ›Nacht ohne Morgen‹ mitgespielt«, erklärte Gusti, den meine schauspielerische Karriere nicht ruhen ließ, »sie ist sehr begabt und...«

»Quatsch«, schnitt ich ihm das Wort ab.

Fischer begann vergnügt zu lachen. »Sie sind eine Seltenheit.«

»Warum?«

»Weil ich in Geiselgasteig noch nie einem jungen, schönen Mädchen begegnet bin, das sich nicht für begabt hält.« Er wurde ernst. »Sie gefallen mir sehr.«

Plötzlich war ich in ihn verliebt, von einer Sekunde auf die andere, ohne Übergang, ohne Vorwarnung. Plötzlich fand ich ihn großartig, beeindruckend, aufregend.

Gusti räusperte sich verlegen.

»Sind Sie oft in Geiselgasteig?« fragte der Regisseur.

»Ja«, erwiderte ich und überlegte, daß ich ja Gusti ab und zu hinausfahren könne.

»Dann besuchen Sie mich mal.«

Er verabschiedete sich mit einer kleinen, graziösen Verbeugung, die in einem krassen Gegensatz zu seinem kräftigen, muskulösen Körper stand. Dann lief er federnd zu seinem Auto zurück.

Ich schaute ihm nach, und der Ausdruck meines Gesichtes muß unmißverständlich gewesen sein.

»Er gefällt Ihnen wohl sehr?« fragte Gusti grimmig.

»Ja, er gefällt mir. Außerdem versuche ich mich zu erinnern, wo ich ihn schon mal gesehen habe.«

»Auf der Leinwand wahrscheinlich.«

»Ist er denn auch Schauspieler?«

»Ein glänzender Schauspieler. Haben Sie vielleicht den Film ›Der Tyrann‹ gesehen?«

»Natürlich! Jetzt erinnere ich mich. Da hat er doch diesen widerlichen, gemeinen Kerl gespielt. Den Film habe ich in Sofia gesehen.«

»Er war phantastisch.«

»Ja, und so unsympathisch, daß ich ihm am liebsten den Hals umgedreht hätte.«

»Er spielt immer solche Rollen: Schufte, Verbrecher, zwielichtige Erscheinungen...«

»Das verstehe ich nicht. Im wirklichen Leben scheint er doch ganz anders zu sein...«

»Nach den Avancen, die er Ihnen gemacht hat, könnten Sie

bald herausbekommen, ob er auch im Leben ein Schuft ist oder nicht«, sagte Gusti mit saurem Gesicht.

»Ich fahre jetzt nach Hause«, erklärte ich verärgert.

»Warten Sie doch noch eine halbe Stunde, dann kann ich mitkommen.«

»Ich kann keine halbe Stunde mehr warten. Ich bin todmüde. Wiedersehen, Gusti.«

Er schaute mich an wie Jojo, wenn ich ihn ausgeschimpft hatte. Ich ging zu meinem Wagen, setzte mich hinter das Steuer, kurbelte die Scheibe herunter und schaltete das Radio ein.

Ich hatte ihn nicht kommen sehen und fuhr erschrocken zusammen, als sein Gesicht am offenen Fenster auftauchte.

»Oh...«, sagte ich.

»Wann kann ich Sie sehen?« fragte er.

»Heute ist Freitag ... Samstag, Sonntag ist mein Mann zu Hause ... Montag?«

»Um wieviel Uhr?«

»Um halb fünf.«

»Wo wohnen Sie?«

»Dachauer Straße 173.«

»Montag ... halb fünf ... Dachauer Straße...«

Ich nickte und ließ den Motor an.

Ute am Montag loszuwerden war schwierig. Sie sträubte sich und durchschaute jeden Vorwand. Schließlich verlor ich die Geduld. »Wenn Sie es unbedingt wissen wollen«, fuhr ich sie an, »ich erwarte den Besuch eines berühmten Mannes, und ich möchte mit ihm allein sein.«

»Und warum möchten Sie mit ihm allein sein ... mit Ihrem berühmten Mann?«

»Weil Sie mich entsetzlich stören!«

»Und wobei könnte ich Sie stören?«

»Beim Kaffeetrinken, bei was denn sonst?«

»Bei was wohl sonst...« Ute zog die blassen Brauen in die Höhe.

Ich hatte mir in manchen Dingen eine geradezu unglaubliche Naivität bewahrt, und meine Überzeugung, es würde beim Kaffeetrinken bleiben, war echt. Ich hatte mir die größte Mühe gegeben und einen weißgedeckten Tisch mit Torten, Schlagsahne, süßem und salzigem Gebäck beladen. Ich hatte genug deutsche Gäste gehabt, um zu wissen, wie sie sich über dergleichen herzumachen pflegten.

Er kam eine halbe Stunde zu spät, und ich war den Tränen nahe, als es endlich klingelte. Ich warf einen letzten schnellen Blick in den Spiegel, fand mich hübsch und öffnete. Er kam, zwei Stufen auf einmal nehmend, die Treppe herauf, zeigte ein strahlendes Lächeln, machte seine kleine, graziöse Verbeugung und sagte in einem Atemzug: »Guten Tag ... sind wir alleine?«

»Ja«, sagte ich verblüfft.

»Sehr schön...« Er legte Schal und Baskenmütze ab. Er hatte schütteres, braunes Haar, das aussah wie vertrocknetes Moos.

»Lebt Ihr Mann nicht in München?« Er stand in der Diele, als warte er auf etwas.

»Nein, in Bad Tölz. Er kommt nur zum Wochenende.«

»Aha.« Erst jetzt trat er an mir vorbei ins Zimmer.

Er schaute sich schnell und ohne Interesse um. Sein Blick streifte nur flüchtig den gedeckten Tisch. Es gab keinen Ausruf, kein Zeichen freudiger Überraschung. Noch nie war der Anblick von Kuchen und Schlagsahne so wirkungslos geblieben, noch nie war ein Deutscher mit solcher Gleichgültigkeit daran vorbei auf das Sofa zugeschritten wie jetzt Fischer. Ich merkte plötzlich, daß sich meine Sicherheit den Deutschen gegenüber auf Konserven und Zigaretten gestützt hatte. Ich fühlte mich von meinem Kaffeetisch im Stich gelassen.

Fischer setzte sich und betrachtete mich dann so, wie ich erwartet hatte, daß er die Torte betrachten werde.

»Was haben Sie denn, meine Kleine?« fragte er, als ich mich nicht von der Stelle rührte.

»Oh, gar nichts...«, sagte ich hastig und griff nach einem Päckchen Zigaretten. »Möchten Sie rauchen?«

»Nein danke, ich rauche, Gott sei Dank, nicht.«

Auch das noch, dachte ich.

»Gut, ich mache schnell den Kaffee.«

»Muß das sein?«

»Ja – möchten Sie denn keinen Kaffee?«

357

»Ich möchte Sie lieber im Zimmer haben, und wenn Sie Kaffee kochen, sind Sie in der Küche.«

»Möchten Sie dann vielleicht ein Stück Torte oder ein bißchen Gebäck?« machte ich einen letzten Versuch.

»Nein, danke ..«

Vielleicht ist der Mann wirklich genial, überlegte ich. Geniale Menschen, hatte ich einmal gehört, legten keinen Wert auf Essen und Trinken.

»So, und nun setzen Sie sich doch endlich!« Er klopfte auf das Sofa.

Es kam mir vor, als rufe er einen kleinen Hund zu sich heran, und ich folgte gehorsam wie ein kleiner Hund, mit derselben Mischung aus Scheu und Zutraulichkeit.

»Sie sind ein Zauberwesen«, sagte er.

Ich hielt den Atem an. Ein genialer Mann nannte mich ein Zauberwesen, zog meine Gesellschaft Kaffee und Kuchen vor, kam zu mir in die Wohnung, nur um mich anzuschauen... Wahrscheinlich war ich wirklich ein Zauberwesen. Meine Freude war so überwältigend, daß ich sekundenlang die Augen schloß. Im selben Moment packte er meine Schulter, warf mich quer über seine Knie, so daß mein Kopf auf der harten Sofalehne lag, und beugte sich zu mir hinab: »Sie sind ein Zauberwesen...«, flüsterte er noch einmal, und dann stülpte er seinen Mund über meinen.

Er hatte weder Vorfreude noch Verlangen in mir geweckt. Ich spürte nur die harte Lehne in meinem Nacken, und außerdem bekam ich keine Luft. Den Kuß selber empfand ich kaum, sagte mir aber, daß es eine Ehre sei, von einem berühmten Mann geküßt zu werden. Trotzdem schweiften meine Gedanken wieder ab: Die Schlagsahne würde sauer werden, das Kaffeewasser auf der Gasflamme verkochen und mein Rock zerknittert sein.

Der Kuß dauerte sehr lange, und ich versuchte mich von dem Saugnapf seines Mundes zu befreien.

Er hob etwas ungehalten den Kopf, schien sich dann aber eines Besseren zu besinnen. Indem er lächelnd seine schönen Zähne entblößte, schob er einen Arm unter meine Kniekehlen, den anderen unter meinen Nacken, und mich so haltend, stand er auf.

Er strauchelte ein wenig, und ich fürchtete, er werde die Balance verlieren und mit mir auf den Armen zurück aufs Sofa fallen. Er hielt sich und mich jedoch tapfer, und obgleich sein Gesicht angespannt war, wich das Lächeln nicht von seinen Lippen.

Die Situation erinnerte mich sehr an den Film: der starke Mann, der die zarte Frau mühelos auf den Armen trägt. Ich war beeindruckt und schaute aus halb geschlossenen Augen verliebt zu ihm empor. Selbst als er sich der Tür zuwandte, merkte ich nicht, daß er etwas anderes bezweckte, als mir mit Kraft und Pose zu imponieren.

»Ist dort das Schlafzimmer?« fragte er und deutete mit dem Kopf auf die Tür.

»Ja«, sagte ich, und jetzt stieg ein Verdacht in mir auf. Fischer steuerte auf die Tür zu, öffnete sie, ohne mich dabei aus den Armen zu lassen, und trug mich ins Schlafzimmer.

Meine Bestürzung war so grenzenlos, daß Verstand und Aktionsfähigkeit aussetzten. Während Fischer den Raum durchquerte, starrte ich wie gebannt in sein lächelndes Gesicht. Erst als er vor dem Bett haltmachte, rang sich in mir der erste klare Gedanke durch: Die Querleiste gibt bestimmt wieder nach, und dann sackt die Matratze wie gewöhnlich auf den Boden.

In diesem Moment schien meine Angst vor einer derartig peinlichen Situation größer als die Angst, Stephen könnte überraschend erscheinen.

»Bitte nicht...«, flüsterte ich erstickt.

»Meine Süße... ich habe solche Sehnsucht nach dir.«

Er ließ mich vorsichtig auf das Bett gleiten, kniete davor nieder und schob mir den Rock bis zur Hüfte empor. Jetzt verließ mich die Angst vor der brechenden Querleiste und machte anderen Ängsten Platz. Und es waren so viele und so gewaltige Ängste, daß ich entsetzt hochfuhr.

»Meine Süße...«, sagte Fischer mit einer Stimme, die wie schmelzendes Metall klang.

»Oh, bitte«, flüsterte ich, »denken Sie doch an meinen Mann!«

»Besteht denn die Möglichkeit, daß er plötzlich kommt?«

»Das meine ich nicht... ich meine... ich bin doch mit ihm verheiratet...«

»Aber mein Engel...«, jetzt streifte er mit einer einzigen schnellen Bewegung den Schlüpfer herunter. »Du hast doch auch Sehnsucht nach mir, nicht wahr?«

Er beugte sich zu mir und schaute mir mit dem harten, glänzenden Blick eines Hypnotiseurs in die Augen.

Und plötzlich sah ich wieder den genialen Künstler, den großen Regisseur, den berühmten Schauspieler – kurzum den Mann, dem man sich beugt. Während ich mich auf das Kissen zurücksinken ließ, griff ich mit der Hand nach Stephens Photo, das auf meinem Nachttisch stand, und drehte es zur Wand.

Die Affäre mit Werner Fischer war für mich insofern eine Katastrophe, als ich sie nicht nüchtern sehen wollte. Ich bauschte sie zu einem dramatischen, erschütternden Erlebnis auf und versuchte, darin die endlich wahr gewordene Erfüllung meines Lebens zu erkennen. Es gelang mir, den simplen Tatsachen Liebe, Leidenschaft einen tiefen, geheimnisvollen Sinn anzudichten. Der primitive Sexualtrieb eines Mannes wurde zu verzehrendem, beiderseitigem Verlangen. Der kurze, hektische Geschlechtsakt, bei dem ich weder Lust noch Freude, geschweige denn Befriedigung gefunden hatte, wurde zu einer sinnbetörenden Liebesstunde. Werner Fischer, ein Mann, nicht besser und nicht schlechter, nicht klüger und nicht dümmer als tausend andere, wurde zum vehementen Liebhaber, zum angebeteten Geliebten. Ich selber wurde zu der liebenden Heldin eines schwülstigen Dramas.

Fischer, der versprochen hatte, am nächsten Tag anzurufen, rief nicht an. Ich saß Stunde um Stunde neben dem Telefon. Zuerst leise und verträumt vor mich hinträllernd, dann mit ernster, würdevoller Fassung, dann steif und erstarrt, schließlich in verzweifelte Tränen aufgelöst.

Ute saß mir gegenüber und beobachtete kalt und kritisch jedes Stadium. »Das haben Sie nun von Ihrem Kaffeetrinken mit einem berühmten Mann.«

»Schweigen Sie! Davon verstehen Sie nichts!«

»Oh... ich verstehe genug! Kuchen und Schlagsahne unberührt, Teller und Tassen sauber... dafür Ihr Bett...«

»Geht Sie das etwas an?«

»Ja, wenn ich Sie jetzt hier so sitzen sehe, geht es mich schon etwas an.«

»Sagen Sie nur noch, Sie hätten Mitleid mit mir! Sie freuen sich doch, daß er nicht anruft!«

»Ich freue mich nicht – aber ich habe es nicht anders erwartet.«

»Sie glauben wohl, daß er nichts anderes wollte als einmal mit mir ins Bett?«

Sie sah mir starr ins Gesicht. »Männer sind gemeine Hunde, und er ist bestimmt keine Ausnahme!«

»Er ist die Ausnahme. Er hat mich ein Zauberwesen genannt, er hat gesagt, daß er furchtbare Sehnsucht nach mir habe...!«

»Der Schuft!«

»O Gott, warum ruft er nicht an!«

Am Abend klingelte das Telefon. Ich stürzte hin, riß den Hörer von der Gabel: »Hallo...«, sagte ich atemlos.

»Hello, Darling...«, sagte Stephen. »Wie geht es dir, mein Herz?«

»Danke gut.«

»Was hast du heute gemacht?«

»Nicht viel.«

»Und gestern?«

Ich schwieg.

»Darling, bist du noch da!?«

»Ja.«

»Was hast du denn. Du klingst so eigenartig.«

»Ich hab meine Depressionen.«

»O Gott... soll ich sehen, daß ich über Nacht nach München kommen kann?«

»Auf keinen Fall. Ich gehe sofort ins Bett und versuche zu schlafen.«

»Tu das, Sweetheart. Gute Nacht. Ich liebe dich.«

Er erwartete bestimmt, daß ich mechanisch antwortete: ich dich auch. Es war das allererste Mal, daß ich es nicht tat.

»Gute Nacht«, sagte ich und hing rasch ein.

Der nächste Tag verstrich ähnlich wie der vorhergegangene. Ich wagte mich nicht aus der Wohnung, aus Angst, Fischer könne während meiner Abwesenheit anrufen. Ich starrte das Telefon haßerfüllt an: Klingel doch, du Biest...!

Es klingelte nicht.

Ich nahm den Hörer auf und wählte die Nummer von Geiselgasteig.

»Was tun Sie da, Eveline?«

»Ich muß ihn sprechen.«

»Haben Sie gar keinen Stolz mehr?«

»Nein.«

»Bavaria«, meldete sich eine Stimme.

»Bitte, Herrn Fischer.«

»Moment, ich verbinde weiter.«

Ich hing ein.

Am dritten Tag, als immer noch kein Anruf erfolgt war, kaufte
ich mir ein dickes Heft. Tagebuch, schrieb ich mit großen,
runden Buchstaben auf die erste Seite.

»Das würde ich an Ihrer Stelle nicht tun!« Ute blickte mir über
die Schulter.

»Und warum darf ich das nun auch wieder nicht tun?«

»Ihr Mann könnte es finden, und dann ist die Hölle los.«

»Ich werde es schon gut verstecken.«

Ich füllte Seite um Seite mit der Romanze Werner Fischer. Ich
verströmte meine Liebe zu ihm in dramatischen Worten. Ich
schilderte minutiös unsere Begegnung, seinen Besuch bei mir,
den ersten Kuß. Bei dem Satz: »...und dann hob er mich wie
eine Feder hoch...« hielt ich inne. Ich nagte lange an meinem
Füllfederhalter, aber ich wußte nicht, wie man Dinge, die sich
im Bett abspielten, beschreibt. Schließlich klappte ich das Heft
zu und legte es in meine Nachttischschublade.

Am Montag, genau eine Woche nach seinem ersten Besuch,
rief Fischer an:

»Meine Süße...«, sagte er, »kann ich heute nachmittag zu dir
kommen...?«

Von München nach Garmisch sind es etwa 110 Kilometer,
rechnete ich. Wenn Stephen schnell fährt, können wir in einer
Stunde vierzig Minuten da sein. Aber er fährt ja nicht schnell.
Er fährt immer langsam und vorsichtig. Und heute ganz besonders. Wenn er weiter so macht, dauert es zweieinhalb Stunden. Himmel, warum hat er mich nicht ans Steuer gelassen!?

»Sitzt du auch bequem, Esther? Oder soll ich mich doch lieber nach vorne setzen? Dann kannst du dich hier lang legen.«
»Danke, Erich... ich sitze... wunderbar...«
O Gott, wie sie sich quälen mußte, um einen Satz halbwegs deutlich hervorzubringen. Was für eine Anstrengung es sie kostete, die fast gelähmte Zunge zu bewegen. Es klang wie die ersten Sprechversuche eines Babys – ein Lallen, Zischen, Gurgeln, das sich nur unter ungeheuren Mühen zu Worten formen ließ. Es war nicht mit anzuhören, und es war noch viel weniger mit anzusehen. Wenn ich den Kopf nur ein klein wenig zur Seite wandte, sah ich meine Mutter dort hinten auf dem Rücksitz; sah ihren zerbrechlichen, vogelähnlichen Körper, an dem der schwarze Mantel lose und formlos herabhing; sah die krallenhaft verkrümmten Finger, die sie, wann immer es ging, zu verbergen suchte; sah ihr zerquältes Gesicht hinter dem feinmaschigen Schleier, den sie sich, als wolle sie uns den Anblick ersparen, umgebunden hatte.
Es war so viel schlimmer geworden, seit ich sie das letzte Mal gesehen hatte. Sie paßte gar nicht mehr ins Leben. Der Tod war in greifbarer Nähe. Man witterte ihn, roch ihn, spürte ihn. Ich fürchtete mich vor meiner Mutter, vor diesem Unheimlichen, das sie in sich trug. Ich war fröstelnd zusammengefahren, als sie mich auf dem Bahnhof umarmt hatte, als mich ihre ausgedörrten Lippen berührt, ihre kalten, steifen Finger gestreichelt hatten. Sie hatte es gefühlt, mich schnell losgelassen und mit einem schüchternen, um Verzeihung bittenden Lächeln angeblickt. Ich hatte mich verflucht, war aber trotzdem nicht in der Lage gewesen, das Grauen zu überwinden.
»Ich bin glücklich, Esther, dich wieder in meiner Nähe zu haben. Du hast mir sehr gefehlt.« Wie ruhig und natürlich Papa das sagte. Keine Überbetonung, keine Spur von Unsicherheit oder überspielter Verlegenheit. Er meinte es, wie er es sagte, mit einer echten, warmen Herzlichkeit.
Genauso hatte er sie auch auf dem Bahnhof begrüßt. Nur eine Sekunde, als sie aus dem Zug stieg, hatte Schrecken und Mitleid sein Gesicht durchzuckt. Dann war er ihr entgegengelaufen, hatte ihre Hände geküßt und sie schließlich mit einer Geste inniger Zärtlichkeit in die Arme genommen.

Wie mußte sie sich vor diesem Moment der Wiederbegegnung gefürchtet, wie mußte sie darunter gelitten haben, Papa alt, krank und zerstört entgegenzutreten. Doch meinem Vater war es in wenigen Minuten gelungen, sie von Angst und Verzweiflung zu befreien und das erste hoffnungsfrohe Lächeln in ihr Gesicht zu zaubern.

Ich starrte durch das Fenster vor mir auf die Straße. Ich sah immer nur die Straße, und ich sah sie in jeder Einzelheit. Jeden Riß, jeden Fleck, jedes kleine Loch, jede winzige Erhöhung. Es war unheimlich, wie plastisch ich die Straße sah – und wie sie mein ganzes Denken ausfüllte.

»Light me a cigarette, darling, will you please...«

Ohne die Augen von der Straße zu nehmen, griff ich nach dem Päckchen, das neben mir auf dem Sitz lag, steckte mir eine Zigarette zwischen die Lippen und zündete sie an. Ohne die Augen von der Straße zu nehmen, reichte ich sie ihm hinüber.

»Are you all right, Evelyn?«

»I'm all right.«

Konnte er mich denn nie in Ruhe lassen?!

Die Straße machte einen Bogen, und mein Blick fiel auf eine grüne, leuchtende Wiese. Ein Apfelbaum streckte blühende Zweige in den Himmel. Zwei Vögel glitten in kühnem Bogen, dicht nebeneinander, durch die Luft. Es war Mai. Es war ein strahlender Tag.

Der Tod war nahe. Wenn ich den Kopf wandte, starrte er mich durch den feinmaschigen, schwarzen Schleier an.

»Eveline...«

»Ja, Mutti...«

Ich mußte ganz genau aufpassen, sonst verstand ich sie nicht, das war schon ein paarmal geschehen, und die Anstrengung, mit der sie das Gesagte deutlich zu wiederholen versucht hatte, war unerträglich gewesen.

»Bleibst du ein paar Tage in Garmisch... oder fährst du gleich wieder nach München zurück...?«

Obgleich ihre Stimme keine Ausdruckskraft mehr hatte, hörte oder besser spürte man die ängstliche Bitte heraus.

»Wir bleiben das Wochenende in Garmisch«, sagte ich ausweichend und wagte nicht, mich umzuschauen, »länger geht es leider nicht, weil Stephen ja am Montag in Tölz sein muß.«

»Aber du könntest doch noch ein paar Tage dableiben«, sagte mein Vater.

»Ich habe nur das Nötigste mitgenommen, und wenn ich länger bleibe, brauche ich einige Sachen.«

»Das ließe sich arrangieren«, beharrte Papa. »Herr Brosch kommt am Montag nach Garmisch, und da könnte er die Sachen mitbringen.«

»Yes, darling, why don't you stay for a few days...«, ermunterte mich Stephen, der leider immer im falschen Augenblick deutsch verstand.

Ich warf ihm einen gereizten Blick zu. Merkte er denn nicht, daß das Beisammensein mit meiner Mutter über meine Kraft ging? Oder war es ihm gleichgültig, solange er einen willkommenen Anlaß sah, mich München fernzuhalten?

Stephen legte seine Hand auf meine, beugte sich zu mir und flüsterte: »Do it for your mother, darling...«

Ich entzog ihm wütend meine Hand. Er konnte so etwas leicht sagen. Es war ja nicht seine Mutter, deren unmenschliche Qual er mit ansehen mußte. Er kannte sie erst kurze Zeit und nie anders als krank. Er wußte nicht, was für eine Frau sie gewesen war – mit einem Gesicht, dessen Schönheit und Vitalität jeden gefesselt, mit Geist, Witz und Charme, denen sich keiner hatte entziehen können. Mit zarten Händen und einer tiefen, warmen Stimme. Mit einem Lachen, einer Kraft, einer Lebensfreude, die wie Funken aus einem Feuer gestoben waren.

Und jetzt, was war jetzt von all dem übriggeblieben?

»Ich muß wirklich nach München zurück«, sagte ich und hatte dabei ein elendes Gefühl, »aber nächste Woche komme ich wieder, und dann bleibe ich länger...«

»Ich verstehe nicht, Eveline...«, begann Papa.

»Laß sie doch, Erich«, unterbrach ihn meine Mutter, »wenn sie nächste Woche kommt, ist es doch genauso gut... nicht wahr, Evelinchen...«

Das war meine Mutter! Das war sie doch. In diesem letzten Satz: »wenn sie nächste Woche kommt, ist es doch genauso gut... nicht wahr, Evelinchen...«, hatte ich sie wiedergefunden. Was immer Entsetzliches mit ihr geschehen war, in der entstellten Hülle des Körpers lebte meine Mutter. Sie war es – auch wenn sie kaum noch sprechen, kaum noch gehen, kaum noch leben konnte.

Ich drehte mich zu ihr um. Da saß sie, winzig klein in ihrer Ecke, die Hände in den Ärmeln ihres Mantels, das Gesicht hinter dem Schleier verborgen. Ich hatte plötzlich den wahnsinnigen Gedanken, daß ich nur ihre Hände hervorzuzerren, den Schleier wegzureißen brauchte, um sie gesund und strahlend wiederzufinden. Und als hätte sie meine Gedanken erraten und wolle mir weitere sinnlose Illusionen ersparen, zog sie ihre verkrümmten Hände aus den Ärmeln und schob den Schleier in die Höhe: »Ich hab' dich noch gar nicht richtig gesehen, meine Kleine...«, sagte sie.

Ich hätte gerne mein Gesicht in das Polster gewühlt und geweint. Ich glaube, meiner Mutter wäre es lieber gewesen als das starre, unglückliche Lächeln, zu dem ich mich zwang. Sie hätte meine Tränen verstanden und mich getröstet. Sie verstand auch mein starres Lächeln – aber ich nahm ihr damit die Möglichkeit, mich zu trösten. Und damit nahm ich ihr und mir jede Möglichkeit, die Barriere niederzureißen, die das Fremde, Unheimliche ihrer Krankheit zwischen uns errichtet hatte.

Meine Mutter schaute mich schweigend an. Ich entdeckte Mitleid in ihren Augen – Mitleid mit mir. Sie zog den Schleier wieder herab und vergrub die Hände in den Ärmeln ihres Mantels.

Ich wandte mich langsam ab und starrte wieder auf die Straße, auf die Risse, die Flecken, die Löcher.

»What are you smiling about?« fragte Stephen nach einer Weile.

Ich fuhr erschrocken zusammen. Ich hatte nicht gewußt, daß das Lächeln noch immer in meinem Gesicht klebte.

»Esther«, sagte Papa, »das Zimmer, das ich für dich gemietet habe, benutzt du natürlich nur zum Schlafen. Tagsüber bist du bei uns.«

»Evelyn, darling, you look so pale...«, sagte Stephen besorgt.

»Anne freut sich schon sehr auf dich, Esther, sie braucht eine Frau, mit der sie sich unterhalten kann...«

»Can I do something for you, sweetheart...?«

»Wir werden dich schon wieder gesund machen, Esther.«

»Evelyn, what's the matter? Please say something!«

»Damned, rotten, miserable life...«, sagte ich.

»Rühr mich nicht an, Misch!«

»Evelyn... was hast du bloß...?«

»Das fragst du auch noch? Glaubst du denn, das entsetzliche Schicksal meiner Mutter geht spurlos an mir vorüber? Bist du denn so dickhäutig, daß du nicht merkst, wie ich darunter leide?«

»Darling, natürlich merke ich das. Aber das richtige wäre doch eigentlich, daß du dich bei mir aussprichst, ausweinst...«

»Das ist es ja gar nicht, was du möchtest! Seit wir hier im Bett liegen, machst du dauernd irgendwelche Versuche. Dein Egoismus kennt einfach keine Grenzen!«

»Wie ungerecht du bist, Evelyn! Seit Wochen habe ich dich nicht mehr berührt! Immer hattest du etwas anderes. Mal warst du krank, mal todmüde, mal deprimiert... Und immer habe ich mich nach dir gerichtet, habe mir gesagt: Nun gut, sie ist zur Zeit in einer schlechten Verfassung, es wird sich schon wieder geben. Aber langsam merke ich, daß es immer schlimmer wird, daß deine Ausflüchte immer fadenscheiniger werden.«

»Ausflüchte nennst du meine Verzweiflung.«

»Ich spreche nicht von heute... das ist verständlich. Ich spreche über die vielen vorhergegangenen Male, an denen du auch Gründe gefunden hast, mich zurückzustoßen.«

»Einen geeigneteren Moment, über solche Dinge zu sprechen, kannst du dir wohl nicht aussuchen?«

»Vielleicht erinnerst du dich, daß ich es schon öfter versucht habe. Nur hattest du immer eine Ausrede, um dem unangenehmen Thema aus dem Weg zu gehen. Jetzt habe ich genug davon und möchte endlich wissen, was mit dir los ist!«

»Du solltest dich schämen, Misch! Heute, nach diesem entsetzlichen Tag, nachdem ich am Rande meiner Kraft und Beherrschung bin, quälst du mich auch noch mit solchen Sachen.«

»Mein liebes Kind, hast du schon mal danach gefragt, wie weit ich am Rande meiner Kraft und Beherrschung bin?«

»Du?«

»Ja, ich, Evelyn! Glaubst du, das Leben, das ich mit dir führe oder, besser, nicht führe, kostet mich keine Nerven!? Wir leben nicht mehr wie Mann und Frau, sondern wie zwei Fremde. Du verschließt dich vor mir. Du schweigst, du bist abwehrend und voller Launen. Ja, ich glaube sogar, du belügst mich.«

»Wie kannst du das behaupten?«

»Du belügst mich, denn es muß einen Grund geben, daß du so eigenartig geworden bist. Entweder du liebst mich nicht mehr oder ein anderer Mann ist im Spiel oder beides.«

Ich schwieg. Ich lag bewegungslos auf dem Rücken und starrte zur Decke. Ich hatte in solchen Situationen immer eine empörte, verlogene Ausflucht bereit, aber zum erstenmal brachte ich keine über die Lippen. Trotz, Scham und vor allen Dingen das Gefühl, daß Lügen nicht mehr überzeugen würden, verschlossen mir den Mund.

Meine Beziehung zu Fischer hatte die Grenzen eines flüchtigen Verhältnisses überschritten. Wir trafen uns, wann immer er Zeit für mich hatte, und ich war mehr denn je in dem Glauben, ihn zu lieben. Ich war zu unerfahren und zu kompromißlos, um auf die Dauer ein Doppelleben führen zu können. Ich wollte Fischer haben und Stephen loswerden. Da ich jedoch zu passiv und feige war und um Entscheidungen stets einen großen Bogen machte, überließ ich es lieber Zeit und Umständen, die Dinge zu klären. Und jetzt, ahnte ich, war der Moment gekommen, der mich einer Lösung näherbringen würde. Also schwieg ich und wartete gespannt auf Stephens Reaktion. Die Reaktion entsprach Stephens slawischem Temperament, das ebenso plötzlich und unverhofft von sanfter Geduld in gefährliche Aggressivität umschlagen konnte.

»Offensichtlich habe ich mit meiner Vermutung recht«, sagte Stephen. Seine Stimme, die in solchen Augenblicken immer besonders leise wurde, vibrierte. Sein Gesicht zog sich zusammen, als habe er in eine Zitrone gebissen. Er warf sich im Bett herum, stützte sich auf den Ellenbogen und schaute mir in die Augen: »Wer ist der Mann?« fragte er kaum hörbar.

Soweit hatte ich es natürlich nicht bringen wollen. Fischer mußte unter allen Umständen aus dem Spiel bleiben, und auch ich mußte sehen, daß ich mich in ungefährlichere Regionen hinüberrettete.

»Misch... ich kann nur dann mit dir sprechen, wenn du dich vernünftig und ruhig verhältst...«

»Hör mit deinem üblichen Drumherumgerede auf und komm zur Sache!«

»Wenn du einen solchen Ton für richtig hältst... bitteschön... das kann ich auch!«

Es war mir nur lieb und tat meinem schlechten Gewissen wohl, mich in unberechtigte Wut hineinzusteigern: »Wir haben uns auseinandergelebt, wenn du es genau wissen willst. Ich empfinde für dich nicht mehr, was ich am Anfang unserer Beziehungen für dich empfunden habe.«

Er wurde sehr blaß. Es war eine unangenehme, aschfarbene Blässe.

»Deine Empfindungen scheinen von kurzer Dauer zu sein«, sagte er gepreßt, »und wenn ich daran denke, daß wir verheiratet sind, ist das schlecht für dich.«

Die letzte Bemerkung jagte mir ein Frösteln über den Rücken: »Könntest du nicht ein bißchen weniger sarkastisch und ein bißchen erwachsener sein?«

»Wie wär's, wenn du von deinem hohen Roß runterkämst?«

Ich überhörte seine Worte mit würdevollem Gesicht. Ich setzte mich auf, um nachdrücklicher sprechen zu können: »Deine Beobachtung, daß es zwischen uns anders geworden ist, seit wir in Deutschland sind, stimmt. Ich merke plötzlich, daß eben doch ein Ozean zwischen deiner und meiner Welt liegt...«

»Shit, Evelyn...«, unterbrach er mich grob, »nicht ein Ozean liegt zwischen uns, sondern ein Mann! Und daran bin ich selber schuld. Einen Mann, der sich nicht behaupten kann, der dich so liebt, daß er dir alles durchgehen läßt, kannst du nur betrügen. Aber damit hat es ein Ende.«

Seine Worte in die Tat umsetzend, riß er mir die Decke weg.

»Nanu...«, sagte ich nur und blieb nackt und gleichgültig sitzen.

Er hatte wohl eine andere Reaktion erwartet. Einen Moment lang sah er mich verblüfft an, dann verlor er die Beherrschung. Er versetzte mir einen Stoß, daß ich aufs Bett zurückfiel und warf sich über mich.

»Und von mir aus kannst du jetzt krank oder müde oder verzweifelt oder alles zusammen sein...«

Ich blieb wie ein Brett liegen: »Bitteschön«, sagte ich, »du hast das Recht des Ehemannes.«

»Weiß Gott... und ich habe schon allzulange keinen Gebrauch davon gemacht!«

Ich ließ ihn mich nehmen, ohne mich zu rühren, ohne das Gesicht zu verziehen, und die ganze Zeit sah ich ihn aus kalten Augen an.

Als es vorbei war, rollte ich mich vom zerwühlten Bett, das mir einen grenzenlosen Widerwillen einflößte.

Ich blieb auf dem Boden sitzen, die Knie an die Brust gezogen, zitternd und frierend: »Wenn du das noch einmal tust, wenn du das noch ein einziges Mal tust, dann bringe ich mich um. Ich kann nicht mehr mit dir schlafen, verstehst du das jetzt, ich kann einfach nicht mehr...«

Er saß auf dem Bettrand. Ich starrte auf seine dünnen, so langen, behaarten Beine. Sie sahen so komisch und so traurig aus. Ich begann verzweifelt zu schluchzen.

Es war an einem Mittwoch und kurz vor Mitternacht, als ich von einem langen Rendezvous mit Fischer nach Hause zurückkehrte. Leise singend, denn ich war heiterster Stimmung, schloß ich die Tür auf und betrat die Wohnung. Im selben Moment spürte ich, daß etwas nicht stimmte. Ich blieb unwillkürlich stehen. Die Wohnung war dunkel und still. Alle Türen, außer der zur Küche, standen offen.

Nun gut, Ute schlief wahrscheinlich längst und Jojo ausnahmsweise auch. Es war nichts Außergewöhnliches, daß die Türen offenstanden und daß es dunkel und still war. Eigentlich deutete nichts auf eine Gefahr hin, und dennoch fühlte ich ein rätselhaftes Unbehagen.

Ich knipste das Licht an und schlich auf Zehenspitzen zum Schlafzimmer. Ute war nicht im Bett. Sie schien es auch nicht berührt zu haben. Mein Gefühl hatte mich nicht getäuscht – etwas stimmte nicht.

Ich fürchtete mich wie ein Kind, das man allein gelassen hat. Dann hörte ich ein Geräusch aus der Küche.

Mein Gott, was machte Ute um Mitternacht in der Küche, und warum meldete sie sich nicht?

Meine Angst vor Verbrechern war schon immer groß gewesen, aber seit ich »True Stories«, diese mit Gewalttaten gewürzten Geschichten, gelesen hatte, litt ich geradezu an Verfolgungswahn. Ich überlegte, ob ich aus der Wohnung flüchten oder mir Gewißheit verschaffen sollte. In einem Anfall von Mut entschied ich mich für Gewißheit.

Ich stürzte zur Küchentür und riß sie auf.

Am Küchentisch, auf dem volle Aschenbecher und Kaffeegeschirr standen, saßen sich Stephen und Ute gegenüber. Beide hatten die Köpfe der Tür zugewandt. Beide starrten mich mit bleichen Gesichtern an. Beide blieben stumm. Ute schien einer Ohnmacht nahe. Stephen kämpfte offensichtlich um einen letzten Rest von Beherrschung. Vor ihm lag mein sogenanntes Tagebuch. Daneben ein Lexikon.

Schon immer hatte ich Frauen um die Fähigkeit beneidet, im rechten Augenblick in Ohnmacht zu fallen. Mir war es nie gelungen – auch jetzt nicht. Es blieb mir nichts anderes übrig, als den Beginn des Dramas abzuwarten.

Zunächst geschah gar nichts. Wir starrten uns an, als hätten wir uns nie zuvor gesehen, und schwiegen beharrlich. Es war Jojo, der die gespannte Atmosphäre nicht länger ertrug. Mit betretenem Gesicht, so als sei er an allem schuld, kroch er unter dem Tisch hervor und begann sich mit schlangenartigen Bewegungen auf mich zuzuwinden. Als sei damit ein Startsignal gegeben worden, erhob sich Stephen langsam von seinem Stuhl. Ich hatte den Eindruck, als werde er größer und größer, wüchse in Sekundenschnelle bis zur Decke empor.

»Kommst du von diesem Kerl da...?« fragte er, als er sich endlich zu seiner vollen Höhe aufgerichtet hatte, und tippte mit dem Zeigefinger auf das Heft.

Ich überlegte fieberhaft, was ich da alles hineingeschrieben hatte, was Stephen verstanden und was Ute zugegeben oder abgestritten haben mochte. Aber in meiner Verwirrung konnte ich keinen klaren Gedanken fassen. Ich mußte zuerst einmal

Zeit gewinnen. Das erreichte man am besten, wenn man eine wesentliche Frage mit einer unwesentlichen Gegenfrage quittierte.

»Wo hast du das Heft her?« rief ich also und versuchte Stephen durch drohende Stimme und Haltung einzuschüchtern.

»Aus deiner Nachttischschublade.« Er war in keiner Weise eingeschüchtert.

»Wie wagst du es, meine persönlichen...«

»Kommst du von deinem genialen Künstler?«

Himmel! Er mußte mein Epos auf Fischer Wort für Wort übersetzt haben. Ich warf einen bestürzten Blick auf das Wörterbuch, dann auf Ute. Sie verdrehte die Augen. Von ihr war keine Hilfe zu erwarten.

»Ich weiß nicht, wovon du sprichst«, sagte ich, meinen Kampf um Zeitgewinn fortsetzend.

»Verdammt, natürlich weißt du es... oder willst du dein Gedächtnis noch mal auffrischen?« Er fegte das Heft vom Tisch, mir vor die Füße.

Es war das erste Mal, daß ich mich vor Stephen fürchtete. Ich kannte ihn nicht anders als entschlußlos, unsicher und bereit, nachzugeben, wenn ich es mit Wut, Tränen oder Zärtlichkeit darauf anlegte. Jetzt, zum ersten Male, merkte ich, daß diese Mittel nicht ausreichen würden, mich siegreich aus der Affäre zu ziehen. Er war eisern entschlossen, sich gegen mich durchzusetzen, mir die Wahrheit abzuzwingen, eine Entscheidung zu treffen, die unwiderruflich und sicher nicht günstig für mich sein würde. Ich wurde immer unsicherer.

»Was willst du eigentlich von mir?« machte ich einen letzten Versuch, die ungerecht Behandelte zu spielen.

»Nicht mehr viel, Evelyn.« Er sah mich aus kalten Augen an. »Nur noch die Wahrheit.«

»Die Wahrheit?«

»Ja, die Wahrheit... Wie lange hast du mich belogen und betrogen? Wie lange wärst du für mich noch krank und müde und für den anderen gesund und munter gewesen? Wie lange hättest du mich noch in Angst und Zweifel gelassen, um dich mit deinem Liebhaber ungestört amüsieren zu können?«

Wie widerlich das klang, wenn es ausgesprochen wurde! So

gemein hatte ich mich doch gar nicht benommen! Wie immer machte er aus einer Mücke einen Elefanten...

»Antworte!«

»Du siehst das falsch, Misch...«

»Herrgott, du verlogenes Geschöpf! Du streitest noch ab, was da schwarz auf weiß steht. Hier...!« Er stieß mit dem Fuß nach dem Heft.

»Ich streite gar nicht ab, daß ich Werner Fischer kenne, daß ich ihn als Künstler hoch schätze und...«

Die Stille, die diesem Satz folgte, wurde lähmend.

»...als Liebhaber mit ins Bett nehme...!«

Was vermutete er und was wußte er tatsächlich? Mein Tagebuch gab über vieles Aufschluß, ließ aber den entscheidenden Punkt unbeschrieben. Mit der Feder wenigstens hatte ich mich nicht bis dorthin gewagt. Ich hatte es kunstvoll und schwülstig umschrieben. Wer mit der deutschen Sprache vertraut war, hätte es sicher herauslesen können. Nicht aber Stephen. Es sei denn, Ute hatte sich von ihm in eine Falle locken lassen oder war mir absichtlich, in einem Anfall von Eifersucht, in den Rücken gefallen.

Ich schaute zu ihr hinüber. Sie erwiderte meinen Blick, sprang dann plötzlich auf und kreischte: »Ich habe zu Ihnen gehalten, Eveline... er kann nichts wissen!«

Stephen fuhr herum: »Shut up!« brüllte er sie an und ballte die Hände.

Doch Ute, deren Hysterie sich endlich Bahn gebrochen hatte, war nicht mehr aufzuhalten: »Sie, Sie gemeiner Mensch...«, schrie sie und machte einen absolut irren Eindruck, »drei Stunden haben Sie mich gequält, um ein Wort aus mir herauszuholen... immer wieder und wieder: ›Hat sie mit ihm geschlafen... Hat sie mit ihm geschlafen...!?‹ Aber Sie hätten mich umbringen können... Eveline ist meine Freundin... und zu meiner Freundin stehe ich, und Sie können krepieren...!«

»Ute...!« schnappte ich.

Manchmal ist es ein großes Glück, wenn Menschen verschiedene Sprachen sprechen. Stephen hatte offensichtlich nichts verstanden. Die wild gestikulierende, hysterisch schreiende Ute schien ihn geradezu zu lähmen. Er schaute sie fast ängstlich an, ähnlich wie Jojo, der sich in die hinterste Ecke verkrochen hatte und mit gesträubtem Fell und schief geneigtem Kopf den Ausbruch verfolgte.

»God Almighty...«, murmelte er, als Ute sich schließlich ausgetobt hatte.

Sie war ein verrücktes, unzurechnungsfähiges Geschöpf, aber in diesem Augenblick wie vom Himmel gesandt.

Meine Situation war nicht mehr aussichtslos. Stephen wußte weitaus mehr als mir lieb war, aber er wußte nicht alles. Daß ich zu Fischer eine enge Beziehung hatte, ließ sich nicht mehr abstreiten, aber daß ich mit ihm im Bett gewesen war, konnte ich ableugnen. Und so lange ich das konnte, war noch nicht alles verloren. Ich fühlte meine Kraft zurückkehren, und ich bereitete mich auf den entscheidenden Angriff vor, der Stephen einen Teil seiner Sicherheit rauben, mir einen Teil meiner Sicherheit wiedergeben sollte.

»Also«, sagte ich mit gelangweilter Stimme, »ich halte es für das beste, der peinlichen Geschichte ein Ende zu machen.« Ich bückte mich, hob das Heft auf und schwenkte es lässig zwischen den äußersten Fingerspitzen hin und her: »Du hast dir das unverzeihliche Recht genommen, in meinen privatesten Angelegenheiten herumzustöbern. Du hast dabei eine unangenehme Entdeckung gemacht. Natürlich hätte ich dir zu einem geeigneten Zeitpunkt alles freiwillig erzählt. Aber du konntest ja nicht warten! Ich gebe zu, mich nicht richtig benommen zu haben, ich halte jedoch den Wirbel, den du darum machst, für maßlos übertrieben. Hätte ich mit Fischer geschlafen...«

»Du hast nicht mit ihm geschlafen?«

»Natürlich nicht«, sagte ich ohne eine Spur von Unsicherheit.

»Ich glaube dir nicht.«

»Ich gebe dir mein Ehrenwort«, sagte ich und wurde plötzlich von einem schwindelnden Gefühl erfaßt, das an einen Sektrausch erinnerte.

Ich hatte schon zahllose Male in meinem Leben geschwindelt, doch immer mit einem gewissen Widerwillen, der sich in Gesicht und Stimme ausgedrückt hatte, und meine Lügen leicht durchschaubar machte. Nie zuvor war mir eine Lüge so leicht, so überzeugend von den Lippen gekommen, hatte in mir ein solches Triumphgefühl der Sicherheit, der Unantastbarkeit geweckt. Mir war, als steckte ich in einem Panzer, an dem jeder Angriff abprallen mußte.

Stephen trat dicht an mich heran. »Kannst du mir in die Augen schauen, Evelyn?« fragte er feierlich.

»Natürlich«, erwiderte ich ruhig und hob meinen Blick.

»Du hast nicht mit Fischer geschlafen?«

»Ich habe nicht mit Fischer geschlafen.«

Mir war wirklich, als hätte ich zu viel getrunken. Ein Kichern steckte mir in der Kehle, und am liebsten wäre ich herumgehüpft und hätte dazu wie im Märchen gesungen: »Ach wie gut, daß niemand weiß, daß ich Rumpelstilzchen heiß . . .«

»Gut«, sagte Stephen, »ich glaube dir.«

»Das kannst du auch.«

»Aber eins mußt du mir jetzt noch versprechen!«

Alles, Darling, dachte ich und kam mir dabei ebenso gemein wie bewunderungswürdig vor.

»Daß du diesen Mann nie mehr wiedersiehst.«

»Ich werde ihn nie mehr wiedersehen«, gelobte ich und zerriß mit einer dramatischen Geste das Tagebuch.

Im selben Moment hörte ich einen dumpfen Aufprall. Ute lag lang ausgestreckt auf dem Boden. Sie war ohnmächtig geworden.

Ich hatte eine Pistole in der Wohnung. Es war eine große, schwere Armeepistole, die ich in meinem Toilettentisch neben Cremetöpfchen, Puderquasten und Wimperntusche aufbewahrte. Damals wurde bei Amerikanern häufig eingebrochen, und Stephen hatte mir die Waffe schweren Herzens und mit dem überflüssigen Hinweis, »benutze sie bitte nur im Notfall«, überreicht. Sie war geladen und gesichert, und ich hätte sie wahrscheinlich auch im Notfall nicht angerührt.

Genau zwei Tage vor der Katastrophe – ich kremte mir gerade sorgfältig das Gesicht ein – kam ich auf den Gedanken, sie woanders aufzubewahren. Ich unterbrach meine Schönheitspflege, und da es mir grauste, die Pistole anzufassen, rief ich Ute.

»Trauen Sie sich, das Ding da anzurühren?« fragte ich sie.

Sie überraschte mich, indem sie gelassen antwortete: »Natürlich, warum denn nicht?«

»Sie tun gerade, als ob Sie sich vor nichts fürchten. Dabei fallen Sie schon bei ein paar lauten Worten in Ohnmacht.«

Sie blickte mich vorwurfsvoll an: »Wenn es sich um Sie handelt, falle ich in Ohnmacht, aber mein Leben ist mir...«

»...nichts wert... ich weiß, Ute.«

»Es ist mir auch nichts wert.«

»Sehr gut. Dann nehmen Sie bitte die Pistole und verstecken Sie sie im Schrank unter meinen Nachthemden.«

»Warum denn das?«

»Ich weiß nicht«, sagte ich und zuckte die Achseln.

»Aber Sie müssen doch einen Grund dafür haben.«

»Ich habe nicht den geringsten Grund.«

»Na, dann lassen Sie sie doch im Toilettentisch liegen.«

»Tun Sie nun, um was ich Sie gebeten habe, oder nicht?«

Ute sah mich mißtrauisch an, nahm die Pistole, betrachtete sie einen Moment lang aufmerksam und schob sie dann unter einen Stapel luftiger, bunter Nachthemden.

»Danke schön«, sagte ich und fuhr in meiner Schönheitspflege fort.

»Wollen Sie mir jetzt noch immer nicht den Grund sagen?«

»Ich schwöre Ihnen, ich habe keinen Grund«, erklärte ich und sprach die Wahrheit. Ich hatte nur einen untrüglichen Instinkt, und manchmal entwickelte er sich zum sechsten Sinn.

Wir saßen in meinem Ford. Fischer hinter dem Steuer, denn es macht ihm Freude, das Auto zu fahren. Daneben ich. Auf dem Rücksitz Fischers Mutter, die auf ein paar Tage nach München gekommen war, und sein Bruder.

Der Wagen stand auf dem Filmgelände, etwa fünfundzwanzig Meter vom Eingangstor entfernt. Die Dämmerung ging langsam in Dunkelheit über. Es war die Stunde, die ich am meisten liebte.

Wir wollten in einen außerhalb Münchens gelegenen Gasthof fahren, in dem es Essen ohne Marken gab. Wir warteten noch auf einen Freund Fischers, der ebenfalls mitkommen wollte.

Das Eingangstor wurde vom Pförtner geöffnet. Ein Volkswagen rollte langsam herein, stoppte einen Moment, fuhr plötzlich mit Vollgas los und raste auf der verkehrten Straßenseite direkt auf unseren Wagen zu.

»Was ist denn das für ein Idiot«, sagte Fischer, als der Volkswagen Stoßstange an Stoßstange mit dem Ford hielt.

Im selben Moment schrie ich entsetzt auf.

Aus dem Volkswagen sprang Stephen, stürzte auf den Ford zu, riß auf Fischers Seite die Tür auf. »Get out of my car...!«

Fischer, die Situation begreifend, stieg sofort aus.

»Werner!« riefen Mutter und Bruder wie aus einem Munde, »was ist denn los?«

»Misch...!« kreischte ich, »for God's sake...«, sprang nun ebenfalls aus dem Auto und versuchte mich zwischen die beiden Männer zu drängen.

»Get out of the way...«, sagte Stephen mit tonloser, rauher Stimme. Sein Gesicht war verzerrt. Er zitterte am ganzen Körper.

»Misch...«

»Get out of the way!« Er packte meinen Arm und schleuderte mich zur Seite.

Ich fiel hin, sprang aber sofort wieder auf.

»Lassen Sie sich doch erklären...«, begann Fischer.

»Shut your dirty mouth...«, unterbrach ihn Stephen und ballte die rechte Hand.

»Misch... don't...«

Im selben Moment sauste die Faust hoch. Es sollte ein Kinnhaken werden, aber er mißglückte. Der Schlag traf Fischer nicht unterhalb des Kinns, sondern landete seitlich auf Wange und Mund.

Fischer taumelte, wurde aber gerade noch von seinem aus dem Wagen springenden Bruder aufgefangen. Frau Fischer stieß einen hohen, langgezogenen Ton aus, der wie der Schrei eines Käuzchens klang.

Stephen stand wie betäubt da. Er betrachtete mit abwesendem Gesichtsausdruck seine blutüberströmte Hand, in der Fischers kräftige Vorderzähne zwei tiefe Spuren hinterlassen hatten.

Ich stürzte wie von Sinnen auf ihn los und begann mit den Fäusten auf ihn einzuhämmern.

»Stop it, Evelyn«, sagte Stephen mit müder Stimme und ergriff meine Handgelenke.

Menschen strömten herbei, rückten immer näher heran, bis sich ein enger Kreis um uns gebildet hatte.

»Mein Gott... der Fischer...«

»Amis sind nun mal brutal...«

»Fischer hat mit ihr ein Verhältnis gehabt...«

»Warum hat er nicht zurückgeschlagen...«

»Darf er doch nicht! Er als Deutscher... einen Amerikaner in Uniform...«

»I've had enough of this«, sagte Stephen, »let's go, Evelyn...«

»I stay here... I won't go with you... never, never, never...!«
Ich versuchte mich von ihm loszureißen.

Er zerrte mich wortlos hinter sich her. Die Menschen wichen zur Seite. Stephen öffnete die Tür des Volkswagens und schubste mich hinein.

»Stay there, Evelyne...«, sagte er drohend, »or I'll smack you...«
Ich blieb sitzen und begann wild zu schluchzen.

Er ging um das Auto herum, stieg ein, ließ den Motor an und fuhr, das Gaspedal bis zum Boden niedertretend, rückwärts zum Eingangstor hinaus.

Auf offener Straße versuchte ich aus dem Auto zu springen. Stephen konnte gerade noch meinen Arm erwischen und mich zurückreißen.

Er brachte den Wagen zum Stehen und wandte sich mir zu:
»Hör jetzt auf verrückt zu spielen, Evelyn... es hat keinen Sinn...«

»Laß mich los...«, kreischte ich, »schau mal, wie du aussiehst... über und über mit Blut beschmiert, wie ein Mörder...«

»Allerdings... hätte ich die Pistole gefunden, dann wären wir alle drei nicht mehr am Leben.«

»Herr im Himmel...!« Ich vergrub mein Gesicht in den Händen.

Stephen gab Gas und fuhr weiter: »Du kannst Gott danken, daß die Geschichte so harmlos abgelaufen ist.«

»Du hättest uns wirklich erschossen?« fragte ich und blinzelte hinter den Händen zu ihm hinüber.

»Ja«, sagte er mit unbeweglichem Gesicht.

»Herr im Himmel...!« wiederholte ich und wagte mich nicht mehr zu rühren.

»Ich liebe dich nämlich«, sagte Stephen. Dann schwieg er.

Ich saß zusammengekauert auf meinem Platz und stellte mir immer wieder vor, wie Stephen die Pistole auf Fischer anlegte und schoß. Dann auf mich anlegte und schoß...

Die Zähne schlugen mir aufeinander. Ich tastete wieder nach der Türklinke.

»Evelyn...«, warnte Stephen und griff nach meinem Arm.

Mit der anderen Hand lenkte er den Wagen, ruhig, sicher und ohne besondere Eile.

Wir hielten vor unserem Haus.

Im selben Moment wußte ich, wie ich ihm entkommen konnte.

»Ich gehe schon hinauf«, sagte ich, stieg eilig aus dem Auto, lief ins Haus und die Treppe, die zum Keller führte, hinab.

Ich wartete.

Gleich darauf hörte ich Stephen das Haus betreten. Er stieg die Treppe hinauf. Ich hörte das Klirren der Schlüssel und war gerade im Begriff loszulaufen, als ich Utes gellende, durchdringende Stimme hörte: »Was haben Sie mit Eveline gemacht...! Himmel... wie sehen Sie aus... Sie haben sie umgebracht...!«

Ich blieb ratlos stehen. Nur fort... dachte ich, konnte mich aber nicht von der Stelle rühren. Ich lauschte angespannt. Die Tür zur Wohnung mußte noch offen sein, denn ich hörte Utes hastige Schritte, dann Stephens Stimme: »Evelyn, where are you?« und nach einer Sekunde grauenhafter Stille: »What are you doing with that pistol... dear God...«

Im selben Moment knallte der Schuß.

Meine Reaktion war eigenartig. Ich spürte weder Angst noch Schrecken. Ich verlor auch nicht die Beherrschung. Im Gegenteil, mein Kopf wurde ganz klar.

Ich begann die Treppe emporzusteigen, mit ruhigen, fast gemessenen Schritten, die linke Hand auf dem Geländer.

Türen wurden aufgerissen. Menschen stürzten auf den Gang.

Ich vernahm ihre aufgeregten Stimmen, sah ihre verschreckten und sensationslüsternen Gesichter, dachte mir, jetzt haben sie endlich eine Abwechslung.

»What happend...?« schrie mir eine sehr dicke Negerin entgegen.

»I don't know yet«, gab ich gelassen zur Antwort.

Zwei kleine Jungen schossen an mir vorbei: »I bet, somebody is dead...!« rief der eine dem anderen hoffnungsvoll zu.

»You think so...? I never saw a corpse...!«

Wenn Stephen tot ist, überlegte ich, bin ich schuld.

Einige Menschen blockierten den Eingang zur Wohnung.

»Excuse me please...«, sagte ich und zwängte mich hindurch. Stephen war nicht tot. Er war auch nicht verletzt. Er saß auf einem Hocker und rauchte eine Zigarette.

»Hello, Evelyn«, sagte er, als er mich sah, »I'm still alive...«

Der muntere Ton paßte nicht zu seinem leichenblassen Gesicht. Ich fragte mich, warum ich nicht aufschrie vor Freude und Erleichterung. Ich fragte mich, ob ich überhaupt normal sei.

Ich blickte zu Ute hinüber, die mitten im Gang stand, so wie sie wohl gestanden haben mußte, als sie den Schuß abgefeuert hatte. Sie sah mehr tot als lebendig aus, vollkommen erstarrt und so, als sehe und höre sie nichts von all dem, was um sie herum passierte. Vor ihr auf dem Boden lag die Pistole.

»Ute«, sagte ich und trat auf sie zu.

Nachdem sie mich tot geglaubt hatte, hätte sie zumindest ein Zeichen der Überraschung von sich geben müssen. Doch nichts dergleichen geschah. Sie regte sich nicht, schaute mit ausdruckslosen Augen durch mich hindurch. Immer mehr Menschen drängten sich in die Wohnung. Einige debattierten den Vorfall laut und ungezwungen, andere steckten tuschelnd die Köpfe zusammen. Eine Schar von Kindern lief lachend und schreiend durch alle Zimmer. Es ging zu wie auf einem Volksfest.

Ich ging zu Stephen hinüber: »Please do something...«, sagte ich, »this situation is impossible...«

»The MP will be here in a minute.«

»Are they going to arrest Ute?«

»I guess so.«

Das Telefon begann zu klingeln.

»Go answer it«, sagte Stephen, »it's for you, I am sure...«

Ich zuckte die Achseln, ging ins Zimmer und hob den Hörer ab. »Ist alles in Ordnung?« fragte Fischer mit aufgeregter Stimme.

»Ja, in allerbester Ordnung.«

»Ich mache mir solche Sorgen um dich.«

»Das ist nicht nötig.«

»Wenn du mich brauchst... ich bin jederzeit hier erreichbar.«

»Ja... danke...«

»Evelinchen...«

In der Ferne hörte ich die Sirene des MP-Jeeps.

»Bist du noch am Apparat...?«

»Ja...«

Das Heulen kam näher und näher, wurde lauter und lauter. Was für ein entsetzlicher Ton, dachte ich und legte die Hand über die Hörermuschel.

»Ich hab' dich lieb, meine Kleine...«

»Ja...«

Der Jeep hielt mit kreischenden Bremsen vor dem Haus.

»Bitte, ruf mich morgen an...«

»Natürlich...«

Ich legte den Hörer auf und ging in den Gang zurück.

Zwei Militärpolizisten betraten die Wohnung. Stephen erhob sich schwerfällig von seinem Hocker. Ute stand immer noch auf derselben Stelle.

»What happened?« fragte einer der MP-Soldaten.

Stephen berichtete, was vorgefallen war. Die Menschen drängten sich dicht an ihn heran, um ja kein Wort zu verlieren. Die Kinder hüpften von einem Bein aufs andere, schrien peng, peng und taten, als schössen sie sich gegenseitig tot.

Ich ging wieder zu Ute und berührte ihren Arm: »Sagen Sie doch etwas, tun Sie doch etwas...«, bat ich.

Aber sie tat und sagte nichts.

»So she tried to shoot you, Sir«, sagte der eine Militärpolizist, nachdem Stephen geendet hatte.

»If you ask me... she is a sick girl«, erklärte Stephen.

»Sick or not... we have to arrest her.«

»Sie traten auf Ute zu: »Come along, Miss...«
Ute rührte sich nicht.
Sie nahmen sie in die Mitte und führten sie ab. Die Menschen folgten. Sie hatten alle gerötete Gesichter und glänzende Augen. In wenigen Sekunden war die Wohnung leer. Stephen schloß die Tür. Jojo kam unter dem Bett hervorgekrochen. Der Kuckuck schrie neunmal hintereinander. Mein Magen hob sich so plötzlich, daß ich gerade noch das Badezimmer erreichte. Stephen kam hinter mir her. Er hielt mir den Kopf über die Toilette.

Ich schlief kaum in dieser Nacht. Ich lag auf dem Rücken und weinte leise vor mich hin. Stephen saß auf dem Bettrand und streichelte meine Hand. Wir sprachen nicht miteinander, aber wir waren uns sehr nahe. Auf eine traurige, hoffnungslose Art, die uns nach Trost und Wärme suchen ließ. In dem Halbdunkel des Zimmers, dem tiefen Schweigen, der sanften Berührung unserer Hände fanden wir ein wenig davon.
In dieser Nacht wünschte ich mir noch einmal brennend, Stephen lieben zu können. Nicht so wie am Anfang unserer Beziehungen – kindlich, stürmisch und verspielt –, sondern mit der Gewißheit einer dauerhaften, unerschütterlichen Liebe. Doch ich wußte, daß das ein Griff nach den Sternen war, ein unerfüllbarer Wunsch. Er war ein Mann, mit dem mich nichts anderes verband als eine kurze Zeit des Glücks, ein paar Stunden der Leidenschaft und Zärtlichkeit. Die Zeit des Glücks, die Stunden der Leidenschaft waren vorbei. Zurückgeblieben war ein Mann, der mir etwas vertrauter war als andere Männer. Das war alles, und es war zu wenig.

Um sechs Uhr früh ging Stephen zur Beichte.
»Du Glücklicher«, sagte ich, »ich wünschte, ich könnte auch beichten.«
Er beugte sich zu mir nieder und küßte mich leicht auf den Mund. Ich strich ihm über das Haar.
Nachdem er die Wohnung verlassen hatte, stand ich auf und setzte mich ans offene Fenster.
Ich atmete tief und regelmäßig. Ich mußte viel Kraft sammeln, um meinen Entschluß durchführen zu können.

Um acht Uhr kehrte Stephen zurück. Er sah alt und erschöpft aus. Mitleid brachte meinen Entschluß zum Wanken. Ich wußte, daß ich schnell handeln müsse, bevor meine Kraft zu Ende war.

Ich stellte mich ans Fenster, den Rücken Stephen zugewandt, so daß ich ihn nicht anzusehen brauchte.

»Ich muß dir etwas sagen«, begann ich und wünschte verzweifelt, es nicht sagen zu müssen.

»Ja, Darling...«

»Ich möchte mich von dir scheiden lassen.«

»Ich wußte, daß das kommen würde.«

»Es geht nicht anders.«

»Ich liebe dich, Evelyn.«

»Ich liebe dich nicht mehr. Ich mag dich von Herzen gern, aber ich liebe dich nicht mehr.«

»Liebst du den anderen?«

»Ich glaube, ja.«

»Mein Gott, Evelyn... ich kann mich nicht von dir scheiden lassen...!«

»Du mußt es, Darling, es geht nicht anders.«

»Vielleicht geht es doch. Wir gehen fort aus München. Wir beginnen ganz von vorne.«

»Bitte, versteh doch. Es ist aus. Und wenn wir bis nach Afrika gingen, es würde nichts ändern.«

»Dearest, ich verspreche dir...«

»Du kannst mir den Himmel auf Erden versprechen.«

»Gut, Evelyn... aber du vergißt... wir können uns gar nicht scheiden lassen, wir sind katholisch getraut.«

»Ich wußte, daß du das sagen würdest!«

»Du wußtest auch, was eine katholische Trauung bedeutet.«

»Ich wußte, zu was sie einen zu zwingen versucht.«

»Nenne es wie du willst, die Tatsache bleibt.«

»Nein Misch! Wenn mein Gefühl mich nicht mehr an dich zu binden vermag, dann vermag es die katholische Kirche erst recht nicht.«

»In anderen Worten: weder Himmel noch Hölle, noch Kirche – von mir ganz zu schweigen – würden dich dazu bringen, mit mir verheiratet zu bleiben.«

Ich drehte mich langsam zu ihm um und sah ihm ruhig in die Augen: »Genauso ist es.«

Ich werde sein Gesicht nie vergessen. Es schien zu zerfallen. Es schien sich aufzulösen. »Verzeih mir...«, sagte ich.

Der Künstler

Ich wohnte zur Zeit der Währungsreform in einem kleinen, dreistöckigen Hotel, das wie die Zeichnung eines nicht sehr phantasiebegabten Kindes aussah. Weiß verputzt, mit ein paar schmalen Fenstern, einer unauffälligen Eingangstür, einem flachen Dach und einem Schornstein. Es befand sich im Zentrum der Stadt – doch davon merkte man nicht viel. Dort, wo einstmals Häuser gestanden haben mußten, war jetzt ein weites Feld, das mit seinen Kratern und Trümmern einer Mondlandschaft glich. Wie das Hotel Karlsbad – so nannte es sich stolz – da hineingeraten war, blieb mir ein Rätsel.

Es war ein eigenartiges Hotel, das eine große Anzahl verstaubter Topfpflanzen und eine noch größere Anzahl ungarischer Emigranten, hauptsächlich männlichen Geschlechtes, beherbergte. Nachdem ich Frau Krause, die Besitzerin des Hotels, näher kennengelernt hatte, wurde mir klar, daß weder das eine noch das andere Zufall war. Sie liebte, wie sie sich ausdrückte, frisches Grün, und sie liebte – das allerdings verschwieg sie – charmante und zuvorkommende Herren. Und da, mußte ich zugeben, hatte sie mit den Ungarn den Vogel abgeschossen. Zierlich, flink und elegant schienen sie sich Charme und Zuvorkommenheit zum Beruf gemacht zu haben.

Frau Krause war eine große, schwere Frau, und sollte sie jemals attraktiv gewesen sein, dann mußte das viele Jahre zurückliegen. Mich hätte sie bestimmt nicht aufgenommen, wäre ich nicht in Begleitung meines stattlichen Vaters erschienen. Ein Blick auf ihn, ein Wort von ihm genügte.

Ich bekam ein Zimmer im zweiten Stock – nicht groß, aber nach den damaligen Maßstäben recht gemütlich. Gleich nebenan war ein Bad, und das durfte ich einmal am Tage benutzen. Zu meiner Überraschung gab es sogar heißes Wasser, und von da ab schätzte ich das Hotel und seine tüchtige Besitzerin ganz besonders. Ich besorgte mir einen elektrischen Kocher, auf dem ich mir morgens einen Kaffee bereitete. Dank einer guten Beziehung zum P. X.-Manager konnte ich mir diesen Luxus leisten. Ich hatte mir alles gut eingeteilt.

Ich bildete mir ein, glücklich zu sein. Mein Lebensinhalt war Werner Fischer. Ich richtete mich nach seinen wechselhaften Launen, seinen freien Stunden, seinen Tobsuchts- und Zärtlichkeitsausbrüchen, seinen beruflichen Freuden und Leiden. Ich diente seinem noch mißverstandenen Genie, seinem noch nicht errungenen Ruhm. Ich unterwarf mich ihm vollkommen. Ich bin wie hypnotisiert, behauptete ich. Fischer war ein willensstarker, ehrgeizbesessener Mann von 35 Jahren, und ich war ein unausgeglichenes, absolut ehrgeizloses Mädchen von zwanzig. Es bedurfte keiner besonderen Mittel, keiner überragenden Persönlichkeit, mich zu hypnotisieren. Fischer, auf der Bühne und im Leben ein Komödiant, brauchte sich nicht anzustrengen. Ich war sein kritiklosestes Publikum. Ein drohender Blick, eine dramatische Geste, ein wohlartikuliertes Wort genügte, mich an meinen Platz zu verweisen. Und mein Platz, so fand er, war an seiner Seite, in seinem Schatten, in seinem Bett. Ich schmolz zu einem kleinen, hübschen Nichts zusammen. Zu einem Nichts, das man gerne anschaute, gern berührte, gern gebrauchte. Ich war schließlich selber davon überzeugt, ein Nichts zu sein, und ich fand mich widerspruchslos damit ab. Ich gewöhnte mir an, schweigend neben ihm zu sitzen. Ich wartete stundenlang und an den unmöglichsten Orten auf ihn oder seinen Anruf. Er raubte mir meine Selbständigkeit, meinen Willen, meine eigene Meinung.

Ich glaube gar nicht, daß er es absichtlich tat. Er war so egozentrisch wie jeder Mensch, der etwas erreichen will. Er war besessen von seinem Beruf, seiner Karriere, und was außerhalb dieser Grenzen lag, beschäftigte ihn nur am Rande. Eine Frau mit Eigenleben, starkem Willen und geistigen Ansprüchen hätte ihn zu viel Zeit und Kraft gekostet. Er wollte gar nichts anderes als ein sehr junges Mädchen, das da war, wenn er es brauchte, das schwieg, wenn er müde war, und willig, wenn er gerade Lust hatte. Er wollte ein Geschöpf, das noch so weich und biegsam war, daß er es so nebenher und ohne viel Mühe formen konnte. Er glaubte, und damit hatte er anfangs auch recht, dieses Geschöpf in mir gefunden zu haben.

Er behandelte mich nicht schlecht – nein, ganz im Gegenteil. Er behandelte mich wie ein hilfloses, wertvolles Tierchen, das ganz auf seinen Besitzer angewiesen ist und dem man darum auch oft und gern etwas Gutes tut. Er nahm jede Gelegenheit wahr, mich vorzuzeigen, und wann immer es die Umstände erlaubten, legte er mich sozusagen an die Leine und führte mich aus.

Ich verbrachte endlose Stunden im Atelier, bei Filmverhandlungen und Besprechungen in ungemütlichen Lokalen. Ich mußte immer dicht neben ihm sitzen, so daß er mich – war ihm danach zumute – umarmen und küssen konnte. Er tat es ungeniert, ganz gleich, wo und in welcher Gesellschaft wir uns befanden. Am Anfang waren mir seine öffentlichen Liebesbezeugungen peinlich. Als ich jedoch merkte, daß derartige Demonstrationen in Filmkreisen keinen Anstoß erregten, ließ ich es willig und sogar mit einem gewissen Stolz geschehen. Es ist eine Ehre, sagte ich mir, die feste Freundin eines berühmten Mannes zu sein, und Hunderte von Frauen beneiden dich darum. Diese Vorstellung entschädigte mich für die zermürbenden Stunden in rauchigen Räumen, bei langweiligen Diskussionen über Verleiher, Drehbücher und Kameraeinstellung. Die Herstellung von Filmen interessierte mich ebensowenig wie alles andere. Wenn ich mich überhaupt ein bißchen damit befaßte, dann nur, weil es zufällig Fischers Beruf war und ich auf diese Weise unaufhörlich und intensiv damit in Berührung kam. Dennoch übertrug sich nichts von der Begeisterung der Filmleute auf mich. Ich verfolgte die Entstehung eines Films, wie ich die Entstehung eines Kuchens verfolgt hätte. Ein wenig neugierig, ein wenig skeptisch, ob er wohl auch gelingen und schmecken werde. Gelang er, so war es gut, mißlang er, so war es auch nicht von Bedeutung. Die übertriebene Aufregung des gesamten Filmstabes, angefangen vom Produzenten bis hinunter zur Garderobiere, war mir unbegreiflich. Wie konnte man einen Film so über alles andere hinaus ernst nehmen? Wie konnte man über eine Sekundeneinstellung, einen winzigen

Drehbuchsatz stundenlang fanatisch debattieren? Wie konnte man bei einer gelungenen Szene in Jubelgeschrei, bei einer mißlungenen in Wutgeheul ausbrechen? War der Film denn wirklich von einer so ungeheuren Wichtigkeit?

Sie schienen alle davon überzeugt zu sein. Nur ich nicht so recht. Vielleicht wäre ich auch zu überzeugen gewesen, wenn das, was sich vor der Kamera abspielte und was ich mir Tag für Tag mit ansehen mußte, nicht so fadenscheinig gewirkt hätte. Fischer drehte gerade einen neuen Film nach einer düsteren russischen Novelle. Der Höhepunkt dieses Filmes, ein bacchantisches Fest, das selbst den stärksten, schlag- und trinkfesten Russen umgeworfen hätte, ließ in mir den Verdacht aufkommen, daß mit ein bißchen weniger ein bißchen mehr erreicht werden könne.

Auf diesem Fest nun, bei einem langen Tanz, entschließt sich ein Liebespaar nach einer einzigen gemeinsamen Nacht für immer aufeinander zu verzichten.

Das Paar, dargestellt von einer begabten häßlichen Bühnenschauspielerin und einem unbegabten schönen Filmschauspieler, stellte sich in Positur, die Scheinwerfer flammten auf, eine zerkratzte Schallplatte schmetterte einen Walzer, und Fischer, der den Kopf zurückwarf wie ein Hund, der den Mond anbellt, schrie: »Los...!«

Es war, wie gesagt, ein langer Tanz, und die Schauspieler gaben ihr Äußerstes her. Sie gaben so viel her, daß man ihnen den Entschluß, miteinander ins Bett zu gehen, ohne weiteres, die Emotionen aber, die sie zu diesem Entschluß trieben, in keiner Weise glaubte. Ich konnte mich eines peinlichen Gefühls nicht erwehren und war froh, als ihre leidenschaftlich leidenschaftslosen Gesichter für lange Zeit im tiefsten Dunkel untertauchten.

Der Produzent jedoch, der der dramatischen Szene ebenfalls beiwohnte und der die Angelegenheit vom nüchternen Standpunkt des Geldgebers betrachtete, war nicht einverstanden. Mitten in der Aufnahme wandte er mit dröhnender Stimme ein, daß man die Darsteller nicht auf so lange Zeit in so tiefem Dunkel verschwinden lassen dürfe, da das Publikum annehmen könne, der Film sei gerissen.

»Aus . . . !« kreischte Fischer und begann zu toben. Der Kamera-mann, der mit seinem Apparat auf einem hohen Kran thronte, tobte mit. Man versuchte dem beschränkten, amusischen Pro-duzenten klarzumachen, daß die tiefen Schatten die stärksten Effekte ergäben und die Dramatik der Szene erhöhten.

Der Produzent meinte nachdenklich, daß das Publikum Ge-sichter und nicht Schatten sehen wolle. Er ließ sich nur mit Mühe belehren. Die Aufnahme wurde wiederholt.

Nach Schluß der Szene fielen sich alle Beteiligten abwechselnd in die Arme. Sie lobten und beglückwünschten sich und waren mehr denn je davon überzeugt, daß der Film ein großer Erfolg werden würde.

Ich stand etwas abseits und war nicht überzeugt. Doch als Fischer auf mich zueilte und mich fragte, ob es mir gefallen habe, erwiderte ich, es habe mir großartig gefallen. Und in diesem Moment stimmte es. Ich brauchte Fischer nur anzuse-hen, um alles, was er tat, herrlich zu finden.

Ich sah meine Eltern zu der Zeit selten. Ich hätte oft nach Garmisch fahren können. Ich hätte meiner Mutter die letzten qualvollen Wochen um vieles erleichtern können. Ihre Krank-heit machte rapide Fortschritte, ihre Tage waren gezählt. Es gelang mir nicht, Mitleid, Furcht und Grauen zu verbergen und sie fühlen zu lassen, daß ich sie liebte, so wie sie war. Ich litt lieber unter meinem Schuldgefühl als unter ihrem beängstigen-den Anblick. Ich versuchte, Papa das klarzumachen, und er verstand es wohl auch, aber er billigte es nicht.

Anfang September überraschte er mich mit der Nachricht, daß er ein Haus in Gauting – einem Vorort von München – gekauft habe und daß er in Kürze mit seiner Familie und meiner Mutter dort hinziehen würde.

»Das ist aber wunderbar«, rief ich erfreut, denn es hatte mich immer gestört, daß er in möblierten Zimmern wohnen mußte.

»Ja«, meinte Papa, »es scheint wieder aufwärts zu gehen. Ich habe noch immer große Sorgen, aber der Anfang ist wenig-stens gemacht. Ich bin jetzt gerade dabei, mir in München ein Büro einzurichten.«

»Papa, ich wußte, daß du es wieder schaffen wirst.«

»Abwarten, mein Kind...! Aber was nun das Haus in Gauting betrifft... es ist eine sehr hübsche Villa, ziemlich groß, mit Garten und direkt am Wald. Ich wollte dich fragen, Eveline, ob du nicht mit uns dort wohnen möchtest.«

Nein, o Gott, nein! Nicht unter diesen Umständen! Nicht mit meiner Mutter, mit Anne und dem Baby. Ich würde es nicht aushalten – nicht einen Tag.

Ich suchte verzweifelt nach einer überzeugenden Ausrede, aber da war keine. Ich schwieg.

»Ich wußte es«, sagte mein Vater müde.

»Bitte, Papa, versteh doch...«

»Ich verstehe alles, mein Kind, aber du wirst es später vielleicht nicht mehr verstehen und dir schwere Vorwürfe machen.«

»Ich liebe Mutti, und ich liebe dich. Aber da ist diese entsetzliche Krankheit... und dann Anne... und das Baby...«

»Ja... vielleicht ist es zu viel verlangt von einem jungen Menschen.«

»Papa... bin ich ein schlechter Mensch?«

»Nein, du bist kein schlechter Mensch. Aber du weichst jeder Verantwortung aus. Ich mache mir Sorgen um dich, Eveline. Wie stellst du dir dein Leben eigentlich vor? Ich finde, nichts anderes als die Freundin eines Mannes zu sein ist zu wenig.«

»Ach, Papa... was soll ich denn tun? Ich liebe ihn!«

»Für wie lange, Evelinchen?«

»Ich werde ihn immer lieben...«

»Aha.«

»Er ist ein wunderbarer Mann. Ich werde ihn dir vorstellen, und dann wirst du mich begreifen.«

»Liebt er dich?«

»Bestimmt.«

»Dann wäre es wohl das beste, wenn ihr heiratet.«

Heiraten... Ich hatte schon oft daran gedacht, und ich wäre sofort einverstanden gewesen. Aber noch nie hatte Fischer die leiseste Andeutung gemacht.

»Ich möchte nicht so schnell wieder heiraten«, log ich.

Dieses Gespräch mit meinem Vater beschäftigte mich mehr, als mir lieb war. Mein Denken, das sich in letzter Zeit ausschließlich auf Fischer beschränkt hatte, hatte einen winzigen Riß bekommen, und durch diesen Riß starrte mir meine Zukunft entgegen. Ich beschloß, mit Fischer zu reden.

Ich wartete auf eine günstige Gelegenheit, und die kam eines Abends, als wir uns in einem vornehmen Lokal an einem matt beleuchteten, weiß gedeckten Tischchen gegenübersaßen. Fischer, der weder rauchte noch großen Wert auf Trinken legte, liebte es, gut und viel zu essen. Aus dem Grund gingen wir oft in dieses Restaurant, das damals zu den besten Münchens zählte, was man hauptsächlich an den Preisen, weniger am Essen erkannte.

Nachdem ich mir mit ein paar Gläsern Wein Mut angetrunken und Fischer mit einer mayonnaisenreichen Vorspeise den ärgsten Hunger gestillt hatte, hielt ich die Zeit für gekommen.

»Weißt du«, begann ich, den Stiel des Glases zwischen meinen Fingern drehend, »ich mache mir in letzter Zeit oft Gedanken, was nun eigentlich aus mir werden soll.«

»So, so...«, sagte Fischer, spießte ein Stück Brot auf die Gabelspitze und wischte damit die letzten Mayonnaisenspuren vom Teller.

»Ja, irgend etwas muß ich doch wohl mit meinem Leben anfangen.«

»Das wäre sicher nicht schlecht.« Er spülte das Brot mit einem Schluck Wein hinunter.

»Nur weiß ich nicht was.«

»Das müßtest du allerdings wissen.«

»Natürlich... aber ich weiß es nicht. Ich dachte, vielleicht könntest du mir dabei helfen...«

»Evilein...«, er stieß diskret auf, »wenn du nicht weißt, was du mit deinem Leben anfangen sollst, wie kann ich es dann wissen? Ich zum Beispiel habe schon mit zwölf Jahren gewußt, daß ich Schauspieler werden wollte. Es gab für mich gar keine andere Möglichkeit – ich mußte es, und ich wurde es...« Er schaute sich ungeduldig im Raum um: »Wo steckt denn wieder unser Kellner...?«

Ich griff nervös nach einer Zigarette.

»Ich möchte nicht, daß du während des Essens rauchst!« sagte Fischer, »r« und Augen rollend.

Ich zog die Hand erschrocken zurück. Ich war so entmutigt, daß ich beschloß, das Gespräch nicht wieder aufzunehmen. Zu meiner Überraschung setzte es Fischer jedoch fort: »Außerdem, Evi, sehe ich in deinem Fall keine dringende Notwendigkeit, irgend etwas Bestimmtes zu tun. Du hast einen wohlhabenden Vater – was ich nicht hatte –, er zahlt dir monatlich einen ausreichenden Wechsel, du kannst ein sorgloses Leben führen. Es gibt so viele schöne Dinge, mit denen sich eine Frau beschäftigen kann: Lies, geh ins Theater, sieh dir gute Ausstellungen an, lern vielleicht eine Sprache...« Er breitete die Arme aus: »Was willst du eigentlich noch mehr...!?«

»Das füllt mich aber alles nicht aus! Ich möchte etwas, das mich ganz ausfüllt! Ich sitze allein in meinem Hotel und habe nichts zu tun und...«

»Liebe Evi, du redest gerade so, als gäbe es mich nicht. Wenn du schon in mir keine Erfüllung findest, dann biete ich dir doch wenigstens ein abwechslungsreiches Leben. Ich würde nichts sagen, wenn ich den sturen Beruf eines Beamten hätte – um acht Uhr ins Büro, um fünf Uhr nach Hause. Aber bei meinem Beruf sieht doch auch für dich die Sache ganz anders aus. Ich nehme dich überallhin mit – ins Atelier, auf Gesellschaften, ja sogar zu Besprechungen. Du kannst Eindrücke sammeln, viele interessante Menschen kennenlernen...«

Der Kellner tauchte am anderen Ende des Raumes auf. Fischer winkte ihn heran: »Sie können jetzt das Huhn servieren.«

»Jawohl, Herr Fischer...«

»Und bitte, anstatt Kartoffeln Reis.«

»Oh, es tut mir unendlich leid, wir haben keinen Reis«, sagte der Kellner.

»Dann also Kartoffeln.«

»Jawohl, Herr Fischer.« Er entfernte sich eilig.

Fischer wandte sich mir wieder zu: »Evi, ich verstehe gar nicht, was du an dem sorglosen, abwechslungsreichen Leben, das du führst, auszusetzen hast!«

Vier Gläser Wein hatten mir Mut gemacht. »Papa meint«, sagte ich, »daß das Leben, das ich führe, nicht zu mir passe. Er meint, nur die Freundin eines Mannes zu sein sei zu wenig...«

»Aha«, machte Fischer und lehnte sich in seinem Stuhl zurück.

Er fixierte mich – die rechte Braue nach oben, den linken Mundwinkel nach unten gezogen. Etwas Lauerndes, Abschätzendes lag in seinem Blick. Er konnte mitunter ein brutales Gesicht haben. Ich wußte nicht, wo ich hinschauen sollte.

»Evi...«, sagte Fischer mit leiser, harter Stimme, »ich habe den Eindruck, daß du auf etwas ganz Bestimmtes hinaus möchtest.«

»Nein«, erwiderte ich verwirrt, »ich wollte dir nur erklären...«

Er unterbrach mich: »Du brauchst nicht weiterzusprechen... ich kann dir sagen, was du mir erklären willst...« Er schob die Hände langsam in die Hosentaschen, schlug ein Bein über das andere. »Soll ich...?«

»Ja... bitte...«

»Du willst mir erklären, daß es für mich an der Zeit wäre, dich zu heiraten.« Er neigte den Kopf zurück und ließ seinen Blick zur Decke emporwandern: »Um dir jede weitere Illusion zu ersparen, mein liebes Kind, möchte ich dir kurz und deutlich mitteilen: Heiraten ist bei mir nicht drin, war nie drin, wird nie drin sein.« Jetzt beugte er sich mit einem Ruck nach vorne, so daß sein Oberkörper die Tischkante berührte und er mir aus nächster Nähe in die Augen sehen konnte. »Ich bin ein absolut ehrlicher Mensch«, fuhr er, jede Silbe betonend, fort, »ich habe dir niemals gesagt, daß ich dich heiraten will. Du hast dich scheiden lassen. Es war dein Wunsch. Ich hab dich lieb, Evi... aber wie gesagt, mehr ist nicht drin...«

Ich hatte viele schlechte Eigenschaften, aber ich hatte mir meinen Stolz bewahrt. Man durfte vieles in mir verletzen, nicht aber meinen Stolz. Wenn man das tat, starb jede andere Empfindung in mir, und es blieb nur das Bedürfnis, mich zu rächen. Ich kämpfte gegen den Impuls an, ihn über den Tisch weg anzuspucken. Er wagte es, dieser Sohn eines Friseurs, dieser Komödiant, mich zu demütigen? In diesem Augenblick schwor ich mir, daß ich es ihm irgendwann zurückzahlen würde, doppelt und dreifach.

Ich richtete mich in meinem Stuhl auf und lächelte ein wohlerzogenes kleines Lächeln: »Mein Lieber«, sagte ich sanft, »ich muß dich leider enttäuschen. Ich hätte dich ebensowenig geheiratet wie du mich. Erstens würde ich unter keinen Umständen einen Schauspieler heiraten, und zweitens habe ich gerade eine Ehe hinter mir, und das genügt für eine gewisse Zeit. Du siehst also, daß deine Rede völlig unangebracht war.«

Fischer war sprachlos.

»Prost«, sagte ich und hob mein Glas.

Zwei Tage später traf Ruth in München ein. Sie kam wie gerufen.

Vor unserer Emigration, als Bettina und ich noch Kinder waren, war Ruth eine Art älterer Schwester für uns gewesen. Sie hatte Monate in unserem Haus in Berlin verbracht, obgleich sie nur weitläufig mit uns verwandt war. Sie hatte erklärt, sich bei uns weitaus wohler zu fühlen als in ihrer eigenen Familie.

Nun also tauchte Ruth nach Jahren unerwartet auf, mit englischem Paß, englischem Auto und englischem Akzent. Sie hatte einen englischen Mann, einen Schweizer Freund, keine Sorgen und keine Probleme. Sie liebte das oberflächliche, unbekümmerte Leben, und sie hatte nie ein Hehl daraus gemacht. Ruth war immer sehr attraktiv und wenig intelligent gewesen. Sie war es geblieben. Ich fand sie außerordentlich erfrischend und freute mich über das Wiedersehen.

»Ich bin auf dem Weg in die Schweiz. Ich habe das schlechte Wetter in London satt – meinen Mann übrigens auch...« Sie zupfte sich ein Löckchen in die Stirn. »Mein Bekannter lebt in Basel – ich habe nichts mehr mit ihm, weißt du – aber wir sind gute Freunde geblieben. Er hat ein tolles Haus und einen Alfa... ein Traum von einem Wagen...«

Sie hob ihren Rock bis zur Hüfte empor und zeigte mir ein winziges, durchsichtiges Höschen: »Schau mal, auch aus der Schweiz – meine ganze Wäsche hab ich mir dort gekauft. Was die für himmlische Sachen haben, kannst du dir gar nicht vorstellen...«

Sie schaute mich plötzlich nachdenklich an: »Mensch«, sagte sie, »ich hab einen großartigen Einfall... Du kommst mit mir in die Schweiz, Evelinchen... du, das wird ganz toll...«

Und ich fuhr mit dem bittersüßen Triumphgefühl, den ersten rächenden Schritt unternommen zu haben.

Ich hinterließ Fischer nur einen kurzen Brief, in dem ich ihm schrieb, daß ich auf unbestimmte Zeit verreist sei.

Solange wir noch durch Deutschland fuhren, war ich bedrückt und traurig und wünschte, alles wieder rückgängig machen zu können. Doch als wir die Schweizer Grenze überquert hatten, als sich vor meinen staunenden Augen dieses Wunderland auftat, wurde ich glücklich. Der Druck, der mir die ganzen letzten Monate das Atmen schwer gemacht hatte, löste sich. Fischer wurde klein, blaß, undeutlich, als sähe ich ihn in einem halbblinden Spiegel. Ich ließ ihn zurück in dieser Welt der Ruinen, der verhärmten Gesichter, der Kartoffeln und der geflickten Kleider.

Es war alles wie im Märchen. Die Auslagen, in denen sich die verschiedensten Sorten von Zigaretten, Kaffee, Früchten, Käse- und Fleischwaren türmten; die Menschen, die mit aufreizender Selbstverständlichkeit gepflegte Gesichter, wohlgenährte Körper und moderne Kleidung aus feinstem Material zur Schau stellten. Ich begriff nicht, wie ein Krieg, der ganz Europa in Mitleidenschaft gezogen hatte, dieses winzige Stückchen Erde so restlos verschont haben konnte.

Ruth sagte lachend: »Du kannst dich drauf verlassen, es ist alles echt. Die Häuser aus Zement, die Straßen aus Pflastersteinen, die Menschen aus Fleisch und Blut, und in den Schaufenstern liegen keine Attrappen...«

Wir fuhren weiter. Es war ein wunderschöner, glasklarer Septembertag. Wir fuhren auf blitzblanken kurvenreichen Straßen durch eine Postkartenlandschaft. Man hatte den Eindruck, als behandelten die Schweizer selbst die Natur mit Seifenlauge, Scheuerlappen und Staubwedel. Noch nie, schien mir, hatte ich einen so sauberen blauen Himmel, so flammend rote und glänzend goldene Blätter, so saftig grünes Gras gesehen.

Nachdem etwa hundert Kilometer Lieblichkeit und Sauberkeit an mir vorübergeglitten waren, wurde ich unruhig. Eine kleine Unterbrechung der segensreichen Ordnung wäre mir ganz lieb gewesen. Aber da selbst die Misthaufen appetitlich aussahen, fand ich nichts, an dem ich mein Bedürfnis nach ein bißchen

Schmutz hätte befriedigen können. Schließlich nahm ich eine leere Obsttüte, zerknüllte sie und warf sie mit Genugtuung aus dem Fenster.

Ruths Freund, Anton Pflügeli, hatte eine große Weberei. Er war ein Mann von Mitte Dreißig, mit einer stämmigen, gedrungenen Figur und einem sympathischen, aber langweiligen Gesicht. Er hatte sich aus kleinen Verhältnissen emporgearbeitet, und Geld und Wohlleben bedeuteten ihm alles. Sein Haus überraschte und beeindruckte mich. Es lag hinter hohen, alten Bäumen und war mit wertvollen Möbeln und auffallend gutem Geschmack eingerichtet. Die einzige, aber bezeichnende Entgleisung in dem stattlichen Zehn-Zimmer-Haus war eine Vitrine, in der eine Auswahl törichter Nippesfiguren zur Schau gestellt war.

Ruth hatte sich nicht die Mühe gemacht, mich anzukündigen, und behauptete, Pflügeli werde auf jeden Fall von meinem Besuch begeistert sein. Ihre Voraussage erfüllte sich, mehr als ihr lieb war.

»Gottfried Stutz!« rief der Schweizer Webereibesitzer überwältigt aus, »was häsch du denn da für ä saufeins Meitli mitbracht...«

Er verschlang mich mit ungläubigen, himmelblauen Augen.

»Toni...«, warnte Ruth lachend, »ich bin für Eveline verantwortlich. Benimm dich bitte wie ein Gentleman.«

»Gentlemann... chasch denke...«, grinste Anton Pflügeli, »hab' ich jemals behauptet, einer zu sein?«

Anton Pflügeli war nicht klug, aber schlau. Er startete einen so schnellen, leisen, bis in jede Einzelheit ausgeklügelten Feldzug, daß er mich gewonnen hatte, noch bevor mir das richtig bewußt wurde. Er benahm sich korrekt, ließ aber durchblicken, daß er sich heftig in mich verliebt hatte. Er wußte, daß mir das schmeichelte. Er wußte in kürzester Zeit sehr viel über mich: daß ich eine Schwäche für Champagner und Kaviar, für französisches Parfüm und Ledersachen, für langes Schlafen und schnelles Fahren, für sentimentale Musik und Kaminfeuer hatte. Er bot mir all diese Dinge im Überfluß, doch ohne jemals gewisse Grenzen zu verletzen. Seine Geschenke, mochten sie auch noch so kostspielig sein, hatten immer den Charakter eines Souvenirs; Champagner, sentimentale Musik, Kaminfeuer nahm er nicht als willkommenen Anlaß, mich zu küssen. Ich wartete heimlich auf eine den Nippesfiguren ähnliche Entgleisung, aber die Tage vergingen, und Pflügeli tastete sich mit bewundernswürdigem Takt an mich heran. Als er den entscheidenden Angriff wagte, hatte er genau den richtigen Moment gewählt, den Moment, in dem ich mich in Basel zu langweilen begann.

»Eveline, ich möchte Ihnen einen Vorschlag machen.« Der Satz gelang ihm vortrefflich. Er mußte ihn geübt haben.

»Was für einen Vorschlag?«

Es war sechs Uhr nachmittags, die Stunde, die ich am meisten liebte. Er hatte dafür gesorgt, daß Champagner bereitstand. Er füllte mein Glas: »Trinken Sie, Eveline.«

Ich trank.

»Ich möchte Ihnen die Schweiz zeigen.«

Kein schlechter Vorschlag, dachte ich, schaute ihn über den Rand des Glases an und schwieg.

»Was haben Sie davon, in Basel herumzusitzen? Es lohnt sich, die Schweiz kennenzulernen. Ich weiß wunderschöne Plätze, die noch kein Tourist gesehen hat. Sie sollen alles sehen. Wir fahren ins Tessin.«

Tessin! Ich hatte davon gehört. Es mußte himmlisch sein.

»Ascona... es ist noch heiß dort. Man kann baden und in der Sonne liegen.«

»Tatsächlich?«

»Sie fahren doch auch gern Auto. Haben Sie schon mal einen Alfa gefahren?«

»Würden Sie mich fahren lassen?«

»Ich würde Sie tun lassen, was Sie wollen.«

»Das gilt für alles...? Auch für das, was ich nicht tun will?«

»Natürlich! Glauben Sie, ich möchte Sie zu irgend etwas zwingen? Sie bedeuten mir mehr, Eveline, als irgendein kleines Mädchen, mit dem man auf ein paar Tage verreist.« Er trat auf mich zu und nahm meine Hand: »Ich möchte Sie verwöhnen, ich möchte Sie nur glücklich sehen!«

»Ich möchte glücklich sein«, sagte ich.

»Ich weiß ... also kommen Sie mit!«

»Und Ruth?«

»Machen Sie sich darüber keine Gedanken! Ruth wird froh sein, wenn sie in meinem Haus wohnen, essen und trinken kann.«

Er irrte sich. Ruth dachte gar nicht daran, froh zu sein.

Im Gegenteil, sie wurde bitterböse. Der Besuch bei Pflügeli wurde für sie eine peinliche Niederlage, die sie, gewohnt Mittelpunkt zu sein, nicht vorausgesehen hatte. Immerhin war der Schweizer ihr Freund gewesen, und sie war nicht ohne den Hintergedanken, die alten Beziehungen wieder aufzufrischen, nach Basel gefahren. Da sie das aber nicht zugegeben hatte und mich die Liebesprobleme anderer Frauen nie so weit interessierten, daß ich versucht hätte, ihnen auf den Grund zu gehen, wurde mir die Geschichte erst klar, als Ruth explodierte: »Du benimmst dich wie ein Flittchen! Ich nehme dich mit in die Schweiz, und du hast nichts Besseres und nichts Eiligeres zu tun, als dich von einem wildfremden Mann beschenken zu lassen und schließlich auch noch mit ihm zu verreisen.«

»Was hast *du* denn gemacht?«

»Ich ... ich bin meiner Freundin wenigstens nicht in den Rükken gefallen.«

»Wieso bin ich dir in den Rücken gefallen? Hast du nicht gesagt, es sei zwischen euch aus?!«

Sie schluckte, suchte verzweifelt nach einem Argument, mit dem sie mir beweisen konnte, daß ich ihr in den Rücken gefallen sei, obgleich ihr Pflügeli nichts mehr bedeute. Da ihr nichts einfiel, schrie sie noch lauter als zuvor: »Natürlich ist es aus zwischen uns. Du könntest ihn mir mit all seinem Reichtum schenken, ich würde ihn nicht mehr haben wollen – diesen Emporkömmling.«

»Ausgezeichnet«, lächelte ich. »Dann kannst du ihn ja mir überlassen – diesen Emporkömmling.«

Ascona ähnelte einer besonders geglückten Operettenkulisse. Ein stiller, tiefblauer See, von dicht bewaldeten, sanft gerundeten Bergen umschlossen. Kleine, schiefe, bunte Häuser. Verwilderte Gärten und verschwiegene Patios. Südländische Bäume und Pflanzen. Tropische, farbenprächtige Blumen. Einsame Märchenwege, die durch Wiesen und Wälder zu halbverfallenen Dörfern führten. Sonne, Fischernetze, weiße Segel, italienische Lieder, Rotwein, Strohhüte.

Es war das erstemal, daß man mir Romantik in so großen Dosen bot, und trotz aller Seligkeit ahnte ich voraus, daß ich das Opfer, Pflügeli der Nutznießer dieser Romantik werden würde. Doch unter dem Einfluß von Sonne, Wein und Gitarrenmusik verlieren dergleichen Vorahnungen an Gewicht. Und als mir Pflügeli mitteilte, er habe anstelle von zwei Einzelzimmern in einem Hotel die Etage einer Villa gemietet, hatte ich nichts einzuwenden.

Es war eine weiße, auf Säulen ruhende Villa in einem üppig blühenden Garten. Sie hatte Zimmer, die so groß und hoch wie Säle waren, und eine Marmorterrasse mit Blick auf den Lago Maggiore.

»Gefällt es Ihnen?« fragte Pflügeli strahlend, denn sein Endziel war, in Form eines riesigen Himmelbettes, in greifbare Nähe gerückt.

Ich nickte. Nach allem, was er mir bot, konnte ich ihm die Hälfte eines Himmelbettes schlecht verwehren.

Wir blieben zwei Wochen, und ich wurde braun von der ewig strahlenden Sonne, rund von dem ausgezeichneten Essen, träge von dem sorglosen Leben. Das einzige, was mich störte – und das von Tag zu Tag mehr –, war Pflügeli. Denn je heißer die Sonne, je besser das Essen, je träger das Leben, desto leidenschaftlicher wurde seine Liebe, desto nachlässiger wurden seine Umgangsformen. Und da ich nicht in ihn verliebt war, verdroß mich beides.

Ich machte mir bittere Vorwürfe, beschuldigte mich, ungerecht und herzlos zu sein. Sagte mir, daß Anton Pflügeli ein gepflegter, ja sogar gutaussehender Mann, ein lieber, anständiger Mensch sei. Nichts half. Als sich die zweite Woche ihrem Ende zuneigte, wurde mir endgültig klar, daß Sonne, Essen, Luxusleben keine Liebe ersetzt. Ich beschloß, der Affäre ein Ende zu machen und nach München zurückzukehren. Nun hatte aber Pflügeli genau das Gegenteil beschlossen, und der Zufall wollte es, daß wir am gleichen Tag, zu gleicher Stunde das Bedürfnis hatten, uns unsere Beschlüsse mitzuteilen.

Wir saßen vor einem der zahllosen Gasthöfe, die einem für wenig Geld Natur, Romantik, Rotwein und Käse boten. Ich hatte gar keine Lust, in dieser Umgebung über Dinge zu sprechen, die unangenehm werden konnten, und schob meine Rede so lange wie möglich hinaus. Leider zu lange. Denn was Pflügeli zu sagen hatte, paßte genau zu dieser Idylle, und er beeilte sich, das Mahl zu beenden, einen Grappa zu bestellen, die Ellenbogen auf den Tisch zu legen und das Wort zu ergreifen: »Gefallt's dir in der Schwyz, Eveline?« Je wohler er sich fühlte, desto weniger Mühe gab er sich, hochdeutsch zu sprechen.

»Die Schweiz gefällt mir ausgezeichnet«, erwiderte ich verärgert, »aber den Schweizer Dialekt finde ich unerträglich.«

Er grinste: »Wirscht dich dran g'wöhne müesse, Meitli...«

»Wie bitte?« fragte ich verblüfft.

Er griff nach einem Zahnstocher und hielt sich vornehm die Hand vor den Mund.

Es gab nur noch eins, das mir verhaßter war als die Benutzung von Zahnstochern, und das war, wenn man sich bei dieser Betätigung die Hand vor den Mund hielt. Auf diese Weise gesellt sich zu schlechten Manieren noch Spießbürgerlichkeit. Ich starrte Pflügeli mit einem Blick an, der, wie ich hoffte, meinen ganzen Widerwillen zum Ausdruck brachte. Doch mein Freund schien nicht nur intensiv mit seinen Zähnen, sondern auch mit seinen Gedanken beschäftigt zu sein. Mein Blick erreichte ihn gar nicht.

»Bist du bald fertig?« fragte ich, bis zum äußersten gereizt.

Er nahm den Zahnstocher langsam und gelassen aus dem Mund, saugte ein-, zweimal schmatzend an dem gesäuberten Zahn und sagte dann: »Darfscht nicht so nervös sein, Schätzli... Wirscht dich dran g'wöhne müesse, ruhiger zu werden...«

»Was hast du eigentlich andauernd mit deinem: ›Wirscht dich dran gewöhne müssen!‹« fuhr ich auf.

Er machte ein geheimnisvolles Gesicht: »Siehscht, Häsli... jetzt kommen wir zu dem Punkt...«

»Wenn du überhaupt zu einem Punkt kommen willst«, schnitt ich ihm das Wort ab, »dann mußt du schon deutsch sprechen. Andernfalls verstehe ich dich nämlich nicht.«

»Ich werd's versuchen«, meinte er gutmütig, beugte sich weit über den Tisch und ergriff meine Hände.

O weh, dachte ich, er wird doch nicht etwa... Doch bevor ich den Satz noch zu Ende gedacht hatte, sprach er ihn schon aus: »Ich möchte, daß du bei mir in der Schweiz bleibst. Ich möchte, daß du meine Fru... Frau wirscht...«

»Nein«, sagte ich impulsiv und zog erschrocken meine Hände aus den seinen.

Meine Reaktion schien ihn nicht im geringsten zu beunruhigen. Er hielt sie wohl für Überraschung. Er lächelte zufrieden und voller Einfalt. Die Möglichkeit, ich könne seinen Antrag ausschlagen, kam ihm gar nicht in den Sinn.

»Und was sagst du dazu?«

»Nein«, sagte ich ein zweites Mal und nagte verlegen an meiner Unterlippe.

»Was heißt ›nein‹...!?«

»Nein heißt, daß ich dich nicht heiraten werde.«

»Hascht den Verstand verloren, Schätzli?«

»Ich glaube nicht.«

»Aber du weischt doch, was ich dir alles biete kann!«

»Ja, das weiß ich!«

»Na, und was willscht denn noch mehr?«

»Ich will den Mann, den ich heirate, lieben.«

»Ja, hascht mich denn nicht ein bizzli lieb?«

»Ein ›bizzli‹ würde wohl nicht reichen.«

»Gottfried Stutz! Aus dem bizzli kann ja mehr werden!«

»Ich fürchte, nein.«

Er griff nach seinem Grappa und schüttete ihn hinunter.

»Gottfried Stutz...«, sagte er noch einmal leise.

»Es tut mir leid, Toni.«

Er schaute mich an wie ein Kind, das zum erstenmal in seinem Leben einen Elefanten sieht: entgeistert, neugierig und ein wenig ängstlich: »Eveline, ich versteh' nicht, wie man zurück in die Hölle möcht, wenn man im Paradies lebe kann.«

»Mich hat die Hölle schon immer mehr angezogen als das

Paradies«, sagte ich und lachte. »Auch für Teufel habe ich eine besondere Schwäche.«

»Vielleicht überlegst du's dir doch noch mal.«

»Es gibt nichts zu überlegen. Die Hölle kann für mich das Paradies sein, wenn ich in den Teufel verliebt bin. Und das Paradies kann für mich die Hölle sein, wenn ich in den Engel nicht verliebt bin.«

»Du bischt noch sehr jung, Eveline. Du wirscht deine Meinung noch ändern.«

»Nein... nie.«

Den nächsten Tag fuhr mich Anton Pflügeli zur deutschen Grenze.

»Leb wohl«, sagte ich, »und danke für alles.«

»Wo warst du?« fragte Fischer. Seine Stimme hatte einen ganz eigenartigen Klang, der mich an das hohe Summen eines Flugzeuggeschwaders erinnerte.

»In der Schweiz.«

»Was hast du da gemacht?« Es war wirklich ein sehr unangenehmer Klang. Vor gar nicht allzulanger Zeit hätte er mich noch ängstlich gemacht.

»Ich habe mir das Land angeschaut... Zürich, Basel, Genf, Lausanne, Ascona... es ist ja einmalig schön...«

»Deine Eindrücke interessieren mich wenig.« Jetzt war das Geschwader direkt über meinem Kopf. »Mit wem warst du dort?«

»Eine Bekannte hat mich bis Basel mitgenommen, und von da aus bin ich mit einem Mann – einem Schweizer Webereibesitzer – weitergefahren.«

Schweigen.

»Warst du schon mal in Ascona?«

Schweigen.

Ich hatte die ganze Zeit mit gleichgültigem Gesicht vor mich hingeschaut, jetzt wandte ich den Kopf. Er hatte den Unterkiefer vorgeschoben, und wäre seine Nase nicht so gnomenhaft gewesen, er hätte wirklich ein bedrohliches Gesicht gehabt.

»Bin ich nicht schön braun geworden?« fragte ich lächelnd und bewunderte meinen Mut.

»Entweder müßte ich dich jetzt ohrfeigen oder stillschweigend gehen«, sagte Fischer und blieb sitzen.

Ich hatte es nicht anders erwartet. Ein Schauspieler schlug weder zu, noch ging er stillschweigend. Auch im Leben verzichtete er unter keinen Umständen auf seinen großen Auftritt. Am wenigsten Fischer. Ich bemerkte, wie er sich auf seine dramatische Szene vorbereitete.

»Eveline, was hast du dir eigentlich dabei gedacht?« Er sprach jetzt so, wie man zu einem Kind spricht – nachsichtig, duldsam.

»Wobei?« fragte ich, auf die mir zugewiesene Rolle eingehend.

»Mit einem fremden Mann wochenlang in der Schweiz herumzureisen.«

»Ich habe mir gedacht, daß es sehr vergnüglich ist.«

Er sprang auf, fuhr sich mit beiden Händen über Gesicht und Kopf. »Entweder«, sagte er mit langsam anschwellender Stimme, »bist du grenzenlos naiv oder grenzenlos durchtrieben.« Das »durchtrieben« blieb als zitternder Schrei im Raum hängen.

Ich legte den Kopf schief wie ein Hund, der ein unbekanntes Geräusch hört, und schwieg.

»Antworte mir! Bist du naiv oder durchtrieben?«

»Ich nehme an, ich bin eine Mischung – naiv und durchtrieben.«

»Mein Gott«, stöhnte Fischer, »mein Gott, mein Gott...«

Er trat auf mich zu, stützte die Hände auf die Lehnen meines Stuhles und schloß die Augen: »Als ich dich kennenlernte«, flüsterte er, »warst du ein Zauberwesen – zerbrechlich, scheu, zurückhaltend. Und jetzt, von einem Tag auf den anderen, bist du ein völlig anderes Geschöpf geworden, ein Geschöpf, das ich gar nicht kenne.« Er schlug traurig die Augen auf.

»Ja«, sagte ich, »ich war zerbrechlich.«

Entweder wollte er meine Worte nicht hören, oder er verstand sie nicht. Jedenfalls ging er nicht darauf ein.

»Wir gehörten doch zusammen, nicht wahr?«

»Zusammen? Du meinst, ich gehörte dir!«

»Ich meine zusammen. Du gehörtest mir, so wie ich dir gehörte.«

»Den Eindruck hatte ich nicht.«

»Willst du mir das vielleicht näher erklären?«

Ich stand auf, ging zum Tisch und zündete mir eine Zigarette an. Meine Finger zitterten, und das bekannte Gefühl der Unsicherheit und Unterlegenheit ergriff mehr und mehr Besitz von mir. Wenn ich jetzt nicht spreche, dachte ich, war alles umsonst.

»Ich war sehr bequem für dich«, sagte ich. »Ein Schoßhündchen, das immer da ist, das man tätschelt und das seinem Herrn dafür die Hand leckt. Ich war so verdammt beeindruckt von dir, daß ich nicht wagte, einen Ton von mir zu geben, daß ich mir alles gefallen ließ ...«

Fischer, der mich noch nie so sprechen gehört hatte, vergaß, daß er Schauspieler war, vergaß, sich in Pose zu setzen und ein dämonisches Gesicht zu machen. In diesem Moment sah ich ihn zum erstenmal ohne die Maske des Komödianten, ohne den Nimbus des Künstlers, dessen Name in Zeitung, Filmvorspann und Programmheft erscheint. Ich sah ihn als Mann, und ich sah, daß ihm diese Rolle nicht so gut stand wie die zahlreichen anderen, die er mir tagaus, tagein vorgespielt hatte.

»Eveline, ich bin sprachlos«, sagte Fischer, und die Maske rutschte über sein Gesicht. »Wovon redest du eigentlich?« Jetzt rollte auch wieder das »r«. »Was hast du dir von mir gefallen lassen müssen?« Er placierte eine Hand, die Finger ausdrucksvoll gespreizt, auf seiner Brust.

»Alles«, sagte ich ruhig, »alles, bis auf das letzte. Das habe ich mir nicht gefallen lassen, und darum bin ich auch weggefahren.«

»Ich weiß tatsächlich nicht, wovon du sprichst!«

»Um so schlimmer!«

»Langsam wird es mir zu bunt.« Er kam, den Kopf vorgestreckt, die Arme angewinkelt, auf mich zu. »Nun versuchst du auch noch, mir die Schuld an deiner Eskapade in die Schuhe zu schieben. Du solltest dich schämen, mein Kind!« Jetzt brüllte er. »Du solltest dich in Grund und Boden schämen!«

Er hielt inne, sah mich gespannt an, wartete auf einen Ausdruck der Reue, ein um Verzeihung bittendes Wort, zumindest ein Zeichen der Unsicherheit.

Ich führte die Zigarette zum Mund, zog daran, inhalierte tief, blies den Rauch an seinem Gesicht vorbei und schwieg.

Und zum zweitenmal blieb Fischer in seiner großen Szene stecken. Er stand da, verwirrt und bestürzt, mit hängenden Armen und halb geöffnetem Mund. Er sah aus, als warte er auf das rettende Wort der Souffleuse. Aber das Wort kam nicht.

Da wandte er sich ab und ging mit langsamen Schritten – Schritten, die nicht wippten und federten – auf die Tür zu. Die Klinke schon in der Hand, sagte er: »Ich habe dich geliebt, Eveline.«

Ich hielt den Atem an und rührte mich nicht. Es war ein herrliches Gefühl, das mich erfüllte. Es war dasselbe Gefühl, das ein Morphiumsüchtiger beim Einstich der Nadel empfindet.

Nie zuvor hatte mir Fischer gesagt, daß er mich liebe, und nie zuvor hatte er mich geliebt. Er sprach den Satz in der Vergangenheit, aber er galt für die Gegenwart. Jetzt liebte mich Fischer, jetzt, da er meinen Willen nicht mehr brechen konnte, da er meiner nicht mehr sicher war. Jetzt liebte er mich wirklich.

Fischer, der bis dahin auf dem Filmgelände von Geiselgasteig gewohnt hatte, zog am nächsten Tag im Hotel Karlsbad ein. Da er mir nichts von diesem Entschluß mitgeteilt hatte, war ich nicht wenig überrascht, als er zwei große und drei kleine Koffer aus dem Auto hob, mich vorwurfsvoll anblickte und sagte: »So, da bin ich.«

Denselben Satz wiederholte er vor Frau Krause, die nicht nur überrascht, sondern geradezu erschüttert war. Daß ein so prominenter Gast in ihrem Haus wohnen wollte, war schon aufregend genug, aber daß in diesem großen Augenblick gar kein Zimmer mehr frei war, war zu viel für sie.

»Herr im Himmel«, jammerte sie, »was machen wir nun?«

»Wir stellen ein zweites Bett in das Zimmer von Frau Clausen«, erklärte Fischer.

Frau Krause riß die Augen auf: »Aber das geht doch nicht... Sie sind nicht verheiratet, und ich bekomme Ärger mit der Sittenpolizei...«

»Lassen Sie die Sittenpolizei nur meine Sorge sein«, sagte Fischer ungerührt.

Also wurde ein zweites Bett in mein Zimmer gestellt, und damit wurde es bedrückend eng. Fischer, der bereits beim Auspacken war, meinte, es ginge ausgezeichnet. Da mein Schrank schon zum Bersten voll war, dekorierte er das ganze Zimmer mit seinen Anzügen, Hemden und Schuhen. Er hatte viele Sachen.

Ich hatte mich aufs Fensterbrett geflüchtet, denn dort war noch Platz. Ich überlegte, ob mich Fischers Einzug freuen oder stören sollte.

Ich beschloß, mich zu freuen.

Wir waren nun also »liiert«, doch ich fand das Wort weitaus aufregender als den Zustand. Der Zustand war mitunter sehr unbequem, was, so beteuerte ich mir, hauptsächlich an dem engen Zimmer lag. Man konnte mit Fischer in einem Saal sein, seine Vitalität, seine Sucht, von allem um sich herum Besitz zu ergreifen, waren so groß, daß man sich beengt fühlte. Das Auffallende an ihm war eine stiernackige, muskelgeschwellte, strotzende Körperlichkeit, die sich mit einer flinken, lebhaften Virilität paarte und bei dem weiblichen Geschlecht gewisse Wünsche wachrief. Er war genau der Mann, von dem eine Frau in einsamen Nächten träumt, vergewaltigt zu werden.

Und das war Fischers Dilemma.

Denn der Eindruck, den er erweckte, erwies sich zwar in Film und Theater meist als ausreichend, im Leben aber nur bis zum entscheidenden Augenblick.

Ich hatte lange nicht gewagt, dieser peinlichen Tatsache ins Auge zu sehen. Die Vorstellung, von einem berühmten Mann geliebt zu werden, hatte auf dem Umweg des Verstandes eine gewisse Befriedigung in mir hervorgerufen. Allerdings wurde das an dem Tage ein mangelhafter Ersatz, an dem meine Bewunderung für den Künstler nachließ und mein Verlangen nach dem Mann erwachte. An diesem Tage also – und er kam kurz nach meiner Rückkehr aus der Schweiz – stellte ich mit Bestürzung fest, daß mir Fischers Umarmungen keine Erfüllung brachten.

Diese Feststellung beunruhigte mich anfangs nicht besonders, denn ich war zu jung und unerfahren, um die Folgen übersehen zu können. Ich sagte mir, daß die körperliche Beziehung zwischen Mann und Frau von keiner allzu großen Bedeutung sei. Daß Fischer andere Vorzüge habe, für die man diesen Mangel ruhig in Kauf nehmen könne. Daß seine Umarmung zwar keine Freude, aber auch keinen Widerwillen in mir erwecke. Kurzum, ich machte aus der Liebe eine Pflicht, und ich erfüllte sie, wie man eben eine Pflicht erfüllt – stets darauf bedacht, ein Mindestmaß an Zeit und Mühe zu opfern. Auf diese Weise glaubte ich, das Problem gelöst zu haben.

Ich glaubte es jedoch nicht lange. Pflichten sind nun einmal unbequem, besonders dann, wenn der andere sein Vergnügen daraus zieht. Fischer war zwar ein schlechter, dafür aber sehr reger Liebhaber. Er war der Ansicht, daß Liebe gesundheitsfördernd sei und zum Tagesprogramm gehöre wie das Zähneputzen.

Mit der Zeit wurde ich nervös.

Ich begann mit Sehnsucht an die Tage zurückzudenken, an denen ich den Morgen, das Frühstück, den Spiegel, die erste Zigarette für mich allein gehabt hatte. Fischer war ein Frühaufsteher, und es gelang mir nie, die ersten, wenn auch noch so leisen Geräusche seines Erwachens und Aufstehens zu überschlafen. Obgleich ich mich zur Wand drehte und die Decke bis zur Nasenspitze hinaufzog, hörte ich jeden Laut mit irritierender Eindringlichkeit: rascheln, knacken, knistern, knarren, quietschen. Und mit jedem Ton wuchs mein Ärger, bis an Weiterschlafen gar nicht mehr zu denken war.

Mit dem wütenden Gedanken »was treibt er da eigentlich« warf ich mich schließlich auf die andere Seite und lugte verdrossen über den Rand der Bettdecke. Er tat nichts, was er nicht auch um zehn Uhr hätte tun können. Er tappte in Hausschuhen, sonst aber splitternackt, im Zimmer herum, öffnete eine Schranktür, blätterte in einer Zeitschrift, kritzelte etwas auf ein Blatt Papier, wühlte in einem Koffer. Es machte mich mit der Zeit rasend.

»Möchtest du Kaffee?« fragte ich gereizt, denn alles war mir lieber als dieses sinnlose Rumoren.

Er wandte sich mir zu: »Guten Morgen, Evilein...«, begrüßte er mich strahlend. Er war nicht nur ein Frühaufsteher, er war zu allem Unglück auch noch einer jener Menschen, auf den der Ausspruch: Morgenstund hat Gold im Mund, zutraf. Um sieben Uhr früh war er am vergnügtesten – ganz im Gegensatz zu mir.

»Morgen...«, erwiderte ich vorwurfsvoll und gähnte.

»Bleib ruhig noch liegen, Evi... ich mach mir den Kaffee schon selber.«

Er sagte das zwar jedesmal, aber er tat es dann doch nie. Entweder er raschelte weiter im Zimmer herum, oder – was noch schlimmer war – er versuchte zu mir ins Bett zu kommen. Er behauptete, Liebe am Morgen sei noch gesünder als am Abend, und obgleich ich ihm erklärt hatte, daß ich dazu einfach nicht in der Lage sei, versuchte er es doch von Zeit zu Zeit.

Ich stand mit mürrischem Gesicht auf.

»Ungenießbar wie jeden Morgen«, grinste Fischer.

»Ich bin todmüde.«

Ich zog mir den Morgenrock an, machte das Frühstück und kauerte mich in einem Sessel zusammen.

Fischer aß eine Scheibe Brot nach der anderen. Ich knabberte an einem Apfel.

»Warum ißt du nicht was Richtiges?«

Der Satz kam wie das Amen im Gebet. Ich hatte mir schon lange abgewöhnt, darauf zu antworten. Ich goß mir eine Tasse Kaffee ein.

»Äpfel und Kaffee!« sagte Fischer kopfschüttelnd, »kein Wunder, daß du schlecht gelaunt bist.«

Ich tat schweigend Zucker und Milch in die Tasse. Ich dachte an unser erstes gemeinsames Frühstück, an die Freude und Erregung, die ich dabei empfunden hatte. Ich war eine halbe Stunde vor Fischer aufgestanden, nur um mir die Haare zu frisieren, die Lippen zu schminken und mich von Kopf bis Fuß zu parfümieren.

Und jetzt? Mit welcher Freude hätte ich ein Frühstück allein genossen!

»Stört es dich, wenn ich rauche?«

»Ja – in deinem eigenen Interesse!«

O Gott, warum ging er nicht frühmorgens zur Arbeit wie

jeder andere Mann. Dann hätte ich frühstücken können, wie und was ich wollte.

»Was ist eigentlich mit deinem nächsten Film?« fragte ich aus diesen Gedanken heraus.

Er zuckte in scheinbarer Gleichgültigkeit die Achseln: »Die Verhandlungen laufen noch.«

»Glaubst du denn, daß sie dich Regie führen lassen?«

»Das ist wohl eine falsche Fragestellung«, fuhr Fischer auf, »die Frage ist, ob ich die Regie übernehme!«

Warum sagt er so etwas, überlegte ich verwirrt. Warum sagt er nicht einfach: »Ich hoffe, daß man mich Regie führen läßt.« Er weiß doch so gut wie ich, daß seine Chancen gering sind und daß er niemals – und wäre es ein noch so schlechter Film – ein Regieangebot ausschlagen würde.

»Also gut«, sagte ich mit einem spöttischen Lächeln, »glaubst du, daß du die Regie übernimmst?«

»Wenn mir das Thema liegt, selbstverständlich!« erwiderte er.

Sein letzter Film war ein glatter Mißerfolg gewesen. Er war eine knappe Woche in einem fast leeren Kino gelaufen und dann eiligst auf Nimmerwiedersehen abgesetzt worden. Ein paar hoffnungslos intellektuelle Kritiker hatten zwar auf die Dämonie der Licht- und Schatteneffekte hingewiesen, aber auch das hatte den Film nicht retten können. Es war ganz einfach ein schlechter Film gewesen und ein großes Verlustgeschäft dazu. Natürlich war Fischer nach dieser Pleite nicht gefragt.

»Hoffen wir, daß dir das Thema liegt...«, seufzte ich und begann den Tisch abzuräumen.

Ich hatte mir das Leben mit einem »Künstler« anders vorgestellt.

Es war an einem Sonntagmorgen.

Ich setzte mich auf, schüttelte die Haare aus dem Gesicht und lächelte.

»Nanu«, sagte Fischer, »was ist denn mit dir los?«

»Riechst du den Frühling!?«

»Ja, es scheint wunderbares Wetter zu sein.«

Ich sprang aus dem Bett und öffnete das Fenster.

Ich hielt mein Gesicht der Sonne entgegen. Es war nicht mehr die blasse, matte Wintersonne. Sie brannte auf der Haut.

»Wie schön«, sagte ich.

Das Telefon klingelte.

»Muß das sein... an einem Sonntagmorgen um acht Uhr früh...«

»Bitte, geh du«, sagte Fischer, »ich bin heute für niemand zu sprechen.«

Ich nahm den Hörer ab: »Hallo...«, sagte ich verstimmt.

»Eveline...«

»Oh... Papa...?«

»Eveline...«

»Papa, was ist denn? ...Papa...«

»Deine Mutter...«

»Nein... bitte nicht... bitte... bitte...«

»Sie ist vor wenigen Minuten gestorben...«

Es war das erstemal, daß ich meinen Vater weinen hörte.

Ich legte den Hörer irgendwohin und setzte mich aufs Bett: »Bitte nicht, Papa...«

Ich wußte nicht, ob die Worte seinem Schluchzen oder dem Tod meiner Mutter galten.

Fischer kam auf mich zu: »Evi...«, begann er.

»Sag jetzt bitte nichts.«

Er setzte sich neben mich und strich mir über das Haar.

»Es ist besser für sie«, sagte ich.

»Ja, Liebes.«

»Du hast sie nicht gekannt. Du ahnst nicht, wie sie sich gequält hat. Es ist viel besser für sie.«

Er strich mir weiter über das Haar – fest und rhythmisch.

»Als ich sie das letztemal gesehen habe – das war vor zehn Tagen –, da wollte sie mir etwas sagen, aber ich konnte sie nicht verstehen. Dann hat sie versucht, es mir aufzuschreiben. Aber sie konnte den Bleistift nicht halten. Schließlich hat sie mich nur angeschaut – weißt du, mit einem Blick, den man einfach nicht beschreiben kann. Wirklich, ich schwöre dir, hätte man mir den Leib bei vollem Bewußtsein aufgeschnitten, ich hätte es leichter ertragen als diesen Blick. Du hast sie nicht gekannt.«

»Evi...!«

»Und weißt du, was ich dann getan habe!? Ich habe gesagt: ›Mutti, ich komme gleich wieder.‹ Ich bin aus dem Zimmer gegangen und habe mich aus dem Haus geschlichen, und dann bin ich den ganzen Weg bis zum Bahnhof gerannt. Im Zug habe ich mir vorgestellt, wie sie dann wohl auf mich gewartet hat. Ganz klein und geduldig, die Augen immer auf die Tür gerichtet. Sie hat ja nicht gewußt, daß ich davongerannt bin. Sie hat ja geglaubt, ich käme wieder. Sie hat sicher sehr lange gewartet.«

»Quäle dich doch nicht...«

»Ich weiß genau, was ich hätte tun müssen, anstatt wegzulaufen. Ich hätte sie umarmen und küssen müssen. Ich hätte ihr sagen müssen, daß ich sie unendlich liebe. Ich habe sie geliebt, glaube mir, ich habe sie unendlich geliebt. Und trotzdem habe ich sie nicht umarmt und geküßt. Ich hatte Angst, ihren Körper zu berühren... es war nicht mehr ihr Körper... ich habe es nicht über mich gebracht.«

»Arme Kleine«, sagte Fischer, mein Haar streichelnd.

Ich schüttelte seine Hand von meinem Kopf: »Du sollst mich nicht streicheln... du sollst dich vor mir ekeln!«

»Pst... Evi...«

»Hörst du... du sollst dich vor mir ekeln!«

»Komm Kind, zieh dich an.«

Er stand auf und zog mich zu sich hoch.

»Ich habe sie so geliebt, und sie ist gestorben, ohne daß ich es ihr gesagt habe.«

»Sie hat es gewußt, auch ohne daß du es ihr gesagt hast.«

»Hör auf!« schrie ich. »Ich will keinen Trost! Verstehst du denn nicht, daß ich sie im Stich gelassen habe... daß ich davongerannt bin... einfach davongerannt...«

Man hatte ihr den Unterkiefer mit einem weißen Tuch hochgebunden und die Hände auf der Decke gefaltet. Das Lid ihres rechten Auges war einen winzigen Spalt geöffnet. Ihre Züge waren härter als im Leben, sonst hatte sich an ihrem Gesicht nichts verändert.

Ich hatte mich entsetzlich gefürchtet, ihr Zimmer zu betreten.

»Eveline«, hatte mein Vater gesagt, »du brauchst keine Angst zu haben. Der Tod ist etwas ganz Natürliches.«

»Ja, Papa.«

Er hatte den Arm um mich gelegt, und wir waren hineingegangen.

Das Fenster stand weit offen.

Ich sah die Krone eines Baumes, die ersten zarten Knospen.

Dann drehte ich mich langsam dem Bett zu und sah meine Mutter.

Sie wandte nicht den Kopf. Meine Mutter war tot.

Zum erstenmal erfaßte ich die ganze Bedeutung dieses Wortes. Sie würde mich nie mehr anschauen.

Ich wußte, daß es für mich keinen Trost gab. Sie war tot. Es war unwiderruflich.

»Wie sah Mutti aus, als du ihr zum erstenmal begegnet bist?« fragte ich meinen Vater.

»Ich lernte sie auf einem Kostümfest kennen. Sie trug etwas sehr Buntes, dazu winzige, schwarze Schnabelschuhe. Ich war so erstaunt über ihre kleinen Füße, darum erinnere ich mich noch genau daran. Im Haar trug sie eine gelbe Rose. Es sah sehr gut aus, das Gelb der Blume und das Rot ihrer Haare...«

»Sie war schön, nicht wahr?«

»Sie war mehr als schön. Die Ausdruckskraft ihres Gesichtes, ihre Bewegungen und Stimme, ihr Witz und ihre Intelligenz... Es paßte alles zusammen.«

»Hast du sie sehr geliebt?«

»Ja, ich habe sie sehr geliebt.«

»Das ist schön«, sagte ich.

»Vielleicht möchtest du noch einen Moment mit ihr allein sein.«

Ich nickte.

Als er das Zimmer verlassen hatte, trat ich dicht an das Bett. Ich schaute auf sie hinab und suchte in ihrem Gesicht nach der jungen Frau mit der gelben Rose im Haar. Aber ich fand sie nicht.

Ich beugte mich über ihre Hände und küßte sie. Dann ging ich.

Fischer bekam die Regie doch. Ob er das nun einem glücklichen Zufall, seiner Zähigkeit oder seiner Überredungskunst verdankte, weiß ich nicht. Er jedenfalls tat, als habe er es nie anders erwartet, und als ich spontan ausrief: »Das ist aber eine Überraschung!« wies er mich mit der Bemerkung zurecht: »Ich wüßte nicht, was daran überraschend wäre.«

Er führte also Regie, setzte sich außerdem als Hauptdarsteller ein und schrieb am Drehbuch mit.

»Findest du nicht«, wandte ich schüchtern ein, »daß das ein bißchen viel auf einmal ist?«

»Mein liebes Kind«, erwiderte er, ohne mit der Wimper zu zucken, »es gibt weder Autoren noch Schauspieler in Deutschland, also muß ich es selber machen.«

Seine Überheblichkeit verschloß mir den Mund. Ich sah gefaßt dem schlechten Ende eines schlechten Films entgegen.

Fischer stürzte sich in die Arbeit. Er verließ das Hotel um sieben Uhr früh und kehrte erst abends wieder zurück. Seine Versuche, mich wie früher auf Schritt und Tritt mitzuschleppen, scheiterten. Ich war entschlossen, meine langentbehrte Freiheit zu genießen.

Der Herr hatte auffallend gepflegte Füße. Keine Druckstellen, keine Hornhaut, geschweige denn ein Hühnerauge. Es waren wirklich Füße, die sich sehen lassen konnten. Auch seine Hände waren tadellos maniküt. Die Nägel spitz zugefeilt und auf Hochglanz poliert. Der Siegelring, den er am zweiten Finger trug, war massiv, aber nicht protzig. Hätte er einen Anzug angehabt, dann hätte ich weitere Schlüsse ziehen können. Aber er war nur mit einer Badehose bekleidet, und einen Mann nach seiner Badehose zu beurteilen konnte zu Irrtümern führen. Was sein Gesicht betraf, so gab es auch wenig Aufschluß. Es war ein sympathisches Gesicht, keine auffallenden Züge, keine besonderen Merkmale. Es sah aus, als würde es jeden Morgen mit den besten Klingen rasiert, mit Yardley eingerieben und sorgfältig massiert. Das einzige, was man eben auf den ersten Blick sah, war, daß dieser etwa vierzigjährige Mann weder Zeit noch Geld für eine intensive Körperpflege scheute.

Er war ein blonder Typ, und die Sonne, der er sich unfreiwillig aussetzte, tat ihm offensichtlich nicht gut. Seine Haut leuchtete wie ein schneebedeckter Berggipfel bei Alpenglühen. Dennoch nahm er die Qualen eines Sonnenbrandes auf sich, denn ich hatte es mir in den Kopf gesetzt, braun zu werden, und lag seit zwei Stunden unbeweglich an derselben Stelle.

Er ließ mich nicht aus den Augen, und er hätte bestimmt keine Schwierigkeiten gehabt, meinen Körper auswendig und in jeder Einzelheit aufzuzeichnen. Ich fragte mich, wann er sich dazu entschließen würde, mich anzusprechen. Aber er schien sich seiner Chancen nicht sicher – und das mit Recht. Außer seinen Füßen imponierte mir nichts an ihm. Ich ließ also seine standhaften Bemühungen, meinen Blick zu fangen und festzuhalten, unbeachtet, drehte mich mal auf den Rücken, mal auf den Bauch und tat, als existierte er gar nicht.

Gegen Mittag wurde es mir zu heiß, und ich setzte mir die Badekappe auf, um ins Bassin zu gehen. Er erhob sich sofort und folgte mir in einigem Abstand. Kaum war ich im Wasser, machte er einen wenig eindrucksvollen Kopfsprung, schlug mit dem Bauch auf und bespritzte mich.

»Oh, pardon«, sagte er, und dann: »Recht kalt das Wasser, nicht wahr?«

Ich zog in stummer Verachtung die Augenbrauen in die Höhe und schwamm in die entgegengesetzte Richtung. Er ließ sich nicht abschütteln, tauchte mal an meiner rechten, mal an meiner linken Seite auf.

Als er mir zu lästig wurde, verließ ich das Bassin, mit dem Erfolg, daß er sofort hinter mir her die Leiter emporkletterte. Es gab offenbar kein Entrinnen. Diesen Mann schreckte weder ein Sonnenbrand noch ein Kopfsprung ab. Ich beschloß, nach Hause zu gehen.

Er wartete vor dem Ausgang des Schwimmbads. Er trug einen erstklassig geschnittenen hellgrauen Anzug, dem man sofort ansah, daß er nicht aus der Kriegszeit stammte. Das Hemd war aus weißer Seide – bestimmt mit handgesticktem Monogramm –, die Krawatte dezent weinrot und dunkelblau gestreift, die Schuhe aus feinem, schwarzem Leder. Er machte einen ungemein vornehmen, wohlhabenden Eindruck.

Er schien es zu wissen. Der nassen Badehose entledigt, der

brennenden Sonne entkommen, war er sich seiner Sache sicherer.

»Liebes, verehrtes Fräulein«, sagte er, auf mich zutretend, »nach allem, was ich wegen Ihnen erduldet habe, sind Sie mir ein kleines Entgegenkommen schuldig.«

Er sprach schnell, undeutlich und mit einem ganz leichten bayerischen Akzent.

Ich war jetzt neugierig. Entweder, überlegte ich, ist er ein ganz raffinierter Schieber, der auf vornehm macht, oder...

»Schütz von Deidesheim«, sagte da der Herr mit einer eleganten Verbeugung.

»Aha«, sagte ich nur. Adel hatte mich noch nie beeindruckt.

Er hatte sich wohl mehr von seinem klangvollen Namen versprochen und wurde etwas nervös, als die erhoffte Reaktion ausblieb.

»Mein Wagen«, beeilte er sich daher fortzufahren, »steht dort vorn an der Ecke. Es wäre mir eine Freude, Sie nach Hause bringen zu dürfen.«

Das allerdings war ein weitaus größerer Trumpf als sein Name. Es war heiß, ich war müde, und der Weg zum Hotel war weit.

»Gut«, sagte ich, »ich mache Ihnen die Freude.«

Es war ein schwarzer Mercedes. Alt natürlich, aber gut gehalten, fleckenlos und wie die Fingernägel meines Begleiters auf Hochglanz poliert.

»Guten Tag, Herr Baron.« Ein Chauffeur in grauer Livree hielt uns die Tür auf.

Langsam begann mir die Geschichte Spaß zu machen. Ich ließ mich in das Polster sinken und kreuzte die Beine.

»Wie wär's, wenn wir bei ›Boettner‹ eine Kleinigkeit zu Mittag essen würden?« fragte der Baron, der schon wußte, warum er den Namen des Restaurants nannte.

Boettner war ein exclusives kleines Eßlokal. Ich hatte gehört, daß es für sagenhafte Preise sagenhafte Gerichte und Getränke bot. Es wäre eine Dummheit gewesen, diese Einladung auszuschlagen.

Der Baron wußte, wie man einer jungen Dame den Hof macht. Er hatte es früh gelernt, und er hatte nie etwas anderes getan.

Er hatte die besten Internate besucht, und er war, was man einen Kavalier alter Schule nennt. Er hatte außerdem das Geld und die Zeit, um sich ausschließlich seinen Kavalierspflichten zu widmen. Er nahm diese Pflichten sehr ernst.

Es war das Jahr 1949 – ein Jahr, in dem die meisten Menschen in Deutschland noch um ihre Existenz kämpfen mußten. Wo neue Kleider noch ein Problem, ein Stückchen Fleisch ein Festessen, eine Wohnung das große Los war.

Da es Schütz von Deidesheim aber an diesen Notwendigkeiten nicht fehlte, machte er mich zu seiner Notwendigkeit. Er kämpfte um mich wie die anderen um ihr tägliches Brot. Und es soll nur ja niemand behaupten, daß der Aufbau einer Beziehung nicht ebenso mühsam sein kann wie der Aufbau einer Existenz.

Ein Kavalier alter Schule weiß, was er seiner Erziehung schuldig ist. Er macht zum Beispiel keine Geschenke, er macht Präsente. Nur die wenigsten wissen, wo ein Präsent aufhört und ein Geschenk anfängt. Der Baron wußte natürlich auch das.

Er begann mit einer zartvioletten Orchidee und kam bis auf siebenunddreißig rote Rosen. Dieser Strauß allerdings setzte seiner Huldigung in Form von Blumen ein jähes Ende.

»Das geht zu weit!« brüllte Fischer, als er eines Abends das Hotelzimmer betrat und im wahrsten Sinne des Wortes nur noch rot sah. »Das also nennst du eine platonische Freundschaft!«

»Ich bin ja selber überrascht«, stotterte ich, »vielleicht hat sich das Blumengeschäft in der Farbe geirrt.«

»Oder der verdammte Baron in seinen Gefühlen!«

»Wie sprichst du von ihm!«

»Wenn ich etwas hasse, dann sind es diese adligen Parasiten, die in ihrem ererbten Geld ersticken und nicht wissen, was ehrliche Arbeit ist.«

Er packte die Vase und hielt sie mir entgegen: »Nimm mir die Blumen aus den Augen, oder ich schmeiße sie aus dem Fenster... und wenn du diesen Kerl noch einmal triffst...«

Ich hatte dem Baron nicht verschwiegen, daß ich mit einem Mann zusammenlebte, und am nächsten Tag erklärte ich ihm, daß er mir keine Blumen mehr schicken dürfe.

»Er hat es nicht gern«, sagte ich, ein Stück Toast mit Kaviar bestreichend, »das müssen Sie verstehen.«

»Aber es ist mir ein Bedürfnis, Ihnen Blumen zu schicken.«

»Ja, ja. Aber nun stellen Sie sich mal den umgekehrten Fall vor. Nehmen wir an, Sie hätten eine Frau, und ein fremder Mann würde ihr rote Rosen schicken. Na, was würden Sie sagen?«

Schütz von Deidesheim, der gerade sein Champagnerglas zum Munde geführt hatte, vergaß zu trinken und starrte mich betroffen an.

»Was ist denn?«

Er stellte das Glas auf den Tisch, räusperte sich, öffnete den Mund, schluckte. Als nach diesen Vorbereitungen immer noch nichts kam, biß ich in meinen Toast.

Im selben Moment schien er die richtigen Worte gefunden zu haben: »Ich muß Ihnen etwas gestehen.« Er sprach noch schneller, noch undeutlicher als je zuvor, und ich mußte das Kauen einstellen, um ihn zu verstehen. »Im Zusammenhang mit dem, was Sie eben sagten... ich habe nämlich eine Frau... ich bin verheiratet... natürlich hätte ich Ihnen das sofort sagen müssen... aber...«

Ich begann zu lachen. »Na und...?« fragte ich.

Eine Sekunde lang schaute er mich sprachlos an. »Ja, Herrgott sakra...«, sagte er schließlich – denn in Momenten äußerster Verwirrung gebrauchte er volkstümliche Ausdrücke – »macht Ihnen das denn nichts aus...?«

»Mir...? Wenn es Ihrer Frau nichts ausmacht...« Ich zuckte die Achseln.

»Na, so was ist mir noch nie vorgekommen«, murmelte der Baron, zog ein duftendes Taschentuch hervor und tupfte sich den Schweiß von der Stirn.

Ich hatte überhaupt keine anderen Absichten als die, mir die Zeit zu vertreiben. Daß es für Schütz von Deidesheim mehr wurde als ein Zeitvertreib, ahnte ich. Aber es kümmerte mich ebensowenig wie die Tatsache, daß er verheiratet war. Ich traf mich mit ihm meist bei Boettner zu einem kleinen Sektfrühstück, wie er es nannte. Ich unterhielt mich mit ihm – das heißt, hauptsächlich sprach *er* –, wobei er von einem Thema zum nächsten sprang und sich auf seiner Unterlippe kleine weiße Schaumbläschen bildeten. Beides irritierte mich so, daß ich lieber nicht hinhörte und hinsah. Er merkte es gar nicht. Er plapperte unzusammenhängend von Fasanenjagd und Buddhismus, vom Skisport und dem Unterschied zwischen Sexus und Eros. Ich muß gestehen, daß mich keines dieser Themen interessierte und ich außerdem den Eindruck hatte, daß er von nichts etwas verstand, außer vielleicht von der Fasanenjagd. Ich aß und trank und rauchte und überlegte mir dabei, wie schade es doch eigentlich sei, daß Geld immer in die falschen Hände geriet.

Eines Tages, als er sich zu allem Überfluß auch noch darüber beklagte, daß er nie genug Geld habe, riß mir die Geduld, und ich sagte ruhig, aber bestimmt: »Sie sollten sich schämen!«

»Wieso?« fragte er perplex.

»Nun, Sie haben doch alles, was man sich wünschen kann: ein Schloß, ein Gut, Häuser, soundsoviel hundert oder tausend Hektar Land, Wälder, Pferde, Autos, Dienstpersonal, das Ihnen jeden Handgriff abnimmt...«

Ich sprach mit leiser, scharfer Stimme, und je mehr Reichtümer ich aufzählte, desto empörter wurde ich: »Wenn Sie Geld brauchen, hacken Sie ein paar Bäume ab, und Sie haben Geld. Wenn Sie Milch brauchen, melken Sie ein paar Kühe, und Sie haben Milch. Wenn Sie Wein brauchen, gehen Sie in Ihren Keller, und Sie haben Wein. Wenn Sie reisen wollen, steigen Sie in Ihr Auto und machen eine Reise... Herrgott... merken Sie denn gar nicht, wie gut es Ihnen geht?«

Meine Stimme mußte wohl doch etwas laut geworden sein, denn eine Dame, die an einem Nebentisch mit brillantengeschmückten Händen ein Rebhuhn zerlegte, musterte mich mit verstohlener Neugierde.

Der Baron machte ein Gesicht wie ein gescholtenes Kind, und das war er auch trotz seiner vierzig Jahre.

»Glauben Sie, Eveline«, sagte er in wehleidigem Ton, »daß das, was Sie da eben aufgezählt haben, das wahre Glück und die wahre Erfüllung ist?«

»Nein«, erwiderte ich, »aber es läßt sich einiges damit anfangen.«

Er schüttelte traurig den Kopf. »Ich habe es versucht«, klagte er, »ich habe ein paar Weltreisen gemacht...«

»In Luxuskabinen zweifellos...«, murmelte ich.

»Ich habe Afrika besucht, Ägypten, Indien, China...«

»Und in Luxushotels Whisky getrunken«, sagte ich etwas lauter.

»Ich war sogar im Urwald...« Er seufzte.

»Ein trauriges Schicksal.«

»Sie machen sich über mich lustig, Eveline, aber glauben Sie mir... ich bin ein unglücklicher Mensch.«

Fischers Worte gingen mir durch den Kopf: »Adlige Parasiten.«

»Ich habe noch nicht einmal einen Erben!« jammerte der Baron.

»Das ist allerdings schlimm«, sagte ich, »läßt sich das nicht ändern?«

»Meine Frau will nicht«, sagte er.

Kann ich verstehen, dachte ich.

Anstatt der Blumenarrangements schickte der Baron jetzt Obstkörbe. Er meinte, neutraler könne ein Präsent gar nicht sein, das müsse selbst Fischer einsehen.

Die Obstkörbe, in denen meistens noch eine Dose Malossol-Kaviar, eine Schachtel Schweizer Konfekt oder eine Flasche französischen Likörs versteckt war, hätte ich mir nicht wieder nehmen lassen, selbst wenn Fischer es nicht eingesehen hätte. Aber Fischer, die Kostbarkeiten verstohlen beäugend, sah es ein.

»Ich kann ja nichts dafür«, sagte ich in dem Bestreben, ihm seine Inkonsequenz, mir mein schlechtes Gewissen zu erleichtern, »er schickt mir die Körbe einfach ins Haus.«

Fischer vermied es, mich anzusehen.

»Und außerdem müssen ihn die Sachen ein Vermögen gekostet haben. Es wäre eine Schande, sie nicht aufzuessen.«

»Ich esse auf keinen Fall davon«, betonte Fischer, und eine Woche lang hielt er Wort.

Ich fand, daß man eigentlich gar keinen bequemeren Verehrer finden konnte als den Baron. Er war eben doch ein Kavalier alter Schule. Er gab, und er nahm nicht. Und gerade, als ich das festgestellt hatte, begann Schütz von Deidesheim unbequem zu werden.

»Herrgott sakra«, sagte er eines schönen Tages, »ich hab mich geradezu narrisch in Sie verliebt!« Und da wir gerade im Auto saßen und es noch dazu dunkel war, packte er mich und küßte mich stürmisch auf den Mund.

»Oh«, sagte ich und versuchte mich aus seinen Armen zu winden, »das sollten Sie nicht tun!«

Doch er war plötzlich nicht mehr Kavalier, sondern – wie er mir sehr richtig zuflüsterte – ein Mann aus Fleisch und Blut, der sich nicht mehr beherrschen kann.

Diese Verwandlung vom bequemen Verehrer zum leidenschaftlichen Liebhaber gefiel mir gar nicht, und ich war froh, als der Baron von Frau und Verwalter aufs Schloß zurückgerufen wurde. Er war nicht froh darüber.

»Grad' jetzt fahr ich so ungern weg«, sagte er und griff nach meiner Hand, »ich glaub', ich halt's keinen Tag ohne dich aus.«

»Du wirst es schon aushalten.«

»Ich komm, so schnell ich kann, wieder zurück!«

Als wir uns trennten, drückte er mir eine kleine Schachtel in die Hand: »Ein Abschiedspräsent«, erklärte er, »mach's erst auf, wenn du in deinem Zimmer bist.«

Es war eine kostbare Brosche aus Rubinen und Brillanten.

Präsente darf man nicht zurückgeben, sagte ich mir und befestigte die Nadel am Kleid. Ich trat vor den Spiegel und betrachtete den Effekt. Es war wirklich ein wunderschönes Schmuckstück.

In den folgenden Tagen kamen viele seitenlange Liebesbriefe vom Baron, und eines Sonntags kam seine Frau.

»Baronin Schütz von Deidesheim ist in der Halle und möchte Sie sprechen«, verkündete Frau Krause am Telefon.

»Um Gottes willen«, sagte ich und ließ den Hörer auf den Apparat zurückfallen.

»Was ist?« fragte Fischer und schaute mich über den Rand seiner Zeitung mißtrauisch an.

»Baronin Schütz von Deidesheim ist in der Halle.« Ich war zu bestürzt, um noch schwindeln zu können.

»Wer...?«

»Mein Gott... die Frau vom Baron.«

»Jetzt haben wir die Bescherung«, sagte Fischer düster.

»Und nun...?«

»Nun löffle die Suppe aus, die du dir eingebrockt hast.«

Ich rührte mich nicht von der Stelle.

»Los«, sagte er, »oder bist du jetzt etwa feige?«

Ich warf ihm einen vernichtenden Blick zu: »Mein Lieber, du kennst mich schlecht«, zischte ich und verließ das Zimmer mit hoch erhobenem Kopf und weichen Knien.

Ich begann die Treppe hinabzusteigen und wünschte, sie hätte tausend Stufen. Aber sie hatte nur achtundzwanzig, und als ich bei der einundzwanzigsten angelangt war, sah ich bereits die Baronin.

Sie war auf eine großflächige, schwerknochige Art schön. Jede Linie ihres Körpers und Gesichts war klar, gerade, ebenmäßig. Es war die kalte, klassische Schönheit einer Statue. Ich war so überrascht, daß ich stehenblieb und sie anstarrte.

Sie erhob sich von ihrem Stuhl, die Spur eines Lächelns um den Mund, und trat auf mich zu. Sie war fast einen Kopf größer als ich.

»Frau Clausen...?«

Ich nickte.

Sie hielt mir die Hand entgegen, und das verwirrte mich so sehr, daß ich zögerte, bevor ich sie ergriff.

»Ich bin Marianne Schütz von Deidesheim.«

Ich nickte wieder.

Sie lachte leise: »Ich bin nicht aus dem Grund hier, den Sie annehmen.« Die Situation schien sie köstlich zu amüsieren.

»Ganz im Gegenteil«, fügte sie hinzu.

Sie hatte Augen wie dunkel-violette Kirschen und Haare, die wie schwarzer Lack glänzten.

Was zum Teufel wollte sie?

»Mein Mann ist vom Pferd gestürzt«, sagte sie gleichmütig und streifte einen weißen Glacéhandschuh über ihre langen, gut geformten Finger, »er hat sich beide Schlüsselbeine und den Oberschenkel gebrochen.« Auch das schien sie in keiner Weise tragisch zu nehmen.

»Wie schrecklich!« murmelte ich.

»Es ist nicht sein erster Sturz...« Sie zuckte die Achseln.

»Aber um zur Sache zu kommen: Er liegt im Krankenhaus und möchte Sie unbedingt sehen. Ich bin hier, um Sie abzuholen.«

»Sie sind hier, um mich abzuholen?« wiederholte ich.

»Ja.« Sie öffnete ihre Tasche und nahm die Autoschlüssel heraus. »Ich hoffe, Sie haben Zeit.«

»Hören Sie«, sagte ich und kam mir von Sekunde zu Sekunde törichter vor, »Ihr Mann hat Sie zu mir geschickt, damit...«

»Kindchen...« Sie legte mir die Hand auf die Schulter, »was ist denn daran so unbegreiflich? Er kann sich nicht rühren, er hat eine Morphiumspritze bekommen und denkt wie alle Männer, wenn ihnen etwas weh tut, daß er im Sterben liegt.«

»Ach so«, sagte ich und glaubte des Rätsels Lösung gefunden zu haben, »er hat eine Morphiumspritze bekommen.«

»Ich wußte es schon vor der Morphiumspritze.«

Ihre ruhige Überlegenheit begann mich zu ärgern. Hatte *mich* die Ehe des Barons schon nicht gestört, so schien sie ein Betrug erst recht nicht zu stören. Ich empfand das beinahe wie eine Beleidigung, und ich gab mir Mühe, mich ihrer Gleichgültigkeit anzupassen.

»Also gut«, sagte ich mit gelangweilter Stimme, »nachdem mich Ihr Mann unbedingt sehen will und Sie das mit oder ohne Morphiumspritze für das Natürliche halten, machen wir uns am besten auf den Weg.«

Sie verzog ihren Mund zu einem kleinen, amüsierten Lächeln: »Mein Mann hat recht gehabt, als er sagte, Sie würden mir gefallen. Sie sind wirklich sehr reizend... ich kann ihn verstehen.«

»Vielen Dank«, sagte ich in dem Versuch, meine Unsicherheit hinter Ironie zu verbergen.

Noch nie war ich einer so kalten, glatten Frau begegnet. Noch nie hatte mir eine Frau so imponiert.

Marianne Schütz von Deidesheim stoppte vor dem Krankenhaus, zündete sich eine Zigarette an und wandte sich mir mit kühlem Lächeln zu: »Ich kann leider nicht mit hinaufkommen«, erklärte sie, »ich habe noch viel zu erledigen.«

Hätte sie nichts zu erledigen gehabt, sie wäre auch dann nicht mit hinaufgekommen.

»Auf Wiedersehen«, sagte ich kurz.

»Mein Mann muß mindestens sechs Wochen liegen, ich hoffe, wir werden uns hier öfter treffen.«

Sie fand immer wieder die richtigen Worte, um mich ihre Überlegenheit fühlen zu lassen. Hätte sie gesagt: »Ich hoffe, es ist Ihr erster und letzter Besuch bei meinem Mann«, mir wäre weitaus wohler gewesen.

Ich schaute in ihre Augen, die eine so weiche, samtene Farbe und einen so harten Glanz hatten. Entweder war sie eine virtuose Schauspielerin, oder ihr Mann und ihre Ehe waren ihr tatsächlich restlos gleichgültig.

Ich öffnete die Tür und stieg aus. »Danke, daß Sie mich hergefahren haben.«

»Es war mir ein Vergnügen!« Sie lachte, schaltete den Motor ein, winkte mir noch einmal zu und gab Gas.

Sie war die erste Frau, mit der ich gern befreundet gewesen wäre. Ich schaute dem Wagen verärgert nach, dann betrat ich die Klinik.

Es war eine Privatklinik, und das Zimmer, in dem der Baron lag, hatte überhaupt nichts mehr mit Krankenhaus zu tun. Man hatte den Eindruck, in einen großen, eleganten Salon geraten zu sein, in dem eine Party stattfinden sollte. Überall standen Vasen mit Blumen, silberne Dosen mit Zigaretten, Schalen mit Gebäck, Nüssen und Konfekt. In einer Ecke war so etwas wie eine Hausbar errichtet worden, mit zahlreichen Flaschen. Neben dem Bett, dem einzigen Möbelstück, das an Spital erinnerte, stand ein kleiner weißgedeckter Tisch, mit Sektkühler und Champagnergläsern. Ein Radio spielte Tanzmusik, ein Telefon klingelte, eine junge adrette Schwester huschte geschäftig hin und her, ein Arzt beugte sich über den Baron.

»Guten Tag«, sagte ich, »wird hier auch getanzt?«

»Eveline...!« Schütz von Deidesheim machte einen schwachen Versuch, sich aufzurichten.

»Herr Baron...«, riefen Arzt und Schwester im Chor, »Sie dürfen sich unter keinen Umständen bewegen...«

»Laßt mich in Frieden«, knurrte der Baron und dann, die Hand mühsam nach mir ausstreckend: »Herrgott sakra, ich fühl' mich wie ein alter Krüppel... komm her, kleine Eveline...!«

Ich trat an das Bett. Ich hatte das Gefühl, irgend etwas Nettes sagen oder tun zu müssen, aber ich wußte nicht, was. Arzt und Schwester zogen sich mit besorgten Gesichtern zurück: »Sie müssen ganz, ganz ruhig liegenbleiben, Herr Baron...«, warnten sie noch einmal.

»Gib mir einen Kuß«, sagte Schütz von Deidesheim, kaum daß sich die Tür hinter ihnen geschlossen hatte.

Ich beugte mich gehorsam zu ihm hinab und streifte seine Wange mit meinen Lippen.

»Ist das alles?« fragte er kläglich.

»Sie müssen ganz ruhig liegenbleiben, Herr Baron«, sagte ich. Ich zog einen Stuhl an sein Bett und setzte mich.

»Willst du ein Glas Champagner, Eveline?« Ich schüttelte den Kopf. »Oder etwas anderes?«

»Nein, danke, ich möchte nichts trinken.«

Sein Gesicht war stark gerötet, die Lippen trocken. Er machte einen abwesenden, unklaren Eindruck. Seine Augen irrten unablässig über mein Gesicht und schienen mich doch nicht zu sehen. Seine Stimme kam von weit her.

»Du warst sicher überrascht, als meine Frau plötzlich bei dir auftauchte, nicht wahr?«

»Ja, und nicht gerade sehr angenehm. Hättest du nicht eine bessere Möglichkeit finden können, mich zu benachrichtigen?«

»Sie selber hat mir vorgeschlagen, dich zu holen. Ich habe ihr schon vor dem Unfall von dir erzählt.«

»Warum hast du das getan?«

»Weil ich dich liebe.«

»Schau, du hast eine Morphiumspritze bekommen und...«

»Unsinn... die Morphiumspritze hat nichts damit zu tun. Ich liebe dich wirklich.«

»Hast du ihr das vielleicht auch gesagt?«

»Ja.«

»Jetzt verstehe ich überhaupt nichts mehr.«

»Wieso?«

»Deine Frau hat einen ganz ruhigen, gelassenen Eindruck gemacht. Sie hat mich sogar aufgefordert, dich oft zu besuchen. Es kam mir vor, als berühre sie die ganze Angelegenheit nicht im geringsten.«

»Marianne berührt überhaupt nichts. Sie ist eine eiskalte Frau. Ich habe noch nie ein menschliches Gefühl an ihr entdeckt. Auch für mich hat sie nie etwas empfunden.«

»Wieso hat sie dich dann geheiratet?«

»Ihre Eltern hatten ein großes Gut in Ostpreußen. Als die Russen kamen, flohen sie nach Bayern, mit nichts. Es ging ihnen sehr schlecht.«

»Ach so«, sagte ich.

»Ja... als ich Marianne fragte, ob sie mich heiraten wolle, sagte sie: warum nicht... Das war alles.«

Ich streckte den Arm aus und streichelte seine Hand.

»Eveline...«, sagte er, »ich möchte mich scheiden lassen... würdest du mich heiraten...?«

Ich schüttelte den Kopf.

»Das habe ich mir gedacht«, murmelte er, »ich habe Pech mit Frauen...«

»Unsinn... du suchst dir nur immer die falschen aus.«

»Vielleicht«, nickte er, »aber die, die mich mit Freuden heiraten würden, interessieren mich wieder nicht.«

»Das geht nicht nur dir so...«

Ich stand auf.

»Gehst du schon...?« fragte er mit unglücklichem Gesicht.

Er tat mir sehr leid. Und wie immer in diesen seltenen Momenten des Mitleids fühlte ich mich in die Enge getrieben.

»Ja, ich gehe«, sagte ich, »es ist besser, wenn...«

Ich hatte sagen wollen: Wenn wir uns nicht mehr wiedersehen... Aber er sah so hilflos aus, wie er da im Bett lag – nicht in der Lage, sich zu bewegen, nicht in der Lage, mich zurückzuhalten. Ich brachte die Worte einfach nicht über meine Lippen. Ich werde ihm schreiben, überlegte ich, so etwas läßt sich immer besser schriftlich als mündlich machen. Und ich wußte, daß das nicht der Grund war, daß es wie immer meine Feigheit war, die mich zu Feder und Papier, zu Auswegen wie Lügen und Davonlaufen greifen ließ.

»Kommst du mich morgen besuchen?«

»Ja, sicher...«

»Ich freue mich jetzt schon.«

Ich küßte ihn leicht auf den Mund: »Auf Wiedersehen...«

Während ich nach Hause ging, formulierte ich in Gedanken den Brief: »Mein Lieber... es fällt mir sehr schwer, Dir das schreiben zu müssen, aber...«

Fischers zweiter Film wurde ebenso »verkannt« wie sein erster. Der Produzent war verzweifelt, das Publikum war mißmutig, und selbst die intellektuellsten Kritiker mußten gestehen, sich in diesem Labyrinth hektisch-dämonischer Geschehnisse nicht mehr zurechtzufinden.

Fischer, in der Pose eines Feldherrn, der sich dem Feind zwar ergibt, aber nicht geschlagen ist, äußerte verächtlich: »Es lohnt sich nicht, Perlen vor die Säue zu werfen. Von nun an sollen sie ihre Filme ohne mich machen.«

Diese Drohung wurde in Filmkreisen erleichtert zur Kenntnis genommen.

Fischer also wandte dem »Kintopp« – wie er den Film plötzlich geringschätzig zu nennen pflegte – den Rücken.

Er konnte es sich leisten; hatte er auch keine Lorbeeren eingeheimst, so doch wenigstens eine beträchtliche Gage.

Als erstes überraschte er mich mit einem neuen Volkswagen und als zweites mit der Mitteilung, ein wunderschönes Grundstück gefunden zu haben.

»Es liegt in einem Villenvorort«, erklärte er begeistert, »und ist genau das richtige für uns.«

»Aha«, sagte ich weniger begeistert, »und wie komme ich in die Stadt, wenn du immer den Wagen hast?«

»Das ist doch vollkommen unwichtig«, brauste er auf. »Das Grundstück ist ideal, das ist die Hauptsache! Es stehen schöne alte Bäume drauf und zwei Häuser, ein großes und ein winziges, das ich wunderhübsch ausbauen lasse.«

»Wozu brauchen wir denn gleich zwei Häuser?«

»Das größere ist für meine Eltern, die ich dann endlich nach München holen kann, das kleine ist für uns.«

»Du meine Güte!« sagte ich erschrocken.

»Was heißt: du meine Güte?«

»Das kann doch niemals gutgehen.«

»Ich verstehe nicht, was daran nicht gutgehen kann?«

»Nein...«, rief ich verzweifelt, »das verstehst du nicht. Deine
Eltern und du und ich, alle auf einem Grundstück... sozusagen
eine einzige, große, traute Familie...«

»Liebe Evi...«, begann Fischer im belehrenden Ton eines
Schulmeisters, »erstens sind es zwei ganz getrennte Häuser,
zweitens sind meine Eltern bezaubernde Leute, drittens werden
dir geordnete Familienverhältnisse nur gut tun, viertens kannst
du von meiner Mutter viel lernen, fünftens...«

»Bitte, hör auf...«, beschwor ich ihn, »das bezweifle ich ja alles
gar nicht. Nur möchte ich lieber mit dir allein leben und nicht
gleich mit der ganzen Familie.« Er machte sein Märtyrerge-
sicht: »Evi, ich will immer nur dein Bestes, aber das merkst du
nicht. Als ich das Grundstück sah, war mein erster Gedanke:
Das ist genau das richtige für Evi! Geborgenheit... frische
Luft... eine Familie.«

»Ja, ja...«, sagte ich kleinlaut, »nur ist es von allem ein bißchen
zuviel...«

Geborgenheit, frische Luft, eine Familie.
Noch heute verbinde ich diese Worte mit einer Eßnische, einer
Suppenterrine, Zwetschgenknödeln und Palatschinken, einem
regengeschwängerten Himmel, nassen Fichten und einem
rundbäuchigen, vorwurfsvoll dreinblickenden Ehepaar.
Noch heute läuft mir bei diesen Worten ein Schauer den Rükken herunter, und ich empfinde unwillkürlich die gleiche blei-
erne Schwere, Müdigkeit und Resignation, wie ich sie damals
im Jahre 1950, in einem Villenvorort Münchens, im Kreise der
Familie Fischer, empfunden habe.
Sollte ich überhaupt jemals ein Verlangen nach Familienleben
gehabt haben, dann nur bis zu jenem Tage, an dem sich die
Holzlattentür des Grundstückes, Weidmannsweg zwanzig,
quietschend hinter mir schloß.
Von diesem Tage an war ich die Gefangene eines Spießbürger-
daseins, wie man es sich drastischer nicht vorstellen kann. Ich
bin überzeugt, daß ich mich in einer Besserungsanstalt für
schwer erziehbare Mädchen wohler gefühlt hätte, daß ich mit
einem Arbeiter, einem Bauern, einem Verbrecher leichter aus-
gekommen wäre.

Das Elternpaar Fischer stammte aus Böhmen. Der Vater hatte in irgendeiner Kleinstadt ein Friseurgeschäft gehabt, die Mutter war die Tochter eines Volksschullehrers gewesen. Sie waren – wie man das so nennt – respektable Leute. Sie war tugendhaft und eine gute Hausfrau und Mutter. Er war zuverlässig, fleißig und ein guter Familienernährer. Sie standen früh auf und gingen früh zu Bett. Sie nahmen ihre Pflichten, ihre Arbeit, ihren sonntäglichen Kirchgang ernst.

Es waren brave, anständige Leute, sie respektierten Staatsoberhaupt und Gott, Polizist und Priester. Sie beugten sich jedem Gebot, jedem Gesetz, jedem Befehl. Sie taten nichts, was ihnen ihre Existenz auf Erden, ihren Eingang ins Paradies hätte gefährden können.

Hätte ich sie einmal auf irgendeiner Tat ertappt, die nicht ganz korrekt gewesen wäre, ich hätte vielleicht eine Beziehung zu ihnen gefunden. Aber ich ertappte sie nie, und meine Verachtung für sie wuchs von Tag zu Tag.

Das Grundstück verstimmte mich vom ersten Moment an. Es war quadratisch, und viel zu viele Bäume verbreiteten viel zu viel Schatten. Nur zwischen den beiden Häusern war ein freier Platz, auf dem ich mich manchmal in die Sonne legte. Ich tat es ungern, denn gerade diese Stunden benutzte Frau Fischer mit Vorliebe, um Wäsche aufzuhängen, die Anzüge von Mann und Sohn auszubürsten oder Matratzen und Kissen zu klopfen. Und obgleich sie nie etwas sagte, ja kaum einen Blick in meine Richtung warf, las ich den Tadel in ihrer stillen Duldermiene. Anfangs zwang sie mich damit, ihr meine Hilfe anzubieten. Als sie aber jedesmal mit freundlichen, aber entschiedenen Worten ablehnte: »Lassen Sie, Evi, ich habe in solchen Dingen mehr Erfahrung...«, machte ich keinen weiteren Versuch.

Ich erkannte sehr bald, daß sie unglücklich gewesen wäre, hätte ich wirkliche hausfrauliche Eigenschaften entwickelt und mein träges, nichtsnutziges Dahinleben aufgegeben. Es war ihr geradezu ein Bedürfnis, zu dulden, zu seufzen und Mann und Sohn an Hand meines Beispiels zu beweisen, was sie für eine vorzügliche Frau und Mutter an ihr hatten. Da mir Hausarbeit zuwider war und ich außerdem nicht den geringsten Ehrgeiz hatte,

Vater und Sohn Fischer als Hausfrau zu imponieren, ließ ich ihr die Freude des Waschens, Putzens, Kochens und Seufzens. Ich rührte keinen Finger mehr, und selbst als sie eines Tages, mit Eimer und Scheuerlappen bewaffnet, in unserem Häuschen erschien, um, wie sie sagte, endlich einmal gründlich reine zu machen, ließ ich sie wortlos gewähren.

Ich hatte zu dem Häuschen ebensowenig Beziehung wie zu den Eltern oder dem hinterhältigen grauen Schnauzer, der ständig bellte, im entscheidenden Moment aber verstummte, den Schwanz einkniff und die Flucht ergriff. – Es war ein Häuschen in den Dimensionen einer Zwergenhütte. Die Decke niedrig, die Fenster klein, die beiden Zimmer eng wie ein Hühnerstall. Dazu eine winzige Kochecke und ein Duschraum. Die Möbel, die Fischer besaß, waren viel zu groß und wuchtig für die kleinen Kammern. Mit Mühe und Not hatte er in den einen Raum ein riesiges französisches Bett, in den anderen eine ebenso riesige geblümte Couch gezwängt.

Ich habe das Häuschen gehaßt, wie man eigentlich nur einen Menschen und keinen Gegenstand hassen kann. Und viel später erkannte ich, daß dieses Gefühl gar nicht dem Haus galt, sondern der Frau. Der Frau, die mir aus mindestens dreißig Fotografien entgegenstarrte. Es gibt keine gefährlichere Rivalin als eine Frau, die stirbt, noch bevor sie in der Lage war, dem Mann das Leben zu verbittern. Der Tod nimmt all ihre Fehler und Schwächen mit sich ins Grab. Auf diese Weise kann selbst aus einer Xanthippe die ideale Frau werden.

Bald nach unserem Einzug benützte Fischer meine Abwesenheit, um ein Stück der Wand dicht mit Fotos auszutapezieren – kleine und große, Porträts, Amateueraufnahmen, Paßbilder. Immer die gleiche Frau, mal allein, mal mit Fischer, mal in größerer Gesellschaft. Von vorne, von hinten, im Profil; stehend, liegend, sitzend; lachend, nachdenklich, kokett. Dazwischen getrocknete Blumen, Bänder, die sie wahrscheinlich einmal im Haar getragen hatte, und in der Mitte als Krönung eine alte russische Ikone. Genau unter dieser Sammlung stand ein Tischchen, bedeckt mit einem Spitzentaschentuch – das zweifellos ihr gehört hatte – und darauf eine Vase mit frischen Blumen.

Ich kannte Fischers Vorliebe für große Worte, große Gesten und Theater – aber dieser Altar der Erinnerung ging über alles hinaus, was er sich an Taktlosigkeiten geleistet hatte. Ich sagte mir, daß man eine solche Entgleisung einem Primaner, nicht aber einem erwachsenen Mann verzeihen könne.

Natürlich hatte mir Fischer von der Frau erzählt. Es war ziemlich am Anfang unserer Bekanntschaft gewesen, zu einer Zeit, da ich gar nichts davon hatte hören wollen.

»Wir haben uns sehr geliebt«, hatte er geradezu triumphierend gesagt. »Nie gab es einen Streit oder eine Meinungsverschiedenheit. Wir lebten ein knappes Jahr zusammen, und dann starb sie – kurz nach Ende des Krieges und unter tragischen Umständen.«

»Schrecklich«, hatte ich gemurmelt und gehofft, daß er die Tote ruhen lassen und meine Eifersucht nicht wecken möge. Doch er, in solchen Dingen schonungslos – oder, wie er es nannte, absolut ehrlich, – hatte mir alles haargenau geschildert.

Schon damals hatte ich meine Wehrlosigkeit der Toten gegenüber erkannt und gewünscht, daß ihr Leben an Fischers Seite länger gedauert hätte und ihre Unzulänglichkeiten dadurch stärker zutage getreten wären. Aber da ich wußte, daß es mir nicht gelingen würde, ihr den Heiligenschein zu entreißen, hatte ich geschwiegen und Ärger und Eifersucht hinuntergeschluckt.

Es wäre wohl auch dabei geblieben, und ich hätte nie mehr als eine stille Antipathie gegen die Verstorbene gehegt, wenn Fischer nicht plötzlich die Wand mit ihren Fotos geschmückt hätte.

Das allerdings ging mir zu weit. Eine mörderische Wut packte mich, das dringende Bedürfnis zu zerstören. Ich sprang von der Couch und stand da wie ein Tier, zum Sprung geduckt, zum Angriff bereit. Aber außer dem Gespenst einer Toten war niemand da, den ich hätte anspringen, angreifen können. Ich trat mit geballten Fäusten vor die Fotos und überlegte, ob ich dieses lächelnde, verträumte, erstaunte – dieses verhaßte Gesicht nicht von der Wand reißen sollte. Doch fast im gleichen Moment wurde mir klar, daß ich damit nichts erreicht hätte und daß es bessere Mittel und Wege gab, mich zu rächen.

Ich zog mich aus und legte mich nackt auf die Couch. Da es ein heißer Tag war, war mein Bedürfnis, mich nicht zuzudecken, glaubwürdig. Ich wußte, daß Fischer nicht weit sein konnte.

Er kam etwa eine halbe Stunde später. Als er die Tür öffnete, schloß ich die Augen und stellte mich schlafend. Ich hörte, wie er auf Zehenspitzen näher kam, tat, als erwache ich, gähnte und blinzelte ihn schlaftrunken an.

Er stand am Fußende der Couch: »Ein verlockender Anblick«, stellte er fest und blickte lächelnd auf mich herab.

»Ich muß eingeschlafen sein«, sagte ich und rieb mir die Augen. »Ich habe geduscht, und dann plötzlich wurde ich so müde... gib mir doch bitte die Decke von dort drüben.«

»Wozu? Ich finde dich so viel hübscher.«

Ich war etwas enttäuscht, daß er es mir so leicht machte: »Komm, gib mir die Decke!«

»Danach, meine Süße...«

Während er um die Couch herum auf mich zuging, begann er sich auszuziehen.

Ich beobachtete, wie er sich kaum die Zeit nahm, das Hemd aufzuknöpfen, und es mit einer ungeduldigen Bewegung über den Kopf streifte. Ich wartete, bis er vollständig entkleidet und im Begriff war, sich zu mir zu legen.

»Mein Lieber«, sagte ich in diesem Moment mit ruhiger, kalter Stimme, »das geht leider nicht.«

»Warum geht es nicht?« Er schien meine Worte nicht ernst zu nehmen und streckte die Hände nach mir aus, um mich an sich zu ziehen.

Ich wich vor ihm zurück: »Ich sage dir: Es geht nicht!«

Er ließ die Arme sinken, und sein Gesicht erstarrte zu einer zornigen Grimasse: »Was ist nun schon wieder los?«

»Gar nichts, außer daß ich nicht hier... in diesem Zimmer mit dir zusammensein kann!«

»Ich verstehe nicht! Was hat denn das Zimmer damit zu tun!?«

»Ich finde, das solltest du wissen!« Ich warf einen vielsagenden Blick auf die Fotografien.

Er folgte meinen Augen, und als er begriff, was ich meinte, wurde sein Gesicht ratlos.

Ich ließ mich auf den Rücken zurückfallen und verschränkte die Arme hinter dem Kopf: »Weißt du es jetzt?« fragte ich.

Er faßte sich schneller, als ich vermutet hatte: »Kind«, sagte er streng, »das sind zwei völlig getrennte Dinge.«

»Wenn du sie trennen kannst . . . ich kann es nicht!« Ich hob mein Bein, betrachtete wohlgefällig meinen Fuß und bewegte die rotlackierten Zehen.

»Evi . . . ich bitte dich, sei jetzt nicht kindisch!« sagte Fischer nervös und legte die Hand auf mein Bein.

»Kindisch . . . na, hör mal! Du hast doch die Fotos aus gutem Grund an die Wand gehängt, und ich respektiere diesen Grund. Eigentlich solltest du mir für meine Rücksichtnahme dankbar sein.«

»Rücksichtnahme!« rief er verzweifelt, »das war das letzte, was ich damit bezwecken wollte.«

»Du hättest wissen müssen, daß mein Gefühl für Pietät gewisse Dinge nicht zuläßt.«

Ich strich ihm mit den Fingerspitzen über den Rücken: »Komm«, sagte ich sanft, »ziehen wir uns an.«

Er schauerte unter der Berührung zusammen und starrte mich an wie ein Verdurstender, vor dessen Augen man ein Glas Wasser auf den Boden gießt. Er konnte jetzt nur verlieren. Er konnte mich nicht beschuldigen. Er konnte mir noch nicht einmal einen Vorwurf machen. Er hatte mit großer, pathetischer Geste die Bilder seiner toten Geliebten an die Wand gehängt, und diese Geste kam jetzt wie ein Bumerang auf ihn zurück. Es war mir ein Vergnügen, ihn in der Soße seiner klebrigen Gefühle schmoren zu sehen.

Ich sprang mit einem Satz von der Couch, blieb aber dicht vor ihm stehen. Er griff nach mir, aber ich wich ihm aus.

»Meine Feinfühligkeit in solchen Dingen mag etwas übertrieben sein«, sagte ich, »aber besser zu viel Feinfühligkeit als gar keine.«

Ich drehte mich sehr langsam um und ging wiegenden Schrittes zum Stuhl, auf dem meine Kleider lagen.

»Evi«, sagte Fischer, »falls du es vergessen hast – es gibt in dem Haus noch ein zweites Zimmer.«

»Sicher«, entgegnete ich, »aber wenn wir Pech haben, setzt sich deine Mutter direkt unter das Fenster und strickt. Du weißt doch, daß sie das um fünf Uhr herum meistens tut.«

Ich lächelte ihm süß zu und zog mir mein Höschen an.

»Hast du vielleicht noch ein paar Ausreden zur Hand?« fragte Fischer bitter.

»Ausreden?« rief ich empört. »Ich nehme Rücksicht auf deine Gefühle und deine Familie, und du wirfst mir Ausreden vor.«

Anstatt Filme zu machen, spielte Fischer jetzt Theater. Er war ein besserer Schauspieler als Regisseur, und das Publikum jubelte ihm allabendlich zu. Der Erfolg tröstete ihn über seine Mißerfolge hinweg, und er erklärte großspurig: »Der Film ist für Nichtskönner, das Theater dagegen für Könner.«

Ich vermied es, ihm zu widersprechen. Er brauchte den Selbstbetrug, wie ein anderer Zigaretten, Kaffee oder Alkohol braucht. Ich war froh, daß er Theater spielte – denn auf diese Weise konnte ich wenigstens drei Stunden täglich meinem Gefängnis entkommen. Ich begleitete ihn in die Stadt und vertrieb mir die Stunden der Vorstellung, indem ich ziellos durch die Straßen fuhr, ein Kino besuchte oder mich in ein Restaurant setzte. Es war alles nicht sehr spannend, aber es war besser als der Weidmannsweg.

Um halb elf holte ich Fischer vom Theater ab. Ich hatte ihn darum gebeten, sich nicht abzuschminken, denn die schwarzen Striche unter den Augen, die dunkel gefärbten Lider gefielen mir und machten mich der Liebe zugänglicher. Fischer, der alles getan hätte, um meine Leidenschaft zu fördern, ging also geschminkt zu Bett. Leider wirkte auch das nicht lange.

Es war ein Jahr, das überhaupt kein Ende nahm. Mir war, als gebe es keinen Frühling, Sommer, Herbst und Winter, sondern nur eine einzige gleichbleibende, graufeuchte Jahreszeit. Mit den Tagen war es das gleiche. Vormittag und Nachmittag verschmolzen zu einem zähen Zwölf-Stunden-Brei, dessen einzige Akzente die Mahlzeiten waren – Akzente, auf die ich übrigens gern verzichtet hätte.

Die Familie Fischer aß viel und regelmäßig, und die Gerichte waren vor allen Dingen nahrhaft. Die Teller kamen bis an den Rand gefüllt auf den Tisch, und man aß schweigend und in dem einzigen Bestreben, sich den Bauch zu füllen. Diese Art des Essens raubte mir den Rest meines schwachen Appetits und erweckte außerdem die Zwangsvorstellung in mir, mit jedem Bissen ein Pfund zuzunehmen. Meistens ließ ich die Hälfte stehen.

»Andere Menschen müssen hungern«, brummte Vater Fischer, der sein Leben lang den Teller leer gegessen und anschließend mit einem Stück Brot ausgewischt hatte.

Dieser nie ausbleibende, zurechtweisende Ausspruch ging sogar Werner Fischer auf die Nerven: »Man könnte ihr ja weniger auf den Teller tun«, nahm er meine Partei.

»Burschi«, mischte sich Mutter Fischer in das Gespräch, »wenn Evi vernünftig äße, dann wäre sie nicht so nervös.«

»Natürlich, Mama, aber da sie es nun mal nicht tut, wäre es besser, ihr weniger zu geben.«

Mutter Fischer begann das Geschirr zusammenzuräumen: »Lassen Sie nur...«, sagte sie, als ich mich erhob, um ihr zu helfen.

Ich ergriff Brotkorb und Wasserkaraffe und ging damit in die Küche.

»Ich gehe schon hinüber«, rief ich von dort aus und verließ das Haus.

Es regnete, es schien immer zu regnen. Der Schnauzer saß unter einer hohen, nackten Fichte und kläffte sinnlos vor sich hin. In dem Häuschen war es feucht. Ein Paar Männersocken lag auf dem Boden. Ich hob sie nicht auf. Ich schaute auf die Uhr. Es war dreiviertel zwei. Es war immer dreiviertel zwei, wenn Frau Fischer das Mittagsgeschirr hinauszuräumen begann. Es war nie halb zwei oder zwei.

Zehn Minuten später kam Fischer und hinter ihm her der Schnauzer.

»Bitte, schick den Hund raus«, sagte ich gereizt, »wenn er naß ist, stinkt er.«

Fischer gehörte zu jenen Tierfreunden, die die treue Kreatur – wie sie es nennen – immer dann mit Zärtlichkeiten überhäufen, wenn Zuschauer zugegen sind. Ich kann mich irren, aber ich werde bei diesen Menschen den Eindruck nicht los, daß sie dem Tier in unbeobachteten Momenten einen Tritt geben. Mochte das bei Fischer auch nicht der Fall sein, seine penetrante Tierliebe erfüllte mich mit Mißtrauen.

»Evi«, sagte Fischer traurig, »du bist herzlos! Glaubst du, der arme Hund sitzt gern im Regen?«

»Und glaubst du, ich sitze gern in diesem Gestank?« Ich öffnete die Tür: »Los, Rolf«, befahl ich, »geh in deine Hütte, da ist es sicher wärmer und trockener als hier...«

Der Hund kroch hilflos auf Fischer zu und begann ihm, leise winselnd, die Hand zu lecken.

»Scheinheiliges Luder!« sagte ich.

»Evi, ein Mensch, der Tiere nicht liebt, ist kein guter Mensch.« Er beugte sich zu dem Hund hinab und kraulte ihm den Kopf.

»Mag sein«, erwiderte ich achselzuckend und machte Anstalten, das Zimmer zu verlassen.

»Evi...?«

»Ja?«

»Ich glaube, ich muß einmal ernsthaft mit dir sprechen.«

»Worüber?«

»Über dich. Du benimmst dich nicht richtig – meinen Eltern gegenüber, mir gegenüber...«

»Dem Hund gegenüber...«

»Ja, auch dem Hund gegenüber«, trompetete Fischer mit erhobener Stimme und erhobenem Zeigefinger. »Du magst darüber lachen, aber es gehört alles zusammen. Es ist deine Grundeinstellung – den Dingen, den Menschen, dem Leben gegenüber. Es ist eine negative, zynische, kalte Einstellung, die dich und andere unglücklich macht.«

»Ich glaube nicht, daß ich mit dieser Einstellung geboren worden bin. Sie hat sich langsam entwickelt. Vielleicht hätte man mir helfen können, sie zu überwinden...«

»Wenn das eine Anspielung sein soll... mein liebes Kind, ich habe weiß Gott versucht, dir zu helfen.«

Der Schnauzer hatte sich auf den Rücken gelegt, und Fischer beugte sich wieder zu ihm hinab und begann ihm den Bauch zu kraulen.

»Du hast also versucht mir zu helfen?«

»Ja. Und nicht nur ich. Meine Eltern bemühen sich seit Monaten um eine herzlichere Beziehung. Aber was immer sie auch versuchen, sie prallen an deiner Eiseskälte ab. Es macht dir geradezu Freude, uns alle vor den Kopf zu stoßen. Du bist wie eine Fremde, und du tust nichts, um diesen unerfreulichen Zustand zu ändern.«

Ich trat dicht an Fischer heran. Der Hund lag zwischen uns und schien mich hämisch anzugrinsen. Wilde Wut packte mich. Solange man diesen Menschen Hände und Füße leckte, so lange wurde man am Bauch gekrault. Aber wehe, wenn man ihnen etwas anderes zeigte als winselnde Unterwürfigkeit.

»Scher dich zum Teufel!« schrie ich den Hund an und bohrte ihm die Spitze meines Schuhs in die Rippen. Der Schnauzer sprang jaulend auf und verkroch sich hinter Fischers Beinen.

»Bist du verrückt geworden, Eveline!«

»Glaubst du, dein geliebter Köter hat einen Schmerz gespürt?« kreischte ich, jetzt vollends die Fassung verlierend. »Der verstellt sich doch nur, wie ihr euch alle verstellt.«

»Ich muß dich sehr bitten, dich zu beherrschen.«

»Beherrschen? Unaufhörlich soll ich mich beherrschen. Das Vieh da darf aufjaulen, aber ich nicht. Und was weißt du, wie oft mir zum Aufjaulen zumute ist. Du sagst, ich benehme mich wie eine Fremde. Ich benehme mich nicht nur so – ich bin eine Fremde in diesem Haus. Was kann ich dafür, daß ich anders bin! Ich will nicht in eine sture Routine hineingezwungen werden – lächeln, weil man in gewissen Situationen lächelt, essen, weil man zu gewissen Zeiten ißt, glauben, weil man an gewisse Dinge glaubt. Nur weil es Millionen andere tun, ist das kein Grund, warum ich es auch tun muß. Ich will *ich* sein – verstehst du – *ich*...!« Meine Stimme überschlug sich. Ich begann jämmerlich zu weinen.

»Evi...«, flüsterte Fischer mit ungläubigem Gesicht. Wenn jemand in diesem Haus tobte, dann war er es, nicht ich. Er stand der neuen Situation ratlos gegenüber.

Ich hatte das Gefühl, mich gänzlich in Tränen aufzulösen. Es war ein angenehmes Gefühl, und es machte mich – jetzt, da ich mich entladen hatte – weich, anschmiegsam und zutraulich.

Ich lief auf Fischer zu, schlang die Arme um seinen Hals und preßte mein Gesicht an das seine: »Nimm mich fort von hier«, bat ich leise, »laß uns irgendwo allein wohnen... ich gebe dir mein Ehrenwort, ich werde alles versuchen, ein guter, vernünftiger Mensch zu werden... aber nimm mich fort von hier...«

»Aber Evilein«, sagte Fischer, »das geht doch nicht. Ich kann meine Eltern hier nicht allein lassen. Sie brauchen mich.«

»Ich brauche dich auch... ich brauche dich viel mehr. Deine Eltern sind ja nicht allein, sie haben doch sich.«

»Kindchen...« Er hielt mich ein wenig von sich ab, um mir in die Augen sehen zu können. »Hab doch Verständnis! Ich habe mir das hier mit viel Geld und Mühe aufgebaut... ich kann jetzt nicht einfach alles liegen- und stehenlassen!«

»Aber ich kann hier nicht leben... ich gehe ganz einfach zugrunde!«

»Bitte, sei nicht hysterisch.« Die gefürchtete metallische Härte kam in seine eben noch sanfte Stimme. »Unzählige Menschen würden sich glücklich schätzen, hier, in dieser wunderhübschen Umgebung, leben zu dürfen. Nur du glaubst eine Ausnahme machen zu müssen.«

O Gott, dachte ich, bitte nicht diese Stimme, diese Worte, diese aufgeblasene Selbstherrlichkeit. Ein einziges Mal mußte es mir doch gelingen, mit ihm wie mit einem Menschen zu sprechen. Aus diesem einzigen Male würden sich andere Male ergeben, und nach und nach würden wir zueinander finden.

Ich versuchte ein tapferes Lächeln: »Vielleicht gibt es doch eine Möglichkeit«, sagte ich, »bitte, überleg es dir noch einmal gründlich und...«

»Da ist nichts zu überlegen«, unterbrach er mich mit der üblichen Strenge, »es gibt keine Möglichkeit.«

Ich nahm einen letzten Anlauf: »Fahren wir über das Wochenende fort«, bat ich, »irgendwohin, wo wir ganz allein sind und über alles sprechen können.«

»Evi, wo sollen wir denn hinfahren? Wir haben es doch hier viel hübscher als irgendwo anders.«

»Gut«, sagte ich, und meine Stimme klang hohl wie ein Echo, »du hast es so gewollt.«

Ich nahm seine Hände von meinen Schultern und wandte mich ab: »Du hast es so gewollt«, wiederholte ich.

Helmut Schmitz war der Kameramann, mit dem Fischer seine beiden Filme gedreht hatte. Er war groß, bullig, hatte einen runden Kopf, ein verschmitztes, starkknochiges Gesicht und eine heisere, laute Stimme. Er war ein typischer Berliner, mit trockenem Humor und einer erquickenden Schlagfertigkeit, die sich in drastischen, oft ordinären Worten äußerte. Er machte den Eindruck eines robusten, fröhlichen, durch nichts zu erschütternden Mannes. Doch seine Hände, auffallend lang, feingliedrig und nervös, widersprachen dem. Man mußte Schmitz eine Weile kennen, um zu wissen, daß nicht seine stiernackige Erscheinung, sondern die Hände Ausdruck seines Wesens waren.

Er war in allem das Gegenteil von Werner Fischer, ohne Überheblichkeit, ohne Gefallsucht und erbarmungslos ehrlich. Wenn ein Film schlecht war, nannte er ihn schlecht, auch wenn es sein eigener Film war. Aber er litt darunter.

Er war mit Fischer durch zwei mißlungene Filme verbunden. Sie trafen sich oft, um die Möglichkeiten eines dritten zu besprechen, der der große, der durchschlagende Film werden sollte. Sie rechneten sich nach wie vor zu den Pionieren des deutschen Nachkriegsfilms und wollten sich Seite an Seite durch den Dschungel stupider Verleiher und geldgieriger Produzenten schlagen. Schmitz kam oft in unser Häuschen. Er hatte immer neue große Pläne, die er Fischer mitteilen mußte.

»Nu hör mal zu, Werner! Der janze Film spielt in eener eenzijen Dekoration. Nur drei Hauptdarsteller – det andere alles Komparserie. Ick komme mit sechs Fünfern, zwanzig Zwoern und zehn Halben jut aus. Da kannste dir vorstellen, wat wir an Jeld und Zeit sparen. Wat sagste dazu, Werner?«

»Klingt nicht schlecht. Aber wie ist denn die Story?«

»Phantastisch, saje ich dir! Ohne allet Klimbim. Ohne verlojene Sentimentalität. Aber dynamisch bis ins letzte!«

Helmut Schmitz sprang in seiner Begeisterung auf und versuchte in dem engen Zimmer auf und ab zu gehen.

»Ick kann dir die Story in drei Worten erzählen!«

»Also... Kostümfest, ja? Ne dolle Dekoration – Masken, Papierschlangen, Lampions... besoffene Menschen, verschwitzte Jesichter, Rauchschwaden... Det Janze 'n einzijes verschwimmendes Grau mit rinjetupften jrellen Lichtern, schwarze Schatten... ick saje dir, det kann umwerfend werden...«

»Und die Story?« beharrte Fischer.

»Ja, also die Story is foljendermaßen: zwee Männer, eene Frau. Der eene Mann 'n Schwächling, intellektuell, zynisch, labil.

Der andere 'n primitiver, geiler Bulle, der nur den eenen Jedanken hat, jedet Weib zu vöjeln... Na ja, det sind nu also die Männer. Die Frau ist 'ne zarte, schlanke, Person, dunkeläugig – janz mein Typ...«

Frau Fischer streckte den Kopf durchs Fenster: »Burschi, du wirst schon wieder am Telefon verlangt«, sagte sie mit leisem Vorwurf.

Fischer erhob sich: »Bin sofort zurück.«

Schmitz, in Gedanken noch bei seinem Film, zog abwesend eine Pfeife aus der Tasche und begann sie zu stopfen.

»Helmut«, sagte ich sehr langsam, »ich wußte gar nicht, daß zarte, schlanke, dunkeläugige Frauen Ihr Typ sind...«

Schmitz sah mich mit unsicherem Grinsen an.

Die Beziehungen zwischen Helmut Schmitz und mir waren immer herzlich, aber neutral gewesen. Ich war als Fischers Freundin für ihn ebenso tabu wie er für mich als Fischers Kameramann. Doch unter dem Druck dieses unerträglichen Milieus, unter dem niederen Dach dieses Gartenhäuschens, unter den wachsamen Blicken der Familie Fischer, hatte ich den Punkt erreicht, an dem ich nach der ersten besten Waffe griff und zum Amokläufer wurde. Die Waffe war Helmut Schmitz. Ich ging auf ihn zu und nahm ihm die Pfeife aus dem Mund.

»Helmut... dann müßte ich ja eigentlich Ihr Typ sein...«

Er schaute auf mich herab, die Augen ein wenig zusammengekniffen. »Na, was ist, Evi?«

»Was soll denn sein?«

»Das frage ich Sie!«

»Bin ich nun Ihr Typ – oder nicht?«

»Hat es Krach zwischen Ihnen und Werner gegeben?«

»Noch nicht mal das.«

»Mit anderen Worten: Ihnen hängt alles zum Hals raus!«

»Schon lange.«

»Evi... Werner ist mein Freund.«

»Ich weiß.«

»Sie sollten mich lieber aus dem Spiel lassen.«

»Ich will aber nicht.«

Draußen klappte eine Tür.

»Werner kommt, Evi.«

»Ja, Werner kommt.«

Als Fischer hereinkam, stand ich wieder an meinem alten Platz und lächelte ihm entgegen.

»Wie du dich verändert hast, Evilein...!« sagte Werner eine Woche später.

»Tatsächlich?«

»Ja, ich stelle es schon seit ein paar Tagen fest – mit großer Freude muß ich sagen.«

»Du freust dich darüber?«

»Natürlich! Plötzlich bist du vital, aufgeschlossen, wach! Früher warst du immer nur müde und deprimiert. Jetzt ißt du sogar richtig. Es ist eine wahre Wohltat!«

»Ja, ich empfinde es auch als eine Wohltat.«

»Endlich habe ich dich so hingekriegt, wie ich wollte!«

»Ja, das hast du wirklich großartig gemacht.«

»Ich war oft schon ganz verzweifelt über dich. Ich glaube, ich hätte es nicht mehr lange ausgehalten.«

»Ich gebe zu, es war entsetzlich.«

»Siehst du Evilein, wenn man dem Leben positiv gegenübersteht, dann blüht man auf...«

»Du hast vollkommen recht!«

»Komm her, meine Süße... du bist hinreißend schön...«

»Merkt Werner immer noch nichts?«

»Er merkt, daß ich mich verändert habe.«

»Und...?«

»Keine Angst, Helmut! Er freut sich darüber. Er findet, daß er mich großartig ›hingekriegt‹ hat.«

»Das kann doch nicht wahr sein!«

»Wieso überrascht dich das? Schauspieler sind doch keine Menschen.«

»Es muß ihm doch auffallen, daß du jetzt viel seltener zu Hause bist.«

»Ich habe plötzlich vielseitige Interessen. Filme, Konzerte, Museen. Darüber ist er auch sehr begeistert.«

»Evi, manchmal bekomme ich Angst vor dir. Ich glaube, das Ganze macht dir auch noch Spaß.«

»Dir etwa nicht?«

»Ich liebe dich, meine Kleine, ich liebe dich sehr.«

»Seit wann, Werner?«

»Seit langer Zeit. Aber ich habe es noch nie so stark und deutlich empfunden wie jetzt.«

»Aha.«

»Du bist noch sehr jung, und Liebe hat für dich vielleicht noch nicht die ernste Bedeutung, die sie für mich hat. Das macht mich manchmal ein wenig ängstlich.«

»Bitte, gib mir doch mal eine Zigarette vom Nachttisch.«

»Hier, meine Süße.«

»Du hast nichts mehr dagegen, daß ich im Bett rauche?«

»Sehr angenehm ist es mir nicht... aber rauch nur.«

»Danke... nein, laß nur, mit dem Feuerzeug weißt du nicht Bescheid.«

»Sag mal, Evi... liebst du...«

»Du hast doch recht, man soll im Bett nicht rauchen... hier, mach aus...«

»Evi...«

»Mach auch gleich das Licht aus... es ist schon so spät... Werner, was ist denn? Was hast du denn?«

»Laß mich, Evi...«

»Werner, nimm bitte das Gesicht aus dem Kissen und sag mir...«

»Evi, verlaß mich nicht, hörst du! Ich liebe dich.«

»Evi, ich halte das nicht mehr aus. Ich mag wie ein Kraftprotz aussehen, aber ich bin keiner.«

»Das weiß ich schon lange.«

»Ich kann Werner nicht mehr in die Augen sehen und will dich auch nicht mehr länger mit ihm teilen.«

»Was sollen wir denn machen?«

»Wir müssen Werner die Wahrheit sagen.«

»Wenn du es kannst... ich kann es nicht.«

»So, und warum kannst du es plötzlich nicht?«

»Wenn du wüßtest, wie klein und nachgiebig er geworden ist.«

»Und ich soll vielleicht den starken Mann spielen, damit du abwechselnd mit Werner und mir ins Bett steigen kannst, damit du...«

»Hör mit deiner ewigen Eifersucht auf – du machst einen ja verrückt!«
»Jetzt fang du nicht auch noch damit an!«

»Evi, wo warst du?«
»Du hast gesagt, daß du höchstens zwei Stunden fortbleibst...«
»Mein Gott, es hat etwas länger gedauert.«
»Du bist in letzter Zeit sehr oft in der Stadt.«
»Ja.«
»Evi...«
»Ja.«
»Wir sollten heiraten.«
»Mein Lieber... heiraten ist bei mir nicht drin.«
»Wie bitte?«
»Ich sagte: Heiraten ist bei mir nicht drin.«
»Das finde ich keine sehr charmante Antwort.«
»Ich auch nicht... ich benütze nur deine Worte.«
»Meine Worte?«
»Vor etwa zweieinhalb Jahren sagtest du: Mein liebes Kind, heiraten ist bei mir nicht drin. Du erinnerst dich nicht mehr? Ich erinnere mich genau. Wir saßen in einem Restaurant und warteten auf ein Brathähnchen. Ich hielt gerade ein Glas Wein in der Hand... du lehntest dich in deinem Stuhl zurück und lächeltest und sagtest diese nicht sehr charmanten Worte...«

»Ich soll in Hamburg einen Film drehen.«
»Helmut, das ist ja wunderbar!«
»Kommst du mit?«
»Nein.«
»Dann sage ich den Film ab.«
»Jetzt hast du endgültig den Verstand verloren.«
»Ich weiß genau, daß du mich lossein möchtest.«
»O Gott!«
»Du hast mich längst satt.«
»Hör schon endlich auf!«
»Ich wollte dich nicht lieben.«
»Du solltest wirklich nach Hamburg fahren und den Film

machen.«

»Ja, verdammt noch mal, ich fahre!«

»Ich habe eine große Überraschung für dich, Evilein ...«
»Was denn für eine?«
»Eine, die dich sehr glücklich machen wird. Rate mal!«
»Hat man dir eine Filmregie angeboten?«
»Würde dich denn das glücklich machen?«
»Nein, aber dich.«
»Ich sagte doch gerade, daß es *dich* glücklich machen wird.«
»Das, was dich glücklich macht, hat ja auch mich glücklich zu
machen, ist es nicht so?«
»Es hat sich inzwischen manches geändert.«
»Ach nein.«
»Ich habe ein Theaterengagement in Berlin angenommen. Zu-
nächst für ein halbes Jahr, aber wir werden wahrscheinlich ganz
dort bleiben.«
»Und deine Eltern?«
»Meine Eltern bleiben in München. Sie haben es doch wunder-
hübsch hier.«
»So allein?«
»Und dann heiraten wir in Berlin. Du wirst mit mir leben
können, wie du es dir immer gewünscht hast.«
»Dazu ist es zu spät!«
»Das kann doch nicht dein Ernst sein!«
»Doch, es ist mein Ernst. Ich komme nicht mit nach Berlin.«
»Aber warum denn, um Gottes willen?«
»Ich sagte dir doch – es ist zu spät.«

Ich war jetzt dreiundzwanzig Jahre. Ich wohnte wieder in einer
Pension und wußte nichts mit meinem Leben anzufangen. Ich
hatte kein Ziel, keine Interessen, nicht einmal ein Hobby. Jeder
Mensch schien irgend etwas zu haben, das ihn beschäftigte –
nur ich nicht. Ab und zu nahm ich einen Anlauf und versuchte
das geschäftige Spiel »leben« mitzuspielen und täuschte Interessen vor, die nicht vorhanden waren. Aber schon nach kurzer
Zeit gab ich es wieder auf und fiel in meine Teilnahmslosigkeit
zurück. Es gab viele Männer, die sich in mich verliebten und

um mich bemühten. Sie waren mir ebenso gleichgültig wie alles andere.

Es war eine Wohnung, die mein Leben ganz plötzlich veränderte und ihm einen Inhalt gab.

Mein Vater baute ein Mietshaus, und ich sollte im obersten Stock eine Wohnung bekommen.

Zuerst hatte mich die Aussicht auf eine eigene Wohnung mehr erschreckt als begeistert. Was sollte ich allein in einer Wohnung! Aber Papa zuliebe hatte ich mir schließlich einen kleinen Freudenausbruch abgerungen und war mit ihm zum Bauplatz gefahren.

»Aha«, hatte ich beim Anblick des Rohbaus gesagt und dann etwas zweifelnd hinzugefügt: »Glaubst du, daß die Mauern dick genug sind?«

Daraufhin hatte mir mein Vater einen langen, umständlichen Vortrag über Zement, Ziegel, Beton gehalten, und das hatte ebenso plötzlich wie heftig die Erinnerung an meine Kindheit wachgerufen.

Ich hatte meinen Arm in seinen gelegt, und von da an waren wir eine kleine Familie gewesen – Papa, der Bau und ich.

Ich beobachtete den Bau und freute mich über jeden Fortschritt. Am Tag, an dem ich das erste Mal in den fünften Stock emporsteigen durfte, war ich aufgeregt wie ein Kind am Weihnachtsabend. Mein Vater, der mich schon lange nicht mehr so erlebt hatte, rieb sich befriedigt die Hände: »Na, Evelinchen, mit der Wohnung scheine ich es ja getroffen zu haben.«

Die Treppe hatte noch kein Geländer, und wir mußten vorsichtig hinaufklettern. Oben war es zugig, und der Wind blies uns Staub und Mörtel ins Gesicht, aber ich sah die Wohnung schon fix und fertig vor mir.

»Also, paß auf, Papa! Die Mauer zwischen den beiden Zimmern muß wieder eingerissen werden – ich möchte einen einzigen großen Raum haben ... und hier, siehst du, muß ein Einbauschrank hin – die ganze Wand ein Einbauschrank ... den Fußboden legen wir am besten mit Velours aus ... was meinst du?«

»Hm ... tja ...«

»Bist du nicht dafür?«

»Oh, doch . . nur was das Geld betrifft . . .«

»Du meinst, es wird zu teuer!? Aber Papa, du möchtest es doch auch hübsch und gemütlich haben!«

»Unbedingt«, sagte mein Vater und machte ein amüsiertes Gesicht.

»Du wirst jeden Tag hier sein und . . . ach ja, das Bad . . . ich mag türkisfarbene Kacheln so gern.«

»Türkisfarbene . . . oh, la la!«

»Oder zart violette.«

»Dann schon lieber türkisfarbene.«

»Gut.«

Ich trat ans Fenster.

»Papa, so eine Aussicht gibt es in München kein zweites Mal. Man sieht die ganze Stadt, die Isar, die Frauentürme!«

Mein Vater trat neben mich und legte mir den Arm um die Schultern.

»Du hast uns eine wunderschöne Wohnung gebaut«, sagte ich, »danke.«

Das Aufschließen der Tür, der Schritt über die Schwelle waren feierliche Handlungen.

»Da sind wir«, sagte ich andächtig.

Die Wohnung strahlte im Glanz der Neuheit, im Licht der untergehenden Sonne. Der große Raum sah heiter und wohnlich aus.

»Das haben wir wirklich gut gemacht, Papa.«

Wir hatten jedes Möbelstück, jeden Stoff, jeden Aschenbecher – ja, sogar die Topflappen – gemeinsam ausgesucht. Wir hatten für den Kauf eines Stuhles, die Wahl eines Kissenbezuges Stunden gebraucht und Eckcouch und Einbauschrank sogar zusammen entworfen.

»Eveline, ich bin sehr zufrieden«, sagte Papa.

Er begann langsam durchs Zimmer zu gehen, befühlte den Stoff einer Gardine, rückte einen Aschenbecher zurecht, hob einen Faden vom Boden auf. Ich ging dicht hinter ihm, blieb stehen, wenn er stehenblieb, beugte mich vor, wenn er sich vorbeugte, musterte, was er musterte. Erst als wir alles genau besichtigt hatten, holte ich eine Flasche Champagner aus dem

Kühlschrank.

»So«, sagte ich, »und jetzt trinken wir auf unsere Wohnung!«

Die Woche über kam Papa täglich zu mir zum Mittagessen. Er brachte mir jedesmal Blumen mit. Er küßte mir die Hand, und erst wenn er umständlich den Mantel abgelegt und ein paar unsichtbare Staubkörnchen von seinem Hut entfernt hatte, nahm er mich in die Arme und küßte mich auf Stirn und Mund. »Wie geht es dir, meine Tochter?«

Er machte aus einer Phrase einen vollen Satz, aus den alltäglichsten Dingen kleine Zeremonien. Alles, was er tat, hatte Form und Ordnung. In mir hatte nichts Form und Ordnung.

»Papa«, sagte ich eines Tages, »ich komme mir vor wie eine vollgestopfte Rumpelkammer.«

»Evelinchen, manchmal findet man darin etwas sehr Wertvolles.«

»Bei mir findet man bestimmt nur Gerümpel!«

»Nun erzähl mir mal, was da so alles an Gerümpel in dir steckt.«

»Da ist zuerst einmal mein Egoismus, meine Oberflächlichkeit, meine Interesselosigkeit, meine Unwissenheit, meine Herzlosigkeit, mein Bedürfnis zu verletzen ... Erschrecke ich dich?«

»Nein, mein Kind«, sagte er.

»Es geht auch noch weiter: meine Faulheit, meine Verlogenheit, meine Rachsucht, wenn ich mich verletzt fühle.«

»Da hast du ja auf Anhieb eine recht stattliche Anzahl schlechter Eigenschaften gefunden«, sagte Papa, »oder hast du etwa schon öfter darüber nachgedacht?«

»Erst in letzter Zeit, erst seit ich die Wohnung hier habe. Weißt du, ich habe beschlossen, mich zu ändern. Es muß an der Wohnung liegen. Sie ist so schön, so sauber und ordentlich – sie steckt mich richtig an. Ich möchte auch so ordentlich werden – innerlich. Glaubst du, daß das möglich ist?«

»Natürlich ist das möglich«, sagte er und strich mir über das Haar. »Wir werden dich so in Ordnung bringen, daß du sogar noch die Wohnung in den Schatten stellst.«

Es wurde beschlossen, ich solle Sprachen lernen, das englische Dolmetscherexamen machen und danach auch das französische. Mit drei Sprachen und zwei Diplomen, meinte mein Vater, könne mir gar nichts mehr passieren. Ich war mit dem Beschluß ebenso einverstanden, wie ich einverstanden gewesen wäre, hätten wir beschlossen, ich solle Zirkusreiterin werden. Ich nahm mir vor, fleißig zu sein, zu arbeiten, zu lernen und meinem Vater ein Diplom nach dem anderen zu präsentieren. Ich ließ mich in einer Sprachenschule einschreiben, kaufte mir eine hübsche kleine Mappe, Hefte, einen neuen Füllfederhalter und machte mich daran, die innere Ordnung herzustellen.

Die Schule diente tatsächlich nur dem Zweck, ihren Schülern Sprachen beizubringen, und das ganz ernst und unnachgiebig, mit Noten, Prüfungen und Hausaufgaben, von acht Uhr früh bis ein Uhr mittags.

Ich wurde sehr an meine Schulzeit erinnert und empfand – obgleich den Kinderschuhen entwachsen – dieselbe Abneigung gegen das Schrillen des Weckers, dieselbe Angst vor dem Tadel eines Lehrers, denselben Druck im Magen vor einer schweren Prüfungsarbeit, dieselbe Verzweiflung beim Anblick eines fehlergespickten Diktates. Aber ich entdeckte plötzlich auch die andere Seite. Ich empfand Befriedigung, wenn ich eine gute Arbeit ablieferte, Freude, wenn ich mit einem anerkennenden Wort belohnt wurde, Interesse, wenn etwas, das ich nie begriffen hatte, Form annahm. Ich entdeckte, daß Arbeit hungrig, müde und angenehm ruhig macht, daß ein grauer Himmel, ein Abend allein nicht unbedingt schwere Schicksalsschläge zu sein brauchten, daß eine Zigarette, eine Tasse Kaffee, nochmal so gut schmeckten, wenn man ein paar Stunden Arbeit hinter sich hatte. Nach all diesen überraschenden Entdeckungen stellte ich mit einer gewissen Verlegenheit fest, daß ich drauf und dran war, in das Lager meiner langjährigen Feinde – der positiven Menschen – überzulaufen. Es schien, als solle nun doch noch ein nützliches Glied der menschlichen Gesellschaft aus mir werden.

Die ersten Anzeichen des Frühlings, das Ende des ersten Semesters und vor allen Dingen das Gefühl, etwas geleistet zu haben, weckten Wünsche und Pläne in mir.

»Papa«, erklärte ich eines Tages beim Mittagessen, »eigentlich habe ich mir doch eine kleine Belohnung verdient.«

»Aha«, sagte mein Vater, »und was nennst du eine kleine Belohnung?«

»Na, rate mal!«

»Tja, das ist gar nicht so einfach. Als Kind hast du dir für jede gute Note ein Stofftier gewünscht. Möchtest du ein Stofftier haben?«

»Ja, schenk mir einen kleinen Löwen.«

»Einen kleinen Löwen ... gut.«

»Papa, Stofftiere waren aber meine anspruchslosesten Wünsche ... und ein so kleiner Löwe für eine so große Leistung ...«

»Ich werde dir einen großen Löwen schenken.«

»Einen so großen Löwen gibt es gar nicht!«

»Dann scheint es sich hier offensichtlich um einen deiner anspruchsvolleren Wünsche zu handeln. Der letzte, den du geäußert hast, war ein Wandteppich für fünfunddreißigtausend ...«

»Oh, Papa«, unterbrach ich ihn lachend, »ich hatte doch wirklich keine Ahnung, daß der Wandteppich so viel kostet. Und der Wunsch, den ich jetzt – nein, mein Leben lang schon – habe, ist bestimmt nicht so teuer!«

»Hoffentlich!«

»Kannst du dich erinnern, was ich mir früher immer gewünscht habe?«

»Du hast dir Ponys gewünscht.«

»Die habe ich damals auch bekommen. Nein, es war ein Wunsch, den du mir nicht mehr erfüllen konntest.«

Mein Vater blickte nachdenklich in die Ferne. »Ich sehe schon, du kommst nicht drauf ... Also, paß auf: Es war an einem Abend im Winter. Ich lag schon in meinem Bett und wartete, daß du kommst, um mit mir zu beten. Ich trug einen gelben Pyjama – selbst daran erinnere ich mich noch. Schließlich kamst du ins Zimmer. Du warst im Frack. Ich hatte dich noch nie im Frack gesehen, und wäre der liebe Gott persönlich erschienen, er hätte auf mich keinen größeren Eindruck machen können als du. Ich dachte, kein kleines Mädchen auf dieser Welt hat einen so wunderbaren Vater. Dann habe ich dich gefragt, ob ich auch einmal so mit dir ausgehen dürfe. ›Natürlich‹, hast du ganz ernst geantwortet, ›wenn du erwachsen bist, Eveline, werden wir oft so zusammen ausgehen. Und außerdem ...‹, hast du gesagt, ›werden wir eine große Reise machen – nur du und ich ...‹ Erinnerst du dich jetzt?«

»Ja«, sagte mein Vater, »jetzt erinnere ich mich.«

»Von diesem Tag an war mein brennendster Wunsch, ganz schnell erwachsen zu werden, um mit dir verreisen zu dürfen.«

»Wir werden verreisen«, sagte mein Vater ohne zu zögern.

Einen so schnellen Entschluß, eine so feste Zusage hatte ich nicht erwartet.

»Wirklich, Papa?« fragte ich leise und atemlos.

»Wirklich! Hast du schon eine Vorstellung, wo du hinfahren möchtest?«

»Frankreich, Papa!«

»Wie deine Mutter«, sagte er, »sie liebte Südfrankreich.«

»Dann fahren wir nach Südfrankreich, ja?«

»Gut. Es ist eine wunderschöne Gegend. Wir können langsam durchfahren und bleiben, wo es uns gefällt. Es gibt dort bezaubernde kleine Orte und ein paar herrliche alte Kirchen, die ich dir unbedingt zeigen möchte.«

»Unbedingt!« rief ich, obgleich ich Papas Vorliebe für Kirchen nicht teilte.

»Wenn ich nur wüßte, wo diese eine, besonders schöne Kirche ...«

»Ach Papa, die finden wir schon!«

Ich sprang auf, lief zu ihm und umarmte ihn stürmisch: »Es wird himmlisch!« Der Gedanke, mit meinem Vater zu verreisen, war überwältigend.

»Papa«, sagte ich, »es kommt doch auch ganz bestimmt nichts dazwischen, nicht wahr?«

»Es kommt ganz bestimmt nichts dazwischen«, sagte er.

Am darauffolgenden Tag rief er mittags an und erklärte, er habe eine wichtige Besprechung und könne nicht zum Essen kommen.

»Oh, schade«, sagte ich, »ich habe ein Huhn gebraten. Kannst du nicht doch auf eine Stunde ...«

»Es geht nicht, Kind, leider, es hängt sehr viel von dieser Besprechung ab.«

»Und wie sieht es morgen aus?«

»Morgen sehen wir uns. Ich wollte mir eigentlich ein schönes langes Wochenende leisten und nicht in die Stadt kommen, aber das wird wohl nicht zu machen sein.«

»Du solltest dich wirklich mehr schonen!«

»Ja, ja, Kleine.«

Mein Vater kam nicht in die Stadt. Er rief mich wieder an und sagte, die Besprechung habe bis spät in die Nacht gedauert, und er sei einfach zu müde zum Aufstehen. Er sprach ein wenig schleppend, so, als sei er kurz vor dem Einschlafen.

»Papa, versprich mir, daß du heute den ganzen Tag liegenbleibst.«

»Ja, ich bleibe liegen. Ich habe mir eine Autokarte besorgt und zeichne gerade unsere Reiseroute ein.«

»Wunderbar, Papa! Oh, ich freue mich schon so. Ich kann es kaum noch erwarten!«

Am Sonntagnachmittag klingelte das Telefon. Es war Anne.

»Eveline«, sagte sie, »könntest du bitte gleich herkommen... deinem Vater geht es sehr schlecht...«

»Mein Gott, was hat er?«

»Starke Schmerzen in der Herzgegend.«

»Ja, aber seit wann denn ...? Gestern ging es ihm doch noch...«

»Es fing ganz plötzlich an.«

»Ist ein Arzt da?«

»Er ist unterwegs.«

»Anne ... es ist doch ... es ist doch nicht gefährlich, nicht wahr?«

»Bitte, nimm dir ein Taxi und komm...«

Das Taxi brauchte eine gute Stunde. Ich hatte mich, in der Hoffnung, abgelenkt zu werden, neben den Fahrer gesetzt. Er war zum Glück ein gesprächiger Mann.

Einmal fragte ich ihn, ob er wisse, was Schmerzen in der Herzgegend zu bedeuten hätten.

»Jo mei«, erklärte er, von seinen Kenntnissen überzeugt, »das bedeutet, daß das Herzerl a bisserl oan'knakst is. Bei die Zeiten, jo mei ... alles hetzt umanand und gönnt sich ka Ruah net! Doa mag das Herz einfach nimmer!«

»Aber das braucht ja nicht schlimm zu sein, nicht wahr?«

»Na, na, schlimm braucht's net sein.«

Das Haus sah aus wie immer. Außer einem schwarzen Opel, der wahrscheinlich dem Arzt gehörte, entdeckte ich nichts Fremdes. Es war alles so wie sonst, nur sehr still.

Ich blieb einen Moment stehen, schaute mißtrauisch über den Zaun, horchte.

Auf der Terrasse stand der Kaffeetisch. Er war offensichtlich in Eile verlassen worden. Ein Stuhl war umgekippt, ein angebissenes Stück Kuchen lag neben einem Teller. Auf dem Kiesweg, der zum Haus führte, stand ein kleiner Wagen mit Bauklötzchen. Das Kind war nicht zu sehen.

Je länger ich schaute, desto mehr schien sich die Leere, die Stille zu vertiefen. Ich hatte plötzlich das unheimliche Gefühl, mutterseelenallein auf der Welt zu sein. Ich hatte Angst, ich hatte entsetzliche Angst.

Das Gartentor war angelehnt, die Haustür stand offen. Ich betrat die Halle, wollte rufen, brachte keinen Ton hervor. Ich hörte mich atmen, hörte das Tropfen eines Wasserhahns in der Küche, hörte Schritte im Wohnzimmer und dann die fremde Stimme:

»Ja, gnädige Frau ... der Krieg mit all seinen furchtbaren Aufregungen, die Nachkriegszeit mit all ihren Entbehrungen ...«

Dann Annes Stimme – leise und tonlos: »Ich kann es trotzdem nicht begreifen ... von einer Minute auf die andere ...«

»Ihr Gatte war geschwächt, vollkommen überarbeitet und außerdem im gefährlichsten Alter. Kräftigere Naturen können einen Herzinfarkt überstehen, aber ...«

Ich stieß mich von der Wand ab und ging die paar Schritte bis zum Zimmer. Auf der Schwelle blieb ich stehen.

»Eveline«, flüsterte Anne ...

Der Vater des Sohnes

Ich hatte die Tage müßig in meiner Wohnung vertan, die Abende in Lokalen und die Nächte in den Armen irgendwelcher Männer. Es war sinnlos gewesen. Ich hatte weder die Angst noch die Einsamkeit damit vertreiben können. Dann, in einer heißen Nacht im August, lernte ich die unzufriedenen jungen Männer Münchens kennen.

»Gehen wir noch einen Sprung ins ›Kreuz As‹«, sagte mein Begleiter.

»Was ist das?«

»Eine Kneipe, in der sich Münchens Intellektuelle treffen.«

»Ich mache mir nichts aus Intellektuellen. Außerdem ist es gleich ein Uhr.«

»Komm schon, das mußt du gesehen haben!«

Es war eine kleine Holzbaracke, aus der uns laute Stimmen und noch lautere Schallplattenmusik entgegentönten.

Von der Straße trat man in einen kleinen, niedrigen Raum, in dem der Rauch so dicht und die Kerzenbeleuchtung so trübe waren, daß man zunächst nichts anderes erkennen konnte als ein grün leuchtendes Aquarium mit einem einzigen Goldfisch darin.

»Na, so was!« sagte ich.

Es gab vier oder fünf Tische und eine sehr lange, sehr hohe Bar. Der Bretterboden war morsch, und die Wände waren mit surrealistischen Bildern bemalt.

»›Der Neue Tag‹ ist natürlich auch wieder da«, sagte mein Begleiter.

»Wer?«

»›Der Neue Tag‹ – ein paar Journalisten, die noch von der amerikanischen Besatzungs-Zeitung übriggeblieben sind und sich für die Elite der Presse halten. Komm, die kenne ich alle!«

Er steuerte mich auf den Tisch in der Ecke zu.

»Hallo, ihr Banausen!«

Sechs junge Männer schauten mich an. Sie hatten müde Gesichter und wache Augen. Sie sahen sehr unzufrieden aus.

»Das ist Eveline Clausen«, sagte mein Begleiter, »habt ihr noch ein Plätzchen für uns frei?«

Die sechs jungen Männer erhoben sich wohlerzogen, reichten mir die Hand und nannten ihre Namen.

Sie waren alle etwas schmalbrüstig und machten einen unausgelüfteten Eindruck.

Wir setzten uns. Ich war sehr müde, und das Gespräch, das schwerfällig in Gang kam, war auch nicht unterhaltsam. Es war nicht eben neu, was die unzufriedenen jungen Männer sagten, aber das schien in Anbetracht des Lärms, der fortgeschrittenen Stunde und der zahlreichen Steinhäger auch zu viel verlangt. Außerdem hatte ich den Eindruck, daß es meinen mit sich und der Welt zerfallenen Tischgenossen gar nicht darauf ankam, was sie sagten, sondern wie sie es sagten. Sie liebten gewagte Formulierungen, bissig oder trocken hervorgebrachte Bemerkungen.

Nach kurzer Zeit begann ich mich zu langweilen. Ich wickelte eine Haarsträhne um meinen Finger. Ich betrachtete die bemalten Wände. Ich gähnte. Ich trank einen Schluck von dem schalen, warmen Wein.

Plötzlich fühlte ich mich beobachtet. Ich schaute über den Rand meines Glases in die weit geöffneten Augen eines Mannes, der am anderen Ende des Tisches saß.

Der Ausdruck seiner Augen berührte mich. Es war ein scheuer, hilfloser, sehnsüchtiger Ausdruck. Ich lächelte ihn verwirrt an. Er lächelte zurück, erst schüchtern, dann immer strahlender.

Ich hatte ihn zuvor nicht wahrgenommen. Vielleicht, weil er am weitesten von mir entfernt saß. Vielleicht, weil er noch kleiner und schmalbrüstiger als seine Kollegen war. Vielleicht, weil er sich – und das fiel mir erst jetzt auf – mit keinem Wort an der Unterhaltung beteiligt hatte.

Er hat mich sicher schon recht lange beobachtet, dachte ich und drückte meine Zigarette aus.

»Gehen wir«, sagte ich zu meinem Begleiter.

»Bitte, laß mich noch austrinken.«

Ich warf einen verstohlenen Blick auf den kleinen Mann mit den scheuen Augen. Er schaute mich immer noch an und pickte dabei Erdnüsse von einem Teller, schob sie in den Mund und zerkaute sie schnell und emsig mit den Vorderzähnen. Er sieht aus wie ein verwundertes Eichhörnchen, dachte ich.

»He, Franz-Ludwig Schulenburg, was ist denn mit dir los?« rief ihn einer an.

»Franz-Ludwig hört schon seit einer Stunde nicht mehr. Er ist in Anbetung versunken«, sagte ein anderer.

Franz-Ludwig Schulenberg, dachte ich, was für ein gewichtiger Name für ein so kleines Männlein.

»Was wollt ihr von mir, ihr Idioten?« fragte Franz-Ludwig Schulenburg mit einer eigenartig spröden Stimme und einem winzigen Zungenanschlag.

»Wir versuchen dich ins Leben zurückzurufen!«

»Für ihn besteht das Leben nur noch aus Frau Clausen!«

Franz-Ludwig, das Eichhörnchen, rutschte unruhig auf seinem Stuhl hin und her. »Könnt ihr nicht eure Klappen halten, ihr Flegel!« rief er. Jetzt war seine Stimme hell und aufgeregt und der Zungenanschlag deutlicher zu bemerken.

»So, jetzt komm«, sagte ich zu meinem Begleiter.

»Ich habe nicht mehr genug Geld, um den Wein zu bezahlen.«

»Hättest du mir das nicht schon draußen sagen können?«

»Ich hab's vergessen.«

Ich zog unauffällig mein Portemonnaie aus der Tasche und schob es unter dem Tisch meinem Begleiter zu. Niemand schien es bemerkt zu haben, auch nicht das aufmerksame Eichhörnchen. Es stand auf und verließ den Tisch.

Es dauerte lange, bis die Kellnerin erschien.

»Zwei Viertel Weißwein, Anni.«

»Is' schon bezahlt.«

Drei Tage später kam ein Anruf.

»Guten Tag, meine Verehrteste.«

»Wer ist denn da?«

»Franz-Ludwig Schulenburg.«

»Ach ...«

»Sie erinnern sich doch nicht etwa?«

»Doch, ich erinnere mich.«

»Oh, das ist aber schön!« sagte er mit einem kleinen, frohen Lachen, »wissen Sie – ich muß Sie nämlich wiedersehen!«

»Was versprechen Sie sich davon?« fragte ich.

»Viel, ungeheuer viel.«

»Haben Sie ein Auto?«

»Ja, einen grünen Volkswagen, mit Schiebedach, Heizung und Radio.«

Ich mußte lachen. »Wissen Sie, wo Gauting liegt?«

»Achtzehn Kilometer nordöstlich der Stadt München.«

»Gut, dann holen Sie mich doch bitte Sonntagabend dort ab.«

»Euer Hochwohlgeboren sind sehr gnädig. Und wo darf Sie Ihr ergebenster Diener erwarten?«

»Am besten am Bahnhof. Das Haus würden Sie sicher nicht finden.«

»Ich finde alles. Aber lassen wir es beim Bahnhof. Um wieviel Uhr?«

»Sagen wir um acht.«

»Ganz ausgezeichnet.«

Sicher strahlte er jetzt wieder wie ein kleiner Junge.

»Also bis dann, Herr Schulenburg.«

»Auf Wiedersehen ... und benehmen Sie sich bis Sonntag recht zierlich.«

»Ich glaube, Sie sind ein Spinner«, lachte ich und hängte ein.

Er kam zehn Minuten zu spät, und das überraschte mich so, daß ich, noch bevor ich ihm die Hand reichte, stumm auf die Bahnhofsuhr zeigte.

»Ja ...?«

»Sie merken nicht einmal, daß Sie zu spät kommen?«

»Ach so. Bitte verzeihen Sie, meine Uhr geht immer falsch. Darf ich Ihnen jetzt guten Abend sagen?«

»Ja, Sie dürfen.«

Er nahm meine Hand und küßte sie.

Ich trug flache Schuhe, und wir waren gleich groß.

»Haben Sie schon zu Abend gegessen?«

»Nein.«

»Wunderbar, dann werden wir das jetzt tun.«

Er öffnete mir die Wagentür, und ich stieg ein. Die Uhr am Armaturenbrett ging auf die Minute richtig.

»Wo wollen wir essen?« fragte ich, als er sich neben mich gesetzt hatte.

»Oh, da gibt es verschiedene Möglichkeiten«, sagte er und wandte mir ein eifriges Gesicht zu.

Seine Freude, mit mir essen zu dürfen, zeigte er so offen, daß mir die Sache Spaß zu machen begann.

»Also zählen Sie mal Ihre verschiedenen Möglichkeiten auf.«

»Gut. Da ist erstens die Mühle im Grüntal, mit ausgezeichneten Forellen ...«

»Mögen Sie Forellen?«

»Nein. Aber Sie vielleicht.«

»Nein, ich finde Forellen ausgesprochen ...«

»... langweilig«, beendete er meinen Satz.

»Genau das wollte ich sagen.«

Er schaute mich einen Moment schweigend an.

»Woran denken Sie?«

»Daß Sie bestimmt gerne Renken essen.«

»Ja ... ja, tatsächlich!«

»Sehen Sie? Dann fahren wir nach Starnberg in die Post.«

Er fuhr schnell und gut und konzentriert. Ich blickte zu ihm hinüber. Wäre das kleine, unausgeprägte Kinn nicht gewesen, er hätte ein gutes Profil gehabt.

»Für welche Zeitung arbeiten Sie?«

»Gut, daß Sie mich das im Dunkeln fragen ... für die ›Süddeutsche Illustrierte‹.«

»Es gibt schlimmere.«

»Danke. Sie sind sehr reizend.«

»Was waren Sie beim ›Neuen Tag‹?«

»Politischer Redakteur. Manchmal habe ich auch stellvertretend die Leitartikel geschrieben.«

»Dann sind Sie sicher ein sehr guter Journalist.«

»Auf jeden Fall war ich's.«

»Schreiben Sie gern?«

»Um Gottes willen, nein.«

»Was würden Sie dann gerne tun?«

»Einen Staat regieren. Ich wäre ein ausgezeichneter Diktator.«
Er lachte. Es war ein eigenartiges hartes Lachen, das ich ihm
nicht glaubte. Wir hielten vor dem Restaurant.

»Mit fünf Jahren liebte ich ein kleines, blondes Mädchen. Sie
trug immer weiße, gestärkte Kleidchen und leuchtete vor Sauberkeit. Wir wohnten in derselben Straße, und ich wartete oft
stundenlang vor ihrem Haus. Wenn sie dann an der Hand ihrer
Mutter erschien, wich ich ehrfürchtig vor ihr zurück. Sie bemerkte mich gar nicht, und ich wurde ganz melancholisch vor
verschmähter Liebe.
Ich war schmutzig wie alle kleinen Jungen – vielleicht etwas
schmutziger, denn ich spielte am liebsten im Rinnstein und in
Pfützen. Einmal hatte es geregnet, und auf dem Trottoir war
eine ganz besonders große, schlammige Pfütze, so recht nach
meinem Geschmack. Bald saß ich mitten drin, von oben bis
unten mit Dreck beschmiert.
Da kam das kleine Mädchen mit wippendem Rock und wippenden Locken und wippenden Schritten. Ich setzte mich erwartungsvoll auf. Diesmal mußte sie mich bemerken, denn ich
saß mitten im Weg.
›Iiii!‹ schrie sie, ›Mama, schau dir mal diesen Dreckfink an. So
einen schmutzigen Jungen habe ich noch nie gesehen! Pfui,
pfui, pfui …!‹ Sie machte einen großen Bogen um mich,
blickte noch einmal zurück und rümpfte die Nase. Ich war so
fassungslos, daß ich noch lange ganz still in der Pfütze sitzen
blieb.«
Ich schluckte und biß mir auf die Lippen.
»Bitte, denken Sie jetzt nicht an die Pfütze … essen Sie lieber
noch was.«
Er nahm die Speisekarte und las sie ebenso konzentriert, wie er
gefahren war.
Ich hatte Zeit, ihn zu beobachten. Er hatte ein Dreieckgesicht,
mit einer überbetonten oberen und einer gefährlich schwachen
unteren Partie. Die hohe, klare Stirn und die auffallend breiten
Brauen beherrschten das ganze Gesicht. Seine Augen waren
schmal, geschlitzt und von einer rätselhaften, schillernden
Tiefe, die jede Emotion widerspiegelte. Der Nasenrücken war

etwas breit und endete in einer fast quadratischen Spitze, in deren Mitte sich eine winzige Kerbe befand. Von da ab wurde das Gesicht unscharf wie ein verwackeltes Foto. Der Mund war weich, die Konturen der Lippen verwischt. Kinn und Kiefer schmolzen in einer kleinen, verkümmerten Rundung zusammen. Schulenburg schaute auf. »Ich weiß, was Sie jetzt noch essen.« Er machte wieder sein eifriges Gesicht, wie immer, wenn er einen Vorschlag bereit hatte.

»Wie wär's mit einem Obstsalat?« Er rutschte erwartungsvoll auf dem Sitz hin und her. Er saß nie ganz still.

»Ausgezeichnet!«

Er hob die Hand, um den Kellner herbeizuwinken.

Seine Hände, die er, wann immer es ging, zu verbergen suchte, waren mir schon aufgefallen. Es waren breite Hände an starkknochigen Gelenken, die zu dem übrigen zierlichen Körper in keiner Weise paßten. Die Finger waren kurz, die Nägel abgebissen und nicht ganz sauber. Diese Hände, der schmuddelige Hemdkragen, sein ungepflegtes Haar paßten nicht zu seinem Benehmen. Es war sicher und formvollendet.

»Bitte erzählen Sie mir noch etwas über sich«, bat ich, als Obstsalat, Mokka und eine weitere Flasche Bocksbeutel bestellt waren.

»Jetzt sind Sie an der Reihe.«

Ich schüttelte den Kopf. »Zum ersten Mal interessiert mich die Geschichte eines anderen mehr als meine eigene. Ich rate Ihnen, diesen seltenen Augenblick wahrzunehmen.«

Er lachte. Seine Vorderzähne waren groß und regelmäßig, aber man traute dieser Fassade nicht recht.

»Leben Ihre Eltern noch?«

»Meine Mutter starb an Lungenkrebs, als ich sieben Jahre alt war. Sie soll eine eigenartige Frau gewesen sein – schön, unglücklich und lebensfremd. Einmal erzählte sie mir – und das ist das einzige, was mir von ihr im Gedächtnis geblieben ist –, daß ihre Ahnen Raubritter waren. Später dann hatte ihre Familie große Güter, die sie im Laufe der Zeit verspielte, vertrank oder einfach nicht bewirtschaftete. Der Bruder meiner Mutter beging Selbstmord, die eine Schwester wurde Spionin, die andere sitzt noch in München und legt Patiencen.«

»Und Ihr Vater?«

»Oh, mein Vater – der Herr Perfesser, wie ihn meine Mutter zu nennen pflegte – lebt. Auf die gleiche Art und Weise wie immer, würde ich sagen – sehr streng und sehr gerecht. Ich konnte nie eine Schwäche an ihm entdecken. Er ist Mathematikprofessor, wissen Sie, und das Leben ist für ihn eine lösbare Rechenaufgabe. Ich war für ihn auch nichts anderes als eine Formel.«

»Sie lieben ihn nicht?«

»Wie kann man einen Menschen, vor dem man ständig Angst hat, lieben? Nach dem Tod meiner Mutter übernahm er meine Erziehung. Frühstück um sechs Uhr: ›Guten Morgen, Franz-Ludwig, hast du dir das Gesicht gewaschen und die Zähne geputzt?‹ Diesem Satz folgte nichts mehr, es sei denn, ich trank meine Milch zu laut. Mittags brachte er immer einen seiner Lieblingsschüler mit, und dann sprach man in mathematischen Formeln. Von Zeit zu Zeit sagte er: Franz-Ludwig, du hast immer noch nicht aufgegessen. Oder: Ich bitte dich, nicht so mit dem Besteck zu klappern. Die Nachmittage verbrachte ich damit, vor den Abenden zu zittern, denn ab acht Uhr nahm er meine Erziehung noch ernster. Nach dem Essen mußte ich mit meinen Schulaufgaben antreten. Jeder Fehler wurde genau besprochen. Manchmal dauerte diese Prozedur bis elf Uhr nachts. Aber am schlimmsten waren die Sonntage, die Papa ganz und gar meiner Erziehung widmete.«

»Und wie lange haben Sie das ausgehalten?«

»Bis ich mich nach dem Abitur freiwillig zur Wehrmacht meldete. Ich wurde ausgebildet und in den Krieg geschickt.«

»Wie alt waren Sie?«

»Neunzehn.«

»O Gott, ist das alles entsetzlich!«

»Kommen Sie. Ich möchte in München noch einen Kognak mit Ihnen trinken.«

Wir standen auf. Sein Anzug, der nicht von der Stange und aus gutem Material war, sah aus, als wäre er durchs Wasser gezogen worden.

Man müßte ihm helfen, dachte ich.

Es war wenig Verkehr auf der Straße nach München, und Schulenburg fuhr, was sein Volkswagen hergab.

»Ich fand den Krieg aufregend«, sagte er.

»Aufregend ist wohl nicht das richtige Wort.«

»Doch, für mich war er aufregend. Ich wurde schon mit zwanzig Leutnant und kommandierte eine Kompanie. Meine Soldaten schätzten mich sehr. Ich haßte die Nazis, und das war mein einziges Dilemma. Hätte ich für etwas anderes kämpfen müssen als für diese Verbrecherbande, ich wäre General geworden. So aber kämpfte ich nicht aus Überzeugung. Der Krieg wurde für mich ein Privatspiel.«

»Jetzt reden Sie Unsinn«, sagte ich und überlegte, daß er wahrscheinlich zuviel getrunken hatte.

»Nein, es ist so. Ich hatte eigentlich selten Angst, vielleicht kam es daher. Für die anderen war ich tapfer, ab und zu sogar ein Held.«

Er ließ wieder das eigenartige, harte Lachen hören, das mich erschreckte. Er hatte die Augen ein wenig zusammengekniffen, und ein verbissener Zug lag um seine aufeinandergepreßten Lippen. Plötzlich hatte er ein altes, bitteres Gesicht.

»Wohin fahren wir?« fragte ich, um das Thema zu wechseln.

»Oh, da gibt es verschiedene Möglichkeiten«, sagte er und war von einem Moment auf den anderen wieder das emsige Eichhörnchen, »wir können in eine zivilisierte Hotelbar gehen oder in eine Schwabinger Kneipe oder, wenn Madame belieben, in einen von Münchens extravaganten Nachtclubs...«

Wir landeten im »Kreuz As«.

»Und ich sage Ihnen, Eveline Clausen, die Hauptschuld hatte diese verdammte Dogge.«

»Was konnte denn das arme Tier dafür?«

»Wäre die Dogge nicht gewesen, ich hätte das Mädchen nicht geheiratet.«

»Sie Spinner!«

»Tatsächlich! Sie werden gleich merken, daß ich keinen Spaß mache. Ich lernte das Mädchen beim ›Neuen Tag‹ kennen. Sie schrieb fürs Feuilleton und brachte immer Haro, ihre schwarzweiß gescheckte Dogge, mit. Ich war fasziniert von der Größe des Hundes, und wann immer ich konnte, lief ich hinüber, um ihn anzusehen. Das Mädchen interessierte mich überhaupt nicht. Dafür interessierte ich sie.

Eines Tages fragte sie mich, ob ich sie nach Hause begleiten wolle. Natürlich wollte ich, denn dann durfte ich Haro vielleicht ein Stückchen führen. Ich durfte ihn den ganzen Weg führen. Es war ein ungeheuer aufregendes Gefühl, mit der riesigen Dogge durch die Straßen zu gehen. Alle Menschen schauten sich um. Von da an brachte ich das Mädchen jeden Abend nach Hause.

Sie war schlau. Sie ließ mich nie allein mit dem Hund spazierengehen. Das hieß, daß ich entweder auf die Gesellschaft der Dogge verzichten oder mich mit der Gesellschaft des Mädchens abfinden mußte. Na ja, und auf diese Weise sah ich mich zur Ehe gezwungen.«

»Weiter«, sagte ich.

»Es war entsetzlich. Auf dem Standesamt überkam mich plötzlich das Gefühl, wahnsinnig zu sein – ganz einfach wahnsinnig. Es war beunruhigend, aber nicht zu vergleichen mit dem Gefühl, das ich am Abend empfand. Das war Angst – blödsinnige, verzweifelte Angst. Ich betrank mich und blieb die Nacht über bei Freunden. Hanna alarmierte die Polizei. Sie konnte natürlich nicht begreifen, daß ich gleich die erste Nacht wegblieb, und glaubte, mir sei etwas passiert.

Sie hat es wirklich nicht verdient, die Arme. Sie ist eine anständige Person, gescheit, gebildet, noch nicht mal häßlich. Na ja, einen Monat nach der Hochzeit sagte ich ihr:

Mein liebes Kind, es geht nicht – nahm mein Bettzeug und übersiedelte in ein anderes Zimmer.«

»Und wie lange dauert dieser erfreuliche Zustand nun schon?«

»Fast fünf Jahre. Ich Idiot habe mit dreiundzwanzig geheiratet.«

»Sehr fein. Haben Sie Kinder?«

»Ja, ein kleines Mädchen.«

»Auch das noch.«

»Mein Gott, ich mußte ihr doch eine Beschäftigung geben und sie von mir ablenken.«

»Und das Kind? Lieben Sie das Kind?«

»Ja ... es ist ein sehr niedliches Kind.«

»Aha.«

»Paul, bringen Sie uns bitte noch was zu trinken – einen Kognak für Madame, einen Rum mit Coke für mich.«

»Wieviel Uhr ist es eigentlich?«

»Zwei Uhr.«

»Das kann nicht sein.«

»Ist es auch nicht. Es ist zehn Minuten vor drei.«

»Ich gratuliere Ihnen.«

»Wofür?«

»Ich habe mich keine Minute gelangweilt.«

»Tun Sie das sonst?«

»Immer.«

»Und jetzt gehen Sie also.« Er saß zusammengeduckt da und starrte über das Steuer auf die Straße.

»Ja. Sogar bis in den fünften Stock.«

»Ich fühle mich jetzt schon so allein, wie ich mich nie zuvor gefühlt habe.«

Ich schwieg.

Er zog eine Zigarette hervor.

»Rauchen Sie doch nicht so viel.«

»Sagen Sie das noch einmal.«

»Weshalb?«

»Es klingt schön, wenn Sie das sagen. So, als machten Sie sich wirklich Gedanken über meine Gesundheit.«

»Rauchen Sie doch nicht so viel.«

Er steckte die Zigarette wieder weg.

»Ich muß jetzt gehen«, sagte ich.

»Sollte ich den fünften Stock jemals erreichen, ihn dann aber eines Tages wieder verlassen müssen – ich würde nicht lebend unten ankommen.«

»Reden Sie nicht so. Ich werde Sie morgen in der Süddeutschen Illustrierten anrufen.«

»Werden Sie das wirklich tun?« fragte er, den Atem anhaltend.

»Ja. Zwischen elf und zwölf.«

»Sie werden es sich bestimmt nicht anders überlegen ...?«

Am nächsten Tag erwachte ich erst gegen elf, mit schwerem, schmerzendem Kopf. Ich ärgerte mich, wieder so spät ins Bett gekommen zu sein und zu viel geraucht und getrunken zu haben. Ich überlegte, ob sich der Abend nun gelohnt hätte oder nicht. Ich kam zu dem Resultat, daß er sich mehr gelohnt hatte als andere Abende, aber trotzdem nicht so entscheidend, daß eine Wiederholung in Frage kam. Schulenburg war amüsant und witzig, aber bestimmt ein schwieriger Fall.

Ich ging ins Badezimmer. Unter dem Briefschlitz in der Diele lag Post. Ein Brief ohne Marke, ohne Adresse, nur mit meinem Namen, in einer winzigen, mir unbekannten Schrift. Ich setzte mich auf die Kante der Wanne und riß den Umschlag auf.

Das kann ich jetzt nicht ... dachte ich, als ich die zwei engbeschriebenen Bogen sah. Ich las die Anrede Madame und die Unterschrift F. L. Schulenburg.

Ich starrte auf die Buchstaben, dünn wie Fliegenbeine. Ich hatte keine Lust, die zwei Bogen zu entziffern. Trotzdem begann ich irgendwo in der Mitte zu lesen. »... Ich habe mir vorgestellt, Sie würden sterben, es würde Sie plötzlich nicht mehr geben. Ich konnte den Gedanken nicht ertragen. Es gibt keinen Menschen, dessen Tod mir unerträglich vorkäme. Nur Ihrer, Madame ...«

»Mein Gott«, sagte ich leise, und dann begann ich den Brief von Anfang an zu lesen.

Er war ein Kunstwerk, er machte mich zu der schönsten, verehrungswürdigsten Frau, und er war trotzdem geistreich.

Ich ging zum Telefon und rief Franz-Ludwig Schulenburg an.

»Danke für Ihren wunderschönen Brief.«

»Danke für Ihren wunderschönen Anruf.«

»Wollen Sie heute nachmittag um sechs Uhr zu mir kommen?«

»Nichts, was ich mehr wollte ...«

Schulenburg betrat meine Wohnung, und mir schien, als sei sie eigens für ihn gebaut und eingerichtet worden und als hätte er überhaupt schon Jahre dort gelebt.

»Schön«, sagte er, »genauso habe ich es mir vorgestellt.«

»Ja, schön«, sagte ich und meinte nicht die Wohnung, sondern ein ganz neues, warmes Gefühl, das mich plötzlich erfüllte.

Es gibt nichts Merkwürdigeres, nichts Unberechenbareres als die Liebe.

In der Nacht, in der ich Schulenburg kennenlernte, war er für mich ein scheues, verwildertes Eichhörnchen, dessen erwartungsvoll-sehnsüchtiger Blick mich rührte.

An dem Abend, an dem ich mit Schulenburg zum ersten Mal ausging, war er für mich ein origineller kleiner Junge, bei dessen bizarren Erzählungen mir der Gedanke kam, ihm helfen zu müssen.

An dem Morgen, an dem ich Schulenburgs Brief erhielt, war er für mich ein geistreicher Schreiber, dessen glühende, schön formulierte Verehrung ein heftiges Echo in mir weckte.

An dem Nachmittag, an dem Schulenburg meine Wohnung betrat, war er für mich der Mensch, der meine Einsamkeit durchbrach.

Ein paar Stunden später liebte ich ihn – liebte das scheue, verwilderte Eichhörnchen, den originellen kleinen Jungen, den geistreichen Schreiber, den Menschen. Liebte ihn mit dem verzweifelten Wunsch, nun auch den Mann in ihm zu finden.

Es war nicht leicht, denn wir hatten beide Angst.

Ich, weil ein häßliches Jahr hinter mir lag. Ein Jahr, angefüllt mit zahlreichen, kurzen unbefriedigenden Affären.

Er, weil ich ihm alles erzählt und damit jede Möglichkeit genommen hatte, in mir zu sehen, was er sehen wollte: etwas Unantastbares. Er hatte mich angebetet, jetzt aber fürchtete er mich auch, und daraus entstand ein Konflikt, der seine Unsicherheit noch verstärkte.

Trotzdem glaubte ich, diesen Konflikt aus der Welt schaffen zu können, ebenso wie seine zahlreichen Fehler und Schwächen. Dieser Glaube, dieses mich Bemühen um Geduld und Verständnis, war das Besondere an unserer Beziehung. Es war das erste Mal, daß ich die negativen Eigenschaften eines anderen gelten ließ und mich mit ihnen auseinanderzusetzen versuchte. Doch Schulenburg war ein schwerer Fall, und seine Fehler und Schwächen schienen unkorrigierbar. Manchmal fragte ich mich traurig, warum er mir gewisse Dinge nicht ersparte, Dinge, die ihn nicht mehr als einen Blick auf die Uhr, einen

Gang zum Friseur, eine Wäscherechnung, ein bißchen Selbstbeherrschung und Disziplin gekostet hätten. Ich versuchte ihn darauf aufmerksam zu machen, daß ich großen Wert auf Pünktlichkeit, Zuverlässigkeit und ein gepflegtes Aussehen legte. Ich war dabei vorsichtig und glich Kritik sogleich mit Lob aus, wenn er mich halbwegs pünktlich anrief oder ein leidlich sauberes Hemd trug. Es schien ihn zu freuen, blieb sonst ohne Wirkung. Ich entschuldigte ihn im stillen mit seiner tristen, mutterlosen Jugend, mit dem Krieg, der unglücklichen Ehe, mit allem. Ich sagte mir, daß sich ein erwachsener Mensch nicht von einem Tag auf den anderen ändern könne, aber daß er sich mit der Zeit ändern würde – mir zuliebe.

Er war der erste Mann, zu dem ich Vertrauen hatte, und dieses Gefühl weckte Zuversicht und Freude in mir.

Ich erwachte und freute mich. Ich freute mich auf Schulenburgs Anruf, auf seine Briefe, die er mir fast täglich schrieb, freute mich über Sonne und Regen, über das Frühstück, die erste Zigarette, die Ruhe in der Wohnung, die Ruhe in mir. Ich freute mich auf die Abende mit ihm.

Es waren Abende, die gleich verliefen und sich trotzdem nie glichen. Schulenburg hatte immer wieder ein neues Gesicht, einen neuen Einfall, eine neue Marotte. Er war von einer ungeheuren Wendigkeit – flink und schillernd wie eine Eidechse.

»Heute bin ich ganz pünktlich.«

Meistens bemerkte er gar nicht, daß er unpünktlich war. Wenn er es aber zufällig bemerkte, dann spielte er den Pünktlichen. Nicht etwa im Scherz, sondern in dem Versuch, mich von einer nicht bestehenden Tatsache zu überzeugen.

»Ja, du bist eine halbe Stunde zu spät pünktlich.«

»Du irrst dich bestimmt . . .«

»Ganz bestimmt . . . kommst du aus der Redaktion?«

»Nein, vom Ostfriedhof.« Er strahlte.

»Was hast du denn da gemacht?«

»Ich hab ihn mir mal angesehen. Er ist ja hier in der Nähe, und ich kannte ihn noch nicht.«

»Kennst du sonst alle Münchner Friedhöfe?«

»Fast alle – aber der Ostfriedhof ist der makaberste. Diese alten Weiblein, die da rumlaufen – mit Schäufelchen und Gießkännchen. Die haben vielleicht einen Spaß, in den Gräbern zu buddeln ... wir müssen mal zusammen hingehen, ja?«

»Natürlich ... wenn wir uns einen ganz besonders lustigen Tag machen wollen.«

Er schaute mich grinsend an. Dann kam er auf mich zu und rieb seine Nase an meiner Wange: »Du hast die weichesten Backen auf der Welt ... und Ohren hast du, ganz unvorstellbar ... oben liegen sie an und unten stehen sie ab ... O Gott, wie ich dich liebe ...«

»Es tut weh, nicht wahr?«

»Ja, furchtbar.«

»Mir auch.«

Ich wollte, daß er mich ganz erfaßte – meine Gedanken, Träume, Wünsche, ja sogar Dinge, die mir selber unverständlich und daher schwer in Worten auszudrücken waren. Es war mir ein Bedürfnis, ihm alles zu sagen – ohne ihn oder mich zu beschwindeln, ohne zu beschönigen. Er hörte zu, ohne mich aus den Augen zu lassen. Er stellte tausend Fragen und gab sich nur mit ganz präzisen Antworten zufrieden.

Mein episodenreiches Jahr nach Papas Tod schien ihn besonders zu interessieren oder auch zu beunruhigen. Ich wurde mir darüber nicht klar, denn ich entdeckte niemals eine Spur von Gereiztheit an ihm, sondern nur eine bohrende Intensität. Er kam immer wieder auf dieses verhaßte Jahr zurück, und ich gab bereitwillig Auskunft.

»Und dieser Student – langbeinig und schmalhüftig hast du ihn beschrieben –, für den hast du auch nichts empfunden?«

»Gar nichts.«

»Aber er durfte dich doch öfter besuchen als die anderen.«

»Ja, weil er so gut aussah. Und ein hübscher Anblick war mir natürlich lieber als ein häßlicher.«

»Also hat dich sein Aussehen doch gereizt.«

»Nicht so ...! Ich habe ihn gerne angeschaut, aber ins Bett wollte ich ebensowenig mit ihm wie mit allen anderen.«

»Bist du ganz sicher?«

»Vollkommen.«

»Aha . . aber einmal sagtest du: ›Ich mag Männer sehr gerne . . .‹, erinnerst du dich?«

»Ja, ich erinnere mich, und es stimmt auch. Aber sie mögen bedeutet nicht, mit ihnen schlafen zu wollen.«

»Überleg jetzt mal genau, Eveline: Warum bist du mit Männern, die dir nichts bedeuteten, ins Bett gegangen?«

»Weil ich schrecklich einsam war und hoffte, auf diese Weise von der Einsamkeit erlöst zu werden.«

»Und nachdem du es x-mal erfolglos durchexerziert hast, hofftest du es noch immer?«

»Ja. Hoffnung kann sehr hartnäckig sein, wenn man einsam ist.«

»Stimmt . . . aber du hattest sicher noch andere Gründe.«

»Ich wollte von den Männern bewundert und begehrt werden – wenn schon nichts anderes. Ich wollte sehen, wie sie schwach und machtlos wurden. Ihre Schwäche machte mich stark.«

»Wie meinst du das?«

»Wenn ich mit ihnen schlief, hatte ich die Macht. Ich hatte sie in der Hand – ich konnte alles mit ihnen machen. Das ist ein aufregendes Gefühl.«

»Mit anderen Worten, der Beischlaf war für dich so etwas wie ein Racheakt.«

»Darauf bin ich noch gar nicht gekommen. Aber du magst recht haben, in einigen Fällen war er das wohl.«

»Und in anderen?«

»In anderen . . . ach, mein Gott, da hab ich's aus Langeweile getan oder damit die Männer endlich Ruhe gaben oder weil mir sowieso alles egal war.«

»Es hat dir nie Spaß gemacht?«

»Doch, einmal. Da saß die Ehefrau eines meiner ›Herren‹ unten im Auto und hatte keine Ahnung, daß ihr Mann was ganz anderes abgab als einen Brief. Das hat mich gereizt.«
Schulenburg lachte.

»Sie war so eine affektierte Pute und außerdem reich. Ich glaube, sonst hätte ich es nicht getan.«

»Du hättest es auch sonst getan, Evelinchen.«

Es war sehr schwer, Schulenburg von einem Barhocker herunterzubekommen. Zu seinem Kummer teilte ich seine Vorliebe für Bars nur bis zu einer gewissen Stunde.

Gegen elf Uhr begann ich – seinen letzten Rum und seine letzte Zigarette einkalkulierend – daran zu erinnern, daß es bald zwölf sei.

»Noch einen letzten.«

»Natürlich.«

Er bestellte und bezahlte gleich. Ich versuchte einen Blick auf die Rechnung zu werfen. Doch er faltete sie rasch und mit gleichgültigem Gesicht zusammen und warf einen Zwanzig-Mark-Schein auf den Teller. Unsere gemeinsamen Abende kosteten ihn weitaus mehr, als mir lieb war.

Ich wurde das unbehagliche Gefühl nicht los, daß er mit Geld nicht umzugehen verstand. Ein Redakteurgehalt, eine Familie und diese Abende – die Rechnung konnte nicht aufgehen. Da ich aber nicht gern über Geldangelegenheiten sprach und er weiterhin tat, als seien die allabendlichen Ausgaben eine Kleinigkeit für ihn, rührte ich nicht mehr an dieses Thema.

»Können wir gehen?«

»Ja.«

Er griff nach seinem Glas, bog den Kopf weit zurück und ließ den allerletzten Tropfen in den Mund laufen. In diesem und nur in diesem Punkt war er von äußerster Pedanterie.

Ich lächelte. Er hatte so viele Eigenarten, über die ich lächeln mußte. Auch darüber, daß er jetzt wieder nicht den Autoschlüssel fand und mit gerunzelter Stirn die unmöglichsten Sachen aus seinen Taschen zog.

»Was hast du bloß immer in deinen Taschen?«

»Na, alles, was man so braucht«, sagte er und zog ein Papierknäuel hervor.

»Das kannst du doch wegwerfen.«

»Um Gottes willen, das ist ein wichtiges Manuskript.«

»Du machst Spaß.«

»Nein, Evelinchen, bestimmt nicht.«

Es dauerte noch eine Weile, dann fand er den Autoschlüssel im Futter seines Jacketts.

»Die Tasche muß wohl ein Loch haben«, stellte er fest.

Wir fuhren nach Hause.

»Geh schnell ins Bad, Evelinchen, ich mache dir inzwischen das Bett, und dann lese ich dir noch eine halbe Stunde vor.«

Ich ging ins Bad, wusch mir Lippenstift und Puder vom Gesicht, zog ein Nachthemd an, nahm die Haarbürste und kehrte ins Zimmer zurück. Er saß auf der Couch – die Ellenbogen auf die Knie, das Gesicht in beide Hände gestützt, die Augen auf die Tür gerichtet, durch die ich hereinkommen mußte. Er saß jedesmal so da, und ich hatte den Eindruck, als hielte er den Atem an, als warte er auf eine überirdische Erscheinung, die jedes Geräusch, jede Bewegung verscheuchen könne.

Ich setzte mich aufs Bett und begann meine Haare zu bürsten. Ich zählte dabei leise vor mich hin. Bei hundert hörte ich auf. Es war ein Ritual, das sich in gleicher Form jeden Abend wiederholte und das er genoß. Es schien für ihn eine geheimnisvolle Bedeutung zu haben.

»Wenn ich dir beim Haarebürsten nicht mehr zuschauen darf«, sagte er eines Tages, »dann habe ich dich verloren.«

»Wie meinst du das?«

»Ja, weißt du, in den Minuten, in denen du dasitzt und dich ganz ernsthaft mit deinen Haaren beschäftigst, bist du wieder ein kleines Mädchen. Und dann kann ich mir vorstellen, daß ich der erste Mann in deinem Leben bin ... der erste Mann, verstehst du?«

»Ja, ich verstehe ...«

Ich legte die Bürste beiseite.

»Soll ich noch lesen, oder bist du zu müde?«

»O nein, bitte lies.«

Ich freute mich den ganzen Tag auf diese letzte halbe Stunde, in der es ganz still in der Wohnung war und er mir »Die Iden des März« vorlas.

Ich liebte das Buch, und ich liebte seine Stimme.

Ich legte mich hin und verschränkte die Arme hinter dem Kopf.

Er nahm das Buch aus dem Regal und setzte sich zu mir.

»Seite 137«, sagte ich und schloß die Augen.

»Catullus an Clodia. Ich weiß, ich weiß, du hast nie versprochen, beständig zu sein. Wie oft hast du – mit der zur Schau gestellten Ehrlichkeit der Unehrlichen – einen Kuß abgebrochen, um deine Unabhängigkeit von jeder Bindung zu bekräftigen. Du hast geschworen, daß du mich liebst, und hast gelacht und mich gewarnt, daß du mich ewig lieben wirst.«

»Steht das wirklich da?« unterbrach ich ihn verwirrt.

»Ja, natürlich, Clodia ...«, sagte er, ohne den Blick vom Buch zu heben. Dann lachte er leise und fuhr fort: »Ich hörte dich nicht. Du redetest eine Sprache, die ich nicht verstand. Nie, nie könnte ich mir eine Liebe vorstellen, die fähig wäre, ihr eigenes Ende vorauszuahnen.«

Ich drehte das Gesicht zur Wand. Er verstummte.

»Bitte, lies weiter.«

Jeden Abend, bevor er nach Hause ging, nahm er mich in die Arme, aber seine Berührungen blieben scheu und zaghaft wie seine Küsse. So sehr ich diese Verehrung genoß, so sehr sehnte ich mich allmählich, sie möchte einen anderen Ausdruck finden. Ich sehnte den Moment herbei, da er die Beherrschung verlieren, die Bettdecke beiseite schleudern und sich über mich werfen würde. Aber er ließ die Bettdecke brav zwischen uns, und seine Hände blieben sanft und schüchtern, als fürchteten sie den Kontakt mit meiner Haut. Seine ängstliche Zurückhaltung sprang auf mich über, machte mich unsicher und schließlich mutlos.

»Du darfst mich nicht so überschätzen«, sagte ich, »ich bin ein vierundzwanzigjähriges Mädchen mit braunen Augen und vielen Fehlern und keinen Talenten ...«

»Und Ohren, die oben anliegen und unten abstehen ...«

»Ja.« – Er nahm mein Ohrläppchen zwischen die Zähne: »Es ist weich wie Samt.«

Ich seufzte: »Auf diese Weise kommen wir nicht weiter.«

»Ich gebe zu«, sagte er, »vom Ohrläppchen aus gesehen ist es noch ein weiter Weg.«

»Bitte, sei jetzt ernst, ich habe nämlich eine Idee.«

»Madame, Ihre Ideen erfüllen mich schon im voraus mit Ernst.«

»Also, wir fahren über das Wochenende weg und wohnen in irgendeinem hübschen Hotel ... willst du das?«

»Und ob ich will!«

Schulenburg sagte, Freiburg sei ein hübsches Städtchen, und also fuhren wir dorthin. Wir wollten auch ein bißchen im Schwarzwald spazierengehen, wo es im Herbst besonders schön sein sollte, aber dazu blieb uns keine Zeit. Wir mußten sehr schnell und ohne Pause durchfahren, denn Schulenburg war anstatt um neun Uhr früh um elf erschienen, und wir wollten zum Abendessen in Freiburg sein.

Es ist schwer, ein hübsches Hotel zu finden, wenn man eine Stadt nicht kennt und es bei der Ankunft schon dunkel ist. Wir fuhren mindestens eine halbe Stunde durch die spärlich beleuchteten Straßen und fanden nichts, was uns gefiel.

»Das gescheiteste ist, wir erkundigen uns nach dem besten Hotel und nehmen uns dort ein Zimmer.«

»Kommt nicht in Frage! Diese besten Provinzhotels sind schrecklich. Ich möchte ein kleines Gasthaus mit viel Holz und Federbetten und Fensterläden ...«

»Und einem Kamin.«

»Genau!«

Wir waren kurz davor, aufzugeben, als wir etwas außerhalb der Stadt unser Gasthaus entdeckten. Es war klein, dicht mit Efeu bewachsen und hatte ein altes Türschild mit der Aufschrift: »Hotel zum Laubfrosch«.

»Besser konnten wir es gar nicht treffen«, rief ich begeistert. Schulenburg ging hinein, und als er zurückkehrte, machte er ein etwas betretenes Gesicht.

Es war ein Vorstadthotel von niederschmetternder Häßlichkeit, kahl, grau und unappetitlich. Unser Zimmer war nicht nur kahl, grau und unappetitlich, es hatte außerdem noch einen Konstruktionsfehler. Es war ein langer Schlauch, und das Fenster konnte man nur mit Hilfe einer Leiter erreichen. Die Betten standen nicht nebeneinander, sondern diagonal, das eine in der rechten oberen und das andere in der linken unteren Ecke. Auf diese Weise waren sie annähernd sechs Meter voneinander entfernt. Wir hätten für unser Vorhaben kein unzweckmäßigeres Zimmer auftreiben können.

»Das ist ein richtiges Laubfroschzimmer«, sagte Schulenburg und schaute mit schief geneigtem Kopf zum Fenster empor, »wenn morgen früh gutes Wetter ist, setze ich mich auf die oberste Sprosse der Leiter.«

Ich versuchte ernst und mißmutig zu bleiben, aber es gelang mir nicht. Ich setzte mich aufs Bett und lachte.

Schulenburg zündete sich eine Zigarette an, sah sich noch einmal voller Erstaunen im Zimmer um und erklärte dann: »Ich glaube, ich gehe jetzt mal hinunter und schaue mir die Speisekarte an.«

»Die Getränkekarte ist mir im Moment wichtiger«, sagte ich, »bestell uns etwas ... ich komme gleich nach.«

Es gab Schwarzwälder Kirschwasser, und bereits nach dem zweiten Glas war ich mit vielem ausgesöhnt. Es gab außerdem einen ganz ausgezeichneten Wein, der sich »Glottertäler« nannte und dessen Farbe mich an das warme Licht einer rosa beschirmten Nachttischlampe erinnerte. Nach einem halben Liter sah auch ich alles rosa – sogar das Hotel und unser Zimmer. Ich erklärte Schulenburg, daß es ein geradezu genialer Einfall von uns gewesen sei, nach Freiburg zu fahren und im »Laubfrosch« zu wohnen. Schulenburg, der in einem ähnlichen Zustand war wie ich, fand das auch.

Er meinte, daß wir vor dem Schlafen noch etwas spazierengehen sollten. Ich hielt diesen Vorschlag für unklug, tat aber, als ginge ich darauf ein. Ich hatte einen ganz anderen Plan, der sich aus meiner rosaroten Verfassung ergab.

»Ich muß mir noch ein Paar andere Schuhe anziehen«, sagte ich.

»Gut«, erwiderte er voller Einfalt, »ich warte hier unten auf dich.«

»O nein, du mußt schon mitkommen. Ich schaffe die Treppe nicht allein.«

»Madame, Sie scheinen einen ganz hübschen Schwips zu haben.«

»Habe ich, mein Eichhörnchen.«

»Eichhörnchen ...?«

»Ja, als ich dich das erstemal sah, da sagte ich mir: Das ist ein Eichhörnchen ...«

Schulenburg lachte und führte mich behutsam die Treppe hinauf.

»Bist du etwa kein Eichhörnchen?«

»Doch, Liebling, ich bin ein Eichhörnchen.«

»Siehst du, und so werde ich dich von jetzt ab Eichhörnchen nennen – wenn ich dich sehr liebe, und Eichhorn, wenn ich dich ein bißchen weniger liebe.«

Schulenburg schloß die Tür auf: »Bitte, liebe mich nie ein bißchen weniger.«

»Das kommt ganz auf dich an!«

Schulenburg schaltete das Licht ein, ich schaltete es wieder aus: »Tu mir das bitte nicht an.«

Die Nachttischlampe ließ das Zimmer im Schatten.

Ich setzte mich aufs Bett: »Was wollten wir jetzt eigentlich tun? Ach ja, spazierengehen...« Ich schüttelte die Schuhe ab. »Gibst du mir mal, bitte, die anderen?«

Schulenburg brachte mir die Schuhe, hockte sich vor mich nieder und begann sie mir anzuziehen.

»Dummes Eichhörnchen«, sagte ich. »Nun komm schon her...!«

Er stand auf und schaute mit unsicherem Lächeln auf mich herab.

»Sag jetzt nicht, daß wir spazierengehen wollten.«

Er trat einen Schritt näher. Wir starrten uns an.

Dann ließ er sich über mich fallen mit dem Mut der Verzweiflung.

Als ich am nächsten Morgen erwachte und zu seinem Bett hinüberblickte, sah ich nichts als braune, wie Federn gesträubte Haare und ein paar weitgeöffnete, erwartungsvolle Augen, die mich unverwandt anschauten. Der Rest war unter der Decke verborgen, die er sich bis zur Nasenspitze emporgezogen hatte. Er lag mucksmäuschenstill und kam mir unglaublich klein vor.

»Eichhörnchen«, rief ich und sprang aus dem Bett, »mein Gott... Eichhörnchen...!«

Ich lief zu ihm hinüber. Er streckte die Arme nach mir aus und zog mich neben sich. »Eigentlich sollte man jetzt sterben«, sagte er heiter, »das wäre eine vorzügliche Lösung.«

Er legte den Kopf auf meine Schulter und schloß die Augen: »Jetzt liebe ich dich noch mehr als zuvor. Ich habe geglaubt, daß das unmöglich sei, aber ich habe mich geirrt. Ich liebe dich

so sehr, daß es mir völlig rätselhaft ist, wie ich es aushalten soll.«
Er wandte den Kopf und rieb seine Nase an meinem Hals: »Du
bist alles für mich – schlicht und einfach alles.«

»Ich bin ja da«, murmelte ich, »ich brauche dich doch genauso
wie du mich.«

»Wieso? Wieso brauchst du mich eigentlich?«

Ich schaute in sein vom Schlaf gedunsenes Klein-Jungen-Ge-
sicht, das so gar nicht meinen Vorstellungen und Wünschen
entsprach: »Weil du der erste Mann bist, den ich wirklich liebe«,
sagte ich.

Auf der Rückfahrt nach München war ich bedrückt.

»Eichhörnchen«, sagte ich, »ich habe Angst.«

»Ich bin da, du brauchst keine Angst zu haben.«

»Die Vergangenheit, der Alltag, die Menschen ...«

»Es gibt keine Vergangenheit, keinen Alltag, keine Menschen.
Es gibt nur dich und mich.«

»Und die Nächte ohne dich und die Vormittage und Nachmittage ohne dich.«

»Auch das wird anders werden.«

»Wie kann es denn das?«

»Ich werde mich scheiden lassen.«

»Geht denn das so ohne weiteres?«

»Natürlich ... wir haben ja nie eine richtige Ehe geführt.«

»Und deine Tochter?«

»Sie ist nicht das erste Kind, dessen Eltern sich scheiden lassen.«

»Aber all das kostet viel Geld – die Scheidung, der Unterhalt,
den du für Frau und Tochter zahlen mußt. Hast du dir das
überlegt?«

»Das ist alles gar kein Problem.«

»Glaubst du das wirklich, oder sagst du es nur, um mich zu
beruhigen?«

»Ich glaube es wirklich. Du machst dir ganz unnötige Sorgen.«

»Eichhörnchen, jetzt hör mir einmal zu ... und hör mir gut zu,
denn es ist sehr wichtig!«

Er hielt den Wagen an und schaute mir mit aufmerksamem Eifer
ins Gesicht.

»Du mußt mir immer die Wahrheit sagen«, bat ich eindringlich, »du mußt immer ganz, ganz ehrlich mit mir sein. Auch wenn es dir manchmal unbequem ist, auch wenn du glaubst, daß es mich belasten könnte. Alles ist besser, alles, als die Unwahrheit.«
»Liebling, das ist mir doch so klar ...«

Eine Woche später zog Schulenburg in meiner Wohnung ein. Er brachte ein uraltes Köfferchen mit, in das er einen verwaschenen, gestreiften Flanellpyjama, vier Oberhemden mit durchgescheuerten Kragen, einen angerosteten Rasierapparat, einen zerrupften Rasierpinsel, fünf Bücher und zwei Schallplatten hineingeworfen hatte. Außerdem brachte er noch einiges in den Taschen seines Anzuges mit: einen Wust von Papieren, Bleistifte mit abgebrochener Spitze, zahlreiche, halbvolle und leere Zigaretten- und Zündholzschachteln, Bindfaden, zwei Fläschchen mit undefinierbaren Flüssigkeiten, eine Krawatte, verschiedene große und kleine Schlüssel, einen Büchsenöffner und eine Gabel. Nicht aufzutreiben war ein Kamm und ein Taschentuch. Auch eine Zahnbürste fehlte. Er vermißte sie erst, als ich ihn am dritten Tag danach fragte.
»Gut, daß du mich daran erinnerst«, sagte er, »ich wußte doch, daß ich etwas vergessen habe.«
Ich wagte es, ihn darauf aufmerksam zu machen, daß er noch andere Dinge vergessen haben müsse: Wäsche zum Beispiel, Strümpfe, Taschentücher, einen Waschlappen.
»Ja«, meinte er nachdenklich, »das scheine ich auch vergessen zu haben.«
Er kaufte sich dann die »vergessenen« Sachen und packte sie stolz vor mir aus: »Siehst du«, erklärte er befriedigt, »jetzt fehlt nichts mehr.«
Und so begann unser gemeinsames Leben.
Bald nach seinem Einzug gab er seine Redakteurstellung mit der Erklärung auf: »Erstens habe ich diesen minderwertigen Job satt, und zweitens kann ich nicht den ganzen Tag ohne dich sein.«
»Ja, aber wovon willst du denn leben?«
»Zunächst einmal von der Erbschaft, die ich glücklicherweise gerade jetzt gemacht habe.«

»Was für eine Erbschaft?«

»Grundbesitz aus der Familie meiner Mutter, anscheinend wurde er jetzt verkauft. Der Ertrag fällt mir zu.«

»Und wieviel ist das?«

»Etwa zwanzigtausend Mark.«

»Trotzdem hätte ich nicht gleich die Stellung aufgegeben. Du sagtest doch, daß du deiner Frau monatlich fünfhundert Mark gibst und außerdem auch noch die Miete der Wohnung bezahlen mußt. Wenn du also keine Einnahmen hast und das alles von der Erbschaft abgeht . . .«

»Oh, Liebling! Dieses ewige Rechnen . . .«

Das Geld aus der Erbschaft traf nicht zum festgesetzten Termin ein.

»Verdammt«, sagte Schulenburg, »und ich habe ganz fest damit gerechnet.«

»Reg dich nicht auf, Eichhörnchen, ob das Geld nun ein paar Tage früher oder später kommt, ist doch egal.«

Zwei Tage später teilte er mir so nebenbei mit, daß er seinen Volkswagen verkauft habe.

»Aber warum denn, um Gottes willen! Du hattest doch nie die Absicht, ihn zu verkaufen.«

»Natürlich hatte ich die Absicht. Ich will mir schon lange einen Opel Rekord kaufen.«

»Einen Opel Rekord? Das hast du mir nie gesagt.«

»Selbstverständlich habe ich dir das gesagt, Liebling.«

»Also, ich finde, du hättest den Volkswagen ruhig noch ein paar Jahre behalten können.«

»Im Opel sitzt du doch viel besser.«

»Du bist sehr lieb«, sagte ich und küßte ihn.

In den folgenden Tagen ließ sich Schulenburg zwei Anzüge machen und kaufte sich Schuhe, Oberhemden und einen Trenchcoat. Außerdem entwickelte er eine wahre Leidenschaft fürs Taxifahren, für die teuersten Restaurants und besten Bars. Da das alles so plötzlich nach dem Verkauf des Volkswagens geschah, wurde ich einen unangenehmen Verdacht nicht los: »Eichhörnchen«, fragte ich, »wenn du das Auto nicht verkauft hättest, dann hättest du kein Geld mehr gehabt, nicht wahr?«

»Liebling ...«, lachte er, »was du dir immer für Schauermär-chen ausdenkst! Natürlich hätte ich Geld gehabt.«

Drei Wochen später war die Erbschaft immer noch nicht da, und Schulenburg wurde sichtlich nervös. Er versuchte die An-gelegenheit zu beschleunigen, indem er viele lange Ferngesprä-che führte, aber auch das half nichts.

»So«, sagte ich, »jetzt kümmerst du dich einfach nicht mehr darum, und eines Morgens ist das Geld ganz von selber da.«

»Das wäre alles schön und gut.« Er steckte den kleinen Finger in den Mund und knabberte an dem Nagel. »Aber unglückseli-gerweise ist nun gerade diese Panne passiert.«

»Was für eine Panne?«

»Ich wollte es dir eigentlich verschweigen.«

»Ich habe dich doch gebeten, mir nichts zu verschweigen.«

»Ja, aber das ist nun tatsächlich eine verteufelte Geschichte.«

»Bitte, sprich jetzt!«

»Meine Frau hat mein ganzes Bankkonto abgehoben.«

»Mein Gott, wie kommt sie denn dazu?«

»Weiß ich's? Ist anscheinend verrückt geworden. Ich kann leider nichts mehr dagegen unternehmen.«

»Und jetzt?«

»Tja ...«

»Eichhörnchen ... ich habe noch 650 Mark auf der Bank. Die kannst du, bis die Erbschaft eintrifft, gern haben.«

»Das geht nicht, Evelinchen ... wie willst du denn dann über die Runden kommen?«

»Ich habe noch etwa hundert Mark in der Tasche, und dann ist ja auch bald der Erste, und ich kriege mein Geld.«

»Nein, mit solchen Dingen sollten wir gar nicht erst anfan-gen!«

»Bitte, tu mir die Liebe. Denk doch, wieviel Geld dich unsere Abende gekostet haben.«

»Das hat überhaupt nichts damit zu tun.«

»Sei jetzt nicht bockig.«

Er zog die Stirn in Falten und schwieg.

»Also gut ... du wirst gar nicht mehr gefragt ...«

Ich hob das Geld ab, steckte es in ein Kuvert und schrieb noch ein aufmunterndes Briefchen dazu.

»Ach, Evelinchen«, sagte er und nahm das Geld. Dann fuhren wir im Taxi zu einer neu entdeckten kleinen Bar.

Eine Woche später war er tatsächlich in dem Besitz seiner Erbschaft.

Schulenburg schlief regelmäßig bis zwölf oder ein Uhr mittags. Das war die Zeit, in der ich mir Gedanken machte. Es waren Gedanken, in die sich ein wenig Furcht mischte, ein wenig Unruhe, ein wenig Besorgnis.

Er sollte sich doch bald nach einer Stellung umsehen, dachte ich zum Beispiel. Oder: Er sollte das Geld besser einteilen, sonst wird es nicht sehr lange reichen. Manchmal dachte ich auch mit einer Spur von Ärger und einem Blick auf die braunen Haarsträhnen, die als einziges unter der Decke hervorlugten: So darf es nicht weitergehen. Und dieser Gedanke veranlaßte mich oft, ihn wachzurütteln – rücksichtsvoll, wenn er die Augen aufschlug, rücksichtslos, wenn er sich knurrend zur Wand drehte.

»Eichhörnchen ... es hilft nichts ...!« Ich zog ihm die Decke weg. Er rollte sich zusammen und brummte etwas, das sehr mißmutig klang, aber nicht zu verstehen war.

»Ich muß mit dir sprechen!«

»Krrr ...« machte er und angelte nach der Decke.

Ich zog ihn am Ohr. Ich schüttelte ihn an der Schulter. Ich kniff ihn in den Arm.

Er ließ alles mit sich geschehen, stellte sich ganz einfach tot.

»Eichhorn!« rief ich.

Er warf sich auf den Rücken, zog die Brauen zusammen und öffnete ein Auge: »Hast du mich Eichhorn genannt?«

»Ja.«

»Das ist sehr schlimm. Das bedeutet, daß du mich ein bißchen weniger liebst. Das bedeutet, daß ich sofort etwas unternehmen muß, um den Normalzustand wiederherzustellen. Das bedeutet ...«

»Daß du auf der Stelle aufwachen und mir zuhören sollst!«

»Ich tue alles, alles, alles, damit du mich nicht ein bißchen weniger liebst.«

»Den Eindruck habe ich nicht«, sagte ich.

Er öffnete schnell das zweite Auge und schaute mich forschend an: »Liebling, ist die Kaffeemaschine wieder kaputt?«

»Nein, wieso?«

»Weil an diesen Tagen nicht mit dir zu scherzen ist und du mir alles zum Vorwurf machst.«

»Das stimmt nicht, mein Lieber. Soweit ich mich aber erinnern kann, wolltest du heute vormittag zum Bayerischen Rundfunk, um mit Dr. Richter ein Hörspiel zu besprechen.«

»Madame erinnern sich sehr richtig, und ich habe nach wie vor die Absicht, zum Bayerischen Rundfunk zu gehen.«

»Wann? Morgen, übermorgen oder nächste Woche?«

»Heute vormittag, Gnädigste.«

»Um halb eins dürfte der Vormittag zu Ende sein.«

»Und wenn ich, Gott behüte, um drei Uhr hingehe?«

»Dann ist das kein Vormittag mehr.«

»Na und, Liebling? Spielt es eine Rolle, ob ich nun am Vormittag oder Nachmittag dort hingehe?«

»Deine Inkonsequenz spielt eine Rolle. Deine Inkonsequenz beginnt mich zu beunruhigen. Ich möchte, daß du mir einmal die Freude machst und tust, was du sagst.«

»Eveline, jetzt wirst du ungerecht. Wenn ich mir etwas vornehme, dann führe ich es auch durch. Oder stimmt das etwa nicht?«

Natürlich stimmte es nicht.

Ich ging in die Küche, kochte Kaffee und ein Ei, bestrich ein Brötchen mit Butter und Leberwurst und zerschnitt es in vier kleine Teile. Wenn man Schulenburg nicht alles mundgerecht zubereitete, frühstückte er nicht.

Ich trug das Tablett ins Zimmer. Unter der Decke lugten ein paar braune Haarsträhnen hervor. Er schlief schon wieder.

Ich deckte das Tischchen, tat das Ei in einen Wollhandschuh und setzte mich auf einen Stuhl. Ich zündete mir eine Zigarette an und überlegte:

Für ein Hörspiel, hat er gesagt, bekommt er fast dreitausend Mark. Wenn er so jeden zweiten Monat eins schreibt, und er hat gesagt, da sei gar nichts dabei, besteht kein Grund zur Besorgnis... Es wäre mir allerdings lieber, er würde sich diesen neuen Opel Rekord nicht kaufen. Vielleicht kann ich ihn doch noch dazu überreden...

Anfang Dezember wurde Schulenburg von einem heftigen Bedürfnis nach Ruhe, frischer Luft und Natur erfaßt. Er pries die Vorzüge eines gesunden, natürlichen Lebens und sprach von verschneiten Dörfern in verschneiten Wäldern. Ich war erstaunt. Bisher hatte er eine Bar mehr geschätzt als ein einsames Bauernhaus. Als er jedoch von einem wunderhübschen kleinen Ort im Schwarzwald zu sprechen begann, erkannte ich, daß nicht die Natur ihn lockte, sondern eine Reise.

»In anderen Worten«, sagte ich, »du möchtest gern ein paar Tage in diesem wunderhübschen kleinen Ort verbringen.«

»So etwa bis Weihnachten.«

»Und dein Hörspiel?«

»Wo kann man besser schreiben als in einem abgeschiedenen Nest.«

»Was meinst du, wieviel Geld das wieder kostet?«

»Bestimmt weniger, als wir in München ausgeben. Wir nehmen uns einen Mietwagen ...«

»Fünfzig Mark pro Tag ...«

»Unsinn, ich kriege ihn für fünfundzwanzig ... Dann ziehen wir in eine kleine Pension, essen in einfachen Wirtshäusern, trinken nicht und gehen früh ins Bett.«

Ich ließ mich nur zu gern von den finanziellen Vorzügen einer solchen Reise überzeugen, und also fuhren wir.

Wie sich herausstellte, war das abgeschiedene Nest ein sehr bekannter Winterkurort. Die kleine Pension, in der wir wohnten, war ein elegantes Gästehaus, einfache Wirtshäuser gab es im ganzen Ort nicht. Stattdessen gab es aber ein Hotel, das so schön und so nach unserem Geschmack war, daß wir jeden Abend dort verbrachten.

Schulenburg arbeitete nicht. Er erklärte, der Ort läge zu hoch und die Luft sei zu dünn zum Schreiben. Aber, so fügte er beruhigend hinzu, die Erholung würde ihm sehr zugute kommen.

Wir blieben zehn Tage und waren von morgens bis nachts glücklich. Am 22. Dezember kehrten wir nach München zurück.

Ich hatte den Gedanken an Weihnachten Tag für Tag verdrängt. Aber am Morgen des 23. Dezember wachte ich sehr früh auf, und die Erinnerungen fielen über mich her wie eine Meute kleiner, lebendiger Ungeheuer.

Weihnachten war gleichzeitig mein Geburtstag, und dieser Tag war undenkbar ohne meine Eltern.

Ich vergrub mein Gesicht in dem Kissen. So blieb ich liegen, bis Schulenburg gegen Mittag erwachte, hustete, knurrte und mich schließlich an den Haaren zog.

»Laß das doch ...« sagte ich und begann zu weinen.

»Evelinchen ... Was hast du denn?«

»Ich möchte sterben.«

»Hat das was mit mir zu tun?« fragte er erschrocken.

»Nein.«

»Gott sei Dank!«

»Meine Eltern ... ich brauche sie so ... ich brauche sie mehr als alles in der Welt.«

»Ich weiß, Liebes.«

»Morgen ist der 24. Dezember, und sie sind tot.«

Er strich mir über den Kopf. Ich spürte seine Hand, seinen Atem an meinem Hals. Ich spürte etwas Wärme.

»Morgens feierten wir meinen Geburtstag«, sagte ich. »Es gab immer viele Blumen ... gelbe, weil das meine Lieblingsfarbe ist. Der Frühstückstisch war weiß gedeckt, und ein silberner Leuchter mit meinem Lebenslicht stand darauf. Es gab alles, was ich besonders gerne aß. Und natürlich den traditionellen Geburtstagskuchen – mit Rosinen und Ingwer ...«

Ich schwieg und starrte zur Decke empor.

»Meine Kleine, kann ich dir denn gar nicht helfen?«

»Doch, natürlich ...« Ich wandte mich ihm zu und gab mir Mühe zu lächeln. »Komm, wir stehen jetzt auf und backen gemeinsam einen Geburtstagskuchen.«

»Mit Rosinen und Ingwer darin!«

»Natürlich! Und für den Weihnachtsabend besorgen wir uns einen ganz kleinen Baum, und dann setzen wir uns davor und singen: Stille Nacht, heilige Nacht ... Das wird so komisch, daß ich gar nicht zum Weinen komme.«

Schulenburg machte ein betretenes Gesicht.

»Ist das keine gute Idee?«

»Ich werde am 24. Dezember nicht bei dir sein können«, sagte er und schaute an mir vorbei.

»Wieso?« fragte ich und weigerte mich, seine Worte ernst zu nehmen.

»Weil ich versprochen habe, Weihnachten bei meiner Tochter zu sein.«

»Ach so ... ja ... weil du versprochen hast ... ja ...«

Das Lächeln auf meinem Gesicht war festgefroren – eine dünne Eisschicht, unter der die Haut spannte.

»Weißt du, ich darf das Kind nicht im Stich lassen.«

»Nein, du darfst das Kind nicht im Stich lassen.«

»Liebling, du verstehst doch. Weihnachten ist für ein Kind ein großes Erlebnis, und wenn da der Vater oder die Mutter fehlt...«

Ich dachte: Er sollte jetzt aufhören, sonst schreie ich.

»Evelinchen, ich liebe dich so unendlich ...«

»Ja.«

Ich sah seine verschreckten Augen, seinen weichen, ängstlichen Mund.

»Bitte, sei nicht so ... Ich habe mir den Kopf zerbrochen, wie ich es einrichten kann, um bei dir bleiben zu können, aber ...«

»Ich halte es für unklug, noch weiter darüber zu sprechen. Ich verstehe es doch.«

»Nein, du verstehst es nicht... und ich verstehe, daß du es nicht verstehst. Mein Gott, was soll ich bloß tun?«

»Also bitte«, sagte ich, »jetzt hören wir ein für allemal damit auf.«

»Liebst du mich nicht mehr?«

»Ach, natürlich liebe ich dich.«

»Und was wirst du am Weihnachtsabend tun?«

»Schlafen.«

»Du wirst nicht schlafen können und wach liegen und denken, daß ich dich im Stich gelassen habe.«

»Es gibt ja Schlaftabletten.«

»Nicht wahr, du wirst denken, daß ich dich im Stich gelassen habe.«

Ich legte die Arme um ihn. »Hab keine Angst, ich denke nicht, daß du mich im Stich gelassen hast. Du kannst ja nichts dafür. Du bist nun eben mal ein Eichhörnchen ...«

Am Morgen des 24. lag in der Diele ein Brief von Schulenburg. Ein wunderschöner Brief.

Es blieb nicht nur bei dem Brief. Es folgte ein Telegramm. Es folgte ein großer Strauß gelber Rosen und schließlich ein Bote mit einem Geburtstagskuchen, fünfundzwanzig Kerzen und einem silbernen Leuchter.

Um zwölf Uhr mittags rief Schulenburg an: »Ich glaube, ich halte es nicht aus. Was soll dieser ganze Wahnsinn? Ich gehöre viel mehr zu dir als zu meiner Tochter.«

»Laß doch, Eichhörnchen ... ich bin nicht mehr traurig. Du hast mir so viel Freude gemacht heute vormittag.«

»Ach, Evelinchen ...«

Um drei Uhr wieder ein Anruf: »Ich hätte dich nicht allein lassen dürfen, Liebling ... Ich mache mir entsetzliche Vorwürfe.«

»Es besteht gar kein Grund dazu. Sei jetzt mal ganz vernünftig.«

»Gestern im Badezimmer ... da warst du plötzlich so kalt und hart. Ich muß immerzu daran denken. Bitte, sei nie wieder so kalt und hart.«

»Nein, Eichhörnchen ... und denk nicht mehr daran.«

Um fünf Uhr wurde mein Zimmer immer stiller, die Kirchenglocken immer lauter. Aus den Nachbarwohnungen drangen Weihnachtslieder zu mir herüber. Es war dunkel. Es schneite.

Ich zog einen Mantel an und rannte aus der Wohnung.

Ich lief fast zwei Stunden durch die Stadt. Als ich nach Hause zurückkehrte, nahm ich drei Schlaftabletten und legte mich ins Bett.

Irgendwann hörte ich ein Geräusch, das wie das Klingeln des Telefons klang. Aber ich war nicht ganz sicher, und ich wollte auch gar nicht aus Schlaf und Vergessen herausgerissen werden. Ich drehte mich auf die andere Seite und zog mir die Decke über den Kopf.

Ich erwachte ein zweites Mal.

Es klingelte und klingelte.

Ich schaltete das Licht an und schaute auf die Uhr. Es war kurz vor zwölf. Ich stand auf. Das Klingeln war jetzt in heftiges Klopfen übergegangen. Ich lief zur Tür.

»Wer ist denn da?«

»Eveline ... um Himmels willen, mach auf!«

»Eichhörnchen ...!«

Er war totenblaß und zitterte am ganzen Körper. Er stürzte auf mich zu, umklammerte mich und begann hemmungslos zu schluchzen: »Eveline ... mein Gott, warum hast du dich nicht gemeldet? Ich hatte so entsetzliche Angst, es könnte dich nicht mehr geben ...«

Ich zog seinen Kopf an meine Schulter und strich ihm über das Haar: »Ruhig«, murmelte ich, »sei ganz ruhig ... es ist ja alles gut ...«

Ich führte ihn ins Zimmer. Seine Augen waren rot und geschwollen. Die Tränen liefen ihm noch immer über das Gesicht. Er gab sich seinem Ausbruch hin – unbeherrscht, selbstvergessen, ja fast mit Genuß.

»Warum hast du dich nicht gemeldet?« fragte er klagend und fuhr sich mit dem Handrücken über Nase und Augen. »Ich habe angerufen und angerufen und mir die furchtbarsten Dinge vorgestellt. Wenn dir etwas passiert wäre ... wenn es dich nicht mehr gegeben hätte ...«

»Denk doch nicht immerzu, es könnte mich eines Tages nicht mehr geben.«

»Die Angst, dich zu verlieren, ist immer in mir. Manchmal ist sie unerträglich.« Er nahm die Hände vom Gesicht und schaute mich an: »Ich habe heute viel gelernt. Ich werde mich ab heute furchtbar zusammennehmen – nicht mehr faul und feige und schlampig und rücksichtslos sein. Ich werde alles tun, um dich nicht zu verlieren. Alles, Liebling ... ich verspreche es dir.«

»Wenn du nur nicht immer heilige Versprechungen machtest, dann wär's viel leichter für mich. Ich könnte mich darauf einrichten und mir alles einteilen. Ich hätte jetzt schon längst ein paar hundert Mark mit Abtippen verdienen können... Schubert hat es mir erst neulich wieder angeboten...«

»Hast du ihn gesehen?«

»Nein, er hat mich angerufen. Er würde mir 500 Mark zahlen, wenn ich ihm das Manuskript abschreibe.«

»Schubert würde noch eine Null dranhängen, wenn du seine Freundin würdest.«

»Das ist doch Blödsinn! Er weiß ganz genau, daß er nicht die geringste Chance hat. Er will mir helfen, das ist alles.«

»Liebling, sei jetzt schön brav und laß mich in Ruhe lesen.«

Schulenburg saß auf dem ungemachten Bett, barfuß, in einer zerknitterten Hose und einem schmutzigen Hemd. Er war unrasiert und ungewaschen. Es war ein Uhr mittags, das Radio spielte amerikanische Schlager, und er hatte Hemingways »Wem die Stunde schlägt« auf den Knien. Vor ihm stand das Tischchen mit dem Frühstück, das Brötchen angeknabbert, die Flasche Milch unberührt.

Ich lag mit Unterleibschmerzen im Bett und fühlte mich elend. Die Schmerzen quälten mich schon seit Wochen – mal war es nur ein schwaches Ziehen, dann wieder ein heftiger, anhaltender Krampf, bei dem die stärksten schmerzstillenden Mittel versagten. Die Ärzte führten es auf eine verschleppte Entzündung zurück, die, so sagten sie ungerührt, Wochen zum Ausheilen brauchte. Ich wurde mit Tabletten, Spritzen, Bestrahlungen, Heizkissen und strengen Anweisungen traktiert, aber der Erfolg blieb aus.

Ich legte mich auf den Bauch und stöhnte leise.

»Tut es sehr weh, meine Kleine?«

»Ja.«

»Soll ich dir etwas vorlesen?«

»Nein. Aber wenn du das Gedudel ausdrehen würdest, wäre mir schon sehr geholfen.«

Er schaltete wortlos das Radio ab.

Die Stille, stellte ich fest, machte mich noch nervöser.

»Jetzt ist schon März«, jammerte ich, »und du hast noch kein Hörspiel und kein gar nichts geschrieben. Doch, pardon, ein paar kleine Kommentare für den Rundfunk – 150 Mark pro Stück. Ein Tropfen auf den heißen Stein ... auf den glühenden Stein, wäre treffender ...«

Er schlug eine Seite um.

»Hast du mir nichts darauf zu sagen!?«

»Nein, Evelinchen. Es hat keinen Sinn, mit dir darüber zu sprechen. In diesen Dingen bist du hysterisch, noch dazu, wenn du Schmerzen hast.«

»Und warum habe ich Schmerzen?«

»Weil du dir bei Kälte und Regen keine warmen Hosen anziehst.«

»Nein. Weil ich mich ständig aufregen muß. Und warum muß ich mich aufregen?«

»Das weiß kein Mensch.«

»Du bist der einzige, der es nicht weiß! Dein Freund Wolfgang zum Beispiel . . .«

»So, so . . . Wolfgang! Hat er sich auch schon in dich vergafft?«

»Er denkt nicht daran.«

»Du kannst Gift darauf nehmen, er denkt sehr oft daran. Aber abgesehen davon . . . worüber habt ihr euch denn unterhalten?«

»Über deinen neuen Wagen, der ganz und gar unnötig war. Wolfgang sagt, daß du schon immer das Geld rausgeworfen hast, bis plötzlich kein Pfennig mehr da war . . .«

»Den Wolfgang werde ich mir mal vorknöpfen. Ein wirklich guter Freund . . .«

»Ist er auch. Er mag dich gern. Er möchte nur verhindern, daß . . .« Ich verstummte.

»Daß was!?«

»Nun, daß wir in Schwierigkeiten geraten.«

»Schwierigkeiten!« rief Schulenburg und lachte, »ich gerate in keine Schwierigkeiten!«

»Vielleicht nicht du, dafür aber andere!«

»Was soll das heißen?«

Ich drehte mich auf die Seite, stützte mich auf den Ellenbogen und schaute Schulenburg aufmerksam an. Er hatte viele Gesichter – bewußte und unbewußte. Unbewußt war sein jungenhaftes, sein triumphierendes, sein ängstliches und sein böses Gesicht. Bewußt war sein gleichgültiges, sein blasiertes, sein zynisches und sein unschuldiges Gesicht. Ich kannte alle seine Gesichter genau. Jetzt hatte er die Mischung aus gleichgültigem und unschuldigem Gesicht aufgesetzt, und ich wußte, daß diese Maske nur zu durchbrechen war, wenn man so tat, als glaube man ihm sowohl die Gleichgültigkeit als auch die Unschuld.

»Schau, du Dummes«, sagte ich und lächelte sanft, »wenn ich alles etwas übertrieben sehe, wenn ich immer wieder frage und bohre, wenn ich mich mit Wolfgang über deine Situation unterhalte, dann doch nur, weil ich mir Sorgen mache. Ich möchte dir helfen. Aber ich kann es nur, wenn du mir alles sagst.«

»Evelinchen«, jetzt war sein Gesicht die reinste Unschuld, »ich sage dir alles und verberge dir nichts!«

»So«, sagte ich, »dann erkläre mir jetzt, warum deine Frau jeden zweiten Tag hier anruft.«

Er hob den Blick nicht vom Buch: »Weil sie nicht aufgeben will.«

»Nein«, sagte ich noch ganz ruhig, »sie ruft aus einem anderen Grund an, und du kennst diesen Grund sehr genau. Du hast ihr seit zwei Monaten keinen Pfennig Unterhalt bezahlt.«

Schulenburg hob ruckartig den Kopf. Er war blaß geworden. Sein Gesicht sah böse aus.

»Das ist doch die Höhe!« rief er entrüstet.

»Das kann man sagen!«

»Und welcher geheimen Zelle deines kleinen Hirns ist diese Irrsinnsvermutung entsprungen?«

»Du weißt doch ganz genau, daß das keine Irrsinnsvermutung ist, sondern eine Tatsache.«

»Komm, Eveline, bevor ich wirklich ärgerlich werde, hör mit diesem albernen Gefasel auf.«

»Das wäre natürlich die bequemste Lösung für dich. Aber ich bin nicht mehr für bequeme Lösungen. Willst du vielleicht auch abstreiten, daß du einen Dr. Berger kennst?«

»Nein, warum sollte ich.«

»Gut, er hat ja auch etliche Male hier angerufen – allerdings ohne Erfolg. Ich mußte dich jedesmal verleugnen. Begründung: Er sei ein alter Bekannter von dir, der dir mit seinem Gerede auf die Nerven ginge. Das glaube ich gern; er hätte recht unerfreuliche Dinge zur Sprache gebracht.«

»Mach es nicht so spannend.«

»Dr. Berger kam gestern hierher. Er wollte dich sprechen. Ich sagte, du seiest nicht da, und dabei hatte ich das peinliche Gefühl, daß er mir nicht glaubte. Er schaute mißtrauisch um sich, als vermute er dich in irgendeinem Schrank versteckt. Mich betrachtete er auch nicht gerade wohlwollend. Es war eine sehr angenehme Situation. Schließlich bat er mich um eine kurze Unterredung. Ich führte ihn ins Zimmer. Er erzählte, daß er seit Jahren mit dir und deiner Frau befreundet sei – jetzt allerdings nur noch mit deiner Frau, dich scheint er zur Zeit weniger zu schätzen. Er fragte mich, ob ich über deine finanziellen Verhältnisse Bescheid wüßte. Ich erwiderte, daß es mir bisher noch nicht gelungen sei, bis zu diesem Punkt vorzudringen. Daraufhin sagte er mir, daß deine Frau seit zwei Monaten keinen Pfennig mehr erhalten habe und daß du ihr auch vorher nur unregelmäßig einen Teil der Summe, zu der du dich verpflichtet hast, gezahlt hättest. Es war keine sehr hübsche Eröffnung, insbesondere, weil er zu glauben schien, daß ich dahinterstecke. Ich habe ihn – und ich hoffe, du siehst das ein – nicht in dem Glauben gelassen. Als er ging, hatte ich immerhin den Eindruck, daß er mir jetzt vertraut.«

»Na, das ist doch alles großartig! Vielleicht findest du noch ein paar Verbündete, dann könnt ihr endlich geschlossen gegen mich vorgehen.«

»Du mußt doch zugeben, daß du dich nicht richtig benommen hast; du mußt doch zugeben, daß man so etwas nicht machen kann ...«

Er griff nach der Milchflasche und schmiß sie an die Wand: »Laßt mich doch alle in Ruhe!« schrie er mit einer hohen, sich überschlagenden Stimme und rannte aus dem Zimmer.

Ich setzte mich im Bett auf. Ich starrte den großen feuchten Fleck an der Wand an, die Milchflasche auf dem Boden, die Scherben, die überall im Zimmer verstreut lagen.

Die Milchflasche war der Auftakt zu einer ganz neuen Phase unserer Beziehungen. An diesem Tag, an dem er erst abends wieder erschien und ich lange Gelegenheit hatte, über ihn nachzudenken, erkannte ich, daß er in gewisser Hinsicht nicht zurechnungsfähig war.

An diesem Tag im März hätte ich unsere Beziehung abbrechen müssen – schnell und unwiderruflich. Es hätte sehr weh getan, es hätte lange gebraucht, um zu heilen. Aber es wäre geheilt, und die Trennung hätte nicht die häßliche Narbe hinterlassen, die sie Jahre später hinterließ. Aber ich machte nicht Schluß.

Als er um neun Uhr zurückkehrte, mit einem Gesicht, in dem sich Angst und Trotz mischte, mit Schritten, die Selbstsicherheit ausdrücken sollten und doch so unsicher waren, da spürte ich nur noch grenzenlose Erleichterung.

»Eichhörnchen«, sagte ich.

Er legte den Kopf ein wenig schief, so als traue er dem zärtlichen Klang meiner Stimme nicht recht. Er schaute mich an, mit erstaunten, suchenden Augen, zupfte an dem Nagel seines kleinen Fingers und trat von einem Fuß auf den anderen.

»Komm, Eichhörnchen.«

Er kam und setzte sich auf den Rand des Bettes. Als er merkte, daß ich ihm keine Vorwürfe machen wollte, daß ich bereit war, alles zu verzeihen, entspannte sich sein Gesicht: »Du mußt doch zugeben, Evelinchen«, sagte er, »daß du heute vormittag sehr ungerecht warst ...«

Alles, dachte ich, alles ist erträglicher, als ohne ihn zu sein ...

Ich hatte Schuberts Angebot, sein Romanmanuskript abzutippen, schließlich doch angenommen, denn meine Ausgaben waren höher als meine Einnahmen. Das Zusammenleben mit Schulenburg kostete noch mehr Geld, als ich befürchtet hatte. Es kostete vor allem enorme Telefonrechnungen, denn er führte zahllose und ausführliche Stadt-, Fern- und Auslandsgespräche. Also tippte ich ein tägliches Pensum von fünfundzwanzig Seiten, denn der Roman war lang und sollte schnell fertig werden. Ich tippte ab neun Uhr früh, während er fest und ruhig schlief. Ich tippte auch noch um ein Uhr, während er sich lustlos über sein Frühstück machte und dabei ein Buch las. Ich tippte, bis er gegen zwei Uhr an meinen Tisch trat, sich über die Seiten beugte und grinsend ein paar Stellen las: »›In Ullas Gesicht leuchtete es auf. Sie neigte sich ihm entgegen und ...‹ Mein Armes, und du mußt den Mist auch noch abschreiben.«

»Mir wäre allerdings auch lieber, ich hätte ein Manuskript von dir abzuschreiben ... und das aus einem sehr guten Grund!«

Ich hielt ihm einen Zahlungsbefehl entgegen. »Heute früh angekommen.«

»Werde ich sofort erledigen.«

»Ja, ebenso wie all die vorhergegangenen.«

Er brummelte etwas und verließ das Zimmer.

Seit Schuldner und Finanzamt herausbekommen hatten, wo er sich aufhielt, kamen fast täglich Rechnungen, Mahnungen, Zahlungsbefehle, ja sogar Pfändungsbeamte zu mir. Die Post steckte Schulenburg in seine Taschen, wo ich sie ein paar Tage später wieder herausholte, die Gerichtsvollzieher ließ ich nicht herein. Es war meine Wohnung. Aber da mir dergleichen Briefe und Besuche neu waren, geriet ich durch sie immer wieder in Panik. Schulenburg dagegen reagierte nur mit einem geringschätzigen Achselzucken, so, als ginge ihn das alles nichts an.

Seine Schulden hatten zehntausend Mark überschritten und wuchsen täglich. Es hatte mich eine lange, alkoholreiche Nacht gekostet, dieses Eingeständnis aus ihm herauszuholen.

»Und wie willst du das jemals abzahlen?«

»Auf einen Schlag«, hatte er triumphierend ausgerufen und war mit den wahnwitzigsten Plänen herausgerückt.

Es war hoffnungslos.

Und dann, als ich endgültig resignieren wollte, kam Schulenburg mit der Nachricht nach Hause, daß er eine Stellung angenommen hätte. »Eichhörnchen...«, rief ich erleichtert, »wie herrlich!«

»Ich bin Pressechef geworden.«

»Sehr schön«, sagte ich. Pressechef klang gut.

»Pressechef der Ausstellung ›Modernes Wohnen‹.«

Das klang nicht mehr so gut, war aber besser als nichts.

»Die Ausstellung dauert zwei Monate. Das Gehalt ist zweitausend Mark ...« Er rieb sich die Hände: »Zu tun habe ich überhaupt nichts.«

Das allerdings war nur seine Meinung, und daher dauerte die Ausstellung für ihn auch nur zwei Wochen. Er wurde durch einen Mann ersetzt, der anstatt um zwei Uhr nachmittags um acht Uhr morgens erschien.

»Ich bin nun mal kein Beamter ...«, sagte Schulenburg und setzte sein blasiertes Gesicht auf.

»Oh ...!« rief ich und brach in Tränen aus, »zum erstenmal in

meinem Leben wünschte ich, mit einem Beamten zusammen-
zuleben!«

»Das würde dir auf die Dauer nicht gefallen, mein Herz.«

»Glaubst du, das Leben mit einem verantwortungslosen
Nichtstuer gefällt mir!«

»Evelinchen, das sind aber nette Redensarten. Ich stelle fest,
daß Madame keine Not leidet, daß sie in den besten Lokalen
speist und in den ...«

»Hör auf!«

»Bitte, unterbrich mich nicht!« Er hob den Zeigefinger: »Und
ich stelle weiterhin fest, daß vor der Tür ein Opel steht, der dir
ebenfalls viele Vorteile bietet ...«

Kurz darauf war der Opel »gestohlen«.

Schulenburg war fassungslos. Er lief im Zimmer auf und ab,
blaß, aufgeregt, ein Glas Kognak in der einen, eine Zigarette in
der anderen Hand: »Weg ... einfach weg ...«, jammerte er.
»Ich war nur eine halbe Stunde bei den Hartmanns, und als ich
wieder runterkomme, ist der Wagen verschwunden. Spurlos
verschwunden!«

»War er gegen Diebstahl versichert?«

»Ja.«

»Bestimmt?«

»Natürlich.«

»Na, dann ist es doch gar nicht so schlimm. Entweder er wird
gefunden oder die Versicherung muß zahlen.«

Weder wurde das Auto gefunden, noch schien die Versicherung zahlen zu wollen.

Wochen vergingen, meine Fragen wurden immer dringlicher,
Schulenburgs Antworten immer nervöser.

»Nun hör schon endlich auf, Eveline ... Versicherungen sind
nun einmal verbrecherische Institutionen. Sie suchen Monate
nach einem Dreh, der sie ihren Verpflichtungen enthebt.«

»Aber dein Fall liegt doch ganz klar. Sie müssen doch zahlen,
nicht wahr?«

»Ja, ja, ja, ja ...«

Dann fand ich den Brief in seiner Tasche.

Er war von einem Anwalt und klärte mich über einige Dinge
auf: Schulenburg war nicht Alleinerbe der zwanzigtausend

Mark gewesen. Er hätte sie mit einer Cousine teilen müssen. Er hatte es nicht getan. Er hatte unter Hinweis auf vorübergehende finanzielle Schwierigkeiten seine gutgläubige Verwandte dazu überredet, ihm ihren Anteil auf vier Wochen abzutreten. Natürlich hatte er ihn weder zu diesem Termin noch später zurückgezahlt und die Briefe einfach nicht beantwortet. Als drei Monate später immer noch keine Erklärung, geschweige denn Geld, eingetroffen war, hatte sich die Cousine einen Anwalt genommen. Der Anwalt, der sehr bald herausbekam, daß zwar kein Geld mehr, dafür aber ein neues Auto da war, hatte Schulenburg vor die Alternative gestellt: entweder den Opel oder Betrugsanzeige. Und so war der Opel nicht etwa gestohlen, sondern verkauft worden. Aber – so entnahm ich dem bitterbösen Brief des Anwalts – der Erlös des Wagens war bisher noch nicht eingetroffen. »Wenn ich nicht binnen drei Tagen«, hieß es am Schluß, »im Besitz des Geldes bin, sehe ich mich gezwungen . . .«

Ich legte den Bogen schnell beiseite. Ich wollte weder wissen, zu was er sich dann gezwungen sah, noch wollte ich einen Blick auf das Datum des Briefes werfen. Die Frist war bestimmt abgelaufen.

Schulenburg kam in bester Laune nach Hause. Er hatte den Nachmittag auf dem Flugplatz verbracht.

»Ich habe eine Peiper gewaschen«, erklärte er.

»Aha.«

»Man hat mich aufs Flugfeld gelassen, weil ich meinen Presseausweis dabei hatte, und sagte, daß ich im Auftrag einer Zeitung eine Reportage machen müsse. Man wusch gerade eine Peiper, und da habe ich mitgeholfen.«

»Aha.«

»Du glaubst mir wohl nicht?«

»Doch, solche Sachen glaube ich dir immer und solche . . .«, ich hielt ihm den Brief vom Anwalt entgegen, »glaube ich dir auch.«

»Ach«, sagte Schulenburg und bereitete sein gleichgültiges Gesicht vor, »der Brief von Dr. Lemmer.«

»Ja, ja«, bestätigte ich, »der Brief von Dr. Lemmer.« Und dann begann ich zu lachen.

Schulenburg war wohl auf den schlimmsten Ausbruch gefaßt gewesen, nicht aber auf Gelächter. Er starrte mich fassungslos an.

»Eichhörnchen...«, rief ich, »da hast du mal wieder eine grandiose Leistung vollbracht!«

Er traute mir immer noch nicht recht, aber in seinem Gesicht erschienen die ersten Anzeichen eines verschmitzten Grinsens.

»Wie hast du uns nur alle an der Nase herumgeführt ... deine Cousine, den Anwalt, mich ...«

Jetzt strahlte er und war wirklich der kleine Junge, der eine große Teufelei ausgeheckt hat und dafür von seinen Kameraden bewundert wird. Und plötzlich sah ich darin eine letzte Chance.

Ich mußte einen kameradschaftlichen Schulbuben-Ton anschlagen, ich mußte ihn davon überzeugen, daß ich seine Komplizin war.

»Eichhörnchen«, sagte ich, »von jetzt ab denken wir uns all solche Streiche gemeinsam aus. Was hältst du davon?«

Er lief auf mich zu und umarmte mich mit stürmischer Dankbarkeit.

»Also ... jetzt sag mir einmal klar und deutlich: Wie ist deine finanzielle Situation?«

»Besch ... eiden ...«

»Wollen wir gemeinsam versuchen, aus dieser Situation so schnell wie möglich herauszukommen?«

»Stell dir vor«, sagte Schulenburg, als ich eines Tages von einem Spaziergang nach Hause zurückkam, »mein Vater ist in München.«

»Das ist doch wunderbar. Du wolltest mich ihm doch schon immer vorstellen!«

»Er bleibt nur zwei Tage. Er ist auf der Durchreise nach Frankreich.«

»Wo ist er denn jetzt?«

»Bei meiner Frau.«

»Ach ...«

»Ich muß gleich hinfahren, Evelinchen, du verstehst ...«

»Ich verstehe«, sagte ich, »du hast mich wie immer belogen.«

»Was soll das heißen?«

»Das soll heißen, daß du deinem Vater nichts über unsere Beziehungen gesagt hast.«

»Doch, aber ...«

»Fahr jetzt hin. Wann bist du wieder zurück?«

»Ja, ich weiß nicht ... Ich werde wohl die Nacht über ... dort bleiben müssen ...«

»Ich gebe dir bis sechs Uhr nachmittags Zeit«, erklärte ich ruhig. »Wenn du bis dahin nicht wieder hier bist, passiert das, was du am meisten befürchtest.«

Jetzt wurde er grau im Gesicht.

»Was passiert dann ...?«

»Ich gehe zu einem Mann, der wirklich ein Mann und kein Schwächling ist, und ich schlafe mit ihm.«

Ich war fast besinnungslos vor Wut und Verzweiflung. Schulenburg war es nicht wert, daß man zu ihm stand.

Ich rief einen Bekannten an, der das genaue Gegenteil von Schulenburg war: sehr groß, schön wie ein griechischer Gott und dumm, wie die Nacht schwarz ist.

»Hier ist Eveline Clausen. Sind Sie heute zwischen sechs und sieben Uhr zu Hause?«

»Haben Sie die Absicht, mich zu besuchen?«

»Wenn ich bis sieben Uhr nicht bei Ihnen bin, komme ich nicht mehr.«

Um sechs Uhr war Schulenburg noch nicht da. »Ich gehe jetzt ...«, sagte ich laut und rührte mich nicht vom Fenster. Um zehn nach sechs kam ein Anruf:

»Evelinchen ... ich kann beim besten Willen noch nicht weg, aber ...«

»In Ordnung, mein Lieber ...«

Ich hing ein, biß die Zähne zusammen, ballte die Fäuste und verließ die Wohnung.

Mein griechischer Gott hatte alles vorbereitet: gedämpftes Licht, leise Musik, Sekt ...

»Ich habe mehr Glück als Verstand«, begrüßte er mich.

»Daran habe ich nie gezweifelt.«

Ich wollte es schnell hinter mich bringen.

»Ich habe nicht viel Zeit«, sagte ich.

Als es vorbei war, stand ich schnell auf und zog mich an. Ich nahm mir kaum Zeit, die Haare zu kämmen. Ich verließ fluchtartig die Wohnung.

Schulenburg wartete auf mich. Er sah aus wie ein Gespenst. Er schaute mich an, und dann versuchte er zu lächeln. Es war schlimmer, als wenn er mir ins Gesicht gespuckt hätte.

»Du hast es tatsächlich getan«, sagte er, und seine Augen glänzten feucht und fiebrig in dem weißen Gesicht.

Nein, wollte ich schreien, nein, Eichhörnchen ... Aber ich wußte, er würde mir nicht glauben, und ich sagte: »Ja, ich habe es getan!«

Er nickte, setzte sich und schaute auf die Spitzen seiner ausgetretenen, schmutzigen Schuhe.

»War es schön?«

»Es war alles andere als schön.«

Er sah nicht auf.

»Es war bestimmt schön«, sagte er.

»Nein!« schrie ich.

Es war, als wenn er mich gar nicht hörte. »Und er war kein Schwächling, nicht wahr?« Jetzt blickte er auf, und der unendlich traurige Versuch eines Lächelns war wieder in seinem Gesicht.

»Laß das ... bitte ...«

»Wie sah er denn aus?«

»Ich weiß es nicht mehr.«

»Aber Liebling, natürlich weißt du es ... und zwar ganz genau ... in jeder Einzelheit ...«

O Gott, warum tobte er nicht, warum beschimpfte er mich nicht...?

»Soll ich ihn dir beschreiben, Evelinchen?«

»Nein.«

»Er war groß, breitschultrig, langbeinig. Er hatte dunkle Haare und helle Augen. Er war ein ausgesprochen männlicher Typ – dein Typ.«

»Ich liebe dich, Eichhörnchen.«

Er zog mich aus. Er streichelte und küßte mein Gesicht, meinen Körper, meine Hände, meine Füße.

»Bitte tu das nicht ...«

Seine Berührungen waren so unsicher, seine Küsse so zaghaft.

»Denkst du an den anderen?«

»Nein ... es gibt keinen anderen!«

»Natürlich denkst du an den anderen. Aber es macht nichts. Ich liebe dich mehr als je zuvor, Eveline.«

Sein Gesicht war dicht über dem meinen. Er lächelte. Es war entsetzlich, dieses erstarrte Lächeln in dem Gesicht eines toten, kleinen Jungen.

Während der folgenden Tage blieb er unverändert sanft und zärtlich. Nie zuvor hatte er mich mit solcher Rücksicht behandelt. Das Lächeln schien seit jenem Abend auf seinem Gesicht festgefroren. Es stand in unerträglichem Gegensatz zu seinen traurigen Augen.

Es verging kein Tag, an dem er das Gespräch nicht auf den »anderen« brachte. Er wollte alles genau wissen. Er stellte tausend Fragen und bestand auf präzisen Antworten. Er hob nie die Stimme, er wurde nie ungeduldig oder gereizt. Er lächelte, während er mich aufs gewissenhafteste ausfragte:

»... und dann, als du mit ihm ins Schlafzimmer gingst, hast du dich da selber ausgezogen, oder hat er es getan?«

»Warum quälst du uns so?«

»Schau, Liebling, ich muß es ganz genau wissen. Es ist besser, als wenn ich herumrate und mir die Dinge in meiner Phantasie vorstelle.«

»Aber so glaub mir doch ... es hat keine Bedeutung.«

Ich fragte mich, wie lange die Tortur dauern würde.

Sie dauerte bis zum Abend des fünften Tages.

Schulenburg hatte wie immer die Eckcouch umgebaut, so daß sie zu einem Doppelbett wurde, in dem wir nebeneinander liegen konnten. Ich war ins Badezimmer gegangen, und als ich zurückkam, waren die Betten bereits gemacht, und Schulenburg, bis auf die Unterhose entkleidet, rauchte eine Zigarette. Ich legte mich auf den Bauch und ließ Kopf und Arme über den Rand der Couch herunterbaumeln.

»Bist du sehr müde?« fragte er und zog die Decke vorsorglich um meine Schultern.

»Ziemlich.«

»Aber wir können uns doch noch ein bißchen unterhalten?«

»Ja, natürlich ...«

Wir sprachen über ganz unwesentliche Dinge, und ich zeichnete mit meinem Finger das Muster des Teppichs nach. Er saß auf dem Rand des Bettes, und ich hörte seine Stimme, die nicht anders klang als sonst. Als eine Pause in unserer Unterhaltung eintrat, sang ich die ersten Töne eines Schlagers vor mich hin. Das war der Moment, in dem mich der Schlag auf den Hinterkopf traf.

Obgleich es ein heftiger, wohlgezielter Schlag war, kam ich nicht auf die Idee, er könne ernst gemeint sein. Ich war nie zuvor in meinem Leben geschlagen worden. In dem Glauben, es handle sich um einen außerordentlich dummen Scherz, fuhr ich entrüstet in die Höhe.

Da schleuderte mich ein zweiter, noch viel stärkerer Schlag wieder nach vorne.

Ich war benommen, warf mich aber automatisch und mit der Absicht, meinen Hinterkopf in Deckung zu bringen, auf den Rücken.

Schulenburg saß immer noch auf dem Bettrand. Er hatte seine Haltung kaum verändert, aber sein Gesicht war nicht mehr wiederzuerkennen. Es war die verzerrte, haßerfüllte, wahnsinnige Grimasse eines Mörders.

Ich stieß einen entsetzten Schrei aus und versuchte zu entkommen. Er packte mich, riß mich zurück und begann mit beiden Fäusten wie rasend auf mich einzuschlagen.

»Hure ... verdammte Hure ... ich werde dir deinen Kerl aus dem Leib prügeln ...«

Ich sah Schulenburg überdeutlich. Seine nackten, ein wenig krummen Beine. Seinen Hals, an dem die Adern dick und blau hervortraten. Sein Gesicht mit den bis zur Unkenntlichkeit verzerrten Zügen. Ich hörte durch das Dröhnen in meinem Kopf gemeine Schimpfworte, häßliche Flüche, das Keuchen seines Atems und mein eigenes Geschrei. Dann schmeckte ich Blut, fühlte es warm und klebrig über mein Gesicht laufen, sah es in großen, dunklen Flecken auf meinem Nachthemd. Meine Panik verlieh mir noch einmal die Kraft, mich Schulenburg mit einem unerwarteten Ruck zu entwinden und vom Bett zu springen. Ich kam jedoch nicht weit. Schulenburg schleuderte mich mit einem brutalen Griff zu Boden, wo ich halb bewußtlos liegenblieb.

Von da an sah und hörte ich nichts mehr. Ich krümmte mich zusammen und warf die Arme über das Gesicht, um wenigstens Augen und Zähne zu schützen.

Er trat nach mir, und das war noch entsetzlicher als die Schläge.

Er bringt mich um ... das war das letzte, was ich dachte. Danach handelte ich nur noch instinktiv, und das war meine Rettung. Als er mir einen Tritt versetzte, so daß ich mit der Stirn an eine Möbelkante schlug, rührte ich mich nicht mehr, gab keinen Ton von mir, stellte mich tot.

Die Vorstellung, ich sei tot, schien ihn schlagartig zu ernüchtern. Ich hörte, wie er in jähem Schrecken die Luft einzog. Danach war es still.

Sicher vergingen nur wenige Sekunden. Mir kamen sie vor wie eine Ewigkeit. Ich ließ mich hineinfallen in diese Ewigkeit und wünschte, nie wieder aufstehen zu müssen.

Dann hörte ich Schulenburg meinen Namen rufen, mit einer leisen, verbrauchten Stimme, die sich in Schimpfworten und Flüchen erschöpft zu haben schien. Gleich darauf berührten seine Fingerspitzen meinen Rücken.

Hätte man eine brennende Zigarette auf meinem Körper ausgedrückt, ich hätte es angenehmer empfunden als die Berührung von Schulenburgs Hand.

Ich wollte hochfahren, fand aber nicht die Kraft. Ich schluckte Blut, begann zu würgen und fürchtete, mich übergeben zu müssen.

Er beugte sich zu mir hinab, um mir zu helfen.

»Faß mich nicht an ...«, stöhnte ich, war aber zu hilflos, um Widerstand zu leisten.

Als ich vor ihm stand, begann er zu zittern.

»Führ mich ins Bad«, flüsterte ich, »damit ich mir dein Werk besehen kann ...«

Es gelang mir nicht, mich mit meinem Spiegelbild zu identifizieren. Ein Gesicht hatte ich eigentlich nicht mehr, denn es war bis zur Unkenntlichkeit verschwollen, verfärbt, blutverschmiert. Ich entdeckte einen winzigen Augenschlitz, eine etwas schiefe Nase und eine klaffende Wunde, die wohl mein Mund sein mußte.

Ich hatte die Hände auf den Waschtisch gestützt und hielt mein Gesicht direkt unter die helle Lampe, dicht an das Glas. Und plötzlich dachte ich – es geschieht dir recht, Eveline Clausen.

»Geh ...«, sagte ich tonlos zu Schulenburg, »zieh dich an und geh ...«

Er schüttelte wortlos den Kopf, griff nach einem Waschlappen und trat auf mich zu.

»Geh doch ...«

Wieder schüttelte er den Kopf, hob langsam den Waschlappen und begann mir vorsichtig das Gesicht zu säubern.

»Laß das«, sagte ich, »zieh dich an und geh.«

Ich zog mir einen Bademantel an und schleppte mich ins Zimmer zurück. Ich legte mich aufs Bett. Mein Körper brannte und pochte.

Nach einer Weile kam Schulenburg. Er hielt immer noch den Waschlappen in der Hand. Die Zähne schlugen ihm aufeinander, und jetzt war sein Gesicht glühend rot.

»Bitte, geh jetzt endlich!«

»Eveline ... wenn du mir sagst, ich soll auf der Stelle aus dem Fenster springen, dann tue ich es ...« Er sackte vor dem Bett zusammen. »Laß mich bei dir ... ich flehe dich an ...!«

Ich sehnte mich so sehr nach Ruhe, nach Schlaf und völligem Vergessen.

»Bitte, hol die Schlaftabletten aus dem Badezimmer. Nimm drei und gib mir drei ...«

»Und dann ...?« fragte er schon wieder hoffnungsvoll.

»Und dann leg dich ins Bett und schlaf ...«

Morgen werfe ich ihn raus, dachte ich.

»Warst du beim Arzt?«

Ich stand am Fenster, den Rücken ihm zugewandt.

»Ja, Eichhörnchen.«

»Armer Liebling ... ist es wieder dieselbe Geschichte?«

»Nein.«

»Was ist es dann?«

»Soll ich es dir sagen?«

»Natürlich sollst du es mir sagen!«

Ich drehte mich zu ihm um: »Gib mir erst mal einen Zug.«

Er hielt mir seine Zigarette hin: »Ist es schlimm?«

»Schlimm nicht, aber langwierig auf jeden Fall.«

»Ach Herrjeh ...!«

»Paß auf, ich werd' es dir von Anfang an erzählen ...! Ich gehe also zu Dr. Möller. Du kennst ihn ja – sein mildes Lächeln, sein beruhigender Ton: Na, Kindchen, wo fehlt's denn diesmal ...? Er macht mich wie immer nervös, und ich fahre ihn an: Wo soll's schon fehlen! Wo es seit Jahren fehlt! Er lächelte unerschütterlich: Da hat sich die liebe gnädige Frau wohl wieder mal nicht warm genug angezogen. Schließlich muß ich auch noch auf diesen widerlichen Stuhl. Er untersucht mich, sagt ›Nanu‹, guckt mich über den Rand seiner Brille an und sagt in seinem aufmunterndsten Ton: ›Meine liebe Frau Clausen, Sie haben sich geirrt. Sie haben keine Entzündung, Sie ...‹« Ich brach ab, lief auf Schulenburg zu und warf ihm die Arme um den Hals:

»Eichhörnchen, geliebtes Eichhörnchen ... ich erwarte ein Kind...!«

Er sagte nichts. Er drückte mich nur fest an sich und rieb seine Nase an meiner Wange.

»Es ist idiotisch«, schluchzte ich, »ich kann nur noch heulen vor Glück. Auch bei Dr. Möller habe ich geweint und geweint. Er glaubte, ich wolle das Kind nicht haben. Er sagte immerzu: ›Beruhigen Sie sich, gnädige Frau ... so schlimm kann es doch gar nicht sein ...‹ Ich bin so glücklich, Eichhörnchen.«

Ich griff nach Schulenburgs Hand.

»Was sagst du eigentlich dazu ...?«

»Ich kann gar nichts mehr sagen ... ich bin nur noch stolz.«

»Du hast auch allen Grund, stolz zu sein. Nach den Berechnungen der Ärzte hätte ich gar kein Kind bekommen können. Mein Gott, was habe ich unter diesem Gedanken gelitten. Ich konnte ja kein Baby, keinen Kinderwagen, keine schwangere Frau mehr sehen, ohne loszuheulen.«

Schulenburg schaute mich an mit dem altbekannten, verloren geglaubten Blick – dem Blick des kleinen, verwunderten, heimgekehrten Jungen.

Und zum ersten Mal seit Monaten wurde unsere Liebe wieder rund.

»Es wird ein hübscher kleiner Junge«, sagte ich.

»Wieso Junge?«

»Es wird ein Sohn. Ich weiß es.«

»Kaum schwanger und schon gibst du an«, grinste Schulenburg.

»Es wird ein runder kleiner Junge mit unseren braunen Augen und unseren braunen Haaren und unserer olivfarbenen Haut...«

»Es wird der schönste kleine Junge der Welt«, sagte er.

Ein ganz neues Leben schien zu beginnen. Schulenburg bemühte sich ernsthaft um eine Stellung. Man bot ihm den Posten des Textredakteurs bei der Illustrierten »Die Woche« an.

»Donnerwetter, Eichhörnchen, wie ist dir denn das so schnell gelungen?«

Er zog die linke Augenbraue hinauf und den rechten Mundwinkel hinab: »Kleinigkeit«, sagte er lässig, »man kennt mich in der Branche und weiß, was ich wert bin.«

»Und wieviel zahlt man dir?«

»Was ich verlange. Zweitausend Mark monatlich. Romane und Tatsachenberichte, die ich von Zeit zu Zeit schreiben werde.«

»Das ist ja phantastisch!«

»Die Geschichte hat aber einen gewaltigen Haken: Die Redaktion sitzt in Stuttgart, und das bedeutet, daß ich dort meine Zelte aufschlagen muß.«

»Herrje ... ausgerechnet Stuttgart!«

»Was soll ich also tun?«

Ich dachte an mein Kind, an das Geld, das wir so dringend brauchten, an das neue Leben, das wir uns aufbauen wollten.

»Annehmen«, seufzte ich, »und sehen, daß du so schnell wie möglich eine Wohnung in Stuttgart findest, damit ich nachkommen kann.«

»Gut, Liebling. In spätestens einem Monat haben wir eine Wohnung in Stuttgart, ein neues Auto, damit wir oft nach München fahren können, und genug Geld, um uns ein wunderschönes ...«

»Denk an unseren Sohn ...!« warnte ich.

Meine Schwangerschaft verlief einfach, wie die einer robusten Bäuerin. Ich fühlte mich gesund, wohl und kräftig. Neun Monate blieb ich in meiner Wohnung und lebte nur für das neue Wesen.

Ich fühlte es wachsen in mir, fühlte seine ersten Bewegungen. Meine Gedanken, Wünsche, Hoffnungen und Ängste galten allein dem Kind.

Selbst Schulenburgs neuerliches Versagen nahm ich mit ungewöhnlicher Ruhe zur Kenntnis. Monate waren vergangen, und noch immer hatte er keine Wohnung in Stuttgart gefunden. Vielleicht suchte er gar nicht. Solange ich in diesem Zustand war, hatte er nichts zu fürchten. Er konnte sicher sein, daß ich die Tage allein in meiner Wohnung, die Nächte allein in meinem Bett verbrachte. Und am Wochenende konnte er Stuttgart den Rücken kehren und zwei schöne Tage lang München, meine Wohnung und mich genießen. Warum also sollte er diesem idealen Zustand ein Ende bereiten.

Als ich im achten Monat war, lernte ich Rolf Harford kennen. Er schrieb für »Die Woche« einen Roman, und daraus ergab sich eine berufliche Beziehung zu Schulenburg. Jedes Wochenende wurde die nächste Fortsetzung besprochen, und zwar in einem Espresso. Harford brauchte, um überhaupt in Schwung, geschweige denn zu Einfällen zu kommen, Kaffee und Alkohol. In diesem Espresso fand unsere erste Begegnung statt.

Ich holte Schulenburg gegen Mittag ab. Es war ein heißer Tag im August. Ich hatte die Haare hochgekämmt und trug eine weiße, lose Jacke mit einem kleinen Stehkragen. Mein Zustand war zwar nicht zu übersehen, aber er bot keinen häßlichen Anblick. Mein Gesicht war frisch und glatt wie das Gesicht eines jungen Mädchens. Ich betrat das Espresso. Schulenburg saß mit dem Rücken zur Tür, der Mann ihm gegenüber starrte mich an. Er hatte ein junges, volles Gesicht, einen Wust grauschwarzer, drahtiger Haare und große, blaue Kinderaugen hinter einer Hornbrille. Er starrte wie gebannt.

Was hat er denn ...? mußte Schulenburg denken, denn er drehte sich, Harfords Blick folgend, um.

»Oh, da ist ja Madame«, sagte er und erhob sich.

Auch Harford stand auf. Er war ein großer, schwerer Mann mit den tolpatschigen Bewegungen eines Bären.

»Thats my wife and son to be«, stellte Schulenburg vor.

»Wait and see ...«, sagte ich lachend und reichte dann Harford die Hand.

Er wurde rot.

»Wir sind gleich fertig«, sagte Schulenburg, »wir haben nur noch einen Mord, eine Vergewaltigung und eine Abtreibung zu besprechen. Die nächste Folge soll nämlich ein wenig Dramatik haben.«

»Immer diese langweiligen Vergewaltigungen«, sagte ich, »laßt euch doch mal etwas anderes einfallen. Wie wär's mit einer hübschen kleinen Leichenschändung?«

»Du hast immer die besten Ideen, Liebling. Aber damit du jetzt schön ruhig bist, bestelle ich dir und deinem Sohn ein Eis.«

»Mein Sohn hat mir gesagt, daß er heute kein Eis will.«

Harford schaute mit angehaltenem Atem von mir zu Schulenburg und wieder zurück.

»Entschuldigen Sie«, sagte ich, »wir sprechen meistens so törichtes Zeug.«

»Ich finde es großartig«, erklärte Harford enthusiastisch und schlug zur Bekräftigung auf den Tisch, »ich finde es ganz großartig!«

Er sprach langsam und mit einer tiefen, kehligen Stimme.

»Er kennt uns noch nicht gut genug«, sagte Schulenburg, »daher die Begeisterung.«

»Ich möchte Sie gerne sehr gut kennenlernen ... und ich werde es auch ...«

Sein Blick flackerte sekundenlang zu mir hinüber und blieb dann auf Schulenburg liegen.

»Hm ...«, machte Schulenburg, neigte den Kopf zur Seite und musterte Harford mit leicht herabgezogenen Mundwinkeln.

Bald verbrachte Rolf Harford jedes Wochenende mit uns. Er erschien mit großen Blumensträußen, die er mir verlegen in den Arm drückte, mit Alkohol und Kaffee und kleinen nützlichen Haushaltsgeschenken, die er so nebenbei und erst nach der zweiten Flasche aus den Taschen zog.

»Ich habe mich noch nirgends so wohl gefühlt wie bei euch«, erklärte er und zog sich zur Bekräftigung die Schuhe aus.

Er goß sich ein Glas Rotwein ein und trank es in einem Zuge aus.

»Wenn ich das zu Hause mache, geht das Gemecker gleich los: Rolf, bitte zieh dir die Schuhe wieder an ... Rolf, trink nicht schon am Vormittag ... Rolf, mach nicht alle Aschenbecher schmutzig ... Rolf, heute nachmittag kommt Tante Anna, also geh nicht wieder weg ...«

Er zog sein Jackett aus und warf es auf einen Stuhl. »Dieses verfluchte Spießbürger-Dasein hängt mir zum Hals heraus! Warum, zum Teufel, habe ich diese Frau geheiratet!?«

»Ich habe noch kaum einen Mann gekannt«, sagte ich, »der sich das nicht nach einer gewissen Zeit gefragt hätte. Zuerst finden sie es alle wunderbar: das blitzblanke ›Heim‹, die umsichtige ›Gattin‹, den gedeckten Tisch, das gemachte Bett! Und dann...? Die Ehe an sich scheint schon ein Scheidungsgrund zu sein!«

Ich nahm Schulenburg die Zigarette aus dem Mund und rauchte sie weiter.

»Was meinst du, Eichhörnchen, vielleicht sollten wir das Heiraten doch lieber lassen?«

»Sie«, sagte Harford und blickte auf seine auffallend kleinen, grünbestrumpften Füße hinab, »sind eine ganz große Ausnahme. Sie sind eine Frau, mit der man sogar eine glückliche Ehe führen könnte ...«

»Es gibt nichts Ermüdenderes«, gähnte Schulenburg, nachdem Harford endlich gegangen war, »als bürgerliche Menschen, die einen Hang zum Unbürgerlichen haben.«

»Er ist ein armer Teufel«, sagte ich, »aber ein lieber, gutmütiger Kerl.«

»Du denkst natürlich wieder an die Kognakgläser, die er uns heute geschenkt hat.«

»Pfui, Eichhörnchen, das stimmt nicht. Ich halte ihn für einen zuverlässigen Freund, und das schätze ich.«

An dem Abend, an dem meine Wehen begannen, hatte ich allen Grund, Harfords verläßliche Freundschaft zu schätzen. Nach dem ersten, unmißverständlichen Schmerz rief ich in Stuttgart an, erreichte Schulenburg aber weder in der Redaktion noch im Hotel. Nachdem ich eine Nachricht hinterlassen und eineinhalb Stunden umsonst auf seinen Rückruf gewartet hatte, rief ich Harford an:

»Entschuldigen Sie ... aber ich glaube, es ist so weit ... und ...«

»Ich bin sofort bei Ihnen«, unterbrach er mich, und fünf Minuten später war er da.

»Schulenburg ist bestimmt in seiner Stammbar ... ›Die Trommel‹ ... können Sie die Telefonnummer herauskriegen ...?«

»Ja, natürlich. Machen Sie sich keine Sorgen ... legen Sie sich hin ...«

Er war gar nicht mehr unbeholfen, sondern geschickt und tatkräftig.

Als er Schulenburg erreichte, konnte er ihm bereits die nächste Zugverbindung nach München sagen. Er ging mit mir im Zimmer auf und ab, er bettete mich auf die Couch, er spielte Karten mit mir, er hielt meine Hände, wenn ich mich zusammenkrümmte.

»Schreien Sie doch, mir macht das nichts!«

Er fuhr mich in die Klinik, und als man mir dort ungerührt mitteilte, es werde noch gute zwanzig Stunden dauern, fuhr er mich wieder nach Hause.

»Sie können doch nicht die ganze Nacht bei mir bleiben.«

»Ich lasse Sie jetzt nicht allein. Es wird bestimmt nicht mehr lange dauern, und dann haben Sie Ihren wunderschönen Sohn.«

Er hielt mich fest, drückte meinen Kopf an seine Schulter, strich mir über das Haar: »Bald ist alles vorüber«, murmelte er beruhigend, »Sie brauchen gar keine Angst zu haben.«

»Ich habe keine Angst«, sagte ich, als die Wehe abgeklungen war, »aber daß es solche Schmerzen gibt ...«

Mit dem ersten grauen Tageslicht erschien ein zerknitterter, übernächtiger Schulenburg:

»Na, ihr zwei, habt ihr euch ein paar schöne Stunden gemacht?«

»Eichhörnchen, es tut weh!«

»Seit wann tut eine Geburt weh?«

»Ich werde mal für uns alle Kaffee machen«, sagte Harford.

»Sie sind die Stütze der Familie Clausen-Schulenburg, aber jetzt haben Sie wirklich genug geleistet ... scheren Sie sich ins Bett!«

»Nein«, rief ich, »bleiben Sie, bitte!«

»Harford, Sie scheinen ein ausgezeichneter Geburtshelfer zu sein.«

Schulenburg warf sich auf die Couch:

»Komm her, Liebling, leg dich zu mir. Und wenn es weh tut, dann kneif und beiß und kratz mich, damit ich auch ein bißchen was davon habe.«

»Also, dann mach ich jetzt den Kaffee ...« Harford ging in die Küche.

Ich legte mich neben Schulenburg. Er vergrub sein Gesicht an meinem Hals und schlief auf der Stelle ein.

Gegen Mittag fuhren wir zu dritt in die Klinik.

Man legte mir ein längliches, weißes Paket in den Arm und sagte, das sei mein Sohn. Das Paket zappelte und gab kleine krächzende Laute von sich. Ich schaute ängstlich vom Arzt zur Hebamme, und sie lachten und sagten, es sei ein prächtiger, gesunder, siebenpfündiger Junge.

Ich schob den Zipfel des Umschlagtuches etwas beiseite, und als ich das kleine, häßliche Säuglingsgesicht meines Sohnes sah, überwältigte mich das Glück.

Ich öffnete vorsichtig erst die eine, dann die andere winzige Faust:

»Er hat zehn Finger ...«, sagte ich und begann zu weinen. Ich beugte mich wieder über das kleine Gesicht: »Er hat Schulenburgs Kerbe in der Nasenspitze ...«, sagte ich und begann zu lachen.

Man legte mich mit meinem Sohn auf ein fahrbares Bett und rollte mich auf den Gang hinaus. Es war ein sehr langer, sehr hoher Gang, und am anderen Ende stand eine ganz kleine, bewegungslose Figur.

»Eichhörnchen ...!« rief ich leise, und das war der Moment, in dem ich ihn noch einmal liebte – mit einer überströmenden und verzweifelten Zärtlichkeit.

Er kam auf mich zu – mit unsicheren Schritten, mit unsicherem Lächeln, und als er neben mir stand, sagte er: »Gott sei Dank bist du wieder da.«

»Ich habe dir auch was mitgebracht ...« Ich deutete auf das Paket in meinem Arm: »Einen Sohn, mit deiner Kerbe in der Nasenspitze. Da, schau mal ...«

Er beugte sich über unser Kind, grinste und sagte: »Na, du ...«

»Er wiegt sieben Pfund«, erklärte ich stolz, »und er ist wunder... er ist häßlich, nicht wahr ...?«

»Hm, ein bißchen seltsam sieht er schon aus.«

»Und so winzig! Aber er hat alle zehn Finger.«

»Er hat sogar etwas schwarzen Flaum auf dem Kopf.«

Er küßte meine Hand, dann das Fäustchen des Kindes: »Ich liebe euch ... ich werde immer für euch dasein ... ihr braucht gar keine Angst zu haben ...«

Noch bevor ich die Wohnungstür aufschloß, hörte ich das Telefon.

»Das ist Schulenburg«, sagte ich, »er hat es wahrscheinlich schon den ganzen Abend versucht.«

»Jetzt werden Sie Ärger haben«, sagte Harford, »es ist schon halb eins.«

»Er ruft täglich mindestens zehnmal an, und jedes Mal habe ich Ärger. Einmal mehr oder weniger spielt keine Rolle.«

Harford verschwand diskret im Bad.

Ich ging ins Zimmer und nahm den Hörer ab: »Hallo ...?«

»Na, wie geht es unserem Freund Harford?« fragte Schulenburg mit einem kurzen, bösen Auflachen.

»Danke gut.«

»Er fährt dich jetzt immer nachts ins Kinderheim, oder ...?«

»Ich finde das keine sehr komische Bemerkung.«

»Ich auch nicht. Aber ich finde auch alles andere nicht sehr komisch.«

»Ist es auch nicht, mein Lieber, ist es auch nicht ...«

»Oh, ich habe den Eindruck, daß du dich mit deinem Kümmerer glänzend amüsierst.«

»Er tut alles, um mir zu helfen und mich abzulenken.«

»Und wie gut er das eingeteilt hat. Tagsüber hilft er dir, nachts lenkt er dich ab. Ein wirklich aufopfernder Mensch!«

»Das ist er auch. Ohne ihn ...«

»Ich weiß, Eveline, ich weiß! Ohne ihn wärst du schon längst zugrunde gegangen. Er fährt dich täglich fünfzehn Kilometer zum Kinderheim, damit du unseren Sohn sehen kannst. Er gibt dem Hausmeister großzügige Trinkgelder, damit er dir die Kohlen hinaufschleppt und den Ofen heizt. Er hat dir einen Staubsauger besorgt, damit du dich nicht mit dem Besen abquälen mußt. Er stopft dich mit Vitamintabletten voll, damit du wieder zu Kräften kommst. Er tut all das, was der böse, verantwortungslose Schulenburg nicht tut.«

»Genau so ist es!«

»Und abends führt er dich zum Essen in ein hübsches Lokal, damit du nicht mutterseelenallein zu Hause sitzen mußt, und danach schüttet er dich mit Sekt voll, damit dein armer, kleiner, schwacher Blutdruck steigt.«

»Genau so ist es!«

»Hast du dir schon einmal überlegt, Eveline, daß ich all diese Dinge auch liebend gern für dich täte, wenn ich nicht in Stuttgart angebunden wäre. Wenn ich nicht Geld verdienen müßte...!«

»Hör auf!« schrie ich, »hör sofort damit auf!«

»Das hörst du nicht gerne, was?«

»Nein, das höre ich nicht gerne – aber aus einem anderen Grund als dem, den du mir zu unterstellen versuchst. Wer ist denn schuld an dieser ganzen Misere?«

»Ich natürlich! Ich bin an allem, an allem, an allem schuld!«

»Bist du auch! Du hast mich immer wieder im Stich gelassen! Und jetzt läßt du sogar das Kind im Stich.«

»Was sind das wieder für große, pathetische Worte! Was heißt, ich lasse das Kind im Stich!?«

»Das heißt, daß der Vater Franz-Ludwig Schulenburg nicht in der Lage war, innerhalb eines Jahres eine Wohnung in Stuttgart zu finden. Das heißt, daß unser Sohn in ein Heim mußte.«

»So ...? Mußte er denn unbedingt in ein Heim?«

»Du weißt ganz genau, daß ich zu schwach war. Wie hätte ich

es denn machen sollen ohne Hilfe, in einem Zimmer im fünften Stock? Kannst du mir das einmal erklären!?«

»Glaubst du etwa, ich litte nicht unter der Trennung von euch!«

»Warum hast du dann bis heute keine Wohnung gefunden?«

»Ich tue alles, was ich kann«, schrie er.

»Du bist ein pathologischer Lügner«, sagte ich müde und legte den Hörer auf.

Als Harford das Zimmer betrat, erschrak er bei meinem Anblick. »Was ist los, Eveline?« fragte er.

»Ich kann nicht mehr ...«, sagte ich und schaute ihn hilfesuchend an.

Es wurde ein Dreiecksverhältnis – nur nicht so komisch, wie es in den französischen Boulevardstücken dargestellt wird. Dazu fehlte uns die Leichtigkeit und der Humor. Die frivole Situation wurde zum schlechten Drama, die Darsteller zu Provinzkomödianten.

Schulenburg war nicht der einfältige, leicht zu hintergehende Ehemann, sondern ein gefährlicher Zyniker, vor dessen Tükken und Schlichen man nie sicher war. Harford war nicht der draufgängerische, charmante Liebhaber, sondern ein schwerfälliger, vergebender, entsagender Hausfreund, der unter seinen Gefühlen litt. Und mir fehlte die Begabung zur leicht beschwingten, sieghaft lächelnden Ehebrecherin. Ich spielte je nach Notwendigkeit die wachsame Dompteuse oder ein sammetpfötiges hilfloses Kätzchen.

Im Laufe der Zeit erlangte jeder von uns eine gewisse Routine – ich im Schwindeln, Harford im Intrigenspinnen, Schulenburg im Fallenstellen –, und schließlich waren wir rettungslos in unseren eigenen Lügennetzen verstrickt. Von da an machten wir gar nicht mehr den Versuch, fair zu sein, und das ersparte uns viel Mühe.

Ich glaube, es war zu dieser Zeit, daß ich einen nachhaltigen Widerwillen gegen das Wort »Liebe« entwickelte. »Liebe« – wie oft sprachen wir das Wort zu dieser Zeit, ohne es zu leben. Es kam nie zu einer Explosion, zu einem offenen Krach, zu einer Aussprache. Wir lebten in der gespannten Atmosphäre eines nicht losbrechenden Gewitters. Wir sprachen in Anspielungen, zweideutigen Bemerkungen und versteckten Drohungen. Wir stellten vorsichtige, verfängliche Fragen. Wir beobachteten, tasteten, versuchten aus Worten, Blicken und Reaktionen Schlüsse zu ziehen. Jeder von uns lebte ständig in der Defensive – bereit, abzustreiten, zu leugnen, zu vertuschen. Keiner von uns hatte den Mut, eine Entscheidung herbeizuführen.

Ich wußte genau, daß ich Schulenburg nicht mehr liebte und Harford nie lieben würde. Ich wußte genau, daß ich weder mit dem einen noch mit dem anderen zusammenleben wollte. Und ich wußte erst recht, daß ich dem Leben allein nicht gewachsen war.

Meine Angst vor der Zukunft, das Gefühl, in allem zu versagen, war seit der Geburt des Kindes noch stärker geworden. Ich war mir meiner schweren Verantwortung voll bewußt und litt unter meiner Unzulänglichkeit.

Aber was immer ich unter dem Druck von Selbstvorwürfen unternahm, war überstürzt, unüberlegt, undurchführbar. Es endete jedesmal mit Tränen, Verzweiflung, Resignation und weiteren ohnmächtigen Worten.

Das blieb so, bis ich glücklicherweise eine Lungenentzündung bekam. Das Krankenhaus bedeutete für mich, allen Pflichten enthoben zu sein, versorgt und gepflegt zu werden. Es bedeutete sanftes Dahintreiben, es bedeutete Ruhe.

Ich hatte Schulenburg telefonisch dazu überredet, nicht sofort, sondern erst, wie gewöhnlich, zum Wochenende nach München zu kommen. Ich hatte Harford dazu gebracht, mich allein zu lassen. Ich hatte endlich ein paar Tage für mich. Ich wollte sie genießen. Es war ein kurzer Genuß. Schulenburg kam am Samstag mit einem großen Strauß dunkelroter Rosen in die Klinik. Er streichelte meine Hände, war zärtlich – und, wie mir vorkam, vernünftiger als seit langem. Es war keine Ironie in seiner Stimme, kein lauernder Ausdruck in seinen Augen, keine Zweideutigkeit in seinen Worten. Er erzählte kleine amüsante Geschichten, die mich wie immer zum Lachen brachten. Er sprach spöttelnd von seiner Arbeit und seinen Kollegen und teilte mir außerdem mit, daß sein endgültiger Scheidungstermin auf die übernächste Woche festgesetzt sei und wir danach noch am gleichen Tag heiraten würden.

»Hm ...«, sagte ich und war froh, als die Schwester mit dem Abendessen kam.

Als sie wieder gegangen war, musterte Schulenburg gierig den blassen Grießauflauf, schnupperte daran und pickte eine Rosine heraus. Ich schob ihm das Tablett zu.

»Hast du denn keinen Appetit, Evelinchen?«

»Nicht den geringsten.«

Er hatte schon den Löffel in der Hand. Was er zu Hause angewidert zurückgewiesen hätte, aß er in fremder Umgebung mit Heißhunger. Als er fertig war, hatte er Lust auf eine Zigarette, die er im Zimmer nicht rauchen durfte.

»Ich muß sowieso gleich schlafen«, sagte ich.

Er küßte und streichelte mich und sagte mir, daß er mich unendlich liebe. Dann ging er.

Ich habe nie die ganze Wahrheit über den weiteren Verlauf des Abends und der Nacht herausbekommen. Ich habe nicht einmal erfahren, wer nun wirklich wen angerufen und damit den Stein ins Rollen gebracht hatte.

Harford kam als erster. Um neun Uhr früh erschien er bei mir in der Klinik, unrasiert und verschwitzt.

»Was ist denn mit dir los?«

»Ich habe die ganze Nacht in deiner Wohnung verbracht – zusammen mit Schulenburg ...«

Er ließ sich auf den Stuhl neben meinem Bett fallen, nahm die Brille ab und bedeckte die Augen mit der Hand: »Es war eine fürchterliche Nacht!«

»Deiner Fahne nach zu schließen, müßtest du eigentlich eine Alkoholvergiftung haben«, sagte ich gereizt und wünschte, er würde mich in meinem stillen, weißen Krankenzimmer ungestört lassen.

»Ich habe eine ganz andere Vergiftung ...« Er nahm die Hand von den Augen, beugte sich vor. »Du mußt dich von Schulenburg trennen, Eveline ... so schnell wie möglich ... bevor ein Unglück passiert ...«

»Bitte, sprich zusammenhängend, ich komme sonst nicht mit.«

»Ich weiß nicht, ob ich es dir überhaupt erzählen soll. Ich fürchte, es regt dich zu sehr auf.«

»Du hast von allem Anfang an gewußt, daß du es mir erzählen wirst ... also bitte!«

»Eveline, es fällt mir wirklich nicht leicht. Ich schäme mich zu wiederholen, was er über dich gesagt hat.«

»Komm doch endlich zum Punkt.«

»Also es fing so an: Schulenburg sagte, es wäre wohl an der Zeit, daß wir uns einmal eingehend über dich unterhielten.«

Harford zeigte auf die Vase mit Rosen: »Von Schulenburg, was ...?«

»Ja«, sagte ich ungeduldig, »und dann ...?«

»Ich sagte, daß ich keine Lust hätte, mich über dich zu unterhalten.«

»Aha.«

»Ich wollte aufstehen und gehen. Er sagte: ›Setzen Sie sich, Harford. Sie werden sich jetzt mit mir unterhalten!‹«

»Und daraufhin hast du dich natürlich wieder gesetzt?«

»Eveline«, sagte Harford, »Schulenburg hatte eine Pistole.«

»Wie bitte!?« rief ich und fuhr im Bett hoch.

»Er hatte eine Pistole.«

»Du wirst doch nicht behaupten, daß Schulenburg eine Pistole aus der Tasche zog und sie auf dich richtete?«

»So nicht. Du kennst ihn doch! Er macht so etwas viel geschickter und charmanter – und vor allen Dingen ließ er nicht durchblicken, ob es nun Ernst oder Spaß sei.«

»Ich kann mir nicht vorstellen, wie man charmant eine Pistole zieht. Könntest du mir diesen Vorgang nicht genauer schildern?«

»Ich sagte ja, er hat sie nicht gezogen. Er holte sie so nebenbei aus einem Schrank heraus und sagte: Schauen Sie, Harford, ist das nicht ein hübsches, kleines Ding ... und hielt sie mir hin.«

»Und du hast sie genommen.«

»Nein. Ich sagte: Pistolen interessieren mich nicht. Daraufhin lachte er und sagte: Sie scheinen sich für nichts zu interessieren. Ich dagegen interessiere mich für alles. Besonders für Pistolen. Ich habe eine Vorliebe dafür. Im Krieg hatte ich noch eine viel hübschere. Mit der habe ich fünf SS-Männer auf einen Sitz niedergeknallt. Es war mir ein großes Vergnügen.«

Der Schweiß brach mir aus. Die Geschichte von den SS-Männern hatte Harford nicht erfunden. Schulenburg hatte sie auch mir erzählt. Ob sie stimmte, wußte ich nicht.

»Er setzte sich dann wieder auf die Couch und spielte mit der Pistole. Manchmal nahm er sie auch hoch und schaute in die Mündung. Und dazu sprach er ... über dich ...«

»Was?«

»Er zählte deine Charaktereigenschaften auf, menschliche Verderbtheit war noch die positivste. Er nannte dich mit Namen, von denen Hure noch der schmeichelhafteste war.«

»Er muß seinen Wortschatz ziemlich strapaziert haben.«

»Nun, er hat ja einen ungeheuren, und je mehr er trank, desto ungeheurer und ungeheuerlicher wurde er. Er sagte, du wärest innerlich verrottet, und deine hübsche Hülle würde dem auch nicht mehr lange standhalten. Er freue sich auf diesen Augenblick, in dem kein Hahn mehr nach dir krähen würde. Er sagte, er würde diesen Prozeß noch etwas beschleunigen ... es wäre sein Ziel, dich kaputtzumachen, zur Strecke zu bringen ... Er sprach von deinem Vorleben, von den zahllosen Männern, die du vor ihm gehabt hast, die du zerstört und weggeschmissen hättest. Er behauptet, dasselbe hättest du mit ihm vor – ihn zu zerstören und wegzuschmeißen. Deine Gefühlsroheit sei kriminell, deine Sucht, zu zerstören, gemeingefährlich. Man müsse ihm eigentlich ein Denkmal setzen, wenn er dich ein für allemal unschädlich mache.«

»Ich beginne zu verstehen ...«

»Was?« fragte Harford beinahe drohend, »was gibt es an diesem Irrsinnigen noch zu verstehen?«

Er trat dicht an mein Bett und starrte mit runden, blauen, verständnislosen Augen auf mich hinab.

»Eveline ... willst du jetzt vielleicht auch noch die Schuld auf dich nehmen!?«

»Schuld ...?« sagte ich. »In der Liebe gibt es keine Schuld.«

»Arme Kleine«, sagte Harford, »du steckst den Kopf in den Sand. Du willst dir nicht eingestehen, daß du dich jahrelang einem Mann geschenkt hast, der es nicht wert war, der dich zahllose Male im Stich gelassen, der dich geprügelt und schließlich auch noch in den Dreck gezogen hat.«

»Ich habe Schulenburg geliebt«, sagte ich.

»Bravo! Großartig! Soll ich dir noch etwas erzählen?«

»Nein!«

»Er sagte, daß ihn das Kind überhaupt nur als Waffe gegen dich interessiere. Aus diesem Grund habe er es auch gezeugt. Durch das Kind – an dem du trotz deiner Unmenschlichkeit ein wenig hingest – seist du an ihn gebunden, und deshalb könne er sein Zerstörungswerk in Ruhe durchführen.«

»Hör jetzt auf...! Das hat er doch alles nicht so gemeint, er hat es doch nur in seiner Wut ...«

»Und zu gegebener Zeit würde er dir das Kind nehmen ...«

»Du«, schrie ich, »du bist ebenso brutal wie Schulenburg. Dir ist es ebenso gleichgültig, ob du mich zerstörst – Hauptsache, du erreichst damit dein Ziel.«

»Eveline, wie kannst du das behaupten! Ich mußte dich warnen! Er wird dich eines Tages umbringen!«

»Was bis dahin noch übrig ist, wird kaum eine Kugel wert sein.«

»Eveline, laß uns zusammen fortgehen!«

»Ich gehe nicht mit dir fort. Du hast dir die Mühe umsonst gemacht. Ich möchte jetzt nur noch eines wissen: Hast du Schulenburg über unser Verhältnis aufgeklärt?«

»Wie kannst du so etwas denken!?«

»Gut«, sagte ich, »dann geh jetzt. Ich möchte allein sein.«

Von Schulenburg kam erst am Nachmittag ein Anruf. Er behauptete mit verschlafener Stimme, den ganzen Vormittag stark beschäftigt gewesen zu sein.

»Schlafen ist allerdings eine schwere Beschäftigung«, sagte ich, »noch dazu nach dieser Nacht mit Harford. Wahrscheinlich hattest du Alpträume.«

»Wie kommst du denn auf die Idee, daß ich die Nacht mit Harford ...«

»Um dir weitere Lügen zu ersparen, mein Lieber – Harford hat es mir erzählt. Er ist um neun Uhr früh von dir direkt zu mir in die Klinik gekommen.«

»Das hätte ich mir eigentlich denken können«, knirschte Schulenburg, »dieses Schwein ...!«

»Oh, er ist nicht das einzige ... wir können eine Zucht aufmachen.«

»Ich bin in einer Viertelstunde bei dir.«

Es dauerte wirklich nur eine Viertelstunde. Er hatte nach einer durchzechten Nacht nie sehr vorteilhaft ausgesehen, aber so wie an diesem Tag hatte ich ihn noch nicht erlebt. Das Gesicht grau und gedunsen, die Augen schmale, blutunterlaufene Schlitze mit schweren Tränensäcken, die Haare verfilzte, vom Kopf abstehende Büschel. »Hübsch siehst du aus«, sagte ich.

»Ich weiß ... Entschuldige bitte ...«

»Was willst du mir sagen?«

»Evelinchen«, Schulenburgs Gesicht war voller Angst, »was dir Harford brühwarm berichtet hat ...«

»... ist alles nicht wahr.«

»Bestimmt nicht.«

»Woher weißt du eigentlich, was er mir berichtet hat?«

»Ich kann es mir denken. Er hat ja alles sehr geschickt inszeniert. Er hat mich angerufen ...«

»Er hat *dich* angerufen?«

»Ja, natürlich. Er hat mich angerufen, um eine Aussprache gebeten und dann bis zum äußersten provoziert.«

»Tatsächlich? Und mit was hat er dich provoziert?«

»Er hat unmißverständlich durchblicken lassen, daß er mit dir ein Verhältnis hat.«

»Im Hinblick auf die Pistole hat Harford da einen wahren Todesmut bewiesen.«

»Was soll das heißen?« fragte Schulenburg und seine Überraschung kam mir echt vor.

»Das soll heißen, daß du eine Pistole hattest.«

Jetzt brach er in Gelächter aus. »O Gott ...«, rief er, »das ist die schönste Geschichte, die ich seit Jahren gehört habe.«

»Ich freue mich, daß wenigstens du deinen Spaß daran hast.«

»Eveline, du glaubst doch nicht im Ernst, daß ich diesen lächerlichen Hanswurst umbringen wollte! Erstens habe ich keine Pistole, und zweitens ist mir Harford nicht einen Schuß Pulver, geschweige denn lebenslängliches Zuchthaus wert.«

»Dann hat er also die Geschichte erfunden?«

»Nun, im Erfinden schlechter Romane ist er ja groß.«

»Ich gebe auf«, sagte ich, »es hat keinen Sinn.«

»Liebling, ich schwöre dir ...«

»Ihr lügt und schwört und schwört und lügt ...«

»Und du, Eveline ...?« Er stand auf und begann im Zimmer umherzuwandern. »Wirst du mir jetzt die Wahrheit sagen?«

Ich schwor mir, die Wahrheit zu sagen.

Schulenburg trat an das Fußende meines Bettes und schaute auf mich herunter. »Hast du mit Harford ein Verhältnis?« fragte er.

»Nein.«

»Schwöre es.«

»Ich schwöre es.«

»Danke, Liebling«, sagte Schulenburg.

»Nichts zu danken«, sagte ich.

Am Abend hatte ich hohes Fieber. Der Arzt ließ das Telefon aus meinem Zimmer entfernen und verbot jeden weiteren Besuch. Mir war das sehr recht. Zwei Wochen lang sah ich von der Außenwelt nichts anderes als rote Rosen, die mir die Schwester mal mit einem Kärtchen von Schulenburg, mal mit einem Kärtchen von Harford überreichte. Zwei Wochen später wurde ich entlassen.

Sie waren beide da, um mich abzuholen. Ich war nicht einmal überrascht. Harford ergriff mein Köfferchen, Schulenburg meinen Arm. So verließen wir die Klinik.

»Ihr seid wirklich unzertrennlich«, sagte ich.

»Mehr denn je«, erwiderte Harford mit Ingrimm und ließ Schulenburg wie gewöhnlich an das Steuer seines Volkswagens.

»Wieso mehr denn je?« fragte ich.

»Weil wir jetzt beide pleite sind.«

»Moment ...«, sagte Schulenburg, »so ist es nun auch wieder nicht. Ich habe immerhin ein Monatsgehalt von zweitausend Mark.«

»Wenn ich darauf bestehen würde, Schulenburg, daß Sie mir Ihre Schulden zurückzahlen, dann würde von dem kommenden Monatsgehalt nicht mehr viel übrig bleiben. Und das wäre im Hinblick auf das neuerworbene Häuschen nicht gerade sehr günstig für Sie.«

»Moment«, sagte ich, »ihr vergeßt, daß ich zwei Wochen lang nur Umgang mit normalen Menschen hatte. Ich kann dem rasanten Tempo eurer Gespräche nicht mehr folgen.«

»Schulenburg, es ist das Beste, wenn wir ihr sofort reinen Wein einschenken«, erklärte Harford.

»Ja, aber wenn Sie nichts dagegen haben, werde ich das Einschenken besorgen.«

»Bitte schön ... ich reiße mich bestimmt nicht darum.«

»Also, Evelinchen«, begann Schulenburg, »wir haben jetzt endlich ein bezauberndes Häuschen in Stuttgart ...«

»Und ich habe dafür bald kein Dach mehr über dem Kopf«, brummte Harford im Hintergrund.

»Den Zusammenhang verstehe ich nicht«, sagte ich.

»In kurzen Worten, Liebling ... Harford hat seinen zweiten Roman bei der ›Woche‹ nicht mehr unterbringen können, und jetzt weiß er nicht, wie er die nächste Zeit über die Runden kommen soll.«

»Ich wüßte es schon, aber ...«

»Können Sie nicht endlich mal Ihren Mund halten«, rief Schulenburg, »ich bin ja gerade dabei, es zu erklären!« Er fuhr jetzt langsam und legte mir die Hand auf das Knie: »Also erschrick nicht, Evelinchen, ich habe mir von Harford Geld geborgt, und ich bin auch nicht ganz unschuldig, daß sein zweiter Roman nicht angenommen wurde ...«

»Du bist ein Schuft«, sagte ich zu Schulenburg – und mich zu Harford umwendend: »Du bist ein Trottel!«

»Stimmt haargenau«, beteuerte Schulenburg, »aber das ändert nichts mehr daran, daß wir jetzt beide in der Patsche sitzen. Ich bin momentan nicht in der Lage, Harford die achtzehnhundert Mark zurückzuzahlen ...«

»Achtzehnhundert Mark ...!« rief ich entsetzt.

»Ich habe es für dich getan«, sagte Harford.

»Und ich habe es für dich gebraucht«, sagte Schulenburg.

»Ihr seid so rührend«, sagte ich.

»Es besteht kein Grund zur Aufregung«, versicherte Schulenburg, »ich habe bereits einen Weg gefunden. Harford und ich schreiben jetzt zusammen einen Roman, den ich garantiert bei der ›Woche‹ unterbringe. Von diesem Roman kriegt Harford, bis ich meine Schulden bei ihm abgezahlt habe, das ganze Honorar. Ist das nicht eine großartige Idee?!«

»Großartig«, sagte ich.

»Das Thema steht bereits fest«, sagte Schulenburg stolz, »und nächste Woche beginnen wir gemeinsam mit der Arbeit ... Er ein Kapitel ... ich ein Kapitel. Das Ganze ist gar kein Problem.«

Es wurde auch kein Problem. Aber nicht etwa, weil Schulenburg ein Kapitel schrieb und Harford ein Kapitel schrieb, sondern weil sich ihre Arbeitsgemeinschaft auflöste, noch ehe sie richtig begonnen hatte. Wie sie das finanzielle Problem klärten, weiß ich nicht, fragte auch nicht mehr danach.

Ich sagte Harford Adieu, übersah sein bekümmertes Gesicht, überhörte seine trostreichen Worte: »Eveline, wenn du dich anders entschließen solltest ... ich werde immer für dich da sein ...« Ich holte Alexander aus dem Kinderheim, packte meine Koffer und zog mit Schulenburg nach Stuttgart.

Stuttgart ist eine protestantische Stadt. Die Schwaben sind rechtschaffene Menschen. Das Wort recht-schaffen erklärt alles: den Protestantismus, die Stadt, die Bewohner.

Lebenszweck und Ziel ist ein »Häusle«. Sie streben danach mit Ameisenfleiß und dem Schlachtruf: »schaffe, schaffe!« Man ißt, um arbeitsfähig zu bleiben. Man schläft, um arbeitsfähig zu bleiben. Man liebt, um neue kleine arbeitsfähige Menschen in die Welt zu setzen.

Ich lebte in einem »Häusle« am Rande der Stadt in einer tiefen Fremde.

Es war ein winziges Häuschen. Die Vermieter hatten uns einen an der Wand befestigten Klapptisch, einen Hocker und die Deckenbeleuchtung hinterlassen. Schulenburg hatte die Einrichtung in dem einen Zimmer durch zwei Liegen mit Schaumgummimatratzen und Schaukelstuhl, in dem anderen Zimmer durch ein Kinderbettchen vervollständigt. Auf dem Boden lagen keine Teppiche, an den Fenstern hingen keine Vorhänge, und an Bettwäsche, Koch- und Eßgeschirr war wirklich nur das Unumgänglichste da.

»Es ist noch nicht ganz eingerichtet«, erklärte Schulenburg, »aber mit der Zeit wird's schon werden.«

»Du mußt einen Korkenzieher kaufen«, sagte ich.

Der kleine Alexander war der einzige, der unser Leben in Stuttgart genoß, der mit jedem Tag dicker, hübscher und vergnügter wurde. Er war auch der einzige, der in einem bequemen Bett schlafen durfte und anständig ernährt wurde. Tagsüber lag er auf einer Decke im Garten und schaute mit seinen schwarz-violetten, ein wenig geschlitzten Mongolenaugen in einen strahlenden Frühlingshimmel. Für Schulenburg und mich gab es weder ein bequemes Bett noch anständige Ernährung, geschweige denn einen strahlenden Himmel.

Es hätte eigentlich Geld da sein müssen. Aber es war keins da, und ich hatte mir längst abgewöhnt, Schulenburg zu fragen, wo es hinkam.

Mit den Wochen und Monaten wurde die Situation immer unerfreulicher. Die Raten für die wenigen neuerstandenen Möbel wurden nicht abgezahlt, die Schulden in dem kleinen Lebensmittelgeschäft wuchsen, und mit der Miete waren wir im Rückstand. An dem Tag, an dem uns auch noch Gas und Licht gesperrt wurden, kam Schulenburg mit der Nachricht nach Hause, daß er fristlos entlassen sei.

Es war ein Tag im August, und es regnete in Strömen.

Wir saßen uns in der Küche gegenüber. Ich hatte Alexander auf dem Schoß.

»Ich habe es erwartet«, sagte ich lahm, »nur noch nicht so schnell.«

Ich deutete auf eine Schüssel mit Spaghetti: »Komm, iß.«

Schulenburg schüttelte den Kopf.

»Man zahlt keinem Menschen auf die Dauer zweitausend Mark, wenn er nichts dafür tut.«

Ich erwartete heftigen Protest, eine unlogische, aber wohlformulierte Erklärung, zumindest den Versuch einer Verteidigung – aber es kam nichts. Zum ersten Male dachte Schulenburg nicht daran, Gleichgültigkeit und Gelassenheit vorzutäuschen. Er saß geduckt da und schaute mich mit ratlosen Augen an.

Alexander brabbelte vor sich hin und versuchte mit zäher

Ausdauer, in die Spaghetti zu greifen. Ich gab ihm einen Klaps auf die Hand, und er blickte mit den Augen seines Vaters bestürzt zu mir empor.

»Tja«, seufzte ich, »und was machen wir nun?«

»Ich weiß nicht.«

»Wer hat dir deine Entlassung mitgeteilt?«

»Der Verleger selbst.«

»Herr Märkli ... oder wie er heißt.«

»Hermann Märkle.«

»Den habe ich doch mal kennengelernt, nicht wahr?«

»Ja. In meinem Büro. Er erkundigt sich übrigens oft nach dir.«

»Wieso?«

»Du scheinst einen tiefen Eindruck auf ihn gemacht zu haben.«

»Auf diesen schwäbischen Spießbürger!?«

»Auf solche Menschen wirkst du besonders.«

»Das ist ein recht zweifelhaftes Kompliment ... Verdammt noch mal, was machen wir bloß?«

»Ich weiß nicht.«

»Ich werde ihn anrufen«, sagte ich nach einer Weile.

»Wen?« fragte Schulenburg.

»Deinen Verleger.«

»Würdest du das wirklich tun?« fragte Schulenburg aufgeregt.

»Ja«, sagte ich und tippte auf Alexanders Köpfchen: »Für den da, nicht für dich.«

Schulenburg nahm den Seitenhieb nicht zur Kenntnis. Er sprang von seinem Platz auf, zündete sich mit fahrigen Bewegungen eine Zigarette an und begann auf und ab zu gehen.

»Wenn du diesen sturen Schwaben tatsächlich dazu bringen würdest, die Kündigung rückgängig zu machen...«

»Nun mal langsam ... Zuerst brauche ich ein paar Anhaltspunkte ...«

»Kannst du haben, Liebling. Ich habe ihn genau studiert.«

»Also, dann fang mal an.«

»Hermann Märkle ist ein typischer Schwabe, fleißig, starrköpfig, ehrgeizig und verbissen, wenn er ein Ziel erreichen will. Er trat mit fünfzehn Jahren als Lehrling in die Druckerei ein, und ich bin überzeugt, daß er damals schon beschlossen hatte, Chef zu werden. Der Verlag gehörte einem Herrn Haber, und dieser

Herr Haber hatte nur ein einziges Kind – eine Tochter, namens Luise.«

»Jetzt kommen wir der Sache näher.«

»So ist es! Märkle schuftete zäh und tat sich alsbald hervor. Aber er hatte Pech. Luise, in der Blüte ihrer Jahre, warf ihr Auge auf einen stattlicheren Mann und heiratete ihn. Als ihr Vater starb, erbte sie den Verlag. Zu der Zeit wurde der tapfere kleine Hermann zum Setzer befördert. Auf diesem Posten harrte er Jahr um Jahr unerschütterlich aus, und siehe da, seine Beharrlichkeit wurde belohnt. Ein wahrhaft glücklicher Zufall trat ein. Luises Mann starb ...«

»Und Hermann Märkle wurde sein Nachfolger.«

»Er wurde sein Nachfolger und hatte damit sein Ziel erreicht. Aber die Art, wie er es erreicht hatte, wurmte den kleinen, rechtschaffenen Schwaben, und mit den Jahren entwickelte sich daraus ein Minderwertigkeitskomplex. Er vermutet überall geringschätzige Blicke, spöttelnde Bemerkungen und leidet unter der Angst, nicht ernst genommen zu werden.«

»Danke«, sagte ich, »mehr brauche ich nicht zu wissen.«

»Ich möchte bitte Herrn Märkle sprechen.«

»Wen darf ich melden?«

»Frau Clausen ... Eveline Clausen ...«

Schulenburg stand dicht neben mir. Er trat von einem Fuß auf den anderen.

Ich legte die Hand über die Muschel: »Mein Gott, machst du mich nervös ... geh doch bitte ...«

»Märkle«, meldete sich eine energische Stimme.

»Hier ist Eveline Clausen ...«, sagte ich und hatte Angst vor einer längeren Pause und der darauffolgenden höflich kühlen oder etwas nervösen Frage: Wer bitte ...?

»Guten Tag, Frau Clausen«, sagte Hermann Märkle, »wie geht es Ihnen?«

»Oh, Sie erinnern sich ...?«

Schulenburg grinste und kniff ein Auge zusammen.

»Selbstverständlich erinnere ich mich. Wir haben uns vor sechs Wochen in Herrn Schulenburgs Büro kennengelernt.«

»Sie haben ein ausgezeichnetes Gedächtnis.«

Schulenburg nickte eifrig mit dem Kopf.

»Danke schön. Was kann ich als Gegenleistung für Ihr Kompliment tun?«

»Sehr viel«, sagte ich und gab Schulenburg, der sich immer näher drängte, einen kleinen Schubs. »Kann ich Sie irgendwann mal sehen?«

Märkle lachte leise: »Aber gerne, Frau Clausen.«

»Und wann paßt es Ihnen?«

»Heute, zum Beispiel, um halb sechs.«

»Heute ...? Gut ... und wo?«

»Machen Sie einen Vorschlag.«

»Ich kenne mich in Stuttgart nicht gut aus. Könnten Sie mich vielleicht abholen? Ich wohne ...«

»Ich weiß, wo Sie wohnen. Brunnenweg fünfzehn.«

»Sehr richtig. Könnten Sie mich dort abholen?«

»Natürlich, aber bitte nicht direkt vor Ihrem Haus.«

»Nein«, sagte ich, ein Lachen unterdrückend, »Ecke Brunnenweg und Melchingerstraße. Ist Ihnen das recht ...?«

»Der Herr Verleger auf Abwegen«, kicherte Schulenburg.

»Ich bin um halb sechs dort«, sagte Märkle.

Ich zog ein Kleid an, das zuerst den Eindruck äußerster Schamlosigkeit erweckte. Bei näherer Betrachtung stellte man jedoch fest, daß die großen satt-gelben Blumen auf schwarzem Hintergrund irreführten, denn es war ein einfaches, völlig korrekt geschnittenes Kleid und bedeckte alles außer den Armen, die bis zur Schulter frei waren.

»Das kannst du nicht anziehen«, protestierte Schulenburg halb belustigt, halb beunruhigt, »das ist eine Herausforderung zu allem, nur nicht zu einer ernsten Unterredung.«

»Überlaß das bitte mir«, sagte ich, den letzten Fingernagel mit dunkelrotem Lack bestreichend, »wieviel Uhr ist es?«

»Fünf vor halb sechs.«

»Höchste Zeit ...« Ich schwenkte die Hände, damit der Lack schneller trockne.

»Paß auf Alexander auf, um sechs kriegt er seinen Grießbrei ...«

»Wann bist du wieder zurück?«

»Wie soll ich das wissen ... also Wiedersehen ...«

Hermann Märkle saß hinter dem Steuer seines silbergrauen Porsche und blickte mit angespanntem Gesicht durch die Scheibe.

Als ich auftauchte, kam ein harter Ausdruck in seine hellen, wasserblauen Augen, und ich sah, wie er die Lippen aufeinanderpreßte.

Er stieg aus und gab mir, ohne zu lächeln, die Hand: »Guten Abend, Frau Clausen.«

Er trug einen biederen Anzug aus dünnem grauen Material, ein hellrosa Hemd und eine billige, rot-schwarz gesprenkelte Krawatte. Er war so groß wie ich, stämmig und untersetzt. Er hatte einen runden Kopf, ein verbissenes Gesicht und weit aus der Stirn zurücktretendes farbloses Haar.

»Kommen Sie«, sagte er, sich abrupt abwendend, öffnete mir die Tür des Wagens und schlug sie hinter mir zu.

»Wo fahren wir hin?« Er ließ den Motor an und trat zwei-, dreimal im Leerlauf auf den Gashebel.

»In irgendein hübsches, ländliches Weinlokal.«

»Wollen Sie Wein trinken?« Er drehte sich zu mir herum und starrte kalt auf eine große, gelbe Blume oberhalb meiner rechten Brust, dann auf meine nackten Arme.

»Ja, ich brauche Wein.«

»Sie brauchen ihn ... zu was?«

»Zu unserer Unterhaltung.«

Er lachte ein kurzes, trockenes Lachen und fuhr los.

Er fuhr schnell, sicher und rücksichtslos: »Weiß Herr Schulenburg von unserer Verabredung?«

»Nein, natürlich nicht.«

»Wegen ihm wollten Sie mich doch sprechen, nicht wahr?«

»Ja.«

»Und er weiß nichts davon?« Er warf die Frage so nebenbei hin, ohne mich anzuschauen, scheinbar ohne sich für meine Antworten zu interessieren.

»Ich sagte Ihnen doch: Er weiß nichts davon, und er darf es nie erfahren ...« Ich konnte ein ironisches Lächeln nicht unterdrücken.

»Waren Sie schon mal auf dem Fernsehturm?« fragte Märkle

plötzlich mit der ganzen Unpersönlichkeit höflicher Konversation.

Es macht ihm sadistische Freude, mich zappeln zu lassen, dachte ich, und das einzige Gegenmittel ist eiserne Ruhe.

»Waren Sie schon mal im Münchner Hofbräuhaus?« fragte ich in demselben unpersönlichen Ton.

Er begann laut zu lachen.

»Nanu«, sagte ich, »Sie können ja lachen.«

»Überrascht Sie das?«

»Sehr. Ich habe Sie für einen völlig humorlosen Menschen gehalten, der glaubt, daß Lachen unseriös, Freude eine Sünde und Liebe ein Verbrechen ist.«

»Oh ...«, sagte Märkle, und an seinem bestürzten Gesicht erkannte ich, daß ich gut getroffen hatte.

Wir waren jetzt schon weit von Stuttgart entfernt und fuhren durch eine friedliche Bilderbuch-Landschaft.

»Sehr hübsch ist das hier«, sagte ich nach einer längeren Pause, »halten Sie doch einen Moment.«

Er bremste den Wagen, schaltete den Motor aus, saß starr da und schaute nicht rechts noch links.

»Gefällt es Ihnen nicht?«

»Halten Sie es für möglich«, fragte er beleidigt, »daß ich – so wie Sie mich einschätzen – etwas für die Schönheit einer Landschaft empfinde!?«

Ich lachte: »Kann sein, daß ich Sie ebenso falsch einschätze wie Sie mich.«

»Woher wissen Sie, wie ich Sie einschätze?«

»Oh, das entnehme ich Ihrem mißtrauischen Verhalten.«

Er schwieg und starrte wieder auf die Blume oberhalb meiner rechten Brust.

»Ich kann Sie gut verstehen«, begann ich meinen Angriff. »Ich will etwas von Ihnen, und daraufhin glauben Sie, daß alles, was ich sage und tue, nicht sage und nicht tue, nur Taktik ist.«

»Ist es das nicht?«

»Zum Teil«, sagte ich, »dieses Kleid zum Beispiel, das Sie offensichtlich irritiert, habe ich bewußt angezogen. Diese Locke, die mir hier andauernd ins Auge hängt, ist auch nicht zufällig ... aber ich wäre keine Frau, wenn ich nicht mit solchen Waffen kämpfen würde. Oder!?«

»Ihnen fehlt die Naivität der Frauen, die nur mit solchen Waffen kämpfen. Bei Ihnen ist alles so gekonnt – es ist gefährlich gekonnt.«

Gar nicht schlecht ..., dachte ich, und plötzlich ging es mir nicht nur darum, Schulenburg die Stellung zu retten, sondern diesen schlauen Schwaben aus dem Sattel zu werfen.

»Sie beginnen mir zu gefallen«, sagte ich, »leider ...«

»Wieso leider?«

»Wenn Sie mir nicht gefallen würden, dann würde ich Sie jetzt schamlos belügen, würde Ihnen teils Vamp, teils hilfloses kleines Mädchen vorspielen, würde weinen und locken und damit vielleicht schneller mein Ziel erreichen. Männer sind in dieser Beziehung meistens sehr dumm, und ich habe Sie für keinen Ausnahmefall gehalten. Ich habe nicht damit gerechnet, daß Sie nicht dumm sind. Es bleibt mir gar nichts anderes übrig, als meine Taktik zu ändern.«

Plötzlich hatte Märkle ein anderes Gesicht. Es war entspannt und ein wenig naiv – mit gutmütigen Fältchen um die Augen und einem weichen Zug um den Mund.

»Geht es nicht ganz ohne Taktik?« fragte er lächelnd.

»Bei mir ist alles Taktik«, sagte ich, mich bis zur äußersten Grenze vorwagend, »die Lüge wie die Wahrheit. Ich weiß genau, in welchem Fall ich lügen, die Wahrheit sagen oder eins mit dem anderen vermischen muß.«

»Und in meinem Fall?«

»Werde ich die Taktik der absoluten Ehrlichkeit anwenden«, sagte ich und dachte: Diese Millimeterarbeit soll mir erst mal jemand nachmachen.

»Frau Clausen«, ergab sich Hermann Märkle, »ich habe Sie falsch eingeschätzt ... ich revidiere mein Urteil ...«

Ich legte ihm eine Sekunde die Hand auf den Arm und erklärte: »Dann sind wir jetzt quitt und kommen endlich zu unserem Wein.«

Schulenburg saß im Schaukelstuhl – eine Zeitung auf den Knien, eine Zigarette im Mund und eine Flasche Bier neben sich auf dem Boden. Als ich das Zimmer betrat, begann er zu schaukeln und dabei schaute er mich an – wenn der Stuhl zurückkippte, vom Gesicht abwärts zu den Füßen, und wenn er vorkippte, von den Füßen aufwärts zum Gesicht.

Ich hatte mir absichtlich nicht die Mühe gemacht, mein Haar in Ordnung zu bringen und meinen Lippenstift zu erneuern. Ich wußte, daß er es auf den ersten Blick bemerkt hatte. Wir schwiegen beide, und in unseren Augen war Mißtrauen und um unseren Mund ein kleines, hartes Lächeln.

»Na, Evelinchen ...?« fragte Schulenburg schließlich.

»Alles in Ordnung. Du hast deine Stellung wieder.«

»Ich gratuliere. Du bist eine erstaunliche Person.«

»Es ging ziemlich leicht.«

»So ...?«

Noch immer schaukelte er und ließ seinen Blick an mir auf- und niedergleiten:

»Dafür siehst du aber recht strapaziert aus.«

»Ich habe einen Liter Wein getrunken und sehr viel geredet.«

»Und was noch?«

»Sonst nichts.«

Ich ging auf den Schaukelstuhl zu, stützte beide Hände auf die Lehnen und brachte ihn zum Stehen:

»Du machst mich seekrank«, sagte ich.

Wir schauten uns in die Augen. Schulenburg streckte die Hand aus und strich mir mit dem Zeigefinger über die Lippen:

»Wenn du nicht geschminkt bist, sieht man erst, was für einen schönen Mund du hast ...«

Ich bog den Kopf etwas zurück, und seine Hand fiel herab.

»Übrigens ... ich danke dir sehr, Liebling.«

»Es mußte wohl sein – für Alexander«, sagte ich.

Dann richtete ich mich auf: »Märkle gibt dir einen Monat Probezeit. Wenn du dich bis dahin bewährt hast ...«

»Du meinst, wenn *wir* uns bis dahin bewährt haben: ich in der Redaktion und du bei ihm ...«

»Eine Hand wäscht die andere«, sagte ich gleichmütig.

»Wann triffst du ihn wieder?«

»Nächste Woche.«

Ich hielt den Atem an und wartete. Ich versuchte, ihm die

Worte zu suggerieren: Du wirst Märkle nie mehr wiedersehen, Eveline. Ich will dich behalten, nicht meine Stellung ...
Aber stattdessen kam nur ein tiefer Seufzer und der Satz:
»Eveline, was würde ich ohne dich anfangen!?«
»Das solltest du dir schleunigst überlegen!« sagte ich so leise, daß er es nicht hören konnte.

Dieser letzte Monat in Stuttgart war die Hölle, doch ich war entschlossen, ihn bis zum bitteren Ende durchzustehen. Ich wurde von Tag zu Tag gleichgültiger und unempfindlicher. Schulenburgs traurige, bettelnde, beschwörende Blicke, seine vorsichtigen, zaghaften Fragen und unterwürfigen Versuche, es mir in allem recht zu machen, weckten kein Mitleid mehr in mir, sondern nur noch Ärger und Verachtung.
Du Feigling, dachte ich.
Er war mager geworden und, so kam es mir vor, noch kleiner. Seine Augen, eingesunken in dem blassen, müden Gesicht, hatten einen bestürzten Ausdruck, als frage er sich andauernd: Was geht eigentlich um mich herum vor? Zwei tiefe Falten zogen sich von den Nasenflügeln hinab zu seinem ängstlichen Mund. Er wirkte leidend und um Jahre älter.
»Du siehst schlecht aus«, sagte ich eines Tages gleichmütig, und er erwiderte: »Ich bin sehr unglücklich, das ist alles.«
Ich ging nicht auf seine Antwort ein, und auch er fügte nichts mehr hinzu.
Er, der früher mit allen Mitteln die Wahrheit aus mir herauszuquetschen versucht hatte, scheute jetzt vor jeder direkten oder verfänglichen Frage zurück. Selbst die ständig wachsende Ungewißheit war ihm lieber als die klare Antwort, die gefürchtete Eröffnung. Also rührte er nicht an gefährliche Themen, steckte, wie es seine Art war, den Kopf in den Sand und wartete auf das große, unbekannte ›Etwas‹, das alles wieder zum Guten wenden würde.
Er war gehorsam wie ein Kind, das ständig fürchtet, geprügelt zu werden. Er stand früh auf, ging pünktlich in die Redaktion und blieb dort bis zur letzten Minute. Wurde er aufgehalten, dann rief er bei mir an und teilte mir seine Verspätung mit. Er aß, was ich ihm vorsetzte. Er trank auch weniger, obgleich es

ihm gerade zu dieser Zeit besonders schwerfallen mußte. Er ließ sich die Haare schneiden und putzte sich die Zähne. Er bemühte sich mit mitleiderregender Beflissenheit, zu erfüllen, um was ich ihn jahrelang vergeblich gebeten hatte.

Er sagte mir täglich, daß er mich liebe – unendlich liebe. Er sagte es mit flehenden Augen, mit einer beschwörenden Dringlichkeit in der Stimme, und ich wußte, daß er immer wieder verzweifelt auf ein kleines Echo wartete. Aber das Echo kam nicht mehr. Er bat mich, beschwor mich, ihn zu heiraten. Ich schüttelte nur den Kopf.

»Was soll aus unserem Sohn werden?« fragte er und hoffte, mich mit diesem Argument umzustimmen.

»Das laß meine Sorge sein«, erwiderte ich kalt.

»Er ist mein Sohn, genauso wie deiner. Ich möchte, daß er legitimiert wird und meinen Namen trägt.«

»Ich will nicht, daß Alexander in einer unglücklichen Ehe aufwächst.«

»Daß er als uneheliches Kind aufwächst, stört dich nicht.«

»Mich selber stört es nicht im geringsten, und mit Menschen, die so etwas stört, brauche ich nicht zu verkehren.«

»Und wenn er in die Schule kommt ...«

»Du kannst sagen, was du willst ... Alexander gehört mir!«

»Mein Gott, Eveline, was hat dich so grausam gemacht?«

»Solche Fragen solltest du nicht stellen.«

An dem Tag, an dem der Probemonat ablief, traf ich Märkle.

»Weiß Schulenburg schon etwas?« fragte er, kaum daß ich neben ihm im Wagen saß.

»Nein«, sagte ich und nahm an, es handele sich um Schulenburgs Vertrag, »jedenfalls hat er mir nichts davon gesagt.«

Märkle starrte mich einen Moment lang an, als wolle er mich an seinem Blick aufspießen: »Woher weißt *du* es denn?«

»Ich weiß noch gar nichts, aber mach es doch nicht so spannend. Hast du den Vertrag nun erneuert oder nicht?«

»Natürlich habe ich ihn erneuert. Aber ich rede jetzt gar nicht von dem Vertrag.« Er gab Gas und fuhr los.

»Also, und was soll Schulenburg dann noch wissen?«

»In der Redaktion erzählt man, daß wir öfter zusammen seien.«

»So, so«, sagte ich unbeeindruckt.

Märkle hielt den Wagen an einer einsamen Stelle und drehte sich zu mir herum:

»Weiß er wirklich nichts?«

»Gott behüte«, sagte ich, »das wäre eine höchst unangenehme Überraschung für ihn.«

»Irgend jemand muß uns gesehen haben.«

»Wie hast du es denn erfahren?«

»Mein Verlagsleiter ... er sagte: Ein unerhörtes und vollkommen absurdes Gerücht ist über Sie und Schulenburgs Frau im Umlauf.

»Na, so ein unerhörtes und absurdes Gerücht«, grinste ich.

»Und was sollen wir jetzt tun?«

»Das wird sich herausstellen«, sagte Märkle mit einer Ruhe, die nicht gespielt war.

»Journalisten sind ein widerliches Pack«, sagte ich. »Wo immer sie eine Sensation wittern, sind sie da wie die Aasgeier ... Nun, es wird zu keiner Sensation kommen ... ich verschwinde.«

»Was soll das heißen?« fragte Märkle langsam und drohend.

»Das soll heißen, daß ich Schulenburg und Stuttgart verlasse.«

»Aha.«

»Ja.«

»Warum siehst du mich nicht an?«

»Ich kann dich auch ansehen«, sagte ich und begegnete lächelnd seinem bohrenden Blick.

»Du willst also Schulenburg verlassen, jetzt, nachdem sein Vertrag erneuert und sein Einkommen auf ein Jahr sichergestellt ist.«

»Ja.«

»Was steckt dahinter?« fragte er.

»Viel ... aber ich habe keine Lust, darüber zu sprechen.«

»Es wird nicht so viel dahinterstecken, höchstens ein neuer Liebhaber.«

»Es soll noch andere Gründe geben, aus denen eine Frau ihren Mann verläßt«, rief ich in plötzlicher Wut. »Es soll sogar Fälle geben, in denen der Mann nicht ganz unschuldig ist, wenn die Frau ihn verläßt.« Ich brach in Tränen aus, so unerwartet und so heftig, daß ich mein Gesicht schnell mit den Händen bedeckte.

Hermann Märkle war der Typ Mann, der eine Frau nicht weinen sehen konnte, ohne selber das Gleichgewicht zu verlieren.

»Eveline ...«, stammelte er, »nicht doch, Eveline ...« Er berührte zaghaft meine Schulter, meinen Arm, mein Knie, mein Haar. Als das nichts half, machte er sich daran, mir die Hände vom Gesicht zu zerren.

»Eveline, ich bitte dich, wein doch nicht so ...!«

Aber ich weinte nur noch herzzerbrechender, und da Märkle meine Hände festhielt, sah ich mich genötigt, mein rotes, geschwollenes Gesicht woanders zu verstecken. Ich warf mich also nach vorne und an seine breite, zartgrün behemdete Brust. Märkle hätte sich niemals träumen lassen, mich eines Tages schluchzend an seiner Brust zu finden. Er wagte sich nicht zu rühren. Er murmelte Unverständliches und strich mir ungeschickt über Kopf und Rücken. Doch dann entdeckte er das Melodramatische der Situation, die Bedeutung der ihm zugewiesenen Rolle – und ging ganz darin auf. Er erwies sich plötzlich als zärtlicher Tröster, der mit gefühlvollen Worten, beruhigendem Streicheln und einem großen Taschentuch meisterhaft umzugehen wußte.

Als ich mich schließlich ausgeweint hatte und nur noch still und erschöpft in seinem Arm lag, als ein grandioser, rotglühender Sonnenuntergang noch dazu eine stimmungsvolle Kulisse bot, geschah das Wunder: Hermann Märkle sprang über seinen eigenen Schatten. Er vergaß all das, was er sich in Jahren mühseligster Arbeit und zermürbenden Wartens erkämpft hatte, er vergaß seine Position, seinen Verlag, sein stattliches Haus, seinen Porsche und seine Frau Luise, er vergaß sein Lebenswerk, sein Lebensziel, seine Lebenseinstellung – und er sagte: »Eveline würdest du mit mir nach Amerika gehen?«

Ich starrte ihn stumm an. Ich hatte ihn springen sehen wollen – und er war gesprungen. Aber das Triumphgefühl blieb aus. Die Situation kam mir peinlich vor, mein Sieg schal.

»Hör zu«, fuhr Hermann Märkle fort, »ich bin im allgemeinen ein nüchtern denkender Mann und unbeeinflußbar. Aber manchmal geschieht etwas im Leben eines Menschen – etwas, das man ›schicksalhaft‹ nennen könnte. In solchen Fällen nützt einem kein nüchternes Denken. Man muß handeln – ohne zu überlegen, ohne zu zögern! Wir gehen nach Amerika, wir fangen ein neues Leben an, wir . . .«

Plötzlich mußte ich lachen. Die Vorstellung, an der Seite dieses biederen, rechtschaffenen Schwaben in Amerika ein neues Leben zu beginnen, kam mir unsagbar komisch vor.

Eveline Märkle, dachte ich und lachte und lachte.

»Worüber lachst du?«

»Über die Vorstellung, mit dir nach Amerika auszuwandern«, sagte ich, noch bevor mir die Grausamkeit dieser Antwort bewußt wurde.

Märkle schob mich wortlos auf den anderen Sitz, ließ den Motor an und jagte nach Stuttgart zurück, als sei der Teufel hinter ihm her.

Ich wagte nicht, ihn anzuschauen. Ich wagte keinen Ton von mir zu geben. Ich wußte, daß er sich den fehlgeschlagenen Versuch, aus seinem ›rechtschaffenen‹ Leben auszubrechen, nie verzeihen würde. Ich wußte, daß es von nun an keinen intoleranteren Spießbürger, keinen ehrgeizigeren Verleger, keinen treueren Ehemann mehr geben würde als Hermann Märkle.

Ich hatte nur noch einen Wunsch: mich ins Bett zu verkriechen und zu schlafen. Aber Schulenburg fing mich ab.

»Na«, fragte ich abwesend, »war mein Sohn schön brav?«

»Ja, und dein Verleger auch?«

»Sehr brav. Er hat deinen Vertrag erneuert.«

»Ich hoffe, du hast ihn gebührend belohnt.«

»Ich fürchte, nein.« Ich setzte mich in den Schaukelstuhl. »Er wollte mit mir nach Amerika gehen, und ich habe darüber gelacht.«

»Sag das noch einmal.«

»Hermann Märkle wollte mit mir nach Amerika auswandern.«

Schulenburg sprang auf, warf den Kopf zurück und brach in lautes, anhaltendes Gelächter aus.

»Sei leise«, sagte ich, »du weckst Alexander.«

Er hörte mich gar nicht. Er war wie von Sinnen. Er hüpfte im Zimmer herum, krümmte sich zusammen, klatschte in die Hände und lachte, lachte, lachte ...

»Hör schon auf«, sagte ich müde.

»Ich kann nicht ... Ich finde es so komisch, daß dieser sture, ehrgeizzerfressene Schwabe alles über den Haufen werfen wollte, um mit dir – ausgerechnet mit dir – nach Amerika auszuwandern. Mein Gott, wie hast du das nur fertiggebracht!?«

Ich schaute ihn an und schwieg.

Schulenburgs Heiterkeit erstarb.

»Hast du mit ihm geschlafen?« fragte er.

Ich zuckte die Achseln: »Was spielt das jetzt noch für eine Rolle?«

»Ich würde sagen, eine sehr entscheidende.«

»Tatsächlich?! Wenn ich sagte: ja, würdest du ihn dann zum Duell fordern, mich aus dem Haus jagen, dir eine Kugel durch den Kopf schießen, oder was ...?«

»Was soll der Sarkasmus, Madame?«

»Was sollen die Fragen, mein Herr?«

»Findest du es unbegreiflich, daß ich danach frage?«

»Ich finde es unbegreiflich, daß du mich jetzt erst danach fragst. Wolltest du erst deinen Vertrag unter Dach und Fach wissen?«

»Wie kannst du so etwas auch nur aussprechen?«

»Ach, laß doch ...«

Ich schloß die Augen.

»Eveline, willst du nicht die Karten offen auf den Tisch legen?«

»Ich will schlafen ... sonst gar nichts.«

»Liebling, es ist höchste Zeit, daß wir uns endlich einmal über alles aussprechen.«

»Ach was, die ›höchste Zeit‹ ist längst verpaßt.«

»Soll das heißen, daß du mit ihm geschlafen hast!?«

»Ist das alles, woran du denken und wovor du dich fürchten kannst?«

»Eveline, darum handelt es sich gar nicht. Es handelt sich um den Anfang eines neuen, gemeinsamen Lebens, eines ehrlichen, sauberen Lebens ...«

Ich schaukelte auf und nieder, auf und nieder. Es war beruhigend. Ich hörte Schulenburgs Stimme, leise und undeutlich. Es klang, als spräche er in einem anderen Zimmer. Ab und zu verstand ich ein Wort: Wahrheit, Liebe, Sohn, Vertrauen.

»Eveline!«

Er mußte meinen Namen sehr laut gerufen haben.

»Ja?« sagte ich, ohne die Augen zu öffnen.

»Verstehst du nun, warum wir unbedingt reinen Tisch machen müssen!?«

»Gut, machen wir reinen Tisch. Ich wollte eigentlich bis morgen damit warten, ich wollte erst einmal richtig schlafen... Aber es ist vielleicht besser, wenn wir es jetzt gleich hinter uns bringen ... sei so lieb, gib mir eine Zigarette.«

Er brachte mir die Zigarette, und ich schaukelte und rauchte ein paar Züge und merkte, wie mein Körper immer schwerer wurde, meine Gedanken dafür eigentümlich leicht und beschwingt.

»Ich habe dich sehr geliebt«, sagte ich schließlich beinahe heiter, »ich habe dich eine Zeitlang sogar mehr geliebt als mich selber. Du solltest stolz darauf sein. Ich bin es auch. Ich bin stolz, daß ich fähig war zu lieben. Ich bin dir sehr dankbar, denn du hast mir damit viel gegeben. Und ich werde dir nie verzeihen, denn du hast mir alles genommen. Alles, außer Alexander. Den kannst du mir nicht nehmen.«

Ich hob ein wenig den Kopf und schaute zu dem unbeweglich dastehenden Schulenburg hinüber.

»Liebling«, sagte er, und das Lächeln paßte nicht in sein graues Gesicht, der zuversichtliche Ton nicht zu seiner zitternden Stimme: »Ich spreche von einem neuen Anfang, und du sprichst, als sei es das Ende.«

»Es ist das Ende.«

»Liebst du mich denn wirklich nicht mehr?« fragte er. Nie zuvor hatte ich eine so angsterfüllte Stimme gehört.

»Nein, ich liebe dich nicht mehr.«

»Aber ich liebe dich, Eveline, ich liebe dich, ich liebe dich, ich liebe dich ... ich kann unmöglich ohne dich leben ...!«

»Du wirst es müssen. Morgen reise ich mit Alexander ab.«

Ich stand auf und ging in das andere Zimmer. Dort lag das

Kind in seinem Bettchen und schlief. Ich nahm es heraus, trat mit ihm ans Fenster und schaute in die Nacht.

»Und nun«, fragte ich mich leise, »wie soll es nun weitergehen?«

Wie schwarz die Nacht war, wie unheilvoll schwarz. Kein Mond, kein Stern, kein Licht im weiten Umkreis. Dunkelheit oben und unten. Ich war am Ende der Welt, am Ende meiner Weisheit.

Alexander erwachte, öffnete die Augen, zog die feinen Brauen zusammen und sah mich mit tiefernstem, eindringlichem Blick an.

»Glaubst du, wir schaffen es?« fragte ich und drückte ihn fester an mich.

Jetzt lächelte er: das zufriedene, wohlige Lächeln eines Kindes, das sich in den Armen der Mutter geborgen fühlt.

Er vertraut mir, dachte ich erschrocken, er verläßt sich auf mich. Meine Arme, meine Stimme, mein Gesicht über ihm sind seine Welt. O Gott, er ist so hilflos, er ist auf mich angewiesen, auf mich, die ich immer und in allem versagt habe.

»Ich hab dich sehr lieb, mein Kleines«, sagte ich, »sehr, sehr lieb. Mehr weiß ich auch nicht.«

»Grrrr«, sagte Alexander.

»Du hast recht«, sagte ich, »wir werden schon irgendwie durchkommen. Ein bißchen Geld haben wir, und meine Wohnung kann ich verkaufen und eine größere mieten, und dann kann ich ja auch weiter Manuskripte abtippen oder meinen alten Schauspielerberuf wieder aufnehmen.«

Bei diesem Gedanken begann ich zu lachen, und mein Sohn lachte mit mir. Er bewegte die dicken Beinchen, als führe er Rad, und versuchte mir seinen Zeigefinger ins Nasenloch zu stecken.

»Sehr komisch, nicht wahr?« sagte ich. »Man könnte sich fast totlachen, so komisch ist es.«

Der Liebhaber

Über Kurt Sporer gab es wenig zu sagen, und das, was es zu sagen gab, erfuhr ich von Katja, noch bevor ich ihn kennenlernte.

Katja – eine Dame Ende vierzig, verwitwet und finanziell versorgt, verbrachte ihre Tage in Gesellschaft eines Zwergpudels und in Erwartung ihres Klimakteriums.

Sie war in einer entsprechend schlechten Verfassung, und da ich es auch war – allerdings aus anderen Gründen –, besuchte ich sie oft.

Katja hatte ein Zimmer ihrer großen Wohnung an Kurt Sporer untervermietet, und sie genoß die Tatsache, daß ihr Mieter ein Mann war und sie dadurch – wie sie mir immer wieder stolz versicherte – ins Gerede kam. Ich merkte bald, daß sie dem Gerede nur zu gerne einen stichhaltigen Grund gegeben und das Mietverhältnis zu einem all-round-Verhältnis ausgedehnt hätte.

»Er ist Filmproduzent«, erzählte sie mir beeindruckt. »Er fährt einen Mercedes 300, er hält sich so etwas wie einen Adjutanten, der alles für ihn erledigt, er hat eine Unmenge Freunde und noch mehr Freundinnen . . .«

»Paß nur auf«, warnte ich, »daß er dir auch die nächste Monatsmiete zahlt. Ein deutscher Filmproduzent mit Mercedes 300 und sonstigem Anhang steht immer kurz vor der Pleite. Der beste Beweis dafür ist, daß er in Untermiete wohnt.«

Katja schwieg und machte ein vorwurfsvolles Gesicht.

»Er führt ein ungesundes Leben«, berichtete sie ein anderes Mal sorgenvoll. »Er raucht und trinkt zu viel, kommt keine Nacht vor zwei Uhr nach Hause und schläft immer bis mittags.«

»Nun ja, er weiß, was er seinem Ruf als Filmproduzent schuldig ist.«

»Eveline, wenn du ihn kennenlernen würdest . . .«
»Gott bewahre!« unterbrach ich sie.

Wenn wir in ihrem großen düsteren Salon Tee tranken, ließ sie immer die Tür zur Halle offen. Auf diese Weise konnte sie den Filmproduzenten nach Hause kommen hören.
Er schien ein unhäuslicher Mensch zu sein, denn es vergingen Wochen, bis ich einen Blick auf seinen Rücken werfen durfte.
»Da kommt er!« flüsterte Katja, legte den Zeigefinger auf die geschürzten Lippen und lauschte den Geräuschen an der Wohnungstür. »Gleich wirst du ihn sehen.« Ihre Augen begannen zu leuchten und sie zupfte die Löckchen zurecht.
Ich hörte Schritte in der Diele, und dann sah ich die Rückseite eines mittelgroßen, sehr schmalen Mannes, der im Mantel, den Hut noch auf dem Kopf, durch die Halle hastete.
»Siehst du ihn?« fragte Katja, die unglücklicherweise gerade an diesem Tag mit dem Rücken zur Tür saß.
»Ja«, sagte ich. »Er hat eine linkische Haltung, einen watschelnden Gang und X-Beine. Mehr kann ich nicht feststellen, denn erstens ist es ziemlich dunkel, und zweitens sehe ich ihn nur von hinten.«
»Soll ich ihn hereinrufen?«
»Nein.« – Der Mann blieb am Ende der Halle vor einem Tischchen mit Telefon stehen, nahm den Hörer ab, begann eine Nummer zu wählen, verwählte sich, schlug auf die Gabel und fing von vorne an. Er tat das alles mit fahrigen Bewegungen.
»Kaum ist er zu Hause, telefoniert er«, seufzte Katja, »manchmal stundenlang und ohne den Hut vom Kopf zu nehmen.«
»Mit was sollte sich ein Filmproduzent auch sonst beschäftigen?«
»Grüß dich . . .«, sagte der Mann in den Apparat. Er hatte eine tiefe, angenehme Stimme, aber seine Aussprache war zischelnd und so, als könne er die Zähne nicht auseinanderkriegen.
»Was machst du heute abend?« fragte er, wobei er den Apparat hochnahm und damit auf sein Zimmer zusteuerte: »Du gehst essen . . .? In ein neues französisches Restaurant. Ja, gut . . .«
Er verschwand – Hörer am Ohr, Hut auf dem Kopf – eine unbedeutende Figur, die ich vergessen hatte, bevor sich die Tür hinter ihm schloß.

Längere Zeit danach begegnete ich ihm auf der Treppe. Er war in Begleitung eines großen, dunklen, gutaussehenden Mannes, den ich nur flüchtig wahrnahm, um dann verwirrt und bestürzt an den Augen des Filmproduzenten hängenzubleiben. Ich stand auf dem oberen Absatz der Treppe, Kurt Sporer auf dem unteren. Er schaute zu mir empor.

Er hatte sehr große, dunkelbraune Augen, und die stark gewölbten Augäpfel, die aussahen, als schwämmen sie in einer öligen Flüssigkeit, erweckten den Eindruck von etwas Nacktem, Animalischem.

Ich hatte plötzlich ein eigenartig kraftloses Gefühl in den Beinen, und es schien mir unmöglich, die Treppe hinabzusteigen, dicht an ihm vorbeizugehen, ihn vielleicht sogar zu streifen. Ich starrte in diese nackten Augen, und eine Begierde, unerklärlich und unbekannt, pochte dumpf und ekelerregend in meinem Leib.
Kurt Sporer nahm den Hut vom Kopf. In diesem Moment war der Bann gebrochen. Ich sah, daß er ein kleines, schlaffes, verlebtes Gesicht hatte, mit schnabelartiger Nase, einer Glatze und einem farblosen Lockenkranz. Ich sah, daß sein Lächeln ein wenig töricht und die Art, wie er sich mit hochgezogenen Schultern verbeugte, unbeholfen war. Er ähnelte einem Vorstadtvertreter, der eine minderwertige Ware anpreist und damit rechnet, daß ihm die Tür ins Gesicht geschlagen wird.
Ich sagte »Guten Abend« und begann die Treppe hinabzusteigen. Als ich auf gleicher Stufe mit ihm war, fühlte ich plötzlich wieder die Begierde. Ich zwang mich, auf die Spitzen meiner Schuhe zu schauen, und ich drückte mich dicht an das Geländer, um ihn ja nicht zu berühren.

Ich ertappte mich dabei, öfter als früher zu Katja zu gehen und ihren Berichten über den Filmproduzenten aufmerksamer zu lauschen. Manchmal ertappte ich mich auch bei Fragen, die uns beide mit einem leichten, unbehaglichen Mißtrauen erfüllten.
»Mit was für Frauen zieht dieser Kurt Sporer eigentlich rum?« wollte ich zum Beispiel wissen.
»Hauptsächlich mit sehr schlanken, großen, blonden Frauen. Er scheint für diesen Typ eine Vorliebe zu haben. Bildhübsch sind sie jedenfalls alle.«

»Und ebenso dämlich«, sagte ich bissig.

»Kann sein.«

»Und die bringt er hier mit herauf?«

»Manchmal.«

»Und nach ein paar Stunden schickt er sie weg?«

»Manchmal schickt er sie weg, manchmal bleiben sie auch die ganze Nacht.«

»Ich möchte nur wissen, wie eine Frau auf diese Null hereinfallen kann!«

»Er scheint eine starke Anziehungskraft auf Frauen zu haben.«

»Lächerlich«, sagte ich und versuchte Katjas wachsamem Blick zu entkommen.

»Möchtest du ihn vielleicht doch mal kennenlernen?«

»Wirklich, Katja, er interessiert mich nicht im geringsten.«

Schließlich, als der Eindruck dieser nackten Augen fast verblaßt und meine Besuche bei Katja wieder seltener geworden waren, lernte ich ihn kennen.

Ich ging mit Katja und einem gemeinsamen Bekannten zum Abendessen, und zwar in ein Lokal, das von sogenannten Künstlern frequentiert wurde und dadurch sehr in Mode gekommen war. An einem Ecktisch saß Kurt Sporer, in Gesellschaft eines geckenhaften Mannes.

Katja lächelte, grüßte, winkte und zupfte ihre Löckchen zurecht. Der Filmproduzent erwiderte den Gruß, wobei er den Blick von Katja auf mich und von meinen Fußspitzen aufwärts bis zu meinen Augen gleiten ließ. Ich zog ein blasiertes Gesicht und schaute in eine andere Richtung.

Katja entdeckte einen Tisch, der nicht weit von dem ihres Untermieters entfernt war und steuerte mit koketten Schrittchen darauf zu. Ich setzte mich so, daß ich Kurt Sporer im Rücken hatte, und trotzdem spürte ich seinen Blick in meinem Nacken, spürte ihn so zwingend, daß ich versucht war, mich umzudrehen und seinen Augen zu begegnen.

Ich war krampfhaft darum bemüht, mich normal und ungezwungen zu benehmen. Ich aß, trank, sprach, lachte. Aber ich wußte nicht, was ich aß und trank und worüber ich sprach und lachte. Ich war unaufhörlich damit beschäftigt, eine starke körperliche Erregung zu unterdrücken, die mir in dieser Umgebung und bei einer so prosaischen Beschäftigung wie essen absurd vorkam. Wie war es möglich, daß ein fremder, mittelmäßiger Mann, der in einem überfüllten Lokal ein paar Meter hinter mir saß, ein heftigeres Begehren in mir wecken konnte, als es die Umarmungen weitaus attraktiverer Männer jemals getan hatten. Ich begriff es nicht und begann mich auf dieselbe Art zu fürchten, wie sich ein Kind im Dunklen vor Gespenstern fürchtet.

Katja plapperte unablässig, und in regelmäßigen Abständen warf sie ein Backfischlächeln zu Kurt Sporers Tisch hinüber oder winkte ihm mit der Pfote ihres albernen Zwergpudels zu.

»Nun laß das schon«, knurrte unser Begleiter schließlich, »so schön ist er nun wieder nicht.«

»Das finde ich allerdings auch«, sagte ich, und dabei überkam mich das unwiderstehliche Bedürfnis aufzuspringen und aus dem Lokal zu rennen.

»Entschuldigt mich«, sagte ich, verließ den Tisch und verschwand auf der Toilette.

Ich kämmte mir mechanisch die Haare, schminkte mir die Lippen, puderte mir die Nase. Als ich damit fertig war, wusch ich mir lange und sorgfältig die Hände. Ich starrte dabei in den Spiegel, aber ich sah mich nicht.

Als ich an den Tisch zurückkehrte, saß Kurt Sporer auf meinem Stuhl. Er erhob sich sofort, und Katja stellte uns vor: »Mein Untermieter«, sagte sie mit anzüglicher Koketterie, »meine kleine Freundin, Eveline Clausen«, fügte sie mit penetranter Mütterlichkeit hinzu.

»Endlich lerne ich Sie kennen«, sagte der Filmproduzent, beugte sich mit einem ungelenken Ruck über meine Hand und küßte sie.

Ich stand da, sehr gerade und steif, und registrierte: Er hat eine breite Hand, und die Innenfläche ist rauh ... er hat mit seinem schmalen, kahlen Kopf und der schnabelartigen Nase Ähnlichkeit mit einem Pinguin ... er hat nichts von dem, was mich an einem Mann anzieht: keinen Charme, keinen Humor, keine Persönlichkeit.

Kurt Sporer ließ meine Hand los und sah mich voll an. Sein

Kindermund, merkwürdig frisch und rosig in dem schlaffen Gesicht, dehnte sich zu einem wissenden Grinsen. Er durchschaute mich mit seinen flüssigen, obszönen Augen bis auf den Grund meiner verwirrten Gedanken und Sinne.

»Eveline«, rief Katja, »Herr Sporer hat vorgeschlagen, daß wir alle noch etwas trinken gehen.«

»Nein«, sagte ich mit einem letzten Versuch, dem unheimlichen Zwang zu entkommen, »ich kann nicht. Geh du. Ich muß nach Hause.«

»Nur eine Stunde«, bat Kurt Sporer, »es ist doch noch so früh.«

»Ich kann nicht«, wiederholte ich mühsam, »ich fühl' mich nicht gut.«

Der Herr, der uns zum Abendessen begleitet hatte, stand auf und nahm meinen Arm: »Komm«, sagte er, »ich bringe dich nach Hause.«

Und plötzlich war mir, als wüßte er, als wüßte jeder Mensch in dem Lokal, was in mir vorging. Es war wie in einem jener Alpträume, in denen man plötzlich entdeckt, daß man nackt in einer gaffenden Menschenmenge steht.

Es war sinnlos, dagegen anzukämpfen. Es gelang mir nicht, Kurt Sporer aus meinen Vorstellungen, noch weniger aus meinen Träumen zu verbannen. Ich dachte mir: Ich muß es hinter mich bringen und feststellen, daß es ein Wahn war.

Nach etwa einer Woche rief Katja an: »Kurt Sporer gibt eine kleine Party und hat mich gebeten, dich dazu einzuladen.«

Ich ging hin.

Es war eine traurige kleine Party. Die Menschen sahen aus wie auf Reklamefotos eines unbegabten Fotografen, modisch gekleidet, aufgeputzt, geschniegelt und unübertrefflich langweilig. Sie saßen sich mit ausdruckslosen Gesichtern gegenüber und versuchten die gähnende Leere mit pausenlosem, nichtssagendem Gequassel, lautem Gelächter und größeren Mengen Alkohols zu überbrücken.

Ich saß da, sagte kein Wort, hörte auch nicht hin. Es war mir vollkommen egal, was für einen Eindruck ich machte. Ich merkte, daß Kurt Sporer mich beobachtete und mit seinen

Schaufensterpuppen verglich. Ich zeigte ihm mein härtestes, unvorteilhaftestes Gesicht und wartete ab.

Nach etwa einer Stunde stand ich auf, ging in die Halle und begann mir vor dem Spiegel die Haare zu kämmen.

Er kam mir nach. »Gehen wir«, sagte er.

Ich schaute ihn im Spiegel an. Er trug einen grauen Anzug von leicht verschlampter Eleganz, bei der nicht alles saß – als sei es aufgeklebt. Er schien, was sein Äußeres betraf, nicht eitel zu sein, und ich mußte widerwillig zugeben, daß wenigstens das sympathisch an ihm war.

»Wo wollen Sie denn hingehen?« fragte ich.

»Irgendwohin.«

»Sie können doch nicht einfach das sinkende Schiff verlassen. Sie sind doch der Gastgeber.«

»Na und wenn schon. Ich hab's satt hier. Ich möchte gehen. Mit Ihnen.«

Er ergriff meinen Oberarm und zog mich vom Spiegel weg.

»Moment . . . mein Kamm!«

»Lassen Sie doch diesen blödsinnigen Kamm, und kommen Sie endlich!«

Wir hetzten von Bar zu Bar, als würden wir verfolgt. Es war überall das gleiche: die Beleuchtung düster, der Qualm zum Schneiden, der Lärm ohrenbetäubend, die Preise hoch, Tische und Bar bis auf den letzten Platz besetzt. Auch die Menschen waren überall die gleichen: die jungen Mädchen, die sich vom Nachtleben etwas Besonderes versprachen. Die älteren Herren, die sich von den jungen Mädchen etwas Besonderes versprachen. Die einsamen Männer, die sich vom Betrinken etwas Besonderes versprachen. Die Pärchen, die sich vom Tanzen und einer Flasche »Hausmarke« etwas Besonderes versprachen. Die Provinzler, die sich vom »Laster« der Großstadt etwas Besonderes versprachen.

Es war deprimierend, all diese erwartungsvollen Menschen zu sehen, die, auf der Flucht vor ihrer eigenen Leere, immer tiefer in ihr versanken, deren Gesichter mit vorgerückter Stunde immer vergrämter, immer enttäuschter wurden.

»Was suchen Sie eigentlich?« fragte ich Kurt Sporer, dessen Hektik von Lokal zu Lokal wuchs.

Er zuckte die Achseln, kippte den Whisky in einem Zuge hinunter, zündete sich am Ende seiner Zigarette die nächste an, lächelte ein zerfahrenes Lächeln.

»Treiben Sie das jede Nacht so?«

»Ziemlich jede Nacht.«

Er war in jedem Lokal bekannt. Die Kellner und Kellnerinnen nannten ihn beim Namen. Die Barmädchen und Mixer schüttelten ihm die Hand.

»Gefällt Ihnen so ein Leben?«

»Ich kann nicht allein sein. Ich brauche Menschen. Ich brauche Betrieb und Abwechslung.«

Er winkte die Kellnerin herbei, warf einen Geldschein auf den Tisch, hinterließ ein viel zu hohes Trinkgeld und zog mich hinter sich her aus dem Lokal.

»Jetzt fahren wir zu ›Fred‹, ja?«

»Bei Fred« war die teuerste und schickste Bar Münchens, in der die sogenannte High Society verkehrte.

»Muß das sein?« fragte ich. »Ich kann dieses versnobte Publikum nicht ausstehen.«

»Es ist immerhin besser als das Publikum, das sich in Schwabinger Bars rumtreibt.«

»Sie irren sich. Der Unterschied ist nur, daß die einen mehr Geld haben, die anderen weniger. Zum Kotzen sind alle.«

Er gab keine Antwort.

»Warum kutschieren Sie eigentlich mit diesem widerlichen Begräbnisauto rum?« fragte ich, als ich neben ihm im Wagen saß.

»Aus Prestigegründen«, erwiderte er ernst.

»Kleider machen Leute und der Mercedes 300 den deutschen Filmproduzenten.«

»Wenn Sie so lange in der Filmbranche wären, wie ich es bin, dann würden Sie begreifen, daß man um solche Äußerlichkeiten nicht herumkommt.«

»Unsinn«, sagte ich.

Er reagierte aufgebracht, hielt mir eine lange, törichte Rede über das schwere Los, das gehetzte Leben, die harte, verantwortungsreiche Arbeit des Filmproduzenten.

Ich schwieg und ärgerte mich.

»Bei Fred« schien Kurt Sporer zu Hause zu sein. Besitzer, Geschäftsführer, Barkeeper und Bardame empfingen ihn mit strahlenden Gesichtern, schüttelten ihm die Hand, legten ihm den Arm um die Schulter.

»Ihr Lieblingsplatz auf der Bank ist noch frei«, sagte der Geschäftsführer.

»Das übliche?« fragte der Barkeeper.

»Ja, bitte, Franz, aber gleich zwei davon.«

Kurt Sporer blühte unter den Aufmerksamkeiten des Personals auf.

»Ich bin hier sehr beliebt«, erklärte er und kam sich anerkannt und wichtig vor.

»Man hat hier sicher auch schon ganz gut an Ihnen verdient?« erwiderte ich gehässig.

»Daran liegt es nicht«, ereiferte sich Sporer, »ich kann mit Menschen umgehen. Mein Grundsatz ist: viele Freunde zu haben, keinen Feind.«

»Haben Sie eine Überzeugung, Herr Sporer? Irgendeine Überzeugung, die Sie rückhaltlos gegen alles und jeden verteidigen würden?«

»Nein«, sagte er gleichgültig.

»Dann allerdings können Sie sich Ihren Grundsatz leisten.«

Der Barkeeper stellte zwei große silberne Becher vor uns hin.

»Was ist das?« wollte ich wissen.

»Ein ›Prince of Wales‹«, grinste Sporer, »wenn Sie den ausgetrunken haben, Frau Clausen, dann haben Sie auch keine Überzeugung mehr.«

»Mag sein«, sagte ich und hob den Becher.

Nach dem zweiten »Prince of Wales« waren wir angenehm betrunken.

»Ich möchte mich mal wieder richtig verlieben«, sagte Sporer und schaute mich unter schweren Augenlidern an. Seine Augen waren ölgetränkt.

»Ich auch. Aber wie macht man das?«

»Noch einen Cocktail?« fragte der geschäftstüchtige Barkeeper und zückte auffordernd den Mixbecher.

»Natürlich, Franz.«

»Wir sollten nicht mehr trinken.«

»Es geschieht, ob wir nun noch einen ›Prince of Wales‹ trinken oder nicht. Das wissen Sie doch, Eveline.«

»Ja . . . und ich weiß noch mehr.«

»Daß wir uns gut verstehen werden?«

»In einer Beziehung bestimmt.«

Er lachte, legte den Arm um mich und drückte mich an sich: »Und dabei sind Sie überhaupt nicht mein Typ.«

»Auch das weiß ich. Ihr Typ sitzt dort drüben.«

Ich deutete mit dem Kinn auf eine schlanke, glatte Blondine.

»Ja«, sagte Sporer, »das ist genau mein Typ.«

Ich haßte ihn, und ich haßte die Blondine.

»Kommen Sie, Eveline, tanzen wir.«

»Wir werden Schwierigkeiten mit unseren Beinen haben.«

»Das macht nichts.«

Er legte beide Arme um mich, und ich fühlte seinen Körper von den Schultern bis hinunter zu den Knien.

»Gehen wir«, sagte ich nach ein paar Takten.

Er zahlte im Stehen, wobei er ein wenig schwankte und dem Barkeeper mit unbeabsichtigter Auffälligkeit einen Geldschein in die Hand drückte.

»Scheißlokal«, sagte ich, als der dienernde Geschäftsführer die Tür hinter uns geschlossen hatte, »aber man gewöhnt sich daran.«

»An was gewöhnt man sich nicht, Eveline? Ich würde mich sogar an deine Arroganz gewöhnen und an deine unordentliche Frisur.«

Er fuhr mir mit der Hand in das Haar und bog mir den Kopf zurück.

»Laß das«, sagte ich.

»Und wohin?« fragte er, als wir im Auto saßen.

»Richard-Strauss-Straße.«

Er lenkte den schweren Wagen mit Schwung und ohne in den Rückspiegel zu sehen auf die Straße.

»Wohnst du allein?«

»Mit Sohn und einer alten buckligen Rentnerin, die meinen sogenannten Haushalt führt, Alexander zu einem gottesfürchtigen Menschen erzieht und mich tyrannisiert.«

»Und ein Mann existiert nicht?«

»Nein.«

»Katja hat mir erzählt, daß viele Männer existieren, daß du es aber bei keinem aushältst.«

»Na also, warum fragst du dann noch?«

In nüchternem Zustand war er ein vorsichtiger Fahrer gewesen, jetzt fuhr er schnell, leichtsinnig und ohne die Verkehrsvorschriften zu beachten.

»Bitte, fahr nicht so verrückt«, sagte ich, als wir uns der steilansteigenden Kurve am Friedensengel näherten.

»Ich fahre jetzt schon achtzehn Jahre und habe nie einen Unfall gehabt.«

»Toi, toi, toi«, murmelte ich und klopfte auf das Armaturenbrett.

Er ging mit vierzig in die Kurve. Der Wagen begann zu schleudern, er grinste und fing ihn ab.

»Du, es ist sehr glatt, und du wärest nicht der erste, der hier an einem Baum landet.«

»Ich bin kreuz und quer durch Europa gefahren, ohne daß jemals etwas passiert wäre.«

Die Tachometernadel näherte sich der Fünfzig. Der Wagen begann zu schleudern wie ein Schiff auf hoher See.

Ein Baum kam mit unheimlicher Geschwindigkeit auf uns zu.

»Paß auf!« schrie ich und kniff die Augen zusammen.

Der Aufprall war furchtbar. Ein dumpfes Krachen und Splittern der Karosserie, das ich im eigenen Körper spürte, so als würden mir sämtliche Knochen gebrochen. Ich wurde mit dem Kopf gegen die Scheibe, mit dem Leib gegen die vorspringende Kante des Armaturenbrettes geschleudert und verlor sekundenlang das Bewußtsein.

Als ich zu mir kam, saß ich mit hochgezogenen Knien auf dem Boden des Wagens. Ich hob mühsam den Kopf.

Kurt Sporer hing mit dem Oberkörper über dem Lenkrad, das Gesicht unter dem nach vorne gerutschten Hut versteckt.

Ich legte meine Hand auf seine Schulter: »Sind Sie verletzt?« flüsterte ich, den Atem anhaltend.

»Ich weiß nicht«, kam es dumpf unter dem Filz hervor.

Ich nahm ihm den Hut vom Gesicht. Er hob ein wenig den Kopf und schaute mich mit großen, glänzenden, verschreckten

Augen an. Seine Oberlippe war aufgeplatzt und blutete in Strömen.

»Tut Ihnen irgend etwas weh?« fragte ich besorgt.

»Alles!« Er stöhnte, tastete Kopf und Körper ab, strich sich mit der Zungenspitze über die verletzte Lippe.

»Ich blute . . .«, sagte er entsetzt.

Das ist ein nettes Herzchen, dachte ich empört, ich könnte tot sein, es würde ihm gar nicht auffallen.

Ich richtete mich langsam auf und stellte erleichtert fest, daß mir nicht viel passiert sein konnte.

»Es hätte schlimmer ausgehen können«, bemerkte ich. »Wäre die Scheibe kaputtgegangen, dann würden unsere Gesichter jetzt nicht mehr hübsch aussehen.«

In der Ferne leuchteten Scheinwerfer auf. Ein Auto kam von hinten auf uns zu.

Kurt Sporer fuhr hoch. Er konnte sich plötzlich mühelos bewegen: »Jetzt aber nichts wie weg!« rief er und riß die Wagentür auf.

»Kommen Sie, Eveline . . . rasch!«

»Wir können doch nicht einfach . . .«

»Nun kommen Sie endlich!«

Er war schon auf der Straße, wartete nicht etwa auf mich, sondern lief mit langen Schritten auf die Parkanlage zu.

Warum hat er nicht ein paar Knochenbrüche abgekriegt, dachte ich wütend. Die Tür an meiner Seite klemmte, und ich mußte mich am Steuerrad vorbei ins Freie zwängen. Es gelang mir gerade noch, das schützende Dunkel der Parkanlage zu erreichen, bevor der andere Wagen hielt.

»Wo sind Sie denn?« rief ich leise.

»Pst . . .!« kam es zurück.

Ich entdeckte ihn zusammengeduckt hinter einem Busch.

»Als Kinder haben wir auch immer Verstecken im Dunkeln gespielt«, sagte ich, »nur fand ich's damals komischer.«

»Eveline, wenn man mich erwischt, dann bin ich meinen Führerschein los. Ich habe bestimmt drei Promille.«

»Und wenn Sie sich jetzt aus dem Staub machen, werden Sie wegen Unfallflucht verklagt.«

»Das ist leichter hinzubiegen. Ich habe überall gute Beziehungen.«

»Na, dann viel Glück. Hoffentlich können Sie auch Ihr Leichenauto wieder hinbiegen.«

Ich schaute durch die Äste des Strauches. Der Kühler des Wagens war zusammengequetscht wie eine Ziehharmonika. Ein Mann und ein Mädchen standen fast ehrfurchtsvoll davor und begannen dann nach den Toten zu suchen. Ein zweiter Wagen hielt jetzt neben den Trümmern des Mercedes.

»Kommen Sie . . . man wird gleich die Funkstreife rufen.«

Kurt Sporer lief gebückt über den Rasen, und es blieb mir nichts anderes übrig, als ihm zu folgen. Jeder Schritt tat mir in Leib und Kopf weh, und ich fluchte.

Erst als wir weit vom Unglücksplatz entfernt waren, blieb er stehen, drehte sich nach mir um und schaute mir ungeduldig entgegen.

»Wir müssen sofort zu Peter«, erklärte er.

»Wer ist Peter?«

»Ein guter Freund von mir. Ein tschechischer Arzt.«

Er zog ein schmerzverzerrtes Gesicht: »Ich habe mir den linken Arm gebrochen.«

»Unsinn, dann könnten Sie ihn gar nicht bewegen. Ich habe auch das Gefühl, keinen heilen Knochen mehr zu haben. Aber das interessiert Sie wohl weniger.«

»Sind Sie denn verletzt, Eveline?« fiel ihm jetzt ein zu fragen.

»Ihre Erkundigung kommt ein wenig spät.«

»Entschuldigen Sie, Eveline, ich war so verwirrt . . .« Er trat dicht an mich heran und musterte mein Gesicht: »Mein Gott, haben Sie eine Beule auf der Stirn . . .! Wie ist denn das passiert?!«

»Dreimal dürfen Sie raten!«

Jetzt legte er mir sogar den Arm um die Schulter und führte mich, seine Schritte den meinen anpassend, weiter.

Zum Glück fanden wir bald ein Taxi. Der Chauffeur schaute mißtrauisch von Sporers blutiger Oberlippe auf meine Beule, brummte etwas Unverständliches, sicher nicht sehr Schmeichelhaftes und fuhr los.

»Er glaubt bestimmt, wir hätten uns gegenseitig die Köpfe eingeschlagen«, grinste ich und dachte im stillen: Das wird auch bald passieren.

Peter, der gute Freund und tschechische Arzt, öffnete uns nach anhaltendem Läuten. Er war groß und mager, hatte ein kleines zerknittertes Affengesicht und trug einen seltsamen Schlafanzug: eine schwarze Hose und dazu einen schneeweißen, bestickten Russenkittel.

Als er uns sah, brach sein slawisches Temperament durch. Er stieß einen Schrei aus, schlug die Hände zusammen, drehte sich im Kreis und stieß noch einen Schrei aus.

Kurt Sporer, mit blutender Oberlippe und angewinkeltem Arm – Anlaß dieses Ausbruchs, Mittelpunkt der Szene – fühlte sich geschmeichelt.

»Reg dich nicht auf, Peter«, lächelte er heldenhaft, »es ist nicht so schlimm.«

»Lieber Gott, wie ist denn das passiert?«

»Ein Autounfall. Mit siebzig an einen Baum.«

»Mit knappen fünfzig«, verbesserte ich.

»Entsetzlich!« jammerte der Arzt. »O Gott, o Gott, o Gott . . . kommt ins Zimmer, Kinder.«

Er lief voran und schaltete sämtliche Lampen an.

»Ich muß euch sofort untersuchen . . . ihr könnt euch ja innere Verletzungen zugezogen haben . . .«

»Peter«, winkte Sporer lässig ab, »du machst aus einer Mücke einen Elefanten. Ich habe mir höchstens den Arm gebrochen . . . na und . . .!«

»Den Arm?! Laß sehen!«

»Hol uns erst einen Kognak. Den brauchen wir wirklich dringend.«

»Ja, sofort. Und setzt euch inzwischen . . . oder besser noch, legt euch da auf die Couch!«

Er rannte aus dem Zimmer.

»Komm«, grinste Sporer, »legen wir uns hin.«

»Das fehlte mir gerade noch!« Ich setzte mich in einen Sessel. Er trat auf mich zu, stützte beide Hände auf die Lehnen und schaute mir in die Augen.

»Es sieht nicht so aus, als ob du mir Glück bringen würdest, Eveline. Das erste Mal, daß wir zusammen ausgehen, und schon rase ich an einen Baum. Nach achtzehn Jahren unfallfreien Fahrens.«

»Ja, wir sollten es uns doch noch einmal überlegen.«

Peter kam mit Flasche und Gläsern zurück.

»Das ist übrigens Eveline Clausen«, sagte Sporer. »Du kennst sie noch nicht.«

»Freut mich, Frau Clausen«, sagte der Arzt und betrachtete mich, nicht wie man eine Frau, sondern wie man einen medizinischen Fall betrachtet: »Ihr Gesicht ist ganz schön zugerichtet. Morgen wird es grün und blau sein. Haben Sie Schmerzen im Hinterkopf?«

»Nicht mehr sehr stark. Es summt nur darin wie in einem Bienenkorb.«

»Es hilft nichts, Kinder, ich muß euch gründlich untersuchen.«

»Aber nicht jetzt«, sagte Sporer. Er hatte bereits den ersten großen Kognak gekippt und schien an der außergewöhnlichen Situation mehr und mehr Gefallen zu finden.

»Morgen früh vielleicht.«

»Morgen früh?« fragte ich.

»Also gut«, sagte der Arzt, »vielleicht ist es wirklich besser, ihr ruht euch erst einmal aus. Ihr könnt mein Schlafzimmer haben, ich leg mich hier auf die Couch.«

»Peter, wir nehmen natürlich die Couch.«

»Kommt nicht in Frage! Ich mach schnell alles zurecht, damit ihr euch hinlegen könnt.«

»Er scheint ganz darauf eingerichtet zu sein«, sagte ich, als wir allein waren, »wahrscheinlich bin ich nicht die erste Frau, mit der du bei deinem Freund übernachtest.«

»Unsinn, Eveline, das ist ein Ausnahmefall. Du bist die erste Frau, mit der ich hier übernachte, ebenso wie das mein erster Autounfall war, den ich in meinem Leben gehabt habe. Peter sieht das vollkommen richtig. Wo sollen wir jetzt, um drei Uhr nachts, ohne Auto und noch dazu verletzt, hingehen?«

»Im Zweifelsfalle per Taxi jeder in sein eigenes Bett.«

»Möchtest du das, Eveline?«

»Nein«, sagte ich und spürte das Summen in meinem Hinterkopf, das Pochen in der Beule, die Schmerzen in meinen angeschlagenen Gliedern, spürte ein heißes, brennendes Verlangen nach einem Mann, den ich nicht schätzte und nicht liebte.

Kurt Sporer beugte sich zu mir herab, und ich sah die Wunde

an seiner Oberlippe – schwarzes, eingetrocknetes Blut, das mich bei jedem anderen angeekelt hätte. Doch bei diesem Mann, den ich nicht schätzte und nicht liebte, ekelte es mich nicht. Ich hob meinen Kopf und küßte ihn, bis die Wunde wieder aufplatzte und ich sein Blut schmeckte.

Kurt Sporer tat genau das Gegenteil von dem, was sogenannte gute Liebhaber zu tun pflegen.

Als er die Tür hinter uns geschlossen hatte, nahm er mich wortlos beim Arm, führte mich zum Bett und drückte mich darauf nieder. Er küßte mich nicht, er streichelte mich nicht, er sagte mir keine zärtlich verliebten Worte. Er bereitete mich in keiner Weise vor, und er erwartete selbst keine Vorbereitung. Er ließ die nüchterne Deckenbeleuchtung an, er schlug die Bettdecke nicht zurück, er zog mir und sich nur das Unumgänglichste aus.

Danach bestieg er mich mit dem knappen, exakten Schwung eines Reiters, der sich seiner oft bewährten Sattelfestigkeit sicher ist.

Das, was er mir gab und was ich zurückgab, hatte nichts mit Liebe, nichts mit dem Wunsch nach Zärtlichkeit und Verschmelzung zu tun. Es war vielmehr ein Bedürfnis, Schmerz zuzufügen, als ein Verlangen nach gemeinsamer Erfüllung. Es war ein Kampf, ein leidenschaftlicher, sich bis zum Höhepunkt steigernder Kampf, der in der Unterwerfung und im Unterworfenwerden seine Befriedigung fand.

Kurt Sporer war der erste Mann, dem es gelang, mich restlos zu unterwerfen und dadurch restlos zu befriedigen.

Er trieb mich mit müheloser Ausdauer, mit unversiegbarer Potenz vor sich her dem Höhepunkt entgegen. Er brach meinen Widerstand – ein Widerstand, der seit Jahren gebrochen werden wollte – mit spielerischer Leichtigkeit. Er schonte mich nicht, denn er wußte, daß ich nicht geschont werden wollte, daß ich jeden Schmerz, den er mir zufügte, als Zeichen seiner Stärke forderte und begehrte. Er sah mir mit einem Lächeln in weit aufgerissene, ungläubige Augen – Augen, die ich schloß, um den Rausch der Niederlage zu verbergen.

Es war ein Rausch, der wie jeder echte Rausch einer Selbstauflösung glich. Ich hatte das Gefühl, über die Konturen meines Körpers hinauszufließen und das ganze Zimmer mit meinem mächtigen, anschwellenden Körper zu füllen. Ich hatte das Gefühl, spiralenartig emporgeschleudert zu werden, wie ein Feuerwerkskörper hoch oben in unendlichem Raum zu bersten und als winzige, zuckende Splitter herniederzurieseln, zurückkreisend in einen schweren, satten, erschöpften Körper.

Als ich zu mir kam, begann ich zu weinen. Ich wußte, daß ich verloren war. Verloren an einen Rausch, verloren an den Körper eines Mannes, der mir diesen Rausch vermitteln konnte.

Kurt Sporers Kopf lag auf meiner Schulter, seine Hand auf meinem Mund. Ein wenig blonder Flaum, feucht wie bei einem neugeborenen Küken, bedeckte den hinteren Teil seiner Glatze. Seine Hand, heiß und bleiern, hinderte mich beim Atmen. Ich schob sie beiseite.

»Du hast geschrien«, sagte Kurt Sporer trocken. »Ich mußte dir den Mund zuhalten.«

»Ich habe geschrien?«

»Ja, und wie!« Er gähnte, richtete sich ein wenig auf und schaute mich an: »Und jetzt weinst du«, bemerkte er kopfschüttelnd »was ist denn los, Eveline?«

Begriff er tatsächlich nicht, was mir geschehen war? Mußte eine solche Umarmung nicht jede Fremdheit zwischen uns auslöschen, ein gegenseitiges Verstehen wecken, das keiner Worte, keiner Fragen bedurfte? Waren es wirklich nur unsere Körper gewesen, die sich, immer noch vereint, immer noch zitternd, gesucht und gefunden hatten?

Angst packte mich – Angst vor meinem eigenen Körper. Einem Körper, der nicht mehr mir zu gehören schien – der dalag, fremd und glücklich in dem Ausklang eines Rausches, den Kopf und Herz nicht geteilt hatten.

»Gar nichts ist los«, sagte ich leichthin und wischte mir die Tränen vom Gesicht.

Niemals, schwor ich mir, darf ich mich diesem Mann preisgeben. Niemals darf er sich seiner Macht über mich bewußt werden.

Ich lächelte: »Es war nur alles ein bißchen viel – der Unfall, die Aufregung, das Trinken . . .«

»Ja«, gab Sporer zu, »ich fühle mich auch gerädert. Der Arm tut wieder so weh . . . und hier, die Rippen . . .«

Er erhob sich ohne ein weiteres Wort, ohne mich noch einmal anzuschauen oder zu berühren.

Er zog Hemd und Strümpfe aus und löschte das Licht.

»Willst du dich nicht ausziehen?«

»Doch, natürlich.«

Ich stand auf, zog mir die Kleider vom Leibe und warf sie achtlos über einen Stuhl. Zum ersten Mal seit meiner Kindheit machte ich keine Ordnung, wusch mich nicht, putzte mir nicht die Zähne. Ich nahm es mit trotziger Genugtuung zur Kenntnis, zuckte die Achseln, dachte: Mit solchen Kleinigkeiten fängt es meistens an.

Ich kroch zu Sporer unter die Decke. Nackt, Puder und Lippenstift noch im Gesicht, den Geschmack von Zigaretten und Alkohol auf der Zunge.

Das Bett war nicht breit. Unsere Körper berührten sich, erstarrten sekundenlang, warfen sich im gleichen Augenblick herum und fanden sich in einer gierigen unersättlichen Umarmung.

Mit dem anbrechenden Tag, dem ersten grauen Licht, überfiel mich ein bohrendes Unbehagen, das in Verzweiflung umzuschlagen drohte.

Ich lag auf dem Rücken, und mein Körper schmerzte von den Zehenspitzen bis hinauf zu den Haarwurzeln, brannte in einer trockenen Hitze. Nur die Sohlen meiner Füße, die Innenflächen meiner Hände waren kalt und feucht. Die Haut meines Gesichtes spannte, die Lippen waren ausgedörrt, die Augen, die ich nur einen Spalt zu öffnen vermochte, tränten. Die Beule an meiner Stirn pochte, und ab und zu zuckte ein greller Schmerz durch Schläfe und Hinterkopf.

Ich war todmüde – nein, mehr noch. Ich war an dem Punkt, an dem man glaubt, nicht mehr leben, nicht mehr sterben zu können. Aber ich konnte nicht schlafen, konnte die Gedanken nicht abschalten. Ich lag da, unfähig, meinen peinigenden Gedanken, dem schmutzigen Licht, den unpersönlichen, hellpolierten Möbeln, der Unordnung im Zimmer zu entkommen.

Ich sehnte mich nach meinem eigenen kühlen, sauberen Bett, einem Glas Wasser, Kopfwehtabletten, Seife und Zahnbürste, all den Dingen, die Schmerzen, Schmutz und Unbehagen beseitigen konnten. Ich sehnte mich nach dem vergnügten Krähen meines Sohnes, dem gutmütigen Schimpfen der alten Rentnerin, dem Quietschen der ungeölten Küchentür – all den vertrauten Geräuschen, die sonst mein Erwachen begleiteten und mir ein Gefühl der Geborgenheit gaben. Ich sehnte mich danach mit derselben hoffnungslosen Trauer, mit der sich eine alternde Frau nach ihrer Jugend zurücksehnt.

Mir war, als würde ich von jetzt an immer mit Schmerzen, mit einer Beule auf der Stirn, mit verschwitztem Körper und verschmiertem Gesicht herumlaufen, als würde mich das Krähen meines Sohnes nur noch als fernes Echo aus der Vergangenheit erreichen. Mir war, als wäre dieser anbrechende Tag nur ein harmloser Auftakt zu einer endlosen Kette von Tagen – in denen es nichts anderes geben würde als Schmerz, Schmutz und Unbehagen. Es war ein beängstigendes Gefühl, heimtückisch wie eine unbekannte Krankheit, über deren Ursache und Verlauf man vergeblich nachgrübelt.

Ich bin achtundzwanzig Jahre, dachte ich, und habe viele Männer gehabt. Ich war verheiratet und oft verliebt. Ich habe mit manchen Männern jahrelang zusammengelebt, mit anderen nur eine Nacht geteilt. Ich habe bei ihren Umarmungen Gleichgültigkeit empfunden, Vergnügen, Zuneigung, den Triumph, zu beherrschen. Aber immer blieb ein kleines unausgefülltes Gefühl zurück, enervierend wie ein nie ganz gesättigter Magen. Das Gefühl wurde zur Gewohnheit, und schließlich glaubte ich, es müsse so sein. So wurde ich achtundzwanzig Jahre.

Kurt Sporer warf sich von einer Seite auf die andere. Er schlief unruhig, wälzte sich vom Bauch auf den Rücken, von links nach rechts, zog die Decke bis zum Kinn, schleuderte sie wieder zurück, stöhnte, hustete, schnarchte.

Jetzt lag er da, bis zur Taille entblößt, den Rücken mir zugewandt. Er hatte einen mageren, hüftlosen Körper mit zu dünnen Armen und Beinen, einem schmalen Brustkorb und eckig hervorragenden Schultern. Es war kein ästhetischer Körper, und dennoch liebte ich ihn, wie ich nie zuvor den Körper eines Mannes geliebt hatte.

Warum, dachte ich verzweifelt, warum muß es gerade dieser Mann sein? Warum gelingt ihm, was keinem zuvor gelungen ist? Warum bleibt bei ihm nicht dieses kleine, unausgefüllte, dieses zur Gewohnheit gewordene Gefühl zurück? Warum ergießt sich ausgerechnet über ihn der Strom meiner aufgestauten Leidenschaft und Begierde? Warum empfinde ich bei ihm den Rausch sexueller Erfüllung, diesen Rausch, auf den ich nie wieder und unter keinen Umständen verzichten will. Warum? Ich fand keine Antwort. Ich gab auf.

Gegen Mittag kam ich nach Hause.

»Herr im Himmel!« schrie Frau Specht, meine kleine, bucklige Rentnerin und schaute mich entsetzt über den Rand ihrer Brille an: »Herr im Himmel, Frau Clausen, wo haben Sie gesteckt, und wie sehen Sie aus? Herr im Himmel, was ist denn passiert?«

»Schreien Sie doch nicht so, Frau Specht! Ich hatte einen kleinen Autounfall. Wo ist Alexander?«

»Einen Autounfall! Ich hab's ja immer gesagt! Das kommt, wenn man so schnell und unvorsichtig fährt . . .«

»Wo ist Alexander, Frau Specht?«

»Drinnen im Zimmer, mit Herrn Schulenburg.«

»Auch das noch!«

Ich ging ins Bad und verriegelte die Tür.

Ich schaute in den Spiegel, in mein farbenprächtiges, geschwollenes, übermüdetes, angeekeltes Gesicht.

»Ein schöner Anblick«, murmelte ich, »ein herzzerbrechend schöner Anblick.«

Ich setzte mich auf den Rand der Badewanne. Ich wagte nicht ins Zimmer zu gehen. Ich wagte nicht Schulenburg gegenüberzutreten, diesem immer noch wartenden, hoffenden Schulenburg, der, nachdem ich ihn verlassen hatte, kopflos aus Stuttgart geflohen war und jetzt in einem billigen möblierten Zimmer hauste.

Los, redete ich mir zu, geh rein, bring es schnell hinter dich, sag ihm, daß da ein Mann existiert, ein Mann . . . wie könntest du ihn beschreiben . . .?

Ich stand auf, nahm eine Kopfwehtablette aus dem Apotheker-
schränkchen, füllte ein Glas mit Wasser.

Ein inferiorer Mann, dachte ich, ja, das wäre zutreffend.

Ich schluckte die Pille, schüttelte mich und verließ das Bad.

Frau Specht lag vor der Tür auf der Lauer.

»Ich hab schon wieder ein neues Brandloch auf Ihrem Tisch
entdeckt. Ts, ts, ts, Frau Clausen ... die guten Möbel!«

»Die ›guten‹ Möbel brechen sowieso schon alle auseinander,
und das ist überhaupt noch der einzige Charme dieser dürftigen
Wohnung.«

Ich konnte meine neue Wohnung nicht ausstehen. Es war eine
typische Neubauwohnung, die ich durch Zufall günstig bekommen hatte. Zweieinhalb Zimmer, Küche, Bad, ein schmaler Gang, ein winziger Balkon. Es war eng, bieder, unpersön-
lich. Die Möbel, die in meinem früheren kleinen Appartement
hübsch und apart ausgesehen hatten, fühlten sich in der neuen
Umgebung ebenso unwohl wie ich. Sie standen verloren
herum und wollten sich den einfallslosen Räumen nicht anpassen.

»Dürftige Wohnung nennen Sie das!« brummte Frau Specht
mißbilligend, »eine so wunderhübsche, moderne Neubauwohnung...«

Ich betrat mein Wohn-Schlaf-Eßzimmer. Schulenburg war
hinter einer Zeitung versteckt. Alexander saß auf dem Boden
und zerriß eines meiner Bücher.

»Alex!« schrie ich, »läßt du das!«

»Man merkt, daß Madame wieder zu Hause ist, nicht wahr,
Sohn?« sagte Schulenburg hinter der Zeitung.

»Kannst du denn nicht aufpassen!« fuhr ich ihn an.

Schulenburg ließ die Zeitung sinken und starrte fassungslos in
mein zerschundenes Gesicht, das ich über meinem Ärger vergessen hatte.

»Donnerwetter, Eveline, wie siehst du denn aus?!«

»Nicht sehr hübsch, ich weiß.«

»Hat man dich verprügelt?«

»Du mußt nicht immer von dir auf andere schließen«, sagte ich
grob und hatte das Bedürfnis, mich lang auf die Couch zu
werfen und zu weinen.

»Alex, mein Tierchen, geh zu Tante Specht.«

Der Kleine arbeitete sich ächzend vom Boden empor. Er war jetzt fast zwei Jahre und zu meiner Überraschung das Musterbeispiel eines Kindes: kerngesund, bildhübsch, folgsam und immer vergnügt.

Ich nahm ihn beim Händchen, führte ihn zur Tür, küßte ihn auf den Kopf und schob ihn behutsam hinaus.

»Was ist passiert, Eveline?«

Ich zündete mir eine Zigarette an und blieb unschlüssig im Zimmer stehen.

»Ich hatte einen Autounfall.«

»Mit wem?«

»Einem Mann . . . du kennst ihn nicht. Wir sind an einen Baum gefahren.«

»Was ist das für ein Mann?«

»Ein Filmproduzent.«

»Aha, jetzt verkehrt Madame schon in Gangsterkreisen!« Schulenburg lachte ein heiseres, krampfhaftes Lachen, das mir durch und durch ging.

»Und vom Baum seid ihr dann direkt ins Bett . . .«

Wieder dieses unangenehme Lachen.

»Ja«, sagte ich.

»Bravo! Das nennt man eine beachtliche Leistung.«

Ich trat ans Fenster. Der Ausblick war so häßlich, daß er schon wieder einen makabren Reiz hatte: ein asphaltierter Hof mit ein paar Garagen. Eine Mauer mit einem Schild: »Zur Gassenschenke«. Ein verkommenes Grundstück mit einer Holzbaracke. Dann eine breite, baumlose Straße, durch Trambahnschienen in zwei Fahrbahnen geteilt. Dahinter ein Autobusdepot. Und in der Ferne, aber noch deutlich zu erkennen, Rangiergleise mit dampfspuckenden Lokomotiven. An Föhntagen traten die Berge plastisch hervor, unpassender Abschluß für das typische Bild einer Großstadt.

»Bist du in den Mann verliebt?« fragte Schulenburg mit seiner sanftesten, unheimlichsten Stimme.

»Nein.«

»Sondern?«

»Ich bin nicht verliebt«, sagte ich. »Genügt dir das nicht?«

»Evelinchen, du kannst doch offen mit mir sprechen. Ich möchte dein Freund sein, wenn ich dir schon nichts anderes mehr sein darf.«

»Du kannst nicht mein Freund sein. Du bist noch viel zu engagiert.«

»Trotzdem kann ich dein Freund sein«, drängte Schulenburg, und ich wußte, daß er keine Ruhe geben würde. »Laß es mich dir beweisen.«

»Also gut, wie du willst. Ich bin besessen von diesem Mann.«

»Was bist du?«

»Besessen!« Ich drehte mich zu ihm herum und stand da, wildäugig wie eine Furie: »Herrgott, verstehst du denn nicht!«

»Mit anderen Worten«, sagte Schulenburg, »es handelt sich um eine sexuelle Bindung.«

»Eine sexuelle Bindung, ja . . . das klingt ausgezeichnet.«

»Hast du eine Zigarette für mich?«

»In meiner Tasche.«

Schulenburg nahm mit ungeheuer langsamen, kontrollierten Bewegungen das Päckchen heraus, klopfte eine Zigarette hervor, steckte sie zwischen die Lippen, zündete sie an.

»Hilf mir doch«, sagte ich plötzlich.

»Evelinchen, das scheint ja wirklich schlimm zu sein.«

Er stand auf, trat zu mir und legte die Arme um mich. Sein Hemdkragen war wie immer abgewetzt, die geknüpfte Krawatte ähnelte einem schwarzen Strick.

»Erzähl doch, meine Kleine«, bat er, »komm, erzähl . . .«

»Das ist ja gerade das Schlimme«, sagte ich gequält, »es gibt nichts zu erzählen! Es ist eine so beängstigend triviale Angelegenheit, und trotzdem ist sie mir im Moment wichtiger als alles andere.«

Schulenburg schaute mich verwirrt an, und ich machte mich aus seinen Armen frei. Ich legte mich auf die Couch und bedeckte das Gesicht mit den Händen.

»Eine achtundzwanzigjährige Frau gerät zum ersten Mal in ihrem Leben an einen Mann, der sie . . . na ja . . .« Ich seufzte und schwieg.

»Weiter, Eveline . . .«

»Was heißt weiter . . .? Der Mann ist mies.«

Ich fröstelte. Mit diesem einzigen unschönen Satz hatte ich den Mann charakterisiert, mit dem ich eine ganze Nacht verbracht hatte, mit dem ich noch zahllose Nächte verbringen würde. Ich zog ihn in den Schmutz – ihn und mich dazu.

»Du würdest ihn einen Nebbochant nennen«, fuhr ich fort, »eine Null. Er hat keinen Geist, keinen Charme, keine Bildung . . . nichts.«

»Dafür hat er etwas anderes«, sagte Schulenburg sarkastisch, »und das scheint dir offensichtlich zu genügen.«

»Spar dir deinen Sarkasmus. Er trifft mich nicht. Ich sehe alles viel zu klar, als daß ich auch nur den Versuch machen würde, mich über etwas hinwegzutäuschen. Dieses ›andere‹, wie du es nennst, genügt mir natürlich nicht, denn es gibt ja auch einen Tag, zwölf Stunden, in denen man sich gegenübersitzt und nichts zu sagen hat. Aber ich werde mich damit abfinden müssen – zugunsten des ›anderen‹.«

»Bist du wahnsinnig geworden!«

»Vielleicht«.

»Eveline, du steigerst dich da in etwas hinein, was du nach einer Nacht unmöglich beurteilen kannst.«

»Ich fürchte, ich kann's doch. Heute früh zum Beispiel, das war das schlimmste Erwachen meines Lebens. Ich habe mich hundeelend gefühlt – körperlich und seelisch. Ich wollte raus aus dem Zimmer, nichts als raus. Ich dachte, jetzt werde ich ganz schnell aufstehen und weglaufen, bevor er aufwacht. Ich werde diese Nacht vergessen und diesen Mann . . . ach, lassen wir das!«

»Nein, wir lassen das nicht«, fuhr mich Schulenburg an, »sprich!«

»Du wolltest schon immer zuviel wissen, erinnerst du dich . . .«

»Ich erinnere mich an alles. Sprich!«

»Ich bin dann auch wirklich aufgestanden und habe mich angezogen. Als ich beim Kleid war, ist er aufgewacht. Er hustete und war alles andere als ein erfreulicher Anblick. Als er ausgehustet hatte, begann er zu jammern: über seinen angeblich gebrochenen Arm, seinen zertrümmerten Mercedes, eine geschäftliche Besprechung, von der sein nächster Film abhinge, und so weiter und so fort. Sonst nichts. Kein ›Guten Morgen‹, kein ›Wie geht's‹, kein einziges nettes Wort. Er war mir fremder als mein Krankenversicherungskassierer. Und nicht nur das, ich verachtete ihn. Nachdem ich mir sein dummes Geschwätz eine Weile mit angehört hatte, zog ich den Mantel an, um zu gehen. Er fragte: ... Was hast du denn vor? ...

... Nach Hause zu gehen natürlich ..., sagte ich.

Er streckte einen seiner dünnen Arme nach mir aus: ... Komm doch noch einmal zu mir ..., sagte er.

Ich zog mich aus und legte mich zu ihm ins Bett ...«

Ich schwieg. Schulenburg schwieg. Draußen im Gang lachte mein Sohn.

»Und so wird es bleiben«, sagte ich nach einer langen Pause, »er wird den Arm ausstrecken, und ich werde kommen ...«

Manchmal schien mir sein Tod die einzige Lösung. Es gab Momente, in denen ich mir ausmalte, wie ich ihn umbringen würde. Einmal, als ich seinen Wagen durch eine Bahnunterführung lenkte, überkam mich das Bedürfnis, das Auto herumzureißen und an seiner Seite gegen die Mauer zu fahren, so stark, daß mir schwarz vor Augen wurde und ich anhalten mußte.

»Was ist denn, Eveline?« fragte er ungeduldig.

»Bitte, fahr du.«

Ich zitterte am ganzen Körper. Danach wagte ich mich lange nicht mehr ans Steuer.

Unsere Beziehung dauerte jetzt schon ein halbes Jahr, und es war kein Ende abzusehen. Ich lebte für die Nächte mit Kurt Sporer, wahnsinnige Nächte, die das Maß des Erträglichen, die Grenze des Normalen längst überschritten hatten, aus denen ich erschöpft und angeekelt auftauchte, unfähig, dem Licht, dem Tag, den unerläßlichen Pflichten des Lebens zu begegnen. Ich halte es nicht mehr aus, sagte ich mir jeden Morgen mit einer Regelmäßigkeit, die wie eine Autosuggestion war. Ich halte es nicht mehr aus!

Aber ich hielt es aus. Ich trank viel – harte Schnäpse, einen nach dem anderen, ab fünf Uhr nachmittags bis spät in die Nacht. Ich kippte sie wie ein Arbeiter nach Feierabend in einem Stehausschank. Ich brauchte immer mehr und mehr, um das Stadium zu erreichen, in dem sich die harten Konturen der Wirklichkeit verwischten und ich in einen Zustand beschwingter Selbstvergessenheit geriet. Ich sorgte auch dafür, daß Kurt Sporers Glas immer gefüllt war und er zur selben Zeit denselben Zustand beschwingter Selbstvergessenheit erreichte. Ich sorgte dafür wie eine Giftmischerin, die mit einer genau bemessenen Anzahl von Tropfen die erwünschte Wirkung erzielt: Nach dem zweiten Glas Steinhäger kommen etwas Leben in sein schlaffes Gesicht und die ersten erträglichen Worte über seine Lippen . . . Nach dem dritten Glas wird er mir bereits zulächeln, mit jenem etwas schiefen, anzüglichen Lächeln, das mich sofort an seine Umarmung denken läßt . . . Bei dem vierten muß ich abstoppen und aufpassen, daß er eine halbe Stunde Pause einlegt, weil er sonst zu früh betrunken wird . . . Nach dem Essen und ein paar Gläsern Wein, hat er die Grenze zwischen Schwips und Rausch erreicht und ist auf eine tolpatschige Art charmant. Und dann, dann kommt endlich der Punkt, an dem seine Indifferenz in Zärtlichkeit umschlägt, an dem er mich anschaut, wie ein Mann seine Geliebte anschaut, an dem er mir Worte sagt, die ein Mann seiner Geliebten sagt. Ich war ausgehungert nach Zärtlichkeit, nach dem Gefühl, geliebt, nicht begehrt zu werden, krank vor Sehnsucht nach einer Geste, einer Berührung, die mehr ausdrückte als nur sexuelles Verlangen. Aber ich bekam diese Art der Zärtlichkeit nur zwischen zehn und ein Uhr nachts, wenn Kurt Sporer unter der Einwirkung von Alkohol auftaute und eine normale Gefühlstemperatur entwickelte. Tagsüber und in nüchternem Zustand war er verschlossen wie eine eisgekühlte Auster.

Ich paßte mich Kurt Sporer an, und schließlich übertraf ich ihn noch. Meine Kälte wurde beißend, meine Gleichgültigkeit undurchdringlich. Ich war mir selber fremd, und manchmal kam es mir vor, als stünde ich – die richtige Eveline Clausen – etwas abseits und betrachtete diese neu entstandene Eveline Clausen – ein unheimliches, hassenswertes Wesen. Ich betrachtete mich mit einer Mischung aus Furcht und Genugtuung, entdeckte in meinem Gesicht die ersten Spuren der Verwüstung.

Die Menschen wichen vor mir zurück. Auch sie schienen zu erstarren, wenn ich einen Raum betrat. Es ging etwas von mir aus, das jede Freude abtötete, jedes Lachen erstickte, jeden Schwung lähmte. Ich spülte eine Welle von Feindseligkeit und Verachtung vor mir her. In meinem beharrlichen Schweigen lag Anklage und in meinem harten Blick die Sucht zu zerstören. Ich suchte niemand, und ich wollte von niemandem gesucht werden. Ich behandelte jeden, der sich mir näherte, mit Sarkasmus und Hochmut, ließ ihn wissen, daß ich ihn ablehnte, wie ich jeden Menschen von vornherein ablehnte.

»Du bist unerträglich«, warf mir Kurt Sporer vor, »du behandelst meine Freunde, als hätten sie die Pest.«

»Pest?! Aber mein Lieber, das wäre viel zu interessant! Krätze, würde ich sagen.«

»Du brauchst mich ja nicht zu begleiten, Eveline, du brauchst ja nicht mitzukommen. Warum tust du es denn?«

Warum wohl, du Idiot! dachte ich. Weil ich zu allem Überfluß auch noch zerfressen bin vor Eifersucht. Weil mich, wenn ich nicht mitginge, unaufhörlich die Vorstellung quälen würde, daß du mit einer dieser Schaufensterpuppen ins Bett steigen könntest.

»Sag schon, warum?« beharrte er.

»Aus Langeweile wahrscheinlich und weil ich lieber in Gesellschaft trinke als alleine.«

Er schaute mich an, wie ein Priester einen armen Sünder anschauen mag: traurig-vorwurfsvoll, aber bereit zu vergeben. In diesen Momenten, in denen ihm seine Verlogenheit aus allen Poren brach und er in pastoralem Ton die abgenutztesten Klischees zum besten gab, konnte ich ihn am wenigsten ausstehen.

»Eveline«, sagte er mit einem Seufzer, »ändere deine Einstellung den Menschen gegenüber, und du wirst glücklicher werden.«

Er neigte den Kopf zur Seite, schloß die Augen und war drauf und dran fortzufahren.

»Hör auf!« rief ich wütend, »spar dir deine Predigt. Laß mir meine Einstellung, sie ist bestimmt immer noch besser als deine!«

Er gefiel sich in der Rolle des Abgeklärten. Er lächelte milde: »Du kennst meine Einstellung gar nicht, Eveline, aber du sollst sie jetzt erfahren.«

»Oh, verschone mich!«

»Meine Einstellung ist: jedem Menschen ein Freund zu sein, niemandem etwas Böses zu tun und abzutreten, in der Gewißheit . . .«

Ich hielt mir die Ohren zu. Ich konnte es nicht mit anhören. Wäre er wenigstens böse gewesen, böse und gescheit. Aber er war dumm und außerdem feige.

Kurt Sporer war als einziges Kind wohlhabender Eltern zur Welt gekommen. Er war von Geburt an verwöhnt, verzärtelt und zu einem untauglichen Menschen erzogen worden. Nichts war gut genug gewesen für den kleinen übernervösen Kurt, der dem Leben, der Arbeit, der Wahrheit ferngehalten wurde. Er wuchs, ohne sich zu entfalten. Er zeigte keine Interessen, Ambitionen, Talente.

Als er älter wurde, gaben ihn seine Eltern in Internate, in denen lebensuntüchtige Snobs gezüchtet wurden. Dort lernte ihr Sohn, welche Krawatte man zu welchem Anzug trägt, was für Weine man zu den verschiedenen Gängen eines Diners bestellt und wie man nicht selbst verdientes Geld am schnellsten ausgibt.

Mit diesen Gaben ausgerüstet, blieb ihm gar nichts anderes übrig, als sich dem Film zuzuwenden. Er landete in Berlin, in einer Schule, in der sich Schüler mit viel Geld und wenig Talent in den verschiedenen Sparten des Films ausbilden konnten.

In welcher Sparte sich Kurt Sporer ausbilden ließ, war insofern ohne Bedeutung, als er nur in den seltensten Fällen die Schule betrat. Berlin war eine viel zu abwechslungsreiche Stadt, als daß man die Zeit mit Lernen totschlagen mußte. Der kleine Weltmann aus der Provinz sah sich endlich am Ziel seiner Wünsche. Er verbrachte die Vormittage im Bett, die Nachmittage in Clubs oder auf Tanztees, die Abende in exklusiven Lokalen, die Nächte in Bars. Die Frauen flogen auf ihn, denn er bediente sie gut – im Bett und mit dem Geld seines Vaters. Mehr wollten die Damen gar nicht. Mehr hatte Kurt Sporer auch nicht zu bieten.

Dann starb der Vater. Er hinterließ eine stattliche Summe,

allerdings – so stellte sich bald heraus – nicht stattlich genug für den anspruchsvollen Lebensstil seines Sprößlings. Ein Teil des Geldes floß in die Hände von »Damen«, Kellnern, Schneidern, Autohändlern und »Freunden«, die sich eines klangvollen Namens und eines fröhlichen Lebenswandels rühmen konnten. Mit dem Rest avancierte Kurt Sporer zum Filmproduzenten – denn welcher Beruf hätte ihm besser zu Gesicht gestanden?

Der Ausbruch des Krieges störte Sporer ebensowenig wie die Nazis. Er war kein schlechter Mensch, aber er war ein Mensch ohne Überzeugung, ohne Charakter, ohne Rückgrat, ohne die Fähigkeit zu hassen oder zu lieben. Solche Menschen sind in der glücklichen Lage, alles – sofern es ihnen nicht selbst an den Kragen geht – zu akzeptieren.

Es ging Kurt Sporer nicht an den Kragen. Er konnte sich vor der Armee drücken, denn er war beim Film, und er hatte gute Beziehungen. Menschen, die beim Film waren und gute Beziehungen hatten, wurden keine Soldaten und litten auch sonst weder Not noch Mangel. Auf diese Weise verlebte Sporer ein paar vergnügte Kriegsjahre.

Böse sah es einen Moment lang aus, als der Krieg zu Ende war und die Russen nach Berlin kamen. Aber es blieb auch da nur bei einem Moment. Ein Mann, der nach dem Grundsatz lebt, nur Freunde zu haben und keinen Feind, versteht sich auch mit den Russen gut. Kurt Sporer gewann selbst unter den Feinden nur Freunde, und außerdem eröffneten sich neue, ungeahnte Berufsmöglichkeiten für ihn: der Schwarzhandel.

Schwarzhandel lag dem Menschenfreund Sporer noch mehr als Filme produzieren. Zum ersten Mal in seinem Leben verdiente er wirklich viel Geld. Mit diesem Geld setzte er sich nach München ab. Eine Zeitlang blühte noch das Geschäft. Dann glätteten sich die Wogen, versickerte der Schwarzhandel, begannen die Menschen wieder zu arbeiten. Mit Kurt Sporer ging es bergab.

Jetzt war kein Vater mehr da, keine Erbschaft, kein Schwarzmarkt und – zu Sporers Überraschung – ebenso wenig Freunde wie Feinde. Aber eine Mutter war zum Glück noch da und ein Haus in Nürnberg. Die Mutter wurde um die letzten Ersparnisse erleichtert, das Haus mit Hypotheken belastet. Der Sohn,

Geld in den Taschen, große Pläne im Kopf, sah wieder hoffnungsfroher in die Zukunft.

Er liierte sich mit einer Dame, die eine schöne Wohnung, ausgezeichnete Beziehungen zur »oberen Gesellschaftsschicht« und außerdem einen Adelstitel hatte. Mit Hilfe dieser liebenswürdigen Dame – ihrer Wohnung, ihren Beziehungen, ihrem Titel – gelang Sporer der Sprung in Deutschlands vielversprechende Wirtschaftswunder-Kreise.

Kurt Sporer war ein Mensch, der sich jedem Milieu anpassen konnte, solange es sich um kein geistiges handelte. Und da das Wirtschaftswunder mit allem, nur nichts mit Geist zu tun hatte, war Kurtchen mal wieder richtig gelandet. Er fand im Nu zahllose Freunde – gleichgeartete Zeitgenossen, deren Wangen sich bei dem Wort Geld hektisch röteten.

Kurt Sporer schloß sich, wie nicht anders zu erwarten, dem deutschen Heimatfilm an, der – so hörte man munkeln – Millionen einbringen sollte. Er gründete eine Firma, er kaufte auf Wechsel einen Mercedes 300, frequentierte alle Restaurants und Bars, die ein deutscher Filmproduzent zu frequentieren hat, und sorgte dafür, daß sein Name einmal wöchentlich unter »Ganz Privat« in der Abendzeitung erschien.

Er sprach abfällig von der Dummheit Lieschen Müllers – eine von den Filmschaffenden kreierte Pauschalbenennung des deutschen Durchschnittspublikums –, von der Wirksamkeit der Schnulze und von der Sinnlosigkeit, einen wirklich guten Film herzustellen – eine Behauptung, die, mangels gegenteiliger Beweise, nicht klargestellt werden konnte.

Kurt Sporer produzierte also Schnulzen für Lieschen Müller, aber die erwarteten Millionen blieben aus. Woran das lag, war einfach nicht festzustellen – denn die Filme, noch ein bißchen schlechter als der Durchschnitt, hätten sich nach dem erprobten Filmrezept »Je schlechter, desto besser« eigentlich bewähren müssen. Sie taten es jedoch nicht, und die Gewinne wurden immer magerer, die Verluste immer höher.

Als ich Kurt Sporer kennenlernte, stand seine Firma schon vor der Pleite, er selber vor dem Offenbarungseid. Das allerdings erfuhr ich erst Wochen später, als Sporer mir vorschlug, mit ihm nach Israel auszuwandern. Da ich schon seit längerer Zeit alle Anzeichen einer Nervenkrise an ihm entdeckt, das aber schlicht auf unseren aufreibenden Lebenswandel zurückgeführt hatte, glaubte ich, der Moment des totalen Zusammenbruchs sei endlich gekommen.

»Nun mal langsam«, beschwichtigte ich ihn, »trink erst mal deinen Steinhäger, und dann erklär mir – wenn das überhaupt möglich ist – die näheren Zusammenhänge.«

Daraufhin folgte etwas, was mich mit größtem Unbehagen erfüllte. Kurt Sporer schob seinen Steinhäger mit Nachdruck zur Seite und erklärte: »Damit ist es jetzt aus und mit allem anderen auch! Dieses hektische, oberflächliche, ungesunde Leben in Deutschland paßt mir nicht mehr. Ich bin kein Mensch, der hinter Geld und Vergnügen herjagen muß. Mir genügen vier Wände in einer schönen Umgebung, ein Schluck Rotwein und ein Stück Käse.«

»Ich wußte schon immer, daß du ein verkannter Philosoph bist«, sagte ich, denn was sollte ich sonst auf diesen Unfug antworten. Ich griff nach seinem Glas und kippte den Steinhäger hinunter. »Und du glaubst also, Israel sei der geeignete Ort, um bei einem Schluck Rotwein und einem Stück Käse über den Sinn des Lebens zu meditieren.«

Kurt Sporer nahm mir Bemerkungen dieser Art bitter übel. Er haßte Ironie, denn seine Versuche, darauf zu parieren, schlugen jedesmal fehl. Er zog ein überlegenes Gesicht – was in Fällen der Unterlegenheit immer das beste ist – und tat, als hätte er meine Worte nicht gehört.

»Einer meiner besten Freunde, Dan Nußbaum, lebt in Israel. Er hat dort riesige Orangenplantagen, ein wunderschönes Haus in Tel Aviv, Autos, eine Jacht . . . mit anderen Worten, er ist sehr reich . . .«

Hier legte Sporer eine bedeutungsvolle Pause ein und schaute mich vielsagend an.

»Du verwirrst mich immer mehr«, seufzte ich. »Erst sprichst du von deiner Genügsamkeit und dann von Herrn Nußbaums Reichtum. Was soll das? Was ist los?«

»Dan hat mich schon oft gebeten, ach was, er hat mich angefleht, nach Israel zu kommen und bei ihm zu leben. Er ist sehr einsam, verstehst du, und er liebt mich wie einen Bruder.«

Wenn mir etwas auf die Nerven ging, dann war es diese oft zitierte Phrase »Er liebt mich wie einen Bruder« oder »Ich liebe ihn wie einen Bruder«. Mir riß die Geduld.

»Hör mal zu«, sagte ich, goß mir einen zweiten Steinhäger ein und trank ihn in einem Zuge aus, »mich interessiert das alles nicht – weder deine neue Lebenseinstellung noch Dans Orangenplantagen oder gar, daß er dich wie einen Bruder liebt. Ich will nur eines wissen: Was ist passiert, daß du plötzlich aus heiterem Himmel nach Israel auswandern willst?!«

»Ich sagte dir doch, mir paßt das Leben hier nicht mehr. In Israel könnte ich in Ruhe über ein neues Filmprojekt nachdenken, und du könntest mit deinem Sohn in der Sonne liegen . . . stell dir vor, Sonne das ganze Jahr . . . und keine Geldsorgen . . .«

Bei dem Stichwort Geldsorgen wußte ich Bescheid.

»Bist du pleite?« fragte ich trocken.

»Ja«, sagte er und starrte auf seine breiten Hände, die nie eine Arbeit getan hatten, »ja, ich bin pleite, Eveline.«

Er sah mich hilfesuchend an.

»Ich bin fertig . . . geschafft . . . ich besitze nichts mehr, nichts, außer einem Berg von Schulden.«

Kurt Sporer konnte alles vertragen – alles, nur nicht das Gefühl, kein Geld in den Taschen zu haben. Hatte er keines, überfiel ihn maßlose Unsicherheit, hysterische Gereiztheit und die Zwangsvorstellung, von jedem Menschen verachtet zu werden. Ohne Geld war er lebensunfähig wie ein an Land gespülter Fisch.

Zum ersten Mal, seit ich ihn kannte, empfand ich Mitleid mit ihm, und da sich seine guten Freunde fluchtartig zurückgezogen hatten, war ich die einzige, die die ganze Misere mit ihm durchstehen mußte.

Das war nicht leicht, denn Sporer, unfähig, sich der neuen unerfreulichen Situation anzupassen, versank tagsüber in Depressionen, nachts in einen Steinhägerrausch.

»Kurt«, sagte ich, nachdem ich mir das eine Zeitlang mit angesehen hatte, »was soll nun eigentlich geschehen?«

»Ich weiß nicht.«

Er ließ den Dingen ihren Lauf, fuhr weiterhin seinen Mercedes 300 und hatte auch rätselhafterweise immer einen größeren Geldschein in der Tasche. Personen, die noch nichts von seiner Pleite erfahren hatten, erzählte er, es ginge ihm glänzend, und er sei gerade dabei, ein großes Filmprojekt vorzubereiten.

»Herrgott, Kurt«, explodierte ich eines Tages, »wie lange willst du dieses idiotische Spiel noch spielen, anstatt einen Schlußstrich zu ziehen und neu anzufangen? Gib doch wenigstens diesen immens teuren Wagen weg, oder willst du vielleicht noch dein letztes Hemd verkaufen, um den nächsten Wechsel zu zahlen?

»Liebe Eveline«, sagte er feierlich, »in dieser Branche muß man sein Prestige bis zum letzten Moment aufrechterhalten.«

An dem Tag also, an dem sich Sporer von seiner Qualitätsmarke – dem Mercedes 300 – trennen mußte, brach sein Prestige zusammen und er selber auch. Er behauptete, am Ende seiner Kraft und dringend erholungsbedürftig zu sein, erinnerte sich seiner Mutter und fuhr nach Nürnberg.

Er belastete das Haus mit einer weiteren Hypothek und hatte sich in dem Moment erholt, als er das Geld in der Tasche hatte. Er kehrte nach München zurück – zwar nicht sehr standesgemäß, da in einem alten, klapprigen Mercedes Diesel –, aber doch schon wieder guter Dinge.

»Ich spüre, es geht wieder aufwärts«, sagte er um Mitternacht bei einer Flasche Henkell trocken, »man darf nur den Kopf nicht hängen lassen.«

»So ist es«, nickte ich.

Und es ging tatsächlich wieder aufwärts. Menschen wie Kurt Sporer sind aus einer seltsamen Masse gemacht. Man kann sie aus dem Fenster werfen, man kann auf ihnen herumtrampeln, man kann sie zusammendrücken und auseinanderzerren – sie gehen einfach nicht kaputt.

Sporer wurde der Partner eines südamerikanischen Filmproduzenten, von dem man nichts anderes wußte, als daß er für irgend etwas, irgendwann einmal, irgendwo im Gefängnis gesessen hatte. Mehr, wie gesagt, wußte man nicht und wollte man auch gar nicht wissen, denn der Mann verfügte über Geld, drei Autos und eine unanständig luxuriöse Wohnung.

Ich glaube, die drei Autos waren ausschlaggebend, daß sich Sporer ohne zu zögern mit diesem recht zweifelhaften Herrn einließ. Er durfte alle drei Wagen fahren, und er behauptete vor Nichteingeweihten, sie wären »mehr oder weniger« sein Eigentum. Er war wieder ganz obenauf, Stammgast der besten Lokale und teuersten Bars, umschwärmt von einer unübersehbaren Freundesschar.

Der südamerikanische Filmproduzent stellte deutsch-spanische Co-Produktionen her, die in den Ateliers von Madrid gedreht wurden. Sporer wurde unklugerweise damit betraut, die Produktion zu überwachen, und fuhr dazu auf zwei Monate nach Spanien.

»Willst du mitkommen?« fragte er mich.

»Nein«, sagte ich und dachte: Acht Wochen Trennung, und ich bin von der unheilvollen Bindung geheilt.

Ich begann also mit einer harten Entwöhnungskur, achtete streng darauf, nicht zu trinken, wenig zu rauchen, viel zu schlafen, und, wenn ich im Bett lag, an alles, nur nicht an Sporer zu denken.

»Braves Mädchen«, lobte Schulenburg, der mich täglich besuchte und wie ein Arzt einen schwerkranken Patienten mit äußerster Vorsicht behandelte, »du wirst es schon schaffen.« Er war voller Hoffnung – ich nicht.

»Es ist unerträglich«, jammerte ich nach Ablauf einer Woche, »diese Abende ohne einen Tropfen Alkohol und diese Nächte ohne . . .« Ich biß mir verlegen auf die Lippen.

Schulenburg ging mit einem taktvollen Lächeln über meine Entgleisung hinweg: »Natürlich wirst du es schaffen«, sagte er mit Nachdruck.

Dann, in der zweiten Woche, an einem besonders trostlosen Abend, rief mich ein Bekannter an: »Eveline, nimm dir ein Taxi und komm in den ›Auerhahn‹.«

»Was soll ich denn da?«

»Wein trinken, liebes Kind, den besten Wein, den du jemals getrunken hast.«

»Ich trinke nicht mehr.«

»Komm, erzähl mir doch nicht solche Märchen! Ich sitze hier mit einem Herren, den du unbedingt kennenlernen solltest.«

»Weshalb?«

»Ach, stell nicht so viele Fragen! Nimm dir ein Taxi und fahr los!«

Ich nahm mir ein Taxi und fuhr in den »Auerhahn«.

Der Herr, den ich unbedingt kennenlernen sollte, war kein erfreulicher Anblick. Er war groß und massig wie ein Walroß, und als er sich von seinem Platz erhob, zu leicht und behende für einen so mächtigen Körper, spürte ich eine eigenartige Beklemmung, die wie ein Warnsignal war.

»Herr Witt«, stellte mein Bekannter vor, »Frau Clausen.«

Das Walroß hatte ein fahles, schwammiges Gesicht, eine Glatze, zynisch herabgezogene Mundwinkel und kleine, farblose Augen, die mich mit einem einzigen messerscharfen Blick sezierten. »Es freut mich sehr, gnädige Frau«, sagte er, streckte mir eine unnatürlich kleine, schmale Hand entgegen und zog meine Fingerspitzen mit elegantem Schwung an seine Lippen. Ich hätte mich auf den ersten Eindruck, auf mein sicheres Gefühl verlassen sollen: Hier stimmt was nicht. Der Mann hat eine ganz bestimmte Absicht, die sich von den üblichen Absichten der Herren wesentlich unterscheidet. Aber unter dem Einfluß des wirklich vorzüglichen Weines und Witts höflicher, weltmännischer Gewandtheit verwischte sich der Eindruck, und mein sicheres Gefühl verließ mich, wie es mich nie zuvor verlassen hatte.

»Herr Witt leitet in Damaskus eine pharmazeutische Fabrik«, klärte mich mein Bekannter auf, nachdem uns der verzückte Ober die fünfte Flasche teuersten Weines und drei doppelte Portionen Malossol-Kaviar gebracht hatte.

»So, so, in Damaskus«, sagte ich und dachte: Das muß ein sehr einträgliches Geschäft sein.

»Waren Sie schon mal im Orient?« fragte Herr Witt.

»Ich war nur kurz in der Türkei, aber noch nie im richtigen Orient. Leider!«

»Interessiert er sie?«

»Und wie!«

»In diesem Fall würde ich ihn mir doch mal ansehen.«

»Natürlich. Ich packe mein Köfferchen, gehe auf die Bank, hebe das notwendige Geld ab und fahre los.«

Ich tat mir einen bescheidenen Löffel Kaviar auf den Teller. Herr Witt fügte wortlos fünf weitere Löffel hinzu.

»Danke«, sagte ich etwas verlegen.

»Erzählen Sie mir ein bißchen, wie Sie so leben, gnädige Frau.«

»Ich fürchte, das würde mir sogar an Kaviar den Appetit verderben.«

»Ist es so schlimm?«

»Noch schlimmer.«

»Und wieso das?«

»Weil ich nur eine einzige Begabung habe: mir mein Leben zu verpfuschen.«

»Sie haben bestimmt noch andere Begabungen und außerdem Zeit und Möglichkeiten, Ihr Leben zu ändern.«

»Ich fürchte, nein.«

Mein Bekannter stand auf, murmelte eine vage Entschuldigung und verschwand.

»Gnädige Frau«, sagte Witt, »ich möchte Ihnen einen Vorschlag machen.«

»Bitteschön.«

Ich war eifrig damit beschäftigt, recht viel Kaviar auf ein winziges Eckchen Toast zu häufen.

»Brechen Sie Ihre Zelte in München ab und kommen Sie nach Damaskus.«

»Was?« fragte ich, Toast und Messer in halber Höhe haltend.

»Mißverstehen Sie mich bitte nicht«, sagte Witt, lachte und zeigte unregelmäßige, spitze Zähne, »ich möchte Ihnen nichts anderes als eine Stellung anbieten.«

»Eine Stellung . . . aha.«

»Ja, eine Stellung. Für den Anfang zweitausend Mark monatlich, ein Haus mit Personal, ein Auto, na, und was sonst noch alles dazugehört.«

»Moment, mein Herr«, sagte ich, und erst jetzt legte ich Toast und Messer auf den Teller zurück, »und woraufhin das alles?«

»Sie würden das bestimmt nicht umsonst bekommen, gnädige Frau.«

»Das nehme ich an.«

»Sie würden die Vertretung unserer pharmazeutischen Artikel übernehmen.«

»Himmel, dafür bin ich ganz ungeeignet! Ich verstehe nichts von pharmazeutischen Artikeln.«

»Brauchen Sie auch nicht, gnädige Frau. Ihr Charme ist für mich ausschlaggebend, nicht Ihre Kenntnisse. Sie würden ein großes Gebiet des Orients bereisen, die Krankenhäuser besuchen und den Ärzten unsere Medikamente anbieten.«

»Mit viel Charme und wenig Kenntnissen.«

»Genau. Alles andere würde ein Fachmann für Sie erledigen, der Sie auf Ihren Reisen begleitet.«

»Und wo steckt da der Haken?« fragte ich.

Witt lachte: »Seien Sie nicht so mißtrauisch, gnädige Frau. Sie können es sich in aller Ruhe überlegen. Ich rufe Sie an, sagen wir in zwei Tagen.«

»Schön«, sagte ich, »ich werde es mir überlegen.«

Ich lag schlaflos im Bett.

Vielleicht ist das die Lösung, dachte ich. Auf diese Weise komme ich aus allem raus: aus meinen finanziellen Sorgen, meiner parasitenhaften Existenz, dem engen Münchner Kreis, der unglückseligen Verstrickung mit Sporer, der bedrückenden Umklammerung Schulenburgs. Ich breche alle Brücken zu meiner Vergangenheit ab und beginne ein völlig neues Leben. Ein Leben in einer anderen Umgebung, einem anderen Klima, einem anderen Rhythmus. Ein Leben, in dem ich arbeite, Geld verdiene, unabhängig bin. Ein Leben, in dem ich endlich das Gefühl habe, etwas zu tun, in dem das Aufstehen einen Sinn hat und das Zubettgehen eine Berechtigung.

Als der Morgen dämmerte, dachte ich: Ja, das ist die Lösung! Ich stand früh auf, obgleich ich kaum geschlafen hatte, obgleich es nichts zu tun gab. Zum ersten Mal seit langer Zeit hatte ich Sehnsucht nach dem Tag – nach Licht und frischer Luft. Ich zog mich an, und als ich vor meinem Schrank stand, betrachtete ich geringschätzig die paar Kleider – zweite Qualität, geändert und gefärbt – und dachte: Ich werde mir Berge von Kleidern kaufen, Schuhe und Taschen aus schönstem Leder und hauchzarte Unterwäsche. Und als ich meinem Sohn in seinem kleinen Zimmer Guten Morgen sagte, dachte ich: Er wird ein großes, helles Zimmer haben mit bunten Kinderbildern an den Wänden, mit weißen Möbeln und vielen Spielsachen. Und als ich mir das Badewasser einlaufen ließ, dachte ich: Ich werde mir Badesalz leisten und ganz feine Seife und große Flaschen französischen Parfums. Und als ich die weich gewordene Butter aus dem Küchenschrank nahm, um mir mein Frühstück zu machen, dachte ich: Ich werde mir natürlich einen Frigidaire anschaffen, und ein Mädchen wird mir das Frühstück in einem schattigen Patio auf einem weiß gedeckten Tisch servieren. Und als ich aus dem Fenster schaute, auf das Schild »Zur Gassenschenke«, auf die schmutzige Baracke, das Autobusdepot, die Bahngleise des Ostbahnhofs, da dachte ich: Ich werde einen Garten haben mit Palmen und Orangenbäumen, mit bunten tropischen Blumen und Vögeln. Und ich dachte: Vielleicht werde ich doch noch glücklich.

Witt rief pünktlich an: »Nun, gnädige Frau, haben Sie sich für oder gegen Damaskus entschieden?«

»Für.«

»Ausgezeichnet«, sagte er gelassen, »ich schlage vor, wir treffen uns um fünf Uhr im ›Theatiner Espresso‹, um alles weitere zu besprechen.«

»Sehr gut.«

»Bitte seien Sie pünktlich, ich habe nur eine knappe Stunde Zeit.« Es klang wie ein Befehl.

Punkt fünf Uhr betrat ich das Espresso. Er saß schon an der Bar, eine Zeitung und einen Whisky vor sich. Er sah noch gewaltiger aus, als ich ihn in Erinnerung hatte.

Er erhob sich, lächelte – triumphierend, wie es mir vorkam – und küßte meine Fingerspitzen. »Sie sehen bezaubernd aus, Gnädigste, frischer und zuversichtlicher als das letzte Mal. Was möchten Sie trinken?«

»Bitte auch einen Whisky.«

Er bestellte den Whisky, Oliven und meine Zigarettensorte und demonstrierte damit sein gutes Gedächtnis und den Wunsch, es mir recht zu machen.

»Also«, sagte er danach, »gehen wir gleich in medias res: Ich fliege in zwei Wochen nach Damaskus zurück und möchte Sie dann mitnehmen . . .«

»Moment«, unterbrach ich ihn, »das geht schon nicht.«

»Warum? Ich habe hier einen sehr zuverlässigen Mann, der alles für Sie erledigt. Sie brauchen sich also um nichts zu kümmern. Ihr Gepäck kommt per Schiff nach.«

»Ich habe nicht nur Gepäck, ich habe auch noch einen zweijährigen Sohn.«

»Den können Sie gleich mitnehmen«, sagte er, als handle es sich um ein zusätzliches Gepäckstück.

»Außerdem bin ich staatenlos und werde nicht so schnell ein Visum bekommen.«

»Weshalb sind Sie staatenlos?« fragte er, und zum ersten Mal entdeckte ich etwas wie Spannung in seinem Gesicht.

»Weil ich Halbjüdin bin und im Exil meinen deutschen Paß verloren habe«, sagte ich und beobachtete ihn genau.

Einen Moment lang schien alles starr an ihm zu werden: der massige Körper, das lose, fleischige Gesicht, die fahlen Augen. Dann begann er zu lächeln, immer breiter, immer vergnügter – so, als handle es sich um einen besonders wohlgelungenen Streich.

»Was amüsiert Sie daran?« fragte ich nervös.

»Sie sind also Halbjüdin«, sagte er statt einer Antwort.

»Haben Sie vielleicht etwas dagegen?« fragte ich mit leiser, feindseliger Stimme.

Er wurde sofort ernst, nahm meine Hand und küßte sie: »Gnädige Frau, ganz im Gegenteil.« Er hob sein Glas und trank mir zu: »Auf ein neues Leben in Damaskus«, sagte er und hatte wieder sein undurchdringliches Gesicht.

Gott geb's, dachte ich.

»Können Sie morgen mit mir nach Bonn fahren?« fragte Witt.

»Wieso denn das?«

»Auf Grund Ihrer Staatenlosigkeit werden Sie auf normalem Weg nicht so schnell ein Visum bekommen. Also halte ich es für das beste, wenn wir es an Ort und Stelle erledigen – und das wäre in Bonn auf der syrischen Gesandtschaft.«

»Und Sie glauben, daß es da schneller geht?«

»Sie können sich darauf verlassen. In einer halben Stunde haben Sie Ihr Visum.«

»Sie sind ein Optimist! Selbst wenn ich auf einen Tag nach

Österreich fahren will, muß ich mindestens zwei Tage auf mein Visum warten.«

»Sie fahren ja nicht auf einen Tag nach Österreich, sondern auf drei Jahre nach Damaskus.«

»Drei Jahre! Wie kommen Sie auf drei Jahre?«

»Sie müssen sich auf drei Jahre verpflichten.«

»Das heißt, selbst wenn ich es drüben nicht aushielte, müßte ich drei Jahre dortbleiben.«

»Oder Sie müßten eine hohe Entschädigungssumme zahlen.«

»Die ich natürlich nicht zahlen kann.«

»Sie werden es sehr gut aushalten, und darum würde ich erst gar nicht an die Entschädigung denken.«

»Drei Jahre sind eine lange Zeit, und das Gefühl, nicht fort zu können, ist etwas beängstigend.«

»Sie bekommen jedes Jahr sechs Wochen Urlaub.«

»Sagen Sie mir bitte ehrlich, warum ich mich auf drei Jahre verpflichten muß.«

»Es ist eine gewisse Absicherung, die für europäische Angestellte im Orient üblich ist.«

»Dann scheint das Leben da drüben wohl doch nicht so heiter zu sein.«

»Ich finde es heiterer als in Europa.« Er schaute auf die Uhr: »Gnädige Frau, ich muß leider gleich gehen. Bleibt es bei unserer Reise nach Bonn?«

»Ich sage Ihnen heute noch Bescheid. So gegen acht. In welchem Hotel wohnen Sie?«

»Ich wohne privat.«

»Können Sie mir Ihre Telefonnummer geben?«

»Nein, leider nicht«, sagte er kurz.

»Ja, wie machen wir es dann?«

»Ganz einfach. Der Zug nach Bonn geht um sieben Uhr früh. Um viertel vor sieben werde ich am Fahrkartenschalter auf Sie warten. Wenn Sie nicht kommen, dann weiß ich, daß ich nie das Glück haben werde, Ihnen Damaskus zu zeigen.«

»Ist es eine schöne Stadt?«

»Sehr schön und sehr interessant. Sie würden viel versäumen.«

Er verlangte die Rechnung, zahlte und half mir vom Hocker: »Sollte ich aber doch das Vergnügen haben, Ihnen Damaskus zeigen zu dürfen, dann vergessen Sie morgen bitte nicht Ihren Paß. Übrigens – damit Sie auch da ganz beruhigt sind –, wir fahren noch am Abend mit dem Schlafwagen nach München zurück.«

»Schön . . . ich werde sehen.«

Neben dem Espresso war ein italienisches Modegeschäft. Im Schaufenster lag ein breiter, aus Kupfer gehämmerter Gürtel. Er war schön, und im Vorbeigehen wandte ich noch einmal den Kopf.

»Entschuldigen Sie einen Moment«, sagte Witt, »ich muß hier noch was abholen.« Er verschwand in dem Geschäft.

Ich ging langsam weiter, blieb vor dem nächsten Schaufenster stehen, versank in den Anblick eines Cashmere-Pullovers.

»Gnädige Frau!«

Ich drehte mich um. Witt stand da, ein Päckchen in der Hand, ein kleines ironisches Lächeln im Gesicht – beängstigend in seiner Höhe und Breite. Ich trat einen Schritt zurück. Er reichte mir das Päckchen.

»Hier ist Ihr Gürtel«, sagte er, »entweder er besiegelt den Anfang oder das Ende.«

Der Bundestagsabgeordnete Dr. Alfred Lenz holte uns vom Bahnhof ab. Bei seinem Anblick – grau vom Scheitel bis zur Sohle, verkniffen und grimmig – wurde ich sofort an den Gerichtsvollzieher Höhne erinnert, einen Mann, der mir zu Schulenburgs Zeiten das Leben zur Hölle gemacht hatte und das auch noch mit offensichtlichem Genuß.

Der Bundestagsabgeordnete war genau dieser Typ, ein außerordentlich verbreiteter Typ, wie man ihn zu Tausenden auf Ämtern und in kleinen, pensionsberechtigten Stellungen trifft. Witt stellte uns vor, und ich sah mich gezwungen, Dr. Lenz die Hand zu geben. Ich hätte es lieber nicht getan, denn Menschen seiner Art hatten mich von jeher mit angstvollem Mißtrauen erfüllt, ähnlich jenen kleinen charakterlosen Kötern, die einen scheinbar wohlwollend beschnuppern, um dann unverhofft zuzuschnappen.

Beim Bundestagsabgeordneten wurde ich das unangenehme Gefühl nicht los, daß er zuschnappen und sich dann unter wieherndem Gelächter an meinem Schreck und Schmerz ergötzen würde. Er war bestimmt ein Mensch, der nur noch Freude empfand, wenn er anderen eins auswischen konnte, der nur noch lachte, wenn andere dem Weinen nahe waren. Ich zog also meine Hand ungebührlich schnell aus seiner und hoffte, das erste und letzte Mal in eine so nahe Berührung mit ihm gekommen zu sein.

»Das ist also die charmante Dame, die mich nach Damaskus begleitet«, erklärte Witt und lächelte – nicht wie es seine Art gewesen war mit schmalem Mund und kalten Augen, sondern strahlend, wie ein Junge, der sich vor seinen staunenden Kameraden mit einem neuen Fahrrad brüsten kann.

Seit wir München verlassen hatten und in einem engen Abteil einer fremden Stadt, einem gemeinsamen Tag entgegengerollt waren, hatte er seinen zynischen Panzer abgelegt und sich als Kavalier und Verehrer gezeigt. Ich hatte erstaunt festgestellt, daß er ein amüsanter Erzähler und aufmerksamer Zuhörer war und außerdem dem weiblichen Geschlecht nicht abgeneigt.

»Na, was sagen Sie zu dieser Begleitung, Lenz?«

Der Bundestagsabgeordnete schien Witts Begeisterung nicht zu teilen: »Ich bin überrascht«, brummte er nur und dann zu mir gewandt in barschem Ton: »Warum wollen Sie eigentlich nach Damaskus?«

»Aus Gründen, die ich jetzt nicht unbedingt erzählen möchte«, gab ich auch nicht gerade freundlich zurück.

Witt nahm meinen Arm, eine Geste, die ich allzu vertraulich fand, und wir verließen den Bahnhof.

»Wir fahren sofort zur syrischen Gesandtschaft«, befahl Dr. Lenz und winkte ein Taxi herbei: »Der Konsul ist zwar verreist, aber Faissal hat alle Vollmachten und kann das mit dem Visum erledigen.«

»Das ist mir sogar noch lieber«, sagte Witt, »Faissal ist ein netter, hilfsbereiter Kerl.«

Die syrische Gesandtschaft war eine große, stattliche Villa, von der offenbar wenig Gebrauch gemacht wurde. Außer einer Sekretärin, die Witt und Dr. Lenz wie liebe alte Freunde begrüßte, war weit und breit kein Mensch zu sehen. Wir wurden durch ein paar leere Gänge und Zimmer geführt und landeten schließlich in einem riesigen Raum, in dem ein kleiner Mann hinter einem mächtigen Schreibtisch saß und mit der Pflege seiner Fingernägel beschäftigt war.

»Na, Faissal«, sagte Dr. Lenz in seinem Feldwebelton, »Sie scheinen nicht gerade überlastet zu sein.«

Der kleine Mann sprang auf und lief uns mit ausgebreiteten Armen entgegen. Er war noch sehr jung und hatte schwarze, auf Hochglanz pomadisierte Haare, träge Augen unter schweren Lidern und eine zierliche, fettgepolsterte Gestalt.

»Dr. Lenz, Mr. Witt, guten Tag, how are you . . .!« rief er und schien sich nicht einig, welche der beiden Sprachen ihm mehr lag und vor allen Dingen weniger Mühe machte. Da ihm jedoch – wie sich alsbald herausstellte – beide nicht zu liegen schienen und er mit der Aussprache dieselben Schwierigkeiten hatte wie wir mit dem Verstehen, blieb er bei einem deutsch-englischen Kauderwelsch: »Und das also ist die young lady, die möchte nach Damaskus«, stellte er fest und betrachtete mich wohlgefällig.

»Ja«, sagte Witt stolz, »das ist meine zukünftige Mitarbeiterin, Eveline Clausen.«

»Sehr schön Frau . . . very good for Damaskus.«

»Ich hoffe, daß Damaskus ebenso good für mich ist«, bemerkte ich und erhielt die Versicherung: »Damaskus good für jeden who wants to make money.«

Faissal nahm seine Pflichten als Gastgeber weitaus ernster als das Amt eines stellvertretenden Konsuls. Erst als wir zur Genüge mit Kaffee und Kognak bewirtet und mit orientalisch-höflicher Konversation gelangweilt worden waren, erst als die Sekretärin die Kaffeemaschine mit der Schreibmaschine vertauscht hatte und Dr. Lenz ungeduldig auf den Zweck unseres Besuches hinwies, durfte ich meinen Paß hervorziehen.

Faissal durchblätterte ihn mit offensichtlichem Desinteresse, und die Tatsache, daß ich staatenlos war, schien ihm gar nicht aufzufallen.

»Wann Sie wollen fahren?« fragte er mich.

»In genau zwei Wochen«, sagte Witt, noch bevor ich den Mund auftun konnte.

»Und Visa for how long?«

Wieder wandte sich der Syrer höflich an mich, und wieder ließ mich Witt nicht zu Wort kommen: »Ein Visum für drei Jahre.«

»Good, dann wir gleich erledigen.«

Eine Viertelstunde später hatte ich mein Visum und ein unbehagliches Gefühl.

Warum, fragte ich mich, warum geht das alles so schnell und reibungslos?

»So« befahl der Bundestagsabgeordnete, »und jetzt wollen wir's uns gemütlich machen. Ich rufe schnell Magda an und sag ihr, sie soll Kaffee und Kuchen bereithalten. Faissal, holen Sie ihren Schlitten aus der Garage – wir fahren zu mir!«

Ohne unsere Zustimmung abzuwarten, ging er zum Telefon, um das »gemütliche Kaffeestündchen« zu arrangieren.

Witt stand auf und half mir in den Mantel.

»Können wir uns nicht drücken?« fragte ich ihn leise.

Er schüttelte den Kopf, nahm meinen Arm und führte mich in den Gang: »Eine Stunde müssen wir opfern, gnädige Frau. Dr. Lenz war uns mit dem Visum sehr behilflich.«

»Ich mag diesen Menschen nicht. Wenn ich nur seine Stimme höre, kriege ich schon eine Gänsehaut. Sagen Sie, Herr Witt . . . eine dumme Frage, aber ich weiß es wirklich nicht. Was tut so ein Bundestagsabgeordneter eigentlich?«

Witt schaute mich ungläubig an: »Was ein Bundestagsabgeordneter tut . . .?«

»Ja, ich meine, er muß doch irgendeine wesentliche Funktion haben, wenn er schon im Bundestag sitzt.«

»Nun, seine Stimme ist mitentscheidend für die Gesetze, die in Deutschland gemacht werden . . . wußten Sie das tatsächlich nicht?«

»Nein, und es wäre mir lieber gewesen, ich hätte es nie erfahren.«

»Warum?«

»Der Gedanke, daß ein Mann wie Dr. Lenz über Gesetze mitentscheidet, ist zu beunruhigend. Ich hoffe, daß die anderen Bundestagsabgeordneten . . .«

»Pst«, warnte Witt, »er kommt!«

»Gehen wir«, trompetete der Bundestagsabgeordnete, »oder

der Kaffee wird kalt, der Kuchen trocken und Magda ungeduldig.«

Die Villa, die der Bundestagsabgeordnete bewohnte, mußte um die Jahrhundertwende entstanden sein. Sie war von einer düsteren Häßlichkeit, verschnörkelt und hoffnungslos verbaut. In dem Vorgärtchen mit Miniaturkieswegen und einem kochtopfgroßen Teich entdeckte ich zwei auf dem Bauch liegende Gartenzwerge.

Magda öffnete uns die Tür, und da ich sie für die Köchin hielt, grüßte ich freundlich, reichte ihr aber nicht die Hand.

Witt hielt mich erschrocken am Ärmel fest und stellte mich der Person vor. Er war sehr verlegen. Ich war es auch, denn es handelte sich hier offensichtlich um eine Köchin, der man die Hand gab. Dagegen war nichts einzuwenden, und ich hätte es gewiß auch ohne Aufforderung getan, wenn es eine sympathische Köchin gewesen wäre. Aber Magda war das glatte Gegenteil.

In ihrem Gesicht war nicht ein einziger Zug, den man als hübsch, gut, angenehm, freundlich oder auch nur nett hätte bezeichnen können. Es war ein häßliches Gesicht, nicht nur weil es unproportioniert war – die Augen zu klein, die Stirn zu nieder, der Mund ein Strich, die Nase ein unförmiger Klumpen Fleisch, – sondern weil es Neid, Mißgunst, Tücke und Bösartigkeit ausdrückte.

Was für Leuten ich heute die Hand geben muß, dachte ich, und meine Verlegenheit schlug in Ärger um, für einen lächerlichen Stempel in meinem Paß.

Die Frau zeigte ein falsches Lächeln, falsch sitzende Falten und falsche Zähne: »Angenehm«, sagte sie sauer, wandte mir ihren wulstigen Rücken und breiten Hintern zu, bat »näherzutreten« und lief voran, um sich ein letztes Mal von Ordnung und Fleckenlosigkeit des Zimmers zu überzeugen.

»Könnten Sie mich vielleicht auch über die Funktion dieser Person aufklären?« flüsterte ich.

»Haushälterin und Geliebte. Bitte, machen Sie kein so verstörtes Gesicht.«

»Ach, Sie ersparen mir auch nichts.«

Wir betraten das Zimmer. Es war im Jugendstil eingerichtet –

ein riesiges, sargähnliches Buffet mit Glasvitrine, ein weinrotes Plüschsofa, ein großer, runder Tisch, hochbeinige, steife Stühle, zwei Stehlampen mit bestickten Samtschirmen, Porzellanfiguren, Vasen, Schalen, Deckchen und Kissen mit Kniff in der Mitte, Stilleben an den Wänden, Topfpflanzen, wo immer noch ein Plätzchen frei war.

Zum Glück war ich nicht mehr zu erschüttern: So etwas muß man auch mal gesehen haben, dachte ich, es söhnt einen mit der eigenen Umgebung wieder aus.

»Zu Tisch, meine Herrschaften!« kommandierte unser Gastgeber. »Magda, bring den Kaffee und die Schlagsahne!«

»Bin schon dabei . . . bin schon dabei . . .«, trällerte Magda voll ausgelassener Geschäftigkeit. Sie lief aus dem Zimmer, und in der Glasvitrine klirrten die Nippesfiguren.

Ich setzte mich schutzsuchend zwischen Witt und Faissal. Ich empfand einen wahren Ekel vor der Tischdecke mit Rosenmuster, den Tellern mit durchbrochenem Goldrand, der Glasplatte mit monströsen, cremegefüllten Kuchenstücken. Mein ganzer Körper begann zu jucken, und das Bedürfnis, mich an den unmöglichsten Stellen zu kratzen, wurde immer stärker.

»Bitte greifen Sie zu«, ermunterte mich Magda und hielt mir die Kuchenplatte unter die Nase.

Ich sah ihre wulstigen roten Finger.

»Danke, im Moment nicht, später vielleicht.«

»Angst um die schlanke Linie, was?« spöttelte der Bundestagsabgeordnete und schwappte einen hochgetürmten Löffel Schlagsahne in seinen Kaffee.

Ich schwieg.

»Die Sorgen habe ich nicht«, krähte seine Geliebte, »ich esse, was mir schmeckt. Greifen Sie zu, Herr Witt, der Windbeutel ist besonders gut . . . Faissal, Sie braucht man doch nicht erst aufzufordern – Sie sind ja ein alter Freund des Hauses.«

»Wo steckt denn Anneliese, Faissal?« erkundigte sich Lenz, »warum kommt sie nicht her?«

»Anneliese bei Coiffeur.«

»Beim Friseur, so, so«, sagte der Bundestagsabgeordnete in

einem Ton der scherzhaft sein sollte, »ist wohl ein hübscher Mann, der Friseur.«

»Oh, Anneliese treu. Ich sie erzogen nach syrische Art. Kochen, nähen, lieb sein.«

»Sehr richtig, Faissal. Man muß die Weiber kurzhalten, oder sie wachsen einem über den Kopf, was, Magda?«

»Du Böser, du!« rief Magda mit gespielter Entrüstung und vollem Mund, »kannst du dich vielleicht beschweren?«

Ich kratzte mich am Hals, im Nacken. Jetzt ging es in der Kniekehle los. Kein Wunder, daß man hier die Krätze bekam, es mußte vor Milben nur so wimmeln.

Witt sah mich an.

Ich zuckte die Achseln: »Eine Allergie wahrscheinlich«, sagte ich.

»Sie sind nur müde, gnädige Frau. Trinken Sie noch etwas Kaffee.«

»Mein Kaffee weckt Tote«, versicherte Magda, verschlang noch schnell einen Bissen Kuchen und füllte meine Tasse. »Wollen Sie nicht doch ein Stück Torte?«

»Nein, danke.«

»Sie sollten Kräfte sammeln, bevor Sie nach drüben gehen. Ich sage immer, keine zehn Pferde kriegen mich da rüber bei den ewigen Unruhen.« Sie schüttelte bedenklich den Kopf: »Und im Moment sieht's ja wieder ganz gefährlich aus.«

»Ach, Unsinn«, protestierte Witt, »es sieht überhaupt nicht gefährlich aus. Viel Lärm um nichts . . . Schaumschlägerei wie immer.«

»Das ist keine Schaumschlägerei mehr«, beharrte Magda, »was meinen Sie, Faissal?«

»Ich meinen, es ist critical.«

»Wirklich?« fragte ich erschrocken.

»Lesen Sie denn keine Zeitungen?« fragte der Bundestagsabgeordnete indigniert.

»Nein. Ich verabscheue Zeitungen.«

»Eine Frau nicht braucht lesen newspaper«, erklärte Faissal, »eine Frau nicht gut für Politik, eine Frau nur gut für Liebe.«

»Faissal, Faissal«, drohte Magda mit dem Finger.

»Also«, wandte ich mich an Witt, »ist es kritisch oder nicht?«

»Ich sagte Ihnen doch, es besteht überhaupt kein Grund zur Beunruhigung.«

»Na ja, wenn der Nasser hart bleibt, kann's schon brenzlig werden«, meinte der Bundestagsabgeordnete.

»Und wenn die drüben loslegen«, triumphierte Magda, die wie alle primitive Frauen eine Vorliebe für Greuelmärchen hatte, »dann ist die Hölle los. Da werden heut' noch die Menschen bei lebendigem Leibe . . .«

»Tun Sie mir den Gefallen«, unterbrach Witt sie, »und reden Sie nicht solchen Unfug!«

»Magda«, befahl der Bundestagsabgeordnete, »hol den Kognak.«

»Kognak gute Idee!« rief Faissal, »und etwas Musik für Stimmung.« Er stand auf und drehte das Radio an.

»Witt«, sagte der Bundestagsabgeordnete, »diesmal ist es wirklich keine Schaumschlägerei. Wenn die Juden . . .«

»Bitte jetzt keine politischen Gespräche«, fiel ihm Witt ins Wort. »Gnädige Frau, möchten Sie eine Zigarette?«

»Ja, bitte«, sagte ich eingeschüchtert. Witts abrupter Stimmungsumschwung, die Härte, mit der er jedem über den Mund fuhr und das Gespräch abdrosselte, gaben mir mehr zu denken, als mir lieb war. Faissal hatte einen Sender mit Tanzmusik gefunden. Magda stellte eine Flasche Weinbrand und fünf Fingerhutgläschen auf den Tisch.

»Habt ihr keine normalen Gläser?« fragte Witt gereizt.

»Aber Herr Witt«, sagte Magda mit vielsagendem Augenzwinkern, »was haben Sie denn noch vor?«

Faissal kehrte zum Tisch zurück: »Mit Musik alles gleich anders«, lachte er fröhlich, »ich liebe Musik und tanzen . . . especially Cha-cha-cha. Können Sie tanzen Cha-cha-cha, Miss Clausen?«

Als die Flasche Weinbrand ausgetrunken und keine andere mehr aufzutreiben war, wurde die Party in Faissals Wohnung verlegt. Ich erinnere mich nur an einen dicken grünen Teppich, ungewöhnlich viele Sitzgelegenheiten und eine Stehlampe, die auf einem langen, goldverschnörkelten Bein stand und rotes Licht verbreitete.

Anneliese, die auf syrische Art erzogene Freundin, bewirtete uns mit Whisky und großen Schalen exotischer Nüsse, die, so erklärte sie uns, aus Syrien kamen. Sie war ein zartes Geschöpf mit langem, strähnigem, blondem Haar, sanften Augen und einer blassen, etwas unreinen Haut. Sie war sehr jung, sehr still und mir sympathisch.

Witt hatte zu seiner guten Laune und seinen geschliffenen Manieren zurückgefunden. Der Whisky, den er in erstaunlichen Mengen in sich hineinschüttete, verriet sich höchstens in seiner Stimme, die beim Erzählen lustiger Anekdoten ein wenig lauter geworden war, und in seinen Blicken, die er mir des öfteren zuwarf und die das Maß unverbindlicher Liebenswürdigkeit überschritten hatten.

Faissal fiel mit vorrückender Stunde immer mehr in die Sitten seines Heimatlandes zurück. Er trank anstatt Whisky Coca Cola und spielte anstatt Cha-cha-cha-Platten arabische Musik. Manchmal überkam es ihn bei einer besonders gequält klingenden Stelle, und er schloß die Augen, legte den Kopf in den Nacken und sang mit: »A chabibi, chabibi, chabibiiiii . . .«

Das Abgeordnetenpaar, das mir gegenüber auf einem Sofa saß, riß die Münder auf und lachte: er ein trockenes Bellen, sie ein gellendes Wiehern. Sie waren in ausgelassenster Laune und kamen aus dem Lachen gar nicht mehr heraus. Magda hatte die Jacke ihres dunkelblauen Kostüms ausgezogen und zeigte sich in einer weißen, unter den Achseln verschwitzten Spitzenbluse und einem engen, über dem Bauch spannenden Rock. Ihre Augen waren noch kleiner, ihre Nase noch unförmiger geworden. Das Haar, von einer zu starken Dauerwelle und einem billigen Friseur heftig gekräuselt, stand wie eine struppige Hecke um ihr feuchtes Gesicht. Auch der Abgeordnete hatte sich seines Jacketts entledigt und die graue Krawatte gelockert. Er hatte die Schenkel gespreizt, sein Arm lag hinter Magda auf der Lehne, seine Hand hing über ihre Schulter, seine Finger berührten ihren zerfließenden Busen.

Ich betrachtete das Paar voller Entsetzen. Ich dachte: Nimm dich in acht, mein Kind, das sind die Gefährlichsten der menschlichen Rasse, diese entfesselten Spießbürger, die, wenn sie in Rausch geraten und in Massen auftreten, zu allem fähig sind. Und plötzlich war die Angst da, stülpte sich wie eine Glocke über mich, schnitt mir den Atem ab, preßte mir Herz und Magen zusammen.

»Ist Ihnen nicht gut, gnädige Frau?« fragte Witt und legte seine Hand auf meine, »Sie sind auf einmal so blaß.«

»Es ist sehr heiß hier.«

Anneliese, die meine Worte gehört hatte, stand auf und öffnete das Fenster.

»Und so gespenstisch«, sagte ich leise.

»Gespenstisch?« wiederholte Witt verständnislos und sah mich besorgt an.

»Wie wär's mit einem Bauchtanz, Magda?« schrie Dr. Lenz.

»Das könnte dir so passen, du Pascha!« prustete Magda.

»Ich möchte jetzt gehen«, sagte ich.

»In einer halben Stunde«, versprach Witt, »und jetzt trinken Sie erst mal eine Tassee Kaffee.«

»Ich bin nicht betrunken«, sagte ich und griff nach meinem Glas, »ich wünschte, ich wär's, aber ich bin es nicht.«

Plötzlich herrschte Stille. Die Schallplatte war abgelaufen und mit der animierenden Geräuschkulisse auch die johlende Heiterkeit erstorben. Faissal brütete melancholisch in seinem Sessel, Anneliese lehnte am offenen Fenster, Witt, mit undurchdringlichem Pokergesicht, rauchte eine Zigarre, und das eben noch lärmende Paar schaute mit stummer, betroffener Ratlosigkeit von einem zum anderen. Die Stille dehnte sich, eine peinliche Stille, die nichts anderes ausdrückte als Dummheit und Leere.

Schließlich hielt es Magda nicht mehr aus: »Kinder«, kreischte sie, »was ist denn in euch gefahren? Wir sind doch hier nicht auf einem Begräbnis . . . wir wollen doch lustig sein!«

»Richtig«, bollerte Dr. Lenz, »wir wollen lustig sein! Stimmung, meine Herrschaften! Faissal, mach deinen Leierkasten wieder an und gib mir noch einen Whisky. He, Faissal! Was machst du denn für ein trübsinniges Gesicht?«

»Ich denken an meine Eltern und Bruder in Syrien«, sagte Faissal, dem die arabische Musik offensichtlich aufs Gemüt geschlagen war, »ich denken, was passiert, wenn in meinem Land Krieg gibt.«

»Hör auf mit dem Coca und trink mal was Richtiges«, riet ihm Dr. Lenz, »dann denkst du auch nicht mehr.«

»Bruder in syrische Armee«, sagte Faissal, der sich nicht mehr von seinem Leid trennen wollte, »muß dann gleich in Krieg und ist noch sehr jung . . .«

»Es gibt keinen Krieg«, sagte Witt.

»Wenn Nasser weiter sperrt Suez Kanal und kein Schiff läßt nach Israel, dann Juden gehen los.«

»Die Juden«, quietschte Magda, »diese feigen Hunde gehen los? Das glaubst du doch selbst nicht, Faissal.«

Ich hielt mein Glas in beiden Händen und starrte hinein.

»Gnädige Frau . . .«, sagte Witt.

»Der Nasser wird diese Saubande schon fertig machen«, grölte der Bundestagsabgeordnete, »ich hab ja immer gesagt, es sind noch viel zu wenige umgebracht worden. Erst wenn sie alle ausgerottet sind, herrscht Ruhe!«

In diesem Moment durchlebte ich noch einmal die Angst und Qual der Verfolgten, die Verzweiflung und Ohnmacht der Entrechteten, die Schmach und Bitterkeit der Entwürdigten. Durchlebte noch einmal den Zerfall meiner Mutter, den Gaskammertod meiner Großeltern, den Haß auf Gott und die Welt und das Leben. Durchlebte in einem einzigen Augenblick das Grauen vieler Jahre.

Ich stellte mein Glas auf den Tisch und verließ das Zimmer. Draußen im Gang blieb ich stehen. Ich wußte nicht wohin. Ich schaute die Türen an – drei Türen –, und eine davon führte ins Freie. Ins Freie? Für mich gab es in Deutschland keinen Weg, der ins Freie führte. Ich würde ihnen immer wieder begegnen, ob in Bonn oder München oder Stuttgart, ob auf der Straße oder im Restaurant oder in der Wohnung eines Bekannten. Es gab sie überall, die Dr. Lenz', die im Bundestag saßen, die Magdas, die kochten und putzten und für Sauberkeit und Ordnung in ihrem Heim sorgten so wie die Herren Abgeordneten in ihrer Heimat.

Und das Schwein bin ich, dachte ich plötzlich, ich, die zu mutlos oder zu bequem ist, um die Konsequenzen zu ziehen, ich, die ich nicht die Tür öffne, die ins Freie führt. Ich ging zu dem einzigen Stuhl, der im Gang stand, und setzte mich.

Anneliese kam zu mir heraus.

»Was ist Ihnen?« fragte sie mit sanfter Stimme und sanften Augen.

»Meine Mutter war Jüdin«, sagte ich, »eben hat man sie noch mal umgebracht.«

»O mein Gott«, sagte das Mädchen, kniete vor mir nieder, legte den Kopf in meinen Schoß und begann zu weinen.

Ich strich ihr über das Haar und murmelte irgend etwas Beruhigendes.

»Ich war ja noch ein Kind, als das alles passierte«, schluchzte sie.

»Wir waren beide Kinder, als das passierte. Kinder werden immer belogen, und wenn sie alt genug sind, hinter die Lügen zu kommen, ist alles bereits begraben und vergessen, und das Spiel beginnt wieder von neuem.«

Anneliese hob den Kopf und blickte mich an.

»Hier sehen Sie, wie alles begraben und vergessen ist«, sagte ich bitter, »und was werden wir tun, um es zu ändern?«

»Ich möchte Ihnen irgendwie helfen«, sagte das Mädchen, und es waren keine leeren Worte.

»Das haben Sie schon, Anneliese.«

Witt kam aus dem Zimmer. Er schloß vorsichtig die Tür hinter sich. Dann setzte er ein breites Lächeln auf.

»Meine Damen . . .«, begann er munter und in der Absicht, den Vorfall zu bagatellisieren.

Wir schauten ihm beide ins Gesicht. Das Lächeln verschwand.

»Bitte entschudigen Sie, gnädige Frau«, sagte er zu mir, »Sie können sich nicht vorstellen, wie peinlich mir diese Geschichte war.«

Anneliese stand auf.

»Herr Witt«, sagte sie, und ihre Stimme, ihre Augen waren nicht mehr sanft, »würden Sie bitte Ihre Bekannten auffordern, auf der Stelle die Wohnung zu verlassen.«

»Aber liebes Fräulein Anneliese, das ist ganz unmöglich!«, er zog ein Taschentuch hervor und wischte sich den Schweiß von der Stirn, »und davon abgesehen sind es auch Ihre Bekannten.«

»Gut, dann werde ich es tun«, erklärte Anneliese und verschwand im Zimmer.

»Kommen Sie, gnädige Frau!« Witt legte mir den Mantel um die Schultern, nahm behutsam meinen Arm und führte mich hinaus.

Es war eine sternenklare Nacht. Ich schaute zum Himmel. Wenn du unglücklich bist, meine Kleine, hatte mein Vater mir einmal gesagt, schau dir den Sternenhimmel an. Dann merkst du, wie winzig du bist in diesem Universum und kommst dir plötzlich ganz unwichtig vor.

»Was kann ich für Sie tun?« fragte Witt, »wie kann ich das wiedergutmachen?«

»Wie stellen Sie sich das vor, das Wiedergutmachen?« fragte ich. »Wollen Sie mir vielleicht noch einen gehämmerten Kupfergürtel schenken?«

Witt seufzte.

»Bei der Wiedergutmachung«, sagte ich, »kriegt man als Hinterbliebener fünf Mark fünfzig für jeden Tag, den ein Angehöriger bis zur endgültigen Vergasung im KZ gesessen hat. Was halten Sie davon, Herr Witt?«

»Gnädige Frau«, bat Witt, und seine Stimme klang jetzt wirklich gequält, »lassen Sie das . . . ich kann es nicht hören.«

»Wie empfindlich Sie geworden sind, Herr Witt. Sie können es nicht mehr hören. Aber während der Nazizeit haben Sie es sogar mit ansehen können, oder?«

»Sie haben recht«, sagte Witt, »es ist erbärmlich, sich im nachhinein zu winden.«

Ich sah ihn an und versuchte einen klaren Gedanken zu fassen, ein wenig Kraft zu mobilisieren, anzukämpfen gegen den Sog ohnmächtiger Müdigkeit und Hilflosigkeit.

»Was soll ich bloß tun?« fragte ich weniger ihn als mich.

»Was Sie vor Jahren hätten tun sollen: Deutschland verlassen und ein neues Leben beginnen. Jetzt haben Sie die Gelegenheit dazu.«

»Glauben Sie? Glauben Sie wirklich?«

Statt einer Antwort nahm er meine Hände. Sein Gesicht schien zu schmelzen. Ein Ausdruck entfesselten Schmerzes vernebelte seine Augen, zuckte und bebte in seinen schwammigen Wangen, blubberte auf seinen feuchten Lippen.

»Geliebte kleine Jüdin«, sagte er und begann meine Finger zu küssen, jeden Finger einzeln, und dazu sagte er immer wieder: »Geliebte kleine Jüdin.« Als er den letzten Finger geküßt und sich wieder zu seiner vollen Größe aufgerichtet hatte, war sein Gesicht ausdruckslos.

Ich wandte mich schnell ab, ich war kurz vor dem Kotzen.

Das war ein Spuk, sagte ich mir, ein makabrer Spuk. Vergiß ihn, vergiß ihn so schnell du kannst.

Ich vergaß den Spuk. Mehr denn je wollte ich das, was Witt »ein neues Leben beginnen« genannt hatte. Ich traf also Vorbereitungen zur Reise. Ich kaufte zwei Kleiderstoffe, ließ mir die Haare schneiden und suchte die Stadt nach einem Badeanzug ab. Es war November, und ich fand alles, was man für den Winter braucht, aber keinen Badeanzug. Schließlich gab ich die Suche auf und kaufte dafür fünf Höschen für meinen Sohn. Es kam mir alles sehr merkwürdig vor und so, als hätte ich mir ein neues Spiel ausgedacht, das ich abbrechen konnte, wann immer es mir nicht mehr amüsant und spannend vorkam. Ich schrieb Kurt Sporer einen Brief, in dem ich ihm mitteilte, daß ich auf drei Jahre nach Damaskus ginge. Ich erklärte ihm, wie es dazu gekommen war und schloß: »Ich halte es für die beste Lösung.« Darauf kam ein Telegramm: »Ich flehe dich an, nicht zu fahren. Du gerätst in Teufels Küche. Komm sofort nach Madrid.« Dieses Telegramm überraschte mich, und ich dachte: das klingt beinahe so, als ob er mich liebt.

Und dann überfielen mich die Gedanken, die Sehnsucht, das Verlangen wie ein schnell ansteigendes Fieber. Ich kaufte mir eine Flasche Kognak, setzte mich in mein Zimmer und begann zu trinken. Als ich die halbe Flasche geleert hatte, legte ich mich ins Bett und versuchte zu schlafen. Es gelang mir nicht. Am anderen Morgen war ein Expreßbrief von Sporer da. Er enthielt eine Flugkarte nach Madrid, verzweifelte Bitten, nicht nach Damaskus zu gehen, eine genaue Schilderung der chaotischen Zustände im Mittleren Orient und eine kurze, sachliche Liebeserklärung.

Ich wollte sofort wieder nach der Kognakflasche greifen, aber Frau Specht hatte sie versteckt.

»Wo ist der Kognak, Frau Specht?«

»Ts, ts, ts, Frau Clausen, Kognak am frühen Morgen! Denken Sie doch an Ihre Gesundheit, denken Sie doch an Ihr Kind!«

»Ich möchte an gar nichts denken, und dazu brauche ich den Kognak.«

»Ach Gott, ach Gott, daran ist nur Damaskus schuld!«

Früher war meine Magerkeit an allem schuld gewesen, jetzt war es Damaskus. Sie hielt meine Absicht, in den Orient zu gehen, für eine Wahnsinnsidee und versuchte alles, um sie zu verhindern. Ich hatte keine ruhige Minute mehr. Sie verfolgte mich mit düsteren Prophezeiungen und Schauermärchen, die sie wohl einmal in einem schlechten Roman gelesen hatte.

»Seuchen gibt's da, Frau Clausen, bei denen gleich Tausende sterben . . . und hinter jeder Ecke lauern Halunken, die einen ausrauben oder umbringen wollen . . . und die Hitze ist so fürchterlich, daß man lebendigen Leibes vertrocknet.«

Und eines Tages holte sie sich aus einem blutrünstigen Abenteuerfilm die neuesten Informationen, kehrte zähneklappernd nach Hause zurück, rang die Hände und jammerte: »Frau Clausen, jetzt weiß ich's! Sie sind das Opfer von Mädchenhändlern geworden.«

»Frau Specht«, versuchte ich sie zu beruhigen, »ich bin dünn und dunkel und fast dreißig. Also ganz ungeeignet für orientalische Bordelle.«

Trotzdem war Frau Specht noch ein leichterer Fall als Schulenburg, der mir mit weitaus einleuchtenderen Argumenten Angst und Zweifel einjagte.

»Was weißt du über diesen Mann, Eveline? Gar nichts! Weißt du, ob er tatsächlich eine pharmazeutische Fabrik leitet? Weißt du, ob sein Name stimmt? Weißt du seine Adresse in Damaskus, seine Adresse in München? Weißt du überhaupt, was dir alles passieren kann, dir und Alexander?«

»Mein Lieber, vielleicht behauptest du jetzt auch noch wie Frau Specht, daß ich in die Hände von Mädchenhändlern gefallen bin.«

»Ich möchte sogar noch etwas Schlimmeres behaupten.«

»Und das wäre?«

»Hast du schon mal was von Spionage gehört oder von Waffenhandel? Beides wird dort unten schwungvoll betrieben, besonders im Moment, wo man sich für einen hübschen kleinen Krieg rüstet. Ich könnte mir zum Beispiel gut vorstellen, daß dein Herr Witt den Arabern Waffen verkauft, die dann gegen die Israeli eingesetzt werden. Ziemlich makaber würde ich sagen, daß gerade du dabei Hilfe leisten könntest.«

»Red doch keinen Unsinn«, sagte ich nervös, »was könnte ich denn dabei für Hilfe leisten?«

»Nun, eine charmante Auskundschafterin, ein attraktives Aushängeschild ist bei dergleichen Angelegenheiten immer sehr erwünscht.«

Ich zündete mir eine Zigarette an.

Ihr Charme ist ausschlaggebend, nicht Ihre Kenntnisse, hatte Witt gesagt.

»Na, so ganz ohne Bedenken scheinst du auch nicht zu sein.«

»Ich bin entschlossen zu fahren.«

»Du hast den Verstand verloren, Eveline! Du läßt dich blindlings in ein Abenteuer ein, das dich Kopf und Kragen kosten kann. Du hast keinen Vertrag, du hast keine Garantie, du hast noch nicht mal Erkundigungen über diesen geheimnisvollen Herrn Witt eingezogen. Bist du erst drüben, mein Kind, dann hilft dir kein Mensch mehr, auch keine Gesandtschaft, denn du bist staatenlos. Hast du dir das alles eigentlich schon mal überlegt?«

»Ob ich nun hier verkomme oder da«, sagte ich aufgebracht, »ist doch völlig egal.«

»Du hast ein Kind in die Welt gesetzt, Eveline, denkst du manchmal daran?«

»Ja, und du?«

»Was soll das heißen?«

»Das soll heißen, daß du dich herzlich wenig um das Kind kümmerst.«

»Solange du mit deinem Beischläfer im wahrsten Sinne des Wortes unter einer Decke stecktest und ich immer Gefahr lief, ihm hier zu begegnen, hast du es mir schier unmöglich gemacht, mich um Alexander zu kümmern.«

»Mein Beischläfer, wie du ihn so delikat zu nennen beliebst, hat keine einzige Nacht in meiner Wohnung verbracht.«

»Nein, die Nächte hast du bei ihm verbracht, aber die Tage hat er bei dir herumgelungert. Nun kann ich mich aber schwerlich nachts um . . .«

»Genug«, schrie ich, »mit dir ist nicht zu reden! Du verdrehst einem das Wort im Mund, du verdrehst die Tatsachen, du verdrehst alles. Wann und in was hast du mir jemals geholfen, wann hab ich mich jemals auf dich verlassen, auf dich stützen können?«

»Jetzt, zum Beispiel«, sagte Schulenburg langsam, eindringlich und so tief von seiner Glaubwürdigkeit überzeugt, daß es mir unmöglich war, ihn mit einem noch so leisen Zweifel zu erschüttern.

Wir standen uns gegenüber und sahen uns traurig an: er, weil ich ihn wieder einmal verkannt hatte, ich, weil ich wieder einmal die Hoffnungslosigkeit der Lage erkannt hatte.

»Möchtest du einen Kaffee?« fragte ich matt.

Er trat auf mich zu und rieb seine Nase an meiner Wange: »Ja, bitte«, sagte er, »einen Kaffee und unseren Sohn.«

O Gott, dachte ich, jetzt muß ich mir fünf Stunden lang ansehen, wie er sich um das Kind kümmert.

Die Suez-Krise spitzte sich immer mehr zu. Es war die erste politische Krise unter zahllosen politischen Krisen nach dem Zweiten Weltkrieg, die ich mit Interesse verfolgte. Ich muß allerdings gestehen, daß ich mir mangels gewisser Vorkenntnisse kein genaues Bild machen konnte und daher, von Witts suggestiven Beruhigungsanrufen beeinflußt, immer weiter die Koffer packte.

»Sie müssen Alexander taufen lassen, bevor Sie sich ins Unglück stürzen«, flehte Frau Specht, die jetzt jeden Morgen um sechs Uhr zur Frühmesse ging, um für uns zu beten.

»Das ist ja Selbstmord«, stöhnte Schulenburg und vergrub sein Gesicht in den Händen, »ich lasse es nicht zu!«

»Versuch mit allen Mitteln, Eveline von ihrem Wahnsinnsplan abzubringen«, telegrafierte Kurt Sporer einem Freund, und der gute Mann versuchte es redlich.

»Laßt mich doch endlich alle in Ruhe, ihr Panikmacher«, rief ich, und dabei war ich selber einer Panik nahe.

Dann, eine Woche vor meinem Abreisetermin, klang Witts

Stimme am Telefon gar nicht mehr suggestiv beruhigend: »Wir müssen in spätestens drei Tagen München verlassen. Nehmen Sie nur das Unumgänglichste mit. Alles andere wird für Sie erledigt.«

»Lieber Herr Witt, Sie haben mir einen Vertrag versprochen, und den möchte ich erst einmal sehen.«

»Gnädige Frau, ich weiß wirklich nicht, womit ich Ihr Mißtrauen verdient habe. Der Vertrag ist fix und fertig.«

»Aber die politische Lage ist unklarer denn je, und da kann ich doch nicht von heut auf morgen losfahren – noch dazu mit einem zweijährigen Kind.«

»Ich kann mich im Moment nicht auf lange Debatten einlassen. Ich rufe Sie morgen wieder an und verlange eine klare Entscheidung.«

Ich hängte ein und fuhr mir mit beiden Händen ins Haar: »Frau Specht«, rief ich, »wo, zum Teufel, haben Sie wieder den Kognak versteckt?«

Ich weiß nicht, was meine Antwort gewesen wäre, hätte Witt mich tatsächlich angerufen. Zu meiner ungeheuren Erleichterung rief er jedoch nicht an. Weder am nächsten noch am übernächsten Tag.

»Du hast wie immer mehr Glück als Verstand«, sagte Schulenburg. »Versprich mir, Eveline, daß du mir nie wieder einen solchen Schrecken einjagst.«

Dann, am dritten Tag – ich hatte gerade die Nachrichten gehört und erfahren, daß englische und französische Truppen in Ägypten gelandet waren –, klingelte das Telefon.

Es war Witt, Witt mit einer leisen, schneidenden Stimme: »Ich rufe Sie nur an, um Ihnen zu sagen, daß Sie mir die größten Unannehmlichkeiten gemacht haben.«

»Wieso? Was habe ich denn getan?«

»Halten Sie es für unbedingt notwendig, jedem zu erzählen, daß Sie Halbjüdin sind?«

»Wie bitte?«

»Haben Sie es Anneliese etwa nicht erzählt?«

»Natürlich, aber das wußten Sie doch schon damals.«

»Ja, aber ich wußte nicht, daß diese dämliche Gans es Faissal

weitererzählt. Ich dachte, sie hätte Hirn genug, um zu wissen, daß man so etwas in gewissen Kreisen nicht ausposaunt.«
Ich suchte fieberhaft nach Worten, aber in meinem Kopf war eine große Leere.

»Jetzt weiß es natürlich die ganze syrische Gesandtschaft«, fuhr er mit derselben leisen, drohenden Stimme fort, »und die Folgen davon sind für mich noch gar nicht abzusehen.«
Ich schwieg und schluckte und starrte aus dem Fenster auf eine dampfspuckende Lokomotive, die sich im Schneckentempo vor- und zurückbewegte. Ich dachte: In diesem kriechenden Vor und Zurück bewege ich mich durchs Leben.

»Selbstverständlich«, sagte Witt, »gilt das Angebot, das ich Ihnen gemacht habe, nicht mehr, und das haben Sie sich selber zuzuschreiben, Sie hysterisches Weibsbild.«
Mir wurde schwarz vor Augen. Der Boden unter meinen Füßen schlug Wellen, und da kein Stuhl in der Nähe war, ging ich schnell in die Hocke. Ich drohte an meinem Haß zu ersticken.

»Ich verfluche Sie«, sagte ich mit einer Inbrunst, die mich an die Kraft meines Fluches glauben ließ, »ich verfluche Sie . . . Sie . . .«
Mir fiel das Wort, das seine Gemeinheit auch nur annähernd treffen würde, nicht ein, legte den Hörer auf und ließ mich nach hinten fallen. Ich lag da wie tot, lang ausgestreckt, bewegungslos, die Augen weit geöffnet.

»Sie Mörder . . .«, sagte ich.

Das Folgende – ich erfuhr es erst Wochen später – war sicher nicht nur auf meinen Fluch, sondern auch ein bißchen auf die Geschicklichkeit der Behörden zurückzuführen. Wie immer, Fluch, Behörden oder ausgleichende Gerechtigkeit, Witt erreichte sein sonniges Ziel, Damaskus, nicht mehr. Er landete dafür im Zuchthaus.
Schulenburg, mit dem Riecher des Journalisten, hatte recht gehabt – nicht nur was den großzügigen »Direktor«, sondern auch was meine hochbezahlte Stellung als Pharmazie-Vertreterin betraf.
Witt hatte den Arabern auf illegalem Weg Waffen zugescho-

ben. Die Vermutung, daß der Bundestagsabgeordnete Dr. Lenz und die syrische Gesandtschaft nicht unwesentlich daran beteiligt waren, liegt nahe. Es handelte sich in diesem Fall ja nicht nur um finanziellen Profit, sondern auch um eine tiefe Überzeugung. Denn wie der Bundestagsabgeordnete an jenem unvergeßlichen Abend erklärt hatte: Es sind noch viel zu wenig Juden umgebracht worden. Erst wenn sie alle ausgerottet sind, herrscht endlich Ruhe.

Kaum hatte sich die politische Lage gebessert, machte ich von meiner Flugkarte Gebrauch. Ich war nun einmal aufs Reisen eingestellt, und es wäre ein Jammer gewesen, die Koffer wieder auszupacken und meine zwei neuen Kleidchen nicht einzuweihen.

Die Kleidchen, aus leichtem Stoff, schienen mir gerade geeignet für den sonnigen Süden, der in der Phantasie eines Mitteleuropäers eben nicht anders sein kann als sonnig und warm.

Die Kleider samt den weißen Schuhen und dem platzraubenden Strohhut blieben natürlich im Koffer, und der spanische November entpuppte sich kälter als der kälteste deutsche Januar. In solchem Fall fühlt man sich betrogen, sowohl von der Natur als von den Spaniern, die einem anstatt strahlende Sonne eisige Kachelfußböden, Fenster ohne Doppelscheiben, nicht funktionierende Heizungen, heißes Wasser, das lau, und warmes Essen, das kalt ist, servieren.

Ich stieg aus der Maschine, wurde von einem heftigen Windstoß erfaßt und geradewegs in ein schäbiges, sehr zugiges, sehr schmuddeliges Flughafengebäude gefegt. Dort erwartete mich Kurt Sporer, unverändert, in dickem Wintermantel und weichem, braunem Hut, nicht wiederzuerkennen in der Art, wie er mich anblickte, anlächelte, in die Arme nahm und küßte.

Es war das erste Mal, daß er mir in nüchterner Umgebung, zu nüchterner Nachmittagsstunde, in nüchternem Zustand ein solches Maß an Zärtlichkeit entgegenbrachte und das auch noch in aller Öffentlichkeit, vor den Augen zahlreicher Zuschauer.

Mit allem hatte ich gerechnet – mit einer kühlen Begrüßung, einem verlegenen Kuß, bedeutungslosen Worten – mit allem, nur nicht mit einem Gefühlsausbruch. Einen Moment lang war ich beinahe hilflos: »Kurt«, sagte ich, »du scheinst dich ja wirklich zu freuen.«

»Dummes Ding du, ich lieb dich doch! Hast du denn das nie gewußt?«

»Nein«, sagte ich und lachte, »du hast es auch meisterhaft zu verbergen gewußt.«

»Ich kann meine Gefühle nur nicht zeigen, Eveline, aber glaub mir, der Gedanke dich zu verlieren, war furchtbar.«

Da, zum allererstenmal, sah ich den Menschen in ihm.

»Wenn du nur immer so wärst wie jetzt!«

Ich nahm sein Gesicht in beide Hände und schaute ihm in die Augen: »Versuch doch, ein Weilchen so zu bleiben.«

Er nickte wie ein Kind, das verspricht, artig seinen Spinat zu essen, und ich lächelte ein wenig wehmütig und dachte: Spätestens morgen früh ist alles wieder beim alten . . .

Wir küßten uns noch einmal, und ich glaube, diese Minuten auf dem häßlichen, zugigen Flugplatz von Madrid waren die innigsten unserer dreijährigen Liaison.

Madrid ist eine großzügig angelegte Stadt mit breiten Boulevards, weiten, schönen Plätzen und vielen Parks, mit einer klaren, fast strengen Architektur und schmal gebauten Häusern, die in langen, geschlossenen Reihen stehen und die Würde vergangener Zeitalter reflektieren. Dann, nur ein paar Schritte weiter, die Altstadt, eng, baufällig und von unwiderstehlichem Charme. Die Gäßchen schmal und ineinander verschachtelt, das Pflaster ein holpriges Mosaik großer und kleiner blankgewetzter Steine, die Häuser alt, verwahrlost und dennoch schön in ihrer schlanken, hohen Struktur. Aber all das – Boulevards und Gassen, Parks und Patios, stolze Fassaden und rissige Mauern – beginnt im Süden erst zu leben, wenn der Himmel blau ist, die Sonne strahlt, die Hitze knistert, Kinder auf den Straßen spielen, Frauen ihre Wäsche aus den Fenstern hängen, Männer vor den Cafés ihren Aperitif trinken.

An diesem naßkalten Novembertag jedoch sah Madrid aus, wie jede Großstadt an einem naßkalten Herbsttag aussieht – schmutzig, grau, unfreundlich und trübsinnig.

»Ich habe mir Spanien eigentlich ganz anders vorgestellt«, sagte ich enttäuscht. »Bunt und heiß, Frauen mit Blumen hinterm Ohr, feurige Männer mit Gitarren . . .«

Sporer lachte.

»Ich werde sehen, daß ich dir einen feurigen Spanier mit Gitarre präsentieren kann.«

»Nein wirklich, Kurt, das ist ja hier grau und kalt wie in München!«

»Du hast Pech gehabt. Vor zwei Tagen war es noch so heiß, daß man ohne Jackett im Freien sitzen konnte. Jetzt scheint es auch hier Winter zu werden. Hast du genug warme Sachen mitgenommen?«

»Nicht ein warmes Stück. Wer kommt denn auf die Idee, daß es in Spanien einen Winter gibt!«

Es herrschte viel Betrieb auf den Straßen, aber die Menschen, in dicke, dunkle Mäntel gehüllt, sahen aus wie in jedem anderen Land – mißmutig, verfroren und gar nicht zu Olé und Kastagnettengeklapper aufgelegt.

Der Verkehr war chaotisch und sah für alle Beteiligten, Fußgänger, Autofahrer und weißbehandschuhte Polizisten, gleichermaßen lebensgefährlich aus. Da sich die meisten Spanier keinen eigenen Wagen leisten können, sah man hauptsächlich Taxis, Tausende davon – schwarz mit rotem Streifen, uralte, klapprige Modelle. Dem Aussehen nach konnten sie eigentlich keine dreißig Stundenkilometer schaffen, aber zu meiner Verblüffung fuhren sie alle mindestens siebzig.

»Das geht ja hier ganz hübsch zu«, sagte ich, »ist unser Hotel etwa im Zentrum?«

»Ja, direkt im Zentrum. Aber seit das Hupverbot eingeführt wurde, ist es gar nicht mehr so schlimm. Früher konnte ich vor Krach nicht schlafen, obgleich das Zimmer im fünften Stock liegt.«

»Ist das Hotel hübsch?«

»Na ja, zweite Kategorie, aber ganz komisch. Der Besitzer ist Deutscher, und man kann sich wenigstens verständigen. Das ist ein großer Vorteil, denn sonst bekommt man in Spanien immer genau das Gegenteil von dem was man verlangt.«

Das Hotel sah eher nach vierter als nach zweiter Kategorie aus, und das, was Kurt Sporer als recht komisch bezeichnete, kam mir im ersten Moment recht bedrückend vor. Die sogenannte Halle zum Beispiel – ein paar Tischchen, Sessel und ein laut blökendes Radio – hatte grüngestrichene Wände mit Pferdemotiven darauf. Die Pferde erinnerten an vorsintflutliche Ungeheuer, denn ihre Körper waren überdimensional, ihre Köpfe winzig. Der Speisesaal – schneeweißgedeckte Tische unter bläulich-kaltem Neonlicht – ähnelte einem Aquarium, in dem die Menschen bleich wie Wasserleichen herumschwammen. Der uralte Fahrstuhl – er blieb täglich ein paarmal stecken – brauchte einige Minuten, bis er sich unter Ächzen und Schütteln vom Parterre in den fünften Stock gearbeitet hatte. Und was das Zimmer betraf, das Sporer und ich sechs Wochen lang teilen sollten, so war es das kleinste Zimmer, das ich je gesehen hatte.

»Kurt«, sagte ich vorsichtig, »findest du das nicht auch ein bißchen eng für ein Doppelzimmer?«

»Tja«, meinte Sporer – und erst später erfuhr ich, daß er sehr knapp bei Kasse und das Doppelzimmer ein Einzelzimmer war, »eng ist es schon, aber . . .« Er deutete auf das französische Bett, das die Hälfte der Kammer ausfüllte: »Was brauchen wir mehr!?«

»Ja, was brauchen wir mehr!«

Er sperrte die Tür ab, ließ die Jalousie halb herunter, zog sein Jackett aus.

Ich lehnte mich gegen die Wand, die Knie weich, die Hände kalt und feucht: Jetzt beginnt alles wieder von neuem, dachte ich, die Sucht nach seinem Körper, die animalische Begierde nach seiner Umarmung, die Angst vor dem Aufwachen, die Trostlosigkeit des Tages, der Haß auf ihn, der Ekel vor mir selber . . .

»Na, was ist, Eveline? Woran denkst du?«

Er stellte sich vor mich hin, so dicht, daß unsere Körper sich fast berührten.

»Ich wollte Schluß mit dir machen«, sagte ich hastig. »Ich wollte dich nicht mehr wiedersehen.«

»So, wolltest du das!?«

Ich streckte die Hand nach ihm aus.

»Wenn ich in deiner Nähe bin, möchte ich unaufhörlich mit dir schlafen . . . unaufhörlich . . .«

Er schaute mich aufmerksam an.

»Ist das alles, was dich an mich bindet?«

Ja, dachte ich, das ist alles, und das ist das Furchtbare.

Ich merkte, daß er Angst vor meiner Antwort hatte, daß er zum ersten Mal mehr erwartete, mehr ersehnte als nur meinen Körper.

Ich rettete mich in einen dummen Scherz. »Nein, Kurt, es gibt noch andere Dinge, die mich an dich binden – deine schmalen Hüften, zum Beispiel, deine Fähigkeit, Freunde zu machen und keine Feinde.«

Er nahm mich bei den Schultern: »Eveline, ich möchte wissen, ob du mich liebst.«

Allein die Berührung seiner Hände erweckte ein solches Verlangen in mir, daß mir schwindelig wurde und ich die Augen schloß: »Natürlich liebe ich dich«, flüsterte ich, denn in diesem Moment hätte ich alles gesagt und alles getan, was er von mir verlangte.

Er zog mich an seinen Körper und hielt mich da, und mir war wie einem Nichtschwimmer, der den Boden unter den Füßen verliert.

Es sind nicht viele Eindrücke von meinem ersten Spanienaufenthalt zurückgeblieben. Das französische Bett mit den winzigen steinharten Kissen und der viel zu kurzen rauhen Decke hat die meisten aufgesogen. Nach Ablauf weniger Tage war ich in einem Zustand von Benebelung, und meine Aufnahmefähigkeit hatte entsprechend nachgelassen.

Nun hatte sich aber auch alles gegen oder für uns verbündet, und das Bett war zweifellos der angenehmste Zufluchtsort in ganz Madrid.

Das Wetter blieb schlecht, und der ewige Wind, der einem Madrid vollends verleiden kann, fegte durch unfreundliche Straßen, durch die Ritzen schlecht schließender Türen und Fenster, bis in die hintersten Ecken ungemütlicher Räume. Die viel zu kleinen Heizkörper wurden in den besten Fällen lauwarm, und was immer man berührte, war klamm und jagte einem ein Frösteln über den Rücken. Die Umgebung von Madrid – karg, flach, baum- und wasserlos – ist zwar im Sommer sehr reizvoll, im Winter aber trist. Die hübschesten und besten Lokale, die sich im Freien, außerhalb der Stadt, in Parks und Gärten befinden, waren während der kalten Monate geschlossen. In Kino und Theater konnte man nicht gehen, da man die Sprache nicht verstand. Und was die Restaurants betraf, so mußte man in den teuren auf eine enorme Rechnung, in den billigen auf ungenießbares Öl und schwere Darmverstimmungen gefaßt sein. Da sich Sporer das eine, ich mir das andere nicht leisten konnte, blieb uns nur noch das Hotel-Aquarium, in dem uns Rechnungen und Öl halbwegs entgegenkamen.

Da uns nun das Leben außerhalb des Bettes wenig bot, verließen wir es meistens erst gegen zwei Uhr mittags auf ein bis zwei Stunden und dann erst wieder abends. Sporer erklärte, daß diese Einteilung in Madrid üblich sei und daß kein Spanier mehr als vier Stunden am Tag arbeite, nämlich: von zwei bis vier Uhr mittags und von sechs bis acht Uhr abends. Was die Zeiteinteilung betraf, so paßte sich Sporer den Sitten des Landes glänzend an. Er ging auch keine Nacht vor drei Uhr ins Bett und tat meine gelegentlichen Proteste mit den Worten ab: »Eveline, man muß den Lebensrhythmus eines fremden Landes annehmen, oder man fühlt sich nicht wohl!«

»Mein Schatz«, wandte ich ein, »tagsüber habe ich den Eindruck, daß du dich trotz des angenommenen spanischen Lebensrhythmus' äußerst unwohl fühlst.«

»Tagsüber«, brummte Sporer, »zählt ja auch nicht.«

Auf diese Weise lernte ich eigentlich nur das Nachtleben von Madrid kennen, das zwar ungeheuer lebhaft, aber auch nicht interessanter ist als das Nachtleben irgendeiner anderen Großstadt. Es bietet allerdings drei Dinge im Überfluß: spanischen, etwas süßlichen Kognak, der – damals wenigstens – in dreiviertelvollen Wassergläsern ausgeschenkt wurde; Musik, ununterbrochen und in jeder Form – Radio, Gesang, Gitarren, Tanzkapellen; und Prostituierte – Unmengen von Prostituierten auf den Straßen, in den Cafés, Bars und Nachtlokalen. Ganze Regimenter von Prostituierten mit harten, stark geschminkten Gesichtern, unglaublich hohen Absätzen und dünnen Beinen.

»Das ist aber eigenartig«, sagte ich, als wir am ersten Abend ein Nachtlokal betraten und ich an jedem zweiten Tisch ein einsames, erstarrtes Mädchen sitzen sah, »gehen die Frauen hier ohne ihre Männer aus?«

»Genau umgekehrt«, belehrte mich Sporer, »die Männer gehen ohne ihre Frauen aus und vergnügen sich dann mit diesen Damen hier.« Er schien über das spanische Sittenleben bestens informiert. »Die, die hier sitzen, kosten drei- bis fünfhundert Peseten.«

»Sehr interessant«, sagte ich bissig, »ich freue mich, daß du über die Preise der Huren so gut Bescheid weißt.«

Er grinste. »Eveline, man darf sich den Sitten und Gebräuchen eines Landes nicht verschließen.«

Die Zeiteinteilung, die Huren, die verschiedenen Sorten spanischen Kognaks, die großen und kleinen Nachtlokale, Bars, Cafés, das war es, was ich bis zum Überdruß kennenlernte. Wenn Sporer – von seinem südamerikanischen Partner in weiser Voraussicht kurz gehalten – auch kein Geld mehr für einen Milchkaffee hatte, für das Nachtleben reichte es immer.

»Ich bin müde, Kurt, ich möchte heute früh ins Bett.«

»Unsinn, Eveline, du schläfst den ganzen Tag, da kannst du doch unmöglich müde sein. Komm noch einen Sprung ins ›Alexandra‹.«

»Das ist doch todlangweilig. Vor elf Uhr sitzt außer einer Schar Nutten kein Mensch drin.«

»Schön, dann leg dich schlafen, ich gehe noch irgendwohin.«

»Ins ›El Marocco‹, nehme ich an.«

»Vielleicht«, entgegnete er mit vielsagendem Blick.

Im »El Marocco«, das zu den eleganten Nachtlokalen Madrids zählte, verkehrte eine große, schlanke, blonde Prostituierte, die – so hatte mir Sporer berichtet – aus Potsdam stammte und die Tochter eines hohen Offiziers war. Ich haßte dieses hübsche Mädchen, denn trotz Sporers Schwur, er hätte sich nur ein paarmal mit ihr unterhalten, war ich mißtrauisch und immer wieder aufs neue entrüstet. Meine Entrüstung, stellte ich schließlich fest, galt gar nicht so sehr Sporer als mir selber, meinem Mangel an Stolz, meiner törichten, ununterdrückbaren Eifersucht.

»Dann geh doch zu deiner Potsdamer Nutte«, lächelte ich krampfhaft, »geh und amüsier dich gut.«

»Das klingt ja beinahe so, als wärst du eifersüchtig«, sagte er hoffnungsvoll.

»Eifersüchtig! Auf eine Hure! Das glaubst du doch selber nicht. Wenn du mir keine andere Rivalin zu bieten hast als eine Prostituierte, dann tust du mir leid.«

Er war zum Glück leicht zu täuschen, nahm mir mein überhebliches Getue ab und verteidigte sich aufgeregt: »Ich hab doch gar nichts mit ihr gehabt, und dabei ist sie eine bildhübsche Frau und nicht einmal dumm.«

»Ich hab dir doch eben gesagt: geh und amüsier dich gut.«

»Also, Eveline, jetzt zieh deinen Mantel an und komm. Wir gehen ins ›Alexandra‹ oder ins ›Casa Blanca‹, wenn dir das lieber ist.«

Ich zog meinen Mantel an. Nach der Bemerkung, daß die Person bildhübsch und nicht einmal dumm sei, hätte ich kein Auge zugetan und bis zu Sporers Rückkehr Höllenqualen ausgestanden. Und so landeten wir dann wieder in einem dieser Etablissements. Schummrige rote Beleuchtung, spiegelbehangene Wände, eine Unmenge runder Tischchen, eine quadratische Tanzfläche, ein Orchesterpodium. Zwei sehr laute, aber gute Kapellen, die sich im Spielen ablösten; tanzende Paare – elegant und gemessen, wenn es sich um Spanier, ungraziös und albern, wenn es sich um Touristen handelte; ein banales Programm: beineschwingende Girls mit viel Federn und Glitzerzeug auf nacktem Fleisch, eine strapaziöse akrobatische Nummer mit Trommelwirbel, zwei Chansons – ein schwermütiges und ein heiteres –, vorgetragen von einem »Gentleman« in verstaubtem Smoking oder einer auf sexy getrimmten Dame reiferen Alters; zwei peinliche Clowns oder ein langweiliger Zauberer; und dann natürlich spanische Tänze – füßestampfende, hüftlose Männer mit finsteren Gesichtern, röckewedelnde, kastagnettenklappernde Frauen mit glatten, streng gescheitelten Frisuren. Dazu ein Kognak nach dem anderen, Zigaretten und winzige öltriefende Erdnüsse. Verkäuferinnen mit Blumen, Losen, Süßigkeiten, spanischen Puppen, aufziehbaren Tieren.

»Kurt, es ist gleich zwei Uhr . . .«

Aufbruch mit brummendem Kopf, schweren Gliedern und etwas unsicheren Schritten.

Ein allerletzter Kognak, ein paar Gambas oder Austern in einer Stehbar. Der Krach eines Radios, der Gestank von Fischen und siedendem Öl, der Anblick abfallbedeckter Theken und Fußböden. Ein paar müde Huren, den Schatten arbeitsreicher Stunden unter den Augen, die Bitterkeit bezahlter Liebe um den Mund.

»Kurt, ich falle gleich um . . .«

Autos, Menschen, Wind. Ein blinder Losverkäufer, der sich mit Hilfe seines Stockes vorwärtstastet. Eine Gruppe junger singender Männer.

Das verschlafene Lächeln des Nachtportiers, das Ächzen des Fahrstuhls, das schabende Geräusch des Schlüssels im Schloß. Das winzige Zimmer – kalt und unordentlich, anhaltendes Husten aus dem Nebenzimmer, kaltes Wasser, nicht schäumende spanische Zahnpasta, klamme Handtücher.

Mein Gesicht im Spiegel – das verlebte Gesicht einer Fremden. Bleich und verwaschen. Scharfe Backenknochen, eingefallene Wangen. Graue Kleckse unter stumpfen Augen. Gedunsene Lider, farblose Lippen. Eine angewiderte Furche zwischen den Brauen, zwei mutlose Falten von den Nasenflügeln bis hinab zu den Mundwinkeln. Die Angst vor diesem Gesicht, die Angst vor der Zukunft, die Angst vor dem Alter, die Angst vor der Einsamkeit, die Angst vor der schamlosen Vergeudung des eigenen Lebens. Der Wunsch zu sterben. Die Furcht vor dem Tod. Sporers zusammengekrümmter Umriß unter der Decke, sein nackter Kopf auf dem Kissen, seine trägen, glänzenden Augen, die einem entgegenblicken.

Die ungestüm aufflammende Begierde in meinem erschöpften, überreizten Körper. Das Zittern in Knien und Oberschenkeln. Das Prickeln unter einer schmerzhaft gespannten Haut. Das Pochen und Pulsieren in meinem Schoß. Das Gefühl, aufzuplatzen wie eine Frucht, die zu Boden gefallen ist.

Die Berührung mit seinem harten, bereitwilligen Körper, die atemlose, vibrierende Sekunde der Erwartung, die heftige animalische Vereinigung. Der unersättliche Hunger nach Schmerz und Gewalt. Die Sucht, zerschunden und zermalmt zu werden.

Mitte Dezember fuhren wir nach München zurück. Wir hätten uns Zeit lassen können. Keiner erwartete uns. Es wäre auf ein paar Tage mehr oder weniger nicht angekommen. Aber wir ließen uns keine Zeit.

Ich glaube, wir hatten Angst, so lange in diesem engen Viereck eingesperrt zu sein, in dem wir uns unaufhörlich sahen und hörten und rochen. Wir hatten restlos genug voneinander und nur den einen Wunsch, uns nicht mehr zu sehen, zu hören, zu riechen.

Also rasten wir. Rasten über regennasse, teils vereiste Straßen. Rasten durch Nebel, Dämmerung und Dunkelheit. Rasten, die Augen starr nach vorne gerichtet, das eintönige Sausen der Reifen in den Ohren. Wir sprachen nicht miteinander, denn wir hatten uns nichts zu sagen. Wir rauchten, und gegen Mittag aßen wir ein paar belegte Brote. Ab und zu hielten wir, um uns am Steuer abzulösen. Wenn Sporer fuhr, las ich in einem Buch. Wenn ich fuhr, döste Sporer vor sich hin. Manchmal klapperte etwas am Wagen, und dann wurden wir böse, beschuldigten uns gegenseitig für ein Geräusch, für das wir beide nichts konnten.

Spät abends hielten wir in irgendeiner kleineren Stadt und übernachteten in einem billigen Hotel. Die Zimmer rochen, als wären sie nie gelüftet worden – nach Staub, muffigen Kleidern, feuchten Wänden. Die Bettwäsche war klamm. Wir fröstelten und drehten uns mit einem mürrischen »Gute Nacht« den Rücken zu. Aber wir wußten, daß wir trotz lähmender Müdigkeit nicht schlafen würden. Nach einer Weile gaben wir auf und fanden uns in einer wütenden Umarmung.

Es war eine mörderische Fahrt, bei der wohl jeder dem anderen beweisen wollte, wie gut er Wagen und Nerven in der Gewalt hatte. Und trotzdem warteten wir unaufhörlich auf den Knall eines überstrapazierten Reifens oder unserer zermürbten Nerven.

Und dann, nach dreitausend Kilometern eiserner Beherrschung, geschah es.

»Gib mir doch bitte mal ein Sandwich«, sagte ich zu Kurt Sporer. Er griff in die zwischen uns liegende Tüte, holte ein belegtes Brot heraus und hielt es mir wortlos hin.

Ohne die Augen von der kurvenreichen Straße zu nehmen, biß ich hinein.

»Igitt«, sagte ich, »da ist diese fette Wurst drauf . . . bitte gib mir ein Sandwich mit Käse.«

»Das ist mal wieder typisch«, knurrte Sporer, nahm mir das Brot aus der Hand und wühlte unter Seufzern und übertrieben lautem Geraschel in der Tüte.

»Was ist typisch?« fragte ich betont langsam.

»Gibt man dir Wurst, willst du Käse, gibt man dir Käse, willst du Wurst.«

»Das ist ein Irrtum, mein Lieber. Ich mache mir nichts aus Wurst, aber ich esse gerne Käse. Ich bin auch nicht bereit, meinen Geschmack zu ändern, nur weil du als erstes ein Wurstbrot aus der Tüte ziehst und es für selbstverständlich hältst, daß ich fresse, was du mir hinhältst.«

»Es dreht sich hier nicht um Wurst oder Käse, liebe Eveline, sondern um deine Manie, immer genau das Gegenteil von dem zu verlangen, was man dir gibt.«

»Das mag daran liegen, daß du mir immer das gibst, was für dich am bequemsten ist, oder das, worauf du selber gerade Lust hast. Nun habe ich aber weder das Verlangen, Opfer deiner Bequemlichkeit zu werden, noch mich deinem zweifelhaften Geschmack anzupassen – also sprichst du von Manie.«

»Natürlich! Genau das habe ich erwartet! Du wirst immer genug Ausreden finden, um andere zu beschuldigen, dich zu entschuldigen. Du mit deiner Arroganz und Überheblichkeit hast in jedem Fall recht. Deine verschrobenen Launen, deine Kompliziertheit, deine negative Einstellung, das sind alles Dinge, die ich hinnehmen muß, weil ich armer Narr sie ja doch nicht verstehe.«

»So ist es! Und nun sage ich dir mit meiner ganzen Arroganz und Überheblichkeit, daß du armer Narr sie tatsächlich nicht verstehst. Daß du dir noch nie die Mühe gemacht hast, sie zu verstehen. Daß auch keine Hoffnung mehr besteht, menschliches Verständnis in dir zu wecken, weil du schon viel zu tief in der Kloake deines snobistischen, parasitenhaften Freundeskreises versackt bist, in dem es so manches gibt, aber bestimmt keine Menschen.«

Kurt Sporer schnappte nach Luft. Massiven Angriffen war er ebenso wenig gewachsen wie ironischen Bemerkungen. Es dauerte recht lange, bis er sich eine – wie er hoffte – gleichermaßen beleidigende Antwort zurechtgelegt hatte.

»Die Kreise, in denen ich verkehre, liebes Kind, sind mir bei weitem lieber als die intellektuelle, verschlampte Bagage, mit der du dein Leben vertan hast. Oder glaubst du, daß diese Hampelmänner, nur weil sie stinken und schmutzige Fingernägel haben, zur geistigen Elite zählen?«

»Nicht sehr originell, was du da sagst«, bemerkte ich herablassend, »schon die Nazi haben Intellekt mit schmutzigen Fingernägeln verwechselt. Sprechen wir doch besser über Themen, die dir mehr liegen. Seelenwanderung zum Beispiel – nein, dazu mußt du erst betrunken sein –, also dann: Wie stellt man eine Schnulze für Lieschen Müller her . . .« Ich lachte böse.

»Du kommst dir wohl maßlos überlegen vor«, rief Sporer aufgebracht, »du hast anscheinend keine Ahnung, worauf es im Leben – worauf es beim Menschen ankommt!«

»O bitte«, sagte ich süß, »erklär es mir doch.«

»Auf das Herz kommt es an, auf den Charakter, auf die Güte des Menschen.«

»Mit diesen erstrebenswerten Gütern bist du ja reich gesegnet!«

»Ich kann behaupten, noch niemand etwas zuleide getan, aber schon vielen geholfen zu haben. Ich liebe die Menschen, und ich bin immer bereit . . .«

»Hör auf«, unterbrach ich ihn, »du bist das gefühlskälteste Individuum, das ich jemals kennengelernt habe. Wenn du niemandem etwas zuleide getan hast, dann nur aus Feigheit, und wenn du jemandem geholfen hast, dann nur zu deinem eigenen Nutzen.«

»Eveline, du wirst beleidigend und ausfallend!«

Ich bog von der Chaussee ab und hielt auf einem kleinen Seitenweg. Ich wandte mich Sporer zu: »Ich kenne dich jetzt ziemlich lange, und ich habe – außer wenn du betrunken bist – kaum eine menschliche Regung an dir entdeckt. Deine Fähigkeiten zu empfinden – Liebe oder Haß, Leid oder Freude –

sind verkümmert. Ich, die ich jetzt seit Monaten mehr oder weniger an deiner Seite lebe, erstarre und erfriere. Nun ja, ich habe es gewußt . . . es geschieht mir ganz recht.«

»Mir geht es ähnlich, Eveline«, schlug Sporer zurück, »oder glaubst du vielleicht, du seist die Erfüllung meiner Träume? Dein ewiger Pessimismus, deine Unzufriedenheit, dein Zynismus können einem jede Lebensfreude nehmen. Ich würde wahrscheinlich ganz anders reagieren, wenn du nicht so wärst, wie du bist.«

»Mag sein. Vielleicht gibt es wirklich noch eine Frau, die die Zauberformel kennt, mit der man deine Gefühle zum Leben erwecken kann. Machen wir Schluß, Kurt.«

»Machen wir Schluß.«

Ich ließ den Motor an und gab Gas.

»Schon heute abend«, fragte Sporer, »oder erst morgen früh?«

In dem folgenden Jahr stellte sich heraus, daß ich zäh war wie eine Hinterhofkatze. Ich war einfach nicht umzubringen, und dabei hätte ich gar nichts dagegen gehabt. Da ich fast immer unter dem Einfluß von Alkohol oder Tabletten stand, hatte ich nicht viele klare Augenblicke in diesem Jahr. Das war der einzige Trost.

Kurt Sporer war mit einem Schrank, fünf Koffern, einer Bettdecke und einem Kopfkissen in meinen zweieinhalb Zimmern eingezogen. Er sagte, er hätte es satt, daß ich oder er sich mitten in der Nacht aus der jeweiligen Wohnung schleichen müsse. Außerdem seien die hundertachtzig Mark, die er für sein Zimmer zahle, rausgeschmissenes Geld, und daraus ersah ich, daß sein Beruf als Filmproduzent – noch dazu mit einem südamerikanischen Gauner als Partner – nicht sehr ertragreich sein konnte. Kurt Sporer hielt es also für die vernünftigste Lösung, zusammenzuziehen, und ich ich hielt es für eine der unglückseligsten.

»Kurt«, begann ich meine Bedenken zu äußern, »ich muß auf meinen Sohn Rücksicht nehmen. Er ist zweieinhalb Jahre und an kein männliches Wesen gewöhnt.«

»Alexander wird begeistert sein. Du weißt doch, daß es jedesmal Tränen gibt, wenn ich weggehe.«

»Ja, aber Frau Specht hat dann die doppelte Arbeit . . .«

»Da brauchst du dir gar keine Sorgen zu machen. Mit Frau Specht habe ich mich schon immer großartig verstanden.«

Kurt Sporers Einzug wurde tatsächlich sowohl von Alexander als auch von Frau Specht mit überschwenglicher Freude begrüßt. Er war im Nu Persona grata, der Spielgefährte meines Sohnes, der Vertraute meines Haustyrannen. Ich hatte nichts mehr zu sagen und noch weniger zu lachen.

Für mich war Kurt Sporers Einzug eine Katastrophe, deren Folgen ich zu übersehen begann, als mir seine schnarchende Anwesenheit das ruhige, heißgeliebte Frühstück verleidete. Aber da war es zu spät.

Als ich Schulenburg von der neuen Situation in Kenntnis setzte, machte er mir eine heftige Szene.

»Der Kerl zieht sofort wieder aus«, drohte er, »oder ich bringe ihn um.«

»Tu das nur.« Ich hatte getrunken und war voller Heiterkeit. »Aber sei bitte geschickt, sonst kriegst du lebenslänglich.«

»Eveline, ich würde das nicht als Witz auffassen.«

»Ich fasse es ja gar nicht als Witz auf. Wenn du ihn umbringen willst, bitteschön. Ich hätte nichts dagegen.«

Schulenburg starrte mich mißmutig an. Meine Reaktion paßte ihm nicht. Ich nahm ihm den Wind aus den Segeln.

»Du bist ja schon wieder betrunken.«

»Nur ein bißchen . . . es ist ja auch noch früh am Nachmittag.«

»Und in einer solchen Atmosphäre soll mein Sohn aufwachsen – mit einer ständig betrunkenen Mutter und deren inferiorem Liebhaber.«

»Moment mal«, sagte ich gar nicht mehr heiter, »das wollen wir sofort klarstellen. Alexander hat mich noch nie betrunken gesehen, und was meinen Liebhaber betrifft, so mag er wohl inferior sein, aber um das Kind kümmert er sich rührend. Du könntest dir in dieser Beziehung ein Beispiel an ihm nehmen.«

Schulenburg schlug mir ins Gesicht.

»Ich habe wirklich Glück mit Männern«, sagte ich, »na ja . . .«

»Eveline . . .«

»Geh bitte. Für die nächsten paar Wochen habe ich genug von dir.«

Ich hatte mir inzwischen ein beachtliches Maß an Unempfindlichkeit angeeignet, und das, was mich früher zu Tränenströmen
hingerissen hätte, tat ich jetzt mit einem Achselzucken ab. Ich
bin eben kein Mensch mehr, sagte ich mir, und mit diesem Freibrief, den ich mir selber ausgestellt hatte und den wahrscheinlich
viele unterschrieben hätten, fielen die letzten Schranken.

Es hatte mich schon immer gereizt, in Sporers Anwesenheit
mit jedem halbwegs akzeptablen Mann zu flirten, denn es war
ein wirksames Mittel gewesen, ihn aus seiner Indifferenz her-
auszureißen. Ich trieb dieses Spiel bis auf die Spitze, weidete
mich an seiner schlecht kaschierten Eifersucht und Wut und
quittierte die anschließenden Szenen mit einem amüsierten Lächeln und den Worten: »Aber lieber Kurt, die Aufmerksamkeit
und Anerkennung, die du mir nicht gibst, suche ich eben bei
anderen . . .«

Mit der Zeit jedoch und dem Verlust jeglicher Selbstachtung
wurde aus Spiel Ernst und aus Flirt Betrug. Ich betrog aus dem
Bedürfnis, Sporer da zu verletzen, wo er vielleicht noch ver-
letzbar war, aus einem kurzen Moment des Reizes, aus Erober-
ungssucht und Gleichgültigkeit, aus Spaß am Betrug als solchem. Ich hatte mich aufgegeben, und was immer ich tat,
diente dem schnellen Abbau meiner letzten moralischen Reser-
ven, diente der völligen Selbstzerstörung.

Ich muß damals eine starke Anziehungskraft gehabt haben,
eine morbide Ausstrahlung, die viele Männer fesselte. Sie hef-
teten sich in Scharen an meine Fersen und wollten sich – im
Gegensatz zu mir – nicht nur mit einer kurzen Affäre begnü-
gen. Je schlechter ich sie behandelte, je mehr ich ihnen zu
spüren gab, daß sie mir nichts bedeuteten, desto hektischer
warben sie um meine Liebe.

Kurt Sporer machte das wahnsinnig.

»Wenn man so schamlos herumflirtet wie du«, rief er außer
sich, »dann ist es kein Wunder, daß die Männer verrückt werden und hinter dir herlaufen. Du machst mich ja lächerlich
damit!«

»Reg dich nicht auf, Kurt. Du flirtest ja auch mit jeder blonden,
blauäugigen Bohnenstange, die dir über den Weg läuft.«

»Das stimmt überhaupt nicht.«

»Nein, nein, mein Lämmchen, du hast noch nie eine andere Frau angeguckt.«

»Gut, und wenn ich es getan habe, dann blieb es immer bei einem nichtssagenden Flirt.«

»Mit anderen Worten, du hast mich noch nie betrogen.«

»Nein.«

»Und wenn ich dir jetzt gestehe, daß ich es getan habe, wirst du mir dann die Wahrheit sagen?«

»Eveline . . . hast du mich betrogen . . .?!«

»Ja.«

»Gut, ich gehe.«

»Moment, Kurt, sag mir erst, ob du mich betrogen hast.«

»Ich denke nicht daran.«

Ich lief zur Tür und lehnte mich mit dem Rücken dagegen.

»Sag mir, ob du mich betrogen hast.«

»Ja.«

»Wie oft?«

»Zweimal.«

»Wann und mit wem?«

»Einmal hier in München mit einem Mannequin und einmal in Madrid mit diesem Mädchen aus Potsdam.«

Er war der erste Mann, aus dessen Mund ich die Worte »ich habe dich betrogen« hörte.

Ich gab ihm eine schallende Ohrfeige.

Er stand da, sprachlos, mit törichtem Gesicht und einem roten Fleck auf der Wange.

»Tut mir leid«, sagte ich, »aber ich habe gar nicht gewußt, wie unangenehm es ist, betrogen zu werden. Auf jeden Fall haben wir uns jetzt nichts mehr vorzuwerfen.«

Ich trat zur Seite.

»Möchtest du gehen oder . . .«

»Oder was?«

»Oder wollen wir das Spiel weiterspielen? Du betrügst mich, ich betrüge dich. Schlimmer als es schon ist, kann es sowieso nicht mehr werden. Also . . .?«

Er schaute mich an, und seine Augen waren traurig.

»Wie du willst, Eveline . . .«

Ich hatte mich geirrt. Es wurde noch schlimmer, als es war.

Als zwei Wochen vergangen waren und die Magenschmerzen immer stärker wurden, ging ich zum Internisten.

Im Wartezimmer saß ein einziger Herr und blätterte in einer Zeitung.

»Grüß Gott«, sagte ich mit einem kurzen Nicken.

»Grüß Gott«, sagte er, erhob sich halb von seinem Stuhl und lächelte so eifrig, daß ich überlegte, ob wir uns vielleicht kannten.

Ich setzte mich, nahm eine Illustrierte und warf, während ich sie aufschlug, einen flüchtigen Blick in seine Richtung.

Er lächelte immer noch zu mir herüber, aber sein stark gerötetes, bäurisches Gesicht mit den krausen, dunkelblonden Haaren, den hellblauen Augenschlitzen und schmalen, harten Lippen kam mir in keiner Weise bekannt vor.

Ich begann abwesend Seite für Seite umzuschlagen.

Der Herr schien das gleiche zu tun, jedenfalls raschelte es unaufhörlich. Einmal schaute ich auf, weil mir das Rascheln auf die Nerven ging, und dabei stellte ich fest, daß er gar nicht in die Zeitung, sondern weiterhin zu mir herüberblickte.

»Ich wollte Sie schon die ganze Zeit fragen«, nahm er die Gelegenheit meines Aufschauens wahr, »ob es Sie stört, wenn ich eine Zigarette rauche.«

Er sprach mit leicht bayerischem Akzent.

»Ganz im Gegenteil.«

Er hielt mir ein Päckchen hin.

»Rauchen Sie schwarze Zigaretten, gnädige Frau?«

»Nein danke, die sind mir zu stark.«

»Aber viel gesünder. Versuchen Sie mal eine.«

Mir war elend zumute. Ich wollte meine Ruhe und keine anbandelnde Konversation, keine schwarze Zigarette.

»Danke, ich möchte wirklich nicht.«

Er zog ein zweites Päckchen mit Filterzigaretten aus der Tasche.

»Dann nehmen Sie eine von diesen.«

Er schien auf alle Eventualitäten eingerichtet, und ich gab mich geschlagen.

Er reichte mir Feuer, zündete sich eine schwarze Zigarette an, rauchte, lächelte und schien nach einem Gesprächsthema zu suchen.

Nach den ersten Zügen bekam ich Sodbrennen. Ich zog eine Grimasse und verwünschte den freundlichen Herrn mit seinen verdammten Zigaretten.

»Haben Sie Schmerzen?« fragte er sofort teilnahmsvoll.

»Ja.«

»Dann sollten Sie nicht rauchen.«

»Ich wollte ja auch gar nicht.«

Er schob mir den Aschenbecher hin.

»Kommen Sie, gnädige Frau, machen Sie die Zigarette aus.«

Wenn er mich nicht sofort mit seinem Rauchen und Nichtrauchen in Ruhe läßt, dachte ich, dann . . . Zum Glück erschien in diesem Augenblick die Sprechstundenhilfe.

»Frau Clausen, bitteschön.«

»Der Herr war vor mir da.«

»Nein, gnädige Frau, ich bin nicht als Patient hier. Ich bin ein Freund von Dr. Markus und wollte ihn zum Weißwürstelessen abholen.«

»Ach so . . . na dann guten Appetit«, sagte ich mißmutig. Der Herr war aufgestanden. Er war groß und stämmig und trug einen Anzug, der dem Schnitt nach mindestens zehn Jahre alt sein mußte.

»Auf Wiedersehen, gnädige Frau«, sagte er, »und werden Sie schnell gesund.«

Dr. Markus stellte unter anderem Gastritis fest.

»Wenn Sie weiter so leben«, erklärte er – denn er kannte mich lange und gut genug –, »dann garantiere ich für nichts mehr. Sie sind in einem erbärmlichen Zustand. Es funktioniert nichts mehr, wie es funktionieren sollte.«

»Den Eindruck habe ich auch.«

Er begleitete mich hinaus.

»Sie sollten schleunigst ein paar Wochen in ein Sanatorium.«

»Sicher, sicher . . .«

Der freundliche Herr kam aus dem Wartezimmer.

»Na, Werner«, fragte er den Arzt, »hast du der gnädigen Frau das Rauchen verboten?«

»Das hilft nichts. Die gnädige Frau tut genau das, was man ihr verbietet, und das, was man ihr rät, tut sie garantiert nicht.«

»Lieber Doktor, Ihre Verbote sind mir zu grausam, Ihre Ratschläge zu teuer.«

»Um was für Ratschläge handelt es sich denn?«

»Sie sollte sich dringend ein paar Wochen erholen«, sagte Dr. Markus, »übrigens, Sie kennen sich noch nicht. Herr Spöckmeier . . . Frau Clausen . . .«

Spöckmeier küßte mir die Hand.

»Ein paar Wochen Erholung«, sagte er, »das müßte sich doch machen lassen.«

»Machen läßt sich das schon«, meinte ich, »aber nicht bezahlen. Also dann . . .«

Ich reichte dem Arzt die Hand.

»Ich fürchte bis auf bald.«

»Das fürchte ich allerdings auch.«

Ich lachte und wandte mich Spöckmeier zu. Er schaute mich besorgt an, nahm meine Hand und hielt sie fest.

»Ich kenne ein sehr schönes, sehr ruhiges Hotel in Tirol. Der Besitzer ist ein guter Bekannter von mir. Sie könnten sich da wunderbar erholen, ohne . . .«

Ich schüttelte leicht den Kopf.

»Bitte, lassen Sie mich helfen«, sagte er eindringlich. Ich war etwas verlegen und schaute zu Dr. Markus hinüber.

»Ich sage es absichtlich vor Dr. Markus«, erklärte Spöckmeier, »damit Sie sehen, daß nichts anderes dahinter steckt.«

»Ich glaube Ihnen, aber . . .«

Er gab mir eine Visitenkarte.

»Überlegen Sie's sich und rufen Sie mich dann an.«

»Gut«, sagte ich, »und vielen Dank.«

Der Arzt begleitete mich bis in den Hausflur. Er lehnte die Tür hinter sich an.

»Frau Clausen«, sagte er leise, »Sie sollten das Angebot unbedingt annehmen.«

»Das geht doch nicht.«

»Wissen Sie denn nicht, wer Fritz Spöckmeier ist?«

»Nein, muß man das wissen?«

»Nun, ihm gehört unter anderem das schönste Hotel ganz Münchens, das ›Europa‹.«

»Ach was«, sagte ich überrascht.

Ich kannte das »Europa«, in dem jedes Möbelstück, jedes Bild, jedes Glas von auserlesenem Geschmack und höchstem Wert war. Spöckmeier hätte ich bestenfalls für den Portier eines solchen Hotels gehalten. Ich schüttelte verwundert den Kopf. Der Arzt schien meine Gedanken zu erraten.

»Im ersten Moment kann man Spöckmeier und das ›Europa‹ nicht in Einklang bringen. Aber wenn man ihn länger kennt, stellt man fest, daß er ein ungewöhnlich kultivierter Mann ist. Hilfsbereit, großzügig und außerdem . . .«, Markus legte mir die Hand auf die Schulter, »sehr reich.«

»Wollen Sie mich verkuppeln?«

»Frau Clausen, Sie sind ziemlich am Ende. Sie brauchen Hilfe, und Fritz Spöckmeier kann Ihnen diese Hilfe geben. Schlagen Sie sie nicht aus. Das ist mein letzter Rat!«

Ich hatte einen unglückseligen Hang zu Männern ohne Geld und eine mysteriöse Abneigung gegen Männer mit Geld. Das war schon immer mein Pech gewesen – ein Pech, über das ich vergeblich nachgrübelte und mich verstimmt fragte: Woran liegt es eigentlich, daß du die Männer nicht wenigstens ein bißchen ausnützen kannst? Du bist durch und durch amoralisch, aber da hapert es plötzlich mit der Amoral. Zu dumm! Ja, ich habe mir wirklich Vorwürfe gemacht und mir gewünscht, ein wenig von dem Geschäftssinn meiner Geschlechtsgenossinnen zu besitzen, die doch eigentlich nichts anderes tun, als emsig für ihr Alter vorzusorgen. Aber ich! Wenn ich es so überdachte, dann überkam mich tiefes Selbstmitleid – was hätte ich für ein unbeschwertes Dasein haben können, was für einen gemütlichen Lebensabend. Nun ja, es war mir nicht vergönnt.

Im Falle Fritz Spöckmeiers kann ich mich wenigstens loben, ernsthafte Versuche unternommen zu haben, mich und meine unrationale Lebenseinstellung zu ändern. Aber was nützt alles Lob, wenn man dann doch nicht bis zur Lebensabend-Rente durchhält. Ach was – noch nicht einmal bis zu einem eigenen Auto!

Es war ein trauriger Fall, der Fall Fritz Spöckmeier, und er begann eine Woche nach meiner Visite bei Dr. Markus.

Ich hatte ihn natürlich nicht angerufen – wobei der Gedanke »Ich kann mich doch nicht auf seine Kosten erholen« nicht ausschlaggebend war. Ausschlaggebend war nur meine Gleichgültigkeit. Hätte ich Spöckmeier attraktiv gefunden, wäre ich an meiner Gesundheit interessiert gewesen, ich hätte es sicher getan. So aber war mir das alles viel zu umständlich, und die Vorstellung, wochenlang allein in Tirol zu sitzen, reizte mich auch nicht. Als ein paar Tage später Spöckmeiers Anruf kam, hatte ich die ganze Angelegenheit so gut wie vergessen und war in Anbetracht der Morgenstunde, eines nicht ausgeschlafenen Katers und Sporers wütenden Gebrummels nicht in der Laune, mich über das Tirol-Projekt zu unterhalten.

»Gnädige Frau, warum haben Sie sich nicht bei mir gemeldet?«

»Ich habe nicht die Absicht, mich zu erholen.«

»Und weshalb haben Sie nicht die Absicht?«

»Ich wüßte nicht, wozu ich mich erholen sollte.«

Sporer öffnete die Augen einen Spalt und blinzelte zu mir herüber. Ich drehte ihm den Rücken zu.

»Sie scheinen einen schlechten Tag zu haben, gnädige Frau.«

»Ich habe nur schlechte Tage.«

Sporer warf sich ächzend auf die andere Seite.

»Ich glaube, man sollte mal ein ernstes Wort mit Ihnen reden«, sagte Fritz Spöckmeier, »darf ich Sie heute zum Mittagessen abholen?«

»Mein Mittagessen besteht aus drei Underberg.«

»Damit können Sie höchstens Ihren Magen schrecken, mich nicht.« Er lachte. »Also, ich hole Sie um ein Uhr ab. Machen Sie sich auf ein richtiges Mittagessen und eine Predigt gefaßt.«

»Das schreckt meinen Magen noch viel mehr.«

Sporer begann zu husten.

»Na gut«, sagte ich rasch, »holen Sie mich um ein Uhr ab.« Ich hängte ein. Sporer fuhr im Bett hoch.

»Kannst du deine Liebhaber nicht wenigstens dazu erziehen, zu einer vernünftigen Stunde anzurufen?«

»Das ist ein ganz Neuer«, gähnte ich, »ich hatte noch nicht die Gelegenheit, ihn in meine Tagesordnung einzuweihen.«

»Was ist das wieder für ein Mann?«

»Der Besitzer vom Europa-Hotel. Er möchte unbedingt, daß ich mich erhole.«

»Der Besitzer vom Europa-Hotel?« fragte Sporer ungläubig. Ich setzte mich auf seinen Bettrand. »Da bist du aber überrascht! Endlich mal ein Mann mit Prestige und Geld! Was meinst du, soll ich mir diesen Fisch an Land ziehen?«

»Gefällt er dir?«

Ich zuckte die Achseln.

Sporer lächelte beruhigt. Er schlug die Bettdecke zurück. »Komm, Eveline«, sagte er, »wir gehören zusammen, das weißt du doch . . .«

Fritz Spöckmeier stellte ein leichtes Menü für mich zusammen: Schildkrötensuppe, Forelle mit frischer Butter, kalifornische Pfirsiche – und ich mußte essen. Underberg wurde mir nicht gestattet, dafür aber eine ebenso wirksame und viel wohlschmeckendere Mischung aus Fernet Branca und Pfefferminzlikör. Davon bekam ich ein Gläschen vor dem Essen und zwei hinterher. Zum Abschluß durfte ich eine schwarze Filterzigarette rauchen, eine Schweizer Spezialsorte, die nicht besonders gut schmeckte, aber fast unschädlich sein sollte.

Nach den ersten ärgerlichen Protesten: »Ich brauche meinen Underberg . . . ich mag keine Forelle . . .«, gab ich den Widerstand auf und fügte mich Spöckmeiers sanfter Gewalt. Von diesem Moment an entspannte ich mich, ein Zustand der mir, wenn überhaupt, nur noch im warmen Wasser meiner Badewanne vergönnt war. Es war gut einen anderen denken, entscheiden und handeln zu lassen, es war wie im Krankenhaus, wo einem jede Verantwortung abgenommen, jeder Handgriff verboten wurde.

Es war so lange her, daß man mich umsorgt und bemuttert hatte. Ich hatte es so entbehrt. Ich wurde plötzlich hilflos und abhängig wie ein Kind und ebenso zutraulich.

»Und nun erzählen Sie mal Ihre Sorgen«, forderte mich Spöckmeier auf, nachdem ich folgsam den letzten Löffel Kompott in den Mund geschoben hatte, »ich glaube, das wird Ihnen ebenso guttun wie das Mittagessen.«

»Ich weiß nicht . . .« Ich zerknüllte meine Serviette, glättete sie, zerknüllte sie wieder. »Es ist eine lange Geschichte . . .«

»Ich habe Zeit«, sagte Spöckmeier und nahm mir behutsam die Serviette aus den Händen.

Wie lange war es her, daß jemand Zeit gehabt hatte, sich meine Sorgen anzuhören.

»Also gut . . .«

Ich begann zu erzählen. Ich erzählte, wie ich gegessen hatte, ein bißchen zögernd, aber artig und schön der Reihe nach. Ein paarmal hielt ich inne, so wie ich beim Essen innegehalten hatte, und überlegte, ob ich nicht aufhören sollte. Aber Spöckmeier ließ mich nicht aufhören.

»Kommen Sie, sprechen Sie weiter . . .«

Und ich sprach weiter. Es war gut, sprechen zu können und es am Schluß Fritz Spöckmeier zu überlassen, zu denken, zu entscheiden, zu handeln. Ich hatte mich fallen lassen. Es gab jemand, der für mich Entschlüsse faßte, der mir mein Leben zusammenstellen würde, so wie er mir ein leichtes, bekömmliches Menü zusammengestellt hatte.

Fritz Spöckmeier hatte Geld, Namen und gute Beziehungen. Als ich mit meiner Geschichte geendet hatte, lehnte er sich in seinem Stuhl zurück, schlug ein Bein über das andere und fragte: »Möchen Sie Ihr Leben geändert haben oder nicht?«

»Natürlich möchte ich.«

»Gut.«

Er zahlte, nahm meinen Arm, führte mich zu seinem Buick und fuhr mich nach Hause.

»Ich würde mir gerne Ihre Wohnung ansehen, gnädige Frau, darf ich noch einen Moment mit heraufkommen?«

Sporers Wagen stand nicht vor der Tür.

»Bitteschön«, sagte ich.

Er nahm eine Flasche Fernet Branca, eine Flasche Creme de Menthe und eine Stange schwarze Filterzigaretten vom Rücksitz.

»Von jetzt ab keinen Underberg und keine Victoria-Zigaretten mehr. Einverstanden?«

»Einverstanden.«

Er begrüßte Frau Specht, die ihm einen mißtrauischen, mir einen vorwurfsvollen Blick zuwarf. Er hob Alexander in die Höhe und betrachtete ihn mit sachlichem Interesse.

»Ein hübscher Junge . . . haben Sie ihn gegen Kinderlähmung impfen lassen?«

»Ja.«

»Gut, gut.« Er stellte ihn wie einen Gegenstand wieder auf den Boden und begann sich in der Wohnung umzuschauen.

»Sie brauchen unbedingt einen Kühlschrank«, sagte er, »einen Läufer und eine hübsche Beleuchtung im Gang. Ein größeres Kinderbett. Einen anderen Bezug für Ihre Couch. Ein neues Radio – eingebaut in eine alte Kommode . . . was halten Sie davon?«

»Sehr viel.«

»An die Wände gehören ein paar Bilder. In die Ecke dort würde ein kleiner englischer Sekretär passen. Hier müßte eine Perserbrücke hin . . .«

»Am besten wäre eine ganz neue Einrichtung«, bemerkte ich, »und eine passende Wohnung dazu.«

»Das ließe sich ja ohne weiteres machen.«

»Um Gottes willen, das habe ich doch nicht ernst gemeint.«

Ich war wirklich sehr verwirrt und schon gar nicht mehr in der Lage, irgend etwas einzuwenden. Männer mit einem so ungeheuren Tatendrang und einer so schnellen, so sicheren Entschlußkraft lähmten mich. Ich saß auf dem Rand meiner Couch, die Hände im Schoß, den Kopf ein wenig zur Seite geneigt, die Augen ängstlich auf Spöckmeier gerichtet. Ich fühlte mich unbehaglich.

»Ich wüßte eine sehr hübsche Wohnung, etwas außerhalb der Stadt, mit großem Balkon und Gartenanteil. Ich werde mich mal erkundigen.«

»Wollen wir nicht einen Fernet trinken?« fragte ich, um ihn auf andere Gedanken zu bringen.

»Ja, das können wir.«

Ich brachte ihm einen Korkenzieher – ein schäbiges Stück, das ich mal für zwei Mark in einem Kaufhaus erstanden hatte.

»Im Hotel habe ich sehr hübsche Korkenzieher«, sagte Spöckmeier, »ich bringe Ihnen mal einen mit.«

Ich nickte und wagte kaum die Gläser hinzustellen, die auch nicht viel mehr als der Korkenzieher gekostet hatten. Zum Glück überging er die Gläser, stellte aber gleich darauf fest, daß etwas Grünes im Zimmer fehle.

»Es gibt so hübsche Blumentöpfe«, erklärte er, »im Hotel habe ich mehr als genug.«

»Prost«, sagte ich und hob mein Glas.

»Auf Ihr Wohl, gnädige Frau.«

Er schaute mich nachdenklich an.

Was kommt nun? dachte ich und lächelte unsicher.

»Sie sind eine schöne Frau«, sagte Spöckmeier, »aber zu dünn. Sie müssen unbedingt zunehmen. Also, wie wär's mit Tirol?«

Ich schüttelte den Kopf.

»Ich habe Angst vor der Ruhe und dem Alleinsein. Man kommt dabei leicht in Verlegenheit nachzudenken. Außerdem mag ich Tirol nicht besonders. Es ist mir zu lieblich.«

»In was für Gegenden fühlen Sie sich dann wohl?«

»In ganz südlichen. Es muß heiß sein. Keine Berge, wenig Bäume . . . aber Meer. Ich habe immerzu Sehnsucht nach Meer und Sonne . . .«

»Wollen Sie mit mir in die Türkei fahren? Ich muß in drei Wochen nach Istanbul und Smyrna.«

»Das geht mir alles zu schnell«, sagte ich und preßte die Hände an die Schläfen. »Sie bringen mich ganz durcheinander. Wir kennen uns kaum, wir wissen noch gar nicht . . .«

»Gnädige Frau, ich weiß zum Beispiel, daß ich in Sie verliebt bin . . . sehr verliebt!«

»Das können Sie doch jetzt überhaupt noch nicht beurteilen!«

»Sie irren sich, ich kann es sehr gut beurteilen. Die Entscheidung liegt bei Ihnen.«

»Ich kann mich unmöglich von einer Stunde auf die andere entscheiden. Ich kenne Sie einfach zu wenig, und außerdem lebe ich mit einem Mann zusammen.«

»Ich weiß – aber sagten Sie nicht, Sie wollten Ihr Leben ändern?«

»Ja, natürlich. Aber geben Sie mir doch wenigstens etwas Zeit.«

»Ungern, aber es wird mir wohl nichts anderes übrigbleiben.«

Er erhob sich und begann im Zimmer auf und ab zu gehen.
»Auf jeden Fall, gnädige Frau, werde ich alles tun, um Ihre
Entscheidung zu beeinflussen. Sie können sicher sein, daß ich
nichts unversucht lassen werde. Ich werde fair sein, solange es
mit Fairneß geht, und unfair, wenn ich glaube, damit mehr
erreichen zu können.«
Er blieb vor mir stehen – die Hände in den Taschen, um den
Mund ein kleines, kampfbereites Lächeln – und schaute aus
imponierender Höhe auf mich herab.
Eine Frau sieht sich durch die Augen des Mannes. Seine Bewunderung ist für sie der Spiegel, in dem sie sich geschmeichelt
zulächelt. Sein Begehren ist für sie Bestätigung, reizvoll und
anziehend zu sein. Sein Werben ist für sie ein Wertmesser. Sie
gibt sich dabei gerne jeder Täuschung hin, ist gar nicht auf der
Suche nach der Wahrheit. Ein geschickter Mann wird eine Frau
immer glühend bewundern, heiß begehren und leidenschaftlich
umwerben. Er kann ihres dankbaren Entgegenkommens und
seines Erfolges sicher sein. Ich sah mich durch die Augen Fritz
Spöckmeiers, und ich sah mich als eine liebens- und begehrens-
werte Frau – eine Frau, für die ein Mann bereit ist, schon nach
wenigen Stunden alles aufs Spiel zu setzen.
Und da hatte er mich schon fast gewonnen.
»Istanbul«, sagte ich, »ich war mal vor Jahren dort . . . ich
würde es gerne wiedersehen . . .«
»Das können Sie in drei Wochen.«
Er setzte sich neben mich und legte seine Hand auf meine. Es
war eine überraschend schöne, schmale Hand mit einem Ehe-
ring.
Der Ring war mir schon beim Mittagessen aufgefallen aber
nach der flüchtigen Feststellung: Aha, er ist verheiratet, hatte
ich ihn bereits wieder vergessen.
»Haben Sie Kinder?«
»Ja, zwei Mädchen.«
»Wie alt?«
»Sechs und elf.«
Es war das äußerste, was ich in dieser Richtung fragte. Ehethe-
men, die selten variierten, langweilten oder irritierten mich.
Was gingen mich die Ehegeschichten meiner Herren an? Was

hatte ich damit zu tun? Wenn sie sich mir zuwandten – sei es für die Dauer einer Nacht, eines Monats, eines Jahres –, dann spielte unsere wie auch immer geartete Beziehung die erste Rolle und nicht ihre abgenutzte oder chaotische oder öde oder ja oder nein zu rettende Ehe.

»Wir leben mehr oder weniger getrennt«, hielt es Spöckmeier für notwendig mir anzuvertrauen, »einmal will ich mich scheiden lassen und sie nicht, einmal will sie sich scheiden lassen und ich nicht. Es ist eben sehr schwierig, wenn Kinder da sind.«

»Ja«, sagte ich und dachte: Es ist wirklich immer wieder dasselbe.

»Sie lebt ihr Leben und ich lebe meines.«

»Aha.«

Es klingelte. Ich zuckte zusammen, erinnerte mich dann aber, daß Sporer seinen Schlüssel hatte und daher nicht läutete. Spöckmeier, obwohl er das nicht wissen konnte, blieb ohne eine Spur von Nervosität sitzen, seine Hand immer noch auf meiner. Ich schaute ihn an, und er lächelte gelassen und beruhigend.

In diesem Moment imponierte er mir, wie mir selten ein Mann imponiert hatte. In diesem Moment hätte ich mich gerne in seine Arme geworfen und mein Gesicht schutzsuchend an seiner Schulter versteckt, so wie ich es als Kind bei meinem Vater getan hatte.

»Wäre es Ihnen denn nicht unangenehm, wenn er jetzt käme?«

»Nein, ich habe sowieso die Absicht, mich mit ihm zu unterhalten.«

»Sie wollen sich mit ihm unterhalten? Worüber?«

»Aber, Gnädigste, über Sie natürlich! Sie sind doch keine Frau, die man dem anderen hinter dem Rücken wegstiehlt. Um Sie spielt man mit offenen Karten. Das ist das mindeste, was man tun kann!«

»Wirklich?«

»Ich glaube, Sie unterschätzen Ihren Wert.«

Plötzlich hatte ich Tränen in den Augen. Ich stand schnell auf und ging zum Fenster. Ich starrte zu den Bahngleisen hinüber: Wert, dachte ich, das ist ein Wort, das in meinem und dem Vokabular meiner Bekannten nicht mehr vorkommt.

Fritz Spöckmeier trat hinter mich und drehte mich zu sich herum. Als hätte er meine Gedanken erraten, sagte er: »Eveline Clausen, mit was für Menschen haben Sie sich bloß umgeben?!«

Zwei Tränen liefen mir zu beiden Seiten der Nase hinunter. Ich wischte sie mit dem Daumen weg.

»Aus irgendwelchen unerklärlichen Gründen haben mich immer die Labilen und Zerrissenen angezogen«, sagte ich. »Ich habe das Gefühl, in diesem Kreis gefangen zu sein . . . nicht mehr heraus zu können . . .«

»Keine Angst, ich hole Sie heraus!«

»Aber vielleicht kann ich gar nicht mehr in einem anderen Kreis, unter anderen Menschen leben!«

»Unsinn! Sie müssen sich nur dazu entschließen. Alles andere können Sie mir überlassen.«

Er ist stark und gut und ehrlich, dachte ich. Er hat Mut, Entschlossenheit, Format. Er hat Geld. Er hat alle Voraussetzungen, mich aus dem unheilvollen Strudel an festes, trockenes Land zu ziehen.

»Also gut«, sagte ich, »versuchen wir's.«

Ich nahm seine Hand und legte sie an meine Wange. Er ist stark und gut und ehrlich, dachte ich, und dann in Panik: Aber ich bin überhaupt nicht in ihn verliebt . . . werde mich auch nie in ihn verlieben können . . .

Was mich an Fritz Spöckmeier am meisten beeindruckte, war, daß alles, was er sagte, Hand und Fuß hatte, bis aufs i-Tüpfelchen stimmte und auch noch durchgeführt wurde. Es kam mir einfach unfaßlich vor. Meine »Herren« hatten mich daran gewöhnt, daß nichts, was sie sagten, Hand und Fuß hatte, in keiner Weise stimmte und schon gar nicht durchgeführt wurde. Da dieser Zustand Jahre angehalten hatte, fiel es mir nicht leicht, mich plötzlich umzustellen.

Als mir Spöckmeier also erklärte, das würde jetzt in Angriff genommen, dies geändert und jenes in Ordnung gebracht werden, sagte ich nur »ja, ja . . .« und lächelte geduldig. Wie groß aber war mein Erstaunen, als er tatsächlich Punkt für Punkt planmäßig und termingerecht seine Worte in die Tat umsetzte. Was er ankündigte, traf zu festgesetzter Stunde ein, ganz gleich, ob es sich dabei um den versprochenen Korkenzieher oder meinen deutschen Paß handelte.

In kürzester Zeit war ich im Besitz meiner und meines Sohnes vollzähligen Papiere, deren Fehlen mich früher in ständigen Konflikt mit unerbittlichen Ämtern gebracht hatte. In kürzester Zeit war ich auch im Besitz einer Unmenge »Kleinigkeiten« – wie sich Spöckmeier auszudrücken pflegte –, Haushaltsgegenstände, vom Küchenmesser bis zum Teeservice; Kinderausstattung vom Unterhöschen bis zum Gitterbett; Kosmetikartikel, vom Nagellackentferner bis zur größten Flasche Arpège. Als diese Basis geschaffen war, wurden die Kleinigkeiten immer größer und wuchsen sich schließlich zu wertvollen Möbeln aus, die meine armselige Stube alsbald in einen geschmackvollen Wohnraum verwandelten.

Meine Proteste, die bei der Bratpfanne noch sehr heftig gewesen waren, wurden mit jedem Gegenstand schwächer, und als der kostbare alte Stollenschrank eintraf, kam von mir nur noch ein mattes Murmeln.

»Das geht wirklich nicht«, flüsterte ich ohne Überzeugung und dachte aufgebracht: Natürlich geht es . . . es geht sogar ausgezeichnet . . .

»Natürlich geht es«, sagte auch Fritz Spöckmeier und wiederholte zum hundertsten Male sein Sprüchlein: »Es kostet mich gar nichts, Eveline! Ob ich nun ein paar Teller, ein paar Stück Seife, ein paar Schränke mehr bestelle. Ich brauche diese Sachen sowieso für mein Hotel, und wenn ich davon etwas abzweige, mein Gott, was spielt das schon für eine Rolle!«

Ich hörte dieses Sprüchlein gern. Es beseitigte langsam, aber sicher die letzten Skrupel.

Spöckmeier sah sich befriedigt im Zimmer um, trat dann auf mich zu und nahm mein Gesicht in beide Hände.

»Glaub mir, Eveline, um ein neues Leben zu beginnen, braucht man als erstes geordnete Verhältnisse und eine Umgebung, in der man sich wohlfühlt.«

»Du bist ein wunderbarer Mensch«, sagte ich und hoffte, er würde mich nicht küssen.

»Ich bin ein verliebter Mann, sonst nichts.«

»Du bist ein wunderbarer Mensch«, wiederholte ich mit Nachdruck.

Ich sagte das bei jeder Gelegenheit. Ich sagte es aus Überzeugung, Dankbarkeit und schlechtem Gewissen. Ich wußte, daß Fritz Spöckmeier einen ganz anderen Satz hören wollte.

Er war geduldig, drängte nicht, ging nie über einen Kuß, eine zärtliche Liebkosung hinaus. Und trotzdem spürte ich, wie er auf mein Entgegenkommen wartete, hoffnungsvoll, wenn ich die Arme um seinen Nacken legte, enttäuscht, wenn ich mit stiller, leidenschaftsloser Gebärde meine Wange an seiner Schulter rieb.

Für mich war er eben ein wunderbarer Mensch – ein Mensch, für den ich Achtung und herzliche Zuneigung empfand, bei dem ich mich geborgen und beschützt fühlte. Aber in meinem Körper regte sich nichts, nichts außer dem Ärger, daß sich nichts regte. Und der Ärger wuchs mit jedem Tag.

»Du bist gar nicht in mich verliebt, Eveline, nicht wahr?«

»Ich bin viel mehr als verliebt . . .«, redete ich mich heraus und sagte mir mit Nachdruck, daß die Gefühle, die ich für ihn empfand, wertvoller und beständiger seien als Verliebtheit, Verlangen und Leidenschaft. Ich hielt mir als warnendes Beispiel Kurt Sporer vor Augen – den Haß, den Ekel, die Verzweiflung, die endlose Kette grauer, trostloser Tage.

Doch in dem Moment, in dem ich Fritz Spöckmeiers behutsame Hände spürte, seinen Mund, den Druck seines Körpers, tauchte wie zum Hohn das Bild Kurt Sporers auf und weckte eine schmerzhafte Sehnsucht nach seinen Händen, seinem Mund, seinem Körper.

In solchen Momenten lehnte sich alles in mir auf, sträubte sich mit unkontrollierbarer Heftigkeit gegen Fritz Spöckmeier, verwandelte meine Zuneigung in Abneigung, meine Achtung in Verachtung. Es war ein gespenstischer Vorgang, der genauso lange anhielt wie die Berührung.

Ich weiß nicht, ob Spöckmeier trotz aller menschlichen und materiellen Vorzüge eine Chance gehabt hätte, wäre Kurt Sporer in meiner Nähe gewesen. Wahrscheinlich wäre die große Rettungsaktion schon im Anfangsstadium gescheitert, und das

– abgesehen von der Ordnung in meinen Papieren, dem Glanz in meinem Zimmer – wäre zweifellos besser gewesen. Da mein Liebhaber aber gerade zum entscheidenden Zeitpunkt geschäftlich nach Rom geschickt worden war, hatte Spöckmeier zwei Wochen, um seinen Plan, mich und mein Leben zu ändern, weitgehend durchführen zu können.

Es war wie immer Schulenburg, der im ungeeignetsten Moment auftauchte, mit hochgezogenen Brauen schnelle Blicke um sich warf, die Situation sofort erfaßte und – genau wie im Fall Damaskus – düstere Prognosen stellte.

»Evelinchen«, sagte er, nachdem er mich verhört hatte, »den Mann, der dir die Wege ebnet, anstatt sie mit Hindernissen zu verbauen, schickst du in kürzester Zeit zum Teufel.«

»Mein Lieber«, entgegnete ich hochmütig, »vielleicht war das früher einmal der bedauerliche Fall. Inzwischen aber habe ich viel dazugelernt. Ich bin glücklich, diesen Mann gefunden zu haben.«

»Meine Kleine, was machst du dir wieder alles vor! Erstens hast du überhaupt nichts dazugelernt. Zweitens bist du nicht verliebt und daher nicht glücklich. Und drittens bist du nicht der Typ, der sich von einem Mann, der zu allem Überfluß auch noch Spöckmeier heißt, aushalten läßt.«

»Schau, deine Ansichten sind mir vollkommen gleichgültig. Du bist ja nur wütend, daß ich meinem früheren Leben und allem, was damit zusammenhängt, den Rücken kehre.«

»Ganz im Gegenteil, Eveline, ich bin darüber begeistert. Ich habe dir schon immer ein paar nette, sorglose Wochen, einen deutschen Paß, eine standesgemäße Wohnung und einen Frigidaire gewünscht. Abgesehen davon drücke ich Herrn Spöckmeier beide Daumen, daß es ihm gelingt, dich von deinem indiskutablen Beischläfer loszureißen.«

»Ich mag solche widerlichen Reden nicht mehr hören!«

»Pardon, ich habe vergessen, daß sich Madame jetzt in vornehmen Hotelfachkreisen bewegt.«

»Kannst du mich nicht in Ruhe lassen?!«

»O doch, ich lasse dich jetzt eine Zeitlang in Ruhe und warte ab. Es wird ungefähr zwei Monate dauern, bis du deinen Rettungsring wegwirfst, dich schüttelst und zu neuen Taten schreitest.«

»Wenn du dich nur nicht irrst!«

»Aber, Evelinchen, was dich betrifft, irre ich mich nie!«

Ich wagte nicht, an Sporers Rückkehr zu denken. Es war mir unklar, wie ich mich ihm gegenüber verhalten sollte. Ich konnte ihm doch nicht einfach sagen: Es ist aus, pack deine Koffer und geh! Ich konnte ihn aber auch nicht weiter in meiner Wohnung, meinem Bett behalten. Meine Unruhe wuchs mit jedem Tag, und bei Eintreffen seines Telegrammes, »Ankomme morgen nachmittag«, verlor ich endgültig die Nerven.

»Was soll ich denn nun tun?« fragte ich Spöckmeier mit dünner Stimme und angstvollen Augen.

»Zuerst einmal schön artig essen.«

Diesmal half mir seine Ruhe überhaupt nicht. Im Gegenteil, sie verärgerte mich. Ob er niemals seinen aufreizend gesunden Appetit verliert? dachte ich giftig. Ob ihm in jeder noch so verzwickten Lebenslage sein geliebtes Bier schmeckt?

»Ich kann nicht essen!«

Ich starrte irritiert auf die haarsträubende Kombination aus rosa Hemd, grüngestreifter Krawatte und senffarbenem Sportjakkett. Wie kann sich ein Mann mit einem vollendeten Form- und Farbgefühl so geschmacklos anziehen?

»Du hast zehn Tage lang brav zu Mittag gegessen«, sagte Spöckmeier, »du wirst es auch heute tun.«

Er entfaltete die Serviette und legte sie mir über die Knie.

»In dem Ton, in dem du mit mir redest, solltest du mir lieber ein Lätzchen umbinden«, sagte ich böse.

Er lachte.

»Ich finde das nicht komisch, mein Lieber, ich finde diese ganze Situation überhaupt nicht komisch!«

»Die Situation ist ganz einfach zu lösen, Eveline. Wir empfangen den Herrn gemeinsam und teilen ihm mit, daß eure Beziehung somit beendet ist.«

»Das ist eine ausgesprochen unfaire Lösung. Was soll der arme Kerl denn tun, wenn wir gleich zu zweit auftreten und ihn bei Nacht und Nebel aus der Wohnung werfen?«

»Mit anderen Worten«, sagte Spöckmeier, und zum ersten Mal sah sein gerötetes Bauerngesicht alles andere als gutmütig aus, »du hast die Absicht, das Bett mit ihm zu teilen, bis er eine andere Unterkunft gefunden hat.«

»Nein . . . natürlich nicht . . .«, stammelte ich, »aber . . .«

Meine Hände zitterten, und ich verbarg sie unter dem Tisch.

»Gut, dann also eine rücksichtsvollere Lösung: Wir fahren heute weg und bleiben so lange, bis er deine Wohnung geräumt hat.«

Das ist sehr geschickt von dem Herrn, dachte ich, aber gar nicht nach meinem Geschmack. »Nein«, sagte ich, »das ist nun wieder eine ausgesprochen feige Lösung.«

Spöckmeiers Gesicht wurde noch röter, sein Mund noch härter, seine Augen noch kleiner.

»Und wenn ich dir jetzt vorschlage, ein paar Tage in meinem Hotel zu wohnen, dann ist das eine ausgesprochen unpassende Lösung. Was hat das alles zu bedeuten?! Willst du mit deinem Liebhaber noch ein paarmal schlafen, bevor du endgültig mit ihm Schluß machst, oder was?«

Plötzlich hatte ich Angst vor ihm, und zwar die gleiche Angst, die ich als Kind vor besonders strengen Lehrern empfunden hatte. Und so wie damals bemühte ich mich aufgeregt, einen wohlerzogenen, respektvollen Eindruck zu machen und damit jede mögliche Gefahr abzufangen.

Ich legte meine Hand auf Spöckmeiers Arm.

»Mein Guter«, sagte ich, »wir komplizieren die ganze Angelegenheit. Ich werde Kurt Sporer alleine empfangen und ihm in aller Ruhe mitteilen, daß ich mich von ihm trennen möchte. Mehr wird gar nicht nötig sein. Er ist kein Mann, der mit der Faust auf den Tisch schlägt. Wie ich ihn kenne, wird er tief beleidigt aufstehen, seine Koffer packen und jammernd bei einem seiner zahllosen Freunde unterkriechen.«

»Und wenn er das nicht tut?«

»Dann verspreche ich dir hoch und heilig, dich auf der Stelle anzurufen, damit du mich abholst. Wir können dann entweder verreisen, oder ich ziehe in dein Hotel.«

»Gut«, sagte Spöckmeier beruhigt und besänftigt, »und jetzt, Spatzerl, wirst du brav essen . . .«

»Ich habe dich sehr geliebt, Eveline...« sagte Sporer mit wehleidiger Stimme. Er saß in resignierter Haltung auf der Couch, Kopf und Schultern an die Wand gelehnt, die Beine weit von sich gestreckt, das Kinn auf der Brust.

»Kurt, das sagen alle Männer in solchen Momenten.«

»Du wirst es bereuen, Eveline... oh, wie du es bereuen wirst!«

»Und das sagst du jetzt zum neunundneunzigsten Mal.«

Er beugte sich schwerfällig vor und griff nach der Steinhägerflasche. Er war nicht mehr ganz nüchtern.

»Das hat doch alles keinen Zweck, Kurt. Wir sitzen uns jetzt schon zwei Stunden gegenüber und reden im Kreis.«

Er wollte mir eingießen.

»Danke, ich hab genug«, sagte ich und bedeckte das Glas mit der Hand.

»Du hast noch lange nicht genug, nimm die Hand weg!«

»Willst du mich betrunken machen?«

»Das dürfte bei deinem Alkoholverbrauch schwer sein.«

»Ich habe in den letzten zwei Wochen kaum...«

»Hör endlich auf mit deinen letzten zwei Wochen. Jeden dritten Satz fängst du damit an. Ich weiß, du hast in den letzten zwei Wochen dreimal täglich gegessen, kaum geraucht, nicht getrunken, zwölf Stunden geschlafen – selbstverständlich ohne den Herrn, der nur deinen Geist liebt...kurzum du bist eine Heilige geworden!«

»Noch was?«

»Du hast dich in den letzten zwei Wochen hinten und vorn beschenken lassen, du hast dir eine Wohnung einrichten lassen...«

Er kippte den Steinhäger hinunter, zog die Jacke aus und warf sie neben sich auf die Couch.

»Ich wußte gar nicht, daß du käuflich bist, Eveline. Ich dachte, es wäre eine deiner ganz wenigen Tugenden, nicht käuflich zu sein.«

Ich spürte, wie ich blaß wurde. Ich lehnte mich mit betonter Ruhe im Stuhl zurück, schlug langsam ein Bein über das andere, verzog den Mund zu einem Lächeln.

»Ich liebe den Mann«, sagte ich, »und ich habe die Absicht, mit ihm zusammenzubleiben.«

Sporer lachte laut. »Erzähl mir doch keine Märchen, mein Schatz.«

Er stand auf und trat an meinen Stuhl. »Hast du mich angelogen, oder warst du wirklich noch nicht mit ihm im Bett?«

»Ich hätte keinen Grund mehr, dich zu belügen.«

»Gut. Dann geh erst mal mit ihm ins Bett. Schlaf mit ihm, lieg die ganze Nacht neben ihm ... und dann komm zu mir und sag, daß du ihn liebst und daß du die Absicht hast, mit ihm zusammenzubleiben.«

»Du glaubst wohl, daß es nur darauf ankommt ... auf das bißchen Schlafen!«

Er beugte sich zu mir herab, ein impertinentes Grinsen im Gesicht.

»Willst du vielleicht behaupten, daß du nicht den größten Wert darauf legst?!«

»Bei dir schon, und das war mein Unglück.«

»Sehr viele Frauen sehnen sich nach diesem Unglück, und du wirst dich auch eines Tages wieder danach sehnen, wenn du mich verlassen solltest.«

»Es soll noch andere Männer geben, die deine Fähigkeiten haben. Es soll sogar Männer geben, mit denen man sowohl leben wie schlafen kann.«

»Und das ist Herr Spöckmeier«, sagte Sporer, und sein Grinsen wurde noch breiter.

»Und wenn er das nicht ist und ich wählen muß zwischen dem einen und dem anderen, dann wähle ich ...«

Das Telefon klingelte.

»Dein neuer Herr, mein Schatz, du kannst dich jetzt entscheiden.«

»Ich habe mich bereits entschieden.«

Ich nahm den Hörer ab.

»Eveline«, fragte Spöckmeier, »ist alles in Ordnung?«

»Natürlich. Ich hätte dich ja sonst angerufen.«

»Ist er weg?«

»Ja, längst.«

»Soll ich bei dir vorbeikommen?«

»Nimm es mir nicht übel, aber ich möchte heute – nach all dem – lieber allein sein.«

»Bist du traurig?«

»Ein bißchen.«

»Ich verstehe. Ich rufe dich morgen früh an. Schlaf gut, meine Kleine.«

»Danke.«

»Ich hab dich sehr lieb.«

»Ja . . . gute Nacht.«

Ich hängte ein und drehte mich zu Sporer um. Er stand mitten im Zimmer. Wir schauten uns einen Moment lang in die Augen, und dann gingen wir aufeinander zu – wie Schlafwandler, die nichts sehen, nichts hören und doch ganz sicher ihren Weg finden.

Am nächsten Morgen um acht Uhr weckte ich Sporer.

»Es ist Zeit, daß du gehst!«

»Gehen?« fragte er schlaftrunken, »wohin soll ich denn gehen?«

»Das weiß ich nicht, aber jedenfalls aus meinem Bett und meiner Wohnung.«

»Komm, Eveline«, sagte Sporer, ohne den Kopf vom Kissen zu heben, »komm zu mir ins Bett und gib Ruhe.« Er schlug die Bettdecke zurück.

Ich wagte nicht, mich zu bewegen, denn jede kleinste Bewegung hätte zu ihm geführt, wäre das Ende meines Entschlusses, die Fortsetzung dieser trostlosen Existenz gewesen. Wenn ich jetzt den Moment verpaßte, würde ich den Absprung nie mehr finden. Mein Kopf fühlte sich an, als schlüge jemand Nägel hinein, jeder Muskel in meinem angespannten Körper zog sich zu einem schmerzhaften Knoten zusammen.

»Das hast du nun fast drei Jahre mit mir gemacht«, sagte ich, und meine Stimme, in der sich rasende Wut mit Schluchzen mischte, ließ ihn den Kopf heben und mich erstaunt anschauen. »Aber jetzt zieht es nicht mehr, Kurt. Es ist aus. Steh auf, pack deine Sachen und geh!«

»Eveline, bist du wahnsinnig geworden?«

»Nein, normal.«

Ich merkte, daß ich dabei war zu gewinnen. Mein Blick, eiskalt auf seinen Körper gerichtet, machte ihn verlegen. Er setzte sich auf und schlug die Decke um sich.

»Jetzt setz dich mal, Eveline, und hör mich an.«

»Nein, ich setze mich nicht, und du stehst auf.«

»Nicht bevor ich dir gesagt habe, was ich dir unter angenehmeren Umständen und zu einer geeigneteren Stunde habe sagen wollen.«

»Na, dann sprich mal unter diesen unangenehmen Umständen und zu dieser ungeeigneten Stunde. Eine so einmalige Chance darfst du dir nicht entgehen lassen.«

Jetzt konnte ich sogar etwas lachen. Die Gefahr war vorüber. Ich hatte gesiegt.

Er sah mich mit dem Blick eines verendenden Tieres an und sagte: »Ich möchte dich heiraten und mit dir auf die Kanarischen Inseln gehen.«

»Wieso? Stehst du wieder vor dem Offenbarungseid wie damals, als du mit mir nach Israel gehen wolltest, um ein bescheidenes, verinnerlichtes Leben zu führen?«

»Spar dir deine Ironie, Eveline, du wirst gleich feststellen, daß sie unangebracht ist. Klaus hat mir geschrieben und mich gebeten, der Manager seines Hotels in Gran Canaria zu werden.«

Er versuchte triumphierend auszusehen, aber in der Aufmachung und dem erbärmlichen Zustand, in dem er war, mißlang es.

»Kurt«, sagte ich beinahe sanft, »bitte, laß das jetzt und geh.«

»Du glaubst mir nicht? Komm, gib mir mal mein Jackett, ich werde dir den Brief zeigen.«

»Nicht nötig, ich glaube dir und würde dir dringend raten, ganz schnell zuzupacken. Mir ist es bei weitem lieber, du ruinierst Klaus als mich.«

Einen Moment blieb Sporer stumm. Sein fahles Gesicht wurde aschen, seine flüssigen, gewölbten Augäpfel drohten aus den Höhlen zu schwappen. Dann sprang er auf, war im Nu in den Hosen und riß die Schranktüren auf: »Und mir ist es lieber«, zischte er, »du ruinierst diesen Spöckmeier-Trottel als mich. Du bist unmenschlich, Eveline, und das wird sich an dir rächen. Du hättest ein herrliches Leben auf den Kanarischen Inseln gehabt, wir wären glücklich gewesen. Aber das willst du ja gar nicht. Du willst unglücklich sein und Unglück bringen. Bitteschön. Ich gehe nach Gran Canaria und nach mir die Sintflut!«

»Kann ich dir packen helfen, Kurt?«

»Geh aus dem Zimmer«, sagte er mit einem unterdrückten Schluchzen, »bitte geh!«

Ich ging und setzte mich zu Frau Specht in die Küche. Sie schabte Mohrrüben.

»Der Herr Spöckmeier ist wirklich ein großzügiger Mann«, begann sie sofort mit ihrem Lieblingsthema, »neulich sagte ich ihm, daß wir einen Fleischwolf brauchen, und schon am nächsten Tag . . .«

»Wozu brauchen wir einen Fleischwolf?«

»Was man hat, hat man.«

Sporer packte mit viel Lärmaufwand. Ich schloß die Küchentür.

»Zieht der Herr Sporer aus?« fragte Frau Specht, legte den Hinterkopf auf ihren Höcker und sah zu mir auf.

»Ja.«

»Schade, er war so ein lieber Mann.«

»Ja.«

»Aber was den Herrn Spöckmeier betrifft – das ist ein wahrer Kavalier, und ich sage immer, eine Frau alleine mit einem kleinen Kind braucht einen Mann, der für sie sorgt.«

»Jetzt haben wir ihn ja, Frau Specht«, sagte ich mit spöttischem Lächeln, »mit Fleischwolf, Frigidaire und allem Drum und Dran. Wir haben ausgesorgt.«

»Ts, ts, ts, Frau Clausen.« Sie schüttelte mißbilligend den Kopf, nahm eine Mohrrübe und begann zu schaben.

Österreich, Jugoslawien, Griechenland, quer durch die Türkei bis hinunter nach Smyrna, und unentwegt lag die Hand auf meinem Arm, meinem Knie, meiner Schulter. Manchmal kraulte sie mich auch im Nacken oder am Hinterkopf. Sie war warm, weich und zärtlich. Sie kitzelte mich, sie irritierte mich, sie machte mich rasend.

Ich wollte untertauchen in dem Anblick einer mir vertrauten Landschaft, in der Hitze einer mir vertrauten Sonne. Ich wollte untertauchen in meinen Erinnerungen an Bulgarien – Erinnerungen, unvergeßlich schön und unvergeßlich schmerzhaft. Aber diese verdammte Hand . . .!

Ich schob sie von meinem Bein, wo sie hin- und herkrabbelte wie eine trunkene Fliege.

»Bitte nicht«, sagte ich, »es ist so heiß.«

»Du magst es nicht, wenn man dich anfaßt, nicht wahr?«

»Ab und zu schon . . . aber nicht immerzu.«

Er lächelte entschuldigend.

»Ich bin einfach zu verliebt in dich, Everl.«

Everl und Spatzerl und Mauserl, dachte ich, ich wußte gar nicht, daß Worte genauso unangenehm kitzeln können wie Berührungen.

Ein alter Bauer auf einem Esel ließ mich Spöckmeier einen Moment lang vergessen. Ich beugte mich zum Fenster hinaus und lächelte ihm zu. Er grüßte und lächelte zurück.

»Ich mag die balkanesischen Bauern so gern, es sind wunderbare Menschen.«

»Spatzerl, häng dich nicht so zum Fenster hinaus, du schluckst sonst zuviel Staub.«

Ich gehorchte mit einem tiefen Seufzer.

»Bist du sehr müde?«

»Nein.«

»Aber heiß ist dir, nicht wahr?«

»Ja.«

»Dann zieh doch den Rock aus.«

»Nein.«

»Du wirst sehen, wenn du den Rock ausziehst, dann . . .«

»Ich ziehe den Rock nicht aus.«

»Es war ja nur ein gutgemeinter Vorschlag, Spatzerl.«

Zieh den Rock aus, lehn dich nicht zum Fenster hinaus, iß noch ein Sandwich, mach die Augen zu und schlaf ein bißchen . . . es waren alles nur gutgemeinte Vorschläge.

»Magst du schweren, silbergehämmerten Schmuck, Everl?«

Ich nickte.

»Dann werden wir dir in Griechenland so ein breites . . .«

Seine Hand legte sich auf meinen Arm.

Ich schloß die Augen, biß die Zähne zusammen.

»Bitte, nimm die Hand weg . . .«, sagte ich matt.

In Griechenland war das Meer – hellgrün war es dort und heiter, mit silbernen, tanzenden Reflexen. Ich lief ihm entgegen, warf mich vor ihm in den hellen, warmen Sand und versank in seinem Anblick, einer flimmernden, blendenden Unendlichkeit. Das Meer war der Anfang aller Dinge, es würde ihr Ende sein, und bei diesem Gedanken überkam mich Ruhe, Demut und ein Gefühl der Befreiung.

»Hier können wir herrlich baden, Schatzerl«, sagte Spöckmeier, der hinter mich getreten war, »kein Mensch weit und breit . . . du brauchst gar keinen Badeanzug anzuziehen.«

Warum kam nicht eine hohe Welle und spülte ihn weg, diesen unerträglichen Tolpatsch? Ich kniff gepeinigt die Augen zusammen und sagte: »Du wirst lachen, ich ziehe aber trotzdem einen Badeanzug an.«

»Warum denn, du Dummerl? Es ist doch viel schöner, ganz nackt ins Wasser zu gehen.«

»Sei so gut und überlaß mir, wie ich ins Wasser gehe.«

Zum ersten Mal war er eingeschnappt. Er ging ohne ein weiteres Wort zum Auto zurück und begann sich auszuziehen.

Ich versuchte wieder zurückzutauchen in Meer, Ruhe und Demut, aber es gelang mir nicht mehr.

»Ich finde meine Badehose nicht!« rief Spöckmeier.

»Sie ist hier bei meinen Sachen. Moment, ich bringe sie dir gleich.«

Er wartete nicht, sondern kam splitternackt auf mich zu. Ich fand es schamlos und beleidigend. Daß er sich unbekleidet vor mir zeigte, war mir gleichgültig, wenn auch nicht gerade angenehm, daß er aber seinen alternden, unästhetischen Körper mitten in diese unberührte, grandiose Landschaft pflanzte und dabei nicht die Spur einer Verlegenheit empfand, schien mir anstößiger, als wenn er am hellichten Tag nackt über Münchens Marienplatz gegangen wäre.

Ich warf ihm wortlos die Hose zu, streifte ihn dabei mit einem bösen Blick, drehte mich um und begann, mich im Schutz meines Bademantels zu entkleiden.

»Everl«, lachte er, »hast du Angst, die Fische schauen dir was ab?«

Ich gab keine Antwort. Ich war maßlos gereizt und kurz davor, die Beherrschung zu verlieren. Ich schüttelte die Schuhe ab und grub meine Zehen in den heißen Sand.

»Da hinten ist etwas Schatten«, sagte Spöckmeier, »ich fahr mal schnell den Wagen dorthin.«

»Eine großartige Idee!«

Endlich war ich ein paar Augenblicke ungestört. Ich lief über den elfenbeinfarbenen Strand hinunter zum Meer. Ich lief mit ausgebreiteten Armen, bereit mich hineinzuwerfen und alles um mich zu vergessen.

Das Wasser war warm und kristallklar. Ich tauchte das Gesicht, tauchte den Kopf hinein, ging immer weiter, bis ich keinen Grund mehr unter den Füßen spürte, und legte mich auf den Rücken. Ich ließ mich tragen und treiben, wurde eins mit Himmel, Wasser und Sonne.

Ich sah und hörte ihn nicht kommen und erschrak fürchterlich, als etwas Großes, Glattes unter mir durchschwamm und meinen Rücken streifte.

Idiot, dachte ich, als sein rotes, prustendes Gesicht dicht neben mir auftauchte, merkt er denn immer noch nicht, daß ich in Ruhe gelassen werden will!

Er merkte es ganz offensichtlich nicht. Er lachte aus vollem Hals, zog mich an den Beinen, umschlang mich, trieb all die neckischen Spiele, die Menschen im Wasser zu treiben pflegen und die ich gar nicht schätzte.

»Ich bin müde«, sagte ich, schwamm zum Ufer zurück und warf mich in den Sand.

Er hielt es nicht lange ohne mich aus. Sein schwerer Körper plumpste neben mir zu Boden, rückte näher, berührte mich, preßte sich an mich.

Ich seufzte.

Er mißverstand mein Seufzen.

»Herrlich ist das hier, nicht wahr, Everl?«

»Ja.«

Er strich mir über die stark hervortretenden Rippen unterhalb der Brust.

»Kinderl, du bist viel zu dünn. Ab heute ißt du doppelte Portionen.«

Ich richtete mich auf und starrte wütend auf ihn herab. Er hatte eine weiße Haut, die durch die Sonne nicht braun, sondern krebsrot wurde.

»Was schaust du mich so an?«

»In spätestens einer halben Stunde hast du einen prächtigen Sonnenbrand.«

»Ja, ich schäl mich immer sofort.«

Jetzt weiß ich, was es ist, dachte ich. Ich kann seine Haut nicht ertragen. Sie hält die Sonne nicht aus. Sie wirft Blasen und platzt, anstatt dunkel und glänzend zu werden. Es ist eine fremde Haut, meiner in keiner Weise verwandt.

»Geh lieber in den Schatten«, sagte ich voller Verachtung.

»Ach was, mir macht so ein bißchen Sonnenbrand nichts.«

Er streckte die Arme nach mir aus in der Absicht, mich zu sich herabzuziehen.

Ich sprang auf.

»Mir ist heiß, ich geh noch mal ins Wasser.«

Er preßte die Lippen aufeinander und warf sich wortlos auf den Bauch.

Smyrna ist eine kleine orientalische Hafenstadt – bezaubernd, wenn man sich einen Tag dort aufhält, strapazierend, wenn man einen Monat bleibt. Das Klima ist wie in einem Treibhaus, heiß und feucht, und man hat ständig eine klebrige Haut und dunkle Schweißflecken unter den Achseln.

Smyrna besteht aus einem modernen und einem alten Teil. Der moderne Teil ist eine schön gepflasterte breite Hauptstraße, die am Meer entlang zum Hafen führt. Der alte Teil ist die Innenstadt mit schmalen, malerischen Gassen, einem Basar und einem großen staubigen Platz, auf dem eine Moschee steht. Auf der Hauptstraße spielt sich das Leben der High-Society ab, in der Innenstadt das Leben des einfachen Volkes. Der Unterschied ist nicht wesentlich: Die Männer, die mittags aufgeregt gestikulierend auf der Hauptstraße zusammenstehen, schließen etwas größere Geschäfte ab als die Männer in der Innenstadt; die Frauen, die abends zur Promenade ausgeführt werden, sind etwas aufgeputzter als die Frauen, die nach Sonnenuntergang schwatzend vor ihren Haustüren sitzen; und anstatt der Eselkarren fahren ein paar Autos hin und her. Manchmal – und das prägt das Gesicht der Hauptstraße natürlich besonders – findet zu Ehren irgendeiner Persönlichkeit eine Parade statt, mit einer tosenden Militärkapelle, ein paar kurzbeinigen, fetten Stadthonoratioren, einem Trüppchen Soldaten zu Fuß und zu Pferd und einer beeindruckt gaffenden Zuschauermenge.

Auf jeden Fall ist Smyrna eine abwechslungsreiche Stadt: Man kann Schafherden sehen und amerikanische Straßenkreuzer mit verwirrten Ausländern am Steuer, schwerbeladene Kamele mit hochmütigen Gesichtern und Seeleute verschiedenster Nationalitäten, buntgekleidete Bauern, emsige Händler, bettelnde Zigeuner, Scharen schwarzäugiger Kinder und verwahrloster Katzen; man kann auf dem Platz vor der Moschee die Gläubigen die Schuhe ausziehen, in langen Reihen hinknien und unter rituellen Verneigungen ihre Gebete verrichten sehen; man kann durch die schattigen Laubengänge des Basars spazieren und in leuchtenden Stoffen, prächtigen Teppichen, Gold- und Silberwaren, buntem, billigem Krimskrams wühlen; man kann die Schiffe beobachten, wie sie als winzige Punkte am Horizont auftauchen und als mächtige Kolosse in den Hafen gleiten; man kann abends Smyrnas einziges Luxusrestaurant besuchen, unter freiem Himmel in einem Gewirr tropischer Pflanzen und bunter Lämpchen sitzen und sich an einem original türkischen Essen, einer Flasche Raki und dem obszön hüpfenden Bauch einer wohlgenährten Tänzerin den Magen verderben, oder man kann in die Kneipen im Hafenviertel gehen, wo man an langen Holztischen sitzt und öltriefende kleine Fische ißt. Und wenn man das alles staunend erlebt und mit einem Märchen aus Tausendundeiner Nacht verglichen hat, kann man nach Ephesos fahren und den Glanz der Antike mit der Banalität der Gegenwart vergleichen.

»Mir wäre es fast lieber gewesen, ich hätte Ephesos nie gesehen«, seufzte ich und legte das Gesicht auf die hochgezogenen Knie.

»Du sitzt hier auf den Stufen eines der sieben Weltwunder und redest Unsinn«, beschwerte sich Spöckmeier, der meine Art bei Schönheit still, ja geradezu bedrückt zu werden, gar nicht schätzte.

»Die Sinnlosigkeit meines Lebens wird mir hier so bewußt. Das ganze Brüchige, Flache, Geistlose unseres Jahrhunderts, die Hast und Vermassung, das Immer-Weiter-Abtreiben von der Vollendung.«

Die Zikaden schrien, die rotgoldene Sonne tauchte ins Meer.

»Da hast du nicht unrecht, Eveline. Aber da wir nun mal in dieses Jahrhundert hineingeboren sind, sollten wir das Beste daraus machen.«

Er zog den Korken aus einer Flasche Wein und reichte sie mir. Ich trank schnell und viel. Irgend etwas in mir tat furchtbar weh. Ich mußte es betäuben.

In dem tintenblauen Licht der Dämmerung trat das Weiß des Marmors noch leuchtender hervor. Dicht neben mir erhob sich eine Säule, erhaben in ihrer Größe, vollendet in ihrer Proportion, geschaffen von Menschen, die die Schönheit angebetet haben mußten.

»Kein Mensch ist mehr fähig, eine solche Säule zu bauen«, sagte ich, »oder aus einer Treppe ein Kunstwerk zu machen. Heutzutage sind Säulen überflüssig und Treppen nur noch dazu da, daß man so schnell wie möglich von einem Stockwerk ins andere kommt . . . ich meine natürlich, wenn der Fahrstuhl mal gerade kaputt ist.«

Spöckmeier zündete sich eine Zigarette an, und ich wedelte verärgert mit der Hand, um den Rauch, der hier nicht hingehörte, zu verscheuchen.

»Heutzutage ist alles Wesentliche auf ein Minimum zusammengeschrumpft: der Geist und die Würde der Menschen, ihr Sinn für Schönheit, die Entfernungen, die Wohnflächen, die Gefühle . . .«

Bei dem Stichwort »Gefühle« sah mich Spöckmeier vielsagend an.

»Ja, ja, ich weiß«, lächelte ich, »wer selbst im Glashaus sitzt, soll nicht mit Steinen werfen.«

Ich rückte näher an ihn heran und lehnte den Kopf an seine Schulter. Seit Wochen war die Spannung zwischen uns so stark, daß wir oft gar nicht wagten, uns anzuschauen aus Angst, uns in einem plötzlichen, heftigen und für beide Teile höchst peinlichen Ausbruch zu entladen. Jetzt, bei dieser kleinen zärtlichen Geste, spürte ich, wie Spöckmeier sofort weich und zugänglich wurde, hoffnungsvoll die große Wandlung in mir, das große Glück mit mir erwartete.

»Everl«, murmelte er, und so hatte er mich schon lange nicht mehr genannt, »ach ja, Everl . . .«

Er legte sanft den Arm um mich.

»Du hast dir diese Reise ganz anders vorgestellt«, sagte ich traurig, »es tut mir leid, aber . . .«

»Sprechen wir jetzt nicht darüber.«

»Wir sollten aber mal ruhig und vernünftig . . .«

»Aber doch nicht jetzt, Herzerl, nicht in Ephesos!«

Er drückte mich fester an sich, und ich bemühte mich, die ersten unausbleiblichen Anzeichen meines Widerwillens zu unterdrücken.

»Schau mal den Mond dort, Everl. . . .«

Es war ein intensiv gelber Vollmond, pompös und phantastisch, wie alles an diesem verzauberten Ort.

Das ist zuviel, dachte ich, das ist nicht mehr auszuhalten. Der dunkelblaue Himmel, der gelbe Mond, der weiß leuchtende Tempel der Artemis, das vergoldete Meer, die warme, samtene Luft und Spöckmeiers Körper, der sich an mich preßt, und Spöckmeiers rotes, verliebtes Bauerngesicht, das sich mir zuneigt . . .

»Schön, Everl, nicht wahr . . .?«

Er zog mich quer über seine Knie und küßte mich, schob seine Hand unter meine Bluse und legte sie auf meine Brust.

Ich fühlte seinen Mund und seine Hand und sah den Himmel, den Mond, die Säule.

Und ich dachte: Es gibt bestimmt leichtere Tode als den, den ich hier auf den Tempelstufen in Ephesos sterbe . . .

Wenn man zwölf Stunden lang über ungepflasterte, schattenlose Straßen geschüttelt wird und dann spät abends mit einer dicken Staubschicht paniert, knirschenden Sand zwischen den Zähnen, kratzenden Sand zwischen den Zehen, vor dem Hilton-Hotel in Istanbul hält, dann kann man eben doch nicht umhin, technischen Fortschritt und modernen Komfort zu preisen.

Mir jedenfalls ging es so, als ich benommen und erschöpft vor der überdimensionalen, hellerleuchteten Bienenwabe stand und sehnsüchtig durch riesige Glastüren in eine kolossale, farbenfreudige Halle blickte – eine nicht schlecht gelungenen Kreuzung aus orientalischem Pomp und amerikanischer Sachlichkeit. In meiner Phantasie sah ich bereits einen Strahl dampfenden Wassers in eine blitzblanke, gekachelte Badewanne fließen, und ich wandte mich voller Ungeduld an Spöckmeier, der immer noch am Wagen herumhantierte. »Was suchst du da eigentlich stundenlang?!«

»Deine Siebensachen zusammen, mein Kind!«

Eine Schar gelbuniformierter Hotelboys nahm unser verdrecktes Gepäck – einen nicht enden wollenden Wust von Koffern, Taschen, Körben, Schachteln und losen Kleidungsstücken – in Empfang.

In der Halle war es angenehm kühl. Die Luft roch frisch und sauber. Die Menschen, die wie alle Hotelgäste ein wenig gelangweilt herumsaßen und -standen, sahen ungeheuer gepflegt und begütert aus. Wir zogen eine kleine Schmutzspur, einen Geruch aus Staub und Schweiß und ein paar erstaunte Blicke hinter uns her.

Am Empfang wurde Spöckmeier ehrerbietig begrüßt: »We are glad to see you again, Sir. You have room 42. It's a very quiet room with a beautiful view . . .«

Man kannte und fürchtete Spöckmeier, denn in jedem großen, teuren Hotel erwachte sein Berufsehrgeiz, und er fand immer einen Fehler, den er prompt und unnachsichtig beanstandete.

Es gab keine Treppen im Hilton-Hotel, dafür aber besonders komfortabel ausgestattete Fahrstühle, die, von adrett livrierten Mädchen bedient und unter den Klängen leichter amerikanischer Musik, in Höhen und Tiefen schossen.

Unser Zimmer war perlgrau, violett und türkis, eine etwas gewagte Farbzusammenstellung, an die man sich jedoch nach der ersten Sekunde der Beunruhigung schnell gewöhnte. Es war ein sehr großer, gutproportionierter Raum. Die eine Seite bestand nur aus Glas mit einer Tür, die auf einen Balkon hinausführte. Die Einrichtung war komfortabel und geschmackvoll.

Hier werde ich mich wohlfühlen, dachte ich und ließ mich mit einem befriedigten Seufzer in einen der türkisfarbenen Sessel fallen. Mein Blick blieb an dem großen, flachen französischen Bett hängen, und ich seufzte wieder – diesmal allerdings aus Verzweiflung.

Wenn jetzt Sporer... Ich schaltete den Gedanken hastig ab, stand auf und begann mich mit einem Koffer zu beschäftigen.

»Es ist schon neun Uhr« sagte Spöckmeier. »Das Gescheiteste ist, wir packen heute nur das Notwendigste aus, baden, bestellen uns ein gutes Essen aufs Zimmer und gehen früh schlafen.«

»Ja, das ist wohl das Gescheiteste.«

Das Zimmer hatte einen Vorraum mit Einbauschränken und ein schwarzgekacheltes Bad mit großer Wanne, blitzenden Hähnen und Unmengen von Hand- und Frottiertüchern.

Kummer gewöhnt, drehte ich den Wasserhahn auf und war tief beeindruckt, als tatsächlich ein dampfender Strahl herausschoß.

»Möchtest du zuerst baden?!« rief ich.

»Nein, geh du... aber mach nicht so lange, ich habe einen Bärenhunger!«

»Wann hast du den nicht!«

Ich ließ die Wanne vollaufen und zog mich aus. Spöckmeier erschien im Bad und begann seine Toilettenutensilien auszupacken.

»Muß das jetzt sein?! Du weißt doch, daß ich es nicht gerne habe, wenn...«

»O Herr im Himmel...!«

Er stellte die Tasche mit betonter Heftigkeit auf einen Hocker und verschwand.

Ich sperrte geräuschvoll hinter ihm ab und legte mich mit dem unbehaglichen Gefühl »heute passiert noch was« in die Wanne.

Seit dem unglückseligen Abend in Ephesos war die Spannung zwischen uns unerträglich geworden. Ich hatte mich von da an in eine Empörung hineingesteigert, die jede Objektivität von vornherein ausschloß und mich an Spöckmeier nur noch negative, verachtungswürdige, ja hassenswerte Eigenschaften entdecken ließ. Spöckmeier hingegen, sinnlos verliebt und nach Gegenliebe ausgehungert, hatte sich an jenem Abend zu neuen Hoffnungen hinreißen lassen und der kleinen mitleidigen Geste, mit der ich meinen Kopf an seine Schulter gelehnt hatte, eine im höchsten Maße übertriebene Bedeutung beigemessen. Um so größer war seine Enttäuschung gewesen, als ich ihn darauf mit unverhohlener Feindseligkeit behandelte und seine Hoffnungen damit ein für allemal zunichte gemacht hatte.

Von diesem Moment an war nichts mehr zu retten gewesen.

Spöckmeier klopfte heftig an die Tür:

»Eveline, möchtest du vielleicht die ganze Nacht in der Badewanne verbringen?«

»Am liebsten ja.«

»Also bitte, komm jetzt heraus!«

»Darf ich mich vielleicht noch abtrocknen, oder bist du bis dahin verhungert?«

Er gab keine Antwort, und ich stieg aus der Badewanne, trocknete mich gemächlich ab, zog mir einen Morgenrock an und schloß auf.

Wider Erwarten schoß er nicht sofort herein. Nachdem ich mich gekämmt und noch einen abgebrochenen Nagel zurechtgefeilt hatte, verließ ich das Bad.

Er saß auf der Couch, ein Glas Raki in der Hand, eine halbleere Flasche vor sich auf dem Tisch.

Er hatte schon immer gerne getrunken – aber in letzter Zeit tat er es mit dem Vorsatz, sich zu betrinken, und mit den ersten Anzeichen eines Rausches wurde er aggressiv und unleidlich.

»Du kannst ins Bad.«

»Sehr liebenswürdig, aber jetzt trinke ich zuerst mein Glas aus.«

»Du scheinst immer nur dann Hunger zu haben, wenn du mich damit unter Druck setzen kannst.«

»Natürlich, was immer ich habe und nicht habe, tue und nicht tue, dient nur dem Zweck, dich unter Druck zu setzen.«

»Das habe ich nicht behauptet, aber wenn es dir Spaß macht, meine Worte zu verdrehen . . . bitteschön . . .«

»Komm, meine kleine Xanthippe, trink einen Schluck Raki mit mir. Wir müssen doch unsere Ankunft in Istanbul feiern. Der letzte Abschnitt einer idealen Reise.«

»Scharfer Schnaps auf leeren Magen, hast du mir immer gesagt, sei Gift für meine Gesundheit.«

»Das ist lange her.«

»Mit anderen Worten, jetzt ist es dir egal, ob es Gift für mich ist oder nicht.«

»Wenn es bloß Gift wäre!« sagte er inbrünstig.

Zum ersten Mal seit langer Zeit mußte ich von Herzen lachen. Spöckmeier schaute mich an, verdrossen und mißtrauisch. Aber plötzlich entspannte sich sein Gesicht, und der längst vergessene Ausdruck täppischer Gutmütigkeit und rührender Zärtlichkeit erinnerte mich an den hoffnungsvollen Beginn unserer Beziehung.

»Mein Gott, Eveline, wenn du so lachst, bist du ein völlig anderer Mensch, und dann muß ich dich lieben – ob ich will oder nicht!«

»Es ist wirklich alles zu idiotisch. Man müßte sich doch . . . ach komm, gib mir lieber einen Raki. Mit Eis, ohne Wasser.«

»Kommt nicht in Frage! Mit Wasser oder keinen.«

»Möchtest du mich nicht mehr vergiften?«

»Nein, das sollen meine Nachfolger für mich erledigen. Früher oder später findet sich bestimmt einer, der es mit Genuß tut.«

Er reichte mir ein Glas und stieß mit mir an.

»Ich wollte dich heiraten, Eveline.«

»Tja . . .«

Er trank aus und stand auf.

»So, jetzt gehe ich endlich ins Bad.«

Er blieb neben mir stehen, strich mir mit der Hand über den Hinterkopf, den Hals hinunter bis zum Nacken.

Ich machte eine kleine ausweichende Bewegung. Sie war ungewollt – ein Reflex eigentlich nur und um so verletzender.

Spöckmeier zog die Hand zurück und ging ins Bad. Wie immer schloß er nicht die Tür hinter sich, wie immer ärgerte ich mich darüber in übertriebenem Maße.

»Bestell inzwischen schon was zu essen!« rief er.

»Was soll ich bestellen?«

»Kaviar, das heißt, nur, wenn sie Malossol haben.«

»Wieso denn Kaviar?«

Er hatte das Wasser aufgedreht.

»Ich verstehe kein Wort«, schrie er, »wenn du mit mir sprechen willst, mußt du schon herkommen!«

Ich ging widerwillig ins Bad. Er stand mit größter Selbstverständlichkeit nackt in der Wanne und seifte sich ein.

»Wieso denn Kaviar?« fragte ich mürrisch.

»Ich dachte, du ißt ihn gerne.«

In letzter Zeit hatte er sich nicht mehr darum gekümmert, was ich gerne aß. Er hatte mir die Spiesekarte gereicht und interesselos bestellt, was ich verlangte.

»Du willst mir doch nicht etwa eine Freude machen?«

Er hatte mir seine Rückseite zugedreht, um das Wasser zu regulieren.

Ich zog eine bösartige Fratze, wie Kinder es hinter dem Rücken unbeliebter Schullehrer tun.

»Ich finde, wir sollten es uns heute abend gutgehen lassen«, sagte er und legte sich lang in die Wanne. Sein Gesicht, von Hitze und Dampf noch stärker gerötet als sonst, ragte aus dem Seifenwasser heraus. »In einer Woche haben wir es beide überstanden, und das muß gefeiert werden!«

Offensichtlich hatte er sich vorgenommen, den ganzen Abend auf unserer mißglückten Reise und baldigen Trennung herumzureiten und mir dabei in mehr oder weniger versteckten Seitenhieben die alleinige Schuld in die Schuhe zu schieben. Nicht sehr geschmackvoll, fand ich, aber wenn es ihm Spaß machte . . .

»Also gut. Malossol-Kaviar, und was noch?«

»Möchtest du Champagner dazu?«

»Nein, lieber Wodka.«

»Schön, dann bestell eine Flasche Wodka, aber echten. Außerdem ein bißchen kaltes Fleisch . . . Huhn, Schinken, Roastbeef, wenn sie haben, und zum Abschluß Käse.«

Ich war vor den Spiegel getreten und betrachtete mich aufmerksam. Mein Gesicht hatte die Farbe dunkler Bronze, und meine Haare waren von der Sonne heller geworden. Ich fand mich sehr hübsch und lächelte mir zu.

»Hast du dich bald genug angebetet, Eveline?«

»Ich stelle fest, daß ich hübscher geworden bin.«

»Was hab ich davon?«

»Eine sehr galante Frage!«

Ich stolzierte zur Tür.

»Und frag, ob sie einen wirklich guten Weißwein haben, Eveline.«

»Jawohl, mein Herr.«

Ich ging zum Telefon und bestellte das Essen. Dann zog ich mir Shorts und eine weiße Bluse an und trat auf den Balkon hinaus. Es war eine jener weichen, warmen, etwas süßlichen Nächte, die einen unaufhörlich an Liebe denken lassen, in der sich jedes Licht, jeder Schatten, jedes Geräusch, jeder Geruch zu einer erregenden und zugleich wehmütigen Atmosphäre verdichtet. In der die Sterne, das Rot einer Lichtreklame, die gedämpften Klänge einer Tanzkapelle, das Lachen einer Frau zu Requisiten einer Liebesnacht werden.

Ich stützte mich auf das Geländer, und ich spürte den schmerzhaften Druck in der Kehle, lautloses Weinen, das keine Erleichterung schafft.

»Eveline«, brüllte Spöckmeier aus dem Bad, »wo steckst du denn . . . hörst du denn nicht das Klopfen?!«

Ich ging ins Zimmer zurück. »Come in«, sagte ich.

Die Tür ging auf, und ein Kellner rollte einen Tisch herein. Es war ein sehr großer runder, weißgedeckter Tisch und ein sehr junger, zierlicher, hübscher Kellner. Er schob mir den Tisch vor die Füße und fragte mit einem scheuen und zugleich arroganten Blick: »Where you like to have dinner, Madame, here or on balcony?«

Er wußte genau, daß er hübsch war und daß die verschiedenen Frauen in den verschiedenen Zimmern es bemerkten.

»Here please«, sagte ich und deutete auf eine Stelle vor der geöffneten Balkontür.

Er entfernte sich mit geschmeidigen Bewegungen, wich Spöckmeier, der gerade zur Tür hereintapste, mit einem graziösen Sprung aus und verschwand lautlos wie eine Katze.

Das Geschirr klirrte, als sich Spöckmeier dem Tisch näherte. Ich sah ihm starr entgegen, registrierte mit grausamer Genauigkeit den dicken Hals, die fast kinderkopfgroße Wölbung seines Magens, die Fleischwülste, die der Gürtel seiner Hose hervorpreßte. Nach dem ästhetischen Anblick des schmalen, straffen Knabenkörpers kam mir seine Fettwanstigkeit unverzeihlich vor.

Warum, dachte ich zornig, zieht er mit einer solchen Figur auch noch einen enganliegenden, quergestreiften Baumwollpullover an?!

»Na, Eveline, was verstimmt dich jetzt wieder?«

»Gar nichts«, sagte ich und nahm mir vor, Spöckmeier mitsamt seinen Fettwülsten, seinem Baumwollpullover und seinem Sonnenbrand zu übersehen und allein, in mich abgeschlossen, die Schönheit der Nacht, den Komfort des Zimmers, den Luxus des Dinners zu genießen.

Ich zündete die Kerze an, die auf dem Tisch stand, und fand im Radio stimmungsvoll-sentimentale Musik. Ich schaltete die Deckenbeleuchtung aus und nahm mit einem kleinen ironischen Lächeln Spöckmeier gegenüber Platz.

Er schaute mich nicht an. Er goß mir und sich einen eisgekühlten Wodka ein und reichte mir dann den Kaviar.

»Bitteschön.«

»Vielen Dank.«

Ich nahm zwei Löffel und gab ihm die Schale zurück.

»Danke.«

»Hier ist Toast und Butter.«

»Bitte, nimm du zuerst.«

»Könntest du mir bitte die Zitrone geben.«

»Oh, entschuldige . . .«

Nachdem alle Vorbereitungen getroffen waren, saßen wir einen Moment lang schweigend da und schauten auf unsere Hände, von denen die linke auf der Tischkante lag, die rechte das Glas umschlungen hielt. Wir saßen da, bei leiser Musik, bei Kerzenlicht und Sternenhimmel, bei Wodka und Kaviar, und die Nacht, die für die Liebe geschaffen zu sein schien, lastete auf uns wie ein zentnerschweres Gewicht.

Spöckmeier hob sein Glas.

»Trinken wir auf . . .«

Jetzt kommt wieder die mißglückte Reise, die Trennung, der Abschied . . ., dachte ich.

»Trinken wir . . .« Er schien nach einem besonders prägnanten Wort zu suchen, einem Wort, das er in diesem endgültigen Ton aussprechen und das mir die ganze Dummheit meines Verhaltens vor Augen führen würde: Schuld bist allein du . . . ich habe dir weiß Gott alles gegeben, ich habe mich wochenlang bemüht ...

Die Annahme, er könnte sich völlig im Recht fühlen, brachte mich auf.

»Trinken wir auf das gewisse Etwas, das weder Geld noch gute Worte ersetzen können«, sagte ich grausam und goß den Schnaps in einem Zug hinunter.

Er versuchte mich mit einem mitleidigen Blick und hoheitsvollem Schweigen zu beschämen.

Aber ich schämte mich nicht. Ich glaubte bersten zu müssen vor grenzenloser Wut, einer Wut, die nicht mehr einzudämmen war und die sich gegen alles richtete: gegen diese wundervolle Nacht, den greifbar nahen Sternenhimmel, das exquisite Dinner, das französische Bett in meinem Rücken, die Fliege an der Wand. Gegen mich selbst, die ich mir zum ersten Mal in meinem Leben untreu geworden war und damit den letzten Rest an Selbstachtung eingebüßt hatte. Und natürlich gegen Spöckmeier, diesen bulligen Mann mit der fremden weißen Haut, der das Recht zu haben glaubte, mir seinen Körper aufzuzwingen und – wenn man es logisch bedachte – sogar das Recht hatte. Und dieser Gedanke empörte mich am meisten.

Ich klatschte einen hochgetürmten Löffel Kaviar auf meinen Toast und biß grimmig hinein.

»Der Kaviar ist sehr anständig, nicht wahr?« erkundigte sich Spöckmeier im Tone höflicher Konversation, aber ich hörte eine ganz andere Bedeutung heraus: Genieß diesen sehr anständigen Kaviar noch einmal, wer weiß, wann du wieder solchen kriegst ...

»Ja, er ist ausgezeichnet. Gib mir bitte noch einen Wodka.«
Er füllte mein Glas.

»Auch der Wodka ...«

»Ja, auch der Wodka!«

Er schwieg würdevoll, aber sein Gesicht wurde dunkelrot.

»Bist du eigentlich schon mit vielen Frauen verreist?«

»Mit einigen.«

»Und sie haben sich immer gut benommen, was? Du hattest keine Scherereien mit ihnen, und die Reisen waren ein voller Erfolg.«

»Ich bin meistens mit sehr normalen, unkomplizierten Frauen verreist.« Er sah mich vielsagend an, kaute, schluckte und trank von seinem Wodka.

»Das ist immer das beste. Sie würdigen, was man ihnen bietet.«

»Sehr richtig. Nur ist es mein Pech, daß ich im Grunde auf den anderen Typ fliege – der, der einem nur Scherereien macht.«

»Das geht nicht nur dir so.«

»Ja . . . ich hatte mal eine Freundin, eine junge, begabte Malerin, der es finanziell nicht sehr gut ging. Sie war außerordentlich attraktiv und schien auch sonst ganz in Ordnung. Aber als wir uns länger kannten, wurde sie unausstehlich. Ich konnte ihr nichts mehr recht machen. Sie hatte an allem etwas auszusetzen, und wenn wir verreisten, wollte sie immer ihr eigenes Zimmer haben. Ich war sehr vernarrt in sie und machte das Theater wochenlang mit. Dann, eines Tages in Davos, gab es keine Einzelzimmer mehr, sondern nur noch ein Doppelzimmer. Sie bestand darauf, weiterzufahren. Ich fuhr nicht weiter, ich kaufte ihr eine Rückfahrkarte und setzte sie in den Zug. Beim Abschied heulte sie und erging sich in unklaren Entschuldigungen, die weder Hand noch Fuß hatten.«

»Sie werden schon Hand und Fuß gehabt haben.«

»Für mich nicht.«

»Das kann ich mir denken.«

»Auf jeden Fall war sie ein ganz ähnlicher Typ wie du. Differenziert nennen das manche Leute, ich nenne es hysterisch.«

»Bravo«, sagte ich, lächelte und schwenkte eine Hühnerkeule, »wenn eine Frau ihr Eigenleben hat und sich nicht dankbar dem Mann fügt, dann ist sie hysterisch oder neurotisch. Wenn sie im Bett nicht so reagiert, wie es der Mann in seiner Einfalt und Überheblichkeit für selbstverständlich hält, dann ist sie frigide, und wenn sie sich ähnliche sexuelle Freiheiten wie der Mann herausnimmt, ist sie nymphoman. Die Herren und Meister haben ein Etikett für alles, was die Frau betrifft, nur für ihre eigenen Mängel und Übel haben sie keins, schlimmer noch, sie glauben, sie hätten überhaupt keine Mängel und Übel.«

»Ich nehme zur Kenntnis, daß ich Mängel und Übel habe, die die gnädige Frau sowohl hysterisch als auch frigide machen.«

»So ist es.«

»Könntest du mir bitte die Butter geben, Eveline.«

»Selbstverständlich . . . und könntest du mir dafür ein Glas Wein geben.«

»Aber natürlich.«

Er goß mir ein.

Ich trank hastig und fühlte, wie ich dabei betrunken wurde.

»Ich würde dir raten, Eveline«, sagte Spöckmeier, »so schnell wie möglich zu deinem Freund Sporer zurückzukehren. Am besten schon morgen.«

»Die berühmte Rückfahrkarte für hysterische, frigide Frauen.«

Ich lehnte mich in meinem Stuhl zurück und lachte.

Spöckmeier saß so aufrecht, wie ich ihn noch nie hatte sitzen sehen. Die Augen auf den Teller geheftet, galt seine ganze Aufmerksamkeit einer Scheibe Schinken.

»Die gerechte Strafe für undankbare kleine Mädchen, nicht wahr?« kicherte ich.

Er schob einen Bissen in den Mund, blickte während des Kauens auf und haarscharf an meinem rechten Ohr vorbei.

»Und mit mir zu sprechen, hältst du jetzt auch unter deiner Würde, was?«

»Erstens paßt mir dein Ton nicht, und zweitens gibt es nichts mehr zu sagen.«

»Du irrst dich, mein Lieber, ich für mein Teil habe noch etwas zu sagen.«

Ich stellte fest, daß ich den richtigen Grad an Trunkenheit erreicht hatte – den, bei dem man betrunken genug ist, schonungslos die Wahrheit zu sagen, und nicht zu betrunken, sich in Unklarheiten zu verlieren.

Spöckmeier aß ruhig weiter – noch eine Scheibe Schinken, noch ein Stück Brot, noch ein paar Gabeln Salat.

»Bist du bald fertig?«

»Nein, und ich bitte dich, mir nicht den Appetit zu verderben. Ich bin entschlossen, diese unglückselige Affäre so schnell wie möglich zu beenden und zu vergessen. Das ist alles.«

»Sicher – genauso wie du entschlossen warst, diese unglückselige Affäre so schnell wie möglich zu beginnen, die Türen des goldenen Käfigs zu öffnen, den zerzausten Vogel einzufangen, ihn aufzupäppeln und zum Dank dafür zwitschern und trällern zu hören – Tag und Nacht und in jeder Situation.«

Mit dieser sehr gelassen vorgetragenen Rede schien ich Spöckmeier doch den Appetit verdorben zu haben. Er hielt mitten im Kauen inne, schluckte zwei-, dreimal, legte das Besteck klirrend auf den Teller, zerknüllte die Serviette und warf sie auf den Tisch. »Willst du mich vielleicht beschuldigen . . .«

»Moment«, unterbrach ich ihn und hob beschwichtigend beide Hände, »zu deiner Beruhigung möchte ich gleich voraussagen, daß ich – wenn hier überhaupt von Schuld gesprochen werden kann – die Schuldige bin. Aber ich will gar nicht mit so gewichtigen Worten wie Schuld und Recht um mich werfen, ich will diese unerfreuliche Angelegenheit nur ein für allemal klären.«

»Da gibt es gar nichts zu klären. Wir haben uns beide geirrt, und damit Schluß.«

»Geirrt?! Wir haben uns nicht geirrt! Ich habe dich und mich belogen, du hast dich belügen lassen – und zwar aus ganz egoistischen Gründen. Du warst verliebt und wolltest eine Frau, ich war am Ende und wollte einen Menschen, der mich aus allem herauszerrt. Du wußtest von Anfang an, daß ich nicht in dich verliebt war, und ich wußte, daß ich mich nie in dich verlieben würde . . . diese Erkenntnis war außerordentlich unbequem. Hätten wir daraus die Konsequenzen gezogen – wie wir es hätten tun müssen –, dann wäre dein und mein Plan daran gescheitert. Das aber wollten wir beide nicht, und darum schwiegen wir die Erkenntnis tot und machten uns etwas vor.«

»Ich habe mir nichts vorgemacht, mein Kind!«

»Also gut . . . du hast dir nichts vorgemacht, und selbst wenn du es getan hättest, dann wäre es in deinem Fall verzeihlich gewesen. Du warst verliebt. Aber in meinem Fall ist es nicht verzeihlich. Ich war nicht verliebt. Ich hatte einen klaren Kopf. Ich habe etwas getan, was ich mein Leben lang bei anderen Frauen verdammt habe. Ich habe mich und dich belogen, um Vorteile daraus zu schlagen. Ich habe nie etwas gegen Prostituierte gehabt, die bares Geld verlangen und dafür ihren

Körper geben. Aber ich habe immer die heuchlerischen Weiber verachtet, die aus dem uralten fairen Geschäft eine unfaire Seelenschnulze machen – und dann auch noch, wie in meinem Fall, mit Pauken und Trompeten versagen.«

Ich beugte mich vor, um die Ellenbogen auf den Tisch zu stützen, und warf dabei mein Glas um. Es fiel auf den Teller und zerbrach.

»Scherben bringen Glück«, sagte ich töricht lächelnd und mich dann wieder durch einen Alkoholnebel zum Thema zurück-kämpfend: »Weißt du, es tut mir leid, aber ich kann einfach nicht mit dir schlafen . . .«

Ich seufzte und schüttelte traurig den Kopf. »Nach unserer ersten gemeinsamen Nacht in Österreich hätte ich es dir schon sagen und ganz von selbst eine Rückfahrkarte verlangen müs-sen. Aber das kam mir nun auch wieder unanständig vor – nach allem, was du für mich getan hast.«

Plötzlich sprang Spöckmeier auf. Er stand da, die Schultern hochgezogen, den Kopf vorgestreckt, die Arme angewinkelt. Sein Gesicht war starr und, zum ersten Mal seit ich ihn kannte, bleich. Er schien etwas sagen zu wollen, denn ein-, zweimal holte er Luft und öffnete den Mund. Aber es kam nichts.

Ich hätte ihm nicht die Wahrheit sagen sollen, überlegte ich. »Bitte, versteh doch . . .«

Im gleichen Moment wandte er sich ab und ging mit einem Schritt, der das Geschirr auf dem Tisch tanzen ließ, zum Tele-fon. »Den Empfangschef bitte«, sagte er.

Während er sprach, starrte er mich unentwegt aus seinen blas-sen, glitzernden Augenschlitzen an: »Hier Spöckmeier. Ich wollte Sie fragen, ob Sie noch ein Zimmer frei haben . . . ja, für heute nacht.«

Ich zog die Obstschale zu mir heran, zupfte eine Traube ab und schob sie in den Mund.

Aber ich mußte es tun, dachte ich, ich mußte mich freispre-chen, so wie man es bei der Beichte oder beim Psychotherapeu-ten tut, so wie man sich bei einem verdorbenen Magen den Finger in den Hals steckt.

»Sie haben noch ein Zimmer«, sagte Spöckmeier am Apparat, »ja, ausgezeichnet. Ich komme gleich herunter.«

Ich zupfte eine große blaue Traube nach der anderen vom Stiel und schob sie in den Mund. Sie hatten eine harte Schale und schmeckten gar nicht so gut, wie sie aussahen.

Spöckmeier ging ins Bad, und ich hörte, wie er seine Toilettensachen zusammenraffte und in die Tasche warf. Als er ins Zimmer zurückkam, sah er müde aus, müde und alt. Er blieb in der Nähe der Tür stehen. »Das mit der Rückflugkarte erledige ich gleich morgen früh, Eveline.«

»Ja«, sagte ich ohne aufzuschauen.

Ich wartete auf Schritte, das Klappen der Tür. Aber es blieb still.

»War es denn nötig, mir alles so schonungslos zu sagen?« fragte Spöckmeier nach einer Weile.

Ich dachte einen Moment lang nach. »Nein«, sagte ich dann, »es war nicht nötig.«

»Eveline . . . warum . . .«

Ich sollte jetzt aufstehen, zu ihm hingehen und sagen: Es stimmt ja alles nicht. Ich habe zuviel getrunken und Unsinn geredet. Ich sollte die Arme um ihn legen und ihn küssen und sagen: Komm, laß es uns vergessen. Ich sollte ihm eine letzte schöne Woche in Istanbul schenken . . .

Aber ich konnte es nicht. Ich mußte an seine etwas feuchte weiße Haut denken, sein gurrendes »Everl«, seine Berührungen, bei denen sich alles in mir zusammenzog, anstatt sich zu öffnen. Und ich konnte es nicht.

Ich blieb sitzen und schwieg.

»Gute Nacht, Eveline«, sagte Spöckmeier und ging.

Es ist traurig, von einer langen Reise zurückzukehren und von niemandem empfangen zu werden. In meinem Fall war es besonders traurig, denn das, was hinter mir lag bedrückte mich, und das was vor mir lag – an das wagte ich gar nicht zu denken. Ich stand also mit viel Gepäck, sonst aber gottverlassen, in der großen Flughalle und beobachtete voller Selbstmitleid, wie sich die Menschen um mich herum begrüßten, umarmten, küßten. Es war sieben Uhr abends, und ich hatte sechs Mark in der Tasche. Ich überlegte, ob das für ein Taxi reichte. Ich überlegte auch, ob Alexander schon schliefe und Frau Specht mein Telegramm rechtzeitig erhalten und etwas zum Essen besorgt hatte. Und dann versuchte ich mich zu erinnern, ob noch ein Rest Kognak in der Flasche sei.

Jemand zupfte mich am Haar, und ich drehte mich erschrocken um. Vor mir stand Schulenburg, frisch frisiert, frisch rasiert und in einem nagelneuen, schicken Trenchcoat, dessen Kragen er verwegen aufgestellt hatte.

»Einen schönen guten Abend, Evelinchen«, begrüßte er mich, rieb seine Nase an meiner Wange und strömte den Duft eines teuren Rasierwassers aus, »entschuldige, daß ich mich ein bißchen verspätet habe, aber auf den Straßen war wieder mal die Hölle los.«

»Ich hatte ja gar nicht mit dir gerechnet«, sagte ich verwirrt.

»Du solltest eben immer mit mir rechnen!«

»Ja, aber woher wußtest du denn, daß ich heute abend ankomme?«

»Meine Kleine, du hast doch telegrafiert, und da ich mich täglich um unseren Sohn gekümmert habe, war ich in deiner Wohnung, als das Telegramm eintraf.«

»Und woher wußtest du, daß ich allein ankomme und mich niemand abholt?«

Wie immer, wenn ihn seine Fähigkeiten mit Stolz erfüllten, drückte er den Kopf in den Nacken und lächelte herablassend: »Daß Spöcki zwischen Istanbul und München auf der Strecke bleiben würde, war mir klar. Nicht so klar war mir allerdings, ob dieser Spulwurm nicht plötzlich wieder irgendwo herauskriecht. Aber da er sich in einer sentimentalen Anwandlung von Frau Specht und Alexander verabschiedet hat und dann zu neuen Ruhmestaten gen Gran Canaria aufgebrochen ist, wußte ich, daß die Luft rein ist.«

»Er ist also wirklich weg«, sagte ich.

»Ja, er ist wirklich weg«, sagte Schulenburg.

Wir bückten uns gleichzeitig nach den Koffern, ich, um meine Bestürzung zu verbergen, er, um meine Bestürzung nicht zu sehen.

»Nimm nur die Tasche, Evelinchen, ich trage die anderen Sachen.«

Ich trottete neben ihm her durch die Halle.

Jetzt bin ich beide los, dachte ich, du lieber Himmel, das kann ja heiter werden.

»Na du!« sagte Schulenburg aufmunternd, »freust du dich auf deinen Sohn?«

»Natürlich freue ich mich auf meinen Sohn! Hat er sich verändert?«

»Nein, er läuft immer noch wie ein Tanzbär und spricht wie ein Wasserfall, ohne daß man jedoch ein einziges Wort versteht. Ich glaube, das Kind ist ein Spätentwickler.«

»Das macht nichts, das war ich auch.«

»Mein Mäuschen, wem sagst du das?«

Er deponierte mich mitsamt der Koffer am Ausgang des Flughafengebäudes und erklärte, nur schnell den Wagen zu holen.

»Welchen Wagen?«

»Meinen natürlich!«

Er schien über meine Frage noch erstaunter als ich über die Tatsache, daß er plötzlich Besitzer eines Autos war.

Ich sah ihm nach, wie er sich mit kleinen Hüpfern entfernte, und dann sah ich vor mich hin in den Sprühregen, der wie graue Schleierfetzen aus einem grauen, alten Himmel wehte. Nicht denken, warnte ich mich, nicht denken, ja nicht denken! Das Auto, das Schulenburg mit straffem Ruck und einem kurzen forschen Hupen vor mir zum Stehen brachte, war ein dunkelblauer Opel. Er mußte genauso neu sein wie sein Trenchcoat, denn das Innere des Wagens, das er im allgemeinen als Papierkorb benutzte, war fleckenlos und leer wie der Stoff und die Taschen seines Mantels.

»Willst du mir nicht endlich verraten, woher du das Auto hast?« fragte ich, nachdem er mein Gepäck im Kofferraum verstaut und sich hinter das Steuer gesetzt hatte.

»Woher hat man ein Auto, Evelinchen?« Er ließ den Motor an und fuhr los. »Vom Autohändler natürlich, in meinem Fall von Opel-Schmitz in der Landwehrstraße.«

Seine Antworten, mit denen er mir zu verstehen gab, daß meine berechtigten Fragen völlig unberechtigt waren, trieben mich wie immer zur Verzweiflung. Ich seufzte und zog ein gepeinigtes Gesicht.

Er sah mit flinkem Blick zu mir herüber: »Was ist denn, meine Kleine, hast du etwa Bauchgrimmen?«

Ich versuchte ernst zu bleiben und meine nächste Frage so zu formulieren, daß er mir nicht mehr entwischen konnte: »Womit verdienst du plötzlich soviel Geld?«

»Ich bin unter die Neger gegangen, wenn du es ganz genau wissen mußt«, erwiderte er mit scheinbarem Gleichmut, »ich schreibe für einen Schreiber, der des Schreibens unkundig ist. Ich verwandle seine Scheiße in pures Geld.«

»Mußte das sein bei deiner Begabung und Intelligenz?«

»Tja, Evelinchen, die Frage kann ich dir zurückgeben: Mußte das alles sein bei deinen vielfältigen Reizen?«

Wir schwiegen und zündeten uns jeder eine Zigarette an.

»Fährt gut, der Kleine, nicht wahr?« fragte Schulenburg nach einer Weile.

»Ja, sehr gut.«

»Wir werden demnächst eine Landpartie mit ihm machen, du, Alexander und ich.«

Ich sah dem Scheibenwischer zu, wie er mit irrwitziger Geschäftigkeit hin- und herfegte, um den Blick in eine graue Dunstglocke zu ermöglichen.

»In diesem Land gibt es neun Monate im Jahr kein Licht und keine Farben«, sagte ich, »und der Himmel ist aus Beton. Kein Wunder, daß die Menschen hier so sind wie sie sind.«

»Wie?«

»So verquer.«

Schulenburg sah mich mit hochgezogenen Brauen starr an.

»Ich habe im allgemeinen gesprochen.«

Er nickte und strich mir über den Kopf.

»O Gott«, sagte ich, »was wird wohl aus mir werden?«

»Ich fürchte, Evelinchen, das hängt in erster Linie von deinem nächsten Herrn ab.«

»Von Herren habe ich ein für allemal genug.«

Er schwieg und lächelte geradeaus. Es war ein kleines, traurig-spöttisches Lächeln.

»Du glaubst mir wohl nicht?«

»Nein, ich glaube dir wohl nicht.«

»Du wirst sehen. Ich werde ein neues Leben beginnen.«

Der Satz klang so unüberzeugend, daß ich mir mit Lautstärke Mut zu machen versuchte: »Ich will raus aus dem allen«, schrie ich, »raus!«

»Das willst du schon lange, meine Kleine. Dein Pech ist nur, daß sich auch immer gleich ein Herr findet, der dir dabei behilflich ist und dich kräftig in eine Richtung zieht, in die du gar nicht willst. Fazit: Anstatt rauszukommen, gerätst du immer tiefer hinein.«

»Ja, eben. Und genau das wird jetzt nicht mehr passieren.«

»Amen«, sagte Schulenburg.

Der Geliebte

Mein neues Leben begann mit Fieber, Übelkeit und Schwindel-
anfällen. Der Arzt stellte eine Viruserkrankung fest und trak-
tierte mich mit Antibiotika. Um was für einen Virus es sich
handelte, schien er nicht genau zu wissen. Schulenburg behauptete, es sei ein asiatischer Virus, den ich mir in der Türkei
geholt hätte. Er nannte ihn den Spöcki-Virus was ich, noch
unter dem Eindruck der jüngsten Ereignisse, gar nicht komisch
fand, er aber um so mehr. Frau Specht, die das Unheil immer
vorausgeahnt hatte und jetzt in dem Verlust Spöckmeiers, der
zweifelhaften Behandlung des Arztes und Schulenburgs häufigen Besuchen bestätigt fand, versuchte mich mit bitteren Kräutertees und eiskalten Wadenwickeln zu kurieren. Diverse Herren, die sich nach meinem Befinden erkundigten, erklärten
wichtigtuerisch, meine Krankheit sei psychisch bedingt, und
ich solle jetzt endlich zu einem Analytiker gehen. Mir war
elend, und ich wünschte sie alle zum Teufel.
Schließlich, nach zwei Wochen Antibiotika und Kräutertee,
sank das Fieber und ließ mich in einem Zustand physischer
Schlappheit und geistiger Klarheit zurück. Ich lag im Bett, zu
müde, um zu lesen, nicht müde genug, um zu schlafen, und die
Gedanken, seit Jahren verdrängt, bemäntelt oder verbannt,
nutzten meine geschwächte Position aus und fielen in Scharen
über mich her: Ein neues Leben, fragten sie, wie stellst du dir
das vor? Wo ist die Basis, auf der du es aufbauen könntest? Was
hast du gelernt, was hast du zu bieten? Hast du besondere
Fähigkeiten oder Begabungen vorzuweisen? Hast du in deinem
Leben schon irgendwann einmal richtig gearbeitet, mit deinen
Händen, deinem Kopf? Hast du aus deinen Erfahrungen gelernt, hast du etwas aus ihnen gemacht? Hast du jemals Kraft,
Mut und Willen auf etwas Lohnenswertes, etwas, das dich

Anstrengung und Selbstüberwindung gekostet hätte, angewandt? Was hast du zu geben außer einem Körper, einem vielversprechenden Gesicht und einem rätselhaften, makabren Reiz, den du auswirfst wie einen Angelhaken, um die Fische daran zappeln zu sehen? Glaubst du, ein Mann, wie du ihn dir vorstellst, erhoffst, erträumst, wird auf diesen Köder reinfallen? Glaubst du, es ist Zufall, daß du immer nur diejenigen an Land ziehst, die dich dann schließlich auf irgendeine Weise enttäuschen? Und was bleibt, wenn dein Äußeres bröckelt, wenn nicht mal mehr die kleinen Fische anbeißen und du auf dich selber zurückgeworfen wirst, auf diese Kreatur, die keiner Liebe, keiner Leistung fähig ist? Du willst raus aus dem allen, ja aber wie und woraufhin? Du kannst ja nicht einmal raus aus deiner eigenen Haut, deiner Erstarrung, deiner Indolenz. Du bist dein eigener Gefangener.

Als Frau Specht das Zimmer betrat, in der Hand die unvermeidliche Tasse, in der sich jetzt ein stärkendes Süppchen anstatt des bitteren Kräutertees befand, war ich schweißgebadet.

»So ist's recht«, nickte sie zufrieden, »schwitzen ist gut. Da kommt das Gift so richtig raus, und dann ist man ein neuer Mensch.«

Als ich wieder aufstehen durfte, wußte ich weniger mit mir anzufangen als jemals zuvor. Es war eine Sache, im Bett zu liegen und sich in der beruhigenden Gewißheit zu wiegen, nichts tun zu dürfen, es war eine andere, auf den Beinen zu stehen und mit dem unbehaglichen Gefühl konfrontiert zu werden, etwas tun zu müssen. Meine in der Horizontalen gewonnene Selbsterkenntnis sah aus der Vertikalen anders aus. Zwar hinderte sie mich zunächst einmal daran, das alte Leben wiederaufzunehmen, half mir jedoch nicht, das neue in Angriff zu nehmen. Der Weg vom Gedanken bis zur Tat, stellte ich fest, war weit und die Fallen, die ich mir selber stellte, zahlreich: Was soll's, sagte ich mir, ich schaff's ja doch nicht. Ich bin träge, ich bin kaputt, ich bin allein. Ein Mensch mit neunundzwanzig Jahren und überhaupt keinem Training hat etwa soviel Aussicht auf Erfolg wie eine lahme Mähre beim Pferderennen.

Ich ließ die diversen Herren wissen, daß ich von meinem

psychisch bedingten Virus geheilt und wieder disponibel sei. Es war September und sommerlich warm. Es war der schönste Monat, den München zu bieten hatte. Man mußte ihn nutzen, bevor der endlose Winter kam und mit seinen grauen, kalten Tagen auf einen abfärbte.

»Seien Sie vorsichtig«, warnte Frau Specht, »ein Rückfall kann sehr gefährlich sein.«

»Ein Rückfall in was?«

»Ein Rückfall in die alte Krankheit.«

»Das war keine alte Krankheit, Frau Specht, sondern eine ganz neue.«

»Den Herrgott kann man nicht betrügen, auch wenn man einer alten Krankheit einen neuen Namen gibt.« Sie wurde immer mehr zum Orakel und mir langsam unheimlich. »Gehen Sie bei Tag in den Englischen Garten«, schloß sie, »und nicht bei Nacht in die verräucherten Lokale.«

Ich ging zu einer Party, die Alfred, ein guter Bekannter und erfolgreicher Schriftsteller, zu Ehren seines vierzigsten Geburtstags gab.

Ich hatte mein schwarzseidenes Kleid angezogen, das Schultern und Rücken bis auf die schmalen Trägerstreifen frei ließ, schwarze Strümpfe und schwarze Schuhe mit sehr hohen, bleistiftdünnen Absätzen. Ich hatte mir die Haare straff zurückgebunden und die Lippen nicht geschminkt. Die Krankheit, fand ich, hatte interessante Spuren hinterlassen – eine matte, olivfarbene Blässe und übergroße, tiefliegende Augen. Meine schwarze, asketische Aufmachung paßte dazu.

Die Party fand in einer großen, karg möblierten Schwabinger Wohnung statt. Es waren sehr viele Leute da und trotzdem nicht genug, um eine erstaunliche Zahl großer, leerer Zimmer zu füllen. Sie liefen mit einem Glas in der Hand von einem Raum zum anderen und schienen etwas zu suchen – vielleicht Deckung, vielleicht einen Gesprächspartner, vielleicht auch nur einen Stuhl. Aber von all diesen Dingen war nichts zu finden. Ich schloß mich den Suchenden an und stieß dabei auf Alfred, das vierzigjährige Geburtstagskind, der, mit einem sehr jungen, sehr klein gewachsenen Mädchen an der Hand, vor einem eigentümlich langen, schmalen Tisch stand. »Ah, Eveline«, sagte er mit seinem sparsamen Lächeln und seiner trockenen Stimme – das einzige, was an ihm sparsam und trocken war –, »nett, daß du gekommen bist.«

Ich ging auf ihn zu und sah mich gezwungen, ihn zur Feier des Tages zu küssen. Es war mir unangenehm, denn an Alfred war alles zu groß und zu weich. Er wirkte wie ein überdimensionales Baby, an dem das Fleisch noch locker sitzt und Speckfalten schlägt. »Ich wünsche dir Glück und Erfolg für die nächsten vierzig Jahre«, sagte ich und berührte seine große, weiche Backe flüchtig mit den Lippen. Sie war zu allem Überfluß auch noch feucht.

»Danke ... hast du mein letztes Buch gelesen?«

»Ja, es ist großartig.«

Ich hatte es nicht gelesen.

»Das ist Inge«, er schaute auf den Winzling hinab, »sie studiert Literatur ... willst du Weißwein, Bier oder Steinhäger?« Er deutete auf den Tisch.

Alfreds Art zu sprechen war genauso irritierend wie seine Art zu schreiben. Man wußte nie, ob man aus Versehen ein paar Zeilen übersprungen hatte.

»Weißwein bitte«, sagte ich und betrachtete die dürftige Auswahl an Flaschen, Erdnüssen und Salzstangen, die mich, zusammen mit den umherirrenden Leuten und dem locker sitzenden Fleisch Alfreds, traurig stimmten. Ich hätte doch ein neues Leben anfangen sollen, dachte ich, was bringt mir so was? Nichts außer Sodbrennen.

»Komm«, sagte mein Gastgeber, vergaß den Weißwein, vergaß die Literaturstudentin und nahm mich beim Arm, »ich stelle dir mal Schönbrunn vor.«

»Wer ist das?«

»Er will mein letztes Buch verfilmen. Gescheiter Mann ... kannst dich mit ihm unterhalten ... Grüß dich, Lotte!«

Er winkte zu einer älteren, mausgrauen Dame hinüber und steuerte mich auf eine Gruppe laut lachender Männer zu.

»So lacht man nur, wenn ein Witz schlecht oder eine Anekdote langweilig war«, fuhr Alfred dazwischen, »also ihr dürft jetzt aufhören. Das ist Eveline Clausen ... wo ist denn Schönbrunn?«

Ich nickte dem ersten, dem zweiten, dann dem dritten Mann zu. Weiter kam ich nicht, denn dieser Dritte hielt mich mit einem Blick fest, der den mir angedrohten Rückfall in einen virusbedingten Schwindel auslöste.

Er war der anziehendste Mann, dem ich jemals begegnet war. Nicht oder nicht nur, weil er auffallend gut gewachsen und der Kontrast zwischen dichtem dunklen Haar und mandelförmigen grau-grünen Augen bestechend war, sondern weil jeder Zug seines scharfkantigen Gesichts, jede Bewegung seines Körpers Vitalität, Entschlossenheit und Intelligenz ausdrückten.

»Schönbrunn ist nicht da«, stellte Alfred fest, »komm, Eveline, suchen wir ihn.«

»Halt«, sagte der Mann mit den grau-grünen Augen, »laß sie uns hier.« Er sah mich immer noch an, und sein Blick, der trotz aller Intensität nicht aufdringlich war, verwirrte mich mehr und mehr.

»Der Vorlaute da ist Robert Schütz«, sagte Alfred, »er tanzt immer aus der Reihe. Willst du bei ihm bleiben oder mit mir kommen?«

Ich wußte nichts zu entgegnen. Die Kaltblütigkeit und Routine, mit der ich auf Situationen dieser Art parierte, war mir spurlos abhanden gekommen. Ich stand da, verlegen wie ein junges Mädchen beim ersten Rendezvous, und fürchtete auch noch rot zu werden.

»Na, dann bleib«, sagte Alfred, »aber beklag dich später nicht bei mir.«

Robert Schütz lachte. Er trat auf mich zu, nahm mein Handgelenk und führte mich wie ein folgsames Hündchen durch den Raum. »Sitzgelegenheiten gibt es hier offenbar nicht«, sagte er, »also stellen wir uns ans offene Fenster. Vielleicht können wir uns sogar aufs Fensterbrett setzen.«

Ich hätte mich gerne gesetzt, wo auch immer, am liebsten an einen Ort, an dem es keinen Menschen gab außer ihm und mir, eine einsame Insel, die niemand erreichen konnte, eine tropische Insel mit einem Gewirr grüner exotischer Pflanzen und üppiger Blumen, meinetwegen auch eine Eismeerinsel mit hohen Mauern aus Schnee, eine kahle Insel mit gar nichts drauf, nur er und ich...

»Hallo«, sagte Robert Schütz, »sind Sie noch da?«

Wir standen am Fenster, mit dem Rücken zum Zimmer. Über uns ein schwarzer Himmel mit winzigen, fernen Sternen, unter uns der schwarze Schacht eines Hinterhofes.

»Entschuldigen Sie«, sagte ich, ohne ihn anzusehen, »ich war krank und bin heute zum ersten Mal ausgegangen. Ich fühle mich noch etwas benommen ... ich bin sonst nicht so...«

»Wie sind Sie denn sonst?«

»Unangenehm.«

»Unangenehm aus Überzeugung?« fragte er und lachte.

»Ja, aus Überzeugung.«

»Sehen Sie mich endlich an«, sagte er.

Ich drehte den Kopf, und wieder war ich gefangen von der Kraft seines Blickes, der Farbe seiner Augen.

»Sie sind schön«, sagte er, »aus welchen fernöstlichen Regionen kommen Sie?«

»Ich komme ... na ja, ich komme aus Berlin. Jedenfalls bin ich da geboren. Und Sie?«

»Aus Köln«, sagte er mit spöttischer Feierlichkeit, »aus Köln am schönen deutschen Rhein.«

»Wirklich?«

»Wirklich, Eveline Clausen.« Seine Stimme war plötzlich schneidend, seine Augen Eiswürfel in einem wie aus Stein gemeißelten Gesicht. »Ich bin Kölner, Sie sind Berlinerin. Wir sind beide makellose deutsche Bürger unseres heil- und Hitler-bringenden deutschen Vaterlandes.«

Ich sah ihn stumm und erschrocken an.

»Schon vorbei«, lächelte er, nahm meine Hand und küßte sie.

»Was war das plötzlich?« fragte ich.

»Ein Dibbuk«, sagte er.

»Ein was?«

»Ein böser Geist, der in den Körper eines Menschen fährt und durch dessen Mund schlimme Sachen sagt. Nur ein Wunderrabbi kann ihn wieder austreiben.«

Er nahm ein Päckchen Zigaretten aus der Tasche, zog zwei heraus, steckte mir und sich eine zwischen die Lippen und zündete sie an.

Ich rauchte zwei, drei Züge. Ich überlegte. Ich wagte es nicht. Und dann wagte ich es doch.

»Sind Sie Jude?« fragte ich.

»Nein«, sagte er mit einem Anflug erneuter Aggressivität, »nur Mischling ersten Grades.«

»Ich auch.«

Plötzlich hatte ich Tränen in den Augen und wußte nicht einmal, wem oder was sie galten. Diesem eigenartigen Mann, in den ich mich Hals über Kopf verliebt hatte? Mir, die ich mir in seiner Gegenwart hilflos vorkam wie nie zuvor? Unserer unglückseligen Vergangenheit? Es war grotesk und wahrscheinlich nur mit meiner physischen Schwäche, den Nachwehen der Krankheit, zu erklären. Ich hielt die Augen weit geöffnet, damit die Tränen sich nicht selbstständig machten und meine Wangen hinunterrollten.

»Ich glaube«, sagte Robert Schütz, »wir haben jetzt beide einen kräftigen Schluck nötig.«

»Nein«, bat ich und hielt ihn am Ärmel fest, »bitte nicht!«

»Was ist denn?« fragte er mit einem Lachen, »sind Sie fanatische Antialkoholikerin, oder fürchten Sie, sich an dem scheußlichen Zeug, das man hier anbietet, zu vergiften?«

»Gegen so ein Gift bin ich schon lange immun, aber...«

»Aber was?«

»Ich sagte Ihnen doch schon, ich bin nicht wie sonst.«

Jetzt, da ich meine Umgebung wieder vor Augen hatte – das triste Zimmer, aus dem drei verschiedene Türen in weitere triste Zimmer führten, die Gäste, die, dank reichlich genossenen Alkohols, endlich zueinandergefunden hatten, die Beleuchtung, die schonungslos enthüllte, was besser verborgen geblieben wäre –, wurde das Bedürfnis, mit Robert Schütz allein zu sein, überwältigend.

»Können wir nicht irgendwo hingehen, wo es ruhiger und hübscher ist?« fragte ich.

»Nichts lieber«, antwortete er, »aber es geht nicht.«

Zwei Männer winkten zu ihm, oder mir, herüber und machten Anstalten näherzukommen. Eine Frau betrat das Zimmer und lenkte mich momentan von dem Gegenstand meiner Verwirrung ab. Sie trug ein schwarzes, theatralisches Spitzenkleid, das geradewegs aus der Mottentruhe ihrer Großmutter zu kommen schien, und auf dem Kopf einen Hut, der mit einem kleinen, bunten Blumenbeet bepflanzt war.

Nicht ganz bei Troste, die Dame, dachte ich, immer noch in ihre Richtung schauend.

»Diese überkandidelte Schickse«, sagte Robert Schütz leise und scharf, »ist meine Frau.«

Ich warf den Kopf zu ihm herum, sprachlos über die Grobheit seiner Worte, betäubt von dem unvermittelten Auftritt einer wie auch immer gearteten oder verkleideten Ehefrau.

»Haben Sie das nicht eben gedacht, Frau Clausen?«

»Was?«

»Haben Sie nicht eben gedacht: Was ist das für eine überkandidelte...«

»Nein!«

»Sie lügen.«

Ich stieß mich vom Fensterbrett ab, aber er packte mich blitzschnell am Arm und riß mich zurück.

»Rennen Sie immer weg, wenn man Ihnen auf die Sprünge kommt?« fragte er.

»Hören Sie«, zischte ich ihn an, »Ihr verdammter Dibbuk ist nicht mein Problem, also lassen Sie mich in Ruhe.«

Robert Schütz begann herzlich zu lachen, und ich, um Fassung bemüht, setzte ein starres Lächeln auf.

Seine Frau kam auf uns zu, schien uns dabei aber nicht zu sehen. Ihr Gesicht, mit dem verträumten, fernen Blick, war das einer Schlafwandlerin, ihre Schritte, etwas steif und zögernd, die einer Betrunkenen. Als sie in Reichweite war, streckte Robert Schütz den Arm nach ihr aus, zog sie sanft zu sich heran und stellte uns vor.

Sie hieß Isabel, und ihre Hand fühlte sich zerbrechlich an.

»Ein paar Leute gehen später noch in die ›Schwabinger Nachteule‹«, sagte sie mit einer schönen dunklen Stimme, »hättest du auch Lust?«

»Und du?«

»Ich? Ich weiß nicht ... ich glaube ... vielleicht...«

»Eine sehr klare Antwort«, sagte er und rückte ihr den Hut, der ihr ein wenig in die Stirn gerutscht war, zurecht.

Sie lächelte vage, weder ihn noch mich an. Ihr Gesicht mit den starken Backenknochen, den schmal geschnittenen Augen und der hochgewölbten Oberlippe, hatte slawische Züge. Es mußte mal sehr reizvoll gewesen sein, doch jetzt sah es ramponiert und vernachlässigt aus: die Lider gedunsen, die Lippen schlaff, die Haut ausgetrocknet. Wahrscheinlich trank sie regelmäßig zuviel.

»Blöde Party«, murmelte sie, »komische Wohnung ... überhaupt kein Zentrum...«

Alfred, eine Meute Menschen im Gefolge, brach ins Zimmer ein. »Da seid ihr ja«, rief er, »ich habe euch überall gesucht. Kommt ihr später mit in die ›Nachteule‹?«

»Isabel hat sich noch nicht entschieden«, sagte Robert Schütz.

»Isabel hat sich noch nie entschieden«, bemerkte Alfred, »also in etwa einer halben Stunde, ja?«

Das Zimmer war jetzt voller Menschen, Lärm und wirrer Betriebsamkeit. Ein junges, freudestrahlendes Paar, das keiner von uns kannte, hatte sich zu uns gesellt und redete Unsinn. Isabel, ohne ein weiteres Wort, entfernte sich mit ziellosen Schritten.

»Gehen wir«, sagte Robert Schütz abrupt.

»Wohin?« fragte ich.

»Na, in diese alberne ›Nachteule‹.«

»Und Ihre Frau?«

»Ich bitte Sie, Eveline Clausen, überlassen Sie die Sorge um meine Frau mir.«

Das Lokal, eines der üblichen Schwabinger Nachtetablissements – eine Bartheke, dürftige Tische und Stühle, trübe Beleuchtung und mit Krimskrams behangene Wände –, war zu dieser Stunde noch halb leer. Wir setzten uns an einen Tisch in der hintersten Ecke, und Robert Schütz zündete die Kerze an, die in einer wachsbedeckten, dickbauchigen Chiantiflasche vor uns stand.

»Wozu bin ich mit Ihnen weggerannt, wenn ich Sie dann nicht einmal sehen kann«, sagte er und schob die Kerze näher an mich heran, »unerfreulich, diese Schwabinger Kneipen!«

»Ja, ich könnte mir auch etwas Schöneres vorstellen.«

Ich dachte wehmütig an meine einsame Südsee- oder Eismeer-insel. Nur er und ich... Und jetzt saßen wir hier in diesem trostlosen Lokal, und bald würde seine Ophelia-ähnliche Frau erscheinen und eine Bande angetrunkener Leute, und das wäre das Ende – das Ende einer Geschichte, die überhaupt nur in meiner Phantasie begonnen hatte, die nichts anderes war als die Fata Morgana einer Verdurstenden.

»Ich weiß jetzt zwar, daß Sie anders sind als sonst«, sagte Robert Schütz, »aber Sie sollten vielleicht doch lieber wieder unangenehm sein, anstatt so abgrundtief traurig.«

Ich sah ihn an und schwieg. Ich wartete darauf, daß er mich fragte, warum ich so abgrundtief traurig sei. Es war eine Frage, die die Männer nur allzu gerne stellten, wenn sich die Möglich-keit dazu ergab. Eine traurige Frau war eine leichte Beute. Ein bißchen Interesse, Anteilnahme, Trost – egal ob echt oder geheuchelt –, und schon hatten sie sie halb gewonnen.

Aber ausgerechnet er, der mit einem einzigen Blick das Eis in mir gebrochen hatte, dem ich mit jeder Faser meines Wesens zustrebte und dessen Fragen ich ohne die übliche Taktik und Koketterie beantwortet hätte, fragte nicht. Wollte nichts wis-sen. Interessierte sich nicht. Betrachtete mich nicht einmal als leichte Beute. Aber warum war er dann so beharrlich an meiner Seite geblieben, hatte mir mit Blicken, Gesten, Worten zu verstehen gegeben ... ja, was nun eigentlich? Was hatte er mir zu verstehen gegeben?

»Jetzt öffnen Sie schon die Büchse der Pandora«, sagte Robert Schütz, »und lassen Sie die Gedanken heraus.«

Er beugte sich mir über den Tisch zu und sah mich aufmerk-sam an. Im Licht der Kerzenflamme traten die scharfen Kanten seines Gesichts, die Konturen seiner festen Lippen noch stärker hervor. Auf seiner Stirn entdeckte ich eine Narbe, ein gerader, heller Strich, der über der rechten Braue begann und im Haar-ansatz mündete.

Die Nähe seines Gesichtes, in dem ich nie den Ausdruck der Liebe, der Leidenschaft, ja, vielleicht nicht einmal des Begeh-rens sehen würde, machte mich zornig.

»Ich habe mir überlegt«, sagte ich, »was Sie eigentlich von mir wollen.«

»Was ich von Ihnen will«, fragte er überrascht, »ich verstehe nicht? Muß man immer gleich etwas von jemand wollen?«

»Ich bin nicht jemand, ich bin eine Frau.«

»Daran läßt sich nicht zweifeln. Sogar eine sehr schöne Frau. Und weiter?« – O Gott, dachte ich, die Situation plötzlich erkennend, da sitze ich, wie sonst immer die Herren vor mir gesessen haben: trauernd, hoffend, greinend, fordernd. Die Rollen sind zum ersten Mal vertauscht. Nicht er will etwas von mir, sondern ich von ihm. »Und weiter, Eveline Clausen?«

Zu meiner Erleichterung erschien in diesem Augenblick die Kellnerin, eine besonders laute, resolute, die mit einem Lappen mehrere Male über den Tisch fuhr und dazu krähte: »Grüß Sie Gott, die Herrschaften, was soll's denn sein?«

»Bitte einen Kognak«, sagte ich.

»Und einen doppelten Scotch.«

»Soll's ausländischer...«

»Ja, bitte«, unterbrach Robert Schütz sie ungeduldig und zündete sich eine Zigarette an.

»Also«, wandte er sich dann wieder an mich, »Sie sind, wie Sie so richtig bemerkten, eine Frau, und ich bin einer von diesen vielen Kerlen, die etwas von Ihnen wollen. Denn warum hätte ich mich sonst auf der Party an Sie rangeschmissen und Sie schließlich auch noch in diese Kneipe entführt. Ist es nicht so?«

»Nein.«

»Sondern?«

»Ich möchte nicht mehr darüber sprechen.«

»Aber ich. Ich möchte darüber sprechen und die Dinge klarstellen, jedenfalls was meine Person betrifft. Die Vorstellung, die Sie sich von einer Mann-Frau-Beziehung machen, scheint äußerst begrenzt zu sein. Vielleicht liegt das weniger an Ihnen als an den Männern, aber zum Spielen gehören bekanntlich zwei, und Sie spielen mit: Es beginnt mit einem Flirt und endet mit einer kurzen oder längeren Affäre. Immer dasselbe Spiel, das Sie offenbar im Schlaf beherrschen. Lassen Sie sich sagen, Eveline, ich habe es wahrscheinlich noch öfter gespielt als Sie, und wenn das mein Ziel gewesen wäre, säßen wir jetzt nicht in der ›Nachteule‹, sondern lägen im Bett.«

Die Kellnerin kam mit den Getränken, und ich griff nach meinem Glas, kaum daß sie es auf den Tisch gestellt hatte.

»Also was hindert Sie daran, das alte, bewährte Spiel mit mir zu spielen?« fragte ich nach einem großen Schluck.

»Sie.«

»Weil ich nicht Ihr Typ bin oder...«

»Hören Sie auf mit diesem mondänen Gewäsch. Weil die Sache mit Ihnen kompliziert würde und ich keine Komplikationen brauchen kann. Ich habe Wichtigeres vor.« – Noch nie hatte mir ein Mann so unverblümt einen so niederschmetternden Korb gegeben, noch nie, genau genommen, hatte ich einem die Gelegenheit dazu gegeben. Ich war benebelt und trank einen zweiten großen Schluck, um mich wieder zu beleben.

»Ich will Sie nicht verletzen, Eveline«, sagte er, »ich schwöre es Ihnen.« Er nahm meine Hand, die ich ihm sofort entzog.

»Spielen Sie jetzt bitte nicht Trotzköpfchen, das ist zu zeitraubend.«

»Ich spiele überhaupt nichts.«

»Ich auch nicht, und das sollte die Sache eigentlich leichter machen. Wir brauchen uns nicht erst durch einen Wust an Tricks und Listen durchzukämpfen. Sie gefallen mir, Eveline, ich finde Sie schön und begehrenswert. Aber wenn es nur das wäre, dann wäre es ja gar nicht erst zu dieser Diskussion gekommen. Das, was mich als erstes an Ihnen fasziniert hat, liegt auf einer ganz anderen Linie. Wissen Sie, als Sie da auf dieser sinistren Party auftauchten, sah ich Sie im ersten Augenblick so, wie Sie als Kind gewesen sein müssen. Das ist merkwürdig, nicht wahr? Vor einem steht eine aufregende Frau, und man sieht sie als Kind.«

Er trank seinen Whisky aus, machte der Kellnerin, die am Nebentisch bediente, ein Zeichen, uns zwei neue Getränke zu bringen, und sagte: »Ich glaube, wir sind miteinander verwandt. Ich weiß so gut wie nichts von Ihnen, aber ich kenne Sie als Kind, auch noch als sehr, sehr junges Mädchen, bevor Sie sich Ihrer Anziehungskraft bewußt wurden.«

»Interessant! Und wie war ich damals?«

»Scheu und eigenwillig, bezaubernd und nervtötend. Wo haben Sie in Berlin gewohnt?«

»Das sollten Sie eigentlich auch wissen. Im Grunewald und ab elf Jahren in Sofia.«

»Ausgerechnet!«

»Ja, das kann man sagen. Und wo waren Sie?«

»Ich? In Deutschland. Ich habe für den Führer Straßen gebaut. Arbeitslager nannte man das.«

»Und wo war Ihre Mutter?«

»Die war inzwischen schon bei Jesus Christus, ihrem Erlöser.«

»Sie meinen: tot?«

»Ja, was sonst. Sie hat sich umgebracht, zusammen mit meiner Schwester.«

»Ich möchte nun bald den Kognak. Sehen Sie die Kellnerin irgendwo?«

»Ich sehe sie nicht, aber ich werde sie gleich finden.«

Er stand auf und verließ den Tisch.

Ich liebe ihn, dachte ich und konnte diesen Gedanken nicht mehr abschalten. Er war wie eine steckengebliebene Schallplatte, bei der man immer noch hoffte, daß sie bei der nächsten Umdrehung normal weiterlaufen würde. – Robert Schütz kam zurück, in der einen Hand ein Glas Kognak, in der anderen ein Glas Whisky. Er stellte die Gläser auf den Tisch, beugte sich zu mir hinab und küßte mich leicht auf die Wange.

»Wie lange bleiben Sie in München?« fragte ich.

»Bis morgen mittag.«

»Und dann?«

»Dann fahre ich nach Köln zurück und mache Leim.«

»Was machen Sie?«

»Leim. Ich bin Leimfabrikant.«

Ich starrte ihn ungläubig an, und er lachte.

»Wie kommen Sie denn zu so was?« fragte ich schließlich.

»Durch eine mir vom Vater vererbte Fabrik, oder sagen wir lieber: einen Betrieb.«

»Macht Ihnen das Spaß?«

»Kleister zu produzieren? Nein, das kann ich eigentlich nicht behaupten«, sagte er und schien sich köstlich über mein immer noch verblüfftes Gesicht und meine Fragen zu amüsieren.

»Aber es scheint Ihnen wohl doch sehr wichtig zu sein«, sagte ich.

»Wichtig, wieso? Wie kommen Sie denn darauf?«

»Sie sagten doch vorhin, daß Sie keine Komplikationen brauchen könnten, da sie Wichtigeres zu tun hätten.«

»Du lieber Himmel!« rief er, »damit habe ich doch nicht die Leimfabrik gemeint! Glauben Sie wirklich, daß Kleister auf meiner Wertskala höher steht als Sie?«

Jetzt lachte er so laut, daß sich ein paar Leute nach uns umdrehten.

»Also was haben Sie dann gemeint?«

»Israel.«

»Israel?«

Ich sah ihn verständnislos an, und er hörte abrupt auf zu lachen.

»Richtig! Dieses Stück Land, daß sich die miesen Juden unter den Nagel gerissen haben, so wie sie sich immer alles unter den Nagel reißen und sich dann auch noch wundern, daß man sie mit Kind und Kegel ausrottet. Ich nehme an, Sie haben schon mal was von dem Land gehört.«

»Bitte, jetzt keinen Dibbuk«, sagte ich, »das wäre im Moment zuviel für mich.«

»Dann tun Sie nicht so perplex!«

»Ich tue nicht«, fuhr ich auf, »ich bin! Sie sprechen in Andeutungen, und ich soll wissen, was Sie meinen. Ich habe keinen sechsten Sinn wie Sie, ich habe Sie auch nicht als Kind und kleinen Jungen gekannt. Ich habe Sie vor zwei Stunden kennengelernt und *mich* interessiert Ihr Leben – Ihre Vergangenheit, Zukunft, Gegenwart... alles!«

Ich war schon wieder zu weit gegangen. Ich biß mir auf die Unterlippe und verstummte.

»Nur fort, nur fort«, sagte er mit einem kleinen Lächeln in den Mundwinkeln.

»Ich wollte Ihnen nur erklären«, sagte ich von neuem gereizt, »daß ich Ihre Art der Kommunikation satt habe. Sie sind ebenso geizig mit Ihren Auskünften wie mit ihren Fragen. Wenn Sie behaupten, meine Vorstellung von einer Mann-Frau-Beziehung sei äußerst begrenzt, dann kann ich nur erwidern: Ihre Vorstellung von einer menschlichen Beziehung ist womöglich noch begrenzter. Die einzige Verbindung, die uns noch bleibt, ist die Sprache, und die lehnen Sie offenbar auch ab. Ich kann also nur meine Frage wiederholen: Was wollen Sie von mir?«

»Sie da sitzen sehen.«

»Ein abendfüllendes Programm.«

»Ich will weder ein abend- noch ein zukunftfüllendes Programm. Ich will kein Engagement. Je mehr ich über Sie weiß und Sie über mich, desto mehr möchten wir wissen, desto lebendiger werden wir in unseren Gedanken, unserer Phantasie, desto mehr verstricken wir uns. Und genau das möchte ich verhindern.

»Wegen Israel.«

»Ja, in erster Linie deswegen. Ich bereite meine Auswanderung vor.«

»Ist das wahr? Sie wollen nach Israel...«

Meine Stimme, schwach vor Bestürzung, ging jetzt endgültig in dem rhythmischen Lärm einer Beat-Platte unter. Das Lokal war inzwischen voll. Am Nebentisch krakeelte eine vielköpfige Gesellschaft. Die Luft, rauch- und alkoholgeschwängert, war zum Schneiden. Auf einem kleinen Viereck zwischen den Tischen begann ein Paar zu tanzen.

»Gerade im richtigen Augenblick«, rief mir Robert Schütz zu, »an Sprechen ist beim besten Willen nicht mehr zu denken. Das nennt man höhere Gewalt.«

Ich sollte jetzt gehen, sagte ich mir, es ist alles so hoffnungslos, wie es nur sein kann. Ich habe mich nie in hoffnungslose Geschichten eingelassen, ich habe mich nie hoffnungslos verliebt. Ich bin nie das Risiko eingegangen zu lieben, ohne geliebt zu werden. Ich war immer nur Echo, nie Ruf, ich war immer die Verlassende, nie die Verlassene. Ich sollte jetzt gehen mit einem Achselzucken, einem ironischen Lächeln, einem »Viel Glück in Israel«. Es war meine einzige Chance, einen schäbigen Rest von Souveränität zu retten.

Aber ich blieb sitzen. Mein Mechanismus, der jahrelang nach einem unfehlbaren Schema funktioniert hatte, streikte. Reflexe und Reaktionen, auf die ich mich immer hatte verlassen können, fielen aus. Robert Schütz mußte auf einen mir unbekannten Knopf gedrückt haben, und jetzt stand ich.

»Kommen Sie«, sagte er, »tanzen wir. Was anderes bleibt uns gar nicht übrig.«

Ich folgte ihm. Ich hatte meine letzte Chance sowieso verpaßt. Was weiterhin geschah, darauf hatte ich jetzt keinen Einfluß mehr.

Er nahm mich in den Arm wie ein guter, korrekter Tänzer, der seine Dame führt, aber nicht verführt. Seine linke Hand lag unterhalb der Stoffgrenze auf meinem Rücken, seine rechte Hand hielt meine Finger leicht umfaßt, zwischen unseren Körpern klaffte ein Abstand.

Die vorsichtige Dosierung seiner Berührungen, mit der er, so wie mit der Sparsamkeit seiner Worte, eine Entwicklung in unserer Beziehung bremste, mein ungestümes, durch Nähe und gleichzeitige Distanz intensiviertes Verlangen nach ihm und die panische Furcht, ihn zu verlieren mit dem Erscheinen seiner Frau, mit seiner Abreise nach Köln, mit seiner Auswanderung nach Israel – immer einen Riesenschritt weiter, immer unwiederbringlicher –, verwandelten den Tanz in eine Folter. Ich blieb stehen.

»Was ist denn?« fragte er, sein Gesicht eine Handbreit von meinem entfernt. »Tanze ich schlecht?«

»Ja, Sie tanzen schlecht«, sagte ich, legte beide Arme um seinen Hals und schmiegte mich von der Wange bis zu den Knien mit einer einzigen entschiedenen Bewegung an ihn.

Er begann wieder zu tanzen, seine Hände jetzt auf der nackten Fläche meines Rückens, sein Mund an meiner Schläfe. Ich spürte den harten Gegendruck seines Körpers, die trockene Hitze seiner Hände, seine Lippen, seinen Atem.

Ich schloß die Augen und schrie in mich hinein: Lieber Gott, laß ihn mir, ich flehe dich an, laß ihn mir, laß ihn mir...

»Eveline«, sagte Robert Schütz ohne seine Umarmung zu lokkern, »nichts leichter als einen Mann auf diese Art und Weise zu verführen. Aber ich bin stärker, und ich spiele das Spiel nicht mit.«

»Zum ersten Mal in meinem Leben ist es kein Spiel.«

»Um so schlimmer.«

»Da Sie der Stärkere sind, und Sie sind es in der Tat, brauchen Sie ja nichts zu fürchten.«

Die Musik hörte auf, und er ließ mich brüsk los. Ich stand da, die Arme wie eine Ertrinkende immer noch um seinen Hals geschlungen.

»Genug«, sagte er und zog sie auseinander.

»Ich möchte noch tanzen.«

»Dann tun Sie das, aber ohne mich.«

Er drehte sich um, und ich ging ihm nach zum Tisch. Ich blieb stehen, die Hände auf die Lehne meines Stuhles gestützt.

»Wenn die anderen jetzt kommen«, sagte ich, »dann ist die Geschichte für Sie beendet, ja?«

»Setzen Sie sich, Eveline.«

Ich schüttelte den Kopf.

»Ich will wissen, ob die Geschichte dann für Sie beendet ist und ich Sie nie mehr wiedersehe.«

»Wir werden uns immer wiedersehen«, sagte er, »ob hier oder da, wo auch immer.«

»Sie meinen im Diesseits oder Jenseits. Na gut. Hoffen wir, daß es im Jenseits ist und unsere Seelen sich dort vereinen. Wer weiß, vielleicht werden wir beide als Kaninchen wiedergeboren und könnten dann miteinander spielen.«

Er lachte.

»Sie sind herrlich, Eveline, und ich möchte Sie wiedersehen und mit Ihnen sprechen und mit Ihnen tanzen und mit Ihnen schlafen. Aber ich werde es nicht tun. Und warum, das wissen Sie bereits.«

»Begleiten Sie mich zum Taxi? Ich möchte gehen, bevor die anderen kommen.«

Er versuchte nicht, mich zurückzuhalten, stand auf und ging mir voran zur Tür.

Es war eine schöne Nacht und eine häßliche Straße: schnurgerade, baumlos, flankiert von schäbigen grauen Nachkriegshäusern. Ich hatte mich noch nie so verlassen, so fremd gefühlt. Er legte den Arm um meine Schulter, und ich rieb meine Wange an seiner Hand.

»Womit haben Sie als Kind am liebsten gespielt?« fragte er.

»Mit Stofftieren.«

»Und wie alt waren Sie, als Sie sich zum ersten Mal verliebt haben?«

»Ich war vierzehn und – um mit Ihren Worten zu sprechen – mir meiner Anziehungskraft noch nicht bewußt.«

»Der Glückliche! Auf den bin ich eifersüchtig. Wer war es denn?«

»Ein deutscher Korvettenkapitän, der in Sofia stationiert war.«

»O Schreck!«

»O Schreck könnte man bei neunundneunzig Komma neun Prozent der Männer sagen.«

Ich hörte ihn leise in sich hineinlachen.

»Wollen Sie sonst noch etwas wissen«, fragte ich, »etwas das vielleicht ein bißchen aktueller wäre? Meine Telefonnummer zum Beispiel.«

»Die finde ich auch im Telefonbuch.«

»Und Ihre?«

»Die kriegen Sie durch die Auskunft.«

»Wann gehen Sie nach Israel?«

»Anfang nächsten Jahres.«

»Mit Frau und Leimfabrik?«

»Alleine.«

Ein Funken Hoffnung kehrte zurück und entzündete sich, von immer kühneren Gedanken genährt, zu einem kleinen Feuer.

»Waren Sie schon in Israel?« fragte ich.

»Oft.«

»Ist es schön dort und immer warm?«

Er blieb stehen und drehte mich zu sich herum. »Eveline«, sagte er, »ersparen Sie mir solche Fragen. Es sind kindische Fragen. Israel ist kein Ferienort, wo man hinfährt, um sich an den Strand zu legen. Israel ist alles andere als ein Ferienort. Es ist klein, arm, chaotisch und immer gefährdet. Davon abgesehen ist es, meiner Meinung nach, das interessanteste, kurioseste und liebenswerteste Land, das es gibt. Vielleicht sollten Sie es sich mal ansehen, und dann könnte man weiter darüber reden.«

Jetzt ging meine Hoffnung mit mir durch: War das eine Einladung, ein Vorschlag, ein Angebot?

Ich wagte nichts mehr zu sagen, nichts zu fragen. Jedes weitere Wort konnte meine Hoffnung wieder erschüttern, und ich wollte sie mir bewahren. Sie erleichterte mir den Abschied, auf ihr würde ich meine Träume bauen.

Wir waren kurz vor dem Taxistand, und er blieb stehen.

»Leb wohl, Eveline.«

Er nahm meine beiden Hände und küßte sie. Ich überlegte, ob ich mich wie vorhin beim Tanzen an ihn werfen und die Arme um seinen Hals schlingen sollte. Ich entschloß mich dagegen. Er sollte mich gefaßt und stark in Erinnerung behalten – eine Frau, die man risikolos überallhin mitnehmen konnte.

Er war es, der mich unerwartet in einer heftigen Umarmung an sich preßte und dann, ebenso plötzlich, wieder losließ, sich umdrehte und davonging. Er schaute sich nicht mehr nach mir um, er ging mit schnellen Schritten, den Kopf ein wenig gesenkt.

So geht kein Mann, dem der Abschied leichtfällt, dachte ich in meinem Unglück beglückt, die Geschichte ist nicht beendet. Ich werde ihn wiedersehen.

Die Hoffnungseuphorie hielt noch eine Zeitlang an. Ich rekapitulierte jede Einzelheit der gemeinsam verbrachten Stunden und schwelgte in den Erinnerungen, die ich für eindeutige Beweise einer schicksalhaften Bindung hielt. Ich wartete täglich auf seinen Anruf, und wenn der nicht kam, legte ich mir eine hieb- und stichfeste Erklärung dafür zurecht. Am sechsten Tag schließlich, als der Vorrat an Erklärungen auszugehen drohte, fiel mir eine besonders gelungene ein: Er denkt wahrscheinlich, daß ich doch nur mein übliches Spiel mit ihm gespielt hätte, und wartet jetzt genauso sehnsüchtig auf meinen wie ich auf seinen Anruf.

Ja, das mußte es sein. Zu dumm, daß ich nicht früher darauf gekommen war und uns das Warten erspart hatte.

Neben dem Telefon lag der Zettel mit seinen beiden Nummern und Adressen, die ich bereits am ersten Tag durch die Auskunft erfahren hatte. Es war kurz vor elf, eine gute Zeit, ihn im Büro anzutreffen.

Bevor ich den Hörer abnahm, zündete ich mir eine Zigarette an. Ich spürte die dumpfen Schläge meines Herzens bis in den Hals. Mein zum Wählen ausgestreckter Zeigefinger zitterte und rutschte einige Male aus, bevor ich die Nummer zu Ende gedreht hatte. Zweimal hängte ich ein, bevor sich jemand gemeldet hatte.

Ich begann im Zimmer auf und ab zu laufen. Vielleicht stimmten meine optimistischen Vermutungen doch nicht, und er würde ungehalten über meinen Anruf sein, kühl und sachlich mit mir sprechen und mich bitten, ihn nicht mehr zu belästigen. Oder er würde scherzhaft-läppisches Zeug reden, so als sei gar nichts zwischen uns vorgefallen. Oder er würde sanft aber eindringlich an meine Vernunft appellieren und mich wissen lassen, daß jeder Versuch, ihn wiederzusehen, ein vergeblicher sei. Unsinn, so etwas würde nicht geschehen, und selbst wenn es geschähe, hatte ich gar keine andere Wahl. Ich mußte ihn sprechen, egal ob ich mir Blößen gab, egal ob er mir eine Abfuhr erteilte.

Von diesem Gedanken betroffen, blieb ich stehen. Er war mir fremd, geradezu unheimlich. Mein Stolz war mein kostbarster Besitz gewesen. Ich hatte ihn gezüchtet und gepflegt und mich an jedem gerächt, der ihn zu verletzen wagte. Er war mit der Zeit zu einem Panzer geworden, einem Panzer, den ich niemals ablegte, in dem allein ich mich sicher fühlte. Und jetzt, jetzt wollte ich ihn einfach wegwerfen und mich den Launen eines Mannes ausliefern, der mich, so wie kein anderer, bis ins Mark verwunden konnte? War ich von Sinnen? Hatte mir diese kurze Begegnung mit einem Kölner Leimfabrikanten, der den Spleen hatte, nach Israel auszuwandern, den Verstand geraubt? Konnte ich nicht warten, bis er die Initiative ergriff, mich anrief, mir schrieb, zu mir kam? Ja, aber wenn er nicht anrief, nicht schrieb, nicht kam? Wenn er sich nie mehr meldete und verschwand, so wie er aufgetaucht war – ein himmelzerreißender Blitz, der ehrfürchtiges Staunen, dann Verheerung hinterließ.

Die Vorstellung war so schmerzhaft, daß kein Stolz dagegen ankam. Ich stürzte mich aufs Telefon wie auf eine schmerzstillende Droge, wählte die Nummer, wartete zusammengekrümmt und die Blätter an meinem Gummibaum zählend auf Antwort.

Beim siebenten Blatt und dritten Klingelzeichen meldete sich eine ausgeleierte Sekretärinnenstimme: »Friedrich Schütz und Sohn KG. Guten Tag.«

675

»Guten Tag ...« Ich mußte mich räuspern, denn etwas saß mir quer in der Kehle: »Könnte ich bitte Herrn Robert Schütz sprechen?«

»Herr Schütz ist leider nicht da. Er kommt erst Montag zurück. Um was handelt es sich?«

Er war nicht da. Er kam erst Montag zurück. Montag war in drei Tagen. Wo konnte er sein? Auf dem Weg zu mir, auf dem Weg nach Israel, auf dem Weg ...

»Hallo?«

»Ja.«

»Worum handelt es sich bitte?«

Gute Frage. Worum handelte es sich? Um eine schicksalhafte Bindung, eine einzigartige Liebe, eine herz- und stolzbrechende Leidenschaft.

»Eine persönliche Angelegenheit ...«, sagte ich über jedes Wort stolpernd, »wissen Sie zufällig, wo ich Herrn Schütz erreichen kann?«

»Nein, leider nicht. Er ist auf jeden Fall nicht in Köln.«

»Dankeschön.«

Der Hörer in meiner Hand war naß, mein Gesicht, meine Achselhöhlen waren naß. Meine Gedanken rannten Amok: Wo konnte er für drei Tage hingefahren sein? Wieso drei ... vielleicht waren es mehr. Warum, zum Teufel, hatte ich nicht gefragt, wie lange er schon fort sei. Möglicherweise schon eine Woche, oder er war gar nicht erst von München nach Köln zurückgefahren. Er hatte mich belogen, um mich loszuwerden, saß immer noch in München, mit Isabel, seiner eigentümlichen Frau, der er so sanft den Hut zurechtgerückt hatte, oder einer ganz anderen. Einer, mit der er gefahrlos das Spiel spielen konnte, einer, die sich nicht festbiß und aus einer Belanglosigkeit ein Liebesdrama machte. Unsinn, er hätte es gar nicht für nötig gehalten, mich anzulügen. Er hatte mich ja auch sonst nicht geschont. Er war vielleicht heute erst weggefahren und wirklich auf dem Weg zu mir. Ich sollte diese Sekretärin doch noch mal anrufen und fragen ... nein, das ging nicht, und außerdem war es besser, ich wußte es nicht und konnte mich weiter der Hoffnung hingeben, daß er plötzlich anrief und sagte, er sei in München, er hätte es nicht mehr ausgehalten, er müsse mich unbedingt ...

Das Telefon, das ich immer noch auf meinen Knien hielt, klingelte. Ich schloß die Augen. Ich versuchte, meine unelastischen Lungen mit einem tiefen Atemzug zu weiten. Ich sagte ein Stoßgebet, das mehr Drohung als Bitte war. Dann nahm ich den Hörer ab.

»Hallo...«, hauchte ich.

»Evelinchen«, sagte Schulenburg, »bist du wieder krank?«

In meiner fürchterlichen Enttäuschung, die mir Hirn und Zunge lähmte, hängte ich ein. Ich hatte nichts damit gewonnen, denn sofort schrillte die Klingel von neuem. Wenn ich jetzt nicht antwortete und einigermaßen normal antwortete, würde Schulenburg in kürzester Zeit bei mir erscheinen. Und das mußte unter allen Umständen verhindert werden. Sein Ohr ließ sich vielleicht noch täuschen, sein Auge bestimmt nicht.

»Hallo«, sagte ich so laut wie ich beim ersten Mal leise gesprochen hatte.

»Eveline, was ist denn los um Himmels willen?«

»Wieso? Was soll denn los sein? Mir ist nur der Hörer runtergefallen.«

»Erst flüsterst du, dann fällt dir der Hörer aus der Hand, dann schreist du! Entweder du hast wieder den alten Spöcki-Virus oder einen ganz neuen.« Er gluckste wie eine Henne, die ein Ei gelegt hat. »Na, Gott sei Dank ist es nichts Ernsthaftes.«

»Kannst du mich bitte später anrufen«, sagte ich mit dem letzten Zipfel der Beherrschung, »ich komme nämlich gerade aus dem Bad und bin noch ganz naß.«

»Ach so ... warum hast du das nicht gleich gesagt!«

»Weil du einen mit deinen Witzchen gar nicht zu Wort kommen läßt. Also bis nachher. Auf Wiedersehen.«

Ich knallte den Hörer auf die Gabel und das Telefon auf den Tisch. Dieser Mann war schlicht und einfach unerträglich! Wehe wenn er entdeckte, daß da ein Mann war, ein neuer Virus, wie er es nannte, ein einmaliges Exemplar in meiner reichen Sammlung, immun gegen Spott und Zynismus.

Aber er durfte es nicht entdecken – weder er noch andere. Zum ersten Mal war ich in diesem Punkt empfindlich. Ich wollte mein Gefühl ganz für mich behalten, wollte es nicht zur Schau tragen, mich damit brüsten, Mitleid oder Eifersucht erregen.

677

Ich wollte nicht, daß sich andere damit beschäftigten, leere Gesprächspausen damit füllten, witzelnde Bemerkungen darüber machten, ihren analytischen Scharfsinn daran übten. Ich wollte damit alleine sein, ob in den flüchtigen Momenten der Hoffnung und des Glücks oder auf den langen Strecken der Entmutigung und Qual.

An diesem Tag verließ ich nicht das Haus und kaum das Zimmer. Das Telefon klingelte viermal, und immer geriet ich in denselben Zustand beschwörender Erwartung, die alsbald in niederschmetternde Enttäuschung umschlug. Gegen Abend war ich erschöpft wie nach einem mehrstündigen Marsch und überzeugt, mein Herz würde beim nächsten Klingeln aussetzen. Wie sollte ein Herz, wie sollte ein Mensch dieses hoffnungsvolle Hoch und desparate Tief aushalten? Frau Specht und Alexander kamen von einem Spaziergang zurück. Sie waren beide in frohgemuter, mitteilsamer Stimmung. Frau Specht erzählte umständlich und ausführlich, was sie alles gesehen hätten. Und Alexander bestätigte es, indem er die lautstarken Geräusche von Autos, Preßluftbohrern und Funkstreifen imitierte.

»Ja, Alexander«, nickte Frau Specht mit großmütterlichem Stolz, »und nun erzähl mal der Mami, wie dieser große, schwarze Hund gemacht hat.«

»Wau, wau, wau, wau, wau...«, bellte der Kleine und begann auf allen vieren wild durch das Zimmer zu krabbeln.

»Genug, mein Häschen«, sagte ich, »du reißt gleich die Stehlampe um.«

Aber das Kind, außer sich vor Begeisterung, war nicht mehr zu bremsen.

»Genug, Alexander!« schrie ich.

Das Bellen brach jäh ab, und Frau Specht sah mich vorwurfsvoll über den Rand ihrer Brille an.

»Ich fühle mich nicht gut«, sagte ich zwischen Entschuldigung und Vorwurf.

»Ja«, stimmte Frau Specht mir nachdenklich zu, »Sie sind seit einer Woche nicht mehr dieselbe. So still und abwesend. Und Sie verlassen kaum noch die Wohnung, wo Sie doch früher...«

»Sie haben mir doch selber gesagt, ich müsse nach der Krankheit vorsichtig sein und mich schonen.«

»Als ob Sie schon jemals auf meine Worte gehört hätten! Nein, nein, Frau Clausen, irgendwas stimmt nicht mit Ihnen. Ich hab' doch Augen im Kopf.«

Habichtaugen, dachte ich und suchte nach einem Vorwand, sie loszuwerden.

»Ich würde gerne etwas Warmes essen«, sagte ich leichthin, »ich glaube, Sie haben heute wieder diese gute Gemüsesuppe gekocht.«

Ein Ausdruck starrer Verblüffung kam in ihr Gesicht. Die Tatsache, daß ich nach Gemüsesuppe anstatt Kognak verlangte, war Öl auf das Feuer ihres Mißtrauens.

»Ich hab' ja immer gewußt«, murmelte sie, »daß das mit den Zigaretten und Schlaftabletten nicht gutgeht.«

»Frau Specht, ich habe weder Zigaretten noch Schlaftabletten verlangt, sondern lediglich eine harmlose Gemüsesuppe.«

»Ich mach' sie gleich heiß«, sagte sie mit einem resignierten Seufzer und verließ das Zimmer.

Ich ging zu Alexander, nahm ihn auf den Arm und küßte ihm stürmisch das dicke, weiche Gesicht, das nach Milch und Penatencreme roch.

In diesem Moment klingelte es an der Tür. Ich hatte gerade noch die Geistesgegenwart, das Kind auf den Boden zu stellen, bevor es meinen kraftlosen Armen entglitten wäre. Ich stand da, bewegungslos mit angehaltenem Atem, hörte Frau Specht die Tür öffnen, hörte eine gedämpfte männliche Stimme und dachte: Es gibt eben doch einen lieben Gott.

Ich wollte aus dem Zimmer und ihm, dem Herbeibeschworenen, entgegenlaufen, da stand mein kleines, buckliges Orakel bereits auf der Schwelle.

»Frau Clausen«, sagte sie mit feierlichem Ernst, »da sind zwei nette junge Männer, die sich mit Ihnen über ein Wort in der Heiligen Schrift unterhalten wollen.«

»Welcher Schrift?« fragte ich, von dieser letzten und bösesten Enttäuschung benommen.

»Der Heiligen Schrift. Es sind zwei sehr nette junge Herren. Vielleicht Zeugen Jehovas.«

»Das fehlt mir gerade noch! Zeugen Jehovas! Heilige Schrift! Unterhalten Sie sich mit ihnen. Sagen Sie, ich sei Atheistin.«

»Ts, ts, ts«, machte Frau Specht und verschwand.

Schluß jetzt! So durfte es auf keinen Fall weitergehen. Wenn er sich nicht meldete – und eine momentane Erleuchtung sagte mir, daß er sich nicht melden würde –, war ich nach Ablauf der drei Tage irrenhausreif. Ich würde jetzt jemand anrufen, irgend jemand, egal wen, und mich zum Abendessen verabreden.

Ich nahm mein Notizbuch und blätterte verdrossen darin herum. Keiner der Herren reizte mich auch nur im geringsten. Ich sah den Verlauf des Abends im voraus: Essen und trinken in einem sich als schick, gutbürgerlich oder ausländisch präsentierenden Restaurant, Plaudereien aus dem Sex-Liebes-Familien-Berufsleben des jeweiligen Herrn, ein stetes, offenes oder verkapptes Hinarbeiten auf den zweiten Teil des Abends, der, bei Weigerung, entweder in Aggressivität, Beleidigtsein oder endlosem, trickreichem Palaver enden würde.

Nein, unmöglich! Ich war mit Körper, Geist und Seele auf Robert Schütz fixiert, und der bloße Gedanke an einen vielsagenden Blick, ein intimes Wort, eine nicht schnell genug abgewehrte Berührung ließ mich schaudern. Der einzige, der in Betracht käme, da er ausschließlich mit sich selber beschäftigt war und obendrein Robert Schütz seit Jahren kannte, war Alfred.

Ich rief ihn an. »Gehst du heute abend in dein Stammlokal?« fragte ich.

»Natürlich.«

»Alleine?«

»Was sind das für Gewissensfragen?«

»Ich würde gerne hinkommen.«

»Na, dann komm doch!«

Ich ließ ihn eine geschlagene Stunde über sich selber sprechen, stellte die richtigen knappen Fragen, pflichtete ihm in allem bei. Dann, als ein satter Ausdruck in sein Gesicht kam und der erste Rausch so weit befriedigt schien, tastete ich mich vorsichtig an das einzige Thema heran, das mich interessierte.

»Sage mal«, begann ich, »wer war eigentlich dieser merkwürdige Kauz, mit dem ich mich da auf deiner Party eine Weile unterhalten habe?«

»Du bist gut! Auf meiner Party waren dreiundsiebzig Menschen, und die Hälfte davon sind merkwürdige Käuze. Also wie soll ich wissen, mit wem du dich da unterhalten hast?«

»Na, ich meine den mit den grau-grünen . . . ah ja, Schütze hieß er, glaube ich.«

»Ach so, Robert Schütz. Ein Querkopf! Muß immer Kritik an meinen Büchern üben, ist aber trotzdem ein guter Freund.«

»Kennst du ihn schon lange?«

»Ewigkeiten! Waren im selben Gymnasium und später dann im O. T., Arbeitslager, du weißt schon. Er war immer der Aufsässigste, hat mehr Prügel als Fressen bekommen . . . hast du denn nicht mein Buch darüber gelesen, das erste, das ich geschrieben habe?«

»Nein, damals habe ich dich noch nicht gekannt.«

»Schade. Jetzt kriegst du's nicht mehr, und ich habe nur noch ein Exemplar, das ich nicht aus der Hand gebe.«

»Wie lange wart ihr denn im Arbeitslager?«

»Lange. War mehr tot als lebendig, als ich da wieder rauskam. Robert hat Tuberkulose gekriegt. Ist aber später ausgeheilt worden. Physisch jedenfalls. Den psychischen Knacks ist er nie losgeworden. War ja auch schrecklich, das mit seiner Mutter und Schwester. Hab' sie gut gekannt, die beiden. Die Schwester keine zwanzig und bringt sich mit der Mutter um! Muß so eine Mutter-Tochter-Symbiose gewesen sein. Bildschöne Frauen, die eine wie die andere.«

»Er sieht ja auch gut aus.«

»Kann man wohl sagen. Der Erfolg, den der bei Frauen hat, sei mir gegönnt! Außerdem ist er begabt. Schreibt gute Kurzgeschichten und Gedichte à la Tucholsky . . . bißchen Plagiat, aber gut.«

»Und soviel Erfolg hat er bei Frauen?«

»Was du immer für alberne Fragen stellst! Ist doch ganz uninteressant, das mit dem Erfolg bei Frauen!«

»Du hast doch damit angefangen!«

»Ich? Na, wenn schon! Die einzige Frau, die er geliebt hat und an der er heute noch hängt, ist Isabel. Kluges Mädchen.

Schreibt auch, aber so esoterisch, daß man kein Wort versteht. Und zeichnet, Illustrationen und so – erstklassig! Zeichnen kann sie wirklich, und Cello spielt sie auch. Hochbegabt und total verrückt. Ganz dekadente Familie, Adel, glaube ich. Hast du das Buch von Wazlaff gelesen? Polnischer Schriftsteller, sehr gutes Buch. ›Der Schwan‹ heißt es.«

»Wie kommst du jetzt darauf?«

»Na, wegen der Ähnlichkeit. Verblüffende Ähnlichkeit zwischen Adele, der Hauptfigur des Buches, und Isabel: begabt, zersplittert, exzentrisch und meistens beduselt ... Dann kam diese furchtbare Geschichte mit dem Autounfall. Sie am Steuer, natürlich wieder angetrunken, und das Kind tot.«

»Welches Kind denn?«

»Mein Gott, Eveline, welches Kind! Das Kind von Isabel und Robert natürlich!«

»Woher soll ich wissen, daß sie ein Kind haben ... hatten.«

»Na schön, sie hatten eins, fünfjähriger Junge und tot.«

»Wann war das?«

»Vor etwa vier Jahren, glaube ich. Seither trinkt sie noch mehr. Er, abgesehen davon, trinkt auch nicht schlecht. Weiß nicht, was da schiefgegangen ist mit den beiden. Fünfzehn Jahre verheiratet, große Liebe, sehr gute, wenn auch ungewöhnliche Ehe ...«

»Was war daran denn ungewöhnlich?«

»Enorme Freiheit. Er hatte seine Affären, sie hatte ihre Affären ... wahrscheinlich ging's darum so gut.«

»Wie gut das gegangen ist, das sieht man ja jetzt. Kind tot, Ehe tot und dafür Alkohol.«

»Du redest kompletten Unsinn! Wenn's über zehn Jahre gutgegangen ist und sogar sehr gut, dann liegt's ja nicht plötzlich daran.«

»Sondern?«

»Mein Gott, niemand kann in eine Ehe reinschauen, noch dazu bei so komplizierten Menschen wie Robert und Isabel. Sie ewig in den Wolken und er wie ein Bulldozer, stur geradeaus, nicht aufzuhalten! Du wirst doch nicht behaupten, daß diese Manie mit Israel normal ist! Ich hab' immer geglaubt, das ist so eine von seinen Spinnereien. Aber nein, er geht tatsächlich nach Israel, noch dazu in einen Kibbuz. Verrückt, nicht wahr?«

»Ich weiß nicht, was ein Kibbuz ist.«

»Sieht dir ähnlich! Kauf dir ein Buch über Israel, dann wirst du's wissen. Auf jeden Fall ist ein Kibbuz kein Zuckerlecken. So gesehen ist ganz Israel kein Zuckerlecken. Und dieser Mann gibt hier alles auf und geht mit vierzig in ein Land, wo er ganz von vorne anfangen muß. Begreifst du das?«

»Ich glaube ja. Langsam begreife ich es.«

»Was begreifst du?«

»Daß er die Nase von Deutschland voll hat und ein neues Leben anfangen will. Er ist Halbjude.«

»Das sind wir alle.«

»Wieso alle?«

»Na ja, du und ich und viele aus meinem Kreis. Aber deswegen gehen wir doch nicht nach Israel! Wir sind in Deutschland geboren ... unglückseligerweise, kann man sagen, aber bitteschön, so ist es eben. Wir sind hier aufgewachsen, in der deutschen Sprache, Kultur, Landschaft und ...«

»... im deutschen Arbeitslager.«

»Mit Frauen kann man eben nicht sprechen. Sie sind unlogisch. Außerdem weiß ich gar nicht, warum wir stundenlang über Robert Schütz reden müssen.«

»Das weiß ich auch nicht.«

»Sprechen wir lieber über mich.«

»Das haben wir schon ausgiebig getan.«

»Willst du etwa über dich sprechen?«

»Nein.«

»Bist du in Robert Schütz verliebt?«

»Wie bitte? Ich kenne den Mann doch kaum.«

»Ein Grund mehr. Verliebt ist man nur in einen Menschen, den man kaum kennt. Kennt man ihn, ist es aus mit dem Verliebtsein. Das solltest du doch nun genau wissen.«

»Richtig. Aber es gibt Ausnahmefälle, ganz selten, aber es gibt sie.«

»Du lieber Himmel, Eveline, ich habe geglaubt, daß du wenigstens auf diesem Gebiet erfahren und gescheit bist. Nimm mir jetzt bitte nicht die letzte Hoffnung.«

»Sprechen wir wirklich lieber wieder über dich, Alfred. Du hast also eine gute Chance, diesen Preis zu bekommen, ja?«

»Mehr als eine gute Chance. Ich stehe in engster Wahl. Und wenn ich dir jetzt erzähle, wie es dazu gekommen ist, dann wirst du dich einfach totlachen . . .«

Ich schaltete ab. Eine halbe Stunde mußte ich noch opfern, das verlangte die Höflichkeit und Vorsicht, aber auch noch zuhören, das ging zu weit.

Ich stellte mein Gesicht auf eifriges Interesse ein und begann die Informationen über Robert Schütz zu sortieren.

Es war nicht viel Neues, was ich über ihn erfahren hatte, aber aus einem mir nicht ganz klaren Grund beruhigte es mich. Vielleicht hatte ich gefürchtet, hinter ein ungutes Geheimnis zu kommen – eine andere Frau zum Beispiel, die in Israel auf ihn wartete, eine profane Liebesgeschichte anstatt idealistischen Opfermutes. Vielleicht hatte ich überhaupt eine Spur an seiner Glaubwürdigkeit gezweifelt, denn wie ließen sich all die Widersprüche miteinander vereinen: seine Leimfabrik und seine exzentrische Frau, seine mystischen Anwandlungen und aggressiven Ausbrüche, die Wärme, mit der er sich einem zuwandte, und die Härte, mit der er einen wegstieß, sein Idealismus und seine Schönheit. Einem Mann, der so aussah wie er, stand man ja immer etwas skeptisch gegenüber, besonders wenn es sich bei ihm um Intelligenz und Überzeugung handelte.

Aber nach Alfreds nüchternen, abgehackten Auskünften, die mit denen Robert Schütz' übereinstimmten und jeden Verdacht zerstreuten, fühlte ich mich sicherer. Er war eben doch kein Blender, sondern eine ungewöhnliche Persönlichkeit, der man nicht mit so gewöhnlichen Verhaltensweisen und Gefühlen wie Eifersucht, verletzter Eitelkeit, backfischhafter Schwärmerei und klettenhaftem Sichanklammern auf die Nerven fallen durfte. Die Hektik und Hysterie, mit der ihn gewiß zahllose Frauen verfolgten, war fehl am Platz. Was ihm vielleicht noch imponieren konnte, war eine Frau, die ihm mit Ruhe, Klarheit und Distanz bewies, daß es hier nicht um seine physischen Vorzüge, sondern um seine menschlichen Eigenschaften, nicht um eine oberflächliche Verliebtheit, sondern um Liebe ging. Und unter diesem Motto begann ich meine Kampagne vorzubereiten.

Als erstes besorgte ich mir Bücher über Israel, viele Bücher, auch eine Landkarte und einen Bildband. Dann suchte ich aus meinen Alben zwei Fotografien für ihn heraus: Auf der einen posierte ich als etwa Fünfjährige mit einem Kaninchen im Arm, auf der zweiten war ich als vierzehnjähriges mageres Mädchen in strenger, schwarzer Schultracht zu sehen. Schließlich kaufte ich mir ein Heft und schrieb mit energischer roter Schrift auf die erste Seite: »Notizen zu einem Brief«. Als diese Vorbereitungen getroffen waren und sich die Requisiten mahnend immer wieder in mein Blickfeld drängten, beschloß ich, mit meinem Sohn spazierenzugehen. Ich nahm ein Buch mit dem mir sehr zusagenden Titel »Eine Vision wird Wirklichkeit« in die Hand und Alexander auf den Arm.

Frau Specht kam mir mit einer Tüte und einem Feuerwehrauto nachgelaufen. »Damit Sie was zu essen haben«, erklärte sie, »und das Kind was zum Spielen.«

»Frau Specht, ich habe nur zwei Hände.«

»Unten können Sie alles in den Kinderwagen tun, und außerdem brauchen Sie zum Spazierengehen kein Buch.«

Sie versuchte, mir das Buch aus der Hand zu nehmen, aber ich wollte mir meine Wirklichkeit werdende Vision nicht entreißen lassen. Sie schüttelte über meinen Starrsinn den Kopf und folgte mir die Treppe hinunter.

»Also viel Spaß«, sagte sie, uns auch noch auf die Straße begleitend und mit der Hand in der Luft wedelnd, »winke, winke, Alexander!«

Wir gingen durch den Englischen Garten bis zum Kleinhesseloher See. Es war ein wunderschöner warmer Herbsttag. Ein gelber Schimmer lag über dem Laub der Bäume, ein taufeuchtes Glitzern über dem dichten Gras der Wiesen. Der blaßblaue, zart verschleierte Himmel schien Abschied zu nehmen. Bald würde er auf Tage, vielleicht Wochen nicht mehr zu sehen sein. Alexander sang vor sich hin, manchmal sehr laut, manchmal versonnen. Ich zeigte ihm die Vögel, die graubraunen, flinken Spatzen und die schwarzen, gewichtigen Krähen, die kupferroten, weißbäuchigen Eichhörnchen, die wie im Fluge von einem Ast zum anderen flitzten, die großen und kleinen Hunde, die ausgelassen über die Wiesen tollten. Ich zeigte ihm die Wasservögel auf dem See, die eleganten, weißen Möwen, die Enten mit ihren metallgrünen Halskrausen, die grauen Gänse mit den breiten orangefarbenen Schnäbeln, die furchterregenden Schwäne, die die Menschen am Ufer mit strengem Blick fixierten, um dann, mit angehobenen wuchtigen Flügeln und endlos vorgestrecktem Hals, an Land zu steigen und Futter zu fordern. Schließlich legte ich mich mit ihm auf eine abgeschiedene Wiese, gab ihm sein Feuerwehrauto und nahm mein Buch. Ich begann zu lesen, zuerst zerstreut und mit einem Auge bei meinem Sohn, dann immer aufmerksamer, begieriger und gefesselt von einem Land, das mir sehr fremd war und doch so vertraut schien.

Es war kein gutes Buch – die Sprache blumenreich antiquiert, der romantische Anstrich zu dick, die Informationen ungenügend. Und trotzdem oder gerade deswegen rief es Bilder in mir hervor, in denen sich Phantasie, wirklich Gelebtes und in der Kindheit Gelesenes miteinander vermischten.

Ich sah die Landschaft: die in der Hitze durstende, flimmernde Ebene mit ihren kleinen, verfallenen Ortschaften; die Küste mit einem königsblauen Meer und weit ins Land hineinreichenden Dünen; die großen, dunkelgrünen Orangenplantagen und weißbetupften Baumwollfelder; den stillen, tief unter dem Meeresspiegel liegenden See Genezareth, eingebettet in frühlingsgrüne oder sommergelbe Hügel; die Steinwüste Negev mit ihren bizarren Formen und phantastischen, dem Licht entliehenen Farben; das Rote Meer mit seinen exotischen Fischen und Korallenriffen; die Stadt Jerusalem, hoch oben in den kahlen, steinigen, rostroten Bergen, in einer Landschaft so großartig und erhaben, daß sie keines Schmuckes bedurfte.

Ich sah die Kibbuzim, eine Anzahl barackenartiger Behausungen in einer fruchtbar wuchernden oder kargen, ausgedörrten Gegend und die braungebrannten Menschen mit ihrer rauhen Herzlichkeit, sah sie unter glühender Sonne den Boden bearbeiten und unter sternenreichem Himmel schwatzend, lachend, singend beieinander sitzen; glaubte ihr Leben zu kennen, ein Leben, wie ich es mit sechzehn Jahren in dem bulgarischen Dorf Buchowo geführt und geliebt hatte: klar, naturverbunden und erfüllt.

Ich legte mich lang ins Gras und schloß die Augen. Tränen liefen mir über das Gesicht. Ich versuchte sie nicht zurückzuhalten, auch nicht den Schmerz, der mir, durch immer neue Bilder ausgelöst, Brust und Kehle zusammenpreßte. Die Sehnsucht nach der fernen Vergangenheit verschmolz mit der nach dem fernen Land. Mir war, als führe ein direkter Weg von einem zum anderen, ein Weg, den ich verfehlt hatte, so daß ich jahrelang suchend, watend, einsinkend, stürzend durch eine endlose Sumpflandschaft geirrt war. Doch jetzt würde ich ihn finden, hatte ihn so gut wie gefunden. Robert Schütz hatte ihn mir gezeigt, unsere Begegnung in diesem Augenblick meiner tiefsten Ratlosigkeit und höchsten Bereitschaft war kein Zufall. Sie war ein Fingerzeig Gottes.

Meine Trauer schlug in dankbare Freude um, die Tränen des Schmerzes wurden Tränen der Erleichterung. Ich spürte Alexanders klebriges Händchen auf meiner Wange und öffnete die Augen. Er hockte, Gras im Haar, Erde im Gesicht, neben mir und betrachtete mich mit forschendem Ernst.

Ich begann zu lachen, zog ihn auf meine Brust, wiegte ihn und sang dazu: »Wir fahren nach Jerusalem und wer fährt mit? Die Katze mit dem langen Schwanz, ja die fährt mit...«

Am nächsten Tag wollte ich Robert Schütz die beiden bereitgelegten Fotos von mir schicken. Auf die Rückseite des einen schrieb ich: »Das Kind, mit dem Sie verwandt sind«, auf das zweite: »Das Mädchen, bevor es sich seiner Anziehungskraft bewußt wurde«. Ich überlegte, ob ich ihm noch ein drittes Foto dazulegen sollte, ein besonders schmeichelhaftes aus der letzten Zeit.

Ich holte die Alben aus einer Schublade in meinem Schrank. Es waren vier. Ich begann das erste durchzublättern, jedes Bild ein Stück Vergangenheit: meine Mutter vom Kind bis kurz vor ihrem Tod, mein Vater vor und nach dem Krieg, meine Schwester und ich in allen Stadien, meine Großeltern, Freunde und Verwandte meiner Eltern, an die ich mich kaum noch erinnern konnte, unsere Köchin Elisabeth, meine Schulfreundinnen aus der Sofioter Zeit, der Mann meiner Schwester, ihr kleiner Sohn André, die Familie Gawriloff vor dem Kirchlein in Buchowo, Boris und Bojan, Arm in Arm, meine Verehrer aus der englischen und amerikanischen Mission, mein erster Ehemann...

Genug, um Gottes willen, genug! Das war ja nicht zu ertragen! Ich schlug das Album zu, öffnete die anderen erst gar nicht, legte alle hastig in den Schrank zurück und schloß ihn vorsichtshalber ab. Robert Schütz würde nur die zwei Kinderbilder bekommen, und das war auch besser. Er könnte ein drittes – ich als Frau im vollen Bewußtsein meiner Anziehungskraft – für anzüglich halten. Ich adressierte einen Umschlag nach dem anderen. Auf zweien von ihnen verschrieb ich mich, auf drei anderen gefiel mir meine Handschrift nicht. Beim sechsten klappte es. Die Kampagne Robert Schütz drohte sowohl im praktischen als im seelischen Bereich prekär zu werden, dafür aber wurde sie bereits nach der ersten Aktion belohnt. Er schickte mir umgehend ein lebensgroßes weißes Kaninchen mit roten Glasaugen. Das Stofftier wurde mein Fetisch. Nachts schlief ich mit ihm, tagsüber brachte ich es vor Alexander in Sicherheit, indem ich es auf den Schrank setzte. Frau Specht, die nützliche Geschenke bevorzugte, beäugte es mißbilligend. Als Schulenburg eines Tages unangemeldet bei mir erschien, erspähte er es sofort und stand lange sinnend, den Kopf in den Nacken gelegt, vor dem Schrank. »Warum sitzt es da oben?« wollte er schließlich wissen.

»Damit es Alexander nicht kaputtmacht.«

»Gehört es denn nicht ihm?«

»Das ist doch ganz gleichgültig. Ich will eben nicht, daß er es kaputtmacht.«

»Aha.«

Er begann, wie es seine Art war, mit scheinbar abwesendem Blick im Zimmer umherzuwandern.

»Donnerwetter, was ist denn das?« fragte er, vor dem Packen Israel-Bücher auf der Kommode stehenbleibend.

»Bücher«, sagte ich, »stell dir vor!«

Er begann ein Buch nach dem anderen in die Hand zu nehmen, las den Titel, schlug es auf, blätterte darin. Es dauerte eine Ewigkeit. Ich betrachtete voller Unbehagen seinen Rücken und Hinterkopf, von dem das Haar in einer Art Entenstiez abstand.

»Interessant, nicht wahr?« sagte ich endlich.

»Interessant daran sind nicht die Bücher, denn die sind ausgesprochen schlecht, interessant daran ist deine plötzliche Wißbegierde was Israel betrifft.«

»Woher weißt du, daß sie plötzlich ist? Möglicherweise beschäftige ich mich schon lange damit.«

Er schlug das Buch mit lautem Knall zu, drehte sich zu mir um und sagte langsam und deutlich: »Mein liebes Kind, die Hartnäckigkeit, mit der du mir immer wieder weismachen willst, daß du undurchschaubar bist, ist bemerkenswert und davon abgesehen monoton. Dein jüdisches Erwachen liegt keine zwei Monate zurück, und es hat denselben Grund wie das Kaninchen auf dem Schrank. Also mit wem fährst du wann nach Israel?«

Ich kam mir nicht nur durchschaut, sondern im höchsten Maße verkannt vor. Israel, ganz unabhängig von Robert Schütz, war ein wesentlicher Bestandteil meines Lebens geworden. Ich las die Bücher, die ich mir angeschafft hatte, egal ob es sich dabei um einen trockenen Landwirtschaftsbericht, eine faszinierende Beschreibung der verschiedenen Einwanderungsgruppen oder einen entgleisten Roman handelte. Ich hatte die Landkarte des merkwürdig zerfetzten kleinen Landes studiert und mir immer wieder die exotisch anmutenden Fotos im Bildband betrachtet. Und als mir eingefallen war, daß Freunde und Verwandte meiner Mutter nach Palästina ausgewandert waren, war ich sogar auf ein Reisebüro gegangen und hatte mich nach dem Preis und der Dauer eines Fluges nach Israel erkundigt. Ich fühlte mich also über jeden boshaften Argwohn erhaben und ließ es Schulenburg in ruhigen und gewählten Worten wissen: »Durch wen oder was, wann und warum ich Israel entdeckt habe, ist von keiner Bedeutung. Von Bedeutung allein ist die Tatsache, daß ich es entdeckt habe und mich dafür interessiere – brennend interessiere. Ich hätte schon vor Jahren dort hingehen sollen. Ein Jammer, daß das alles so spät gekommen ist.«

»Und ein Glück für Israel«, kicherte Schulenburg, »ich kann mir lebhaft vorstellen, was du als Soldatin in der Armee oder Pionierin in einem Grenzkibbuz für Verwirrung und Unheil gestiftet hättest. Das ganze Land wäre ins Wackeln geraten.«

»Findest du eigentlich komisch, was du da redest?«

»Teils, teils«, sagte er und begann wieder im Zimmer auf und ab zu wandern, »es gibt Tage, an denen ich dich und deine Eskapaden sehr komisch finde, und Tage, an denen ich weder das eine noch das andere komisch finde.« Er blieb mit einem Ruck vor mir stehen: »Also wann fährst du nach Israel?«

»Irgendwann.«

»Könntest du dich da nicht etwas präziser ausdrücken?«

»Nein, leider nicht.«

»Na schön, du wirst schon wissen warum. Auf jeden Fall sag deinem neuen Reisebegleiter...«, er warf einen nachdenklichen Blick auf das Kaninchen, »... sag ihm von mir, er solle sich nicht unglücklich machen. Um mit einer Frau wie dir in ein Land wie Israel zu fahren, braucht man die Nerven eines Spöcki, die Dummheit eines Sporer und meine Gelassenheit. Ansonsten läuft man in seiner Verzweiflung Gefahr, das Schild ›Attention frontier ahead‹ zu übersehen und erschossen zu werden.«

»Geh jetzt.«

»Ja, aber ich komme bald wieder, um dir ein wirklich gutes Buch über Israel zu bringen. Wenn schon, denn schon, nicht wahr?«

Der graue, naßkalte November war gekommen, aber kein Wort, kein weiteres Erinnerungszeichen von Robert Schütz. Ich hatte bereits viele Seiten mit »Notizen zu einem Brief« gefüllt. Es drohte ein monumentaler Brief zu werden, aber solange ich mich mit ihm beschäftigen und an seine durchschlagende Wirkung glauben konnte, diente er einem guten Zweck.

Eines Nachts, nach einem trübsinnigen Tag, an dem mir keine Notiz eingefallen war und kein einziger meiner zurückgestoßenen Herren angerufen hatte, um noch einmal sein Glück zu versuchen, träumte ich von Robert Schütz.

Ich lag in einem fast ausgetrockneten Flußbett. Ein wenig warmes, kristallklares Wasser umspülte mich bis zur Taille. Mit Rücken und Kopf lehnte ich an einem großen Stein, der sich wie ein Kissen der Form meines Körpers anpaßte. Plötzlich stand er neben mir und blickte auf mich herab. In seinem Gesicht war der Anflug eines Lächelns, in seinem Blick Liebe.

Er sagte kein Wort, er berührte mich nicht. Er blickte nur auf mich herab. Und in mir war ein Gefühl grenzenloser Seligkeit, Hingabe und Erfüllung, wie ich es nie zuvor, weder im Leben noch im Traum, empfunden hatte.

Den ganzen Tag über klaffte da, wo sich gewöhnlich mein Herz befand, eine offene Wunde. Am Abend begegnete ich ihm.

Ich ging mit Georg, einem guten Bekannten, der an Liebeskummer litt und sich aussprechen wollte, in ein Lokal, das sich »Rosa Wolke« nannte. Tonio, der Besitzer, ein Homosexueller mit schönem Römerkopf und explosivem Temperament, hatte den verwinkelten Raum, in dem sich eine Bar und einige Tische befanden, mit allem dekoriert, was rosa, verspielt und glitzernd war. Der Gesamteindruck war so, daß man entweder sofort wieder kehrtmachte und davonlief oder dem kitschigen Charme erlag und immer wiederkam.

Als wir das Lokal betraten, eilte Tonio mit kurzen Schritten, ausgebreiteten Armen und zurückgeworfenem Kopf auf uns zu, küßte mich auf beide Wangen, begrüßte Georg und führte uns zu einem rosarot gedeckten Tisch unter einer rosaroten Wattewolke. Er informierte uns lang und breit über sein letztes Mißgeschick – einen Kellner, der ihn schamlos bestohlen und dann auch noch beschimpft hatte –, sagte uns, was wir zu essen und zu trinken hätten, erklärte, daß Georgs Haarschnitt unvorteilhaft und die Farbe meines Pullovers zauberhaft sei, beklagte sich über das Wetter, das ihm Depressionen verursachte, zupfte an der Wolke, die seiner Meinung nach schief hing, fragte uns, ob er um die Taille herum dicker geworden sei, und verschwand.

Georg, der wie jeder an Liebeskummer leidende Mann glaubte, nur er habe ein Anrecht aufs Sprechen, sah ihm mit gepeinigtem Kopfschütteln nach und warf sich dann umgehend in die Schilderung einer derart verwickelten Geschichte, daß ich innerhalb weniger Minuten den Faden verloren hatte.

Etwa eine halbe Stunde später – wir waren noch bei der Vorspeise und Georg bei einem der dunkelsten Punkte in seinem Liebesdrama angelangt – schaute ich wie gerufen von meinem Teller auf und begegnete Robert Schütz' Blick. Er mußte gerade erst hereingekommen sein, denn er hatte den Mantel noch nicht abgelegt.

Ich spürte, wie ich blaß wurde und sich ein fröstelndes, stoßartiges Beben in meinem Körper ausbreitete. Der Traum der letzten Nacht war Wirklichkeit, die Wirklichkeit Traum geworden. Da stand er, von mir herbeibeschworen, und der Ausdruck, mit dem er mich ansah, glich dem im Traum. Dann lächelte er, neigte grüßend den Kopf und wandte sich ab.

Er war in Begleitung seiner Frau, die in einem schwarzen, klassischen Kostüm überraschend nüchtern und attraktiv aussah, und eines Mannes, dessen kluges, sanftes Gesicht in krassem Widerspruch zu seiner gedrungenen, bäurischen Gestalt stand.

Tonio, der auf die drei zugestürzt war und sie wie langjährige Freunde begrüßt hatte, führte sie zu einem Tisch, der dem unseren schräg gegenüberstand. Robert Schütz setzte sich so, daß er mich im Auge hatte.

Ich sank gegen die rosa gepolsterte Lehne der Bank, zu verwirrt, um auch nur den Anschein der Gelassenheit zu wahren. Georg, wie nicht anders zu erwarten, merkte von all dem nichts. »...liegt da seelenruhig in ihrem Bett«, sagte er gerade, und ein Salatblatt fiel ihm vor Aufregung aus dem Mund, »und ißt eine Banane! Ich, aufgewühlt bis ins Innerste, verzweifelt, dem Wahnsinn nah – und sie hat sich ins Bett gelegt und ißt mit offensichtlichem Genuß eine Banane! Kannst du mir vielleicht erklären, wie so etwas möglich ist?«

»Nein«, sagte ich.

»Kein Mensch kann mir das erklären. Und ich sage dir, ihr Frauen, die ihr immer so hilflos, sensibel und gefühlvoll tut, seid, wenn es drauf ankommt, hart wie Beton. Ihr bringt die Männer um!«

»Ja«, sagte ich.

Ich griff nach meinem Glas und trank. Ich vermied es, zu Robert Schütz' Tisch hinüberzusehen. Erst mußte ich mich wieder in der Gewalt haben, seinem Blick, ohne blaß zu werden, ja vielleicht mit einem Lächeln begegnen können.

Ich trank mein Glas leer und schob es Georg zum Nachfüllen hin. Das Beben in meinem Körper hatte, Gott sei Dank, aufgehört. Der Wein tat mir gut. Er drängte das Unwesentliche in den Hintergrund und ließ mich nur noch das Entscheidende sehen. Das Entscheidende war, daß ihn mein Traum gerufen, daß er den Ruf aufgenommen hatte und gekommen war. Telepathie nannte man das, und ich hatte schon oft gehört, daß nur Menschen mit einer ungewöhnlichen Beziehung telepathisch miteinander verbunden waren. Also was spielte es da schon für eine Rolle, daß er gekommen war, ohne es mir in irgendeiner Form mitzuteilen, ohne eine Verabredung mit mir zu treffen! Verabredungen trafen nur die, die sich nicht telepathisch erreichen konnten. Wir anderen, und davon gab es gewiß nicht viele, verließen uns auf den inneren Ruf. Bitteschön, da saß er ja, war ohne zu zögern an einem ganz normalen Wochentag nach München gefahren und unter Hunderten von Lokalen geradewegs in das gegangen, in dem ich auf ihn wartete.

»Du sitzt da wie in Trance«, sagte Georg, »hörst du mir eigentlich zu?«

»Nein«, sagte ich, denn mit der berauschenden Erkenntnis, daß Robert Schütz und ich in übersinnlicher Verbindung standen, war mir alles andere egal geworden.

Georg war sprachlos, zum ersten Mal seit einer Stunde war er sprachlos.

Ein hübscher Jüngling in rosa Hemd brachte uns den Hauptgang. Unmöglich auch nur eine Gabel davon zu essen. Unmöglich jetzt nicht einen Blick zu Robert Schütz' Tisch hinüberzuwerfen.

Unsere Augen begegneten sich. Ich lächelte ein Mona-Lisa-Lächeln. Georg starrte mich fassungslos an.

Ich mußte ihn wieder zum Reden bringen, sonst beobachtete er mich wie ein Kater die Maus, und ich konnte meine Zwiesprache mit Robert Schütz nicht ungehindert fortsetzen.

»Weißt du«, sagte ich, »ich glaube, du mißt dieser Banane zuviel Bedeutung bei. Ich zum Beispiel esse auch immer gerne etwas im Bett, ein Stück Schokolade oder einen Apfel oder...«

»Es interessiert mich herzlich wenig, was du im Bett ißt, und ich muß feststellen, daß du die Zusammenhänge überhaupt nicht begriffen hast.«

»Das liegt dann wohl an dir. Wenn du so hektisch und konfus

redest, dann kann ich dir unmöglich folgen. Also bitte, jetzt erzähl mir die Geschichte mal der Reihe nach.«

Er fing sofort wieder an, und ich dachte: In was Liebe nicht alles ausarten kann – in Monomanie wie bei Georg, in Telepathie wie bei Robert und mir...

Ich verkniff mir ein Lachen. Zweifellos war ich nicht mehr nüchtern, doch daran waren weniger der Wein als die Ereignisse schuld. Wie auch immer, es war ein angenehmer Zustand. Ich war jetzt gelöst, konnte so gut wie unbefangen zum Tisch schräg gegenüber schauen, Isabels blondes, beneidenswert volles Haar mustern oder das kluge, sanfte Profil des bäurischen Mannes; konnte Robert Schütz' Blick auffangen, festhalten und, wenn er gerade mal in eine andere Richtung sah, suggestiv auf mich lenken. Damit nicht genug, konnte ich Interesse an Georgs Monolog vortäuschen, gleichzeitig Tonios Spaniel unauffällig an den Tisch locken und um ihm das zarte Kalbfleisch und die malerischen Zutaten auf meinem Teller in den Rachen werfen.

Nach einem weiteren Glas Wein schwebte ich, rosa und glitzernd, mit all den Wolken, Wachsenglein, Glaskugeln und Blumengirlanden dem angestrahlten Regenbogen zu, der sich diagonal von einer Ecke des Raumes zur anderen spannte. In dieser Stimmung blickte ich mit unverhohlener Zärtlichkeit zu Robert Schütz hinüber, aber der war mir nicht in meine Glitzerwelt gefolgt. Er unterhielt sich mit dem klugen Bauern, und zwar so intensiv, daß er nichts anderes wahrnahm als ihn. Eifersucht, giftgrün wie der mittlere Streifen des Regenbogens, holte mich jäh aus den Lüften. Mit mir hatte er nicht so gesprochen, so vertieft und ernst, als hinge von seinen und den Worten des anderen sein Schicksal ab. Bei mir hatte er jedes Wort auf die Goldwaage gelegt und es nur von sich gegeben, wenn er sicher war, daß es nicht zu schwer wog. Wie war es möglich, daß ihn dieser belanglose Mann mehr fesselte als ich, daß meine ganze Suggestivkraft verpuffte und er seine Unterhaltung fortsetzte, ohne meinen Blick zu erwidern? Worüber sprachen die beiden? Was war so außerordentlich wichtig an diesem Gespräch, daß er mich darüber vergaß?

»Ich habe Wichtigeres vor, Eveline.«

Der Satz, seit vielen Wochen aus meinem Gedächtnis verbannt, schlich sich plötzlich wieder ein, und eine dumpfe Schwere, so als sei ich mit Blei gefüllt, überkam mich.

»Eveline«, sagte Georg, dessen Monolog wohl zu einem Ende gekommen sein mußte, »du hast schon immer gesponnen, aber so wie heute habe ich dich noch nie erlebt. Bist du krank, bist du betrunken, bist du verrückt, bist du verliebt? Sag es mir, damit ich entsprechende Vorkehrungen treffen kann.«

Er lächelte und legte seine Hand auf meine.

Seine unverhoffte Anteilnahme tat mir wohl, und ich fühlte mich aufgerufen, ihm auch ein wenig Trost zu spenden.

»Weißt du, Georg«, sagte ich, »nimm deine Liebesgeschichte nicht zu schwer. Wir sitzen ja alle im selben Boot, mit oder ohne Banane.«

Jetzt war der Blick, mit dem er mich musterte, wirklich besorgt. Er tätschelte kurz meine Hand und winkte den Kellner herbei. Ich sah, wie Robert Schütz sich lachend auf seinem Stuhl zurücklehnte und der andere, mir inzwischen Verhaßte, eine Zigarette anzündete. Das Gespräch schien einen erheiternden und befriedigenden Abschluß gefunden zu haben.

Der Kellner flatterte herbei, der Hund trottete davon, Robert Schütz erhob sich von seinem Stuhl und kam auf unseren Tisch zu. Das Blei in meinem Körper wurde heiß und flüssig, mein Kopf war bis auf einen einzigen Satz leer.

»Guten Abend«, sagte er, nickte Georg liebenswürdig zu und beugte sich, indem er eine Hand auf die Lehne der Bank, die andere auf den Tisch stützte, leicht zu mir herab: »Was für ein Zufall, daß wir uns hier wiedersehen, ausgerechnet hier! Aber ich muß zugeben, die rosa Wolke über Ihrem Kopf steht Ihnen gut.«

Ich starrte ihn an, stumm und angstvoll. Mir fiel nichts ein. Der Satz in meinem Kopf hatte jeden anderen formulierbaren Gedanken zermalmt. Er war übermächtig, wollte heraus.

Das Lächeln auf Robert Schütz' Gesicht erlosch, und seine Augen, seine Haut schienen dunkler zu werden.

»Eveline Clausen«, sagte er mit der Eindringlichkeit eines Hypnotiseurs, der sein Medium in den Wachzustand zurückruft, »was ist los mit Ihnen?«

»Ich muß Sie sprechen«, sagte ich, »bitte.«

Der Satz war draußen, ich fühlte mich erschöpft, sah Georgs Hand nach seinem Glas greifen, sah Robert Schütz sich langsam wieder aufrichten, sich mir und meiner Bitte entziehen.

»Das geht leider nicht«, erklärte er, »mein Freund und Schutzengel ist gekommen, um mich ins Gelobte Land zu holen. Wir fliegen morgen nach Israel.«

»Morgen schon«, sagte ich mit letztem, verzweifeltem Kraftaufwand, »morgen...«

Er schüttelte den Kopf: »Nein, nein, noch nicht für immer. Ich komme in zwei Wochen wieder zurück.«

Ich atmete tief durch. So mußte sich ein Mensch fühlen, der, zum Tode verurteilt, im letzten Moment begnadigt wird.

»Auf Wiedersehen, Eveline.« Er nahm meine Hand und küßte sie: »Wir sprechen uns, wenn ich zurück bin.«

Er wandte sich zum Gehen, drehte sich noch einmal kurz um und sagte: »Sie haben mir eine große Freude mit den Fotos gemacht.«

Bevor ich wagte, Georg anzusehen, kramte ich umständlich in meiner Tasche, holte schließlich eine Schachtel Zigaretten heraus und zündete eine an. Dann schaute ich auf.

Georg, die Hände tief in den Hosentaschen vergraben, starrte mich unverwandt an.

»Ein Bekannter«, sagte ich töricht.

»Und da komme ich zu dir«, sagte Georg, »um mir meine Liebesnot von der Seele zu reden. Du lieber Himmel! Um dich steht's ja noch viel schlimmer als um mich.«

Am nächsten Tag erhielt ich einen riesigen Strauß langstieliger Rosen: weiße, rosa, rote. Dazu ein Kärtchen: »Bis bald, Eveline!«

Ich tauchte mein Gesicht in die Rosen und küßte sie. Dann begann ich sie zu zählen. Es waren zwanzig weiße, zwanzig rosa und zwanzig rote. Ich überlegte: Sechzig rote Rosen wären eindeutig gewesen, aber zwanzig rote Rosen, gemischt mit weißen und rosafarbenen, hatten wahrscheinlich eine viel subtilere Bedeutung. Vielleicht wollte er mir damit sagen, daß seine Liebe drei Phasen durchwandert hatte: weiß, die Liebe zum Kind, rosa, die Liebe zum jungen Mädchen, rot, die Liebe zur Frau. Ja, das war es, das war Robert Schütz' Sprache.

»Und wo sollen wir jetzt hin mit all den Blumen?« fragte Frau Specht mit einem Gesicht, als handele es sich dabei um einen Sack schmutziger Wäsche.

»Lassen Sie mich das nur machen.«

Es dauerte mehr als eine Stunde, bis ich die Rosen in verschiedene Gefäße und farblich gleichmäßig verteilt untergebracht hatte.

»Ts, ts, ts«, machte Frau Specht, »so eine schreckliche Geldverschwendung.«

Mein Zimmer sah aus wie eine Hochzeitssuite, und ich legte eine Langspielplatte von Frank Sinatra auf und tanzte mit Robert Schütz. Draußen regnete es in Strömen, und drinnen begann es penetrant nach Frau Spechts Blumenkohlsuppe zu riechen, aber ich tanzte und flüsterte mit Robert Schütz.

Am Abend begann ich den Brief an ihn.

Es wurde der schwerste Brief meines Lebens. Außerdem der längste. Er durfte auf keinen Fall sentimental werden, aber selbstverständlich auch nicht trocken. Er sollte Stil haben, aber natürlich bleiben. Er mußte in die Tiefe gehen, dabei aber amüsant und humorvoll sein. Er durfte Robert Schütz nicht verschrecken, aber er mußte ihn ergreifen. Er mußte meine Liebe zum Ausdruck bringen, ohne daß sie jemals zur Sprache kam. Er sollte auf die Heilung und Rettung, die ich mir von seiner Liebe versprach, hinauslaufen, dabei aber nicht zur Erpressung werden.

Ich schrieb Tag für Tag und hatte dabei das Gefühl einer inneren Ruhe und Zufriedenheit. Manchmal vergaß ich sogar den Zweck und Empfänger des Briefes. Es war, als mache sich der Brief selbständig, entwickle sich in eine Richtung, die ich gar nicht beabsichtigt hatte, folgte einer Notwendigkeit, strebte ein Ziel an, das mir selber unbekannt war.

Als der Brief fertig war und ich ihn vom Anfang bis zum Ende durchlas, hatte ich den Eindruck, als handle es sich dabei mehr um ein Kapitel als um einen Brief. Er umfaßte zwei Jahre meines Lebens, das Jahr in Berlin vor und das Jahr in Sofia nach

meiner Emigration. Er beschrieb die Entwurzelung eines zehn-
jährigen Kindes, den entscheidenden Bruch in seinem Leben
und die sich daraus ergebende Spaltung – zwei Teile, die sich
immer weiter, immer drohender, immer zerstörerischer aus-
einanderschoben. Die sich nur dann wieder zu einer Einheit
schließen konnten, wenn eine neue Verwurzelung stattfände: in
einem Menschen, den ich liebte, einem Land, das ich akzeptierte, einer Überzeugung, die mir wesentlich war. In mir
selber.

Ich schickte den Brief ab. Seit jenem Abend in der »Rosa
Wolke« waren drei Wochen vergangen.

Ich hatte sie kaum gespürt. Zeit, Wetter, kleinere körperliche
Übel, die mich seit Jahren verfolgten und belästigten, hatte der
Drang zu schreiben, die Aufgabe, Robert Schütz von meiner
Liebe zu überzeugen, in die Flucht geschlagen. Jetzt, da der
Brief geschrieben und die Aufgabe erfüllt war, kehrten meine
Quälgeister zurück und machten mir die Zeit der Ungewißheit
und des Wartens zur Hölle.

Ich rechnete, daß die Beförderung des Briefes zwei Tage dauern konnte, das Lesen und Überdenken ein bis zwei weitere.
Also ließ ich es gleich bei vier Tagen, ein kleines Manöver, das
mir vierundzwanzig Stunden Verzweiflung ersparen sollte.
Am Morgen des fünften Tages war die Toleranzgrenze erreicht. Ich blieb im Bett, ging nicht einmal ins Bad, um mich zu
waschen. Frau Specht, die meine Häuslichkeit und Schreibbe-
sessenheit bereits für eine neue Krankheit gehalten hatte, war
nicht überrascht.

»Frau Clausen«, sagte sie streng, »wenn Sie so weitermachen,
nimmt es noch ein böses Ende.«

»Das hat es schon.«

»Ich habe Ihnen immer gesagt...«

»Bitte, nicht jetzt!« unterbrach ich sie.

Ich wußte genau, was kommen würde: die vielen Zigaretten,
das unzureichende, unregelmäßige Essen, der Mangel an frischer Luft und einem Mann, der für mich sorgte.

»Und immer das Kaninchen im Bett«, schloß Frau Specht, die
in Gedanken die Liste meiner Fehltritte abgespult hatte, »was
soll denn das Kind darüber denken!«

Das Kind kam in diesem Moment ins Zimmer, kletterte auf mein Bett und warf sich mit einem Freudenschrei auf das Kaninchen.

»Ich glaube, das Kind denkt noch nicht viel«, sagte ich, und Frau Specht verließ mit einem ominösen Kopfschütteln das Zimmer.

Gegen Mittag stand ich auf und ging von zwei bis acht Uhr in verschiedene Kinos. Die Filme waren einer wie der andere schlecht und hatten alle ein Happy-End. Mann und Frau küßten sich oder sahen sich innig in die Augen oder liefen eng umschlungen einer herrlichen Zukunft entgegen. Ich ging nach Hause, legte zehn Patiencen, die alle nicht aufgingen, nahm eine Schlaftablette und kroch ins Bett.

Als ich am nächsten Morgen erwachte, begann ich zu weinen. Es war gegen acht Uhr, aber immer noch dunkel und unheimlich still. Es schien kein Mensch in der Wohnung zu sein und kein Fahrzeug auf der Straße. Vielleicht war die Welt untergegangen.

Ich stand auf und zog den Vorhang zurück. Die Welt hatte mir nicht den Gefallen getan. Sie war immer noch da, weiß gezukkert wie ein amerikanischer Hochzeitskuchen. Es hatte geschneit.

Ich legte mich wieder ins Bett und weinte weiter. Zwei Stunden später rief er an.

»Eveline«, sagte er ohne Begrüßung und Einleitung, »lassen Sie es nicht bei diesem einen Brief, schreiben Sie weiter.«

Ich verstand nicht. Ich versuchte den Nebel aus meinem Kopf zu schütteln.

»Was meinen Sie?« fragte ich.

»Haben Sie noch nie daran gedacht zu schreiben? Der Brief ist druckreif. Setzen Sie sich hin und schreiben Sie weiter.«

War das alles, was er in meinem Brief gesehen hatte: eine druckreife Geschichte, aus der man einen Fortsetzungsroman machen konnte? Rief er mich an, um mich väterlich zum Schreiben zu ermuntern? Ich wollte nicht schreiben, ich wollte leben – mit ihm!

»Verdammt noch mal«, schrie ich auf, »ist das alles, was Sie mir zu meinem Brief zu sagen haben?«

»Nein, das ist nicht alles«, erwiderte er ruhig, »das ist, weiß Gott, nicht alles. Aber am Telefon kann ich nicht darüber sprechen.«

»Es gäbe da ja noch eine andere Möglichkeit.«

»Vor Weihnachten habe ich keine Zeit mehr. Aber gleich danach. Oder fahren Sie weg?«

»Nein.«

»Gut, dann gehen wir am siebenundzwanzigsten Dezember zusammen abendessen.«

»Nein, das tun wir nicht. Ich gehe nicht mit Ihnen in irgendein idiotisches Restaurant zum Abendessen.«

»Sondern?«

»Wenn Sie mir wirklich etwas zu meinem druckreifen Brief zu sagen haben, dann unter Ausschluß der Öffentlichkeit.«

»Bitteschön. Und wo?«

»Bei mir.«

»Gut«, sagte er nach einer Sekunde des Zögerns, »ich komme am siebenundzwanzigsten um acht Uhr zu Ihnen.«

Ich hatte einen winzigen Sieg errungen.

Ja, ich mußte ihm mal die Zähne zeigen und sehen, wie er darauf reagierte. Möglicherweise war er der Typ, der Widerstand brauchte anstatt Gefügigkeit. Wo blieb da auch der Reiz, wenn eine Frau auf Anhieb bereit war, ihm vom Tisch ins Bett, vom Bett nach Israel zu folgen, sich bis zur Selbstaufgabe unterwarf, ihm mit Briefen, Bitten, Tränen nachlief. Ich hatte Frauen, die einem Mann nachjaulten und sich alles von ihm gefallen ließen, immer verachtet. Hatte sie für Weibchen ohne Persönlichkeit und Stolz gehalten, für Masochistinnen, die aus Schmerz und Selbsterniedrigung perverse Lustgefühle bezogen. Und jetzt, jetzt war ich eine dieser Frauen, von einem Tag auf den anderen, ohne erklären zu können, wie und warum es dazu gekommen war. Denn wenn ich es mir in Ruhe und mit ein bißchen Logik überlegte, dann war diese Geschichte doch absurd: Ein Mann tauchte auf, ein vierzigjähriger Leimfabrikant mit graugrünen Augen und einem höchst sprunghaften Wesen, und bums lag ich ihm zu Füßen, wand mich in Liebesspasmen, war überzeugt, daß er derjenige war, den ich seit zwölf Jahren gesucht hatte, daß er der einzige war, der meinem

Leben einen Sinn geben und mich zu einem Menschen machen könnte. Großer Gott, schließlich hatte ich doch Erfahrung, sogar mehr, als mir lieb war! Schließlich hatte ich das doch alles seit meinem siebzehnten Lebensjahr durchexerziert! Wie vielen Männern war ich begegnet, gutaussehenden, charmanten, gescheiten Männern, auch halbjüdischen Männern, sogar Männern mit grau-grünen Augen, und hatte mich Hals über Kopf verliebt und geglaubt, mit dem oder dem oder dem würde sich mein Leben, würde ich mich ändern.

Hatte ich es wirklich geglaubt? Überleg doch mal, Eveline, ruhig und ein bißchen logisch! Hatte ich nicht immer, auch im allergünstigsten Fall, in einer ganz versteckten, winzigen, grauen Zelle meines Hirns gewußt, daß sich letztendlich nur die Oberfläche kräuselte und darunter alles blieb wie es war? Hatte ich mir nicht immer ein Hintertürchen offen gehalten, durch das ich zu gegebener Zeit mit den Worten »Er hat mich enttäuscht« entschlüpfen konnte? Hatte ich jemals den Panzer meines Stolzes abgelegt und einem anderen seinen Stolz gelassen? Hatte ich nicht immer nur Liebesbeweise gefordert und selten oder nie gegeben? Hatte ich die Männer nicht systematisch zermürbt, sie bis zur Ohnmacht oder Gewalttätigkeit getrieben? Hatte ich sie nicht zerstören wollen, weil ich zerstört worden war, weit zurück in meiner Kindheit, durch die Macht der Männer, den Krieg der Männer, die Grausamkeiten der Männer, die Feigheit der Männer?

Aber warum setzte dieser Mechanismus bei Robert Schütz plötzlich aus? Warum schlug ich das Hintertürchen zu, warf meinen Stolz über Bord, überschüttete ihn förmlich mit Liebesbeweisen, verlangte Heilung, nicht Zerstörung?

War das ein biologischer Prozeß, der mit dreißig Jahren einsetzte, Wahnsinn, der, latent vorhanden, durch einen wie auch immer gearteten Anlaß zum Ausbruch kam, oder auch nur eine Krise, wie sie bei den meisten Menschen irgendwann im Leben eintritt und sie an allem, was sie jahrelang gedacht und getan haben, zweifeln läßt? Nein, so einfach lagen die Dinge nun nicht. Vielleicht war von allem etwas dabei – etwas Wahnsinn, etwas Krise, etwas Biologie –, dennoch waren die Zusammenhänge differenzierter, und das auslösende Moment war und blieb Robert Schütz. Und nicht von ungefähr. Denn er war anders – im positiven Sinn anders – als alle, die ich bisher gekannt hatte. Er war echt, er spielte nicht etwas, das er nicht war, mehr noch, er unterspielte jene Eigenschaften, die andere hochgespielt hätten. Seine Männlichkeit hatte nie den Beigeschmack von Prahlerei, und seine Stärke war nie aufdringlich. Er protzte nicht mit seinem Mut und ließ einen seine Überlegenheit nicht spüren. Er ging nicht über Leichen, sondern mit behutsamer Unbeirrbarkeit seinen Weg, und seine Überzeugung manifestierte sich nicht in lauten, überheblichen Deklarationen, sondern in Entschlossenheit und Taten.

Ich hätte ihn immer geliebt, egal zu welchem Zeitpunkt, in welchem Land, unter welchen Lebensumständen ich ihm begegnet wäre. Ich hätte ihn geliebt, so wie ich ihn heute liebte. Er war das, was ich zu sein wünschte, was ich zu werden vermochte, wenn er mich nicht verließ.

Eine merkwürdige Ruhe überkam mich in den zwei Wochen vor dem siebenundzwanzigsten Dezember, dem Tag unserer Verabredung. Es war nicht die Ruhe der Zuversicht, geschweige denn die der Gewißheit. Es war eine fatalistische Ruhe, ähnlich der, die ich im Flugzeug empfand. Entweder ich erreichte mein Ziel, oder ich stürzte ab. Das Scheitern meiner Liebe setzte ich einem Absturz gleich. Dann war es eben aus. Die Vorstellung, daß ich danach noch weiterleben könnte, gelähmt, verbrannt, entstellt, hatte ich auch beim Fliegen immer ausgeschlossen.

Ich bereitete ohne jede Emotion das Weihnachtsfest für meinen Sohn vor: einen buntgeschmückten Baum, Geschenke, eine Gans, die Schulenburg, ein Experte im Gänsebraten, zubereiten wollte. Ich sagte Frau Specht, die wie an jedem zweiten Weihnachtsfeiertag zu ihrer einzigen Freundin, einer pensionierten Hebamme, nach Niederbayern fahren wollte, daß sie Alexander mitnehmen dürfe. Sie schlug vor freudiger Überraschung die Hände zusammen, denn es war schon lange ihr Wunsch, dem armen Großstadtkind die Natur zu zeigen, die in diesem Fall aus einem schmucken Häuschen, einem adretten Gärtchen und einem halben Dutzend Hühnern bestand.

Der Weihnachtsabend verlief, dank des Gänsebratens, den Schulenburg nicht aus dem Auge lassen wollte, der Geschenke, mit denen Alexander eifrig beschäftigt war, und zwei Gläsern Sekt, die Frau Spechts unheilschwangere Vorahnungen hinwegspülten, friedlich. Erst als sie und das Kind im Bett lagen, der geglückte Gänsebraten verzehrt war und die brennenden Kerzen am Baum eine besinnliche Atmosphäre verbreiteten, fragte Schulenburg: »Und wie geht es dir, mein Mäuschen?«

»Gut«, sagte ich, »du siehst es ja, ich funktioniere wie am Schnürchen.«

»Ja«, sagte er mit einem Seufzer, »ich sehe es, und es gefällt mir gar nicht.«

»Wie man's macht ist's falsch.«

»Willst du mir nicht erzählen...«

»Es gibt nichts zu erzählen. Weißt du, irgendwann kommt der Zeitpunkt, an dem es eben wirklich nichts mehr zu erzählen gibt.«

»Das sind die ganz gefährlichen Zeitpunkte und wahrscheinlich die einzigen, an denen es eben wirklich etwas zu erzählen gibt.«

»Sprechen wir von vergangenen Zeiten. Weißt du noch, wie du mir damals, in unseren Anfängen, ›Das Schloß‹ von Kafka vorgelesen hast?«

»Was dachtest du? Ich hätte es vergessen?«

»Das waren schöne Stunden. Ich war fast glücklich, wenn du mir vorgelesen hast.«

»Willst du, daß ich dir jetzt etwas vorlese?«

Ich nickte.

»Hast du die Bibel?«

»Ja. Mein Vater hat sie mir wohlweislich mit auf den Weg gegeben.«

»Dann bring sie mir. Ich werde dir das »Hohe Lied« vorlesen.«

Ich holte die Bibel und gab sie ihm.

Bevor er sie aufschlug, sagte er: »Mach mir keine Dummheiten, Eveline. Halt die Ohren steif, und wenn du das Gefühl hast, daß sie schlapp werden, dann ruf das alte Eichhörnchen, ja?«

Ich lächelte und nickte.

Am Morgen des siebenundzwanzigsten Dezember fühlte ich mich elend. Vor mir lagen elf Stunden, die ich totschlagen mußte, bevor sie mich totschlugen. Frau Specht war mit Alexander zu der pensionierten Hebamme in die schöne Natur gefahren, und ich sah mich nicht einmal genötigt, ihre Habichtaugen von mir abzulenken oder mit meinem Sohn Autozusammenstoß zu spielen. Ich war zu gerädert, um aufzustehen, und zu unruhig, um liegenzubleiben. Mein Fatalismus hatte mich offensichtlich verlassen, und das autogene Training, an das ich mich in höchster Not erinnerte, versetzte mich in stumme Raserei. Meine Arme und Beine, die schwer und warm werden sollten, wurden kribbelig und kalt, und mein Kopf, dem ich Ruhe und Klarheit suggerierte, begann zu tosen.

Hör zu, sagte ich mir, es ist doch alles ganz einfach: Entweder du erreichst dein Ziel, oder du stürzt ab.

Ja, so einfach war es.

Ich begann Ordnung im Wohnzimmer zu machen, ich riß die Fenster auf, um Frau Spechts Gemüsesuppenmief zu verjagen, ich holte saubere Wäsche aus dem Schrank, um mein Bett frisch zu überziehen. Während ich den alten Bezug aufknöpfte, wurde mir der tiefere Sinn meines Vorhabens bewußt, und der Aberglaube einerseits – das, was man vorbereitet, trifft nie ein –, die Trivialität meiner Motive andererseits – so fängt man keinen Robert Schütz –, ließen mich innehalten. Ich knöpfte den alten Bezug wieder zu und legte die frische Bettwäsche in den Schrank zurück.

Am Nachmittag wusch ich mir die Haare. Während des Trocknens betrachtete ich mich im Spiegel. Ich war ungewöhnlich blaß, und meine Augen lagen in tiefen, dunklen Höhlen. Mein Blutdruck mußte unter Null sein, und ich nahm eine kreislaufanregende Tablette, um ihn ein bißchen auf Trab zu bringen. Ich schminkte mir sorgfältig das Gesicht und zog einen engen, geschlitzten Rock und eine violette, dekolletierte Bluse an. Im Spiegel begegnete mir eine herausgeputzte Leiche, der nur noch der Sarg fehlte. Ich wusch mir die Schminke wieder ab und zog ein schwarzes Strickkleid mit Rollkragen an.

Kurz vor acht saß ich auf der Couch, rauchte eine Zigarette und starrte den Weihnachtsbaum an. Ich war jetzt in einem Zustand der Apathie und überlegte, ob ich anstatt des anregenden Kreislaufmittels vielleicht eine Schlaftablette geschluckt hatte. Ich versuchte, meine verödete Gedankenwelt mit Robert Schütz zu beleben, aber auch das gelang mir nicht. Ich konnte ihn mir gar nicht mehr vorstellen.

Um zehn nach acht saß ich immer noch so da. Vor meinen Augen flimmerten die bunten Kugeln und das silberne Lametta. Ich fror erbärmlich.

Siehst du, er kommt ja gar nicht, sagte ich mir, und das ist auch viel besser. Du hättest das alles gar nicht durchgehalten. Du bist ein Versager auf der ganzen Linie.

Um viertel nach acht klingelte es. Ich erhob mich, schwindlig vor Erschöpfung, ging mit den steifen, mechanischen Schritten einer Aufziehpuppe zur Tür und öffnete sie.

Er kam mit einem Korb in der einen Hand und einem phantasievollen Strauß bunter, seltener Blumen in der anderen.

»Entschuldigen Sie, ich habe mich verspätet. Ich bin leider ein unpünktlicher Mensch.«

Er gab mir die Blumen, stellte den Korb auf den Boden und legte mir beide Hände auf die Schultern.

»Na, Eveline, wie ist denn die Stimmung heute abend? Etwas vereistes Gesicht, oder?«

Er küßte mich leicht auf den Mund.

Ich erwachte aus meinem Dornröschenschlaf. Ich fühlte, wie ich schmolz. Kleine Bäche rieselten durch meinen Körper, der endlich wieder warm und elastisch wurde. Das Blut kehrte in meinen Kopf zurück und mit ihm zuversichtliche Gedanken. Ich lächelte und sagte: »Ich habe geglaubt, Sie würden überhaupt nicht kommen.«

»Sieht Ihnen ähnlich!«

Er zog den Mantel aus, warf ihn über einen Stuhl, nahm den Korb und folgte mir ins Zimmer.

»Oh«, sagte er, »es weihnachtet sehr.«

»Ich würde gerne darauf verzichten, aber ich habe einen kleinen Sohn.«

»Ich weiß.«

»Woher?«

»Von Alfred.«

»Hat er über mich gesprochen?«

»Ja, unaufgefordert.«

»Und was hat er Ihnen erzählt?«

»Nichts von Bedeutung.«

»Was?«

»Daß Sie ein sehr bewegtes Leben führen – so hat er sich, glaube ich, ausgedrückt, zweimal verheiratet waren und ein Kind haben.«

»Ich war nur einmal verheiratet. Das Kind ist unehelich.«

»Sehen Sie«, sagte Robert Schütz, »und diesen wichtigen Punkt hat er mir nun unterschlagen. Also was ist? Wollen Sie da stehenbleiben wie die stolze Angeklagte oder den Blumen Wasser geben und sich und mir ein Glas?«

Er holte vier Flaschen aus dem Korb und stellte sie auf den Tisch: »Ich habe einen sehr guten Bordeaux mitgebracht, und wenn Sie jetzt außer einem Weihnachtsbaum auch noch einen Korkenzieher hätten, könnten wir diesen schwierigen Abend in Angriff nehmen.«

Wir sahen uns an und lachten.

Er trug ein Hemd von der Farbe seiner Augen und anstelle einer Krawatte ein beige-schwarz gemustertes Halstuch.

Wenn er doch nur nicht so verdammt schön wäre, dachte ich, jede Falte in seinem Gesicht ist schön, selbst die kleine Delle in seinem gefährlich starken Kinn ist schön.

Ich drehte mich schnell um und ging in die Küche, um die Blumen ins Wasser zu stellen und Gläser und Korkenzieher zu holen.

Als ich zurückkam, stand er mit den gerahmten Fotografien meiner Eltern in der Hand neben der Stehlampe.

»Sie sind wirklich eine tadellos gelungene Mischung«, sagte er, »das haben die beiden gut gemacht.«

»Ich ähnele mehr meiner Mutter.«

Er warf einen prüfenden Blick auf mich: »Würde ich nicht behaupten. Die untere Gesichtspartie ist die Ihres Vaters. Wo sind Ihre Eltern?«

»Auf dem Friedhof.«

Er stellte die Bilder wieder auf die Kommode, ein bißchen

einander zugewandt, genauso wie sie gestanden hatten. »Sie haben sie in Ihrem Brief glänzend beschrieben.«

Er nahm mir den Korkenzieher aus der Hand, öffnete eine der Flaschen und goß uns ein: »Auf Ihre Begabung, Eveline«, sagte er und reichte mir ein Glas, »auf daß sie wachse und gedeihe.« Er trank.

Jetzt fing er wieder damit an! Beurteilte meinen mehr als offenherzigen Liebesbrief neutral und wohlwollend wie ein Lektor. Nein, das würde ich nicht zulassen!

Ich stellte mein Glas mit Nachdruck auf den Tisch.

»Mir wäre lieber, *ich* würde wachsen und gedeihen«, sagte ich.

»Alles zu seiner Zeit. Erst die Begabung, dann Sie. Davon abgesehen ergibt sich eins aus dem anderen.«

Er setzte sich auf die Couch und ich mich ihm gegenüber. Zwischen uns stand der schmale Tisch, unter dem sich unsere Beine zufällig berührten und sofort zurückzuckten.

»Sie irren sich«, sagte ich, »Sie sollten die Frauen gut genug kennen, um zu wissen, daß sich bei denen alles nur aus einem ergibt.«

»Großer Gott, so sprechen Sie? Ich habe Sie für eine der wenigen Frauen gehalten, die innerlich unabhängig und frei sind.«

»Frei ist eine Frau nur, solange sie nicht liebt. Das gilt für jede Frau.«

Während er sich eine Zigarette zwischen die Lippen steckte und anzündete, sah er mich unverwandt an. Schließlich sagte er: »Sie mögen recht haben ... leider.«

»Wieso leider?«

»Das fragt eine Frau einen Mann?« Er kniff die Augen ein wenig zusammen und beugte sich mir über den Tisch zu: »Eveline, ich an Ihrer Stelle würde es bedauern, daß sich zwei so elementare Bedürfnisse wie Liebe und Freiheit dauernd in der Quere liegen und scheinbar nicht zu vereinbaren sind.«

Ich begann unsicher zu werden. Sprach er im allgemeinen oder genauso gezielt wie ich? Sollte ich mich weiter vorwagen und über Dinge reden, mit denen ich mich nie auseinandergesetzt hatte – früher nicht, weil der Mangel an Liebe die Notwendigkeit der Wahl ausgeschlossen hatte, jetzt nicht, weil der Höhenflug meiner Liebe gar keinen Gedanken an eventuelle andere

Prioritäten zuließ? Oder sollte ich den richtigen Moment abwarten, an dem ich ihm spontan und direkt...

»Mit anderen Worten«, unterbrach er meinen Gedankengang, »Sie setzen die Liebe über alles.«

Ich wagte nicht ihn anzusehen, aus Angst, ein ironisches oder herablassendes Lächeln in seinem Gesicht zu entdecken.

Ich blickte in Richtung des Weihnachtsbaumes und sagte: »Ich glaube, ja. Alles andere ist bei einer Frau doch nur Ersatzhandlung.«

»Sie sollten diese Ersatzhandlungen nicht unterschätzen, sie können mitunter sehr kreativ sein, und außerdem sind sie dauerhafter als die Liebe.«

Keine Frage, er sprach gezielt. Da saß er, dieser Mann, der erste, der mein gesamtes Weltbild auf den Kopf gestellt hatte, und wollte mir die Ersatzhandlungen schmackhaft machen, wollte mir weismachen, daß Liebe und Freiheit gleichrangig seien, wollte im Grunde nichts anderes, als mir auf einfühlsame Art die Liebe zu ihm wieder ausreden. Hielt er mich für ein Kind, das man mit einem Trostpflaster abfinden konnte?

Ich lächelte und sagte mit ruhiger Bestimmtheit: »Ihre Argumente ändern trotzdem nichts an der Tatsache, daß eine Frau, vor die Wahl gestellt, doch immer die Liebe wählen würde.«

Er erhob sich plötzlich und mit einer heftigen Bewegung, die wie ein Stoß durch seinen ganzen Körper ging. Er trat ans Fenster, schob die Vorhänge etwas beiseite und schaute hinaus.

»Lassen wir das«, sagte er, »es hat keinen Zweck.«

»Was hat keinen Zweck?« fragte ich leise.

»Diese Diskussion. Ich bin gekommen, um mich zu verabschieden. Sie beschäftigen und beunruhigen mich mehr als mir lieb ist, und wie Sie wissen, will ich das vermeiden. Ihr Brief hat mich... nun gut, diesem Wort ist wohl nicht auszuweichen... erschüttert. Ganz abgesehen davon, daß ich ihn für einen schönen Brief halte, habe ich ihn auch genauso verstanden, wie er gemeint war. Und meine Antwort darauf ist nein.«

Er drehte sich mit einem Ruck zu mir herum und stemmte die Hände rückwärts gegen das Fensterbrett.

»Nein aus einem offensichtlichen Grund. Bliebe ich in Deutschland und in meinem alten Trott, dann würden wir zweifellos eine Affäre miteinander anfangen, und aus dieser Affäre würde sich entweder mehr entwickeln, oder sie würde ausbrennen. Da ich nun aber nicht in Deutschland bleibe, sondern nach Israel gehe und dort einen nicht ganz leichten Weg vor mir habe, ist eine Liebesbeziehung, in welcher Form auch immer, ausgeschlossen. Ich habe mich nicht jahrelang gegen alle Widerstände – in mir und um mich herum – durchgesetzt, um mich jetzt in eine Geschichte einzulassen, die weder Hand noch Fuß hat. Sie kennen mich nicht. Sie kennen nur Ihre fixe Idee, und von der sind Sie geblendet. Ich kenne Sie etwas besser, da ich von keiner fixen Idee geblendet bin. Aber selbst im besten Fall, selbst wenn ich an die sogenannte große Liebe zwischen uns glaubte, würde ich gehen und Sie zurücklassen.«

Schrie man, wenn man abstürzte, krallte man sich irgendwo fest, betete man, war man vor Schreck gelähmt? Gab es auch Menschen, die Haltung bewahrten, sogar eine gewisse Erleichterung empfanden: So, jetzt ist es gleich vorbei, vorbei mit der ewigen Angst und Beklemmung, der Lustlosigkeit und Machtlosigkeit, der obskuren Sehnsucht und vergeblichen Erwartung... vorbei!

Ich sah mich aufstehen, die Streichhölzer vom Tisch nehmen, zum Baum gehen und eine Kerze anzünden. »Niedlich, nicht wahr?« hörte ich mich sagen.

»Sehr niedlich«, antwortete die Stimme von Robert Schütz.

Ich sah mich zwei weitere Kerzen anzünden und betrachtend davorstehen.

»Eveline!«

Die Stimme klang befehlend. Ich sträubte mich. Ich wollte mir weiter zusehen, aber ich sah mich nicht mehr. Ich sah die drei dünnen, tropfenden Kerzen in billigen, rußgeschwärzten Haltern an bereits schütteren, sterbenden Tannenzweigen.

»Das geht so schnell«, sagte ich, »keine drei Tage und die Bäume nadeln. Wahrscheinlich liegen sie wochenlang abgehackt herum, bevor...«

»Eveline, wollen Sie sich noch lange mit diesem verdammten Weihnachtsbaum beschäftigen?« Er trat auf mich zu, packte mich bei den Schultern und schüttelte mich grob.

»Sie tun mir weh«, sagte ich, »hören Sie auf, mir weh zu tun, ein für allemal!«

Er hörte auf, mich zu schütteln, umklammerte aber immer noch meine Schultern.

»Sie sind sehr wehleidig, nicht wahr? Sie schwimmen in Selbstmitleid wie in warmem, parfümiertem Wasser. Arme kleine unschuldige Eveline, der man dauernd böswillig Schmerzen zufügt! Haben Sie schon jemals an die Menschen gedacht, an die Millionen und aber Millionen unschuldiger Menschen, die an den Schmerzen, die man ihnen böswillig zugefügt hat, verreckt sind oder sich wieder aufgerappelt und sogar etwas aus sich gemacht haben? Ich hätte nicht schlecht Lust, sie zu ohrfeigen, Eveline, rechts und links zu ohrfeigen, bis Ihr Kopf da in den Baum fliegt und als besonders schöne Kugel hängenbleibt!«

Er stieß mich von sich, und ich stand verdattert in der Mitte des Zimmers.

Er ging zum Tisch, goß sich ein Glas Rotwein ein, trank es in einem Zug aus und zündete sich eine Zigarette an.

»Sie wollen einen Schlepper, Eveline«, sagte er dann immer noch mit scharfer Stimme, »ich bin kein Schlepper, und Sie sind nicht die Frau, die sich schleppen läßt. Dazu sind Sie viel zu stark und eigenwillig, auch wenn Sie ständig versuchen, diese Eigenschaften in Weh- und Selbstmitleid zu ersäufen. Sie sind unverwüstlich, Eveline, wie alle Menschen, die glauben oder sich einreden, zerbrechlich zu sein. Sie wollen Hilfe! Geben Sie doch erst mal einem Menschen Hilfe, der sie wirklich braucht. Es gibt eine Unzahl davon, und Sie gehören nicht dazu. Nein, Eveline, Sie gehören nicht dazu. Sie gehören zu den Bevorzugten. Darum kann Ihnen auch niemand helfen außer Sie sich selber. Haben Sie mich verstanden?«

»O ja.«

»Warum denken Sie eigentlich nicht wie Sie schreiben?«

»Wie?«

»Mit Selbstironie, Klarheit, Einsicht.«

»Wenn ich nicht so dächte, könnte ich ja nicht so schreiben.«

»Na, dann wissen Sie es im täglichen Gebrauch meisterhaft zu verbergen.«

Ich kippte den Kopf zur Seite, sah ihn an und probierte ein Lächeln.

»Jetzt sehen Sie aus wie auf dem Foto mit dem Kaninchen«, sagte er.

»Na, so haben Sie mich doch am liebsten, nicht wahr?«

Er gab keine Antwort, ging an mir vorbei zum Tisch und kam mit einem Glas Wein zurück.

»Hier, trinken Sie das ... trinken Sie es aus! Sie sind blaß wie die Wand.«

»Kunststück!«

Ich trank. Er stand dicht vor mir und paßte auf, bis ich den letzten Schluck getrunken hatte.

»So, und jetzt dreht sich alles«, sagte ich, »ein voller Erfolg!«

Er nahm mich in die Arme und drückte mich an sich.

»Das Glas...«, murmelte ich, »gleich ist es kaputt und ich auch.«

»Wo ist Ihr Bett?«

»Ich habe keins. Ich schlafe auf der Couch.«

»Und wo ist Ihr Bettzeug?«

»In der Truhe ... wieso? Soll ich mich jetzt vielleicht ins Bett legen?«

»Ja.«

»Und Sie? Wollen Sie etwa schon gehen ... gehen Sie nicht, ich bitte Sie!«

»Ich gehe ja gar nicht.«

»Bestimmt nicht?«

»Ziehen Sie sich aus, legen Sie sich hin und geben Sie Ruhe.«

Ich ging ins Bad. Mir fiel ein, daß mein Nachthemd mit dem Bettzeug in der Truhe war. Am Haken an der Tür hing nur mein alter, dunkelblauer Kimono. Egal, das Nachthemd wäre auch nicht schöner gewesen, und außerdem war ja sowieso schon alles verloren. Ich zog ihn an und schaute in den Spiegel. Das wird nun also das Ende dieser glorreichen Geschichte sein, sagte ich mir, du blaß wie ein Gespenst in einem alten Kimono und einem erbärmlichen Zustand im Bett, und er wie ein gewissenhafter Hausarzt auf einem Stuhl daneben, wartend, bis die Patientin, dank des Rotweins und der Allgemeinerschöpfung, endlich eingenickt ist. Und dann wird er gehen, erleichtert und auf Nimmerwiedersehen. So was ist dir noch nie passiert, nicht wahr, du wehleidiges, in Selbstmitleid schwimmendes, unverwüstliches Geschöpf?

Ich zog mir eine angeekelte Grimasse und verließ das Bad.

Er hatte mir das Bett gemacht und lag, am anderen Ende des Zimmers, flach ausgestreckt auf dem Boden.

»Was ist«, fragte ich beunruhigt, »warum liegen Sie da auf dem Boden?«

»Weil ich da gerne liege.«

»Ein denkwürdiger Abend«, sagte ich und mußte lachen.

Er hob ein wenig den Kopf und sah mich an.

»Schön sehe ich aus, nicht wahr?«

»Sie sehen immer schön aus. Das ist Ihr Unglück. Gehen Sie endlich ins Bett.«

»Danke, daß Sie es mir gemacht haben ... noch dazu so ordentlich!«

Ich legte mich hinein und verschränkte die Arme hinter dem Kopf: »Sie müssen ein vortrefflicher Ehemann sein.«

»Gewesen sein.«

»Wollten Sie Ihre Frau nicht mitnehmen, oder wollte sie nicht mitkommen?«

»Sowohl als auch.«

»Sie wollen nicht darüber sprechen, nicht wahr?«

»Schauen Sie, Eveline, Ihr ›vortrefflicher Ehemann‹ und das, was Sie sich darunter vorzustellen scheinen, hat schon genügt. Unsere Ehe war so komplex und hatte so viele Facetten, daß ich das Thema hier unmöglich abhandeln kann oder will. Aber das eine kann ich Ihnen versichern: Wir haben uns aus keinem anderen Grund getrennt als dem, daß ich nach Israel gehe und Israel kein Land für Isabel ist. Sie wäre da sehr unglücklich geworden.«

»Und hier, ohne Sie, wird sie glücklicher sein?«

»Ja, das nehme ich an. Hier hat sie ihre Arbeit, ihre Freunde, ihre Sprache ... das, was Sie Ersatz nennen, nicht wahr, Eveline?«

»Richtig. So wie Sie meine Liebe zu Ihnen eine fixe Idee nennen.«
Ich schloß die Augen. Ich hatte mich fallen lassen, wissend, daß
seine Hand mich nicht halten würde, daß da kein Netz war, in das
ich fiel. Ich hörte, wie er sich eine Zigarette anzündete.
Nach einem langen Schweigen sagte er: »Eveline, du wirst es
schaffen, daran ist gar kein Zweifel. Wir sind uns nicht umsonst begegnet. Ich war in deinem Leben der Anstoß, und
damit habe ich meine Mission erfüllt. Mehr sollte ich nicht
sein, und mehr wäre ich nicht für dich geworden. Natürlich
willst du das heute nicht wahrhaben, aber eines Tages, wenn du
die diversen Krücken, auf die du dich jetzt noch stützt, weggeworfen hast, dann wirst du erkennen, daß ich recht gehabt
habe und dir sagen: Dieser Leimfabrikant ... wie hieß er doch
noch ... war eigentlich nicht so dumm wie ich damals angenommen habe.«
Er lachte leise. Ich schwieg.
»Schläfst du?«
»Nein.«
»Möchtest du schlafen?«
»Nein.«
Er erhob sich mit einer schnellen, geschmeidigen Bewegung,
kam an mein Bett und sah mit einem Blick auf mich herunter,
der in seiner Intensität fast feindselig wirkte. Dann ließ er sich
mit einem Seufzer auf der Bettkante nieder und begann stumm,
die Augen geschlossen, meinen Arm zu streicheln: vom Handrücken aufwärts bis zur Schulter und wieder hinab, mal fest
meinen ganzen Arm umfassend, mal zart mit den Fingerspitzen
seine Innenfläche berührend. Mein Arm wurde sein Instru-
ment, auf dem er spielte, dem er Töne, Schwingungen, Sensi-
bilitäten entlockte, die mich durchfluteten und ein Verlangen in
mir weckten, wie ich es in dem Zusammenklang von Körper,
Herz und Kopf nie zuvor empfunden hatte.
»Komm«, sagte ich, hielt seine Hand an meiner Schulter fest
und küßte sie, »komm zu mir.«

Ich lag mit dem Gesicht auf seiner Brust, eingerollt in seine
Umarmung, seine Wärme und Feuchtigkeit, den Geruch seines
Körpers. Er hatte mich geboren.

»Weißt du, Robert«, sagte ich, »für diese halbe Nacht hat sich alles gelohnt. Alles was ich durchgemacht habe, alles was ich falsch gemacht habe ... sogar alles was ich verloren habe. Ich glaube, ich habe dreißig Jahre nur für diese sechs Stunden gelebt. Wenn ich jetzt sterben könnte, mit diesem herrlichen Gefühl alles gehabt zu haben...«

»Eveline, hör auf!« Er zog an seiner Zigarette, drückte sein Kinn hart auf meinen Kopf, legte die Hand über meinen Mund. »Hör auf, diese sechs Stunden zu glorifizieren. Sie waren schön, mehr als schön, aber sie zum Brennpunkt deines Lebens zu machen, vor dem nichts Lebenswertes passiert ist und nach dem nichts Lebenswertes mehr passieren wird, ist doch wohl etwas exzessiv. Was du geworden bist, egal ob du es heute für gut oder schlecht hältst, und was du noch werden wirst, verdankst du deiner Vergangenheit, auch diese halbe Nacht verdankst du ihr. Also sei so gut und denke wie du schreibst.«

»Ich schreibe jetzt aber nicht, ich fühle! Ich habe nie zuvor in meinem Leben so gefühlt. Ich bin stolz und glücklich, daß ich so fühlen kann. Und du wirst es nicht ändern können, daß ich so fühle. Was immer du sagst und tust, du wirst es nicht ändern können!«

»Siehst du, Eveline, an deinem Eigenwillen wäre selbst ich gescheitert.«

»Aber nur in diesem einen Punkt. In allen anderen wäre ich dir gefolgt wie ein Lamm, bis in den Kibbuz wäre ich dir gefolgt und hätte um fünf Uhr früh Orangen gepflückt oder in der Küche Mohrrüben geschabt und abends Lieder gesungen.« Ich lachte und biß in das dichte, drahtige Haar das seine Brust bedeckte.

»Ja, du hättest fabelhaft in einen Kibbuz gepaßt.«

»Besser als in diese Wohnung bestimmt! Ich habe viel darüber gelesen, über Israel und die Kibbuzim – hörst du, wie richtig ich die Mehrzahl ausspreche –, und daß ich das getan habe, verdanke ich dir und nicht meiner Vergangenheit, die mich so gebeutelt hat, daß ich alles Jüdische in mir verdrängt habe. Wegen dir habe ich mir die Bücher gekauft, wegen dir habe ich angefangen zu lesen. Und da ist dann der Knopf aufgegangen, und ich hatte plötzlich, ganz unabhängig von dir, eine solche

Sehnsucht, ein so heftiges Bedürfnis, nach Israel zu fahren! Es ist ja auch mein Land, ich habe sogar Verwandte drüben.«

Er drückte die Zigarette aus und umschlang mich noch fester: »Natürlich ist es auch dein Land«, sagte er, »und du wirst hinfahren, ganz bestimmt wirst du hinfahren.«

»Aber wir werden uns dort nicht sehen, nicht wahr?«

»Ich weiß nicht. Bitte, quäl mich nicht.«

»Ich meinte doch nur, um noch eine halbe Nacht miteinander zu verbringen. Am Roten Meer vielleicht, unter freiem Himmel, unter diesen großen, orientalischen Sternen. Kannst du dir vorstellen, Robert, wie wir...«

»Eveline, es gibt offenbar nur noch eine Methode, dich zum Schweigen zu bringen!« Er warf sich mit dem ganzen Körper auf mich, bedeckte meinen Mund mit seinem, brachte mich zum Schweigen.

Er hatte die Vorhänge aufgezogen und stand am Fenster. Seine Silhouette hob sich schwarz von dem etwas helleren Himmel ab.

»Eveline«, sagte er, »ich muß jetzt gehen.«

Ich erstarrte. Seine physische Gegenwart, seine Umarmungen waren so beherrschend gewesen, daß sich der Gedanke an den Abschied darin verloren hatte. Jetzt aber, beim Klang dieser furchtbaren Worte, beim Anblick seines Körpers, der sich bereits von mir entfernt und dem Anbruch des neuen Tages zugewandt hatte, stürzte ich, stürzte mit übelkeiterregender Geschwindigkeit in eine bodenlose, schwarze Leere.

»Ich möchte gehen, solange es noch dunkel ist«, sagte er, »solange das Haus noch still ist und die Straßen leer sind. Ich könnte jetzt keine Menschen ertragen, ihre morgendlichen Geräusche, ihre Gesichter, wenn sie zur Arbeit gehen oder fahren.«

»Soll ich nicht wenigstens Kaffee machen?« fragte ich tonlos.

»Nein«, schrie er, »du sollst keinen Kaffee machen! Das fehlte mir gerade noch! Ein gemütliches Frühstück, ein warmes Bad, vielleicht hast du auch noch einen Rasierapparat.«

Er ging zum Stuhl, auf dem seine Kleidungsstücke lagen, fand den Slip und zog ihn an.

»Ich will, daß es Nacht zwischen uns bleibt, verstehst du? Ich habe dich nie bei Tageslicht gesehen, und ich will dich auch jetzt nicht bei Tageslicht sehen. Ich will nicht einen Tag mit dir beginnen, der keine Fortsetzung hat. Ich schaffe das nicht.«
Er zog das Hemd an und begann es zuzuknöpfen.
»Bitte...«, sagte ich und streckte die Hand aus.
»Bitte was?« fragte er mit harter Stimme.
»Ich wollte nur noch mal den Pelz auf deiner Brust...«
»Eveline«, unterbrach er mich, »ich flehe dich an, keine Sentimentalitäten jetzt! Sie würden ebenso wenig zu dieser Nacht passen wie das Geräusch der Klospülung in der Nachbarwohnung oder der Kaffee, den du mir in der Küche kochen wolltest.«
Er trat an mein Bett, kniete sich davor nieder und nahm meine beiden Hände: »Bleib so, wie du heute nacht warst«, sagte er, »so frei, natürlich, offen und...«, er lächelte, »... unverwüstlich. Denn das bist du. Das sieht man schon auf deinen Kinderbildern, das liest man aus deinem Brief, das habe ich gespürt, als ich dich das erste Mal sah und nicht die Frau, sondern das Kind. Das Kind, in dem noch nichts verschüttet und zerstört war. Ich habe dich immer so gesehen, Eveline, wie du gewesen bist, bevor man dir den Boden unter den Füßen wegzog, und wie du sein wirst, wenn du den Boden wieder unter den Füßen hast.«
»Sagst du das nicht nur, um mir Mut zu machen? Glaubst du wirklich, daß ich wieder Boden unter den Füßen haben werde?«
»Ich glaube es nicht nur, ich weiß es. An dir ist viel zerstört worden, aber deine vitale Kraft ist intakt geblieben. Du hast sie bis jetzt nicht wahrgenommen, jedenfalls nicht, um etwas Konstruktives damit anzufangen, aber eines Tages wirst du sie einfach nicht mehr unterdrücken können. Ich vertraue dir, Eveline, dir und dieser Kraft. Du wirst es schaffen.«
»Ich liebe dich«, sagte ich.

Als er gegangen war, zog ich meinen Kimono an und trat ans Fenster. Es dämmerte, aber der Himmel über der Stadt hatte noch seine nächtliche Undurchdringlichkeit. Ich schaute hinab

auf den öden asphaltierten Hof, die Mauer mit dem Schild
»Zur Gassenschenke«, die Holzbaracke und das Autobusdepot
im trüben Licht der Straßenbeleuchtung.

Wie soll ich es jemals schaffen? dachte ich und lehnte die Stirn
an die Scheibe. Ich wollte weinen, aber es kam nur ein Wimmern. Selbst zum Weinen war ich zu leer.

»O Gott«, sagte ich, »wenn es doch Nacht bliebe!«

Ich hob den Kopf in der absurden Hoffnung, daß es anstatt
heller wieder dunkler geworden wäre. Und da sah ich, daß der
Himmel im Osten aufgebrochen war und Licht und Farben in
das Dunkel schüttete: leuchtendes Türkisgrün und samtenes
Violett, korallenrot und pfauenblau.

»Merkwürdig«, flüsterte ich, »wo kommt denn plötzlich dieser
Himmel her? Über diesem trostlosen Stück Stadt ein so wunderschöner Himmel!«

Ein Funken fiel in die schwarze Leere, und meine Augen füllten
sich mit Farben und mit Tränen.

Gertrud Fussenegger
So gut ich es konnte

Ein außergewöhnlicher Lebensbericht

Gertrud Fussenegger setzt sich in ihrem Bericht bis 1948 mit den ersten 36 Jahren ihres Lebens auseinander und analysiert die widersprüchlichen Ideen, die ihre Generation berührten und zu den Irrtümern und Niederlagen des Dritten Reiches führten. Die Geographie ihres Lebens ist nichts Zufälliges, sie verknüpft die Elemente eines Werdegangs, der genauso eng in die Geschichte dieser Jahre verwoben ist.

»Ein Lehrbuch des Lebens, repräsentativ für fast eine ganze Generation. Gertrud Fussenegger will vor allem verstehen, sich und andere, wie kam, was kommen musste. Ihr Blick zurück stammt aus klugen Augen, und ihre ausdrucksvolle Sprache findet für manches Worte, wo andere nichts zu sagen haben und doch nicht verstummen.«
Ulrich Weinzierl in der FAZ

496 Seiten, ISBN 978-3-7844-3113-0
Langen*Müller*

Lesetipp

BUCHVERLAGE
LANGENMÜLLER HERBIG NYMPHENBURGER
WWW.HERBIG.NET

Angelika Schrobsdorff im dtv

»Die Schrobsdorff hat ihr Leben lang nur
wahre Sätze geschrieben.«
Johannes Mario Simmel

Die Reise nach Sofia
ISBN 978-3-423-10539-2
Sofia und Paris – ein Bild zwei-
er Welten: Beobachtungen über
Konsum und Liebe, Freiheit
und Glück in Ost und West.

Die Herren
Roman
ISBN 978-3-423-10894-2
Ein psychologisch-erotischer
Roman, dessen Erstveröffent-
lichung 1961 als skandalös
empfunden wurde.

**Jerusalem war immer
eine schwere Adresse**
ISBN 978-3-423-11442-4
Ein Bericht über den Auf-
stand der Palästinenser, ein
sehr persönliches, menschliches Zeugnis für Versöhnung
und Toleranz.

Der Geliebte
Roman
ISBN 978-3-423-11546-9
Stationen einer Liebe: Berlin,
München, New York.

**Der schöne Mann und
andere Erzählungen**
ISBN 978-3-423-11637-4

**Die kurze Stunde zwischen
Tag und Nacht**
Roman
ISBN 978-3-423-11697-8

**»Du bist nicht so wie
andre Mütter«**
Die Geschichte einer
leidenschaftlichen Frau
ISBN 978-3-423-11916-0

Spuren
Roman
ISBN 978-3-423-11951-1
Eine junge Frau und ihr acht-
jähriger Sohn.

Jericho
Eine Liebesgeschichte
ISBN 978-3-423-12317-4
und dtv großdruck
ISBN 978-3-423-25156-3

Grandhotel Bulgaria
Heimkehr in die Vergangenheit
ISBN 978-3-423-12852-0

**Wenn ich dich je vergesse,
oh Jerusalem …**
ISBN 978-3-423-13239-8

Von der Erinnerung geweckt
ISBN 978-3-423-24153-3

Bitte besuchen Sie uns im Internet: www.dtv.de